Nana

ZOLA

——

Nana

●

par Marie-Ange Voisin-Fougère

GF Flammarion

*Du même auteur
dans la même collection*

LES ROUGON-MACQUART

LA FORTUNE DES ROUGON

LA CURÉE

LE VENTRE DE PARIS

LA CONQUÊTE DE PLASSANS

LA FAUTE DE L'ABBÉ MOURET

SON EXCELLENCE EUGÈNE ROUGON

L'ASSOMMOIR (édition avec dossier)

UNE PAGE D'AMOUR

NANA (édition avec dossier)

POT-BOUILLE

AU BONHEUR DES DAMES (édition avec dossier)

LA JOIE DE VIVRE

GERMINAL (édition avec dossier)

L'ŒUVRE

LA TERRE

LE RÊVE

LA BÊTE HUMAINE

L'ARGENT

LA DÉBÂCLE

LE DOCTEUR PASCAL

CONTES À NINON

NAÏS MICOULIN

THÉRÈSE RAQUIN (édition avec dossier)

LA VÉRITÉ EN MARCHE. L'AFFAIRE DREYFUS

© Flammarion, Paris, 2000, pour cette édition
ISBN : 2-08-071106-7

SOMMAIRE

Nana

	REPÈRES HISTORIQUES ET CULTURELS	VIE ET ŒUVRES D'ÉMILE ZOLA
1831	Première représentation de *Marion Delorme*, drame en cinq actes et en vers de Victor Hugo.	
1836	Émile de Girardin crée *La Presse*, premier journal politique à grand tirage et à petit prix grâce à l'utilisation de la publicité.	
1840		Émile Zola naît le 2 avril à Paris. Il est le fils de François Zola, ingénieur originaire de Venise, et d'Émilie née Aubert, d'origine beauceronne.
1843		La famille s'installe à Aix-en-Provence, où François Zola dirige la construction d'un barrage et d'un canal d'alimentation en eau qui portera son nom.
1847		Mort de François Zola. La famille connaît la gêne.
1848	Chute de la monarchie de Juillet ; proclamation de la République. *La Dame aux Camélias* d'Alexandre Dumas fils, roman dont il tirera un drame en cinq actes (1852). *Scènes de la vie de bohème* d'Henri Murger, roman dont Puccini tirera un opéra, *La Bohème* (1896).	

CHRONOLOGIE

7

Année	Événements	
1850	18 août : mort de Balzac.	
1851	2 décembre : coup d'État de Louis-Napoléon Bonaparte, empereur en 1852.	
1852-1858		Bonnes études d'Émile Zola au collège d'Aix, où il se lie d'amitié avec Paul Cézanne. Premiers écrits, surtout des vers.
1853	Haussmann est nommé préfet de la Seine ; ses grands travaux vont transformer Paris.	
1855	Première exposition internationale à Paris.	
1857	Gustave Flaubert, *Madame Bovary*. Charles Baudelaire, *Les Fleurs du Mal*. Champfleury, *Manifeste du réalisme*.	
1858	Inauguration du boulevard de Sébastopol, en plein quartier ouvrier. Jacques Offenbach, *Orphée aux enfers*.	
1858-1862		Zola, venu à Paris rejoindre sa mère, termine ses études secondaires, mais échoue au baccalauréat. Il vit dans la misère, continue à écrire des vers et souffre du déracinement. Il entre à la librairie Hachette comme employé au bureau des expéditions, puis au bureau de la publicité.

The page is rotated; text runs vertically. Reading the structure as a chronology table.

8

CHRONOLOGIE

	REPÈRES HISTORIQUES ET CULTURELS	VIE ET ŒUVRES D'ÉMILE ZOLA
1859	Premiers viaducs de Gustave Eiffel. Paris annexe onze communes limitrophes. Achèvement du bois de Boulogne et du boulevard du Centre (aujourd'hui boulevard de Sébastopol).	
1860-1864	Création de grandes banques (Crédit Lyonnais, Société générale, etc.).	
1862	Début de la construction de l'Opéra. Percement du boulevard Saint-Michel. Victor Hugo, *Les Misérables*. Flaubert, *Salammbô*.	
1862-1866		Naturalisé français, devenu chef de la publicité, il débute dans le journalisme, notamment au *Figaro*. En 1864, il publie les *Contes à Ninon*, et en 1865 *La Confession de Claude*, roman écrit à la première personne et encore teinté de romantisme. Il devient chroniqueur régulier dans plusieurs journaux. Il rencontre Gabrielle-Alexandrine Meley qu'il épousera en 1870, mais dont il n'aura jamais d'enfants. Il quitte Hachette en 1866 pour vivre de sa plume.

1864	Offenbach, *La Belle Hélène*.	
1865	Edmond et Jules de Goncourt, *Germinie Lacerteux*.	
1866	Première grève des mineurs d'Anzin. Offenbach, *La Vie parisienne*.	
1866-1868	Zola multiplie les articles et les études, prend position pour Manet et Courbet contre la peinture académique. Il publie un roman, *Le Vœu d'une morte*, qui n'a aucun succès, puis *Thérèse Raquin* et un roman-feuilleton, *Les Mystères de Marseille*. En 1868 paraît la deuxième édition de *Thérèse Raquin*, augmentée d'une préface, ainsi que *Madeleine Férat* qui n'a aucun succès. Zola se lie avec les Goncourt et correspond avec Taine et Sainte-Beuve. Il commence à préparer, par de nombreuses lectures scientifiques, sa grande série des *Rougon-Macquart*.	
1867	Exposition universelle de Paris.	
1869	Flaubert, *L'Éducation sentimentale*.	
1870	Juillet-septembre : guerre avec la Prusse. 4 septembre : chute de l'Empire et proclamation de la République. 19 septembre : Paris est assiégé.	*La Fortune des Rougon*.

	REPÈRES HISTORIQUES ET CULTURELS	VIE ET ŒUVRES D'ÉMILE ZOLA
1871	Armistice. Élection d'une Assemblée nationale (9 février). La Commune (26 mars).	Pendant la guerre franco-prussienne, Zola séjourne à l'Estaque, puis à Bordeaux. Il publie *La Curée*.
1873	Mac-Mahon président de la République.	L'adaptation au théâtre de *Thérèse Raquin* ne connaît aucun succès. Zola fréquente Flaubert, Daudet, Goncourt, Tourgueniev. Il publie *Le Ventre de Paris*.
1874	Première exposition des impressionnistes (Monet, *Impression, soleil levant*).	*La Conquête de Plassans*.
1875	La République est votée à une voix de majorité.	*La Faute de l'abbé Mouret*.
1876	Manet, *Nana*. Joris-Karl Huysmans, *Marthe, histoire d'une fille*.	*Son Excellence Eugène Rougon*.
1877	Ouverture de l'avenue de l'Opéra. Edmond de Goncourt, *La Fille Élisa*.	Le scandale provoqué par la parution de *L'Assommoir* fait de Zola l'auteur le plus lu et le plus discuté de Paris. L'argent de ce roman lui permet d'abandonner à peu près totalement le journalisme et d'acheter une propriété à Médan, sur les bords de la Seine, où il résidera la plus grande partie de l'année.

CHRONOLOGIE

1878	Exposition universelle à Paris.	*Une page d'amour.*
1879	Élection du premier président de la République vraiment républicain, Jules Grévy.	Adaptation de *L'Assommoir* au théâtre.
1880	Mort de Flaubert. Paul Alexis, *La Fin de Lucie Pellegrin.*	Zola publie *Nana*, expose ses thèses dans *Le Roman expérimental* (1880) et, s'imposant comme chef d'école littéraire, patronne un recueil collectif de nouvelles, *Les Soirées de Médan*, ayant pour thème la guerre de 1870 (Maupassant et Huysmans y participent). Le mouvement naturaliste connaît alors son apogée.
1881	Premiers lycées de jeunes filles. Flaubert, *Bouvard et Pécuchet* (inachevé).	Zola publie deux textes théoriques importants sur le naturalisme, *Le Naturalisme au théâtre* et *Les Romanciers naturalistes.*
1882	Loi sur l'instruction gratuite, laïque et obligatoire.	*Pot-Bouille.*
1883		*Au Bonheur des Dames.*
1884		*La Joie de vivre.*
1885	Mort de Victor Hugo.	*Germinal.*
1886	*Manifeste symboliste.*	*L'Œuvre.*
1887		*La Terre.*

CHRONOLOGIE

	REPÈRES HISTORIQUES ET CULTURELS	VIE ET ŒUVRES D'ÉMILE ZOLA
1888		*Le Rêve*. Zola s'éprend d'une jeune lingère engagée par sa femme, Jeanne Rozerot, qui lui donnera deux enfants. Alexandrine acceptera cette double vie. Candidat malheureux à l'Académie française. Il s'initie à la photographie.
1889	Exposition universelle (la tour Eiffel).	
1890		*La Bête humaine*.
1891		*L'Argent*.
1892		*La Débâcle*.
1893		La publication du *Docteur Pascal* clôture la série des *Rougon-Macquart*.
1894-1898		Dans *Les Trois Villes* (*Lourdes*, *Rome*, *Paris*), Zola étudie la religiosité dans laquelle tombe son époque, à travers le personnage de l'abbé Pierre Froment.
1898	Procès du capitaine Dreyfus, accusé d'avoir communiqué des documents confidentiels à l'Allemagne.	

Année		
1898-1902		Zola, convaincu de l'innocence de Dreyfus, fait paraître *J'accuse* dans *L'Aurore*, le journal de Clemenceau. Condamné, il doit s'enfuir en Angleterre pour un an.
1899		Révision du procès Dreyfus. Zola rentre en France et entame le cycle des *Quatre Évangiles* (*Fécondité* en 1899, *Travail* en 1901, *Vérité* paru en 1903, *Justice* restant inachevé). Après être intervenu pour hâter la réhabilitation de Dreyfus, il se retire du mouvement politique et esthétique.
1900	Durée du travail limitée à onze heures par jour. Exposition universelle (palais de l'Électricité).	
1901	16 juillet : inauguration de la première ligne de métro à Paris. Loi établissant la liberté d'association.	
1902		Zola meurt asphyxié.
1906	Dreyfus est réhabilité. Loi sur l'obligation du repos hebdomadaire pour les employés.	
1908		Les cendres de Zola sont transférées au Panthéon.

Aucun roman d'Émile Zola ne déchaîna autant les foudres moralisantes de la critique que *Nana* : la même accusation revenait toujours à l'encontre d'un roman qui ne relevait que de la plus honteuse pornographie. Curieuse réaction si l'on considère que c'est en moraliste que voulait se poser le romancier. Seulement voilà : de quelle morale parlait-on ? Ce n'est pas un maladroit éloge de la vertu, « un traité de civilité puérile et honnête », que Zola désirait entreprendre :

La morale est chose plus haute ; elle ne s'offense pas des vérités humaines, elle a besoin de connaître le réel et de se faire une sagesse du vice lui-même [1].

Loin de tout enjolivement, de toute fausse pudeur, il s'agissait de dévoiler la débauche pour la mieux dénoncer.

Dénonciation qui s'étendait à une société tout entière : avec *Nana*, c'est le Second Empire qui se trouvait mis en accusation, cette « époque de folie et de honte » promise à la débâcle et dont Zola, républicain qu'il était, n'avait de cesse de faire le procès. La pornographie n'était pas à l'ordre du jour, mais bien la satire.

Un projet ancien

Neuvième roman du cycle des *Rougon-Macquart*, publié en 1880, *Nana* constitue pour l'écrivain un projet longuement médité. Dès son premier roman, *La Confession de Claude*, en grande partie composé en 1862-1863, Zola s'était inspiré de sa relation amoureuse avec Berthe, une « fille à parties », et racontait l'échec d'un jeune homme à ramener une

1. *La Tribune*, 9 août 1868.

fille à la vie honnête. L'énorme succès du drame tiré par Alexandre Dumas fils de son roman *La Dame aux camélias*, en 1852, avait mis le sujet au goût du jour. Désacraliser le mythe romantique du rachat de la courtisane, telle était au contraire l'intention de Zola [1]. Deux ans plus tard, il reprenait ce type de femme dans un drame en trois actes, *Madeleine*, dont il tirait, en 1868, un roman, *Madeleine Férat* : belle fille aux longs cheveux roux, menteuse et sotte, cette femme légère voyait son passé resurgir, pour son malheur et celui des siens. Et le jeune écrivain de préciser ses vues à l'occasion de la publication des *Mémoires d'une biche russe* : « Ce roman ne présente pas l'histoire de mon temps dans sa réalité. J'attends l'histoire vraie du demi-monde, si jamais quelqu'un ose écrire cette histoire » (*L'Événement*, 29 mars 1866).

C'est à l'hiver 1868-1869 que Zola esquissa l'ébauche d'une grande œuvre et rédigea une première liste de romans, encore sans titre, où la société était divisée en quatre mondes : le peuple, les commerçants, la bourgeoisie et le grand monde ; s'y ajoutait « un monde à part » où venait précisément se ranger, à côté du meurtrier, du prêtre et de l'artiste, la putain [2]. Le projet était ainsi défini :

un roman qui a pour cadre le monde galant et pour héroïne Louise Duval [= Coupeau], la fille du ménage d'ouvriers. De même que le produit des Goiraud [= Rougon], gens enfoncés dans la jouissance, est un avorton social, de même le produit des Bergasse [= Macquart], gens gangrenés par les vices et la misère, est une créature pourrie et nuisible à la société. Outre les effets héréditaires, il y a, dans les deux cas, une influence fatale du milieu contemporain. Louise est ce qu'on appelle une « biche de haute volée ». Peinture du monde où vivent ces filles. Drame poignant d'une existence de femme, perdue par l'appétit du luxe et des jouissances faciles [3].

1. Voir Dossier, p. 496 s.
2. Cette liste est conservée à la Bibliothèque nationale, Département des manuscrits, Nouvelles acquisitions françaises, Ms 10345, f° 22.
3. BN, NAF, Ms 10303, f° 61.

Projet que vinrent étoffer, au fil des ans, les réflexions du journaliste. À *La Tribune* en 1868-1869 et à *La Cloche* après 1870, Zola rédigea plusieurs chroniques satiriques à l'encontre de la débauche qui caractérisait, selon lui, la société impériale :

[...] Certes ce n'est pas l'Empire qui a inventé le vice. [...] Mais l'Empire a fait du vice un ami comme il faut et distingué qu'on peut mener dans le monde.
[...] C'est là que le vice de l'Empire a pris son caractère spécial. Il a mêlé les mondes et passé son niveau sur l'époque entière. La fille a monté, la dame a descendu, et le monsieur comme il faut s'est mis entre elles deux. [...] Tout le monde était comme il faut et tout le monde était pourri [1].

Cette « mascarade » morale serait l'objet du futur roman. Seraient en outre réutilisées la chronique sur les courses à Longchamp, celle sur le monde de la galanterie et celle sur les rafles de filles par la police [2]. Quant aux articles publiés dans *Le Sémaphore de Marseille* de 1872 à 1877, plusieurs préfiguraient certains épisodes de *Nana*, tel l'article du 14 juin 1876 intitulé « Notes parisiennes, le Grand prix de Paris », qui prépare le chapitre XI. De même, le procès d'un certain genre dramatique honni par Zola pour sa facilité et sa médiocrité, les opérettes d'Offenbach, avait été dressé par le journaliste dès 1868, à l'occasion de la représentation à Londres de *La Grande Duchesse de Gérolstein* :

La Belle Hélène, c'est je ne sais quelle grimace de gaieté convulsive, quel étalage grossier d'esprit et de gestes poissards.
Le jour où une femme aura l'idée sublime de se mettre à quatre pattes sur la scène et de jouer au naturel le rôle d'une chienne errante, ce jour-là Paris se rendra malade d'enthousiasme. Nous n'en sommes qu'aux coups de hanche et aux jeux de poitrine. Mais patience, la pente

1. « L'Empire et le vice », « Lettres parisiennes », *La Cloche*, 28 août 1872.
2. *Ibid.*, 13 juin, 14 juillet et 24 juillet 1872.

est fatale : nous roulerons jusqu'au ruisseau. À moins que l'écœurement ne vienne et que, pris de nausées, nous ne chassions les cascadeuses de nos théâtres [1].

Enfin Zola mit à profit, dans son roman, son expérience d'auteur dramatique : prostituée, Nana était aussi actrice. *Thérèse Raquin* fut jouée en 1873, *Les Héritiers Rabourdin* en 1874, *Le Bouton de rose* en 1878. De ce milieu qu'il apprit à bien connaître, Zola tira une série d'articles parus dans *Le Bien public* en juillet et août 1876 sur le métier des comédiens, les décors, les costumes, etc., dont il s'inspira largement pour le chapitre V de *Nana*.

LE SCALPEL NATURALISTE

Dès ses premiers romans, Zola fait scandale. Au nom du bon goût et de la moralité, les critiques assassinent l'écrivain naturaliste qui se défend en ces termes dans la préface à la deuxième édition de *Thérèse Raquin* (1868) :

La critique a accueilli ce livre d'une voix brutale et indignée. Certaines gens vertueux, dans des journaux non moins vertueux, ont fait une grimace de dégoût, en le prenant avec des pincettes pour le jeter au feu. Les petites feuilles littéraires elles-mêmes, ces petites feuilles qui donnent chaque soir la gazette des alcôves et des cabinets particuliers, se sont bouché le nez en parlant d'ordure et de puanteur.

Zola n'a pas de mots assez sévères pour vilipender l'hypocrisie des journaux qui recommandent « ces petits livres roses », « ces indiscrétions de boudoirs et de coulisses, qui se tirent à dix mille exemplaires », alors que *Thérèse Raquin* leur donne la nausée.

Le choix par l'écrivain du thème de la « fille » relance, on s'en doute, le débat. Nana elle-même

1. « Chronique », *L'Événement illustré*, 1ᵉʳ juillet 1868.

s'en fait l'écho, dans une mise en abyme dont on savourera l'ironie :

> Elle avait lu dans la journée un roman qui faisait grand bruit, l'histoire d'une fille ; et elle se révoltait, elle disait que tout cela était faux, témoignant d'ailleurs une répugnance indignée contre cette littérature immonde, dont la prétention était de rendre la nature ; comme si l'on pouvait tout montrer ! comme si un roman ne devait pas être écrit pour passer une heure agréable ! En matière de livres et de drames, Nana avait des opinions très arrêtées : elle voulait des œuvres tendres et nobles, des choses pour la faire rêver et lui grandir l'âme (p. 347).

Le parti pris de Zola est double. D'une part, il s'agit de refuser la grivoiserie, ce « vice enguirlandé » sur lequel spéculent certains livres à succès, « biographies de femmes galantes, histoires d'amour à couvertures roses et à photographies décolletées, mémoires scandaleux de filles sortant du lit d'un prince, romans à la poudre de riz » [1]. D'autre part, il s'agit d'écrire contre la littérature sentimentale, trop éloignée du réel et d'une « influence désastreuse sur l'imagination de nos filles pauvres ». La vérité et rien d'autre, voilà ce que doit viser le roman moderne.

Nulle volonté moralisatrice ici : c'est au nom de l'exhaustivité scientifique que Zola hausse le ton, opposant l'« observation de surface, aiguisée de mots, fleurie par la mode », de l'auteur à succès à l'écrivain « humain » qui, « lui, épuiser[a] les sujets, les traiter[a] en savant qui veut tout voir et tout dire, mettr[a] à nu [ses] personnages et les poursuivr[a] jusque dans les misères et les hontes qu'ils se cachent à eux-mêmes » [2]. Se plaçant sur le terrain de l'observation et de la vérité, il retourne

1. « De la moralité dans la littérature », *Le Messager de l'Europe*, octobre 1880, janvier et août 1881, repris dans *Documents littéraires*, *Œuvres complètes*, Paris, François Bernouard, 1928, t. 45, p. 287-319. Sur ce thème, voir Dossier, « Naturalisme et morale », p. 491-495.
2. *Ibid.*, p. 494.

donc à ceux qui l'accusent d'immoralité la même accusation :

Si vous ne vous en tenez pas à la surface charmante, si vous allez au-delà de la robe pour entrer dans la peau, au-delà du boudoir pour ouvrir publiquement l'alcôve, vous bousculez terriblement [les hommes d'esprit], vous leur gâtez leur jouissance. Ils se fâcheront, en vous voyant avec les filles graves, sérieux, un scalpel à la main, fouillant le ventre de ces jolies personnes, dont ils ne tiennent à connaître que le satin.

Cette image du scalpel, Zola y recourt complaisamment lorsqu'il décrit la méthode naturaliste [1]. Fouiller le cœur humain, tout comme l'anatomiste dissèque le corps, telle doit être la tâche du romancier. Ce désir fantasmatique de trouer la surface, de traverser les apparences pour *voir l'intérieur*, repose sur un constat sous-jacent : la duplicité de l'être humain, dédoublé en un dehors honorable et un dedans méprisable. S'en tenir à la surface, au côté plaisant, tel est le mot d'ordre de cette littérature frivole que hait Zola : étudier le « côté humain » des choses suppose, selon lui, qu'elles soient poussées au tragique. Foin d'amabilité, de légèreté. Quand bien même le sujet d'étude choisi par le romancier serait d'ordre sexuel, la grivoiserie n'est pas de mise : « Nous ne nous en tenons pas au geste, au rire, à l'épiderme ; nous fouillons les personnages, nous arrivons tout de suite aux misères de l'homme et de la femme [2]. »

1. Dès 1865, le futur romancier se compare déjà à un chirurgien : « Aujourd'hui le cœur humain a réclamé ses droits. Il a voulu être étudié patiemment et fibre par fibre [...]. Les chirurgiens se sont mis à l'œuvre, le scalpel à la main, et nous nous sommes apitoyés devant chacune de leur découverte. [...] le désir d'amuser a fait place au désir d'être vrai » (*Le Salut public de Lyon*, 6 février 1865).
2. « De la moralité dans la littérature », éd. citée.

DONNER TOUT LE VICE

Cette vision objective et exhaustive de la réalité contemporaine exclut un récit consacré à la vie d'*une* fille. C'est « l'histoire vraie du demi-monde [1] » que Zola veut écrire. Il veut donc aller plus loin que ses amis Huysmans (*Marthe, histoire d'une fille*, 1876) ou Goncourt (*La Fille Élisa*, 1877), tout louable que soit l'effort de vérité auquel l'un et l'autre se sont astreints [2].

Dans le dossier préparatoire du roman sont recensées les différentes catégories de prostituées : à chacune correspond un type qu'un personnage devra incarner. Zola commence donc par construire un couple antithétique « deux rivales, Nana (une grasse, Blanche d'Antigny) et une autre (la maigre, Cora Pearl [3]) » ; suivent « une autre fille pour le type de la fille qui redevient ordurière en vieillissant », « la lymphatique, amie de Judic [4] », « l'économe, amie de Nana », puis « la vieille garde, une vieille lune, une vieille putain de cinquante-cinq ans exerçant encore ». Le romancier poursuit sa typologie :

Je veux aussi mettre, face à face, les deux fins des filles. D'une part, la fille qui finit dans le ruisseau, chiffonnière, ivre ; de l'autre, la fille qui finit avec des rentes, donnant le pain bénit à sa paroisse,

et termine par deux catégories : le « vice d'en bas », qui sera donné par « deux figurantes et par une fille qui roulera le boulevard », et « une fille qui pass[e] pour relativement honnête ; elle a un amant mais jamais qu'un à la fois, un homme sérieux » [5].

1. *L'Événement*, 29 mars 1866.
2. Voir Dossier, p. 498-500.
3. Blanche d'Antigny et Cora Pearl : deux grandes demi-mondaines de l'époque.
4. L'actrice Anna Judic est le modèle de Rose Mignon.
5. Dossier préparatoire, BN, NAF, Ms 10313, f⁰ˢ 219-221.

L'éventail est large, la liste des personnages s'allonge du même coup : autour de Nana gravitent Rose Mignon, sa rivale, Lucy Stewart, maigre mais vive et gracieuse, la froide Caroline Héquet, une grosse fille blonde, Blanche de Sivry, Gaga, grosse femme vieillissante, Simonne et Clarisse, les deux figurantes, etc. Satin incarnera la prostituée de bas étage qui ne se plaît que dans l'ordure, Mme Robert la fille qui n'a qu'un amant à la fois, Irma d'Anglars et la reine Pomaré les deux fins possibles, bourgeoise ou misérable, qui sont réservées à une fille.

Mais le tableau serait incomplet si le romancier ne mettait le même soin à inventorier tous les types d'hommes qui fréquentent le demi-monde : « je réunirai un personnel d'hommes très nombreux qui devra représenter toute la société », se donne-t-il pour consigne dans l'Ébauche du roman. Outre le haut fonctionnaire, cet homme honorable que la fille conduit à la déchéance (ce sera Muffat), il s'agit de camper « l'amant de cœur qui a mangé sa fortune avec les filles » (Daguenet), un boursier (Steiner), « le membre d'un grand Club, titré, faisant courir » (Vandeuvres), « un vieux dégoûtant » (Chouard), etc. Un point commun rassemblera tous ces personnages à la fin du roman : tous auront été abattus par Nana qui ne doit laisser, prévoit Zola, « que des ruines et des cadavres autour d'elle ».

LA MASCARADE IMPÉRIALE

Mais l'ambition de Zola ne s'arrête pas là. À travers la figure de la fille et la peinture du demi-monde, il veut mettre en accusation toute une société, celle d'un second Empire voué à la jouissance effrénée et à l'hypocrisie. La jouissance d'abord : « Le sujet philosophique est celui-ci : Toute une société se ruant sur le cul », énonce-t-il crûment dans le dossier préparatoire (f° 207). Nana excite chez les hommes qui l'approchent un désir

bestial qui constitue pour l'écrivain naturaliste, on y reviendra, « le grand levier qui remue le monde ». Or les « hommes comme il faut » n'ont de cesse de sauvegarder les apparences, de dissimuler le vice sous le masque de la vertu. Faire tomber ce masque, tel est l'objectif que poursuit le romancier dans *Nana*.

Pour ce faire, deux personnages sont convoqués dès le chapitre II : le marquis de Chouard et son gendre, le digne comte Muffat, chambellan de l'impératrice, venus quêter pour le bureau de bienfaisance de leur arrondissement. Or le premier se révèle n'être rien d'autre qu'un vieux libertin vicieux – « finit par friser la police correctionnelle », note Zola dans sa fiche-personnage. Quant au second, il devient l'amant en titre de Nana, prêt à toutes les bassesses pour la garder. La morale dont les gens honnêtes sont les représentants n'est qu'une parodie.

Au contraire, le système de valeurs dont s'est dotée la prostituée est l'inversion, ou plus précisément la perversion de la morale traditionnelle : le fondement en est la respectabilité attachée à la prostitution dès lors que la prostituée suit les règles de son métier – respecter l'amant qui paye, ne pas le tromper avec le premier beau garçon qui passe, etc. :

Ah ! comme elle aurait lâché tout ce monde, si elle ne s'était répété vingt fois par jour des maximes de bonne conduite ! Il fallait être raisonnable, Zoé le disait chaque matin, elle-même avait toujours présent un souvenir religieux, la vision royale de Chamont, sans cesse évoquée et grandie (p. 231).

La « bonne conduite » consiste pour Nana à ne pas congédier le comte Muffat qui la dégoûte mais qui l'entretient, tandis que le « souvenir religieux » qu'elle garde au fond de son cœur est celui d'une ancienne courtisane devenue une vieille dame respectée pour sa fortune et son château dans le village où elle s'est retirée. La morale de la prostituée

repose donc sur des normes identiques à celles qui constituent la morale traditionnelle : bonne conduite, sérieux, respect des engagements.

Vice et vertu s'inversent, se confondent. On se tient mieux chez les filles que dans la haute société, remarque avec surprise Fauchery dans le salon de la comtesse Muffat (p. 106), mais on assiste à des dîners plus gais chez les bourgeois que chez les filles (p. 129). La toquade à laquelle se livre Nana à la fin du chapitre II consiste à passer la nuit seule dans son lit (« Imaginez-vous que je veux dormir toute une nuit, toute une nuit à moi », p. 93), tandis que celle de la comtesse Muffat la mène droit à l'adultère, dans les bras de Fauchery. À la soirée chez les Muffat au chapitre III succède le souper chez Nana au chapitre IV. Au chapitre VI, les deux mondes se retrouvent face à face à la campagne et les rapports traditionnels sont inversés : Mme Hugon et ses invités sont à pied, Nana et sa société en voiture. Lors de la fête donnée pour la signature du contrat de mariage d'Estelle Muffat, au chapitre X, c'est l'air de Nana, la valse de *La Blonde Vénus*, que joue l'orchestre :

Ici, sur l'écroulement de ces richesses, entassées et allumées d'un coup, la valse sonnait le glas d'une vieille race ; pendant que Nana, invisible, épandue au-dessus du bal avec ses membres souples, décomposait ce monde, le pénétrait du ferment de son odeur flottant dans l'air chaud, sur le rythme canaille de la musique (p. 415).

La confusion est totale et Nana règne sans partage sur Paris : « Elle donnait le ton, de grandes dames l'imitaient » (p. 322). Certes l'austère Théophile Venot, un jésuite qui s'efforce, par la religion, de retenir le comte Muffat sur la pente de l'adultère, pourrait apparaître comme le dernier gardien de la morale ; mais Zola prend soin de rendre particulièrement inquiétant ce « petit vieillard aux dents mauvaises et au sourire fin » (p. 97) qui pourchasse Muffat comme une proie jusque dans les appartements de Nana. Le lecteur est donc privé de repère

fiable. Seul un personnage tout à fait secondaire, Mme Hugon, vient incarner une moralité partout bafouée ; encore le paie-t-elle cher, puisqu'elle voit ses deux fils dévorés par la mangeuse d'hommes.

La critique est sévère, le jugement sans appel : dans cette société vouée à l'hypocrisie, tout n'est plus que comédie. Un dernier exemple viendra clore la démonstration, la visite rendue par le prince, futur roi d'Angleterre, dans la loge de Nana au chapitre V :

> Ce monde du théâtre prolongeait le monde réel, dans une farce grave, sous la buée ardente de gaz. Nana, oubliant qu'elle était en pantalon, avec son bout de chemise, jouait la grande dame, la reine Vénus […]. Et personne ne souriait de cet étrange mélange, de ce vrai prince, héritier d'un trône, qui buvait le champagne d'un cabotin, très à l'aise dans ce carnaval des dieux, dans cette mascarade de la royauté […] (p. 169-170).

La scène est éloquente : la société tout entière est devenue un théâtre où triomphent les apparences.

LA MOUCHE D'OR

La grande réussite de Zola dans *Nana*, c'est Nana elle-même, « michelangelesque », pour reprendre l'expression de Flaubert [1]. Pour créer son personnage, le romancier a commencé par emprunter des traits à plusieurs demi-mondaines célèbres : à Blanche d'Antigny sa beauté blonde et plantureuse, son tempérament dépensier, sa joie de vivre, son voyage en Égypte, ses ennuis d'argent et sa fin tragique ; à Valtesse de la Bigne son enfance misérable, sa forte personnalité et son hôtel particulier ; à Hortense Schneider son « fameux coup de hanche » et la visite que lui rendit dans sa loge aux Variétés le prince de Galles ; et à Cora Pearl son apparition en simple maillot dans le rôle de Cupidon dans *Orphée aux enfers*. Mais par-delà

1. Voir Dossier, p. 521.

cette volonté de réalisme, Zola élève son personnage à la dimension d'un mythe.

Il est d'abord à noter que l'évolution de la jeune femme est précisément celle du Second Empire : née avec lui en 1851, elle triomphe en même temps que lui, lors de l'Exposition universelle de 1867 qui consacre un incroyable essor économique et financier de près de vingt ans, et attire les souverains étrangers les plus prestigieux – le tsar, le sultan, le roi de Prusse, Guillaume I^{er} ; enfin elle meurt avec lui, alors que les cris « À Berlin ! à Berlin ! à Berlin ! », signalent la déclaration de guerre à la Prusse en juillet 1870 et préfigurent la défaite de Sedan et la fin du régime. L'identification est évidemment symbolique. Nana incarne à elle seule tout un monde : c'est à une putain que s'apparente une société pervertie, comme c'est la corruption d'un régime voué à la destruction que reflète l'horrible décomposition de son visage, à la fin du roman – « Il semblait que le virus pris par elle dans les ruisseaux, sur les charognes tolérées, ce ferment dont elle avait empoisonné un peuple, venait de lui remonter au visage et lui avait pourri » (p. 477).

« La mouche d'or » est le titre de l'article que le journaliste Fauchery consacre à Nana et dont les termes sont les mêmes que ceux du narrateur :

[…] une mouche couleur de soleil, envolée de l'ordure, une mouche qui prenait la mort sur les charognes tolérées le long des chemins, et qui, bourdonnante, dansante, jetant un éclat de pierreries, empoisonnait les hommes rien qu'à se poser sur eux, dans les palais où elle entrait par les fenêtres (p. 236).

Montée du peuple pour anéantir la bonne société, Nana doit son pouvoir sur les hommes à son sexe. Lorsqu'elle apparaît sur la scène au chapitre premier, cette grosse fille qui chante « comme une seringue » et « glouss[e] comme une poule » égaie le public, mais le romancier prend soin de relever la « sourde menace » que constitue le corps à peine voilé de cette femme « inquiétante »

(p. 63). Nul doute qu'affleure ici le puritanisme latent de l'écrivain lui-même : parce qu'elle tient de la nature un pouvoir à la fois fascinant et maléfique, la femme effraie Zola, à plus forte raison la fille qui est l'instinct, « le ferment, la nudité, le cul, qui amène à la décomposition de notre société », écrit-il dans l'Ébauche (f° 212). Effroi que transposent – Zola n'étant pas croyant – les affres spirituels dans lesquels se débat le comte Muffat tout au long du roman :

La femme le possédait avec le despotisme jaloux d'un Dieu de colère, le terrifiant, lui donnant des secondes de joie aiguës comme des spasmes, pour des heures d'affreux tourments, des visions d'enfer et d'éternels supplices (p. 447).

Cette puissance infernale que détient Nana est d'autant plus grande qu'elle-même méprise les hommes et ne trouve de plaisir que dans la contemplation amoureuse de son corps ou dans l'homosexualité : « une meute derrière une chienne, qui n'est pas en chaleur et qui se moque des chiens qui la suivent ». Animale – « le rut [...] montait d'elle ainsi que d'une bête en folie » (p. 64) –, cette femme dont les cheveux s'apparentent eux-mêmes à une « toison de bête » (p. 51), qui aime à se faire rôtir devant le feu comme une oie (p. 241), dotée d'une cervelle d'oiseau (p. 317), mais d'une « distinction nerveuse de chatte de race » (p. 313), se réjouit de voir une pouliche porter son nom et donne des coups de ventre pour l'aider à remporter la victoire (p. 386). Bestiale, la courtisane réduit tous ceux qui l'approchent à l'animalité. Elle avilit ses amants comme elle brise tout ce qu'elle touche : rien ne lui résiste et la souillure se répand partout, même sur l'uniforme de chambellan qu'elle contraint Muffat à porter chez elle :

Riant toujours, emportée par l'irrespect des grandeurs, par la joie de l'avilir sous la pompe officielle de ce costume, elle le secoua, le pinça, en lui jetant des : « Eh ! va

donc, chambellan ! », qu'elle accompagna enfin de longs coups de pieds dans le derrière. [...] Voilà ce qu'elle pensait de la société ! (p. 449).

Son triomphe est complet : par le désir, par la toute-puissance de son sexe, Nana venge le peuple dont elle est issue. Triomphe hautement symbolique : la victoire de la fille consacre la ruine d'une société que toute grandeur a désertée et dont les fastes ne masquent plus que le vide spirituel et la décrépitude morale.

« JE VAIS FAIRE UN LIVRE AMUSANT ET TERRIBLE [1] »

Satirique, le propos de l'écrivain l'est à l'évidence, comme l'étaient déjà les articles écrits précédemment. Oui, mais voilà : l'écriture romanesque ne laisse nullement à Zola une latitude semblable à celle que lui offre le journal pour dénoncer, critiquer, prendre parti. Car le romancier naturaliste souhaite emprunter à la science non seulement un objectif – étudier la réalité et la nature de la façon la plus exhaustive possible – et une méthode – s'appuyer sur une documentation abondante et approfondie [2] –, mais aussi une certaine écriture – aussi objective et impersonnelle que possible : même si le romancier assume totalement son récit, il doit s'y montrer le moins possible.

Le romancier naturaliste affecte de disparaître complètement derrière l'action qu'il raconte. Il est le metteur en scène caché du drame. Jamais il ne se montre au bout d'une phrase. On ne l'entend ni rire ni pleurer avec ses personnages, pas plus qu'il ne se permet de juger leurs actes [3].

1. Lettre de Zola à Henry Céard, début août 1878, dans *Correspondance*, Montréal, Presses de l'université de Montréal, Paris, Presses du CNRS, 1979, t. III, p. 195.
2. Sur la théorie naturaliste, voir le Dossier, p. 479-489.
3. Émile Zola, « Gustave Flaubert », *Les Romanciers naturalistes*, *Œuvres complètes*, Paris, François Bernouard, 1928, t. 44, p. 109-110.

Comment concilier l'impératif esthétique et l'objectif éthique ? Comment faire aller de pair objectivité et satire ?

La neutralité discursive voulue par le romancier naturaliste exigerait tout d'abord le refus de tout énoncé explicitement critique : mieux vaut laisser parler les faits. Dans *Nana*, il est finalement peu fréquent que le narrateur assume lui-même la condamnation de la société impériale, même si, parfois, il n'y résiste pas, qu'il s'agisse de dénigrer l'opérette : « Ce carnaval des dieux, l'Olympe traîné dans la boue, toute une religion, toute une poésie bafouées, semblèrent un régal exquis » (p. 56), le désir des hommes : « Alors Nana devint une femme chic, rentière de la bêtise et de l'ordure des mâles » (p. 322), ou encore l'avilissement de l'ancienne noblesse représentée par les Muffat : « Maintenant, la fêlure augmentait ; elle lézardait la maison, elle annonçait l'effondrement prochain […] » (p. 415).

Plus fréquemment, le romancier délègue la critique à ses personnages, à commencer par le journaliste Fauchery dont l'article intitulé « La mouche d'or » raconte

l'histoire d'une fille, née de quatre ou cinq générations d'ivrognes, le sang gâté par une longue hérédité de misère et de boisson […]. Avec elle, la pourriture qu'on laissait fermenter dans le peuple remontait et pourrissait l'aristocratie […] (p. 236).

On reconnaît là les termes mêmes de Zola dans le *Dossier préparatoire* du roman. Mais on notera que le romancier brouille les pistes et prend soin de doter sa doublure de traits négatifs : Fauchery devient l'amant de la comtesse Muffat et précipite l'écroulement d'une grande famille noble. Comme pour le personnage de Théophile Venot, le romancier s'empresse de neutraliser la positivité de son personnage par un trait négatif, privant du même coup le lecteur en quête de repères d'un porte-parole fiable. La raison en est la suivante : *Nana* n'est pas un roman moralisant, mais un roman

moral ; or la morale consiste pour Zola dans la des-
cription objective des faits, non dans un maladroit
et trop vertueux réquisitoire – « la morale se déga-
geant d'elle-même [1] ».

Autres porte-parole pour le moins étonnants, les
filles elles-mêmes, à commencer par Nana qui mul-
tiplie les manifestations d'indignation :

Puis, vous savez, ces gens ne m'épatent plus, moi !… Je
les connais trop. Faut voir ça au déballage !… Plus de
respect ! Fini le respect ! Saleté en bas, saleté en haut,
c'est toujours saleté et compagnie… (p. 368),

mais aussi Satin « étonnée dans son vice » par les
gens soi-disant honnêtes (p. 171) ou Clarisse dégoû-
tée par les hommes (p. 180). À chaque fois, la cri-
tique est d'autant plus frappante qu'elle est for-
mulée par un personnage censé incarner la dépra-
vation !

Un autre moyen de sauvegarder une apparente
neutralité consiste à juxtaposer sans commentaire
des éléments discordants, par exemple le discours
et le récit des actions d'un même personnage.
L'hypocrite marquis de Chouard en fait les frais :
alors qu'il se complaît dans le vice, il affecte en
société une sévérité bien déplacée. Or le narrateur,
après avoir décrit ses méfaits, se contente d'évo-
quer la « face pâle, très sévère » du personnage,
« un air de hautaine dignité, sous sa couronne de
rares cheveux blancs », puis ses « paroles indi-
gnées contre la désorganisation des classes diri-
geantes par les honteux compromis de la débauche
moderne » (p. 409) : l'absence de commentaire est
éloquente.

De même, pour montrer « toute une société se
ruant sur le cul », le romancier choisit de juxta-
poser, au chapitre III, les propos de Fauchery dans

1. Il s'agit du début de l'Ébauche de *L'Assommoir*. Sur l'absence d'un
système de valeurs absolu qui « surplomberait » les personnages et
auquel pourrait se référer le lecteur, voir Ph. Hamon, *Texte et idéologie*,
Paris, PUF, « Écriture », 1984, p. 185 s.

le salon de la comtesse Sabine et le récit de ses pensées intimes :

Mais un signe qu'il aperçut à la joue gauche de la comtesse, près de la bouche, le surprit. Nana avait le même, absolument. [...] N'importe, cette femme ne couchait avec personne.
– J'ai toujours eu envie de connaître la reine Augusta, disait-elle. On assure qu'elle est si bonne, si pieuse... Croyez-vous qu'elle accompagnera le roi ?
– On ne le pense pas, madame, répondit-il.
Elle ne couchait avec personne, cela sautait aux yeux (p. 101-102).

Nul besoin d'explication ici : toute la société du second Empire est, selon Zola, dans cette juxtaposition entre une apparence guindée, sérieuse, et une unique préoccupation intérieure : le plaisir. Au lecteur de juger.

Plus subtilement, le narrateur peut aller jusqu'à feindre l'approbation. « Depuis longtemps, au théâtre, le public ne s'était vautré dans de la bêtise plus irrespectueuse. Cela le reposait », lit-on dans le premier chapitre de *Nana* (p. 156). Gare au lecteur qui prendrait ce repos de l'esprit pour une authentique justification du narrateur, alors qu'il s'agit d'une critique sous-entendue. Tout aussi ironique peut se révéler l'emploi du style direct, par exemple à propos d'Irma d'Anglars, une ancienne noceuse du temps de Napoléon, devenue, grâce à ses économies, propriétaire d'un château et respectée de tous :

– Voilà où l'on arrive, quand on a de l'ordre, dit Mignon d'un air convaincu, en regardant ses fils, comme pour leur donner une leçon (p. 221).

Quelle leçon ! Derrière l'admiration du personnage, c'est bien l'indignation du romancier que le lecteur doit lire entre les lignes, tout comme derrière tel ou tel emploi du style indirect libre :

Quant à Fauchery, il croyait qu'elle se nommait Mme Robert ; une femme honnête qui avait un amant, pas plus, et toujours un homme respectable (p. 62).

Invoquer l'honnêteté à propos d'une telle femme est parfaitement déplacé, mais le narrateur ne le dit pas, laissant au lecteur le soin d'interpréter correctement ce silence : la morale est devenue une simple affaire d'apparences.

La satire de la société impériale est donc présentée dans *Nana* de façon moins virulente que dans tel ou tel article de Zola, et moins crûment que dans le dossier préparatoire du roman lui-même – « En un mot, la morale est toujours celle-ci : le cul est tout-puissant ». Le roman privilégie le mode ironique, certes plus détourné, mait tout aussi redoutable. Une telle ironie n'est pas la moindre réussite d'un romancier souvent jugé par trop dogmatique.

Marie-Ange VOISIN-FOUGÈRE.

Nana

I

À neuf heures, la salle du théâtre des Variétés [1] était encore vide. Quelques personnes, au balcon et à l'orchestre [2], attendaient, perdues parmi les fauteuils de velours grenat, dans le petit jour du lustre à demi-feux [3]. Une ombre noyait la grande tache rouge du rideau ; et pas un bruit ne venait de la scène, la rampe éteinte, les pupitres des musiciens débandés [4]. En haut seulement, à la troisième galerie, autour de la rotonde du plafond où des femmes et des enfants nus prenaient leur volée dans un ciel verdi par le gaz, des appels et des rires sortaient d'un brouhaha continu de voix, des têtes coiffées de bonnets et de casquettes s'étageaient sous les larges baies rondes, encadrées d'or. Par moments, une ouvreuse se montrait, affairée, des coupons à la main, poussant devant elle un monsieur et une dame qui s'asseyaient, l'homme en habit, la femme mince et cambrée, promenant un lent regard.

10

1. Théâtre construit en 1808 par l'architecte Cellerier, situé 7 boulevard Montmartre. C'est aux Variétés que les grands opéras bouffes d'Offenbach furent créés : *La Belle Hélène* (1864) et *La Grande Duchesse de Gérolstein* (1867). Zola visita le théâtre le 15 février 1878 (voir Dossier, p. 502).
2. Partie de la salle réservée aux spectateurs et située au rez-de-chaussée, près de la scène.
3. L'utilisation du gaz dans les théâtres était récente ; en 1867, on comptait 923 becs au Théâtre-Français, 3 480 au Châtelet, 413 aux Variétés.
4. Dispersés.

Deux jeunes gens parurent à l'orchestre. Ils se tinrent debout, regardant.

20 — Que te disais-je, Hector ? s'écria le plus âgé, un grand garçon à petites moustaches noires, nous venons trop tôt. Tu aurais bien pu me laisser achever mon cigare.

Une ouvreuse passait.

— Oh ! monsieur Faucherty, dit-elle familièrement, ça ne commencera pas avant une demi-heure.

— Alors, pourquoi affichent-ils pour neuf heures ? murmura Hector, dont la longue figure maigre prit un air vexé. Ce matin, Clarisse, qui est de la pièce, m'a encore juré qu'on commencerait à neuf heures précises.

30 Un instant, ils se turent, levant la tête, fouillant l'ombre des loges. Mais le papier vert dont elles étaient tapissées les assombrissait encore. En bas, sous la galerie, les baignoires [1] s'enfonçaient dans une nuit complète. Aux loges de balcon, il n'y avait qu'une grosse dame, échouée sur le velours de la rampe [2]. À droite et à gauche, entre de hautes colonnes, les avant-scènes [3] restaient vides, drapées de lambrequins [4] à longues franges. La salle blanche et or, relevée de vert tendre, s'effaçait, comme emplie d'une fine poussière par les flammes courtes du grand lustre de cristal.

40 — Est-ce que tu as eu ton avant-scène pour Lucy ? demanda Hector.

— Oui, répondit l'autre, mais ça n'a pas été sans peine… Oh ! il n'y a pas de danger que Lucy vienne trop tôt, elle !

Il étouffa un léger bâillement ; puis, après un silence :

— Tu as de la chance, toi qui n'as pas encore vu de première… *La Blonde Vénus* sera l'événement de l'année. On en parle depuis six mois. Ah ! mon cher, une musique ! un chien [5] !… Bordenave, qui sait son affaire, a gardé ça pour l'Exposition [6].

50 Hector écoutait religieusement. Il posa une question.

1. Loges de rez-de-chaussée, un peu au-dessus du parterre.
2. Rebord qui limite le devant de la scène et où se trouve placée une rangée de lumières.
3. Loge établie au balcon, de chaque côté de la partie de la scène située en avant du rideau.
4. Bandes d'étoffe pendantes garnies de franges et de glands.
5. Charme piquant, racé (d'ordinaire à propos d'une femme).
6. L'Exposition universelle de Paris ouvrit ses portes le 1er avril 1867.

– Et Nana, l'étoile nouvelle, qui doit jouer Vénus, est-ce que tu la connais ?

– Allons, bon ! ça va recommencer ! cria Fauchery en jetant les bras en l'air. Depuis ce matin, on m'assomme avec Nana. J'ai rencontré plus de vingt personnes, et Nana par-ci, et Nana par-là ! Est-ce que je sais, moi ! est-ce que je connais toutes les filles de Paris ! Nana… est une invention de Bordenave. Ça doit être du propre !

Il se calma. Mais le vide de la salle, le demi-jour du lustre, ce recueillement d'église plein de voix chucho- 60 tantes et de battements de porte l'agaçaient.

– Ah ! non, dit-il tout à coup, on se fait trop vieux [1], ici. Moi, je sors… Nous allons peut-être trouver Bordenave en bas. Il nous donnera des détails.

En bas, dans le grand vestibule dallé de marbre, où était installé le contrôle, le public commençait à se montrer. Par les trois grilles ouvertes, on voyait passer la vie ardente des boulevards, qui grouillaient et flambaient sous la belle nuit d'avril [2]. Des roulements de voiture s'arrêtaient court, des portières se refermaient bruyamment, et du monde 70 entrait, par petits groupes, stationnant devant le contrôle, montant, au fond, le double escalier, où les femmes s'attardaient avec un balancement de la taille. Dans la clarté crue du gaz, sur la nudité blafarde de cette salle dont une maigre décoration Empire [3] faisait un péristyle [4] de temple en carton, de hautes affiches jaunes s'étalaient violemment, avec le nom de Nana en grosses lettres noires. Des messieurs, comme accrochés au passage, les lisaient ; d'autres, debout, causaient, barrant les portes ; tandis que, près du bureau de location, un homme épais, à large face 80 rasée, répondait brutalement aux personnes qui insistaient pour avoir des places.

– Voilà Bordenave, dit Fauchery, en descendant l'escalier.

Mais le directeur l'avait aperçu.

1. On commence à s'ennuyer (expression populaire).
2. D'après la chronologie établie par Zola dans son dossier préparatoire, l'action débute le 12 avril 1867.
3. Style décoratif caractérisé par des formes géométriques et s'inspirant principalement de l'Antiquité.
4. Galerie à colonnes isolées, autour d'un édifice ou d'une cour.

– Eh ! vous êtes gentil ! lui cria-t-il de loin. C'est comme ça que vous m'avez fait une chronique… J'ai ouvert ce matin *Le Figaro* [1]. Rien.

– Attendez donc ! répondit Faucherly. Il faut bien que je
90 connaisse votre Nana, avant de parler d'elle… Je n'ai rien promis, d'ailleurs.

Puis, pour couper court, il présenta son cousin, M. Hector de la Faloise, un jeune homme qui venait achever son éducation à Paris. Le directeur pesa le jeune homme d'un coup d'œil. Mais Hector l'examinait avec émotion. C'était donc là ce Bordenave, ce montreur de femmes qui les traitait en garde-chiourme [2], ce cerveau toujours fumant de quelque réclame, criant, crachant, se tapant sur les cuisses, cynique, et ayant un esprit de gendarme ! Hector crut qu'il
100 devait chercher une phrase aimable.

– Votre théâtre…, commença-t-il d'une voix flûtée.

Bordenave l'interrompit tranquillement, d'un mot cru, en homme qui aime les situations franches.

– Dites mon bordel [3].

Alors, Faucherly eut un rire approbatif, tandis que la Faloise restait avec son compliment étranglé dans la gorge, très choqué, essayant de paraître goûter le mot. Le directeur s'était précipité pour donner une poignée de main à un critique dramatique, dont le feuilleton avait une
110 grande influence. Quand il revint, la Faloise se remettait. Il craignait d'être traité de provincial, s'il se montrait trop interloqué.

– On m'a dit, recommença-t-il, voulant absolument trouver quelque chose, que Nana avait une voix délicieuse.

– Elle ! s'écria le directeur en haussant les épaules, une vraie seringue [4] !

1. Hebdomadaire fondé en 1826, repris en 1854 par Hippolyte de Villemessant et devenu quotidien en 1866. Zola y publia dix-sept textes du 24 septembre 1865 au 18 juin 1868 et deux séries d'articles recueillies sous les titres, *Une campagne* (1880-1881) et *Nouvelle Campagne* (1895-1896).
2. Surveillant des galériens, des forçats.
3. Dans son *Journal* (20 octobre 1879), Edmond de Goncourt raconte que c'était là l'expression favorite du directeur du théâtre des Délassements, Hiltbrunner.
4. *Chanter comme une seringue* : chanter faux.

Le jeune homme se hâta d'ajouter :

– Du reste, excellente comédienne.

– Elle !… Un paquet ! Elle ne sait où mettre les pieds et les mains.

La Faloise rougit légèrement. Il ne comprenait plus. Il balbutia :

– Pour rien au monde, je n'aurais manqué la première de ce soir. Je savais que votre théâtre…

– Dites mon bordel, interrompit de nouveau Bordenave, avec le froid entêtement d'un homme convaincu.

Cependant, Fauchery, très calme, regardait les femmes qui entraient. Il vint au secours de son cousin, lorsqu'il le vit béant [1], ne sachant s'il devait rire ou se fâcher.

– Fais donc plaisir à Bordenave, appelle son théâtre comme il te le demande, puisque ça l'amuse… Et vous, mon cher, ne nous faites pas poser [2]. Si votre Nana ne chante ni ne joue, vous aurez un four [3], voilà tout. C'est ce que je crains, d'ailleurs.

– Un four ! un four ! cria le directeur dont la face s'empourprait. Est-ce qu'une femme a besoin de savoir jouer et chanter ? Ah ! mon petit, tu es trop bête… Nana a autre chose, parbleu ! et quelque chose qui remplace tout. Je l'ai flairée, c'est joliment fort chez elle, ou je n'ai plus que le nez d'un imbécile… Tu verras, tu verras, elle n'a qu'à paraître, toute la salle tirera la langue.

Il avait levé ses grosses mains qui tremblaient d'enthousiasme ; et, soulagé, il baissait la voix, il grognait pour lui seul :

– Oui, elle ira loin, ah ! sacredié ! oui, elle ira loin… Une peau, oh ! une peau !

Puis, comme Fauchery l'interrogeait, il consentit à donner des détails, avec une crudité d'expressions qui gênait Hector de la Faloise. Il avait connu Nana et il voulait la lancer. Justement, il cherchait alors une Vénus. Lui, ne s'embarrassait pas longtemps d'une femme ; il aimait mieux en faire tout de suite profiter le public. Mais il avait un mal de chien dans sa baraque, que la venue de cette

1. Regardant avec curiosité et bouche ouverte.
2. *Faire poser* : faire attendre.
3. Fiasco, échec.

grande fille révolutionnait. Rose Mignon, son étoile, une
fine comédienne et une adorable chanteuse celle-là, mena-
çait chaque jour de le laisser en plan, furieuse, devinant
une rivale. Et, pour l'affiche, quel bousin [1], grand Dieu !
Enfin, il s'était décidé à mettre les noms des deux actrices
en lettres d'égale grosseur. Il ne fallait pas qu'on
160 l'ennuyât. Lorsqu'une de ses petites femmes, comme il les
nommait, Simonne ou Clarisse, ne marchait pas droit, il
lui allongeait un coup de pied dans le derrière. Autrement,
pas moyen de vivre. Il en vendait, il savait ce qu'elles
valaient, les garces !

– Tiens ! dit-il en s'interrompant, Mignon et Steiner [2].
Toujours ensemble. Vous savez que Steiner commence à
avoir de Rose par-dessus la tête ; aussi le mari ne le lâche-
t-il plus d'une semelle, de peur qu'il ne file.

Sur le trottoir, la rampe de gaz qui flambait à la corniche
170 du théâtre jetait une nappe de vive clarté. Deux petits
arbres se détachaient nettement, d'un vert cru ; une
colonne blanchissait, si vivement éclairée, qu'on y lisait
de loin les affiches, comme en plein jour ; et, au-delà, la
nuit épaissie du boulevard se piquait de feux, dans le
vague d'une foule toujours en marche. Beaucoup
d'hommes n'entraient pas tout de suite, restaient dehors à
causer en achevant un cigare, sous le coup de lumière de
la rampe, qui leur donnait une pâleur blême et découpait
sur l'asphalte leurs courtes ombres noires. Mignon, un
180 gaillard très grand, très large, avec une tête carrée d'her-
cule de foire, s'ouvrait un passage au milieu des groupes,
traînant à son bras le banquier Steiner, tout petit, le ventre
déjà fort, la face ronde et encadrée d'un collier de barbe
grisonnante.

– Eh bien ! dit Bordenave au banquier, vous l'avez ren-
contrée hier, dans mon cabinet.

– Ah ! c'était elle, s'écria Steiner. Je m'en doutais. Seu-
lement, je sortais comme elle entrait, je l'ai à peine
entrevue.

1. Tapage, tumulte.
2. Zola s'inspire du ménage Judic, sur lequel l'auteur dramatique
Ludovic Halévy l'avait renseigné, et du banquier Bischoffsheim (1823-
1906), protecteur attitré de Blanche d'Antigny.

Mignon écoutait, les paupières baissées, faisant tourner 190
nerveusement à son doigt un gros diamant. Il avait com-
pris qu'il s'agissait de Nana. Puis, comme Bordenave don-
nait de sa débutante un portrait qui mettait une flamme
dans les yeux du banquier, il finit par intervenir.

– Laissez donc, mon cher, une roulure[1] ! Le public va
joliment la reconduire… Steiner, mon petit, vous savez
que ma femme vous attend dans sa loge.

Il voulut le reprendre. Mais Steiner refusait de quitter
Bordenave. Devant eux, une queue s'écrasait au contrôle,
un tapage de voix montait, dans lequel le nom de Nana 200
sonnait avec la vivacité chantante de ses deux syllabes.
Les hommes qui se plantaient devant les affiches l'épe-
laient à voix haute ; d'autres le jetaient en passant, sur un
ton d'interrogation ; tandis que les femmes, inquiètes et
souriantes, le répétaient doucement, d'un air de surprise.
Personne ne connaissait Nana. D'où Nana tombait-elle ?
Et des histoires couraient, des plaisanteries chuchotées
d'oreille à oreille. C'était une caresse que ce nom, un petit
nom dont la familiarité allait à toutes les bouches. Rien
qu'à le prononcer ainsi, la foule s'égayait et devenait bon 210
enfant. Une fièvre de curiosité poussait le monde, cette
curiosité de Paris qui a la violence d'un accès de folie
chaude. On voulait voir Nana. Une dame eut le volant de
sa robe arraché, un monsieur perdit son chapeau.

– Ah ! vous m'en demandez trop ! cria Bordenave
qu'une vingtaine d'hommes assiégeaient de questions.
Vous allez la voir… Je file, on a besoin de moi.

Il disparut, enchanté d'avoir allumé son public. Mignon
haussait les épaules, en rappelant à Steiner que Rose
l'attendait pour lui montrer son costume du premier acte. 220

– Tiens ! Lucy, là-bas, qui descend de voiture, dit la
Faloise à Faucherv.

C'était Lucy Stewart, en effet, une petite femme laide,
d'une quarantaine d'années, le cou trop long, la face
maigre, tirée, avec une bouche épaisse, mais si vive, si gra-
cieuse, quelle avait un grand charme. Elle amenait Caro-
line Héquet et sa mère. Caroline d'une beauté froide, la
mère très digne, l'air empaillé.

1. Prostituée.

– Tu viens avec nous, je t'ai réservé une place, dit-elle
230 à Faucher y.

– Ah ! non, par exemple ! pour ne rien voir ! répondit-
il. J'ai un fauteuil, j'aime mieux être à l'orchestre.

Lucy se fâcha. Est-ce qu'il n'osait pas se montrer avec
elle ? Puis, calmée brusquement, sautant à un autre sujet :

– Pourquoi ne m'as-tu pas dit que tu connaissais Nana ?

– Nana ! je ne l'ai jamais vue.

– Bien vrai ?… On m'a juré que tu avais couché avec.

Mais, devant eux, Mignon, un doigt aux lèvres, leur fai-
sait signe de se taire. Et, sur une question de Lucy, il
240 montra un jeune homme qui passait, en murmurant :

– Le greluchon [1] de Nana.

Tous le regardèrent. Il était gentil. Faucher y le
reconnut : c'était Daguenet, un garçon qui avait mangé
trois cent mille francs avec les femmes, et qui, maintenant,
bibelotait [2] à la Bourse, pour leur payer des bouquets et
des dîners de temps à autre. Lucy lui trouva de beaux
yeux.

– Ah ! voilà Blanche ! cria-t-elle. C'est elle qui m'a dit
que tu avais couché avec Nana.

250 Blanche de Sivry, une grosse fille blonde dont le joli
visage s'empâtait, arrivait en compagnie d'un homme
fluet, très soigné, d'une grande distinction.

– Le comte Xavier de Vandeuvres, souffla Faucher y à
l'oreille de la Faloise.

Le comte échangea une poignée de main avec le journa-
liste, tandis qu'une vive explication avait lieu entre
Blanche et Lucy. Elles bouchaient le passage de leurs jupes
chargées de volants, l'une en bleu, l'autre en rose, et le
nom de Nana revenait sur leurs lèvres, si aigu, que le
260 monde les écoutait. Le comte de Vandeuvres emmena
Blanche. Mais, à présent, comme un écho, Nana sonnait
aux quatre coins du vestibule sur un ton plus haut, dans un
désir accru par l'attente. On ne commençait donc pas ? Les
hommes tiraient leurs montres, des retardataires sautaient
de leurs voitures avant qu'elles fussent arrêtées, des

1. Amant de cœur d'une femme entretenue par un autre.
2. *Bibeloter* : collectionner des bibelots ; Zola semble vouloir dire ici : se
livrer à de petites spéculations.

groupes quittaient le trottoir, où les promeneurs, lentement, traversaient la nappe de gaz restée vide, en allongeant le cou pour voir dans le théâtre. Un gamin qui arrivait en sifflant se planta devant une affiche, à la porte ; puis, il cria : « Ohé, Nana ! » d'une voix de rogomme [1], et poursuivit son chemin, déhanché, traînant ses savates. Un rire avait couru. Des messieurs très bien répétèrent : « Nana, ohé ! Nana ! » On s'écrasait, une querelle éclatait au contrôle, une clameur grandissait, faite du bourdonnement des voix appelant, exigeant Nana, dans un de ces coups d'esprit bête et de brutale sensualité qui passent sur les foules.

Mais, au-dessus du vacarme, la sonnette de l'entracte se fit entendre. Une rumeur gagna jusqu'au boulevard : « On a sonné, on a sonné » ; et ce fut une bousculade, chacun voulait passer, tandis que les employés du contrôle se multipliaient. Mignon, l'air inquiet, reprit enfin Steiner, qui n'était pas allé voir le costume de Rose. Au premier tintement, la Faloise avait fendu la foule, en entraînant Fauchery, pour ne pas manquer l'ouverture. Cet empressement du public irrita Lucy Stewart. En voilà de grossiers personnages, qui poussaient les femmes ! Elle resta la dernière, avec Caroline Héquet et sa mère. Le vestibule était vide ; au fond, le boulevard gardait son ronflement prolongé.

– Comme si c'était toujours drôle, leurs pièces ! répétait Lucy, en montant l'escalier.

Dans la salle, Fauchery et la Faloise, devant leurs fauteuils, regardaient de nouveau. Maintenant, la salle resplendissait. De hautes flammes de gaz allumaient le grand lustre de cristal d'un ruissellement de feux jaunes et roses, qui se brisaient du cintre [2] au parterre en une pluie de clarté. Les velours grenat des sièges se moiraient [3] de laque, tandis que les ors luisaient et que les ornements vert tendre en adoucissaient l'éclat, sous les peintures trop crues du plafond. Haussée, la rampe [4], dans une nappe

1. Voix rauque d'ivrogne.
2. Partie du théâtre située au-dessus de la scène, entre le décor et les combles.
3. *Se moirer* : avoir des reflets chatoyants.
4. Voir note 2, p. 36.

brusque de lumière, incendiait le rideau, dont la lourde
draperie de pourpre avait une richesse de palais fabuleux,
jurant avec la pauvreté du cadre, où des lézardes mon-
traient le plâtre sous la dorure. Il faisait déjà chaud. À
leurs pupitres, les musiciens accordaient leurs instru-
ments, avec des trilles [1] légers de flûte, des soupirs
étouffés de cor, des voix chantantes de violon, qui
s'envolaient au milieu du brouhaha grandissant des voix.
Tous les spectateurs parlaient, se poussaient, se casaient,
310 dans l'assaut donné aux places ; et la bousculade des cou-
loirs était si rude, que chaque porte lâchait péniblement
un flot de monde, intarissable. C'étaient des signes
d'appel, des froissements d'étoffe, un défilé de jupes et
de coiffures, coupées par le noir d'un habit ou d'une
redingote. Pourtant, les rangées de fauteuils s'emplis-
saient peu à peu ; une toilette claire se détachait, une tête
au fin profil baissait son chignon, où courait l'éclair d'un
bijou. Dans une loge, un coin d'épaule nue avait une
blancheur de soie. D'autres femmes, tranquilles, s'éven-
320 taient avec langueur, en suivant du regard les poussées de
la foule ; pendant que de jeunes messieurs, debout à
l'orchestre, le gilet largement ouvert, un gardénia à la
boutonnière, braquaient leurs jumelles du bout de leurs
doigts gantés [2].

Alors, les deux cousins cherchèrent les figures de
connaissance. Mignon et Steiner étaient ensemble, dans
une baignoire, les poignets appuyés sur le velours de la
rampe, côte à côte. Blanche de Sivry semblait occuper à
elle seule une avant-scène du rez-de-chaussée. Mais la
330 Faloise examina surtout Daguenet, qui avait un fauteuil
d'orchestre, deux rangs en avant du sien. Près de lui, un
tout jeune homme, de dix-sept ans au plus, quelque
échappé de collège, ouvrait très grands ses beaux yeux de
chérubin [3]. Fauchery eut un sourire en le regardant.

1. Alternance très rapide d'une note et de la note supérieure.
2. Porter des gants était l'une des marques distinctives de l'homme bien
élevé. Les gants devaient être foncés le matin, plus clairs en visite, écla-
tants de blancheur au bal, et paille ou beurre frais au théâtre ou au salon.
3. Ange représenté par une tête d'enfant ailé, d'où enfant au visage rose
et poupin.

– Quelle est donc cette dame, au balcon ? demanda tout
à coup la Faloise. Celle qui a une jeune fille en bleu près
d'elle.

Il indiquait une grosse femme, sanglée dans son corset,
une ancienne blonde devenue blanche et teinte en jaune,
dont la figure ronde, rougie par le fard, se boursouflait 340
sous une pluie de petits frisons enfantins.

– C'est Gaga, répondit simplement Fauchery.

Et, comme ce nom semblait ahurir son cousin, il ajouta :

– Tu ne connais pas Gaga ?… Elle a fait les délices des
premières années du règne de Louis-Philippe [1]. Mainte-
nant, elle traîne partout sa fille avec elle.

La Faloise n'eut pas un regard pour la jeune fille. La vue
de Gaga l'émotionnait, ses yeux ne la quittaient plus ; il la
trouvait encore très bien, mais il n'osa pas le dire.

Cependant, le chef d'orchestre levait son archet, les 350
musiciens attaquaient l'ouverture. On entrait toujours,
l'agitation et le tapage croissaient. Parmi ce public spécial
des premières représentations, qui ne changeait pas, il y
avait des coins d'intimité où l'on se retrouvait en souriant.
Des habitués, le chapeau sur la tête, à l'aise et familiers,
échangeaient des saluts. Paris était là, le Paris des lettres,
de la finance et du plaisir, beaucoup de journalistes,
quelques écrivains, des hommes de Bourse, plus de filles
que de femmes honnêtes ; monde singulièrement mêlé,
fait de tous les génies, gâté par tous les vices, où la même 360
fatigue et la même fièvre passaient sur les visages. Fau-
chery, que son cousin questionnait, lui montra les loges
des journaux et des cercles [2], puis il nomma les critiques
dramatiques, un maigre, l'air desséché, avec de minces
lèvres méchantes, et surtout un gros, de mine bon enfant [3],
se laissant aller sur l'épaule de sa voisine, une ingénue [4]
qu'il couvait d'un œil paternel et tendre.

1. Louis-Philippe fut roi des Français de 1830 à 1848.
2. Groupe de personnes, club réuni dans un but particulier (intellectuel,
artistique, politique, etc.).
3. Les contemporains de Zola ont reconnu dans le critique maigre Ernest
de Biéville, du *Siècle*, et dans le gros Francisque Sarcey, du *Temps*.
4. L'ingénue est au théâtre l'emploi traditionnel d'une jeune fille simple
et naïve.

Mais il s'interrompit, en voyant la Faloise saluer des
personnes qui occupaient une loge de face. Il parut surpris.
370 – Comment ! demanda-t-il, tu connais le comte Muffat
de Beuville ?

– Oh ! depuis longtemps, répondit Hector. Les Muffat
avaient une propriété près de la nôtre. Je vais souvent chez
eux… Le comte est avec sa femme et son beau-père, le
marquis de Chouard.

Et, par vanité, heureux de l'étonnement de son cousin,
il appuya sur des détails : le marquis était conseiller
d'État [1], le comte venait d'être nommé chambellan [2] de
l'impératrice. Fauchery, qui avait pris sa jumelle, regardait
380 la comtesse, une brune à la peau blanche, potelée, avec de
beaux yeux noirs.

– Tu me présenteras pendant un entracte, finit-il par
dire. Je me suis déjà rencontré avec le comte, mais je vou-
drais aller à leurs mardis [3].

Des chuts ! énergiques partirent des galeries supé-
rieures. L'ouverture était commencée, on entrait encore.
Des retardataires forçaient des rangées entières de specta-
teurs à se lever, les portes des loges battaient, de grosses
voix se querellaient dans les couloirs. Et le bruit des
390 conversations ne cessait pas, pareil au piaillement d'une
nuée de moineaux bavards, lorsque le jour tombe. C'était
une confusion, un fouillis de têtes et de bras qui s'agi-
taient, les uns s'asseyant et cherchant leurs aises, les autres
s'entêtant à rester debout, pour jeter un dernier coup d'œil.
Le cri : « Assis ! assis ! » sortit violemment des profon-
deurs obscures du parterre. Un frisson avait couru : enfin
on allait donc connaître cette fameuse Nana, dont Paris
s'occupait depuis huit jours !

1. Membre du Conseil d'État ; les conseillers étaient chargés de rédiger
les projets de lois et d'en soutenir la discussion devant le Corps législatif
et le Sénat.
2. Haut dignitaire de la cour. « C'est lui qui introduit les personnes,
quand il est de semaine, et c'est lui qui accompagne dans les soirées et
se tient à la disposition dans les dîners de gala », note Zola dans son dos-
sier préparatoire.
3. Il était de bon ton, lorsqu'on occupait un certain rang dans la société,
de recevoir ses amis et relations un jour par semaine, toujours le même
(« avoir un jour »).

Peu à peu, cependant, les conversations tombaient, mollement, avec des reprises de voix grasses. Et, au milieu de ce murmure pâmé, de ces soupirs mourants, l'orchestre éclatait en petites notes vives, une valse dont le rythme canaille avait le rire d'une polissonnerie [1]. Le public, chatouillé, souriait déjà. Mais la claque [2], aux premiers bancs du parterre, tapa furieusement des mains. Le rideau se levait.

– Tiens ! dit la Faloise, qui causait toujours, il y a un monsieur avec Lucy.

Il regardait l'avant-scène de balcon, à droite, dont Caroline et Lucy occupaient le devant. Dans le fond, on apercevait la face digne de la mère de Caroline et le profil d'un grand garçon, à belle chevelure blonde, d'une tenue irréprochable.

– Vois donc, répétait la Faloise avec insistance, il y a un monsieur.

Fauchery se décida à diriger sa jumelle vers l'avant-scène. Mais il se détourna tout de suite.

– Oh ! c'est Labordette, murmura-t-il d'une voix insouciante, comme si la présence de ce monsieur devait être pour tout le monde naturelle et sans conséquence.

Derrière eux, on cria : « Silence ! » Ils durent se taire. Maintenant, une immobilité frappait la salle, des nappes de têtes, droites et attentives, montaient de l'orchestre à l'amphithéâtre. Le premier acte de *La Blonde Vénus* se passait dans l'Olympe, un Olympe de carton, avec des nuées pour coulisses et le trône de Jupiter à droite. C'étaient d'abord Iris [3] et Ganymède [4], aidés d'une troupe de serviteurs célestes, qui chantaient un chœur en disposant les sièges des dieux pour le conseil. De nouveau, les

1. *La Blonde Vénus* est une parodie des opéras bouffes célèbres d'Offenbach, en particulier *La Belle Hélène*, dont Zola détestait la médiocrité et le mauvais goût. Cette « valse » au « rythme canaille » rappelle celle d'Hélène (« Dis-moi, Vénus… »), la tyrolienne bouffonne de Prullière, le récit de Pâris, le défilé des dieux, celui des rois de la Grèce, et Vulcain le « dieu des cocus » fait penser à Ménélas, le mari trompé.
2. Groupe de personnes placées au parterre et payées, lors des premières, pour applaudir le spectacle.
3. Divinité grecque qui personnifie l'arc-en-ciel, messagère des dieux.
4. Jeune prince de Troie célèbre pour sa beauté, enlevé par Zeus et devenu immortel.

430 bravos réglés de la claque partirent tout seuls ; le public,
un peu dépaysé, attendait. Cependant, la Faloise avait
applaudi Clarisse Besnus, une des petites femmes de Bor-
denave, qui jouait Iris, en bleu tendre, une grande écharpe
aux sept couleurs nouée à la taille.

– Tu sais qu'elle retire sa chemise [1] pour mettre ça, dit-
il à Fauchery, de façon à être entendu. Nous avons essayé
ça, ce matin… On voyait sa chemise sous les bras et dans
le dos.

Mais un léger frémissement agita la salle. Rose Mignon
440 venait d'entrer, en Diane. Bien quelle n'eût ni la taille ni
la figure du rôle, maigre et noire, d'une laideur adorable de
gamin parisien [2], elle parut charmante, comme une
raillerie même du personnage. Son air d'entrée, des
paroles bêtes à pleurer, où elle se plaignait de Mars, qui
était en train de la lâcher pour Vénus, fut chanté avec une
réserve pudique, si pleine de sous-entendus égrillards, que
le public s'échauffa. Le mari et Steiner, coude à coude,
riaient complaisamment. Et toute la salle éclata, lorsque
Prullière, cet acteur si aimé, se montra en général, un Mars
450 de la Courtille [3], empanaché d'un plumet géant, traînant
un sabre qui lui arrivait à l'épaule. Lui, avait assez de
Diane ; elle faisait trop sa poire [4]. Alors, Diane jurait de le
surveiller et de se venger. Le duo se terminait par une
tyrolienne [5] bouffonne, que Prullière enleva très drôle-
ment, d'une voix de matou irrité. Il avait une fatuité amu-
sante de jeune premier en bonne fortune, et roulait des
yeux de bravache [6], qui soulevaient des rires aigus de
femme, dans les loges.

Puis, le public redevint froid ; les scènes suivantes
460 furent trouvées ennuyeuses. C'est à peine si le vieux Bosc,

1. Vêtement de linge qu'on porte sur la chair et qui couvre depuis le cou
jusqu'aux genoux, voire plus bas.
2. Enfant oisif qui passe son temps à polissonner dans les rues, type lit-
téraire du XIXᵉ siècle (voir le personnage de Gavroche dans *Les Miséra-
bles* de Victor Hugo).
3. Nom donné à l'ensemble de jardins et de guinguettes situé sur la col-
line de Belleville, quartier populaire situé à l'est de Paris.
4. *Faire sa poire* : jouer le dédain, être de mauvaise humeur.
5. Air à trois temps qui s'exécute en franchissant rapidement d'assez
grands intervalles mélodiques.
6. Faux brave, fanfaron.

un Jupiter imbécile, la tête écrasée sous une couronne immense, dérida un instant le public, lorsqu'il eut une querelle de ménage avec Junon, à propos du compte de leur cuisinière. Le défilé des dieux, Neptune, Pluton, Minerve et les autres, faillit même tout gâter. On s'impatientait, un murmure inquiétant grandissait lentement, les spectateurs se désintéressaient et regardaient dans la salle. Lucy riait avec Labordette ; le comte de Vandeuvres allongeait la tête, derrière les fortes épaules de Blanche ; tandis que Fauchery, du coin de l'œil, examinait les Muffat, le comte 470 très grave, comme s'il n'avait pas compris, la comtesse vaguement souriante, les yeux perdus, rêvant. Mais, brusquement, dans ce malaise, les applaudissements de la claque crépitèrent avec la régularité d'un feu de peloton. On se tourna vers la scène. Était-ce Nana enfin ? Cette Nana se faisait bien attendre.

C'était une députation de mortels, que Ganymède et Iris avaient introduite, des bourgeois respectables, tous maris trompés et venant présenter au maître des dieux une plainte contre Vénus, qui enflammait vraiment leurs 480 femmes de trop d'ardeurs. Le chœur, sur un ton dolent et naïf, coupé de silences pleins d'aveux, amusa beaucoup. Un mot fit le tour de la salle : « Le chœur des cocus, le chœur des cocus » ; et le mot devait rester, on cria « bis ». Les têtes des choristes étaient drôles, on leur trouvait une figure à ça, un gros surtout, la face ronde comme une lune. Cependant, Vulcain arrivait, furieux, demandant sa femme, filée depuis trois jours. Le chœur reprenait, implorant Vulcain, le dieu des cocus. Ce personnage de Vulcain était joué par Fontan, un comique d'un talent canaille et 490 original, qui avait un déhanchement d'une fantaisie folle, en forgeron de village, la perruque flambante, les bras nus, tatoués de cœurs percés de flèches. Une voix de femme laissa échapper, très haut : « Ah ! qu'il est laid ! » ; et toutes riaient en applaudissant.

Une scène, ensuite, sembla interminable. Jupiter n'en finissait pas d'assembler le conseil des dieux, pour lui soumettre la requête des maris trompés. Et toujours pas de Nana ! On gardait donc Nana pour le baisser du rideau ? Une attente si prolongée avait fini par irriter le public. Les 500 murmures recommençaient.

– Ça va mal, dit Mignon radieux à Steiner. Un joli attrapage [1], vous allez voir !

À ce moment, les nuées, au fond, s'écartèrent, et Vénus parut. Nana, très grande, très forte pour ses dix-huit ans [2], dans sa tunique blanche de déesse, ses longs cheveux blonds simplement dénoués sur les épaules, descendit vers la rampe avec un aplomb tranquille, en riant au public. Et elle entama son grand air :

510
> Lorsque Vénus rôde le soir…

Dès le second vers, on se regardait dans la salle. Était-ce une plaisanterie, quelque gageure de Bordenave ? Jamais on n'avait entendu une voix aussi fausse, menée avec moins de méthode. Son directeur la jugeait bien, elle chantait comme une seringue. Et elle ne savait même pas se tenir en scène, elle jetait les mains en avant, dans un balancement de tout son corps, qu'on trouva peu convenable et disgracieux. Des oh ! oh ! s'élevaient déjà du parterre et des petites places, on sifflotait, lorsqu'une voix de jeune coq en train de muer, aux fauteuils d'orchestre, lança avec conviction :

520

– Très chic !

Toute la salle regarda. C'était le chérubin, l'échappé de collège, ses beaux yeux écarquillés, sa face blonde enflammée par la vue de Nana. Quand il vit le monde se tourner vers lui, il devint très rouge d'avoir ainsi parlé haut, sans le vouloir. Daguenet, son voisin, l'examinait avec un sourire, le public riait, comme désarmé et ne songeant plus à siffler ; tandis que les jeunes messieurs en gants blancs, empoignés eux aussi par le galbe de Nana, se pâmaient, applaudissaient.

530

– C'est ça, très bien ! bravo !

1. Critique, réprimande (expression familière).
2. En fait, d'après *L'Assommoir*, Nana est née en 1851 et aurait donc seize ans en 1867. Zola avouera à Fernand Xau, en 1880, que le plan des *Rougon-Macquart* a été bousculé par la chute de l'Empire – imprévisible en 1868-1869, lorsque l'écrivain préparait son cycle romanesque : « Mes personnages se sont cassé le nez contre 1870, je le reconnais bien volontiers. De même je concède que j'ai dû tricher et que Nana, par exemple, fait en trois ou quatre ans ce qu'elle devait faire en dix ans. La raison en est que je n'ai pas voulu déborder du Second Empire. »

Nana, cependant, en voyant rire la salle, s'était mise à rire. La gaieté redoubla. Elle était drôle tout de même, cette belle fille. Son rire lui creusait un amour de petit trou dans le menton. Elle attendait, pas gênée, familière, entrant tout de suite de plain-pied avec le public, ayant l'air de dire elle-même d'un clignement d'yeux quelle n'avait pas de talent pour deux liards [1], mais que ça ne faisait rien, qu'elle avait autre chose. Et, après avoir 540 adressé au chef d'orchestre un geste qui signifiait : « Allons-y, mon bonhomme ! » elle commença le second couplet :

À minuit, c'est Vénus qui passe...

C'était toujours la même voix vinaigrée, mais à présent elle grattait si bien le public au bon endroit, qu'elle lui tirait par moments un léger frisson. Nana avait gardé son rire, qui éclairait sa petite bouche rouge et luisait dans ses grands yeux, d'un bleu très clair. À certains vers un peu vifs, une friandise retroussait son nez dont les ailes roses 550 battaient, pendant qu'une flamme passait sur ses joues. Elle continuait à se balancer, ne sachant faire que ça. Et on ne trouvait plus ça vilain du tout, au contraire ; les hommes braquaient leurs jumelles. Comme elle terminait le couplet, la voix lui manqua complètement, elle comprit qu'elle n'irait jamais au bout. Alors, sans s'inquiéter, elle donna un coup de hanche qui dessina une rondeur sous la mince tunique, tandis que, la taille pliée, la gorge renversée, elle tendait les bras. Des applaudissements éclatèrent. Tout de suite, elle s'était tournée, remontant, fai- 560 sant voir sa nuque où des cheveux roux mettaient comme une toison de bête ; et les applaudissements devinrent furieux.

La fin de l'acte fut plus froide. Vulcain voulait gifler Vénus. Les dieux tenaient conseil et décidaient qu'ils iraient procéder à une enquête sur la terre, avant de satisfaire les maris trompés. C'était là que Diane, surprenant des mots tendres entre Vénus et Mars, jurait de ne pas les quitter des yeux pendant le voyage. Il y avait aussi une

1. Ancienne monnaie de cuivre valant le quart d'un sou, donc à peine plus d'un centime.

570 scène où l'Amour [1], joué par une gamine de douze ans, répondait à toutes les questions : « Oui, maman... Non, maman », d'un ton pleurnicheur, les doigts dans le nez. Puis, Jupiter, avec la sévérité d'un maître qui se fâche, enfermait l'Amour dans un cabinet noir [2], en lui donnant à conjuguer vingt fois le verbe « J'aime ». On goûta davantage le finale, un chœur que la troupe et l'orchestre enlevèrent très brillamment. Mais, le rideau baissé, la claque tâcha vainement d'obtenir un rappel, tout le monde, debout, se dirigeait déjà vers les portes.

580 On piétinait, on se bousculait, serré entre les rangs des fauteuils, échangeant ses impressions. Un même mot courait :

– C'est idiot.

Un critique disait qu'il faudrait joliment couper là-dedans. La pièce importait peu, d'ailleurs ; on causait surtout de Nana. Fauchery et la Faloise, sortis des premiers, se rencontrèrent dans le couloir de l'orchestre avec Steiner et Mignon. On étouffait dans ce boyau, étroit et écrasé comme une galerie de mine, que des lampes à gaz éclai-

590 raient. Ils restèrent un instant au pied de l'escalier de droite, protégés par le retour de la rampe. Les spectateurs des petites places descendaient avec un bruit continu de gros souliers, le flot des habits noirs passait, tandis qu'une ouvreuse faisait tous ses efforts pour protéger contre les poussées une chaise, sur laquelle elle avait empilé des vêtements.

– Mais je la connais ! cria Steiner, dès qu'il aperçut Fauchery. Pour sûr, je l'ai vue quelque part... Au Casino [3], je crois, et elle s'y est fait ramasser, tant elle était soûle.

600 – Moi, je ne sais plus au juste, dit le journaliste ; je suis comme vous, je l'ai certainement rencontrée...

Il baissa la voix et ajouta en riant :

– Chez la Tricon, peut-être.

1. Éros (Cupidon dans la mythologie romaine), divinité de l'amour, était généralement représenté comme un enfant ailé qui blesse les cœurs de ses flèches.
2. Pièce de débarras sans fenêtre.
3. Le casino Cadet, rue Cadet, construit en 1859, donnait des bals les lundis, mercredis, vendredis et dimanches, des concerts les autres jours.

– Parbleu ! dans un sale endroit, déclara Mignon, qui semblait exaspéré. C'est dégoûtant que le public accueille comme ça la première salope [1] venue. Il n'y aura bientôt plus d'honnêtes femmes au théâtre… Oui, je finirai par défendre à Rose de jouer.

Fauchery ne put s'empêcher de sourire. Cependant, la dégringolade des gros souliers sur les marches ne cessait pas, un petit homme en casquette disait d'une voix traînante :

– Oh ! là, là, elle est bien boulotte ! Y a de quoi manger.

Dans le couloir, deux jeunes gens, frisés au petit fer, très corrects avec leurs cols cassés, se querellaient. L'un répétait le mot : Infecte ! infecte ! sans donner de raison ; l'autre répondait par le mot : Épatante ! épatante ! dédaigneux aussi de tout argument.

La Faloise la trouvait très bien ; il risqua seulement qu'elle serait mieux, si elle cultivait sa voix. Alors, Steiner, qui n'écoutait plus, parut s'éveiller en sursaut. Il fallait attendre, d'ailleurs. Peut-être que tout se gâterait aux actes suivants. Le public avait montré de la complaisance, mais certainement il n'était pas encore empoigné. Mignon jurait que la pièce ne finirait pas, et comme Fauchery et la Faloise les quittaient pour monter au foyer [2], il prit le bras de Steiner, il se poussa contre son épaule, en lui soufflant dans l'oreille :

– Mon cher, vous allez voir le costume de ma femme, au second acte… Il est d'un cochon !

En haut, dans le foyer, trois lustres de cristal brûlaient avec une vive lumière. Les deux cousins hésitèrent un instant ; la porte vitrée, rabattue, laissait voir, d'un bout à l'autre de la galerie, une houle de têtes que deux courants emportaient dans un continuel remous. Pourtant, ils entrèrent. Cinq ou six groupes d'hommes, causant très fort et gesticulant, s'entêtaient au milieu des bourrades ; les autres marchaient par files, tournant sur leurs talons qui battaient le parquet ciré. À droite et à gauche, entre des

1. D'abord femme sale, puis femme dévergondée (1775), prostituée (1808). *Salope* fut utilisé ensuite comme terme d'injure pour une femme (1877), devenant le féminin de *salaud*.
2. Salle où les spectateurs peuvent aller pendant les entractes.

640 colonnes de marbre jaspé [1], des femmes, assises sur des
banquettes de velours rouge, regardaient le flot passer d'un
air las, comme alanguies par la chaleur ; et, derrière elles,
dans de hautes glaces, on voyait leurs chignons. Au fond,
devant le buffet, un homme à gros ventre buvait un verre
de sirop.

Mais Fauchery, pour respirer, était allé sur le balcon. La
Faloise, qui étudiait des photographies d'actrices, dans des
cadres alternant avec les glaces, entre les colonnes, finit
par le suivre. On venait d'éteindre la rampe de gaz, au
650 fronton du théâtre. Il faisait noir et très frais sur le balcon,
qui leur sembla vide. Seul, un jeune homme, enveloppé
d'ombre, accoudé à la balustrade de pierre, dans la baie de
droite, fumait une cigarette, dont la braise luisait. Fau-
chery reconnut Daguenet. Ils se serrèrent la main.

– Que faites-vous donc là, mon cher ? demanda le jour-
naliste. Vous vous cachez dans les petits coins, vous qui ne
quittez pas l'orchestre, les jours de première.

– Mais je fume, vous voyez, répondit Daguenet.

Alors, Fauchery, pour l'embarrasser :
660 – Eh bien ! que pensez-vous de la débutante ?... On la
traite assez mal dans les couloirs.

– Oh ! murmura Daguenet, des hommes dont elle
n'aura pas voulu !

Ce fut tout son jugement sur le talent de Nana. La
Faloise se penchait, regardant le boulevard. En face, les
fenêtres d'un hôtel et d'un cercle étaient vivement
éclairées ; tandis que, sur le trottoir, une masse noire de
consommateurs occupaient les tables du café de Madrid [2].
Malgré l'heure avancée, la foule s'écrasait ; on marchait à
670 petits pas, du monde sortait continuellement du passage
Jouffroy [3], des gens attendaient cinq minutes avant de pou-
voir traverser, tant la queue des voitures s'allongeait.

1. Bigarré, comportant des couleurs différentes.
2. Café situé en face du théâtre des Variétés, boulevard Montmartre, où
se retrouvaient des journalistes, des écrivains et quelques hommes poli-
tiques dont certains devinrent célèbres sous la troisième République
(Gambetta, par exemple).
3. Ouvert en 1847 entre le 10 boulevard Montmartre, et le 9 rue de la
Grange-Batelière, un des passages de Paris les plus élégants et les plus
fréquentés, réputé pour ses restaurants.

– Quel mouvement ! quel bruit ! répétait la Faloise, que Paris étonnait encore.

Une sonnerie tinta longuement, le foyer se vida. On se hâtait dans les couloirs. Le rideau était levé qu'on rentrait par bandes, au milieu de la mauvaise humeur des spectateurs déjà assis. Chacun reprenait sa place, le visage animé et de nouveau attentif. Le premier regard de la Faloise fut pour Gaga ; mais il demeura étonné, en voyant près d'elle le grand blond, qui, tout à l'heure, était dans l'avant-scène de Lucy.

– Quel est donc le nom de ce monsieur ? demanda-t-il.

Fauchery ne le voyait pas.

– Ah ! oui, Labordette, finit-il par dire, avec le même geste d'insouciance.

Le décor du second acte fut une surprise. On était dans un bastringue de barrière [1], à *La Boule-Noire* [2], en plein mardi gras ; des chienlits [3] chantaient une ronde, qu'ils accompagnaient au refrain en tapant des talons. Cette échappée canaille, à laquelle on ne s'attendait point, égaya tellement, qu'on bissa la ronde. Et c'était là que la bande des dieux, égarée par Iris, qui se vantait faussement de connaître la Terre, venait procéder à son enquête. Ils s'étaient déguisés pour garder l'incognito. Jupiter entra en roi Dagobert, avec sa culotte à l'envers et une vaste couronne de fer-blanc. Phébus parut en Postillon de Longjumeau [4] et Minerve en Nourrice normande. De grands éclats de gaieté accueillirent Mars, qui portait un costume extravagant d'Amiral suisse. Mais les rires devinrent scandaleux lorsqu'on vit Neptune vêtu d'une blouse, coiffé d'une haute casquette ballonnée, des accroche-cœurs cloués aux tempes, traînant ses pantoufles et disant d'une voix grasse : « De quoi ! quand on est bel homme,

1. Bal populaire situé dans les quartiers s'étendant à l'extérieur de l'enceinte fortifiée de Paris.
2. Bal situé boulevard des Martyrs, décrit par les Goncourt dans *Germinie Lacerteux* et fréquenté par Nana dans *L'Assommoir*.
3. Masques de carnaval (expression populaire).
4. Opéra en trois actes d'Adolphe Adam, créé le 13 octobre 1836 à l'Opéra-Comique, célèbre par l'air du ténor qui imite la trompe de la malle-poste (*postillon* : conducteur de la poste aux chevaux ; *Longjumeau* : village situé à une trentaine de kilomètres de Paris).

faut bien se laisser aimer ! » Il y eut quelques oh ! oh !
tandis que les dames haussaient un peu leurs éventails.
Lucy, dans son avant-scène, riait si bruyamment que Caro-
line Héquet la fit taire d'un léger coup d'éventail.

Dès lors, la pièce était sauvée, un grand succès se des-
710 sina. Ce carnaval des dieux, l'Olympe traîné dans la boue,
toute une religion, toute une poésie bafouée, semblèrent
un régal exquis. La fièvre de l'irrévérence gagnait le
monde lettré des premières représentations ; on piétinait
sur la légende, on cassait les antiques images. Jupiter avait
une bonne tête, Mars était tapé [1]. La royauté devenait une
farce, et l'armée, une rigolade. Quand Jupiter, tout d'un
coup amoureux d'une petite blanchisseuse, se mit à pincer
un cancan [2] échevelé, Simonne, qui jouait la blanchis-
seuse, lança le pied au nez du maître des dieux, en l'appe-
720 lant si drôlement « Mon gros père ! » qu'un rire fou
secoua la salle. Pendant qu'on dansait, Phébus payait des
saladiers de vin chaud à Minerve, et Neptune trônait au
milieu de sept ou huit femmes, qui le régalaient de
gâteaux. On saisissait les allusions, on ajoutait des obscé-
nités, les mots inoffensifs étaient détournés de leur sens
par les exclamations de l'orchestre. Depuis longtemps, au
théâtre, le public ne s'était vautré dans de la bêtise plus
irrespectueuse. Cela le reposait.

Pourtant, l'action marchait, au milieu de ces folies. Vul-
730 cain, en garçon chic, tout de jaune habillé, ganté de jaune,
un monocle fiché dans l'œil, courait toujours après Vénus,
qui arrivait enfin en Poissarde [3], un mouchoir sur la tête, la
gorge débordante, couverte de gros bijoux d'or. Nana était
si blanche et si grasse, si nature dans ce personnage fort des
hanches et de la gueule, que tout de suite elle gagna la salle
entière. On en oublia Rose Mignon, un délicieux Bébé,
avec un bourrelet [4] d'osier et une courte robe de mousse-
line, qui venait de soupirer les plaintes de Diane d'une voix
charmante. L'autre, cette grosse fille qui se tapait sur les
740 cuisses, qui gloussait comme une poule, dégageait autour

1. Réussi (familier).
2. Danse excentrique.
3. Femme de la halle, marchande de poissons.
4. Coiffure rembourrée avec laquelle on protégeait la tête des bébés.

d'elle une odeur de vie, une toute-puissance de femme, dont le public se grisait. Dès ce second acte, tout lui fut permis, se tenir mal en scène, ne pas chanter une note juste, manquer de mémoire ; elle n'avait qu'à se tourner et à rire, pour enlever les bravos. Quand elle donnait son fameux coup de hanche, l'orchestre s'allumait, une chaleur montait de galerie en galerie jusqu'au cintre. Aussi fut-ce un triomphe, lorsqu'elle mena le bastringue [1]. Elle était là chez elle, le poing à la taille, asseyant Vénus dans le ruisseau, au bord du trottoir. Et la musique semblait faite pour sa voix faubourienne, une musique de mirliton [2], un retour de foire de Saint-Cloud [3], avec des éternuements de clarinette et des gambades de petite flûte.

Deux morceaux furent encore bissés. La valse de l'ouverture, cette valse au rythme polisson, était revenue et emportait les dieux. Junon, en Fermière, pinçait Jupiter avec sa blanchisseuse et le calottait. Diane, surprenant Vénus en train de donner un rendez-vous à Mars, se hâtait d'indiquer le lieu et l'heure à Vulcain, qui s'écriait : « J'ai mon plan [4]. » Le reste ne paraissait pas bien clair. L'enquête aboutissait à un galop final, après lequel Jupiter, essoufflé, en nage, sans couronne, déclarait que les petites femmes de la terre étaient délicieuses et que les hommes avaient tous les torts.

Le rideau tombait, lorsque, dominant les bravos, des voix crièrent violemment :

– Tous ! tous !

Alors, le rideau se releva, les artistes reparurent, se tenant par la main. Au milieu, Nana et Rose Mignon, côte à côte, faisaient des révérences. On applaudissait, la claque poussait des acclamations. Puis, la salle, lentement, se vida à moitié.

1. Voir note 1, p. 55.
2. Instrument de musique fait d'un tube de roseau garni à ses deux extrémités d'une membrane, dans lequel on souffle et qui rend un son nasillard.
3. La fête de Saint-Cloud se tenait tous les ans, en septembre, dans le parc, « effroyable concert de mirlitons nasillards », selon le *Larousse du XIX^e siècle*.
4. Paroles prononcées par Jupiter, à l'acte II d'*Orphée aux enfers* d'Offenbach.

– Il faut que j'aille saluer la comtesse Muffat, dit la Faloise.

– C'est ça, tu vas me présenter, répondit Fauchery. Nous descendrons ensuite.

Mais il n'était pas facile d'arriver aux loges de balcon. Dans le couloir, en haut, on s'écrasait. Pour avancer, au milieu des groupes, il fallait s'effacer, se glisser en jouant
780 des coudes. Adossé sous une lampe de cuivre, où brûlait un jet de gaz, le gros critique jugeait la pièce devant un cercle attentif. Des gens, au passage, se le nommaient à demi-voix. Il avait ri pendant tout l'acte, c'était la rumeur des couloirs ; pourtant, il se montrait très sévère, parlait du goût et de la morale. Plus loin, le critique aux lèvres minces était plein d'une bienveillance qui avait un arrière-goût gâté, comme du lait tourné à l'aigre.

Fauchery fouillait les loges d'un coup d'œil, par les baies rondes taillées dans les portes. Mais le comte de
790 Vandeuvres l'arrêta, en le questionnant ; et quand il sut que les deux cousins allaient saluer les Muffat, il leur indiqua la loge 7, d'où justement il sortait. Puis, se penchant à l'oreille du journaliste :

– Dites donc, mon cher, cette Nana, c'est pour sûr elle que nous avons vue un soir, au coin de la rue de Provence [1]...

– Tiens ! vous avez raison, s'écria Fauchery. Je disais bien que je la connaissais !

La Faloise présenta son cousin au comte Muffat de Beuville, qui se montra très froid. Mais, au nom de Fauchery,
800 la comtesse avait levé la tête, et elle complimenta le chroniqueur sur ses articles du *Figaro*, d'une phrase discrète. Accoudée sur le velours de la rampe, elle se tournait à demi, dans un joli mouvement d'épaules. On causa un instant, la conversation tomba sur l'Exposition universelle.

– Ce sera très beau, dit le comte, dont la face carrée et régulière gardait une gravité officielle. J'ai visité le Champ-de-Mars [2] aujourd'hui... J'en suis revenu émerveillé.

1. Rue célèbre pour ses prostituées.
2. Le Champ-de-Mars avait été choisi comme emplacement pour l'Exposition universelle de 1867 ; le palais de l'Exposition à lui seul s'étendait sur 151 751 mètres carrés.

– On assure qu'on ne sera pas prêt, hasarda la Faloise. Il y a un gâchis...

Mais le comte de sa voix sévère l'interrompit.

– On sera prêt... L'empereur le veut.

Fauchery raconta gaiement qu'il avait failli rester dans l'aquarium, alors en construction, un jour qu'il était allé là-bas chercher un sujet d'article. La comtesse souriait. Elle regardait par moments dans la salle, levant un de ses bras ganté de blanc jusqu'au coude, s'éventant d'une main ralentie. La salle, presque vide, sommeillait ; quelques messieurs, à l'orchestre, avaient étalé des journaux ; des femmes recevaient, très à l'aise, comme chez elles. Il n'y avait plus qu'un chuchotement de bonne compagnie, sous le lustre, dont la clarté s'adoucissait dans la fine poussière soulevée par le remue-ménage de l'entracte. Aux portes, des hommes s'entassaient pour voir les femmes restées assises ; et ils se tenaient là, immobiles une minute, allongeant le cou, avec le grand cœur blanc de leurs plastrons [1].

– Nous comptons sur vous mardi prochain, dit la comtesse à la Faloise.

Elle invita Fauchery, qui s'inclina. On ne parla point de la pièce, le nom de Nana ne fut pas prononcé. Le comte gardait une dignité si glacée, qu'on l'aurait cru à quelque séance du Corps législatif [2]. Il dit simplement, pour expliquer leur présence, que son beau-père aimait le théâtre. La porte de la loge avait dû rester ouverte, le marquis de Chouard, qui était sorti afin de laisser sa place aux visiteurs, redressait sa haute taille de vieillard, la face molle et blanche sous un chapeau à larges bords, suivant de ses yeux troubles les femmes qui passaient.

Dès que la comtesse eut fait son invitation, Fauchery prit congé, sentant qu'il serait inconvenant de parler de la pièce. La Faloise sortit le dernier de la loge. Il venait d'apercevoir, dans l'avant-scène du comte de Vandeuvres, le blond Labordette, carrément installé, s'entretenant de très près avec Blanche de Sivry.

1. Empiècements qui s'appliquent sur le devant d'une chemise.
2. Corps politique institué en 1852, élu au suffrage universel, qui vote ou repousse les projets de lois préparés par le Conseil d'État.

– Ah ! çà, dit-il dès qu'il eut rejoint son cousin, ce Labordette connaît donc toutes les femmes ?… Le voilà maintenant avec Blanche.

– Mais sans doute, il les connaît toutes, répondit tranquillement Fauchery. D'où sors-tu donc, mon cher ?

850 Le couloir s'était un peu déblayé. Fauchery allait descendre, lorsque Lucy Stewart l'appela. Elle était tout au fond, devant la porte de son avant-scène. On cuisait là-dedans, disait-elle ; et elle occupait la largeur du corridor, en compagnie de Caroline Héquet et de sa mère, croquant des pralines. Une ouvreuse causait maternellement avec elles. Lucy querella le journaliste : il était gentil, il montait voir les autres femmes et il ne venait seulement pas demander si elles avaient soif ! Puis, lâchant ce sujet :

– Tu sais, mon cher, moi je trouve Nana très bien.

860 Elle voulait qu'il restât dans l'avant-scène pour le dernier acte ; mais lui s'échappa, en promettant de les prendre à la sortie. En bas, devant le théâtre, Fauchery et la Faloise allumèrent des cigarettes. Un rassemblement barrait le trottoir, une queue d'hommes descendus du perron respirant la fraîcheur de la nuit, au milieu du ronflement ralenti du boulevard.

Cependant Mignon venait d'entraîner Steiner au café des Variétés. Voyant le succès de Nana, il s'était mis à parler d'elle avec enthousiasme, tout en surveillant le ban-
870 quier du coin de l'œil. Il le connaissait, deux fois il l'avait aidé à tromper Rose, puis, le caprice passé, l'avait ramené, repentant et fidèle. Dans le café, les consommateurs trop nombreux se serraient autour des tables de marbre ; quelques-uns buvaient debout, précipitamment ; et les larges glaces reflétaient à l'infini cette cohue de têtes, agrandissaient démesurément l'étroite salle, avec ses trois lustres, ses banquettes de moleskine, son escalier tournant drapé de rouge. Steiner alla se placer à une table de la première salle, ouverte sur le boulevard, dont on avait enlevé
880 les portes un peu tôt pour la saison. Comme Fauchery et la Faloise passaient, le banquier les retint.

– Venez donc prendre un bock [1] avec nous.

1. Verre à bière contenant environ un quart de litre.

Mais une idée le préoccupait, il voulait faire jeter un bouquet à Nana. Enfin, il appela un garçon du café, qu'il nommait familièrement Auguste. Mignon, qui écoutait, le regarda d'un œil si clair, qu'il se troubla, en balbutiant :

– Deux bouquets, Auguste, et remettez-les à l'ouvreuse ; un pour chacune de ces dames, au bon moment, n'est-ce pas ?

À l'autre bout de la salle, la nuque appuyée contre le cadre d'une glace, une fille de dix-huit ans au plus se tenait immobile devant un verre vide, comme engourdie par une longue et vaine attente. Sous les frisures naturelles de ses beaux cheveux cendrés, elle avait une figure de vierge aux yeux de velours, doux et candides ; et elle portait une robe de soie verte déteinte, avec un chapeau rond que des gifles avaient défoncé. La fraîcheur de la nuit la rendait toute blanche.

– Tiens, voilà Satin, murmura Fauchery en l'apercevant.

La Faloise le questionna. Oh ! une rouleuse [1] du boulevard, rien du tout. Mais elle était si voyou [2], qu'on s'amusait à la faire causer. Et le journaliste, haussant la voix :

– Que fais-tu donc là, Satin ?

– Je m'emmerde, répondit Satin tranquillement, sans bouger.

Les quatre hommes, charmés, se mirent à rire.

Mignon assurait qu'on n'avait pas besoin de se presser ; il fallait vingt minutes pour poser le décor du troisième acte. Mais les deux cousins, qui avaient bu leur bière, voulurent remonter ; le froid les prenait. Alors, Mignon, resté seul avec Steiner, s'accouda, lui parla dans la figure.

– Hein ? c'est entendu, nous irons chez elle, je vous présenterai… Vous savez, c'est entre nous, ma femme n'a pas besoin de savoir.

Revenus à leurs places, Fauchery et la Faloise remarquèrent aux secondes loges une jolie femme, mise avec modestie. Elle était en compagnie d'un monsieur d'air sérieux, un chef de bureau au ministère de l'Intérieur, que la Faloise connaissait, pour l'avoir rencontré chez les

1. Femme de mauvaise vie.
2. Se dit ordinairement (1844) d'un gamin des rues, déluré et mal élevé.

Muffat. Quant à Fauchery, il croyait qu'elle se nommait madame Robert : une femme honnête qui avait un amant, pas plus, et toujours un homme respectable.

Mais ils durent se tourner. Daguenet leur souriait. Maintenant que Nana avait réussi, il ne se cachait plus, il venait de triompher dans les couloirs. À son côté, le jeune échappé de collège n'avait pas quitté son fauteuil, dans la stupeur d'admiration où Nana le plongeait. C'était ça, c'était la femme ; et il devenait très rouge, il mettait et reti-
930 rait machinalement ses gants. Puis, comme son voisin avait causé de Nana, il osa l'interroger.

– Pardon, monsieur, cette dame qui joue, est-ce que vous la connaissez ?

– Oui, un peu, murmura Daguenet, surpris et hésitant.

– Alors, vous savez son adresse ?

La question tombait si crûment, adressée à lui, qu'il eut envie de répondre par une gifle.

– Non, dit-il d'un ton sec.

Et il tourna le dos. Le blondin comprit qu'il venait de
940 commettre quelque inconvenance ; il rougit davantage et resta effaré.

On frappait les trois coups, des ouvreuses s'entêtaient à rendre les vêtements, chargées de pelisses [1] et de pale-tots [2], au milieu du monde qui rentrait. La claque applaudit le décor, une grotte du mont Etna, creusée dans une mine d'argent, et dont les flancs avaient l'éclat des écus neufs ; au fond, la forge de Vulcain mettait un coucher d'astre. Diane, dès la seconde scène, s'entendait avec le dieu, qui devait feindre un voyage pour laisser la place libre à Vénus
950 et à Mars. Puis, à peine Diane se trouvait-elle seule, que Vénus arrivait. Un frisson remua la salle. Nana était nue. Elle était nue avec une tranquille audace, certaine de la toute-puissance de sa chair. Une simple gaze l'envelop-pait ; ses épaules rondes, sa gorge [3] d'amazone dont les pointes roses se tenaient levées et rigides comme des lances, ses larges hanches qui roulaient dans un balance-ment voluptueux, ses cuisses de blonde grasse, tout son

1. Manteau garni, doublé de fourrure.
2. Vêtement assez court que l'on porte sur les autres vêtements.
3. Seins d'une femme.

corps se devinait, se voyait sous le tissu léger, d'une blan-
cheur d'écume. C'était Vénus naissant des flots, n'ayant
pour voile que ses cheveux. Et, lorsque Nana levait les 960
bras, on apercevait, aux feux de la rampe, les poils d'or de
ses aisselles. Il n'y eut pas d'applaudissements. Personne
ne riait plus, les faces des hommes, sérieuses, se tendaient,
avec le nez aminci, la bouche irritée et sans salive. Un vent
semblait avoir passé, très doux, chargé d'une sourde
menace. Tout d'un coup, dans la bonne enfant, la femme
se dressait, inquiétante, apportant le coup de folie de son
sexe, ouvrant l'inconnu du désir. Nana souriait toujours,
mais d'un sourire aigu de mangeuse d'hommes.

– Fichtre ! dit simplement Fauchery à la Faloise. 970

Mars, cependant, accourait au rendez-vous, avec son
plumet, et se trouvait entre les deux déesses. Il y avait là
une scène que Prullière joua finement ; caressé par Diane
qui voulait tenter sur lui un dernier effort avant de le livrer
à Vulcain, cajolé par Vénus que la présence de sa rivale sti-
mulait, il s'abandonnait à ces douceurs, d'un air béat de
coq en pâte. Puis, un grand trio terminait la scène ; et ce
fut alors qu'une ouvreuse parut dans la loge de Lucy
Stewart, et jeta deux énormes bouquets de lilas blanc. On
applaudit, Nana et Rose Mignon saluèrent, pendant que 980
Prullière ramassait les bouquets. Une partie de l'orchestre
se tourna en souriant vers la baignoire occupée par Steiner
et Mignon. Le banquier, le sang au visage, avait de petits
mouvements convulsifs du menton, comme s'il eût
éprouvé un embarras dans la gorge.

Ce qui suivit acheva d'empoigner la salle. Diane s'en
était allée, furieuse. Tout de suite, assise sur un banc de
mousse, Vénus appela Mars auprès d'elle. Jamais encore
on n'avait osé une scène de séduction plus chaude. Nana,
les bras au cou de Prullière, l'attirait, lorsque Fontan, se 990
livrant à une mimique de fureur cocasse, exagérant le
masque d'un époux outragé qui surprend sa femme en fla-
grant délit, parut dans le fond de la grotte. Il tenait le
fameux filet aux mailles de fer. Un instant, il le balança,
pareil à un pêcheur qui va jeter un coup d'épervier [1] ; et,

1. Filet de pêche de forme conique, garni de plomb et qu'on lance à la
main.

par un truc ingénieux, Vénus et Mars furent pris au piège, le filet les enveloppa, les immobilisa dans leur posture d'amants heureux.

Un murmure grandit, comme un soupir qui se gonflait. Quelques mains battirent, toutes les jumelles étaient fixées sur Vénus. Peu à peu, Nana avait pris possession du public, et maintenant chaque homme la subissait. Le rut qui montait d'elle, ainsi que d'une bête en folie, s'était épandu toujours davantage, emplissant la salle. À cette heure, ses moindres mouvements soufflaient le désir, elle retournait la chair d'un geste de son petit doigt. Des dos s'arrondissaient, vibrant comme si des archets invisibles se fussent promenés sur les muscles ; des nuques montraient des poils follets qui s'envolaient, sous des haleines tièdes et errantes, venues on ne savait de quelle bouche de femme. Fauchery voyait devant lui l'échappé de collège que la passion soulevait de son fauteuil. Il eut la curiosité de regarder le comte de Vandeuvres, très pâle, les lèvres pincées, le gros Steiner, dont la face apoplectique [1] crevait, Labordette lorgnant d'un air étonné de maquignon qui admire une jument parfaite, Daguenet dont les oreilles saignaient et remuaient de jouissance. Puis, un instinct lui fit jeter un coup d'œil en arrière, et il resta étonné de ce qu'il aperçut dans la loge des Muffat : derrière la comtesse, blanche et sérieuse, le comte se haussait, béant [2], la face marbrée de taches rouges ; tandis que, près de lui, dans l'ombre, les yeux troubles du marquis de Chouard étaient devenus deux yeux de chat, phosphorescents, pailletés d'or. On suffoquait, les chevelures s'alourdissaient sur les têtes en sueur. Depuis trois heures qu'on était là, les haleines avaient chauffé l'air d'une odeur humaine. Dans le flamboiement du gaz, les poussières en suspension s'épaississaient, immobiles au-dessous du lustre. La salle entière vacillait, glissait à un vertige, lasse et excitée, prise de ces désirs ensommeillés de minuit, qui balbutient au fond des alcôves. Et Nana, en face de ce public pâmé, de ces quinze cents personnes entassées, noyées dans l'affais-

1. Congestionné (la congestion est un afflux anormal de sang dans une partie du corps).
2. Voir note 1, p. 39.

sement et le détraquement nerveux d'une fin de spectacle, restait victorieuse avec sa chair de marbre, son sexe assez fort pour détruire tout ce monde et n'en être pas entamé [1].

La pièce s'acheva. Aux appels triomphants de Vulcain, tout l'Olympe défilait devant les amoureux, avec des oh ! et des ah ! de stupéfaction et de gaillardise [2]. Jupiter disait : « Mon fils, je vous trouve léger de nous appeler pour voir ça. » Puis, un revirement avait lieu en faveur de Vénus. Le chœur des cocus, introduit de nouveau par Iris, suppliait le maître des dieux de ne pas donner suite à sa requête ; depuis que les femmes demeuraient au logis, la vie y devenait impossible pour les hommes ; ils aimaient mieux être trompés et contents, ce qui était la morale de la comédie. Alors, on délivrait Vénus. Vulcain obtenait une séparation de corps [3]. Mars se remettait avec Diane. Jupiter, pour avoir la paix dans son ménage, envoyait sa petite blanchisseuse dans une constellation. Et l'on tirait enfin l'Amour de son cachot, où il avait fait des cocottes, au lieu de conjuguer le verbe aimer. La toile tomba sur une apothéose, le chœur des cocus agenouillé, chantant un hymne de reconnaissance à Vénus, souriante et grandie dans sa souveraine nudité.

Les spectateurs, déjà debout, gagnaient les portes. On nomma les auteurs, et il y eut deux rappels, au milieu d'un tonnerre de bravos. Le cri : « Nana ! Nana ! » avait roulé furieusement. Puis, la salle n'était pas encore vide, qu'elle devint noire ; la rampe s'éteignit, le lustre baissa, de longues housses de toile grise glissèrent des avant-scènes, enveloppèrent les dorures des galeries ; et cette salle, si chaude, si bruyante, tomba d'un coup à un lourd sommeil, pendant qu'une odeur de moisi et de poussière montait. Au bord de sa loge, attendant que la foule se fût écoulée, la comtesse Muffat, toute droite, emmitouflée de fourrures, regardait l'ombre.

1040

1050

1060

1. « Le sujet philosophique est celui-ci : toute une société se ruait sur le cul », avait noté Zola dans l'Ébauche du roman (voir Présentation, p. 27).
2. Bonne humeur grivoise.
3. Situation légale des époux qui ont obtenu une décision judiciaire les déliant du devoir de cohabitation ; ce terme juridique, appliqué à des dieux, est évidemment bouffon.

Dans les couloirs, on bousculait les ouvreuses qui perdaient la tête, parmi des tas de vêtements écroulés. Fauchery et la Faloise s'étaient hâtés, pour assister à la sortie.
1070 Le long du vestibule, des hommes faisaient la haie, tandis que, du double escalier, lentement, deux interminables queues descendaient, régulières et compactes. Steiner, entraîné par Mignon, avait filé des premiers. Le comte de Vandeuvres partit avec Blanche de Sivry à son bras. Un instant, Gaga et sa fille semblèrent embarrassées, mais Labordette s'empressa d'aller leur chercher une voiture, dont il referma galamment la portière sur elles. Personne ne vit passer Daguenet. Comme l'échappé de collège, les joues brûlantes, décidé à attendre devant la porte des
1080 artistes, courait au passage des Panoramas [1], dont il trouva la grille fermée, Satin, debout sur le trottoir, vint le frôler de ses jupes ; mais lui, désespéré, refusa brutalement, puis disparut au milieu de la foule, avec des larmes de désir et d'impuissance dans les yeux. Des spectateurs allumaient des cigares, s'éloignaient en fredonnant : « Lorsque Vénus rôde le soir… » Satin était remontée devant le café des Variétés, où Auguste lui laissait manger le reste de sucre des consommations. Un gros homme, qui sortait très échauffé, l'emmena enfin, dans l'ombre du boulevard peu
1090 à peu endormi.

Pourtant, du monde descendait toujours. La Faloise attendait Clarisse. Fauchery avait promis de prendre Lucy Stewart, avec Caroline Héquet et sa mère. Elles arrivaient, elles occupaient tout un coin du vestibule, riant très haut, lorsque les Muffat passèrent, l'air glacial. Bordenave, justement, venait de pousser une petite porte et obtenait de Fauchery la promesse formelle d'une chronique. Il était en sueur, un coup de soleil sur la face, comme grisé par le succès.
1100 – En voilà pour deux cents représentations, lui dit obligeamment la Faloise. Paris entier va défiler à votre théâtre.

1. Passage ouvert en 1800 (il devait son nom à deux grands tableaux peints sur une toile circulaire situés à ses deux extrémités), qui faisait communiquer le boulevard Montmartre avec les rues Vivienne, Saint-Marc et Montmartre ; endroit très en vogue pour ses magasins, ses cafés et ses restaurants.

Mais Bordenave, se fâchant, montrant d'un mouvement brusque du menton le public qui emplissait le vestibule, cette cohue d'hommes aux lèvres sèches, aux yeux ardents, tout brûlants encore de la possession de Nana, cria avec violence :

– Dis donc à mon bordel, bougre d'entêté !

II

Le lendemain [1], à dix heures, Nana dormait encore. Elle occupait, boulevard Haussmann, le second étage d'une grande maison neuve [2], dont le propriétaire louait à des dames seules, pour leur faire essuyer les plâtres. Un riche marchand de Moscou, qui était venu passer un hiver à Paris, l'avait installée là, en payant six mois d'avance. L'appartement, trop vaste pour elle, n'avait jamais été meublé complètement ; et un luxe criard, des consoles [3] et des chaises dorées s'y heurtaient à du bric-à-brac de revendeuse, des guéridons d'acajou, des candélabres de zinc jouant le bronze florentin. Cela sentait la fille lâchée trop tôt par son premier monsieur sérieux, retombée à des amants louches, tout un début difficile, un lançage [4] manqué, entravé par des refus de crédit et des menaces d'expulsion.

Nana dormait sur le ventre, serrant entre ses bras nus son oreiller, où elle enfonçait son visage tout blanc de sommeil. La chambre à coucher et le cabinet de toilette étaient les deux seules pièces qu'un tapissier du quartier avait soignées. Une lueur glissait sous un rideau, on distinguait le meuble de palissandre [5], les tentures et les

1. « C'est la suite du rut de la veille, les chiens ont suivi l'odeur de la chienne et sont venus. […] *Il y a une queue dans l'escalier* », note Zola dans le deuxième plan du chapitre II.
2. Une partie du boulevard Haussmann avait été percée en 1862.
3. Table appliquée contre un mur, à plusieurs pieds en forme de volute.
4. On emploie aujourd'hui « lancement ».
5. Bois brun foncé à reflet violacé très recherché en ébénisterie.

sièges de damas broché [1], à grandes fleurs bleues sur fond
gris. Mais, dans la moiteur de cette chambre ensom-
meillée, Nana s'éveilla en sursaut, comme surprise de
sentir un vide près d'elle. Elle regarda le second oreiller
qui s'étalait à côté du sien, avec le trou encore tiède d'une
tête, au milieu des guipures [2]. Et, de sa main tâtonnante,
elle pressa le bouton d'une sonnerie électrique, à son
chevet.

– Il est donc parti ? demanda-t-elle à la femme de
chambre qui se présenta.

– Oui, madame, monsieur Paul s'en est allé, il n'y a pas
dix minutes... Comme madame était fatiguée, il n'a pas
voulu la réveiller. Mais il m'a chargée de dire à madame
qu'il viendrait demain.

Tout en parlant, Zoé, la femme de chambre, ouvrait les
persiennes. Le grand jour entra. Zoé, très brune, coiffée
de petits bandeaux [3], avait une figure longue, en museau
de chien, livide et couturée [4], avec un nez épaté, de
grosses lèvres et des yeux noirs sans cesse en mouve-
ment.

– Demain, demain, répétait Nana mal éveillée encore,
est-ce que c'est le jour, demain ?

– Oui, madame, monsieur Paul est toujours venu le
mercredi.

– Eh ! non, je me souviens ! cria la jeune femme, qui se
mit sur son séant. Tout est changé. Je voulais lui dire ça,
ce matin... Il tomberait sur le moricaud [5]. Nous aurions
une histoire !

– Madame ne m'a pas prévenue, je ne pouvais pas
savoir, murmura Zoé. Quand madame changera ses jours,
elle fera bien de m'avertir, pour que je sache... Alors, le
vieux grigou n'est plus pour le mardi ?

Elles appelaient ainsi entre elles, sans rire, de ces noms
de vieux grigou, et de moricaud, les deux hommes qui

1. *Brocher* : tisser en entremêlant, sur le fond, des fils de soie, d'argent
ou d'or.
2. Dentelle ajourée à motifs très espacés.
3. Cheveux divisés sur le milieu du front et lissés de chaque côté de la
tête.
4. Marqué de cicatrices.
5. Qui a la peau très brune.

payaient, un commerçant du faubourg Saint-Denis, de
tempérament économe, et un Valaque, un prétendu
comte, dont l'argent, toujours très irrégulier, avait une
étrange odeur. Daguenet s'était fait donner les lende-
60 mains du vieux grigou ; comme le commerçant devait
être le matin à sa maison, dès huit heures, le jeune
homme guettait son départ, de la cuisine de Zoé, et pre-
nait sa place toute chaude, jusqu'à dix heures ; puis, lui-
même allait à ses affaires. Nana et lui trouvaient ça très
commode.

– Tant pis ! dit-elle, je lui écrirai cette après-midi... Et,
s'il ne reçoit pas ma lettre, demain vous l'empêcherez
d'entrer.

Cependant, Zoé marchait doucement dans la chambre.
70 Elle parlait du grand succès de la veille. Madame venait de
montrer tant de talent, elle chantait si bien ! Ah ! madame
pouvait être tranquille, à cette heure !

Nana, le coude dans l'oreiller, ne répondait que par des
hochements de tête. Sa chemise avait glissé, ses cheveux
dénoués, embroussaillés, roulaient sur ses épaules.

– Sans doute, murmura-t-elle, devenue rêveuse ; mais
comment faire pour attendre ? Je vais avoir toutes sortes
d'embêtements aujourd'hui... Voyons, est-ce que le
concierge est encore monté, ce matin ?

80 Alors, toutes deux causèrent sérieusement. On devait
trois termes, le propriétaire parlait de saisie. Puis, il y avait
une débâcle de créanciers, un loueur de voitures, une lin-
gère, un couturier, un charbonnier, d'autres encore, qui
venaient chaque jour s'installer sur une banquette de
l'antichambre [1] ; le charbonnier surtout se montrait ter-
rible, il criait dans l'escalier. Mais le gros chagrin de Nana
était son petit Louis, un enfant qu'elle avait eu à seize ans
et qu'elle laissait chez sa nourrice, dans un village, aux
environs de Rambouillet. Cette femme réclamait trois
90 cents francs pour rendre Louiset. Prise d'une crise
d'amour maternel, depuis sa dernière visite à l'enfant,
Nana se désespérait de ne pouvoir réaliser un projet passé
à l'idée fixe, payer la nourrice et mettre le petit chez sa

1. Pièce d'entrée d'un appartement.

tante, madame Lerat [1], aux Batignolles [2], où elle irait le voir tant qu'elle voudrait.

Cependant, la femme de chambre insinuait que madame aurait dû confier ses besoins au vieux grigou.

– Eh ! je lui ai tout dit, cria Nana ; il m'a répondu qu'il avait de trop fortes échéances. Il ne sort pas de ses mille francs par mois… Le moricaud est panné [3], en ce moment ; je crois qu'il a perdu au jeu… Quant à ce pauvre Mimi, il aurait grand besoin qu'on lui en prêtât ; un coup de baisse l'a nettoyé [4], il ne peut seulement plus m'apporter des fleurs.

Elle parlait de Daguenet. Dans l'abandon du réveil, elle n'avait pas de secret pour Zoé. Celle-ci, habituée à de pareilles confidences, les recevait avec une sympathie respectueuse. Puisque madame daignait lui causer de ses affaires, elle se permettrait de dire ce qu'elle pensait. D'abord, elle aimait beaucoup madame, elle avait quitté exprès madame Blanche, et Dieu sait si madame Blanche faisait des pieds et des mains pour la ravoir ! Les places ne manquaient pas, elle était assez connue ; mais elle serait restée chez madame, même dans la gêne, parce qu'elle croyait à l'avenir de madame. Et elle finit par préciser ses conseils. Quand on était jeune, on faisait des bêtises. Cette fois, il fallait ouvrir l'œil, car les hommes ne songeaient qu'à la plaisanterie [5]. Oh ! il allait en arriver ! Madame n'aurait qu'un mot à dire pour calmer ses créanciers et pour trouver l'argent dont elle avait besoin.

– Tout ça ne me donne pas trois cents francs, répétait Nana, en enfonçant les doigts dans les mèches folles de son chignon. Il me faut trois cents francs, aujourd'hui, tout de suite… C'est bête de ne pas connaître quelqu'un qui vous donne trois cents francs.

Elle cherchait, elle aurait envoyé à Rambouillet madame Lerat, qu'elle attendait justement le matin. Son

1. Sœur de Coupeau, le père de Nana, ce personnage fait le lien entre *L'Assommoir* et *Nana*.
2. Quartier situé au nord-ouest de Paris, habité par la petite bourgeoisie ainsi que par de nombreux artistes.
3. Sans le sou (populaire).
4. Allusion aux spéculations boursières du personnage.
5. Euphémisme pour désigner les relations sexuelles.

caprice contrarié lui gâtait le triomphe de la veille. Parmi
tous ces hommes qui l'avaient acclamée, dire qu'il ne s'en
130 trouverait pas un pour lui apporter quinze louis [1] ! Puis, on
ne pouvait accepter de l'argent comme ça. Mon Dieu !
qu'elle était malheureuse ! Et elle revenait toujours à son
bébé, il avait des yeux bleus de chérubin, il bégayait :
« Maman » d'une voix si drôle, que c'était à mourir de
rire !

Mais, au même instant, la sonnerie électrique de la porte
d'entrée se fit entendre, avec sa vibration rapide et trem-
blée. Zoé revint, murmurant d'un air confidentiel :

– C'est une femme.

140 Elle avait vu vingt fois cette femme, seulement elle
affectait de ne jamais la reconnaître et d'ignorer quelles
étaient ses relations avec les dames dans l'embarras.

– Elle m'a dit son nom… Madame Tricon.

– La Tricon ! s'écria Nana. Tiens ! c'est vrai, je l'avais
oubliée… Faites entrer.

Zoé introduisit une vieille dame, de haute taille, portant
des anglaises [2], ayant la tournure d'une comtesse qui court
les avoués [3]. Puis, elle s'effaça, elle disparut sans bruit, du
mouvement souple de couleuvre dont elle sortait d'une
150 pièce, lorsqu'un monsieur venait. D'ailleurs, elle aurait pu
rester. La Tricon ne s'assit même pas. Il n'y eut qu'un
échange de paroles brèves.

– J'ai quelqu'un pour vous, aujourd'hui… Voulez-
vous ?

– Oui… Combien ?

– Vingt louis.

– Et à quelle heure ?

– À trois heures… Alors, affaire entendue ?

– Affaire entendue.

160 La Tricon parla tout de suite du temps qu'il faisait, un
temps sec par lequel il était bon de marcher. Elle avait
encore quatre ou cinq personnes à voir. Et elle s'en alla, en

1. Pièce d'or de vingt francs.
2. Boucles de cheveux roulées en spirale.
3. Profession aujourd'hui disparue. L'avoué était un officier ministériel
qui représentait les parties auprès d'un tribunal de grande instance
(jusqu'en 1971) ou d'une cour d'appel, et faisait à ce titre des actes de
procédure.

consultant un petit calepin. Restée seule, Nana parut sou-
lagée. Un léger frisson passait sur ses épaules, elle se
refourra dans le lit chaud, mollement, avec une paresse de
chatte frileuse. Peu à peu, ses yeux se fermèrent, elle sou-
riait à l'idée d'habiller Louiset gentiment, le lendemain ;
tandis que, dans le sommeil qui la reprenait, son rêve fié-
vreux de toute la nuit, un roulement prolongé de bravos,
revenait comme une basse continue [1], et berçait sa lassi- 170
tude.

À onze heures, lorsque Zoé fit entrer madame Lerat
dans la chambre, Nana dormait encore. Mais elle s'éveilla
au bruit, et tout de suite :

– C'est toi… Tu iras aujourd'hui à Rambouillet.

– Je viens pour ça, dit la tante. Il y a un train à midi
vingt. J'ai le temps de le prendre.

– Non, je n'aurai l'argent que tantôt, reprit la jeune
femme qui s'étirait, la gorge [2] haute. Tu vas déjeuner, puis
nous verrons. 180

Zoé apportait un peignoir.

– Madame, murmura-t-elle, le coiffeur [3] est là.

Mais Nana ne voulut point passer dans le cabinet de toi-
lette. Elle cria elle-même :

– Entrez, Francis.

Un monsieur, mis correctement, poussa la porte. Il
salua. Justement, Nana sortait du lit, les jambes nues [4].
Elle n'eut pas de hâte, tendit les mains, pour que Zoé pût
enfiler les manches du peignoir. Et Francis, très à l'aise,
d'un air digne, attendait, sans se retourner. Puis, quand elle 190
se fut assise et qu'il lui eut donné un premier coup de
peigne, il parla.

– Madame n'a peut-être pas vu les journaux… Il y a un
article très bon dans *Le Figaro* [5].

1. Instrument faisant entendre les sons les plus graves sans interruption
pendant une œuvre musicale.
2. Voir note 3, p. 62.
3. « Faire l'étude des coiffeurs des filles. Ne couche jamais avec elles ;
les tutoie ; leur rend des services d'argent, escompte les billets de leurs
messieurs », note Zola dans le dossier préparatoire.
4. Se montrer jambes nues en dehors de la plus stricte intimité était con-
sidéré, au XIXᵉ siècle, comme de la dernière inconvenance.
5. Voir note 1, p. 38.

Il avait acheté le journal. Madame Lerat mit ses lunettes et lut l'article à voix haute, debout devant la fenêtre. Elle redressait sa taille de gendarme [1] ; son nez se pinçait, lorsqu'elle lançait un adjectif galant. C'était une chronique de Fauchery, écrite au sortir du théâtre, deux
200 colonnes très chaudes, d'une méchanceté spirituelle pour l'artiste et d'une brutale admiration pour la femme.

– Excellent ! répétait Francis.

Nana se moquait pas mal qu'on la plaisantât sur sa voix ! Il était gentil, ce Fauchery ; elle lui revaudrait sa bonne manière. Madame Lerat, après avoir relu l'article, déclara brusquement que les hommes avaient tous le diable dans les mollets ; et elle refusa de s'expliquer davantage, satisfaite de cette allusion égrillarde qu'elle était seule à comprendre. Mais Francis achevait de relever
210 et de nouer les cheveux de Nana. Il salua, en disant :

– J'aurai l'œil sur les journaux du soir... Comme d'habitude, n'est-ce pas ? à cinq heures et demie ?

– Apportez-moi un pot de pommade [2] et une livre de pralines, de chez Boissier [3] ! lui cria Nana à travers le salon, au moment où il refermait la porte.

Alors, les deux femmes, restées seules, se souvinrent qu'elles ne s'étaient pas embrassées ; et elles se posèrent de gros baisers sur les joues. L'article les échauffait. Nana, jusque-là endormie, fut reprise de la fièvre de son
220 triomphe. Ah bien ! c'était Rose Mignon qui devait passer une jolie matinée ! Sa tante n'ayant pas voulu venir au théâtre, parce que, disait-elle, les émotions lui cassaient l'estomac, elle se mit à lui raconter la soirée, en se grisant de son propre récit, comme si Paris entier eût croulé sous les applaudissements. Puis, s'interrompant tout d'un coup, elle demanda avec un rire si l'on aurait dit ça, quand elle traînait son derrière de gamine, rue de la Goutte-d'Or. Madame Lerat branlait la tête. Non, non, jamais on n'aurait pu prévoir. À son tour, elle parla, prenant un air
230 grave et l'appelant sa fille. Est-ce qu'elle n'était pas sa

1. Haute taille ; l'expression s'applique à une femme à l'air résolu et viril.
2. En cosmétique, on parle aujourd'hui de *crème*.
3. Deuxième des grands confiseurs de Paris, 9 boulevard des Capucines.

seconde mère, puisque la vraie avait rejoint le papa et la
grand-maman. Nana, très attendrie, fut sur le point de
pleurer. Mais madame Lerat répétait que le passé était le
passé, oh ! un sale passé, des choses à ne pas remuer tous
les jours. Longtemps elle avait cessé de voir sa nièce ; car,
dans la famille, on l'accusait de se perdre avec la petite.
Comme si c'était Dieu possible ! Elle ne lui demandait pas
de confidences, elle croyait qu'elle avait toujours vécu
proprement. À présent, ça lui suffisait de la retrouver dans
une belle position et de lui voir de bons sentiments pour 240
son fils. Il n'y avait encore en ce monde que l'honnêteté et
le travail.

— De qui est-il, ce bébé ? dit-elle en s'interrompant, les
yeux allumés d'une curiosité aiguë.

Nana, surprise, hésita une seconde.

— D'un monsieur, répondit-elle.

— Tiens ! reprit la tante, on prétendait que tu l'avais eu
d'un maçon qui te battait… Enfin, tu me raconteras ça un
jour ; tu sais si je suis discrète !… Va, je le soignerai,
comme s'il était le fils d'un prince. 250

Elle avait cessé le métier de fleuriste et vivait de ses éco-
nomies, six cents francs de rentes [1] amassés sou à sou.
Nana promit de lui louer un joli petit logement ; en outre,
elle lui donnerait cent francs par mois. À ce chiffre, la
tante s'oublia, cria à la nièce de leur serrer le gaviot [2],
puisqu'elle les tenait ; elle parlait des hommes. Toutes
deux s'embrassèrent encore. Mais Nana, au milieu de sa
joie, comme elle remettait la conversation sur Louiset,
parut s'assombrir à un brusque souvenir.

— Est-ce embêtant, il faut que je sorte à trois heures ! 260
murmura-t-elle. En voilà une corvée !

Justement, Zoé venait dire que madame était servie. On
passa dans la salle à manger, où une dame âgée se trouvait
déjà assise, devant la table. Elle n'avait pas retiré son cha-
peau, vêtue d'une robe sombre de couleur indécise, entre
le puce et le caca d'oie. Nana ne parut pas étonnée de la
voir là. Elle lui demanda simplement pourquoi elle n'était
pas entrée dans la chambre.

1. Somme d'argent versée annuellement.
2. Gorge, gosier.

— J'ai entendu des voix, répondit la vieille. J'ai pensé
270 que vous étiez en compagnie.

Madame Maloir, l'air respectable, ayant des manières,
servait de vieille amie à Nana ; elle lui tenait société [1] et
l'accompagnait. La présence de madame Lerat sembla
d'abord l'inquiéter. Puis, quand elle sut que c'était une
tante, elle la regarda d'un air doux, avec un pâle sourire.
Cependant, Nana, qui disait avoir l'estomac dans les
talons, se jetait sur des radis, qu'elle croquait sans pain.
Madame Lerat, devenue cérémonieuse, ne voulut pas de
radis ; ça donnait la pituite [2]. Puis, lorsque Zoé eut apporté
280 des côtelettes, Nana chipota la viande, se contenta de sucer
l'os. Par moments, elle examinait du coin de l'œil le cha-
peau de sa vieille amie.

— C'est le chapeau neuf que je vous ai donné ? finit-elle
par dire.

— Oui, je l'ai arrangé, murmura madame Maloir, la
bouche pleine.

Le chapeau était extravagant, évasé sur le front, empa-
naché d'une haute plume. Madame Maloir avait la manie
de refaire tous ses chapeaux ; elle seule savait ce qui lui
290 allait, et en un tour de main elle faisait une casquette de la
plus élégante coiffure. Nana, qui justement lui avait acheté
ce chapeau pour ne plus rougir d'elle, lorsqu'elle l'emme-
nait, faillit se fâcher. Elle cria :

— Enlevez-le, au moins !

— Non, merci, répondit la vieille dignement, il ne me
gêne pas, je mange très bien avec.

Après les côtelettes, il y eut des choux-fleurs et un reste
de poulet froid. Mais Nana avait à chaque plat une petite
moue, hésitant, flairant, laissant tout sur son assiette. Elle
300 acheva de déjeuner avec de la confiture.

Le dessert traîna. Zoé n'enleva pas le couvert pour
servir le café. Ces dames avaient simplement repoussé
leurs assiettes. On parlait toujours de la belle soirée de la
veille. Nana roulait des cigarettes, qu'elle fumait en se
dandinant, renversée sur sa chaise. Et, comme Zoé était
restée là, adossée contre le buffet, les mains ballantes, on

1. *Tenir société* : tenir compagnie.
2. Vomissement glaireux.

en vint à écouter son histoire. Elle se disait fille d'une
sage-femme de Bercy [1], qui avait fait de mauvaises
affaires. D'abord, elle était entrée chez un dentiste, puis
chez un courtier d'assurances ; mais ça ne lui allait pas ; et 310
elle énumérait ensuite, avec une pointe d'orgueil, les
dames où elle avait servi comme femme de chambre. Zoé
parlait de ces dames en personne qui avait tenu leur for-
tune dans sa main. Bien sûr que plus d'une, sans elle,
aurait eu de drôles d'histoires. Ainsi, un jour que madame
Blanche était avec monsieur Octave, voilà le vieux qui
arrive ; que fait Zoé ? elle feint de tomber en traversant le
salon, le vieux se précipite, court lui chercher un verre
d'eau à la cuisine, et monsieur Octave s'échappe.

– Ah ! elle est bonne, par exemple ! dit Nana, qui 320
l'écoutait avec un intérêt tendre, une sorte d'admiration
soumise.

– Moi, j'ai eu bien des malheurs…, commença madame
Lerat.

Et, se rapprochant de madame Maloir, elle lui fit des
confidences. Toutes deux prenaient des canards [2]. Mais
madame Maloir recevait les secrets des autres, sans jamais
rien lâcher sur elle. On disait qu'elle vivait d'une pension
mystérieuse dans une chambre où personne ne pénétrait.

Tout à coup, Nana s'emporta. 330

– Ma tante, ne joue donc pas avec les couteaux… Tu
sais que ça me retourne.

Sans y prendre garde, madame Lerat venait de mettre
deux couteaux en croix sur la table. D'ailleurs, la jeune
femme se défendait d'être superstitieuse. Ainsi, le sel ren-
versé ne signifiait rien, le vendredi non plus ; mais les cou-
teaux, c'était plus fort qu'elle, jamais ça n'avait menti.
Certainement, il lui arriverait une chose désagréable. Elle
bâilla, puis, d'un air de profond ennui :

– Déjà deux heures… Il faut que je sorte. Quel embê- 340
tement !

Les deux vieilles se regardèrent. Toutes trois hochèrent
la tête sans parler. Bien sûr, ce n'était pas toujours amu-

1. Ancienne commune située sur la rive droite de la Seine et rattachée à
Paris en 1860.
2. Morceaux de sucre plongés dans le café, un alcool, etc.

sant. Nana s'était renversée de nouveau, allumant encore une cigarette, pendant que les autres pinçaient les lèvres par discrétion, pleines de philosophie.

— En vous attendant, nous allons faire un bézigue [1], dit madame Maloir au bout d'un silence. Madame joue le bézigue ?

350 Certes, madame Lerat le jouait, et à la perfection. Il était inutile de déranger Zoé, qui avait disparu ; un coin de la table suffirait ; et l'on retroussa la nappe, par-dessus les assiettes sales. Mais, comme madame Maloir allait prendre elle-même les cartes dans un tiroir du buffet, Nana dit qu'avant de se mettre au jeu, elle serait bien gentille de lui faire une lettre. Ça l'ennuyait d'écrire, puis elle n'était pas sûre de son orthographe, tandis que sa vieille amie tournait des lettres pleines de cœur. Elle courut chercher du beau papier dans sa chambre. Un encrier, une bouteille

360 d'encre de trois sous, traînait sur un meuble, avec une plume empâtée de rouille. La lettre était pour Daguenet. Madame Maloir, d'elle-même, mit de sa belle anglaise [2]. « Mon petit homme chéri » ; et elle l'avertissait ensuite de ne pas venir le lendemain, parce que « ça ne se pouvait pas » ; mais, « de loin comme de près, à tous les moments, elle était avec lui en pensée ».

— Et je termine par « mille baisers », murmura-t-elle.

Madame Lerat avait approuvé chaque phrase d'un mouvement de tête. Ses regards flambaient, elle adorait se

370 trouver dans les histoires de cœur. Aussi voulut-elle mettre du sien, prenant un air tendre, roucoulant :

— « Mille baisers sur tes beaux yeux. »

— C'est ça : « Mille baisers sur tes beaux yeux ! » répéta Nana, pendant qu'une expression béate passait sur les visages des deux vieilles.

On sonna Zoé pour qu'elle descendît la lettre à un commissionnaire [3]. Justement, elle causait avec le garçon du théâtre, qui apportait à madame un bulletin de service, oublié le matin. Nana fit entrer cet homme, qu'elle chargea

1. Jeu de cartes.
2. Écriture cursive, penchée à droite.
3. Homme qui stationne au coin de la rue et attend les commissions du public.

de porter la lettre chez Daguenet, en s'en retournant. Puis, 380
elle lui posa des questions. Oh ! M. Bordenave était bien
content ; il y avait déjà de la location pour huit jours ;
madame ne s'imaginait pas le nombre de personnes qui
demandaient son adresse depuis le matin. Quand le garçon
fut parti, Nana dit qu'elle resterait au plus une demi-heure
dehors. Si des visites venaient, Zoé ferait attendre.
Comme elle parlait, la sonnerie électrique tinta. C'était un
créancier, le loueur de voitures ; il s'était installé sur la
banquette de l'antichambre. Celui-là pouvait tourner ses
pouces jusqu'au soir ; rien ne pressait. 390

— Allons, du courage ! dit Nana, engourdie de paresse,
bâillant et s'étirant de nouveau. Je devrais être là-bas.

Pourtant, elle ne bougeait point. Elle suivait le jeu de sa
tante, qui venait d'annoncer cent d'as. Le menton dans la
main, elle s'absorbait. Mais elle eut un sursaut, en enten-
dant sonner trois heures.

— Nom de Dieu ! lâcha-t-elle brutalement.

Alors, madame Maloir, qui comptait les brisques [1],
l'encouragea de sa voix molle.

— Ma petite, il vaudrait mieux vous débarrasser de votre 400
course tout de suite.

— Fais vite, dit madame Lerat en battant les cartes. Je
prendrai le train de quatre heures et demie, si tu es ici avec
l'argent avant quatre heures.

— Oh ! ça ne traînera pas, murmura-t-elle.

En dix minutes, Zoé l'aida à passer une robe et à
mettre un chapeau. Ça lui était égal, d'être mal fichue.
Comme elle allait descendre, il y eut un nouveau tinte-
ment de la sonnerie. Cette fois, c'était le charbonnier. Eh
bien ! il tiendrait compagnie au loueur de voitures ; ça 410
les distrairait, ces gens. Seulement, craignant une scène,
elle traversa la cuisine et fila par l'escalier de service [2].
Elle y passait souvent, elle en était quitte pour relever ses
jupes.

1. Cartes d'atout (l'as et le dix au bézigue).
2. L'escalier de service reliait les étages par le côté de la cuisine et des-
servait les combles, où dormaient les domestiques. Il était accessible soit
par la cour soit par une entrée dérobée indépendante du vestibule.

— Quand on est bonne mère, ça fait tout pardonner, dit sentencieusement madame Maloir, restée seule avec madame Lerat.

— J'ai quatre-vingts de roi, répondit celle-ci, que le jeu passionnait.

420 Et toutes deux s'enfoncèrent dans une partie interminable.

La table n'avait pas été desservie. Une buée trouble emplissait la pièce, l'odeur du déjeuner, la fumée des cigarettes. Ces dames s'étaient remises à prendre des canards. Il y avait vingt minutes qu'elles jouaient en sirotant, lorsque, à un troisième appel de la sonnerie, Zoé entra brusquement et les bouscula, comme des camarades à elle.

— Dites donc, on sonne encore... Vous ne pouvez pas rester là. S'il vient beaucoup de monde, il me faut tout

430 l'appartement... Allons, houp ! houp !

Madame Maloir voulait finir la partie ; mais Zoé ayant fait mine de sauter sur les cartes, elle se décida à enlever le jeu, sans rien déranger, pendant que madame Lerat déménageait la bouteille de cognac, les verres et le sucre. Et toutes deux coururent à la cuisine, où elles s'installèrent sur un bout de la table, entre les torchons qui séchaient et la bassine encore pleine d'eau de vaisselle.

— Nous avons dit trois cent quarante... À vous.

— Je joue du cœur.

440 Lorsque Zoé revint, elle les trouva de nouveau absorbées. Au bout d'un silence, comme madame Lerat battait les cartes, madame Maloir demanda :

— Qui est-ce ?

— Oh ! personne, répondit la bonne négligemment, un petit jeune homme... Je voulais le renvoyer, mais il est si joli, sans un poil de barbe, avec ses yeux bleus et sa figure de fille, que j'ai fini par lui dire d'attendre... Il tient un énorme bouquet dont il n'a jamais consenti à se débarrasser... Si ce n'est pas à lui allonger des claques, un mor-

450 veux qui devrait être encore au collège !

Madame Lerat alla chercher une carafe d'eau, pour faire un grog ; les canards l'avaient altérée. Zoé murmura que, tout de même, elle en boirait bien un aussi. Elle avait, disait-elle, la bouche amère comme du fiel.

— Alors, vous l'avez mis... ? reprit madame Maloir.

– Tiens ! dans le cabinet [1] du fond, la petite pièce qui n'est pas meublée… Il y a tout juste une malle à madame et une table. C'est là que je loge les pignoufs [2].

Et elle sucrait fortement son grog, lorsque la sonnerie électrique la fit sauter. Nom d'un chien ! est-ce qu'on ne la laisserait pas boire tranquillement ? ça promettait, si le carillon commençait déjà. Pourtant, elle courut ouvrir. Puis, à son retour, voyant madame Maloir qui l'interrogeait du regard :

– Rien, un bouquet.

Toutes trois se rafraîchirent, en se saluant d'un signe de tête. Il y eut, coup sur coup, deux autres sonneries, pendant que Zoé desservait enfin la table, rapportant les assiettes sur l'évier, une à une. Mais tout cela n'était pas sérieux. Elle tenait la cuisine au courant, elle répéta deux fois sa phrase dédaigneuse :

– Rien, un bouquet.

Cependant, ces dames, entre deux levées de cartes, eurent un rire, en lui entendant raconter la tête des créanciers, dans l'antichambre, lorsque les fleurs arrivaient. Madame trouverait ses bouquets sur sa toilette. Dommage que ce fût si cher et qu'on ne pût en tirer seulement dix sous. Enfin, il y avait bien de l'argent perdu.

– Moi, dit madame Maloir, je me contenterais par jour de ce que les hommes dépensent en fleurs pour les femmes, à Paris.

– Je crois bien, vous n'êtes pas difficile, murmura madame Lerat. On aurait seulement l'argent du fil… Ma chère, soixante de dames.

Il était quatre heures moins dix. Zoé s'étonnait, ne comprenant pas que madame restât si longtemps dehors. D'ordinaire, lorsque madame se trouvait forcée de sortir, l'après-midi, elle emballait ça, et rondement. Mais madame Maloir déclara qu'on ne faisait pas toujours les choses comme on voulait. Certainement, il y avait des anicroches dans la vie, disait madame Lerat. Le mieux était d'attendre ; si sa nièce s'attardait, ça devait être que ses occupations la retenaient, n'est-ce pas ? D'ailleurs, on ne

1. Petite pièce d'une habitation.
2. Individu grossier, sans délicatesse (populaire).

peinait guère. Il faisait bon dans la cuisine. Et, comme elle
n'avait plus de cœur, madame Lerat jeta du carreau.

La sonnerie recommençait. Quand Zoé reparut, elle
était tout allumée.

— Mes enfants, le gros Steiner ! dit-elle dès la porte, en
baissant la voix. Celui-là, je l'ai mis dans le petit salon.

500 Alors, madame Maloir parla du banquier à madame
Lerat, qui ne connaissait pas ces messieurs. Est-ce qu'il
était en train de lâcher Rose Mignon ? Zoé hochait la tête,
elle savait des choses. Mais, de nouveau, il lui fallut aller
ouvrir.

— Bon ! une tuile ! murmura-t-elle en revenant. C'est le
moricaud ! J'ai eu beau lui répéter que madame était
sortie, il s'est installé dans la chambre à coucher… Nous
ne l'attendions que ce soir.

À quatre heures un quart, Nana n'était pas encore là.
510 Que pouvait-elle faire ? Ça n'avait pas de bon sens. On
apporta deux autres bouquets. Zoé, ennuyée, regarda s'il
restait du café. Oui, ces dames finiraient volontiers le café,
ça les réveillerait. Elles s'endormaient, tassées sur leurs
chaises, à prendre continuellement des cartes au talon, du
même geste. La demie sonna. Décidément, on avait fait
quelque chose à madame. Elles chuchotaient entre elles.

Tout à coup, s'oubliant, madame Maloir annonça d'une
voix éclatante :

— J'ai le cinq cents !… Quinte majeure d'atout !

520 — Taisez-vous donc ! dit Zoé avec colère. Que vont
penser tous ces messieurs ?

Et, dans le silence qui régna, dans le murmure étouffé
des deux vieilles femmes se querellant, un bruit de pas
rapides monta de l'escalier de service. C'était Nana enfin.
Avant qu'elle eût ouvert la porte, on entendit son essouf-
flement. Elle entra très rouge, le geste brusque. Sa jupe,
dont les tirettes [1] avaient dû casser, essuyait les marches, et
les volants venaient de tremper dans une mare, quelque
pourriture coulée du premier étage, où la bonne était un
530 vrai souillon.

1. « Cordons fixés aux coutures des lés d'une jupe de robe de femme, à
l'envers, se réunissant à la taille et servant à relever cette jupe
symétriquement » (Littré).

– Te voilà ! ce n'est pas malheureux ! dit madame Lerat, les lèvres pincées, encore vexée des cinq cents de madame Maloir. Tu peux te flatter de faire poser [1] les gens !

– Madame n'est pas raisonnable, vraiment ! ajouta Zoé.

Nana, déjà mécontente, fut exaspérée par ces reproches. Si c'était comme ça qu'on l'accueillait, après l'embêtement qu'elle venait d'avoir !

– Fichez-moi la paix, hein ! cria-t-elle.

– Chut ! madame, il y a du monde, dit la bonne.

Alors, baissant la voix, la jeune femme bégaya, haletante : 540

– Est-ce que vous croyez que je me suis amusée ? Ça n'en finissait plus. J'aurais bien voulu vous y voir… Je bouillais, j'avais envie de ficher des claques… Et pas un fiacre pour revenir. Heureusement, c'est à deux pas. N'importe, j'ai joliment couru.

– Tu as l'argent ? demanda la tante.

– Tiens ! cette question ! répondit Nana.

Elle s'était assise sur une chaise, contre le fourneau, les jambes coupées par sa course ; et, sans reprendre haleine, 550 elle tira de son corsage une enveloppe, dans laquelle se trouvaient quatre billets de cent francs. On voyait les billets par une large déchirure, qu'elle avait faite d'un doigt brutal, pour s'assurer du contenu. Les trois femmes, autour d'elle, regardaient fixement l'enveloppe, un gros papier froissé et sali, entre ses petites mains gantées. Il était trop tard, madame Lerat n'irait que le lendemain à Rambouillet. Nana entrait dans de grandes explications.

– Madame, il y a du monde qui attend, répéta la femme de chambre.
560

Mais elle s'emporta de nouveau. Le monde pouvait attendre. Tout à l'heure, quand elle ne serait plus en affaire. Et, comme sa tante avançait la main vers l'argent :

– Ah ! non, pas tout, dit-elle. Trois cents francs à la nourrice, cinquante francs pour ton voyage et ta dépense, ça fait trois cent cinquante… Je garde cinquante francs.

La grosse difficulté fut de trouver de la monnaie. Il n'y avait pas dix francs dans la maison. On ne s'adressa même pas à madame Maloir, qui écoutait d'un air désintéressé,

1. Voir note 2, p. 39.

570 n'ayant jamais sur elle que les six sous d'un omnibus [1].
Enfin, Zoé sortit en disant qu'elle allait voir dans sa malle,
et elle rapporta cent francs, en pièces de cent sous. On les
compta sur un bout de la table. Madame Lerat partit tout
de suite, après avoir promis de ramener Louiset le lende-
main.

— Vous dites qu'il y a du monde ? reprit Nana, toujours
assise, se reposant.

— Oui, madame, trois personnes.

Et elle nomma le banquier le premier. Nana fit une
580 moue. Si ce Steiner croyait qu'elle se laisserait ennuyer,
parce qu'il lui avait jeté un bouquet la veille !

— D'ailleurs, déclara-t-elle, j'en ai assez. Je ne recevrai
pas. Allez dire que vous ne m'attendez plus.

— Madame réfléchira, madame recevra monsieur
Steiner, murmura Zoé sans bouger, d'un air grave, fâchée
de voir sa maîtresse sur le point de faire encore une bêtise.

Puis, elle parla du Valaque, qui devait commencer à
trouver le temps long, dans la chambre. Alors, Nana,
furieuse, s'entêta davantage. Personne, elle ne voulait voir
590 personne ! Qui est-ce qui lui avait fichu un homme aussi
collant !

— Flanquez tout ça dehors ! Moi, je vais faire un bézigue
avec madame Maloir. J'aime mieux ça.

La sonnerie lui coupa la parole. Ce fut le comble. Encore
un raseur ! Elle défendit à Zoé d'aller ouvrir. Celle-ci, sans
l'écouter, était sortie de la cuisine. Quand elle reparut, elle
dit d'un air d'autorité, en remettant deux cartes :

— J'ai répondu que madame recevait… Ces messieurs
sont dans le salon.

600 Nana s'était levée rageusement. Mais les noms du mar-
quis de Chouard et du comte Muffat de Beuville, sur les
cartes, la calmèrent. Elle resta un instant silencieuse.

— Qu'est-ce que c'est que ceux-là ? demanda-t-elle
enfin. Vous les connaissez ?

— Je connais le vieux, répondit Zoé en pinçant la bouche
d'une façon discrète.

1. Voiture publique tirée par des chevaux qui servait au transport des
voyageurs dans les différents quartiers de la ville (l'équivalent moderne
est l'autobus).

Et, comme sa maîtresse continuait à l'interroger des yeux, elle ajouta simplement :

– Je l'ai vu quelque part.

Cette parole sembla décider la jeune femme. Elle quitta la cuisine à regret, ce refuge tiède où l'on pouvait causer et s'abandonner dans l'odeur du café, chauffant sur un reste de braise. Derrière son dos, elle laissait madame Maloir, qui, maintenant, faisait des réussites ; elle n'avait toujours pas ôté son chapeau ; seulement, pour se mettre à l'aise, elle venait de dénouer les brides et de les rejeter sur ses épaules.

Dans le cabinet de toilette, où Zoé l'aida vivement à passer un peignoir, Nana se vengea des ennuis qu'on lui causait, en mâchant de sourds jurons contre les hommes. Ces gros mots chagrinaient la femme de chambre, car elle voyait avec peine que madame ne se décrassait pas vite de ses commencements. Elle osa même supplier madame de se calmer.

– Ah ! ouiche ! répondit Nana crûment, ce sont des salauds [1], ils aiment ça.

Pourtant, elle prit son air de princesse, comme elle disait. Zoé l'avait retenue, au moment où elle se dirigeait vers le salon ; et, d'elle-même, elle introduisit dans le cabinet de toilette le marquis de Chouard et le comte Muffat. C'était beaucoup mieux.

– Messieurs, dit la jeune femme avec une politesse étudiée, je regrette de vous avoir fait attendre.

Les deux hommes saluèrent et s'assirent. Un store de tulle brodé ménageait un demi-jour dans le cabinet. C'était la pièce la plus élégante de l'appartement, tendue d'étoffe claire, avec une grande toilette [2] de marbre, une psyché [3] marquetée [4], une chaise longue et des fauteuils de satin bleu. Sur la toilette, les bouquets, des roses, des lilas, des

1. *Salaud* est sorti d'usage au sens de « personne très sale » pour devenir l'insulte que nous connaissons aujourd'hui.
2. Petit meuble garni de divers objets servant aux soins de propreté et de parure.
3. Grand miroir mobile sur châssis, qu'on peut incliner à volonté.
4. *Marqueter* : assembler des feuilles de différents bois précieux, de métal, de nacre, d'écaille ou de marbre, et les plaquer sur un assemblage pour former des dessins variés.

640 jacinthes, mettaient comme un écroulement de fleurs, d'un
parfum pénétrant et fort ; tandis que, dans l'air moite, dans
la fadeur exhalée des cuvettes, traînait par instants une
odeur plus aiguë, quelques brins de patchouli sec, brisés
menu au fond d'une coupe. Et, se pelotonnant, ramenant
son peignoir mal attaché, Nana semblait avoir été surprise
à sa toilette, la peau humide encore, souriante, effarouchée
au milieu de ses dentelles.

– Madame, dit gravement le comte Muffat, vous nous
excuserez d'avoir insisté... Nous venons pour une quête...
650 Monsieur et moi, sommes membres du bureau de bienfai-
sance de l'arrondissement.

Le marquis de Chouard se hâta d'ajouter, d'un air
galant :

– Quand nous avons appris qu'une grande artiste habi-
tait cette maison, nous nous sommes promis de lui recom-
mander nos pauvres d'une façon particulière... Le talent
ne va pas sans le cœur.

Nana jouait la modestie. Elle répondait par de petits
mouvements de tête, tout en faisant de rapides réflexions.
660 Ça devait être le vieux qui avait amené l'autre ; ses yeux
étaient trop polissons. Pourtant, il fallait aussi se méfier de
l'autre, dont les tempes se gonflaient drôlement ; il aurait
bien pu venir tout seul. C'était ça, le concierge l'avait
nommée, et ils se poussaient, chacun pour son compte.

– Certainement, messieurs, vous avez eu raison de
monter, dit-elle, pleine de bonne grâce.

Mais la sonnerie électrique la fit tressaillir. Encore une
visite, et cette Zoé qui ouvrait toujours ! Elle continua :

– On est trop heureux de pouvoir donner.
670 Au fond, elle était flattée.

– Ah ! madame, reprit le marquis, si vous saviez, quelle
misère ! Notre arrondissement compte plus de trois mille
pauvres, et encore est-il un des plus riches. Vous ne vous
imaginez pas une pareille détresse : des enfants sans pain,
des femmes malades, privées de tout secours, mourant de
froid...

– Les pauvres gens ! cria Nana, très attendrie.

Son apitoiement fut tel, que des larmes noyèrent ses
beaux yeux. D'un mouvement, elle s'était penchée, ne
680 s'étudiant plus ; et son peignoir ouvert laissa voir son cou,

tandis que ses genoux tendus dessinaient, sous la mince étoffe, la rondeur de la cuisse. Un peu de sang parut aux joues terreuses du marquis. Le comte Muffat, qui allait parler, baissa les yeux. Il faisait trop chaud dans ce cabinet, une chaleur lourde et enfermée de serre. Les roses se fanaient, une griserie montait du patchouli de la coupe.

– On voudrait être très riche dans ces occasions, ajoutait Nana. Enfin, chacun fait ce qu'il peut… Croyez bien, messieurs, que si j'avais su…

Elle était sur le point de lâcher une bêtise, dans son attendrissement. Aussi n'acheva-t-elle pas la phrase. Un instant, elle resta gênée, ne se rappelant plus où elle venait de mettre ses cinquante francs, en ôtant sa robe. Mais elle se souvint, ils devaient être au coin de la toilette, sous un pot de pommade renversé. Comme elle se levait, la sonnerie retentit longuement. Bon ! encore un ! ça ne finirait pas. Le comte et le marquis s'étaient également mis debout, et les oreilles de ce dernier avaient remué, se pointant vers la porte ; sans doute il connaissait ces coups de sonnette. Muffat le regarda ; puis, ils détournèrent les yeux. Ils se gênaient, ils redevinrent froids, l'un carré et solide, avec sa chevelure fortement plantée, l'autre redressant ses épaules maigres, sur lesquelles tombait sa couronne de rares cheveux blancs.

– Ma foi ! dit Nana, qui apportait les dix grosses pièces d'argent, en prenant le parti de rire, je vais vous charger, messieurs… C'est pour les pauvres…

Et le petit trou adorable de son menton se creusait. Elle avait son air bon enfant, sans pose, tenant la pile des écus sur sa main ouverte, l'offrant aux deux hommes, comme pour leur dire : « Voyons, qui en veut ? » Le comte fut le plus leste, il prit les cinquante francs ; mais une pièce resta, et il dut, pour l'avoir, la ramasser sur la peau même de la jeune femme, une peau tiède et souple qui lui laissa un frisson. Elle, égayée, riait toujours.

– Voilà, messieurs, reprit-elle. Une autre fois, j'espère donner davantage.

Ils n'avaient plus de prétexte, ils saluèrent, en se dirigeant vers la porte. Mais, au moment où ils allaient sortir, de nouveau la sonnerie éclata. Le marquis ne put cacher un pâle sourire, tandis qu'une ombre rendait le comte plus

grave. Nana les retint quelques secondes, pour permettre à Zoé de trouver encore un coin. Elle n'aimait pas qu'on se rencontrât chez elle. Seulement, cette fois, ça devait être bondé. Aussi fut-elle soulagée, lorsqu'elle vit le salon vide. Zoé les avait donc fourrés dans les armoires ?

– Au revoir, messieurs, dit-elle, en s'arrêtant sur le seuil du salon.

730 Elle les enveloppait de son rire et de son regard clair. Le comte Muffat s'inclina, troublé malgré son grand usage du monde, ayant besoin d'air, emportant un vertige de ce cabinet de toilette, une odeur de fleur et de femme qui l'étouffait. Et, derrière lui, le marquis de Chouard, certain de n'être pas vu, osa adresser à Nana un clignement d'œil, la face tout d'un coup décomposée, la langue au bord des lèvres.

Lorsque la jeune femme rentra dans le cabinet, où Zoé l'attendait avec des lettres et des cartes de visite, elle cria, en riant plus fort :

740 – En voilà des pannés [1] qui m'ont fait mes cinquante francs !

Elle n'était point fâchée, cela lui semblait drôle que des hommes lui eussent emporté de l'argent. Tout de même, c'étaient des cochons, elle n'avait plus le sou. Mais la vue des cartes et des lettres lui rendit sa mauvaise humeur. Les lettres, passe encore ; elles venaient de messieurs qui, après l'avoir applaudie la veille, lui adressaient des déclarations. Quant aux visiteurs, ils pouvaient aller se promener.

750 Zoé en avait mis partout ; et elle faisait remarquer que l'appartement était très commode, chaque pièce ouvrant sur le corridor. Ce n'était pas comme chez madame Blanche, où il fallait passer par le salon. Aussi madame Blanche avait-elle eu bien des ennuis.

– Vous allez tous les renvoyer, reprit Nana, qui suivait son idée. Commencez par le moricaud.

– Celui-là, madame, il y a beau temps que je l'ai congédié, dit Zoé avec un sourire. Il voulait simplement dire à madame qu'il ne pouvait venir ce soir.

1. Voir note 3, p. 71.

Ce fut une grosse joie. Nana battit des mains. Il ne 760
venait pas, quelle chance ! Elle serait donc libre ! Et elle
poussait des soupirs de soulagement, comme si on l'avait
graciée du plus abominable des supplices. Sa première
pensée fut pour Daguenet. Ce pauvre chat, auquel juste-
ment elle avait écrit d'attendre le jeudi ! Vite, madame
Maloir allait faire une seconde lettre ! Mais Zoé dit que
madame Maloir avait filé sans qu'on s'en aperçût, comme
à son habitude. Alors, Nana, après avoir parlé d'envoyer
quelqu'un, resta hésitante. Elle était bien lasse. Toute une
nuit à dormir, ce serait si bon ! L'idée de ce régal finit par 770
l'emporter. Pour une fois, elle pouvait se payer ça.

— Je me coucherai en rentrant du théâtre, murmurait-elle
d'un air gourmand, et vous ne me réveillerez pas avant
midi.

Puis, haussant la voix :

— Houp ! maintenant, poussez-moi les autres dans
l'escalier !

Zoé ne bougeait pas. Elle ne se serait pas permis de
donner ouvertement des conseils à madame ; seulement,
elle s'arrangeait pour faire profiter madame de son expé- 780
rience, quand madame paraissait s'emballer avec sa mau-
vaise tête.

— Monsieur Steiner aussi ? demanda-t-elle d'une voix
brève.

— Certainement, répondit Nana. Lui avant les autres.

La bonne attendit encore pour donner à madame le
temps de la réflexion. Madame ne serait donc pas fière
d'enlever à sa rivale, Rose Mignon, un monsieur si riche,
connu dans tous les théâtres ?

— Dépêchez-vous donc, ma chère, reprit Nana, qui com- 790
prenait parfaitement, et dites-lui qu'il m'embête.

Mais, brusquement, elle eut un retour ; le lendemain,
elle pouvait en avoir envie ; et elle cria avec un geste de
gamin, riant, clignant les yeux :

— Après tout, si je veux l'avoir, le plus court est encore
de le flanquer à la porte.

Zoé parut très frappée. Elle regarda madame, prise
d'une subite admiration, puis alla flanquer Steiner à la
porte, sans balancer.

800 Cependant, Nana patienta quelques minutes, pour lui
laisser le temps de balayer le plancher, comme elle disait.
On n'avait pas idée d'un pareil assaut ! Elle allongea la
tête dans le salon ; il était vide. La salle à manger, vide
également. Mais, comme elle continuait sa visite, tranquil-
lisée, certaine qu'il n'y avait plus personne, elle tomba
tout d'un coup sur un petit jeune homme, en poussant la
porte d'un cabinet. Il était assis en haut d'une malle, bien
tranquille, l'air très sage, avec un énorme bouquet sur les
genoux.

810 – Ah ! mon Dieu ! cria-t-elle. Il y en a encore un là-
dedans !

Le petit jeune homme, en l'apercevant, avait sauté à
terre, rouge comme un coquelicot. Et il ne savait que faire
de son bouquet, qu'il passait d'une main dans l'autre,
étranglé par l'émotion. Sa jeunesse, son embarras, la drôle
de mine qu'il avait avec ses fleurs, attendrirent Nana, qui
éclata d'un beau rire. Alors, les enfants aussi ? Mainte-
nant, les hommes lui arrivaient au maillot [1] ? Elle s'aban-
donna, familière, maternelle, se tapant sur les cuisses et
820 demandant par rigolade :

– Tu veux donc qu'on te mouche, bébé ?

– Oui, répondit le petit d'une voix basse et suppliante.

Cette réponse l'égaya davantage. Il avait dix-sept ans, il
s'appelait Georges Hugon. La veille, il était aux Variétés.
Et il venait la voir.

– C'est pour moi, ces fleurs ?

– Oui.

– Donne-les donc, nigaud !

Mais, comme elle prenait le bouquet, il lui sauta sur les
830 mains, avec la gloutonnerie de son bel âge. Elle dut le
battre pour qu'il lâchât prise. En voilà un morveux qui
allait raide ! Tout en le grondant, elle était devenue rose,
elle souriait. Et elle le renvoya, en lui permettant de
revenir. Il chancelait, il ne trouvait plus les portes.

Nana retourna dans son cabinet de toilette, où Francis se
présenta presque aussitôt pour la coiffer définitivement.
Elle ne s'habillait que le soir. Assise devant la glace, bais-

1. Lange qu'on utilisait pour les nouveau-nés.

sant la tête sous les mains agiles du coiffeur, elle restait
muette et rêveuse, lorsque Zoé entra, en disant :

– Madame, il y en a un qui ne veut pas partir. 840

– Eh bien ! il faut le laisser, répondit-elle tranquille-
ment.

– Avec ça, il en vient toujours.

– Bah ! dis-leur d'attendre. Quand ils auront trop faim,
ils s'en iront.

Son esprit avait tourné. Cela l'enchantait de faire poser
les hommes. Une idée acheva de l'amuser : elle s'échappa
des mains de Francis, courut mettre elle-même les
verrous ; maintenant, ils pouvaient s'entasser à côté, ils ne
perceraient pas le mur, peut-être. Zoé entrerait par la petite 850
porte qui menait à la cuisine. Cependant, la sonnerie élec-
trique marchait de plus belle. Toutes les cinq minutes, le
tintement revenait, vif et clair, avec sa régularité de
machine bien réglée. Et Nana les comptait, pour se dis-
traire. Mais elle eut un brusque souvenir.

– Mes pralines, dites donc ?

Francis, lui aussi, oubliait les pralines. Il tira un sac
d'une poche de sa redingote, du geste discret d'un homme
du monde offrant un cadeau à une amie ; pourtant, à
chaque règlement, il portait les pralines sur sa note. Nana 860
posa le sac entre ses genoux, et se mit à croquer, en tour-
nant la tête sous les légères poussées du coiffeur.

– Fichtre ! murmura-t-elle au bout d'un silence, voilà
une bande.

Trois fois, coup sur coup, la sonnerie avait tinté. Les
appels du timbre se précipitaient. Il y en avait de modestes,
qui balbutiaient avec le tremblement d'un premier aveu ;
de hardis, vibrant sous quelque doigt brutal ; de pressés,
traversant l'air d'un frisson rapide. Un véritable carillon,
comme disait Zoé, un carillon à révolutionner le quartier, 870
toute une cohue d'hommes tapant à la file sur le bouton
d'ivoire. Ce farceur de Bordenave avait vraiment donné
l'adresse à trop de monde, toute la salle de la veille allait
y passer.

– À propos, Francis, dit Nana, avez-vous cinq louis ?

Il se recula, examina la coiffure, puis tranquillement :

– Cinq louis, c'est selon.

– Ah ! vous savez, reprit-elle, s'il vous faut des garanties…

880 Et, sans achever la phrase, d'un geste large, elle indiquait les pièces voisines. Francis prêta les cinq louis. Zoé, dans les moments de répit, entrait pour préparer la toilette de madame. Bientôt elle dut l'habiller, tandis que le coiffeur attendait, voulant donner un dernier coup à la coiffure. Mais la sonnerie, continuellement, dérangeait la femme de chambre, qui laissait madame à moitié lacée, chaussée d'un pied seulement. Elle perdait la tête, malgré son expérience. Après avoir mis des hommes un peu partout, en utilisant les moindres coins, elle venait d'être

890 obligée d'en caser jusqu'à trois et quatre ensemble, ce qui était contraire à tous ses principes. Tant pis s'ils se mangeaient, ça ferait de la place ! Et Nana, bien verrouillée, à l'abri, se moquait d'eux, en disant qu'elle les entendait souffler. Ils devaient avoir une bonne tête, tous la langue pendante, comme des toutous assis en rond sur leur derrière. C'était son succès de la veille qui continuait, cette meute d'hommes l'avait suivie à la trace.

– Pourvu qu'ils ne cassent rien, murmura-t-elle.

Elle commençait à s'inquiéter, sous les haleines

900 chaudes qui passaient par les fentes. Mais Zoé introduisit Labordette, et la jeune femme eut un cri de soulagement. Il voulait lui parler d'un compte qu'il avait réglé pour elle, à la justice de paix [1]. Elle ne l'écoutait pas, répétant :

– Je vous emmène… Nous dînons ensemble… De là, vous m'accompagnez aux Variétés. Je n'entre en scène qu'à neuf heures et demie.

Ce bon Labordette, tombait-il à propos ! Jamais il ne demandait rien, lui. Il n'était que l'ami des femmes, dont il bibelotait [2] les petites affaires. Ainsi, en passant, il venait

910 de congédier les créanciers, dans l'antichambre. D'ailleurs, ces braves gens ne voulaient pas être payés, au contraire ; s'ils avaient insisté, c'était pour complimenter madame et lui faire en personne de nouvelles offres de service, après son grand succès de la veille.

– Filons, filons, disait Nana qui était habillée.

1. Le juge de paix devait concilier les parties en litige.
2. Voir note 2, p. 42.

Justement, Zoé rentrait, criant :

— Madame, je renonce à ouvrir... Il y a une queue dans l'escalier.

Une queue dans l'escalier ! Francis lui-même, malgré le flegme anglais qu'il affectait, se mit à rire, tout en rangeant 920 les peignes. Nana, qui avait pris le bras de Labordette, le poussait dans la cuisine. Et elle se sauva, délivrée des hommes enfin, heureuse, sachant qu'on pouvait l'avoir seul.avec soi, n'importe où, sans craindre des bêtises.

— Vous me ramènerez à ma porte, dit-elle pendant qu'ils descendaient l'escalier de service. Comme ça, je serai sûre... Imaginez-vous que je veux dormir toute une nuit, toute une nuit à moi. Une toquade [1], mon cher !

1. Caprice.

III

La comtesse Sabine, comme on avait pris l'habitude de
nommer madame Muffat de Beuville, pour la distinguer de
la mère du comte, morte l'année précédente, recevait tous
les mardis, dans son hôtel de la rue Miromesnil, au coin de
la rue de Penthièvre ! C'était un vaste bâtiment carré,
habité par les Muffat depuis plus de cent ans ; sur la rue,
la façade dormait, haute et noire, d'une mélancolie de cou-
vent, avec d'immenses persiennes [1] qui restaient presque
toujours fermées ; derrière, dans un bout de jardin humide,
10 des arbres avaient poussé, cherchant le soleil, si longs et si
grêles, qu'on en voyait les branches, par-dessus les
ardoises.
Ce mardi, vers dix heures, il y avait à peine une dou-
zaine de personnes dans le salon. Lorsqu'elle n'attendait
que des intimes, la comtesse n'ouvrait ni le petit salon ni
la salle à manger. On était plus entre soi, on causait près du
feu. Le salon, d'ailleurs, était très grand, très haut ; quatre
fenêtres donnaient sur le jardin, dont on sentait l'humidité
par cette pluvieuse soirée de la fin d'avril, malgré les
20 fortes bûches qui brûlaient dans la cheminée. Jamais le
soleil ne descendait là ; le jour, une clarté verdâtre éclairait
à peine la pièce ; mais, le soir, quand les lampes et le lustre
étaient allumés, elle n'était plus que grave, avec ses
meubles Empire [2] d'acajou massif, ses tentures et ses

1. Volets.
2. Voir note 3, p. 37.

sièges de velours jaune, à larges dessins satinés. On entrait dans une dignité froide, dans des mœurs anciennes, un âge disparu exhalant une odeur de dévotion.

Cependant, en face du fauteuil où la mère du comte était morte, un fauteuil carré, au bois raidi et à l'étoffe dure, de l'autre côté de la cheminée, la comtesse Sabine se tenait sur une chaise profonde, dont la soie rouge capitonnée avait une mollesse d'édredon. C'était le seul meuble moderne, un coin de fantaisie introduit dans cette sévérité, et qui jurait.

– Alors, disait la jeune femme, nous aurons le shah de Perse…

On causait des princes qui viendraient à Paris pour l'Exposition. Plusieurs dames faisaient un cercle devant la cheminée. Madame Du Joncquoy, dont le frère, un diplomate, avait rempli une mission en Orient, donnait des détails sur la cour de Nazar-Eddin [1].

– Est-ce que vous êtes souffrante, ma chère ? demanda madame Chantereau, la femme d'un maître de forges, en voyant la comtesse prise d'un léger frisson, qui la pâlissait.

– Mais non, pas du tout, répondit celle-ci, souriante. J'ai eu un peu froid… Ce salon est si long à chauffer !

Et elle promenait son regard noir le long des murs, jusqu'aux hauteurs du plafond. Estelle, sa fille, une jeune personne de seize ans, dans l'âge ingrat, mince et insignifiante, quitta le tabouret où elle était assise, et vint silencieusement relever une des bûches qui avait roulé. Mais madame de Chezelles, une amie de couvent de Sabine, plus jeune qu'elle de cinq ans, s'écriait :

– Ah bien ! c'est moi qui voudrais avoir un salon comme le tien ! Au moins, tu peux recevoir… On ne fait plus que des boîtes aujourd'hui… Si j'étais à ta place !

Elle parlait étourdiment, avec des gestes vifs, expliquant qu'elle changerait les tentures, les sièges, tout ; puis, elle donnerait des bals à faire courir Paris. Derrière elle, son mari, un magistrat, écoutait d'un air grave. On racontait qu'elle le trompait, sans se cacher ; mais on lui par-

1. Nasser-el-Din, shah de Perse qui régna de 1848 à 1896, ne vint pas à Paris.

donnait, on la recevait quand même, parce que, disait-on,
elle était folle.

– Cette Léonide ! se contenta de murmurer la comtesse
Sabine, avec son pâle sourire.

Un geste paresseux compléta sa pensée. Certes, ce ne
serait pas après y avoir vécu dix-sept ans qu'elle change-
rait son salon. Maintenant, il resterait tel que sa belle-mère
70 avait voulu le conserver de son vivant. Puis, revenant à la
conversation :

– On m'a assuré que nous aurons également le roi de
Prusse et l'empereur de Russie [1].

– Oui, on annonce de très belles fêtes, dit madame Du
Joncquoy.

Le banquier Steiner, introduit depuis peu dans la maison
par Léonide de Chezelles, qui connaissait tout Paris, cau-
sait sur un canapé, entre deux fenêtres ; il interrogeait un
député, dont il tâchait de tirer adroitement des nouvelles,
80 au sujet d'un mouvement de Bourse qu'il flairait ; pendant
que le comte Muffat, debout devant eux, les écoutait en
silence, la mine plus grise encore que de coutume. Quatre
ou cinq jeunes gens faisaient un autre groupe, près de la
porte, où ils entouraient le comte Xavier de Vandeuvres,
qui, à demi-voix, leur racontait une histoire, très leste sans
doute, car ils étouffaient des rires. Au milieu de la pièce,
tout seul, assis pesamment dans un fauteuil, un gros
homme, chef de bureau au ministère de l'Intérieur, dor-
mait les yeux ouverts. Mais un des jeunes gens ayant paru
90 douter de l'histoire de Vandeuvres, celui-ci haussa la voix.

– Vous êtes trop sceptique, Foucarmont ; vous gâterez
vos plaisirs.

Et il revint en riant près des dames. Le dernier d'une
grande race, féminin et spirituel, il mangeait alors une for-
tune avec une rage d'appétits que rien n'apaisait. Son
écurie de courses, une des plus célèbres de Paris, lui coû-
tait un argent fou ; ses pertes au Cercle Impérial [2] se chif-

1. Guillaume I^{er} de Prusse (1797-1898), régent depuis 1858 et roi depuis
1861, arriva à Paris le 5 juin 1867 pour visiter l'Exposition ; Alexandre II
(1818-1881), empereur de Russie depuis 1855, s'y était rendu le 1^{er} juin.
2. Le Cercle impérial, situé à l'angle de l'avenue Gabriel et de la rue des
Champs-Élysées, était un cercle très fermé que fréquentait le personnel
impérial.

fraient chaque mois par un nombre de louis inquiétant ;
ses maîtresses lui dévoraient, bon mal an, une ferme et
quelques arpents de terre ou de forêts, tout un lambeau de
ses vastes domaines de Picardie.

— Je vous conseille de traiter les autres de sceptiques,
vous qui ne croyez à rien, dit Léonide, en lui ménageant
une petite place à côté d'elle. C'est vous qui gâtez vos
plaisirs.

— Justement, répondit-il. Je veux faire profiter les autres
de mon expérience.

Mais on lui imposa silence. Il scandalisait M. Venot.
Alors, les dames s'étant écartées, on aperçut, au fond d'une
chaise longue, un petit homme de soixante ans, avec des
dents mauvaises et un sourire fin ; il était là, installé comme
chez lui, écoutant tout le monde, ne lâchant pas une parole.
D'un geste, il dit qu'il n'était pas scandalisé. Vandeuvres
avait repris son grand air, et il ajouta gravement :

— Monsieur Venot sait bien que je crois ce qu'il faut
croire.

C'était un acte de foi religieuse. Léonide elle-même
parut satisfaite. Dans le fond de la pièce, les jeunes gens
ne riaient plus. Le salon était collet-monté, ils ne s'y amu-
saient guère. Un souffle froid avait passé, on entendait au
milieu du silence la voix nasillarde de Steiner, que la dis-
crétion du député finissait par mettre hors de lui. Un ins-
tant, la comtesse Sabine regarda le feu ; puis, elle renoua
la conversation.

— J'ai vu le roi de Prusse, l'année dernière, à Bade [1]. Il
est encore plein de vigueur pour son âge.

— Le comte de Bismarck [2] l'accompagnera, dit madame
Du Joncquoy. Connaissez-vous le comte ? J'ai déjeuné
avec lui chez mon frère, oh ! il y a longtemps, lorsqu'il
représentait la Prusse à Paris... Voilà un homme dont je ne
comprends guère les derniers succès.

— Pourquoi donc ? demanda madame Chantereau.

1. Ville d'Allemagne sur le Rhin, célèbre pour ses eaux thermales.
2. Otto von Bismarck (1815-1898), nommé Premier ministre par
Guillaume Ier en 1862, jouera un rôle décisif dans la guerre contre la
France qui devait marquer la fin du Second Empire (défaite de Sedan,
2 septembre 1870).

– Mon Dieu ! comment vous dire… Il ne me plaît pas. Il a l'air brutal et mal élevé. Puis, moi, je le trouve stupide.

Tout le monde alors parla du comte de Bismarck. Les opinions furent très partagées. Vandeuvres le connaissait et assurait qu'il était un beau buveur et un beau joueur. Mais, au fort de la discussion, la porte s'ouvrit, Hector de la Faloise parut. Fauchery, qui le suivait, s'approcha de la
140 comtesse, et s'inclinant :

– Madame, je me suis souvenu de votre gracieuse invitation…

Elle eut un sourire, un mot aimable. Le journaliste, après avoir salué le comte, resta un moment dépaysé au milieu du salon, où il ne reconnaissait que Steiner. Vandeuvres, s'étant tourné, vint lui donner une poignée de main. Et, tout de suite, heureux de la rencontre, pris d'un besoin d'expansion, Fauchery l'attira, disant à voix basse [1] :
150 – C'est pour demain, vous en êtes ?

– Parbleu !

– À minuit chez elle.

– Je sais, je sais… J'y vais avec Blanche.

Il voulait s'échapper, pour revenir près des dames donner un nouvel argument en faveur de M. de Bismarck. Mais Fauchery le retint.

– Jamais vous ne devineriez de quelle invitation elle m'a chargé.

Et, d'un léger signe de tête, il désigna le comte Muffat,
160 qui en ce moment discutait un point du budget avec le député et Steiner.

– Pas possible ! dit Vandeuvres, stupéfait et mis en gaieté.

– Ma parole ! J'ai dû jurer de le lui amener. Je viens un peu pour ça.

Tous deux eurent un rire silencieux, et Vandeuvres, se hâtant, rentrant dans le cercle des dames, s'écria :

1. « Les deux musiques du chapitre – Le monde, ne pas laisser tomber les conversations, en garder le ton – et les apartés des hommes, l'échappée continuelle sur Nana », note Zola lorsqu'il prépare ce passage. « C'est l'hypocrisie de la bonne société qui est ainsi visée » (voir Présentation, p. 31).

– Je vous affirme, au contraire, que monsieur de Bismarck est très spirituel… Tenez, il a dit, un soir, devant moi, un mot charmant… 170

Cependant, la Faloise, ayant entendu les quelques paroles rapides, échangées à demi-voix, regardait Fauchery, espérant une explication, qui ne vint pas. De qui parlait-on ? que faisait-on, le lendemain, à minuit ? Il ne lâcha plus son cousin. Celui-ci était allé s'asseoir. La comtesse Sabine surtout l'intéressait. On avait souvent prononcé son nom devant lui, il savait que, mariée à dix-sept ans, elle devait en avoir trente-quatre, et qu'elle menait depuis son mariage une existence cloîtrée, entre son mari et sa belle-mère. Dans le monde, les uns la disaient d'une 180 froideur de dévote, les autres la plaignaient, en rappelant ses beaux rires, ses grands yeux de flamme, avant qu'on l'enfermât au fond de ce vieil hôtel. Fauchery l'examinait et hésitait. Un de ses amis, mort récemment capitaine au Mexique [1], lui avait, la veille même de son départ, au sortir de table, fait une de ces confidences brutales que les hommes les plus discrets laissent échapper à de certains moments. Mais ses souvenirs restaient vagues ; ce soir-là, on avait bien dîné ; et il doutait, en voyant la comtesse au milieu de ce salon antique, vêtue de noir, avec son tran- 190 quille sourire. Une lampe, placée derrière elle, détachait son fin profil de brune potelée, où la bouche seule, un peu épaisse, mettait une sorte de sensualité impérieuse.

– Qu'ont-ils donc, avec leur Bismarck ? murmura la Faloise, qui posait pour s'ennuyer dans le monde. On crève, ici. Une drôle d'idée que tu as eue, de vouloir venir !

Fauchery l'interrogea brusquement.

– Dis donc ? la comtesse ne couche avec personne ?

– Ah ! non, ah ! non, mon cher, balbutia-t-il, visible- 200 ment démonté, oubliant sa pose. Où crois-tu donc être ?

Puis, il eut conscience que son indignation manquait de chic. Il ajouta, en s'abandonnant au fond du canapé :

1. L'Empire s'était engagé, à partir de 1862, dans l'incertaine guerre du Mexique, dans l'espoir d'y établir un État catholique sous l'influence de la France ; l'expédition se solda par un échec cuisant.

– Dame ! je dis non, mais je n'en sais pas davantage…
Il y a un petit, là-bas, ce Foucarmont, qu'on trouve dans
tous les coins. On en a vu de plus raide que ça, bien sûr.
Moi, je m'en fiche… Enfin, ce qu'il y a de certain, c'est
que, si la comtesse s'amuse à cascader [1], elle est encore
maligne, car ça ne circule pas, personne n'en cause.

210 Alors, sans que Fauchery prît la peine de le questionner,
il lui dit ce qu'il savait sur les Muffat. Au milieu de la
conversation de ces dames, qui continuait devant la che-
minée, tous deux baissaient la voix ; et l'on aurait cru, à
les voir cravatés et gantés de blanc [2], qu'ils traitaient en
phrases choisies quelque sujet grave. Donc, la maman
Muffat, que la Faloise avait beaucoup connue, était une
vieille insupportable, toujours dans les curés ; d'ailleurs,
un grand air, un geste d'autorité qui pliait tout devant elle.
Quant à Muffat, fils tardif d'un général créé comte par
220 Napoléon Ier, il s'était naturellement trouvé en faveur après
le 2 décembre [3]. Lui aussi manquait de gaieté ; mais il pas-
sait pour un très honnête homme, d'un esprit droit. Avec
ça, des opinions de l'autre monde, et une si haute idée de
sa charge à la cour, de ses dignités et de ses vertus qu'il
portait la tête comme un saint-sacrement [4]. C'était la
maman Muffat qui lui avait donné cette belle éducation :
tous les jours à confesse, pas d'escapades, pas de jeunesse
d'aucune sorte. Il pratiquait, il avait des crises de foi d'une
violence sanguine, pareilles à des accès de fièvre chaude.
230 Enfin, pour le peindre d'un dernier détail, la Faloise lâcha
un mot à l'oreille de son cousin.

– Pas possible ! dit ce dernier.

– On me l'a juré, parole d'honneur !… Il l'avait encore,
quand il s'est marié.

Fauchery riait en regardant le comte, dont le visage
encadré de favoris, sans moustaches, semblait plus carré et
plus dur, depuis qu'il citait des chiffres à Steiner, qui se
débattait.

1. Avoir une conduite immorale (populaire).
2. Voir note 2, p. 44.
3. C'est le 2 décembre 1851 qu'eut lieu le coup d'État qui institua le
Second Empire.
4. L'hostie consacrée.

– Ma foi, il a une tête à ça, murmura-t-il. Un joli cadeau qu'il a fait à sa femme !… Ah ! la pauvre petite, a-t-il dû 240 l'ennuyer ! Elle ne sait rien de rien, je parie !

Justement, la comtesse Sabine lui parlait. Il ne l'entendit pas, tellement il trouvait le cas de Muffat plaisant et extraordinaire. Elle répéta sa question.

– Monsieur Fauchery, est-ce que vous n'avez pas publié un portrait de monsieur de Bismarck [1] ?… Vous lui avez parlé ?

Il se leva vivement, s'approcha du cercle des dames, tâchant de se remettre, trouvant d'ailleurs une réponse avec une aisance parfaite. 250

– Mon Dieu ! madame, je vous avouerai que j'ai écrit ce portrait sur des biographies parues en Allemagne… Je n'ai jamais vu monsieur de Bismarck.

Il resta près de la comtesse. Tout en causant avec elle, il continuait ses réflexions. Elle ne paraissait pas son âge ; on lui aurait donné au plus vingt-huit ans ; ses yeux surtout gardaient une flamme de jeunesse, que de longues paupières noyaient d'une ombre bleue. Grandie dans un ménage désuni, passant un mois près du marquis de Chouard et un mois près de la marquise, elle s'était mariée 260 très jeune, à la mort de sa mère, poussée sans doute par son père, qu'elle gênait. Un terrible homme, le marquis, et sur lequel d'étranges histoires commençaient à courir, malgré sa haute piété ! Fauchery demanda s'il n'aurait pas l'honneur de le saluer. Certainement, son père viendrait, mais très tard ; il avait tant de travail ! Le journaliste, qui croyait savoir où le vieux passait ses soirées, resta grave. Mais un signe [2] qu'il aperçut à la joue gauche de la comtesse, près de la bouche, le surprit. Nana avait le même, absolument. C'était drôle. Sur le signe, de petits poils 270 frisaient ; seulement, les poils blonds de Nana était chez l'autre d'un noir de jais. N'importe, cette femme ne couchait avec personne.

1. *Le Figaro* publia deux articles sur Bismarck, l'un d'Albert Wolff le 8 juin 1867, l'autre d'Alfred Assolant le 11 juillet, qui faisaient une biographie très élogieuse de l'homme d'État. En outre le journal consacrait une rubrique quotidienne aux visiteurs de marque de l'Exposition : le roi et la reine des Belges, la reine du Portugal, le prince de Galles, etc.
2. Grain de beauté.

— J'ai toujours eu envie de connaître la reine Augusta [1], disait-elle. On assure qu'elle est si bonne, si pieuse... Croyez-vous qu'elle accompagnera le roi ?

— On ne le pense pas, madame, répondit-il.

Elle ne couchait avec personne, cela sautait aux yeux. Il suffisait de la voir là, près de sa fille, si nulle et si guindée
280 sur son tabouret. Ce salon sépulcral, exhalant une odeur d'église, disait assez sous quelle main de fer, au fond de quelle existence rigide elle restait pliée. Elle n'avait rien mis d'elle, dans cette demeure antique, noire d'humidité. C'était Muffat, qui s'imposait, qui dominait, avec son éducation dévote, ses pénitences et ses jeûnes. Mais la vue du petit vieillard, aux dents mauvaises et au sourire fin, qu'il découvrit tout d'un coup dans son fauteuil, derrière les dames, fut pour lui un argument plus décisif encore. Il connaissait le personnage, Théophile Venot, un ancien
290 avoué qui avait eu la spécialité des procès ecclésiastiques ; il s'était retiré avec une belle fortune, il menait une existence assez mystérieuse, reçu partout, salué très bas, même un peu craint, comme s'il eût représenté une grande force, une force occulte qu'on sentait derrière lui. D'ailleurs, il se montrait très humble, il était marguillier [2] à la Madeleine, et avait simplement accepté une situation d'adjoint à la mairie du neuvième arrondissement, pour occuper ses loisirs, disait-il. Fichtre ! la comtesse était bien entourée ; rien à faire avec elle.

300 — Tu as raison, on crève ici, dit Faucherie à son cousin, lorsqu'il se fut échappé du cercle des dames. Nous allons filer.

Mais Steiner, que le comte Muffat et le député venaient de quitter, s'avançait furieux, suant, grognant à demi-voix :

— Parbleu ! qu'ils ne disent rien, s'ils veulent ne rien dire... J'en trouverai qui parleront.

Puis, poussant le journaliste dans un coin et changeant de voix, d'un air victorieux :
310 — Hein ! c'est pour demain... J'en suis, mon brave !

— Ah ! murmura Faucherie, étonné.

1. Augusta de Saxe-Weimar (1811-1890), épouse du roi de Prusse.
2. Laïc chargé d'administrer les biens d'une paroisse.

– Vous ne saviez pas... Oh ! j'ai eu un mal pour la trouver chez elle ! Avec ça, Mignon ne me lâchait plus.

– Mais ils en sont, les Mignon.

– Oui, elle me l'a dit... Enfin, elle m'a donc reçu, et elle m'a invité... Minuit précis, après le théâtre.

Le banquier était rayonnant. Il cligna les yeux, il ajouta, en donnant aux mots une valeur particulière :

– Ça y est, vous ?

– Quoi donc ? dit Fauchery, qui affecta de ne pas com- 320
prendre. Elle a voulu me remercier de mon article. Alors, elle est venue chez moi.

– Oui, oui... Vous êtes heureux, vous autres. On vous récompense... À propos, qui est-ce qui paie demain ?

Le journaliste ouvrit les bras, comme pour déclarer qu'on n'avait jamais pu savoir. Mais Vandeuvres appelait Steiner, qui connaissait M. de Bismarck. Madame Du Joncquoy était presque convaincue. Elle conclut par ces mots :

– Il m'a fait une mauvaise impression, je lui trouve le 330
visage méchant... Mais je veux bien croire qu'il a beaucoup d'esprit. Cela explique ses succès.

– Sans doute, dit avec un pâle sourire le banquier, un juif de Francfort.

Cependant, la Faloise osait cette fois interroger son cousin, le poursuivant, lui glissant dans le cou :

– On soupe donc chez une femme, demain soir ?... Chez qui, hein ? chez qui ?

Fauchery fit signe qu'on les écoutait ; il fallait être convenable. De nouveau, la porte venait de s'ouvrir, et une 340
vieille dame entrait, suivie d'un jeune homme, dans lequel le journaliste reconnut l'échappé de collège, qui, le soir de *La Blonde Vénus*, avait lancé le fameux « très chic ! » dont on causait encore. L'arrivée de cette dame remuait le salon. Vivement, la comtesse Sabine s'était levée, pour s'avancer à sa rencontre ; et elle lui avait pris les deux mains, elle la nommait sa chère madame Hugon. Voyant son cousin regarder curieusement cette scène, la Faloise, afin de le toucher, le mit au courant, en quelques mots brefs : madame Hugon, veuve d'un notaire, retirée aux 350
Fondettes, une ancienne propriété de sa famille, près d'Orléans, conservait un pied-à-terre à Paris, dans une

maison qu'elle possédait, rue de Richelieu ; y passait en ce
moment quelques semaines pour installer son plus jeune
fils, qui faisait sa première année de droit ; était autrefois
une grande amie de la marquise de Chouard et avait vu
naître la comtesse, qu'elle gardait des mois entiers chez
elle, avant son mariage, et qu'elle tutoyait même encore.

— Je t'ai amené Georges, disait madame Hugon à
360 Sabine. Il a grandi, j'espère !

Le jeune homme, avec ses yeux clairs et ses frisures
blondes de fille déguisée en garçon, saluait la comtesse
sans embarras, lui rappelait une partie de volant [1] qu'ils
avaient faite ensemble, deux ans plus tôt, aux Fondettes.

— Philippe n'est pas à Paris ? demanda le comte Muffat.

— Oh ! non, répondit la vieille dame. Il est toujours en
garnison à Bourges.

Elle s'était assise, elle parlait orgueilleusement de son
fils aîné, un grand gaillard qui, après s'être engagé dans un
370 coup de tête, venait d'arriver très vite au grade de lieute-
nant. Toutes ces dames l'entouraient d'une respectueuse
sympathie. La conversation reprit, plus aimable et plus
délicate. Et Fauchery, à voir là cette respectable madame
Hugon, cette figure maternelle éclairée d'un si bon sou-
rire, entre ses larges bandeaux de cheveux blancs, se
trouva ridicule d'avoir soupçonné un instant la comtesse
Sabine.

Pourtant, la grande chaise de soie rouge capitonnée, où
la comtesse s'asseyait, venait d'attirer son attention. Il la
380 trouvait d'un ton brutal, d'une fantaisie troublante, dans ce
salon enfumé. À coup sûr, ce n'était pas le comte qui avait
introduit ce meuble de voluptueuse paresse. On aurait dit
un essai, le commencement d'un désir et d'une jouissance.
Alors, il s'oublia, rêvant, revenant quand même à cette
confidence vague, reçue un soir dans le cabinet d'un res-
taurant. Il avait désiré s'introduire chez les Muffat, poussé
par une curiosité sensuelle ; puisque son ami était resté au
Mexique, qui sait ? il fallait voir. C'était une bêtise sans
doute ; seulement, l'idée le tourmentait, il se sentait attiré,
390 son vice mis en éveil. La grande chaise avait une mine

1. Jeu qui se joue avec une sorte de bouchon de liège, garni de plumes,
qu'on lance avec une raquette.

chiffonnée, un renversement de dossier qui l'amusaient, maintenant.

– Eh bien ! partons-nous ? demanda la Faloise, en se promettant d'obtenir dehors le nom de la femme chez qui on soupait.

– Tout à l'heure, répondit Fauchery.

Et il ne se pressa plus, il se donna pour prétexte l'invitation qu'on l'avait chargé de faire et qui n'était pas commode à présenter. Les dames causaient d'une prise de voile [1], une cérémonie très touchante, dont le Paris mondain restait tout ému depuis trois jours. C'était la fille aînée de la baronne de Fougeray qui venait d'entrer aux Carmélites [2], par une vocation irrésistible. Madame Chantereau, un peu cousine des Fougeray, racontait que la baronne avait dû se mettre au lit, le lendemain, tellement les larmes l'étouffaient.

– Moi, j'étais très bien placée, déclara Léonide. J'ai trouvé ça curieux.

Cependant, madame Hugon plaignait la pauvre mère. Quelle douleur de perdre ainsi sa fille !

– On m'accuse d'être dévote, dit-elle avec sa tranquille franchise ; cela ne m'empêche pas de trouver bien cruelles les enfants qui s'entêtent dans un pareil suicide.

– Oui, c'est une terrible chose, murmura la comtesse, avec un petit grelottement de frileuse, en se pelotonnant davantage au fond de sa grande chaise, devant le feu.

Alors, ces dames discutèrent. Mais leurs voix demeuraient discrètes, de légers rires par moments coupaient la gravité de la conversation. Les deux lampes de la cheminée, recouvertes d'une dentelle rose, les éclairaient faiblement ; et il n'y avait, sur des meubles éloignés, que trois autres lampes, qui laissaient le vaste salon dans une ombre douce.

Steiner s'ennuyait. Il racontait à Fauchery une aventure de cette petite madame de Chezelles, qu'il appelait Léonide tout court ; une bougresse, disait-il en baissant la voix, derrière les fauteuils des dames. Fauchery la regar-

1. *Prendre le voile* : se faire religieuse.
2. Religieuses d'un ordre réformé par sainte Thérèse d'Avila au XVIᵉ siècle, célèbre pour son austérité.

dait, dans sa grande robe de satin bleu pâle, drôlement
posée sur un coin de son fauteuil, mince et hardie comme
430 un garçon, et il finissait par être surpris de la voir là ; on se
tenait mieux chez Caroline Héquet, dont la mère avait
sérieusement monté la maison. C'était tout un sujet
d'article. Quel singulier monde que ce monde parisien !
Les salons les plus rigides se trouvaient envahis. Évidem-
ment, ce silencieux Théophile Venot, qui se contentait de
sourire en montrant ses dents mauvaises, devait être un
legs de la défunte comtesse, ainsi que les dames d'âge
mûr, madame Chantereau, madame Du Joncquoy, et
quatre ou cinq vieillards, immobiles dans les angles. Le
440 comte Muffat amenait des fonctionnaires ayant cette cor-
rection de tenue qu'on aimait chez les hommes aux
Tuileries [1] ; entre autres, le chef de bureau, toujours seul
au milieu de la pièce, la face rasée et les regards éteints,
sanglé dans son habit, au point de ne pouvoir risquer un
geste. Presque tous les jeunes gens et quelques person-
nages de hautes manières venaient du marquis de
Chouard, qui avait gardé des relations suivies dans le Parti
légitimiste [2], après s'être rallié en entrant au Conseil
d'État [3]. Restaient Léonide de Chezelles, Steiner, tout un
450 coin louche, sur lequel madame Hugon tranchait avec sa
sérénité de vieille femme aimable. Et Fauchery, qui voyait
son article, appelait ça le coin de la comtesse Sabine.

— Une autre fois, continuait Steiner plus bas, Léonide a
fait venir son ténor à Montauban. Elle habitait le château
de Beaurecueil, deux lieues plus loin, et elle arrivait tous
les jours, dans une calèche attelée de deux chevaux, pour
le voir au Lion d'Or, où il était descendu... La voiture
attendait à la porte, Léonide restait des heures, pendant
que le monde se rassemblait et regardait les chevaux.

460 Un silence s'était fait, quelques secondes solennelles
passèrent sous le haut plafond. Deux jeunes chuchotaient,

1. Les Tuileries, résidence édifiée sur la rive droite de la Seine, entre le
Louvre et les Champs-Élysées, étaient habitées par les souverains depuis
l'Empire.
2. Monarchiste de tendance réactionnaire, partisan de la branche aînée
des Bourbons (descendant de Charles X, détrôné par la révolution de
1830).
3. Voir note 1, p. 46.

mais ils se turent à leur tour ; et l'on n'entendit plus que le pas étouffé du comte Muffat, qui traversait la pièce. Les lampes semblaient avoir pâli, le feu s'éteignait, une ombre sévère noyait les vieux amis de la maison, dans les fauteuils qu'ils occupaient là depuis quarante ans. Ce fut comme si, entre deux phrases échangées, les invités eussent senti revenir la mère du comte, avec son grand air glacial. Déjà la comtesse Sabine reprenait :

— Enfin, le bruit en a couru… Le jeune homme serait 470 mort, et cela expliquerait l'entrée en religion de cette pauvre enfant. On dit, d'ailleurs, que jamais monsieur de Fougeray n'aurait consenti au mariage.

— On dit bien d'autres choses, s'écria Léonide étourdiment.

Elle se mit à rire, tout en refusant de parler. Sabine, gagnée par cette gaieté, porta son mouchoir à ses lèvres. Et ces rires, dans la solennité de la vaste pièce, prenaient un son dont Fauchery resta frappé ; ils sonnaient le cristal qui se brise. Certainement, il y avait là un commencement de 480 fêlure. Toutes les voix repartirent ; madame Du Joncquoy protestait, madame Chantereau savait qu'on avait projeté un mariage, mais que les choses en étaient restées là ; les hommes eux-mêmes risquaient leur avis. Ce fut, pendant quelques minutes, une confusion de jugements où les divers éléments du salon, les bonapartistes et les légitimistes mêlés aux sceptiques mondains, donnaient à la fois et se coudoyaient. Estelle avait sonné pour qu'on mît du bois au feu, le valet remontait les lampes, on eût dit un réveil. Fauchery souriait, comme mis à l'aise. 490

— Parbleu ! elles épousent Dieu, lorsqu'elles n'ont pu épouser leur cousin, dit entre ses dents Vandeuvres, que cette question ennuyait, et qui venait rejoindre Fauchery. Mon cher, avez-vous jamais vu une femme aimée se faire religieuse ?

Il n'attendit pas la réponse, il en avait assez ; et, à demi-voix :

— Dites donc, combien serons-nous demain ?… Il y aura les Mignon, Steiner, vous, Blanche et moi… Qui encore ?

— Caroline, je pense… Simonne… Gaga sans doute… 500 On ne sait jamais au juste, n'est-ce pas ? Dans ces occasions, on croit être vingt et l'on est trente.

Vandeuvres, qui regardait les dames, sauta brusquement à un autre sujet.

– Elle a dû être très bien, cette dame Du Joncquoy, il y a quinze ans… La pauvre Estelle s'est encore allongée. En voilà une jolie planche à mettre dans un lit !

Mais il s'interrompit, il revint au souper du lendemain.

510 – Ce qu'il y a d'ennuyeux, dans ces machines-là, c'est que ce sont toujours les mêmes femmes… Il faudrait du nouveau. Tâchez donc d'en inviter une… Tiens une idée ! Je vais prier ce gros homme d'amener la femme qu'il promenait, l'autre soir, aux Variétés.

Il parlait du chef de bureau, ensommeillé au milieu du salon. Fauchery s'amusa de loin à suivre cette négociation délicate. Vandeuvres s'était assis près du gros homme, qui restait très digne. Tous deux parurent un instant discuter avec mesure la question pendante, celle de savoir quel sentiment véritable poussait une jeune fille à entrer en reli-
520 gion. Puis, le comte revint, disant :

– Ce n'est pas possible. Il jure qu'elle est sage. Elle refuserait… J'aurais pourtant parié l'avoir vue chez Laure.

– Comment ! vous allez chez Laure ! murmura Fauchery en riant. Vous vous risquez dans des endroits pareils !… Je croyais qu'il n'y avait que nous autres, pauvres diables…

– Eh ! mon cher, il faut bien tout connaître.

Alors, ils ricanèrent, les yeux luisants, se donnant des détails sur la table d'hôte [1] de la rue des Martyrs, où la
530 grosse Laure Piedefer, pour trois francs, faisait manger les petites femmes dans l'embarras. Un joli trou ! Toutes les petites femmes baisaient Laure sur la bouche. Et, comme la comtesse Sabine tournait la tête, ayant saisi un mot au passage, ils se reculèrent, se frottant l'un contre l'autre, égayés, allumés. Près d'eux, ils n'avaient pas remarqué Georges Hugon, qui les écoutait, en rougissant si fort, qu'un flot rose allait de ses oreilles à son cou de fille. Ce bébé était plein de honte et de ravissement. Depuis que sa

1. Table servie à heure fixe et où l'on prend des repas à prix fixe. Pour Laure Piedefer, Zola s'est inspiré de Louise Taillandier qui tenait une table d'hôte 17 rue des Martyrs et sur laquelle il a pris trois feuillets de notes.

mère l'avait lâché dans le salon, il tournait derrière madame de Chezelles, la seule femme qui lui parût chic. 540 Et encore Nana l'enfonçait joliment !

– Hier soir, disait madame Hugon, Georges m'a menée au théâtre. Oui, aux Variétés, où je n'avais certainement plus mis les pieds depuis dix ans. Cet enfant adore la musique... Moi, ça ne m'a guère amusée, mais il était si heureux !... On fait des pièces singulières, aujourd'hui. D'ailleurs la musique me passionne peu, je l'avoue.

– Comment ! madame, vous n'aimez pas la musique ! s'écria madame Du Joncquoy en levant les yeux au ciel. Est-il possible qu'on n'aime pas la musique ! 550

Ce fut une exclamation générale. Personne n'ouvrit la bouche de cette pièce des Variétés, à laquelle la bonne madame Hugon n'avait rien compris ; ces dames la con- naissaient, mais elles n'en parlaient pas. Tout de suite, on se jeta dans le sentiment, dans une admiration raffinée et extatique des maîtres. Madame Du Joncquoy n'aimait que Weber [1], madame Chantereau tenait pour les Italiens. Les voix de ces dames s'étaient faites molles et languissantes. On eût dit, devant la cheminée, un recueillement d'église, le cantique discret et pâmé d'une petite chapelle. 560

– Voyons, murmura Vandeuvres en ramenant Fauchery au milieu du salon, il faut pourtant que nous inventions une femme pour demain. Si nous demandions à Steiner ?

– Oh ! Steiner, dit le journaliste, quand il a une femme, c'est que Paris n'en veut plus.

Vandeuvres, cependant, cherchait autour de lui.

– Attendez, reprit-il. J'ai rencontré l'autre jour Foucar- mont avec une blonde charmante. Je vais lui dire qu'il l'amène.

Et il appela Foucarmont. Rapidement, ils échangèrent 570 quelques mots. Une complication dut se présenter, car tous deux, marchant avec précaution, enjambant les jupes des dames, s'en allèrent trouver un autre jeune homme, avec lequel ils continuèrent l'entretien, dans l'embrasure d'une fenêtre. Fauchery, resté seul, se décidait à s'approcher de

1. Créateur de l'opéra romantique allemand (*Der Freischütz*, 1821) qu'il voulait opposer à l'opéra italien alors en vogue et représenté par Rossini, Bellini et Donizetti.

la cheminée, au moment où madame Du Joncquoy déclarait qu'elle ne pouvait entendre jouer du Weber sans voir aussitôt des lacs, des forêts, des levers de soleil sur des campagnes trempées de rosée ; mais une main le toucha à
580 l'épaule, tandis qu'une voix disait derrière lui :

– Ce n'est pas gentil.

– Quoi donc ? demanda-t-il en se tournant et en reconnaissant la Faloise.

– Ce souper, pour demain… Tu aurais bien pu me faire inviter.

Fauchery allait enfin répondre, lorsque Vandeuvres revint lui dire :

– Il paraît que ce n'est pas une femme à Foucarmont ; c'est le collage[1] de ce monsieur, là-bas… Elle ne pourra
590 pas venir. Quelle déveine !… Mais j'ai racolé tout de même Foucarmont. Il tâchera d'avoir Louise, du Palais-Royal.

– Monsieur de Vandeuvres, demanda madame Chantereau qui haussait la voix, n'est-ce pas qu'on a sifflé Wagner, dimanche[2] ?

– Oh ! atrocement, madame, répondit-il en s'avançant avec son exquise politesse.

Puis, comme on ne le retenait pas, il s'éloigna, il continua à l'oreille du journaliste :
600 – Je vais encore en racoler… Ces jeunes gens doivent connaître des petites filles.

Alors, on le vit, aimable, souriant, aborder les hommes et causer aux quatre coins du salon. Il se mêlait aux groupes, glissait une phrase dans le cou de chacun, se retournait avec des clignements d'yeux et des signes d'intelligence. C'était comme un mot d'ordre qu'il distribuait, de son air aisé. La phrase courait, on prenait rendez-vous ; pendant que les dissertations sentimentales des dames sur la musique couvraient le petit bruit fiévreux de
610 cet embauchage.

1. Liaison entre un homme et une femme qui ne sont pas mariés (familier).
2. En 1861, les représentations de *Tannhäuser* à l'Opéra de Paris avaient provoqué un immense scandale ; en 1867, un concert de Wagner connut le même sort.

– Non, ne parlez pas de vos Allemands, répétait madame Chantereau. Le chant, c'est la gaieté, c'est la lumière… Avez-vous entendu la Patti [1] dans *Le Barbier* ?

– Délicieuse ! murmura Léonide, qui ne tapait que des airs d'opérette [2] sur son piano.

La comtesse Sabine, cependant, avait sonné. Lorsque les visiteurs étaient peu nombreux, le mardi, on servait le thé dans le salon même. Tout en faisant débarrasser un guéridon par un valet, la comtesse suivait des yeux le comte de Vandeuvres. Elle gardait ce sourire vague qui montrait un peu de la blancheur de ses dents. Et, comme le comte passait, elle le questionna.

– Que complotez-vous donc, monsieur de Vandeuvres ?

– Moi, madame ? répondit-il tranquillement, je ne complote rien.

– Ah !… Je vous voyais si affairé… Tenez, vous allez vous rendre utile.

Elle lui mit dans les mains un album, en le priant de le porter sur le piano. Mais il trouva moyen d'apprendre tout bas à Faucherey qu'on aurait Tatan Néné, la plus belle gorge de l'hiver, et Maria Blond, celle qui venait de débuter aux Folies-Dramatiques [3]. Cependant, la Faloise l'arrêtait à chaque pas, attendant une invitation. Il finit par s'offrir. Vandeuvres l'engagea tout de suite ; seulement, il lui fit promettre d'amener Clarisse ; et comme la Faloise affectait de montrer des scrupules, il le tranquillisa en disant :

– Puisque je vous invite ! Ça suffit.

La Faloise aurait pourtant bien voulu savoir le nom de la femme. Mais la comtesse avait rappelé Vandeuvres, qu'elle interrogeait sur la façon dont les Anglais faisaient le thé. Il se rendait souvent en Angleterre, où ses chevaux couraient. Selon lui, les Russes seuls savaient faire le thé ; et il indiqua leur recette. Puis, comme s'il eût continué

1. Adelina Patti (1843-1919), l'une des plus célèbres cantatrices italiennes, connut un triomphe dans le rôle de Rosine du *Barbier de Séville* de Rossini, représenté au Théâtre-Italien dans les années 1863-1869.
2. Opéra-comique sur une musique non savante et de caractère très léger (les opérettes d'Offenbach).
3. Théâtre situé rue de Bondy et où étaient représentées des comédies et des opérettes.

tout un travail intérieur pendant qu'il parlait, il s'inter-
rompit pour demander :

— À propos, et le marquis ? Est-ce que nous ne devions
pas le voir ?

— Mais si, mon père m'avait promis formellement,
650 répondit la comtesse. Je commence à être inquiète... Ses
travaux l'auront retenu.

Vandeuvres eut un sourire discret. Lui aussi paraissait
se douter de quelle nature étaient les travaux du marquis
de Chouard. Il avait songé à une belle personne que le
marquis menait parfois à la campagne. Peut-être pourrait-
on l'avoir.

Cependant, Fauchery jugea que le moment était arrivé
de risquer l'invitation au comte Muffat. La soirée s'avan-
çait.

660 — Sérieusement ? demanda Vandeuvres, qui croyait à
une plaisanterie.

— Très sérieusement... Si je ne fais pas ma commission,
elle m'arrachera les yeux. Une toquade, vous savez.

— Alors, je vais vous aider, mon cher.

Onze heures sonnaient. La comtesse, aidée de sa fille,
servait le thé. Comme il n'était guère venu que des
intimes, les tasses et les assiettes de petits gâteaux cir-
culaient familièrement. Même les dames ne quittaient
pas leurs fauteuils, devant le feu, buvant à légères gor-
670 gées, croquant les gâteaux du bout des doigts. De la
musique, la causerie était tombée aux fournisseurs. Il
n'y avait que Boissier pour les fondants [1] et que Cathe-
rine pour les glaces ; cependant, madame Chantereau
soutenait Latinville. Les paroles se faisaient plus lentes,
une lassitude endormait le salon. Steiner s'était remis à
travailler sourdement le député, qu'il tenait bloqué dans
le coin d'une causeuse [2]. M. Venot, dont les sucreries
devaient avoir gâté les dents, mangeait des gâteaux secs,
coup sur coup, avec un petit bruit de souris ; tandis que
680 le chef de bureau, le nez dans une tasse, n'en finissait
plus. Et la comtesse, sans hâte, allait de l'un à l'autre,

1. Bonbons qui fondent dans la bouche.
2. Petit siège bas, capitonné, à dossier peu élevé, pouvant servir à deux
personnes.

n'insistant pas, restant là quelques secondes à regarder
les hommes d'un air d'interrogation muette, puis sou-
riant et passant. Le grand feu l'avait rendue toute rose,
elle semblait être la sœur de sa fille, si sèche et si
gauche auprès d'elle. Comme elle s'approchait de Fau-
chery, qui causait avec son mari et Vandeuvres, elle
remarqua qu'on se taisait ; et elle ne s'arrêta pas, elle
donna plus loin, à Georges Hugon, la tasse de thé
qu'elle offrait. 690

— C'est une dame qui désire vous avoir à souper, reprit
gaiement le journaliste, en s'adressant au comte Muffat.

Celui-ci, dont la face était restée grise toute la soirée,
parut très surpris. Quelle dame ?

— Eh ! Nana ! dit Vandeuvres, pour brusquer l'invita-
tion.

Le comte devint plus grave. Il eut à peine un battement
de paupières, pendant qu'un malaise, comme une ombre
de migraine, passait sur son front.

— Mais je ne connais pas cette dame, murmura-t-il. 700

— Voyons, vous êtes allé chez elle, fit remarquer Van-
deuvres.

— Comment ! je suis allé chez elle… Ah ! oui, l'autre
jour, pour le bureau de bienfaisance. Je n'y songeais
plus… N'importe, je ne la connais pas, je ne puis accepter.

Il avait pris un air glacé, pour leur faire entendre que
cette plaisanterie lui semblait de mauvais goût. La place
d'un homme de son rang n'était pas à la table d'une de ces
femmes. Vandeuvres se récria : il s'agissait d'un souper
d'artistes, le talent excusait tout. Mais, sans écouter davan- 710
tage les arguments de Fauchery qui racontait un dîner où
le prince d'Écosse, un fils de reine, s'était assis à côté
d'une ancienne chanteuse de café-concert, le comte
accentua son refus. Même il laissa échapper un geste
d'irritation, malgré sa grande politesse.

Georges et la Faloise, en train de boire leur tasse de thé,
debout l'un devant l'autre, avaient entendu les quelques
paroles échangées près d'eux.

— Tiens ! c'est donc chez Nana, murmura la Faloise,
j'aurais dû m'en douter ! 720

Georges ne disait rien, mais il flambait, ses cheveux
blonds envolés, ses yeux bleus luisant comme des chan-

delles, tant le vice où il marchait depuis quelques jours l'allumait et le soulevait. Enfin, il entrait donc dans tout ce qu'il avait rêvé !

– C'est que je ne sais pas l'adresse, reprit la Faloise.

– Boulevard Haussmann, entre la rue de l'Arcade et la rue Pasquier, au troisième étage, dit Georges tout d'un trait.

730 Et, comme l'autre le regardait avec étonnement, il ajouta, très rouge, crevant de fatuité et d'embarras :

– J'en suis, elle m'a invité ce matin.

Mais un grand mouvement avait lieu dans le salon. Vandeuvres et Fauchery ne purent insister davantage auprès du comte. Le marquis de Chouard venait d'entrer, chacun s'empressait. Il s'était avancé péniblement, les jambes molles ; et il restait au milieu de la pièce, blême, les yeux clignotants, comme s'il sortait de quelque ruelle sombre, aveuglé par la clarté des lampes.

740 – Je n'espérais plus vous voir, mon père, dit la comtesse. J'aurais été inquiète jusqu'à demain.

Il la regarda sans répondre, de l'air d'un homme qui ne comprend pas. Son nez, très gros dans sa face rasée, semblait la boursouflure d'un mal blanc [1] ; tandis que sa lèvre inférieure pendait. Madame Hugon, en le voyant si accablé, le plaignit, pleine de charité.

– Vous travaillez trop. Vous devriez vous reposer… À nos âges, il faut laisser le travail aux jeunes gens.

– Le travail, ah ! oui, le travail, bégaya-t-il enfin. Tou-
750 jours beaucoup de travail…

Il se remettait, il redressait sa taille voûtée, passant la main, d'un geste qui lui était familier, sur ses cheveux blancs, dont les rares boucles flottaient derrière ses oreilles.

– À quoi travaillez-vous donc si tard ? demanda madame Du Joncquoy. Je vous croyais à la réception du ministre des Finances.

Mais la comtesse intervint.

– Mon père avait à étudier un projet de loi.

760 – Oui, un projet de loi, dit-il, un projet de loi, précisément… Je m'étais enfermé… C'est au sujet des fabriques,

1. Nom usuel du panaris.

je voudrais qu'on observât le repos dominical [1]. Il est vraiment honteux que le gouvernement ne veuille pas agir avec vigueur. Les églises se vident, nous allons à des catastrophes.

Vandeuvres avait regardé Faucherie. Tous deux se trouvaient derrière le marquis, et ils le flairaient. Lorsque Vandeuvres put le prendre à part, pour lui parler de cette belle personne qu'il menait à la campagne, le vieillard affecta une grande surprise. Peut-être l'avait-on vu avec la baronne Decker, chez laquelle il passait parfois quelques jours, à Viroflay. Vandeuvres, pour seule vengeance, lui demanda brusquement :

– Dites donc, où avez-vous passé ? Votre coude est plein de toiles d'araignée et de plâtre.

– Mon coude, murmura-t-il, légèrement troublé. Tiens ! c'est vrai… Un peu de saleté… J'aurai attrapé ça en descendant de chez moi.

Plusieurs personnes s'en allaient. Il était près de minuit. Deux valets enlevaient sans bruit les tasses vides et les assiettes de gâteaux. Devant la cheminée ces dames avaient reformé et rétréci leur cercle, causant avec plus d'abandon dans la langueur de cette fin de soirée. Le salon lui-même s'ensommeillait, des ombres lentes tombaient des murs. Alors, Faucherie parla de se retirer. Pourtant, il s'oubliait de nouveau à regarder la comtesse Sabine. Elle se reposait de ses soins de maîtresse de maison, à sa place accoutumée, muette, les yeux sur un tison qui se consumait en braise, le visage si blanc et si fermé, qu'il était repris de doute. Dans la lueur du foyer, les poils noirs du signe qu'elle avait au coin des lèvres blondissaient. Absolument le signe de Nana, jusqu'à la couleur. Il ne put s'empêcher d'en dire un mot à l'oreille de Vandeuvres. C'était ma foi vrai ; jamais celui-ci ne l'avait remarqué. Et tous les deux continuèrent le parallèle entre Nana et la comtesse. Ils leur trouvaient une vague ressemblance dans

1. La loi du 18 novembre 1814 rendait le repos dominical obligatoire ; mais elle tomba en désuétude, surtout lorsque, en 1830, la religion catholique cessa d'être religion d'État. En 1841, l'obligation du repos dominical fut instituée pour les enfants de moins de dix-huit ans, mais elle ne put être appliquée, faute d'inspecteurs du travail. À la suite de grèves, la loi fut reconnue pour les femmes en 1892 et généralisée le 13 juillet 1906.

le menton et dans la bouche ; mais les yeux n'étaient pas du tout pareils. Puis, Nana avait l'air bonne fille ; tandis qu'on ne savait pas avec la comtesse, on aurait dit une chatte qui dormait, les griffes rentrées, les pattes à peine agitées d'un frisson nerveux.

– Tout de même on coucherait avec, déclara Fauchery.

Vandeuvres la déshabillait du regard.

– Oui, tout de même, dit-il. Mais, vous savez, je me défie des cuisses. Elle n'a pas de cuisses, voulez-vous parier !

Il se tut. Fauchery lui touchait le coude, en montrant d'un signe Estelle, assise sur son tabouret, devant eux. Ils venaient de hausser le ton sans la remarquer, et elle devait les avoir entendus. Cependant, elle restait raide, immobile, avec son cou maigre de fille poussée trop vite, où pas un petit cheveu n'avait bougé. Alors, ils s'éloignèrent de trois ou quatre pas. Vandeuvres jurait que la comtesse était une très honnête femme.

À ce moment, les voix s'élevèrent devant la cheminée. Madame Du Joncquoy disait :

– Je vous ai accordé que monsieur de Bismarck était peut-être un homme d'esprit… Seulement, si vous allez jusqu'au génie…

Ces dames en étaient revenues à leur premier sujet de conversation.

– Comment ! encore monsieur de Bismarck ! murmura Fauchery. Cette fois, je me sauve pour tout de bon.

– Attendez, dit Vandeuvres, il nous faut un non définitif du comte.

Le comte Muffat causait avec son beau-père et quelques hommes graves. Vandeuvres l'emmena, renouvela l'invitation, en l'appuyant, en disant qu'il était lui-même du souper. Un homme pouvait aller partout ; personne ne songeait à voir du mal où il y aurait au plus de la curiosité. Le comte écoutait ces arguments, les yeux baissés, la face muette. Vandeuvres sentait en lui une hésitation, lorsque le marquis de Chouard s'approcha d'un air interrogateur. Et quand ce dernier sut de quoi il s'agissait, quand Fauchery l'invita à son tour, il regarda furtivement son gendre. Il y eut un silence, une gêne ; mais tous deux s'encourageaient, ils auraient sans doute fini par accepter, si le

comte Muffat n'avait aperçu M. Venot, qui le regardait
fixement. Le petit vieillard ne souriait plus, il avait un
visage terreux, des yeux d'acier, clairs et aigus. 840

— Non, répondit le comte aussitôt, d'un ton si net, qu'il
n'avait pas à insister.

Alors, le marquis refusa avec plus de sévérité encore. Il
parla morale. Les hautes classes devaient l'exemple. Fau-
chery eut un sourire et donna une poignée de main à Van-
deuvres. Il ne l'attendait pas, il partait tout de suite, car il
devait passer à son journal.

— Chez Nana à minuit, n'est-ce pas ?

La Faloise se retirait également. Steiner venait de
saluer la comtesse. D'autres hommes les suivaient. Et les 850
mêmes mots couraient, chacun répétait : « À minuit, chez
Nana », en allant prendre son paletot dans l'antichambre.
Georges ne devait partir qu'avec sa mère, s'étant placé sur
le seuil, où il indiquait l'adresse exacte, troisième étage,
la porte à gauche. Cependant, avant de sortir, Fauchery
jeta un dernier coup d'œil. Vandeuvres avait repris sa
place au milieu des dames, plaisantant avec Léonide de
Chezelles. Le comte de Muffat et le marquis de Chouard
se mêlaient à la conversation, pendant que la bonne
madame Hugon s'endormait les yeux ouverts. Perdu 860
derrière les jupes, M. Venot, redevenu tout petit, avait
retrouvé son sourire. Minuit sonnèrent lentement dans la
vaste pièce solennelle.

— Comment ! comment ! reprenait madame Du Jonc-
quoy, vous supposez que monsieur de Bismarck nous fera
la guerre et nous battra… Oh ! celle-là dépasse tout [1] !

On riait, en effet, autour de madame Chantereau, qui
venait de répéter ce propos, entendu par elle en Alsace, où
son mari possédait une usine.

— L'empereur est là, heureusement, dit le comte Muffat 870
avec sa gravité officielle.

Ce fut le dernier mot que Fauchery put entendre. Il
refermait la porte, après avoir regardé une fois encore la
comtesse Sabine. Elle causait posément avec le chef de
bureau et semblait s'intéresser à l'entretien de ce gros

1. Sur Bismarck et la guerre de 1870, voir note 12, p. 97.

homme. Décidément, il devait s'être trompé, il n'y avait point de fêlure. C'était dommage.

— Eh bien ! tu ne descends pas ? lui cria la Faloise du vestibule. Et, sur le trottoir, en se séparant, on répéta encore :

— À demain, chez Nana.

IV

Depuis le matin [1], Zoé avait livré l'appartement à un
maître d'hôtel, venu de chez Brébant [2] avec un personnel
d'aides et de garçons. C'était Brébant qui devait tout
fournir, le souper, la vaisselle, les cristaux, le linge, les
fleurs, jusqu'à des sièges et à des tabourets. Nana n'aurait
pas trouvé une douzaine de serviettes au fond de ses
armoires ; et, n'ayant pas encore eu le temps de se monter
dans son nouveau lançage [3], dédaignant d'aller au restau-
rant, elle avait préféré faire venir le restaurant chez elle.
Ça lui semblait plus chic. Elle voulait fêter son grand 10
succès d'actrice par un souper, dont on parlerait. Comme
la salle à manger était trop petite, le maître d'hôtel avait
dressé la table dans le salon, une table où tenaient vingt-
cinq couverts, un peu serrés.

– Tout est prêt ? demanda Nana, en rentrant à minuit.

– Ah ! je ne sais pas, répondit brutalement Zoé, qui
paraissait hors d'elle. Dieu merci ! je ne m'occupe de rien.
Ils en font un massacre dans la cuisine et dans tout
l'appartement !... Avec ça, il a fallu me disputer. Les deux
autres sont encore venus. Ma foi, je les ai flanqués à la 20
porte.

1. « Parallèle continuel de la soirée de Nana et de la soirée de la
comtesse », avait prévu Zola pour ce chapitre.
2. Le restaurant Brébant, boulevard Poissonnière, était fréquenté par des
écrivains, des journalistes et des demi-mondaines.
3. Voir note 4, p. 68.

Elle parlait des deux anciens messieurs de madame, du
négociant et du Valaque, que Nana s'était décidée à congé-
dier, certaine de l'avenir, désirant faire peau neuve,
comme elle disait.

– En voilà des crampons ! murmura-t-elle. S'ils revien-
nent, menacez-les d'aller chez le commissaire.

Puis, elle appela Daguenet et Georges, restés en arrière
dans l'antichambre, où ils accrochaient leurs paletots.
30 Tous deux s'étaient rencontrés à la sortie des artistes, pas-
sage des Panoramas [1], et elle les avait amenés en fiacre.
Comme il n'y avait personne encore, elle leur criait
d'entrer dans le cabinet de toilette, pendant que Zoé
l'arrangerait. En hâte, sans changer de robe, elle se fit
relever les cheveux, piqua des roses blanches à son chi-
gnon et à son corsage. Le cabinet se trouvait encombré des
meubles du salon, qu'on avait dû rouler là, un tas de gué-
ridons, de canapés, de fauteuils, les pieds en l'air ; et elle
était prête, lorsque sa jupe se prit dans une roulette et se
40 fendit. Alors, elle jura, furieuse ; ces choses n'arrivaient
qu'à elle. Rageusement, elle ôta sa robe, une robe de fou-
lard blanc, très simple, si souple et si fine, qu'elle
l'habillait d'une longue chemise. Mais aussitôt elle la
remit, n'en trouvant pas d'autre à son goût, pleurant
presque, se disant faite comme une chiffonnière. Daguenet
et Georges durent rentrer la déchirure avec des épingles,
tandis que Zoé la recoiffait. Tous trois se hâtaient autour
d'elle, le petit surtout, à genoux par terre, les mains dans
les jupes. Elle finit par se calmer, lorsque Daguenet lui
50 assura qu'il devait être au plus minuit un quart, tellement
elle avait dépêché le troisième acte de *La Blonde Vénus*,
mangeant les répliques, sautant des couplets.

– C'est toujours trop bon pour ce tas d'imbéciles, dit-
elle. Avez-vous vu ? il y avait des têtes, ce soir !… Zoé,
ma fille, vous attendrez ici. Ne vous couchez pas, j'aurai
peut-être besoin de vous… Bigre ! il était temps. Voilà du
monde.

Elle s'échappa. Georges restait par terre, la queue de
son habit balayant le sol. Il rougit en voyant Daguenet le
60 regarder. Cependant, ils s'étaient pris de tendresse l'un

1. Voir note 1, p. 66.

pour l'autre. Ils refirent le nœud de leur cravate devant la grande psyché, et se donnèrent mutuellement un coup de brosse, tout blancs de s'être frottés à Nana [1].

— On dirait du sucre, murmura Georges, avec son rire de bébé gourmand.

Un laquais, loué à la nuit, introduisait les invités dans le petit salon, une pièce étroite où l'on avait laissé quatre fauteuils seulement, pour y entasser le monde. Du grand salon voisin, venait un bruit de vaisselle et d'argenterie remuées ; tandis que, sous la porte, une raie de vive clarté luisait. Nana, en entrant, trouva, déjà installée dans un des fauteuils, Clarisse Besnus, que la Faloise avait amenée.

— Comment ! tu es la première ! dit Nana, qui la traitait familièrement depuis son succès.

— Eh ! c'est lui, répondit Clarisse. Il a toujours peur de ne pas arriver... Si je l'avais cru, je n'aurais pas pris le temps d'ôter mon rouge [2] et ma perruque.

Le jeune homme, qui voyait Nana pour la première fois, s'inclinait et la complimentait, parlant de son cousin, cachant son trouble sous une exagération de politesse. Mais Nana, sans l'écouter, sans le connaître, lui serra la main, puis s'avança vivement vers Rose Mignon. Du coup, elle devint très distinguée.

— Ah ! chère madame, que vous êtes gentille !... Je tenais tant à vous avoir !

— C'est moi qui suis ravie, je vous assure, dit Rose également pleine d'amabilité.

— Asseyez-vous donc... Vous n'avez besoin de rien ?

— Non, merci... Ah ! j'ai oublié mon éventail dans ma pelisse [3]. Steiner, voyez dans la poche droite.

Steiner et Mignon étaient entrés derrière Rose. Le banquier retourna, reparut avec l'éventail, pendant que Mignon, fraternellement, embrassait Nana et forçait Rose à l'embrasser aussi. Est-ce qu'on n'était pas tous de la même famille, au théâtre ? Puis, il cligna des yeux, comme pour encourager Steiner ; mais celui-ci, troublé par le

1. Les comédiennes s'enduisaient le visage et les bras d'un fard gras de couleur blanche, puis de poudre de riz.
2. Fard rouge dont Nana s'enduit les joues et les lèvres.
3. Voir note 1, p. 62.

regard clair de Rose, se contenta de mettre un baiser sur la main de Nana.

À ce moment, le comte de Vandeuvres parut avec Blanche de Sivry. Il y eut de grandes révérences. Nana, tout à fait cérémonieuse, mena Blanche à un fauteuil. Cependant, Vandeuvres racontait en riant que Fauchery se disputait en bas, parce que le concierge avait refusé de laisser entrer la voiture de Lucy Stewart. Dans l'antichambre, on entendit Lucy qui traitait le concierge de sale mufe[1]. Mais, quand le laquais eut ouvert la porte, elle s'avança avec sa grâce rieuse, se nomma elle-même, prit les deux mains de Nana, en lui disant qu'elle l'avait aimée tout de suite et qu'elle lui trouvait un fier talent. Nana, gonflée de son rôle nouveau de maîtresse de maison, remerciait, vraiment confuse. Pourtant, elle semblait préoccupée depuis l'arrivée de Faucherey. Dès qu'elle put s'approcher de lui, elle demanda tout bas :

– Viendra-t-il ?

– Non, il n'a pas voulu, répondit brutalement le journaliste pris à l'improviste, bien qu'il eût préparé une histoire pour expliquer le refus du comte Muffat.

Il eut conscience de sa bêtise, en voyant la pâleur de la jeune femme, et tâcha de rattraper sa phrase.

– Il n'a pas pu, il mène ce soir la comtesse au bal du ministère de l'Intérieur.

– C'est bon, murmura Nana, qui le soupçonnait de mauvaise volonté. Tu me paieras ça, mon petit.

– Ah ! dis donc, reprit-il, blessé de la menace, je n'aime pas ces commissions-là. Adresse-toi à Labordette.

Ils se tournèrent le dos, ils étaient fâchés. Justement, Mignon poussait Steiner contre Nana. Lorsque celle-ci fut seule, il lui dit à voix basse, avec un cynisme bon enfant de compère qui veut le plaisir d'un ami :

– Vous savez qu'il en meurt… Seulement, il a peur de ma femme. N'est-ce pas que vous le défendrez ?

Nana n'eut pas l'air de comprendre. Elle souriait, elle regardait Rose, son mari et le banquier ; puis, elle dit à ce dernier :

1. *Mufe* ou *mufle* : gros visage laid aux traits lourds, et par extension : personne grossière, vulgaire, sans délicatesse (argotique).

– Monsieur Steiner, vous vous mettrez à côté de moi.

Mais des rires vinrent de l'antichambre, des chuchote-
ments, une bouffée de voix gaies et bavardes, comme si
tout un couvent échappé se fût trouvé là. Et Labordette
parut, traînant cinq femmes derrière lui, son pensionnat,
selon le mot méchant de Lucy Stewart. Il y avait Gaga, 140
majestueuse dans une robe de velours bleu qui la sanglait,
Caroline Héquet, toujours en faille [1] noire garnie de
chantilly [2], puis Léa de Horn, fagotée comme à son habi-
tude, la grosse Tatan Néné, une blonde bon enfant à poi-
trine de nourrice dont on se moquait, enfin la petite Maria
Blond, une fillette de quinze ans, d'une maigreur et d'un
vice de gamin, que lançait son début aux Folies. Labor-
dette avait amené tout ça dans une seule voiture ; et elles
riaient encore d'avoir été serrées, Maria Blond sur les
genoux des autres. Mais elles pincèrent les lèvres, échan- 150
geant des poignées de main et des saluts, toutes très
comme il faut. Gaga faisait l'enfant, zézayait par excès de
bonne tenue. Seule, Tatan Néné, à qui l'on avait raconté en
chemin que six nègres, absolument nus, serviraient le
souper de Nana, s'inquiétait, demandant à les voir. Labor-
dette la traita de dinde [3], en la priant de se taire.

– Et Bordenave ? demanda Fauchery.

– Oh ! figurez-vous, je suis désolée, s'écria Nana, il ne
pourra pas être des nôtres.

– Oui, dit Rose Mignon, son pied s'est pris dans une 160
trappe, il a une entorse abominable… Si vous l'entendiez
jurer, la jambe ficelée et allongée sur une chaise !

Alors, tout le monde regretta Bordenave. On ne donnait
pas un bon souper sans Bordenave. Enfin, on tâcherait de
se passer de lui. Et l'on causait déjà d'autre chose,
lorsqu'une grosse voix s'éleva.

– Quoi donc ! quoi donc ! c'est comme ça qu'on
m'enterre !

Il y eut un cri, chacun tourna la tête. C'était Bordenave,
énorme et très rouge, la jambe raide, debout sur le seuil, 170
où il s'appuyait à l'épaule de Simonne Cabiroche. Pour

1. Soie à gros grain.
2. Dentelle noire à fond clair.
3. Femme sotte (familier).

l'instant, il couchait avec Simonne. Cette petite, qui avait
reçu de l'éducation, jouant du piano, parlant anglais, était
une blonde toute mignonne, si délicate, qu'elle pliait sous
le rude poids de Bordenave, souriante et soumise pourtant.
Il posa quelques secondes, sentant qu'ils faisaient tableau
tous les deux.

– Hein ? il faut vous aimer, continua-t-il. Ma foi, j'ai eu
peur de m'embêter, je me suis dit : J'y vais…

180 Mais il s'interrompit pour lâcher un juron.

– Cré nom de Dieu !

Simonne avait fait un pas trop vite, son pied venait de
porter. Il la bouscula. Elle, sans cesser de sourire, baissant
son joli visage comme une bête qui a peur d'être battue, le
soutenait de toutes ses forces de petite blonde potelée.
D'ailleurs, au milieu des exclamations, on s'empressait.
Nana et Rose Mignon roulaient un fauteuil, dans lequel
Bordenave se laissa aller, pendant que les autres femmes
lui glissaient un second fauteuil sous la jambe. Et toutes

190 les actrices qui étaient là l'embrassèrent, naturellement. Il
grognait, il soupirait.

– Cré nom de Dieu ! cré nom de Dieu !… Enfin, l'esto-
mac est solide, vous verrez ça.

D'autres convives étaient arrivés. On ne pouvait plus
remuer dans la pièce. Les bruits de vaisselle et d'argen-
terie avaient cessé ; maintenant, une querelle venait du
grand salon, où grondait la voix furieuse du maître d'hôtel.
Nana s'impatientait, n'attendant plus d'invités, s'étonnant
qu'on ne servît pas. Elle avait envoyé Georges demander

200 ce qui se passait, lorsqu'elle resta très surprise de voir
encore entrer du monde, des hommes, des femmes. Ceux-
là, elle ne les connaissait pas du tout. Alors, un peu embar-
rassée, elle interrogea Bordenave, Mignon, Labordette. Ils
ne les connaissaient pas non plus. Quand elle s'adressa au
comte de Vandeuvres, il se souvint brusquement ; c'étaient
les jeunes gens qu'il avait racolés chez le comte Muffat.
Nana le remercia. Très bien, très bien. Seulement, on serait
joliment serré ; et elle pria Labordette d'aller faire ajouter
sept couverts. À peine était-il sorti, que le valet introduisit

210 de nouveau trois personnes. Non, cette fois, ça devenait
ridicule ; on ne tiendrait pas, pour sûr. Nana, qui commen-
çait à se fâcher, disait de son grand air que ce n'était guère

convenable. Mais, en en voyant arriver encore deux, elle
se mit à rire, elle trouvait ça trop drôle. Tant pis ! on tien-
drait comme on tiendrait. Tous étaient debout, il n'y avait
que Gaga et Rose Mignon assises, Bordenave accaparant
à lui seul deux fauteuils. Les voix bourdonnaient, on par-
lait bas, en étouffant de légers bâillements.

— Dis donc, ma fille, demanda Bordenave, si on se met-
tait à table tout de même ?... Nous sommes au complet, 220
n'est-ce pas ?

— Ah ! oui, par exemple, nous sommes au complet !
répondit-elle en riant.

Elle promenait ses regards. Mais elle devint sérieuse,
comme étonnée de ne pas trouver quelqu'un là. Sans
doute il manquait un convive dont elle ne parlait point. Il
fallait attendre. Quelques minutes plus tard, les invités
aperçurent au milieu d'eux un grand monsieur, à figure
noble et à belle barbe blanche. Et le plus surprenant était
que personne ne l'avait vu entrer ; il devait s'être glissé 230
dans le petit salon par une porte de la chambre à coucher,
restée entrouverte. Un silence régna, des chuchotements
couraient. Le comte de Vandeuvres savait certainement
qui était le monsieur, car ils avaient tous deux échangé
une discrète poignée de main ; mais il répondit par un
sourire aux questions des femmes. Alors, Caroline
Héquet, à demi-voix, paria pour un lord anglais, qui
retournait le lendemain se marier à Londres ; elle le
connaissait bien, elle l'avait eu. Et cette histoire fit le tour
des dames ; seulement, Maria Blond prétendait, de son 240
côté, reconnaître un ambassadeur allemand, à preuve
qu'il couchait souvent avec une de ses amies. Parmi les
hommes, en phrases rapides, on le jugeait. Une tête de
monsieur sérieux. Peut-être qu'il payait le souper. Pro-
bable. Ça sentait ça. Bah ! pourvu que le souper fût bon !
Enfin, on resta dans le doute, on oubliait déjà le vieillard
à barbe blanche, lorsque le maître d'hôtel ouvrit la porte
du grand salon.

— Madame est servie.

Nana avait accepté le bras de Steiner, sans paraître 250
remarquer un mouvement du vieillard, qui se mit à mar-
cher derrière elle, tout seul. D'ailleurs, le défilé ne put
s'organiser. Les hommes et les femmes entrèrent

débandés [1], plaisantant avec une bonhomie bourgeoise sur ce manque de cérémonie. Une longue table allait d'un bout à l'autre de la vaste pièce, vide de meubles ; et cette table se trouvait encore trop petite, car les assiettes se touchaient. Quatre candélabres à dix bougies éclairaient le couvert, un surtout en plaqué, avec des gerbes de fleurs à
260 droite et à gauche. C'était un luxe de restaurant, de la porcelaine à filets dorés, sans chiffre, de l'argenterie usée et ternie par les continuels lavages, des cristaux [2] dont on pouvait compléter les douzaines dépareillées dans tous les bazars [3]. Cela sentait une crémaillère pendue trop vite, au milieu d'une fortune subite, et lorsque rien n'était encore en place. Un lustre manquait ; les candélabres, dont les bougies très hautes s'éméchaient à peine, faisaient un jour pâle et jaune au-dessus des compotiers, des assiettes montées, des jattes, où les fruits, les petits fours, les confitures
270 alternaient symétriquement.

– Vous savez, dit Nana, on se place comme on veut... C'est plus amusant.

Elle se tenait debout, au milieu de la table. Le vieux monsieur, qu'on ne connaissait pas, s'était mis à sa droite, pendant qu'elle gardait Steiner à sa gauche. Des convives s'asseyaient déjà, quand des jurons partirent du petit salon. C'était Bordenave qu'on oubliait et qui avait toutes les peines du monde pour se relever de ses deux fauteuils, gueulant, appelant cette rosse de Simonne, filée avec les
280 autres. Les femmes coururent, pleines d'apitoiement. Bordenave apparut, soutenu, porté par Caroline, Clarisse, Tatan Néné, Maria Blond. Et ce fut toute une affaire pour l'installer.

– Au milieu de la table, en face de Nana ! criait-on. Bordenave au milieu ! Il nous présidera !

Alors, ces dames l'assirent au milieu. Mais il fallut une seconde chaise pour sa jambe. Deux femmes soulevèrent sa jambe, l'allongèrent délicatement. Ça ne faisait rien, il mangerait de côté.

1. Voir note 4, p. 35.
2. Verres en cristal.
3. Magasin où l'on vend toutes sortes d'objets.

– Cré nom de Dieu ! grognait-il, est-on empoté tout de 290
même !… Ah ! mes petites chattes, papa se recommande à
vous.

Il avait Rose Mignon à sa droite et Lucy Stewart à sa
gauche. Elles promirent d'avoir bien soin de lui. Tout le
monde, maintenant, se casait. Le comte de Vandeuvres se
plaça entre Lucy et Clarisse ; Fauchery, entre Rose
Mignon et Caroline Héquet. De l'autre côté, Hector de la
Faloise s'était précipité pour se mettre près de Gaga,
malgré les appels de Clarisse, en face ; tandis que Mignon,
qui ne lâchait pas Steiner, n'était séparé de lui que par 300
Blanche, et avait à gauche Tatan Néné. Puis, venait Labor-
dette. Enfin, aux deux bouts, se trouvaient des jeunes gens,
des femmes, Simonne, Léa de Horn, Maria Blond, sans
ordre, en tas. C'était là que Daguenet et Georges Hugon
sympathisaient de plus en plus, en regardant Nana avec
des sourires.

Cependant, comme deux personnes restaient debout, on
plaisanta. Les hommes offraient leurs genoux. Clarisse,
qui ne pouvait remuer les coudes, disait à Vandeuvres
qu'elle comptait sur lui pour la faire manger. Aussi ce Bor- 310
denave tenait une place, avec ses chaises ! Il y eut un der-
nier effort, tout le monde put s'asseoir ; mais, par exemple,
cria Mignon, on était comme des harengs dans un baquet.

– Purée d'asperges comtesse, consommé [1] à la Desli-
gnac, murmuraient les garçons, en promenant des assiettes
pleines derrière les convives.

Bordenave conseillait tout haut le consommé, lorsqu'un
cri s'éleva. On protestait, on se fâchait. La porte s'était
ouverte, trois retardataires, une femme et deux hommes,
venaient d'entrer. Ah ! non, ceux-là étaient de trop ! Nana, 320
pourtant, sans quitter sa chaise, pinçait les yeux, tâchait de
voir si elle les connaissait. La femme était Louise Vio-
laine. Mais elle n'avait jamais vu les hommes.

– Ma chère, dit Vandeuvres, monsieur est un officier de
marine de mes amis, monsieur de Foucarmont, que j'ai
invité.

1. Bouillon au suc de viande. Le menu du repas est celui d'un dîner
donné le 6 novembre 1878 par M. et Mme de Freycinet, comme l'atteste
une coupure de presse qui figure dans le dossier préparatoire.

Foucarmont salua, très à l'aise, ajoutant :

— Et je me suis permis d'amener un de mes amis.

— Ah ! parfait, parfait, dit Nana. Asseyez-vous...
330 Voyons, Clarisse, recule-toi un peu. Vous êtes très au large,
là-bas... Là, avec de la bonne volonté...

On se serra encore, Foucarmont et Louise obtinrent
pour eux deux un petit bout de la table ; mais l'ami dut
rester à distance de son couvert ; il mangeait, les bras
allongés entre les épaules de ses voisins. Les garçons enle-
vaient les assiettes à potage, des crépinettes [1] de lapereaux
aux truffes et des niokys [2] au parmesan circulaient. Borde-
nave ameuta toute la table, en racontant qu'il avait eu un
instant l'idée d'amener Prullière, Fontan et le vieux Bosc.
340 Nana était devenue digne ; elle dit sèchement qu'elle les
aurait joliment reçus. Si elle avait voulu avoir ses cama-
rades, elle se serait bien chargée de les inviter elle-même.
Non, non, pas de cabotins [3]. Le vieux Bosc était toujours
gris ; Prullière se gobait [4] trop ; quant à Fontan, il se ren-
dait insupportable en société, avec ses éclats de voix et ses
bêtises. Puis, voyez-vous, les cabotins étaient toujours
déplacés, lorsqu'ils se trouvaient parmi ces messieurs.

— Oui, oui, c'est vrai, déclara Mignon.

Autour de la table, ces messieurs, en habit et en cravate
350 blanche, étaient très corrects, avec leurs visages blêmes,
d'une distinction que la fatigue affinait encore. Le vieux
monsieur avait des gestes lents, un sourire fin, comme s'il
eût présidé un congrès de diplomates. Vandeuvres sem-
blait être chez la comtesse Muffat, d'une exquise politesse
pour ses voisines. Le matin encore, Nana le disait à sa
tante : en hommes, on ne pouvait pas avoir mieux ; tous
nobles ou tous riches ; enfin, des hommes chic. Et, quant
aux dames, elles se tenaient très bien. Quelques-unes,
Blanche, Léa, Louise, étaient venues décolletées ; seule,
360 Gaga en montrait peut-être un peu trop, d'autant plus qu'à

1. Saucisses plates entourées de crépine (membrane de la panse du mouton).
2. *Gnocchi* : plat d'origine italienne, exécuté soit avec de la semoule soit avec de la pâte à choux salée, pochée dans l'eau bouillante puis gratinée dans une sauce fromagée.
3. Mauvais acteur (péjoratif et familier).
4. *Se gober* : être imbu de soi-même.

son âge elle aurait mieux fait de n'en pas montrer du tout.
Maintenant qu'on finissait par se caser, les rires et les plai-
santeries tombaient. Georges songeait qu'il avait assisté à
des dîners plus gais, chez des bourgeois d'Orléans. On
causait à peine, les hommes qui ne se connaissaient pas se
regardaient, les femmes restaient tranquilles ; et c'était
surtout là le grand étonnement de Georges. Il les trouvait
« popote », il avait cru qu'on allait s'embrasser tout de
suite.

On servait les relevés [1], une carpe du Rhin à la Cham- 370
bord et une selle [2] de chevreuil à l'anglaise, lorsque
Blanche dit tout haut :

– Lucy, ma chère, j'ai rencontré votre Ollivier,
dimanche... Comme il a grandi !

– Dame ! il a dix-huit ans, répondit Lucy ; ça ne me
rajeunit guère... Il est reparti hier pour son école.

Son fils Ollivier, dont elle parlait avec fierté, était élève
à l'école de marine. Alors, on causa des enfants. Toutes
ces dames s'attendrissaient. Nana dit ses grandes joies :
son bébé, le petit Louis, était maintenant chez sa tante, qui 380
l'amenait chaque matin, vers onze heures ; et elle le pre-
nait dans son lit, où il jouait avec Lulu, son griffon. C'était
à mourir de rire de les voir tous les deux se fourrer sous la
couverture, au fond. On n'avait pas idée comme Louiset
était déjà futé.

– Oh ! hier, j'ai passé une journée ! raconta à son tour
Rose Mignon. Imaginez-vous que j'étais allée chercher
Charles et Henri à leur pensionnat ; et il a fallu absolument
les mener le soir au théâtre... Ils sautaient, ils tapaient
leurs petites mains : « Nous verrons jouer maman ! nous 390
verrons jouer maman !... » Oh ! un train, un train !

Mignon souriait complaisamment, les yeux humides de
tendresse paternelle.

– Et, à la représentation, continua-t-il, ils étaient si
drôles, sérieux comme des hommes, mangeant Rose du
regard, me demandant pourquoi maman avait comme ça
les jambes nues...

1. Plats qui en remplacent d'autres.
2. Morceau correspondant à la région de la croupe.

Toute la table se mit à rire. Mignon triomphait, flatté dans son orgueil de père. Il adorait les petits, une seule préoccupation le tenait, grossir leur fortune en administrant, avec une rigidité d'intendant fidèle, l'argent que gagnait Rose au théâtre et ailleurs. Quand il l'avait épousée, chef d'orchestre dans le café-concert où elle chantait, ils s'aimaient passionnément. Aujourd'hui, ils restaient bons amis. C'était réglé entre eux : elle, travaillait le plus qu'elle pouvait, de tout son talent et de toute sa beauté ; lui, avait lâché son violon pour mieux veiller sur ses succès d'artiste et de femme. On n'aurait pas trouvé un ménage plus bourgeois ni plus uni.

— Quel âge a l'aîné ? demanda Vandeuvres.

— Henri a neuf ans, répondit Mignon. Oh ! mais c'est un gaillard !

Puis, il plaisanta Steiner, qui n'aimait pas les enfants ; et il lui disait d'un air de tranquille audace que, s'il était père, il gâcherait moins bêtement sa fortune. Tout en parlant, il guettait le banquier par-dessus les épaules de Blanche, pour voir si ça se faisait avec Nana. Mais, depuis quelques minutes, Rose et Fauchery, qui causaient de très près, l'agaçaient. Rose, peut-être, n'allait pas perdre son temps à une pareille sottise. Dans ces cas-là, par exemple, il se mettait en travers. Et, les mains belles, un diamant au petit doigt, il achevait un filet de chevreuil.

D'ailleurs, la conversation sur les enfants continuait. La Faloise, empli de trouble par le voisinage de Gaga, lui demandait des nouvelles de sa fille, qu'il avait eu le plaisir d'apercevoir avec elle aux Variétés. Lili se portait bien, mais elle était encore si gamine ! Il resta surpris en apprenant que Lili entrait dans sa dix-neuvième année. Gaga devint à ses yeux plus imposante. Et, comme il cherchait à savoir pourquoi elle n'avait pas amené Lili :

— Oh ! non, non, jamais ! dit-elle d'un air pincé. Il n'y a pas trois mois qu'elle a voulu absolument sortir du pensionnat... Moi, je rêvais de la marier tout de suite... Mais elle m'aime tant, j'ai dû la reprendre, ah ! bien contre mon gré.

Ses paupières bleuies, aux cils brûlés, clignotaient, tandis qu'elle parlait de l'établissement de sa demoiselle. Si, à son âge, elle n'avait pas mis un sou de côté, tra-

vaillant toujours, ayant encore des hommes, surtout de très
jeunes, dont elle aurait pu être la grand-mère, c'était vrai- 440
ment qu'un bon mariage valait mieux. Elle se pencha vers
la Faloise, qui rougit sous l'énorme épaule nue et plâtrée
dont elle l'écrasait.

— Vous savez, murmura-t-elle, si elle y passe, ce ne sera
pas ma faute... Mais on est si drôle, quand on est jeune !

Un grand mouvement avait lieu autour de la table. Les
garçons s'empressaient. Après les relevés, les entrées
venaient de paraître : des poulardes à la maréchale, des
filets de sole sauce ravigote [1] et des escalopes de foie gras.
Le maître d'hôtel, qui avait fait verser jusque-là du Meur- 450
sault, offrait du Chambertin et du Léoville. Dans le léger
brouhaha du changement de service, Georges, de plus en
plus étonné, demanda à Daguenet si toutes ces dames
avaient comme ça des enfants ; et celui-ci, amusé par cette
question, lui donna des détails. Lucy Stewart était fille
d'un graisseur d'origine anglaise, employé à la gare du
Nord ; trente-neuf ans, une tête de cheval, mais adorable,
phtisique [2] et ne mourant jamais ; la plus chic de ces
dames, trois princes et un duc. Caroline Héquet, née à
Bordeaux, d'un petit employé mort de honte, avait la 460
bonne chance de posséder pour mère une femme de tête,
qui, après l'avoir maudite, s'était remise avec elle, au bout
d'un an de réflexion, voulant au moins lui sauver une
fortune ; la fille, âgée de vingt-cinq ans, très froide, passait
pour une des plus belles femmes qu'on pût avoir, à un prix
qui ne variait pas ; la mère, pleine d'ordre, tenait les livres,
une comptabilité sévère des recettes et des dépenses,
menait toute la maison de l'étroit logement qu'elle habitait
deux étages plus haut, et où elle avait installé un atelier de
couturières, pour les robes et le linge. Quant à Blanche de 470
Sivry, de son vrai nom Jacqueline Baudu, elle venait d'un
village près d'Amiens ; magnifique personne, bête et men-
teuse, se disant petite-fille d'un général et n'avouant pas
ses trente-deux ans ; très goûtée des Russes, à cause de son
embonpoint. Puis, rapidement, Daguenet ajouta un mot
sur les autres : Clarisse Besnus, ramenée comme bonne de

1. Sauce vinaigrette aux fines herbes et à l'échalote.
2. Atteint de tuberculose.

Saint-Aubin-sur-Mer par une dame dont le mari l'avait
lancée ; Simonne Cabiroche, fille d'un marchand de
meubles du faubourg Saint-Antoine, élevée dans un grand
480 pensionnat pour être institutrice ; et Maria Blond, et
Louise Violaine, et Léa de Horn, toutes poussées sur le
pavé parisien, sans compter Tatan Néné, qui avait gardé les
vaches jusqu'à vingt ans, dans la Champagne pouilleuse.
Georges écoutait, regardant ces dames, étourdi et excité
par ce déballage brutal, fait crûment à son oreille ; pendant
que, derrière lui, les garçons répétaient, d'une voix
respectueuse :

– Poulardes à la maréchale… Filets de sole sauce ravi-
gote…

490 – Mon cher, dit Daguenet qui lui imposait son expé-
rience, ne prenez pas de poisson, ça ne vaut rien à cette
heure-ci… Et contentez-vous du Léoville, il est moins
traître.

Une chaleur montait des candélabres, des plats pro-
menés, de la table entière où trente-huit personnes
s'étouffaient ; et les garçons, s'oubliant, couraient sur le
tapis, qui se tachait de graisse. Pourtant, le souper ne
s'égayait guère. Ces dames chipotaient, laissant la moitié
des viandes. Tatan Néné seule mangeait de tout, glouton-
500 nement. À cette heure avancée de la nuit, il n'y avait là que
des faims nerveuses, des caprices d'estomacs détraqués.
Près de Nana, le vieux monsieur refusait tous les plats
qu'on lui présentait ; il avait seulement pris une cuillerée
de potage ; et, silencieux devant son assiette vide, il regar-
dait. On bâillait avec discrétion. Par moments, des pau-
pières se fermaient, des visages devenaient terreux ; c'était
crevant, comme toujours, selon le mot de Vandeuvres. Ces
soupers-là, pour être drôles, ne devaient pas être propres.
Autrement, si on le faisait à la vertu, au bon genre, autant
510 manger dans le monde, où l'on ne s'ennuyait pas davan-
tage. Sans Bordenave qui gueulait toujours, on se serait
endormi. Cet animal de Bordenave, la jambe bien
allongée, se laissait servir avec des airs de sultan par ses
voisines, Lucy et Rose. Elles n'étaient occupées que de
lui, le soignant, le dorlotant, veillant à son verre et à son
assiette ; ce qui ne l'empêchait pas de se plaindre.

– Qui est-ce qui va me couper ma viande ?… Je ne peux pas, la table est à une lieue.

À chaque instant, Simonne se levait, se tenait derrière son dos, pour couper sa viande et son pain. Toutes les femmes s'intéressaient à ce qu'il mangeait. On rappelait les garçons, on lui en fourrait à l'étouffer. Simonne lui ayant essuyé la bouche, pendant que Rose et Lucy changeaient son couvert, il trouva ça très gentil ; et, daignant enfin se montrer content :

– Voilà ! Tu es dans le vrai, ma fille… Une femme, ce n'est fait que pour ça.

On se réveilla un peu, la conversation devint générale. On achevait des sorbets aux mandarines. Le rôti chaud était un filet aux truffes, et le rôti froid, une galantine [1] de pintade à la gelée. Nana, que fâchait le manque d'entrain de ses convives, s'était mise à parler très haut.

– Vous savez que le prince d'Écosse [2] a déjà fait retenir une avant-scène pour voir *La Blonde Vénus*, quand il viendra visiter l'Exposition.

– J'espère bien que tous les princes y passeront, déclara Bordenave, la bouche pleine.

– On attend le shah de Perse dimanche, dit Lucy Stewart.

Alors, Rose Mignon parla des diamants du shah. Il portait une tunique entièrement couverte de pierreries, une merveille, un astre flambant, qui représentait des millions. Et ces dames, pâles, les yeux luisant de convoitise, allongeaient la tête, citaient les autres rois, les autres empereurs qu'on attendait. Toutes rêvaient de quelque caprice royal, d'une nuit payée d'une fortune.

– Dites donc, mon cher, demanda Caroline Héquet à Vandeuvres, en se penchant, quel âge a l'empereur de Russie ?

– Oh ! il n'a pas d'âge, répondit le comte qui riait. Rien à faire, je vous en préviens.

1. Mets composé de volaille ou de viande désossée, farcie et cuite dans une gelée.
2. Le prince de Galles visita à deux reprises l'Exposition universelle où il fit, selon *Le Figaro* des 11 et 16 mai 1867, de nombreux achats de bijoux et de cristaux.

Nana affecta de paraître blessée. Le mot semblait trop raide, on protesta par un murmure. Mais Blanche donnait des détails sur le roi d'Italie, qu'elle avait vu une fois à Milan ; il n'était guère beau, ce qui ne l'empêchait pas d'avoir toutes les femmes ; et elle resta ennuyée, lorsque Fauchery assura que Victor-Emmanuel [1] ne pourrait venir. Louise Violaine et Léa en tenaient pour l'empereur d'Autriche. Tout d'un coup, on entendit la petite Maria
560 Blond qui disait.

– En voilà un vieux sécot [2] que le roi de Prusse !… J'étais à Bade, l'année dernière. On le rencontrait toujours avec le comte de Bismarck.

– Tiens ! Bismarck, interrompit Simonne, je l'ai connu, moi… Un homme charmant.

– C'est ce que je disais hier, s'écria Vandeuvres ; on ne voulait pas me croire.

Et, comme chez la comtesse Sabine, on s'occupa lon-guement du comte de Bismarck. Vandeuvres répéta les
570 mêmes phrases. Un instant, on fut de nouveau dans le salon des Muffat ; seules, les dames étaient changées. Justement, on passa à la musique. Puis, Foucarmont ayant laissé échapper un mot de la prise de voile dont Paris cau-sait, Nana, intéressée, voulut absolument avoir des détails sur mademoiselle de Fougeray. Oh ! la pauvre petite, s'enterrer comme ça vivante ! Enfin, quand la vocation avait parlé ! Autour de la table, les femmes étaient très touchées. Et Georges, ennuyé d'entendre ces choses une seconde fois, interrogeait Daguenet sur les habitudes
580 intimes de Nana, lorsque la conversation revint fatale-ment au comte de Bismarck. Tatan Néné se penchait à l'oreille de Labordette pour demander qui était ce Bis-marck, qu'elle ne connaissait pas. Alors, Labordette, froi-dement, lui conta des histoires énormes : ce Bismarck mangeait de la viande crue ; quand il rencontrait une femme près de son repaire, il l'emportait sur son dos ; il avait déjà eu de cette manière trente-deux enfants, à qua-rante ans.

1. Victor-Emmanuel II (1820-1878), roi d'Italie.
2. Homme maigre et sec (argotique).

– À quarante ans, trente-deux enfants ! s'écria Tatan Néné, stupéfaite et convaincue. Il doit être joliment fatigué 590 pour son âge.

On éclata de rire, elle comprit qu'on se moquait d'elle.

– Êtes-vous bête ! Est-ce que je sais, moi, si vous plaisantez !

Cependant, Gaga en était restée à l'Exposition. Comme toutes ces dames, elle se réjouissait, elle s'apprêtait. Une bonne saison, la province et l'étranger se ruant dans Paris [1]. Enfin, peut-être, après l'Exposition, si les affaires avaient bien marché, pourrait-elle se retirer à Juvisy [2], dans une petite maison qu'elle guettait depuis longtemps. 600

– Que voulez-vous ? disait-elle à la Faloise, on n'arrive à rien… Si l'on était aimée encore !

Gaga se faisait tendre parce qu'elle avait senti le genou du jeune homme se poser contre le sien. Il était très rouge. Elle, tout en zézayant, le pesait d'un coup d'œil. Un petit monsieur pas lourd ; mais elle n'était plus difficile. La Faloise obtint son adresse.

– Regardez donc, murmura Vandeuvres à Clarisse, je crois que Gaga vous fait votre Hector.

– Je m'en fiche pas mal ! répondit l'actrice. Il est idiot, 610 ce garçon… Je l'ai déjà flanqué trois fois à la porte… Moi, vous savez, quand les gamins donnent dans les vieilles, ça me dégoûte.

Elle s'interrompit pour indiquer d'un léger signe Blanche, qui, depuis le commencement du dîner, se tenait penchée dans une position très incommode, se rengorgeant, voulant montrer ses épaules au vieux monsieur distingué, assis à trois places de distance.

– On vous lâche aussi, mon cher, reprit-elle.

Vandeuvres sourit finement, avec un geste d'insou- 620 ciance. Certes, ce n'était pas lui qui aurait empêché cette pauvre Blanche d'avoir un succès. Le spectacle que donnait Steiner à toute la table l'intéressait davantage. On connaissait le banquier pour ses coups de cœur ; ce terrible juif allemand, ce brasseur d'affaires dont les mains fon-

1. L'Exposition compta 42 217 exposants venus du monde entier et attira des millions de visiteurs.
2. Juvisy-sur-Orge, à vingt kilomètres de Paris.

daient les millions, devenait imbécile, lorsqu'il se toquait
d'une femme ; et il les voulait toutes, il n'en pouvait
paraître une au théâtre, sans qu'il l'achetât, si chère quelle
fût. On citait des sommes. À deux reprises, son furieux
630 appétit des filles l'avait ruiné. Comme disait Vandeuvres,
les filles vengeaient la morale, en nettoyant sa caisse. Une
grande opération sur les Salines des Landes [1] lui ayant
rendu sa puissance à la Bourse, les Mignon, depuis six
semaines, mordaient fortement dans les Salines. Mais des
paris s'ouvraient, ce n'étaient pas les Mignon qui achève-
raient le morceau, Nana montrait ses dents blanches. Une
fois encore, Steiner était pris, et si rudement que, près de
Nana, il restait comme assommé, mangeant sans faim, la
lèvre pendante, la face marbrée de taches. Elle n'avait qu'à
640 dire un chiffre. Pourtant, elle ne se pressait pas, jouant
avec lui, soufflant des rires dans son oreille velue, s'amu-
sant des frissons qui passaient sur son épaisse figure. Il
serait toujours temps de bâcler ça, si décidément ce
pignouf [2] de comte Muffat faisait son Joseph [3].

– Léoville ou Chambertin ? murmura un garçon, en
allongeant la tête entre Nana et Steiner, au moment où
celui-ci parlait bas à la jeune femme.

– Hein ? quoi ? bégaya-t-il, la tête perdue. Ce que vous
voudrez, ça m'est égal.

650 Vandeuvres poussait légèrement du coude Lucy
Stewart, une très méchante langue, d'un esprit féroce,
lorsqu'elle était lancée. Mignon, ce soir-là, l'exaspérait.

– Vous savez qu'il tiendrait la chandelle, disait-elle au
comte. Il espère refaire le coup du petit Jonquier… Vous
vous rappelez, Jonquier, qui était avec Rose et qui avait un
béguin pour la grande Laure… Mignon a procuré Laure à
Jonquier, puis il l'a ramené bras dessus, bras dessous chez
Rose, comme un mari auquel on vient de permettre une
fredaine… Mais, cette fois, ça va rater. Nana ne doit pas
660 rendre les hommes qu'on lui prête.

1. Le département des Landes avait été mis en valeur à la suite d'un
décret impérial du 19 janvier 1857.
2. Voir note 2, p. 81.
3. *Faire son Joseph* : allusion au fils de Jacob qui, dans l'Ancien Testa-
ment, repousse les avances de la femme du pharaon.

– Qu'a-t-il donc, Mignon, à regarder sévèrement sa femme ? demanda Vandeuvres.

Il se pencha, il aperçut Rose qui devenait tout à fait tendre pour Fauchery. Cela lui expliqua la colère de sa voisine. Il reprit en riant :

– Diable ! est-ce que vous êtes jalouse ?

– Jalouse ! dit Lucy furieuse. Ah bien ! si Rose a envie de Léon, je le lui donne volontiers. Pour ce qu'il vaut !… Un bouquet par semaine, et encore !… Voyez-vous, mon cher, ces filles de théâtre sont toutes les mêmes. Rose a 670 pleuré de rage en lisant l'article de Léon sur Nana ; je le sais. Alors, vous comprenez, il lui faut aussi un article, et elle le gagne… Moi, je vais flanquer Léon à la porte, vous verrez ça !

Elle s'arrêta pour dire au garçon debout derrière elle, avec ses deux bouteilles :

– Léoville.

Puis, elle repartit, baissant la voix :

– Je ne veux pas crier, ce n'est pas mon genre… Mais c'est une fière salope tout de même. À la place de son 680 mari, je lui allongerais une danse fameuse… Oh ! ça ne lui portera pas bonheur. Elle ne connaît pas mon Fauchery, un monsieur malpropre encore, celui-là, qui se colle aux femmes, pour faire sa position… Du joli monde !

Vandeuvres tâcha de la calmer. Bordenave, délaissé par Rose et par Lucy, se fâchait, en criant qu'on laissait mourir papa de faim et de soif. Cela produisit une heureuse diversion. Le souper traînait, personne ne mangeait plus ; on gâchait dans les assiettes des cèpes à l'italienne et des croustades d'ananas Pompadour. Mais le champagne, 690 qu'on buvait depuis le potage, animait peu à peu les convives d'une ivresse nerveuse. On finissait par se moins bien tenir. Les femmes s'accoudaient en face de la débandade du couvert ; les hommes, pour respirer, reculaient leur chaise ; et des habits noirs s'enfonçaient entre des corsages clairs, des épaules nues à demi tournées prenaient un luisant de soie. Il faisait trop chaud, la clarté des bougies jaunissait encore, épaissie, au-dessus de la table. Par instants, lorsqu'une nuque dorée se penchait sous une pluie de frisures, les feux d'une boucle de diamants allu- 700 maient un haut chignon. Des gaietés jetaient une flamme,

des yeux rieurs, des dents blanches entrevues, le reflet des candélabres brûlant dans un verre de champagne. On plaisantait très haut, on gesticulait, au milieu des questions restées sans réponse, des appels jetés d'un bout de la pièce à l'autre. Mais c'étaient les garçons qui faisaient le plus de bruit, croyant être dans les corridors de leur restaurant, se bousculant, servant les glaces et le dessert avec des exclamations gutturales.

710 — Mes enfants, cria Bordenave, vous savez que nous jouons demain... Méfiez-vous ! pas trop de champagne !

— Moi, disait Foucarmont, j'ai bu de tous les vins imaginables dans les cinq parties du monde... Oh ! des liquides extraordinaires, des alcools à vous tuer un homme raide... Eh bien ! ça ne m'a jamais rien fait. Je ne peux pas me griser. J'ai essayé, je ne peux pas.

Il était très pâle, très froid, renversé contre le dossier de sa chaise, et buvant toujours.

— N'importe, murmura Louise Violaine, finis, tu en as
720 assez... Ce serait drôle, s'il me fallait te soigner le reste de la nuit.

Une griserie mettait aux joues de Lucy Stewart les flammes rouges des poitrinaires, tandis que Rose Mignon se faisait tendre, les yeux humides. Tatan Néné, étourdie d'avoir trop mangé, riait vaguement à sa bêtise. Les autres, Blanche, Caroline, Simonne, Maria, parlaient toutes ensemble, racontant leurs affaires, une dispute avec leur cocher, un projet de partie à la campagne, des histoires compliquées d'amants volés et rendus. Mais un jeune
730 homme, près de Georges, ayant voulu embrasser Léa de Horn, reçut une tape avec un : « Dites donc, vous ! lâchezmoi ! » plein d'une belle indignation ; et Georges, très gris, très excité par la vue de Nana, hésita devant une idée qu'il mûrissait gravement, celle de se mettre à quatre pattes, sous la table, et d'aller se blottir à ses pieds, ainsi qu'un petit chien. Personne ne l'aurait vu, il y serait resté bien sage. Puis, sur la prière de Léa, Daguenet ayant dit au jeune homme de se tenir tranquille, Georges, tout d'un coup, éprouva un gros chagrin, comme si l'on venait de le
740 gronder lui-même ; c'était bête, c'était triste, il n'y avait plus rien de bon. Daguenet pourtant plaisantait, le forçait à avaler un grand verre d'eau, en lui demandant ce qu'il

ferait, s'il se trouvait seul avec une femme, puisque trois verres de champagne le flanquaient par terre.

– Tenez, reprit Foucarmont, à La Havane, ils font une eau-de-vie avec une baie sauvage ; on croirait avaler du feu… Eh bien ! j'en ai bu un soir plus d'un litre. Ça ne m'a rien fait… Plus fort que ça, un autre jour, sur les côtes de Coromandel [1], des sauvages nous ont donné je ne sais quel mélange de poivre et de vitriol ; ça ne m'a rien fait… Je ne puis pas me griser.

Depuis un instant, la figure de la Faloise, en face, lui déplaisait. Il ricanait, il lançait des mots désagréables. La Faloise, dont la tête tournait, se remuait beaucoup, en se serrant contre Gaga. Mais une inquiétude avait achevé de l'agiter : on venait de lui prendre son mouchoir, il réclamait son mouchoir avec l'entêtement de l'ivresse, interrogeant ses voisins, se baissant pour regarder sous les sièges et sous les pieds. Et, comme Gaga tâchait de le tranquilliser :

– C'est stupide, murmura-t-il ; il y a, au coin, mes initiales et ma couronne… Ça peut me compromettre.

– Dites donc, monsieur Falamoise, Lamafoise, Mafaloise ! cria Foucarmont, qui trouva très spirituel de défigurer ainsi à l'infini le nom du jeune homme.

Mais la Faloise se fâcha. Il parla de ses ancêtres en bégayant. Il menaça d'envoyer une carafe à la tête de Foucarmont. Le comte de Vandeuvres dut intervenir pour lui assurer que Foucarmont était très drôle. Tout le monde riait, en effet. Cela ébranla le jeune homme ahuri, qui voulut bien se rasseoir ; et il mangeait avec une obéissance d'enfant, lorsque son cousin lui ordonnait de manger, en grossissant la voix. Gaga l'avait repris contre elle ; seulement, de temps à autre, il jetait sur les convives des regards sournois et anxieux, cherchant toujours son mouchoir.

Alors, Foucarmont, en veine d'esprit, attaqua Labordette, à travers toute la table. Louise Violaine tâchait de le faire taire, parce que, disait-elle, quand il était comme ça taquin avec les autres, ça finissait toujours mal pour elle. Il avait trouvé une plaisanterie qui consistait à appeler Labordette « madame » ; elle devait l'amuser beaucoup, il

1. Au sud-est de l'Inde, où se trouvent Pondichéry et Madras.

la répétait, tandis que Labordette, tranquillement, haussait les épaules, en disant chaque fois :

– Taisez-vous donc, mon cher, c'est bête.

Mais, comme Foucarmont continuait et arrivait aux insultes, sans qu'on sût pourquoi, il cessa de lui répondre, il s'adressa au comte de Vandeuvres.

– Monsieur, faites taire votre ami… Je ne veux pas me fâcher.

790 À deux reprises, il s'était battu. On le saluait, on l'admettait partout. Ce fut un soulèvement général contre Foucarmont. La table s'égayait, le trouvant très spirituel ; mais ce n'était pas une raison pour gâter la nuit. Vandeuvres, dont le fin visage se cuivrait, exigea qu'il rendît son sexe à Labordette. Les autres hommes, Mignon, Steiner, Bordenave, très lancés, intervinrent aussi, criant, couvrant sa voix. Et seul, le vieux monsieur, qu'on oubliait près de Nana, gardait son grand air, son sourire las et muet, en suivant de ses yeux pâles cette débâcle du dessert.

800 – Mon petit chat, si nous prenions le café ici ? dit Bordenave. On est très bien.

Nana ne répondit pas tout de suite. Depuis le commencement du souper, elle ne semblait plus chez elle. Tout ce monde l'avait noyée et étourdie, appelant les garçons, parlant haut, se mettant à l'aise, comme si l'on était au restaurant. Elle-même oubliait son rôle de maîtresse de maison, ne s'occupait que du gros Steiner, qui crevait d'apoplexie [1] à son côté. Elle l'écoutait, refusant encore de la tête, avec son rire provocant de blonde grasse. Le champagne qu'elle
810 avait bu la faisait toute rose, la bouche humide, les yeux luisants ; et le banquier offrait davantage, à chaque mouvement câlin de ses épaules, aux légers renflements voluptueux de son cou, lorsqu'elle tournait la tête. Il voyait là, près de l'oreille, un petit coin délicat, un satin qui le rendait fou. Par moments, Nana, dérangée, se rappelait ses convives, cherchant à être aimable, pour montrer qu'elle savait recevoir. Vers la fin du souper, elle était très grise ; ça la désolait, le champagne la grisait tout de suite. Alors, une idée l'exaspéra. C'était une saleté que ces dames vou-
820 laient lui faire en se conduisant mal chez elle. Oh ! elle

1. Voir note 1, p. 64.

voyait clair ! Lucy avait cligné l'œil pour pousser Foucarmont contre Labordette, tandis que Rose, Caroline et les
autres excitaient ces messieurs. Maintenant, le bousin [1]
était à ne pas s'entendre, histoire de dire qu'on pouvait
tout se permettre, quand on soupait chez Nana. Eh bien !
ils allaient voir. Elle avait beau être grise, elle était encore
la plus chic et la plus comme il faut.

— Mon petit chat, reprit Bordenave, dis donc de servir le
café ici… J'aime mieux ça, à cause de ma jambe.

Mais Nana s'était levée brutalement, en murmurant aux 830
oreilles de Steiner et du vieux monsieur stupéfaits :

— C'est bien fait, ça m'apprendra à inviter du sale
monde.

Puis, elle indiqua du geste la porte de la salle à manger,
et ajouta tout haut :

— Vous savez, si vous voulez du café, il y en a là.

On quitta la table, on se poussa vers la salle à manger,
sans remarquer la colère de Nana. Et il ne resta bientôt
plus dans le salon que Bordenave, se tenant aux murs,
avançant avec précaution, pestant contre ces sacrées 840
femmes, qui se fichaient de papa, maintenant qu'elles
étaient pleines. Derrière lui, les garçons enlevaient déjà le
couvert, sous les ordres du maître d'hôtel, lancés à voix
haute. Ils se précipitaient, se bousculaient, faisant disparaître la table comme un décor de féerie, au coup de sifflet
du maître machiniste. Ces dames et ces messieurs devaient
revenir au salon, après avoir pris le café.

— Fichtre ! il fait moins chaud ici, dit Gaga avec un léger
frisson, en entrant dans la salle à manger.

La fenêtre de cette pièce était restée ouverte. Deux 850
lampes éclairaient la table, où le café se trouvait servi,
avec des liqueurs. Il n'y avait pas de chaises, on but le café
debout, pendant que le brouhaha des garçons, à côté, augmentait encore. Nana avait disparu. Mais personne ne
s'inquiétait de son absence. On se passait parfaitement
d'elle, chacun se servant, fouillant dans les tiroirs du
buffet, pour chercher des petites cuillers, qui manquaient.
Plusieurs groupes s'étaient formés ; les personnes, séparées durant le souper, se rapprochaient ; et l'on échangeait

1. Voir note 1, p. 40.

860 des regards, des rires significatifs, des mots qui résumaient
les situations.

– N'est-ce pas, Auguste, dit Rose Mignon, que mon-
sieur Faucherie devrait venir déjeuner un de ces jours ?

Mignon, qui jouait avec la chaîne de sa montre, couva
une seconde le journaliste de ses yeux sévères. Rose était
folle. En bon administrateur, il mettrait ordre à ce gas-
pillage. Pour un article, soit ; mais ensuite porte close.
Cependant, comme il connaissait la mauvaise tête de sa
femme, et qu'il avait pour règle de lui permettre paternel-
870 lement une bêtise, lorsqu'il le fallait, il répondit en se fai-
sant aimable :

– Certainement, je serai très heureux... Venez donc
demain, monsieur Faucherie.

Lucy Stewart, en train de causer avec Steiner et
Blanche, entendit cette invitation. Elle haussa la voix,
disant au banquier :

– C'est une rage qu'elles ont toutes. Il y en a une qui
m'a volé jusqu'à mon chien... Voyons, mon cher, est-ce
ma faute si vous la lâchez ?

880 Rose tourna la tête. Elle buvait son café à petites gor-
gées, elle regardait Steiner fixement, très pâle ; et toute la
colère contenue de son abandon passa dans ses yeux
comme une flamme. Elle voyait plus clair que Mignon ;
c'était bête d'avoir voulu recommencer l'affaire de Jon-
quier, ces machines-là ne réussissaient pas deux fois. Tant
pis ! elle aurait Faucherie, elle s'en toquait depuis le
souper ; et si Mignon n'était pas content, ça lui appren-
drait.

– Vous n'allez pas vous battre ? vint dire Vandeuvres à
890 Lucy Stewart.

– Non, n'ayez pas peur. Seulement, qu'elle se tienne
tranquille, ou je lui lâche son paquet.

Et, appelant Faucherie d'un geste impérieux :

– Mon petit, j'ai tes pantoufles à la maison. Je te ferai
mettre ça demain chez ton concierge.

Il voulut plaisanter. Elle s'éloigna d'un air de reine. Cla-
risse, qui s'était adossée contre un mur afin de boire tran-
quillement un verre de kirsch [1], haussait les épaules. En

1. Eau-de-vie de cerise et de merise.

voilà des affaires pour un homme ! Est-ce que, du moment
où deux femmes se trouvaient ensemble avec leurs 900
amants, la première idée n'était pas de se les faire ? C'était
réglé, ça. Elle, par exemple, si elle avait voulu, aurait
arraché les yeux de Gaga, à cause d'Hector. Ah ! ouiche !
elle s'en moquait. Puis, comme la Faloise passait, elle se
contenta de lui dire :

– Écoute donc, tu les aimes avancées, toi ! Ce n'est pas
mûres, c'est blettes qu'il te les faut.

La Faloise parut très vexé. Il restait inquiet. En voyant
Clarisse se moquer de lui, il la soupçonna.

– Pas de blague, murmura-t-il. Tu m'as pris mon mou- 910
choir, rends-moi mon mouchoir.

– Nous rase-t-il assez avec son mouchoir ! cria-t-elle.
Voyons, idiot, pourquoi te l'aurais-je pris ?

– Tiens ! dit-il avec méfiance, pour l'envoyer à ma
famille, pour me compromettre.

Cependant, Foucarmont s'attaquait aux liqueurs. Il con-
tinuait de ricaner en regardant Labordette, qui buvait son
café, au milieu de ces dames. Et il lâchait des bouts de
phrase : le fils d'un marchand de chevaux, d'autres
disaient le bâtard d'une comtesse ; aucun revenu, et tou- 920
jours vingt-cinq louis dans la poche ; le domestique des
filles, un gaillard qui ne couchait jamais.

– Jamais ! jamais ! répétait-il en se fâchant. Non,
voyez-vous, il faut que je le gifle.

Il vida un petit verre de chartreuse [1]. La chartreuse ne le
dérangeait aucunement ; pas ça, disait-il ; et il faisait cla-
quer l'ongle de son pouce au bord de ses dents. Mais, tout
d'un coup, au moment où il s'avançait sur Labordette, il
devint blême et s'abattit devant le buffet, comme une
masse. Il était ivre mort. Louise Violaine se désola. Elle le 930
disait bien que ça finirait mal ; maintenant, elle en avait
pour le reste de sa nuit à le soigner. Gaga la rassurait, exa-
minant l'officier d'un œil de femme expérimentée, décla-
rant que ce ne serait rien, que ce monsieur allait dormir
comme ça douze à quinze heures, sans accident. On
emporta Foucarmont.

1. Liqueur verte ou jaune à base de plantes, fabriquée dans les couvents
de chartreux, religieux de l'ordre de Saint-Bruno.

– Tiens ! où donc a passé Nana ? demanda Vandeuvres.

Oui, au fait, elle s'était envolée en quittant la table. On se souvenait d'elle, tout le monde la réclamait. Steiner, 940 inquiet depuis un instant, questionna Vandeuvres au sujet du vieux monsieur, disparu lui aussi. Mais le comte le rassura, il venait de reconduire le vieillard ; un personnage étranger dont il était inutile de dire le nom, un homme très riche qui se contentait de payer les soupers. Puis, comme on oubliait de nouveau Nana, Vandeuvres aperçut Daguenet, la tête à une porte, l'appelant d'un signe. Et, dans la chambre à coucher, il trouva la maîtresse de maison assise, raidie, les lèvres blanches, tandis que Daguenet et Georges, debout, la regardaient d'un air cons- 950 terné.

– Qu'avez-vous donc ? demanda-t-il surpris.

Elle ne répondit pas, elle ne tourna pas la tête. Il répéta sa question.

– J'ai, cria-t-elle enfin, que je ne veux pas qu'on se foute de moi !

Alors, elle lâcha ce qui lui vint à la bouche. Oui, oui, elle n'était pas une bête, elle voyait clair. On s'était fichu d'elle pendant le souper, on avait dit des horreurs pour montrer qu'on la méprisait. Un tas de salopes qui ne lui 960 allaient pas à la cheville ! Plus souvent qu'elle se donne-rait encore du tintouin [1], histoire de se faire bêcher [2] ensuite ! Elle ne savait pas ce qui la retenait de flanquer tout ce sale monde à la porte. Et, la rage l'étranglant, sa voix se brisa dans des sanglots.

– Voyons, ma fille, tu es grise, dit Vandeuvres, qui se mit à la tutoyer. Il faut être raisonnable.

Non, elle refusait d'avance, elle resterait là.

– Je suis grise, c'est possible. Mais je veux qu'on me respecte.

970 Depuis un quart d'heure, Daguenet et Georges la sup-pliaient vainement de revenir dans la salle à manger. Elle s'entêtait, ses invités pouvaient bien faire ce qu'ils voudraient ; elle les méprisait trop pour retourner avec

1. Souci, difficulté (familier).
2. Critiquer.

eux. Jamais, jamais ! On l'aurait coupée en morceaux,
qu'elle serait restée dans sa chambre.

– J'aurais dû me méfier, reprit-elle. C'est ce chameau de
Rose qui a monté le complot. Ainsi, cette femme honnête
que j'attendais ce soir, bien sûr Rose l'aura empêchée.

Elle parlait de madame Robert. Vandeuvres lui donna sa
parole d'honneur que madame Robert avait refusé d'elle- 980
même. Il écoutait et discutait sans rire, habitué à de
pareilles scènes, sachant comment il fallait prendre les
femmes, quand elles se trouvaient dans cet état. Mais, dès
qu'il cherchait à lui saisir les mains, pour la lever de sa
chaise et l'entraîner, elle se débattait, avec un redouble-
ment de colère. Par exemple, on ne lui ferait jamais croire
que Fauchery n'avait pas détourné le comte Muffat de
venir. Un vrai serpent, ce Fauchery ; un envieux, un
homme capable de s'acharner après une femme et de
détruire son bonheur. Car, enfin elle le savait, le comte 990
s'était pris d'un béguin pour elle. Elle aurait pu l'avoir.

– Lui, ma chère, jamais ! s'écria Vandeuvres, s'oubliant
et riant.

– Pourquoi donc ? demanda-t-elle, sérieuse, un peu
dégrisée.

– Parce qu'il donne dans les curés, et que, s'il vous tou-
chait du bout des doigts, il irait s'en confesser le lende-
main... Écoutez un bon conseil. Ne laissez pas échapper
l'autre.

Un instant, elle resta silencieuse, réfléchissant. Puis, 1000
elle se leva, alla se baigner les yeux. Pourtant, lorsqu'on
voulait l'emmener dans la salle à manger, elle criait tou-
jours non, furieusement. Vandeuvres quitta la chambre
avec un sourire, sans insister davantage. Et, dès qu'il ne fut
plus là, elle eut une crise d'attendrissement, se jetant dans
les bras de Daguenet, répétant :

– Ah ! mon Mimi, il n'y a que toi... Je t'aime, va ! je
t'aime bien !... Ce serait trop bon, si l'on pouvait vivre
toujours ensemble. Mon Dieu ! que les femmes sont
malheureuses ! 1010

Puis, apercevant Georges qui devenait très rouge, à les
voir s'embrasser, elle l'embrassa également. Mimi ne pou-
vait être jaloux d'un bébé. Elle voulait que Paul et Georges
fussent toujours d'accord, parce que ce serait si gentil de

rester comme ça, tous les trois, en sachant qu'on s'aimait
bien. Mais un bruit singulier les dérangea, quelqu'un ron-
flait dans la chambre. Alors, ayant cherché, ils aperçurent
Bordenave qui, après avoir pris son café, devait s'être ins-
tallé là, commodément. Il dormait sur deux chaises, la tête
1020 appuyée au bord du lit, la jambe allongée. Nana le trouva
si drôle, la bouche ouverte, le nez remuant à chaque ron-
flement, qu'elle fut secouée d'un fou rire. Elle sortit de la
chambre, suivie de Daguenet et de Georges, traversa la
salle à manger, entra dans le salon, riant de plus en plus
fort.

– Oh ! ma chère, dit-elle en se jetant presque dans les
bras de Rose, vous n'avez pas idée, venez voir ça.

Toutes les femmes durent l'accompagner. Elle leur pre-
nait les mains avec des caresses, les emmenait de force,
1030 dans un élan de gaieté si franc, que toutes riaient déjà de
confiance. La bande disparut, puis revint, après être restée
une minute, l'haleine suspendue, autour de Bordenave,
étalé magistralement. Et les rires éclatèrent. Quand une
d'elles commandait le silence, on entendait au loin les ron-
flements de Bordenave.

Il était près de quatre heures. Dans la salle à manger, on
venait de dresser une table de jeu, où s'étaient assis Van-
deuvres, Steiner, Mignon et Labordette. Debout, derrière
eux, Lucy et Caroline pariaient ; tandis que Blanche,
1040 ensommeillée, mécontente de sa nuit, demandait toutes les
cinq minutes à Vandeuvres s'ils n'allaient pas bientôt
partir. Dans le salon, on essayait de danser. Daguenet était
au piano, « à la commode », comme disait Nana ; elle ne
voulait pas de « tapeur [1] », Mimi jouait des valses et des
polkas, tant qu'on en demandait. Mais la danse languis-
sait, ces dames causaient entre elles, assoupies au fond des
canapés. Tout à coup, il y eut un vacarme. Onze jeunes
gens, qui arrivaient en bande, riaient très haut dans l'anti-
chambre, se poussaient à la porte du salon ; ils sortaient du
1050 bal du ministère de l'Intérieur, en habit et en cravate
blanche, avec des brochettes de croix inconnues. Nana,
fâchée de cette entrée tapageuse, appela les garçons restés
dans la cuisine, en leur ordonnant de jeter ces messieurs

1. Artiste payé.

dehors ; et elle jurait qu'elle ne les avait jamais vus. Fauchery, Labordette, Daguenet, tous les hommes s'étaient avancés, pour faire respecter la maîtresse de la maison. De gros mots volaient, des bras s'allongeaient. Un instant, on put craindre un échange général de claques. Pourtant, un petit blond, l'air maladif, répétait avec insistance :

— Voyons, Nana, l'autre soir, chez Peters [1], dans le grand salon rouge… Rappelez-vous donc ! Vous nous avez invités. 1060

L'autre soir, chez Peters ? Elle ne se souvenait pas du tout. Quel soir, d'abord ? Et quand le petit blond lui eut dit le jour, le mercredi, elle se rappela bien avoir soupé chez Peters le mercredi ; mais elle n'avait invité personne, elle en était à peu près sûre.

— Cependant, ma fille, si tu les as invités, murmura Labordette, qui commençait à être pris de doute. Tu étais peut-être un peu gaie. 1070

Alors, Nana se mit à rire. C'était possible, elle ne savait plus. Enfin, puisque ces messieurs étaient là, ils pouvaient entrer. Tout s'arrangea, plusieurs des nouveaux venus retrouvaient des amis dans le salon, l'esclandre finissait par des poignées de main. Le petit blond à l'air maladif portait un des grands noms de France. D'ailleurs, ils annoncèrent que d'autres devaient les suivre ; et, en effet, à chaque instant la porte s'ouvrait, des hommes se présentaient, gantés de blanc, dans une tenue officielle. C'était toujours la sortie du bal du ministère. Fauchery demanda 1080 en plaisantant si le ministre n'allait pas venir. Mais Nana, vexée, répondit que le ministre allait chez des gens qui ne la valaient certainement pas. Ce qu'elle ne disait point, c'était une espérance dont elle était prise : celle de voir entrer le comte Muffat, parmi cette queue de monde. Il pouvait s'être ravisé. Tout en causant avec Rose, elle guettait la porte.

Cinq heures sonnèrent. On ne dansait plus. Les joueurs seuls s'entêtaient. Labordette avait cédé sa place, les femmes étaient revenues dans le salon. Une somnolence 1090

1. Restaurant luxueux ouvert en 1860 dans le tout nouveau passage des Princes par le cuisinier Pierre Fraisse qui revenait des États-Unis où il avait fait fortune.

de veille prolongée s'y alourdissait, sous la lumière
trouble des lampes, dont les mèches charbonnées rougis-
saient les globes. Ces dames en étaient à l'heure de mélan-
colie vague où elles éprouvaient le besoin de raconter leur
histoire. Blanche de Sivry parlait de son grand-père, le
général, tandis que Clarisse inventait un roman, un duc qui
l'avait séduite chez son oncle, où il venait chasser le
sanglier ; et toutes deux, le dos tourné, haussaient les
épaules, en demandant s'il était Dieu possible de conter
1100 des blagues pareilles. Quant à Lucy Stewart, elle avouait
tranquillement son origine, elle parlait volontiers de sa
jeunesse, lorsque son père, le graisseur du chemin de fer
du Nord, la régalait le dimanche d'un chausson aux
pommes.

– Oh ! que je vous dise ! cria brusquement la petite
Maria Blond. Il y a, en face de chez moi, un monsieur, un
Russe, enfin un homme excessivement riche. Voilà qu'hier
je reçois un panier de fruits, mais un panier de fruits ! des
pêches énormes, des raisins gros comme ça, enfin quelque
1110 chose d'extraordinaire dans cette saison... Et au milieu six
billets de mille... C'était le Russe... Naturellement, j'ai
tout renvoyé. Mais ça m'a fait un peu mal au cœur, pour
les fruits !

Ces dames se regardèrent en pinçant les lèvres. À son
âge, la petite Maria Blond avait un joli toupet. Avec ça que
de pareilles histoires arrivaient à des traînées de son
espèce ! C'étaient, entre elles, des mépris profonds. Elles
jalousaient surtout Lucy, furieuses de ses trois princes.
Depuis que Lucy, chaque matin, faisait à cheval une pro-
1120 menade au Bois, ce qui l'avait lancée, toutes montaient à
cheval, une rage les tenait.

Le jour allait paraître. Nana détourna les yeux de la
porte, perdant espoir. On s'ennuyait à crever. Rose
Mignon avait refusé de chanter *La Pantoufle*, pelotonnée
sur un canapé, où elle causait bas avec Fauchery, en atten-
dant Mignon qui gagnait déjà une cinquantaine de louis à
Vandeuvres. Un monsieur gras, décoré et de mine
sérieuse, venait bien de réciter *Le Sacrifice d'Abraham*, en
patois d'Alsace ; quand Dieu jure, il dit : « Sacré nom de
1130 moi ! » et Isaac répond toujours : « Oui, papa ! » Seule-
ment, personne n'ayant compris, le morceau avait paru

stupide. On ne savait que faire pour être gai, pour finir follement la nuit. Un instant, Labordette imagina de dénoncer les femmes à l'oreille de la Faloise, qui allait rôder autour de chacune, regardant si elle n'avait pas son mouchoir dans le cou. Puis, comme des bouteilles de champagne restaient sur le buffet, les jeunes gens s'étaient remis à boire. Ils s'appelaient, s'excitaient ; mais une ivresse morne, d'une bêtise à pleurer, envahissait le salon, invinciblement. Alors, le petit blondin, celui qui portait un des grands noms de France, à bout d'invention, désespéré de ne rien trouver de drôle, eut une idée : il emporta sa bouteille de champagne et acheva de la vider dans le piano. Tous les autres se tordirent.

– Tiens ! demanda avec étonnement Tatan Néné qui l'avait aperçu, pourquoi donc met-il du champagne dans le piano ?

– Comment ! ma fille, tu ne sais pas ça ? répondit Labordette gravement. Il n'y a rien de bon comme le champagne pour les pianos. Ça leur donne du son.

– Ah ! murmura Tatan Néné convaincue.

Et, comme on riait, elle se fâcha. Est-ce qu'elle savait ! On l'embrouillait toujours.

Ça se gâtait, décidément. La nuit menaçait de finir d'une façon malpropre. Dans un coin, Maria Blond s'était empoignée avec Léa de Horn qu'elle accusait de coucher avec des gens pas assez riches ; et elles en venaient aux gros mots, en s'attrapant sur leurs figures. Lucy, qui était laide, les fit taire. Ça ne signifiait rien la figure, il fallait être bien faite. Plus loin, sur un canapé, un attaché d'ambassade avait passé un bras à la taille de Simonne, qu'il tâchait de baiser au cou ; mais Simonne, éreintée, maussade, le repoussait chaque fois avec des « Tu m'embêtes ! » et de grands coups d'éventail sur la figure. Aucune, d'ailleurs, ne voulait qu'on la touchât. Est-ce qu'on les prenait pour des filles ? Cependant, Gaga, qui avait rattrapé la Faloise, le tenait presque sur ses genoux ; tandis que Clarisse, entre deux messieurs, disparaissait, secouée d'un rire nerveux de femme qu'on chatouille. Autour du piano, le petit jeu continuait, dans un coup de folie bête ; on se poussait, chacun voulait y verser son fond de bouteille. C'était simple et gentil.

– Tiens ! mon vieux, bois un coup… Diantre ! il a soif, ce piano !… Attention ! en voici encore une ; il ne faut rien perdre.

Nana, le dos tourné, ne les voyait pas. Elle se rabattait décidément sur le gros Steiner, assis près d'elle. Tant pis ! c'était la faute de ce Muffat, qui n'avait pas voulu. Dans sa robe de foulard blanc, légère et chiffonnée comme une
1180 chemise, avec sa pointe d'ivresse qui la pâlissait, les yeux battus, elle s'offrait de son air tranquille de bonne fille. Les roses de son chignon et de son corsage s'étaient effeuillées ; il ne restait que les queues. Mais Steiner retira vivement la main de ses jupes, où il venait de rencontrer les épingles mises par Georges. Quelques gouttes de sang parurent. Une tomba sur la robe et la tacha.

– Maintenant, c'est signé, dit Nana sérieusement.

Le jour grandissait. Une lueur louche, d'une affreuse tristesse, entrait par les fenêtres. Alors, le départ com-
1190 mença, une débandade pleine de malaise et d'aigreur. Caroline Héquet, fâchée d'avoir perdu sa nuit, dit qu'il était temps de s'en aller, si l'on ne voulait pas assister à de jolies choses. Rose faisait une moue de femme compromise. C'était toujours ainsi, avec ces filles ; elles ne savaient pas se tenir, elles se montraient dégoûtantes à leurs débuts. Et, Mignon ayant nettoyé Vandeuvres, le ménage partit, sans s'inquiéter de Steiner, après avoir invité de nouveau Fauchery pour le lendemain. Lucy, alors, refusa de se laisser reconduire par le journaliste,
1200 qu'elle renvoya tout haut à sa cabotine [1]. Du coup, Rose, qui s'était retournée, répondit par un « Sale grue [2] ! » entre les dents. Mais, déjà, Mignon, paternel dans les querelles de femmes, expérimenté et supérieur, l'avait poussée dehors, en la priant de finir. Derrière eux, Lucy, toute seule, descendit royalement l'escalier. Puis, ce fut la Faloise que Gaga dut emmener, malade, sanglotant comme un enfant, appelant Clarisse, filée depuis long-temps avec ses deux messieurs. Simonne aussi avait dis-paru. Il ne restait plus que Tatan, Léa et Maria, dont
1210 Labordette voulut bien se charger, complaisamment.

1. Voir note 3, p. 128.
2. Femme de mœurs légères.

– C'est que je n'ai pas du tout envie de dormir ! répétait Nana. Il faudrait faire quelque chose.

Elle regardait le ciel à travers les vitres, un ciel livide où couraient des nuages couleur de suie. Il était six heures. En face, de l'autre côté du boulevard Haussmann, les maisons, encore endormies, découpaient leurs toitures humides dans le petit jour ; tandis que, sur la chaussée déserte, une troupe de balayeurs passaient avec le bruit de leurs sabots. Et, devant ce réveil navré de Paris, elle se trouvait prise d'un attendrissement de jeune fille, d'un 1220 besoin de campagne, d'idylle [1], de quelque chose de doux et de blanc.

– Oh ! vous ne savez pas ? dit-elle en revenant à Steiner, vous allez me mener au bois de Boulogne, et nous boirons du lait [2].

Une joie d'enfant la faisait battre des mains. Sans attendre la réponse du banquier, qui consentait naturellement, ennuyé au fond et rêvant autre chose, elle courut jeter une pelisse sur ses épaules. Dans le salon, il n'y avait plus, avec Steiner, que la bande des jeunes gens ; mais, 1230 ayant égoutté dans le piano jusqu'au fond des verres, ils parlaient de s'en aller, lorsqu'un d'eux accourut triomphalement, tenant à la main une dernière bouteille, qu'il rapportait de l'office.

– Attendez ! attendez ! cria-t-il, une bouteille de chartreuse !… Là, il avait besoin de chartreuse ; ça va le remettre… Et maintenant, mes enfants, filons. Nous sommes idiots.

Dans le cabinet de toilette, Nana dut réveiller Zoé, qui s'était assoupie sur une chaise. Le gaz brûlait. Zoé fris- 1240 sonna, aida madame à mettre son chapeau et sa pelisse.

– Enfin, ça y est, j'ai fait ce que tu voulais, dit Nana qui la tutoya, dans un élan d'expansion, soulagée d'avoir pris un parti. Tu avais raison, autant le banquier qu'un autre.

La bonne était maussade, engourdie encore. Elle grogna que madame aurait dû se décider le premier soir. Puis, comme elle la suivait dans la chambre, elle lui demanda ce

1. Petit poème à sujet pastoral et amoureux ; d'où amour tendre et naïf.
2. Allusion aux chèvres de la laiterie qui se trouvait dans le bois de Boulogne.

qu'elle devait faire de ces deux-là. Bordenave ronflait toujours. Georges, qui était venu sournoisement enfoncer la
1250 tête dans un oreiller, avait fini par s'y endormir, avec son léger souffle de chérubin [1]. Nana répondit qu'on les laissât dormir. Mais elle s'attendrit de nouveau, en voyant entrer Daguenet ; il la guettait de la cuisine, il avait l'air bien triste.

— Voyons, mon Mimi, sois raisonnable, dit-elle en le prenant dans ses bras, en le baisant avec toutes sortes de câlineries. Il n'y a rien de changé, tu sais que c'est toujours mon Mimi que j'adore… N'est-ce pas ? il le fallait… Je te jure, ce sera encore plus gentil. Viens demain, nous
1260 conviendrons des heures… Vite, embrasse-moi comme tu m'aimes… Oh ! plus fort, plus fort que ça !

Et elle s'échappa, elle rejoignit Steiner, heureuse, reprise par son idée de boire du lait. Dans l'appartement vide, le comte de Vandeuvres demeurait seul avec l'homme décoré qui avait récité *Le Sacrifice d'Abraham*, tous deux cloués à la table de jeu, ne sachant plus où ils étaient, ne voyant pas le plein jour ; tandis que Blanche avait pris le parti de se coucher sur un canapé, pour tâcher de dormir.

1270 — Ah ! Blanche en est ! cria Nana. Nous allons boire du lait, ma chère… Venez donc, vous retrouverez Vandeuvres ici.

Blanche se leva paresseusement. Cette fois, la face congestionnée du banquier blêmit de contrariété, à l'idée d'emmener cette grosse fille qui allait le gêner. Mais les deux femmes le tenaient déjà, répétant :

— Vous savez, nous voulons qu'on le tire devant nous.

1. Voir note 3, p. 44.

V

On donnait, aux Variétés, la trente-quatrième représentation de *La Blonde Vénus*. Le premier acte venait de finir. Dans le foyer des artistes, Simonne, en petite blanchisseuse, était debout devant la console surmontée d'une glace, entre les deux portes d'angle, s'ouvrant en pan coupé sur le couloir des loges. Toute seule, elle s'étudiait et se passait un doigt sous les yeux, pour corriger son maquillage ; tandis que des becs de gaz, aux deux côtés de la glace, la chauffaient d'un coup de lumière crue.

– Est-ce qu'il est arrivé ? demanda Prullière, qui entra, 10 dans son costume d'Amiral suisse, avec son grand sabre, ses bottes énormes, son plumet immense.

– Qui ça ? dit Simonne sans se déranger, riant à la glace, pour voir ses lèvres.

– Le prince [1].

– Je ne sais pas, je descends… Ah ! il doit venir. Il vient donc tous les jours !

Prullière s'était approché de la cheminée, qui faisait face à la console, et où brûlait un feu de coke [2] ; deux autres becs de gaz y flambaient, largement. Il leva les 20 yeux, regarda l'horloge et le baromètre, à gauche et à droite, que des sphinx dorés, de style Empire, accompagnaient. Puis, il s'allongea dans un vaste fauteuil à oreillettes, dont le velours vert, usé par quatre générations

1. Le prince d'Écosse (voir note 2, p. 133).
2. Combustible provenant de la distillation de la houille.

de comédiens, avait pris des tons jaunes ; et il resta là, immobile, les yeux vagues, dans l'attitude lasse et résignée des artistes habitués aux attentes de leur entrée en scène.

30 Le vieux Bosc venait de paraître à son tour, traînant les pieds, toussant, enveloppé d'un ancien carrick[1] jaune, dont un pan, glissé d'une épaule, laissait voir la casaque lamée d'or du roi Dagobert. Un instant, après avoir posé sa couronne sur le piano, sans dire une parole, il piétina, maussade, l'air brave homme pourtant, avec ses mains qu'un commencement d'alcoolisme agitait ; tandis qu'une longue barbe blanche donnait un aspect vénérable à sa face enflammée d'ivrogne. Puis, dans le silence, comme une giboulée fouettait les vitres de la grande fenêtre carrée, qui s'ouvrait sur la cour, il eut un geste dégoûté.

40 – Quel cochon de temps ! grogna-t-il.

Simonne et Prullière ne bougèrent pas. Quatre ou cinq tableaux, des paysages, un portrait de l'acteur Vernet[2], jaunissaient à la chaleur du gaz. Sur un fût de colonne, un buste de Potier, une des anciennes gloires des Variétés, regardait de ses yeux vides. Mais il y eut un éclat de voix. C'était Fontan, dans son costume du second acte, en garçon chic, tout habillé de jaune, ganté de jaune.

– Dites donc ! cria-t-il en gesticulant, vous ne savez pas ? c'est ma fête, aujourd'hui.

50 – Tiens ! demanda Simonne, qui s'approcha avec un sourire, comme attirée par son grand nez et sa bouche largement fendue de comique, tu t'appelles donc Achille ?

– Juste !… Et je vais faire dire à madame Bron de monter du champagne, après le deux[3].

Depuis un moment, une sonnette au loin tintait. Le son prolongé s'affaiblit, puis revint ; et, quand la sonnette eut cessé, un cri courut, monta et descendit l'escalier, se perdit dans les couloirs : « En scène pour le deux !… En scène pour le deux !… » Ce cri se rapprochait, un petit homme

1. Redingote à plusieurs pèlerines larges et étagées.
2. Charles-Joseph Vernet (1790-1848) : acteur comique qui fit sa carrière aux Variétés, aux côtés de Charles Potier (1775-1838).
3. Il s'agit de l'acte II.

blafard passa devant les portes du foyer, où il jeta de toute 60
la puissance de sa voix grêle : « En scène pour le deux ! »

– Fichtre ! du champagne ! dit Prullière, sans paraître
avoir entendu ce vacarme, tu vas bien !

– Moi, à ta place, je le ferais venir du café, déclara len-
tement le vieux Bosc, qui s'était assis sur une banquette de
velours vert, la tête appuyée au mur.

Mais Simonne disait qu'il fallait respecter les petits
bénéfices de madame Bron. Elle tapait des mains, allumée,
mangeant du regard Fontan, dont le masque en museau de
chèvre remuait, dans un jeu continuel des yeux, du nez et 70
de la bouche [1].

– Oh ! ce Fontan ! murmurait-elle, il n'y a que lui, il n'y
a que lui !

Les deux portes du foyer restaient grandes ouvertes sur
le corridor menant aux coulisses. Le long du mur jaune,
vivement éclairé par une lanterne à gaz qu'on ne voyait
pas, des silhouettes rapides filaient, des hommes cos-
tumés, des femmes à demi nues, enveloppées dans des
châles, toute la figuration du second acte, les chienlits du
bastringue de *La Boule-Noire* ; et l'on entendait, au bout 80
du corridor, la dégringolade des pieds tapant les cinq
marches de bois qui descendaient sur la scène. Comme la
grande Clarisse passait en courant, Simonne l'appela ;
mais elle répondit qu'elle revenait tout de suite. Et elle
reparut presque aussitôt en effet, grelottant sous la mince
tunique et l'écharpe d'Iris.

– Sapristi ! dit-elle, il ne fait pas chaud ; et moi qui ai
laissé ma fourrure dans ma loge !

Puis, debout devant la cheminée, grillant ses jambes,
dont le maillot se moirait de rose vif, elle reprit : 90

– Le prince est arrivé.

– Ah ! crièrent les autres curieusement.

– Oui, je courais pour ça, je voulais voir… Il est dans la
première avant-scène de droite, la même que jeudi. Hein ?
c'est la troisième fois qu'il vient en huit jours. A-t-elle une

1. Pour le personnage de Fontan, Zola s'est inspiré d'Ernest Coquelin dit
Coquelin cadet (1848-1909), qui s'illustra, à la Comédie-Française, dans
le genre comique.

chance, cette Nana !... Moi, je pariais qu'il ne viendrait plus.

Simonne ouvrait la bouche. Mais ses paroles furent couvertes par un nouveau cri, qui éclata près du foyer. La voix
100 aiguë de l'avertisseur lançait dans le couloir, à toute volée : « C'est frappé ! »

– Ça commence à être joli, trois fois, dit Simonne, lorsqu'elle put parler. Vous savez qu'il ne veut pas aller chez elle ; il l'emmène chez lui. Et il paraît que ça lui coûte bon.

– Parbleu ! quand on va en ville ! murmura méchamment Prullière, en se levant pour jeter dans la glace un coup d'œil de bel homme adoré des loges.

– C'est frappé ! c'est frappé ! répétait la voix de plus en
110 plus perdue de l'avertisseur, courant les étages et les corridors.

Alors, Fontan, qui savait comment ça s'était passé la première fois entre le prince et Nana, raconta l'histoire aux deux femmes serrées contre lui, riant très haut, quand il se baissait, pour donner certains détails. Le vieux Bosc n'avait pas remué, plein d'indifférence. Ces machines-là ne l'intéressaient plus. Il caressait un gros chat rouge, couché en rond sur la banquette, béatement ; et il finit par le prendre entre ses bras, avec la bonhomie tendre d'un roi
120 gâteux. Le chat faisait le gros dos ; puis, après avoir flairé longuement la grande barbe blanche, répugné sans doute par l'odeur de colle, il retourna dormir en rond sur la banquette. Bosc restait grave et absorbé.

– Ça ne fait rien, moi, à ta place, je prendrais le champagne au café, il est meilleur, dit-il tout d'un coup à Fontan, comme celui-ci finissait son histoire.

– C'est commencé ! jeta la voix longue et déchirée de l'avertisseur. C'est commencé ! c'est commencé !

Le cri roula un instant. Un bruit de pas rapides avait
130 couru. Par la porte du couloir brusquement ouverte, il vint une bouffée de musique, une lointaine rumeur ; et la porte retomba, on entendit le coup sourd du battant rembourré.

De nouveau, une paix lourde régnait dans le foyer des artistes, comme à cent lieues de cette salle, où toute une foule applaudissait. Simonne et Clarisse en étaient toujours sur Nana. En voilà une qui ne se pressait guère ! La

veille encore elle avait manqué son entrée. Mais tous se
turent, une grande fille venait d'allonger la tête, puis,
voyant qu'elle se trompait, avait filé au fond du couloir.
C'était Satin, avec un chapeau et une voilette, prenant des
airs de dame en visite. Une jolie roulure ! murmura Prul-
lière, qui la rencontrait depuis un an au café des Variétés.
Et Simonne conta comment Nana, ayant reconnu Satin,
une ancienne amie de pension, s'était toquée d'elle et tan-
nait Bordenave pour qu'il la fît débuter.

— Tiens ! bonsoir, dit Fontan en donnant des poignées de
main à Mignon et à Faucherty qui entraient.

Le vieux Bosc lui-même tendit les doigts, pendant que
les deux femmes embrassaient Mignon.

— Une belle salle, ce soir ? demanda Fauchery.

— Oh ! superbe ! répondit Prullière. Il faut voir comme
ils gobent !

— Dites donc, mes enfants, fit remarquer Mignon, ça
doit être à vous.

Oui, tout à l'heure. Ils n'étaient que de la quatrième
scène. Seul, Bosc se leva avec l'instinct du vieux brûleur
de planches qui sent venir sa réplique. Justement, l'aver-
tisseur paraissait à la porte.

— Monsieur Bosc ! mademoiselle Simonne ! appela-t-il.

Vivement, Simonne jeta une pelisse fourrée sur ses
épaules et sortit. Bosc, sans se hâter, alla chercher sa cou-
ronne, qu'il se posa au front, d'une tape ; puis, traînant son
manteau, mal d'aplomb sur ses jambes, il s'en alla, gro-
gnant, de l'air fâché d'un homme qu'on dérange.

— Vous avez été bien aimable dans votre dernière chro-
nique, reprit Fontan en s'adressant à Fauchery. Seulement,
pourquoi dites-vous que les comédiens sont vaniteux ?

— Oui, mon petit, pourquoi dis-tu ça ? s'écria Mignon,
qui abattit ses mains énormes sur les épaules grêles du
journaliste, dont la taille plia.

Prullière et Clarisse retinrent un éclat de rire. Depuis
quelque temps, tout le théâtre s'amusait d'une comédie
qui se jouait dans les coulisses. Mignon, furieux du
caprice de sa femme, vexé de voir ce Fauchery n'apporter
au ménage qu'une publicité discutable, avait imaginé de se
venger en le comblant de marques d'amitié ; chaque soir,
quand il le rencontrait sur la scène, il le bourrait de coups,

comme emporté par un excès de tendresse ; et Fauchery,
chétif à côté de ce colosse, devait accepter les tapes en
180 souriant d'un air contraint, pour ne pas se fâcher avec le
mari de Rose.

– Ah ! mon gaillard, vous insultez Fontan ! reprit
Mignon, poussant la farce. En garde ! Une, deux, et v'lan
dans la poitrine !

Il s'était fendu, il avait porté une telle botte au jeune
homme, que celui-ci resta un instant très pâle, la parole
coupée. Mais, d'un clignement de paupière, Clarisse mon-
trait aux autres Rose Mignon, debout sur le seuil du foyer.
Rose avait vu la scène. Elle marcha droit vers le journa-
190 liste, comme si elle n'apercevait pas son mari ; et, se haus-
sant, les bras nus, dans son costume de Bébé, elle présenta
le front, avec une moue de câlinerie enfantine.

– Bonsoir, bébé, dit Fauchery, qui, familièrement, la
baisa.

C'étaient là ses dédommagements. Mignon ne parut
même pas remarquer ce baiser ; tout le monde embrassait
sa femme au théâtre. Mais il eut un rire, en jetant un mince
coup d'œil sur le journaliste ; sûrement celui-ci allait
payer cher la bravade de Rose.

200 Dans le couloir, la porte rembourrée s'ouvrit et
retomba, soufflant jusqu'au foyer une tempête d'applau-
dissements. Simonne revenait après sa scène.

– Oh ! le père Bosc a fait un effet ! cria-t-elle. Le prince
se tortillait de rire, et il applaudissait avec les autres,
comme si on l'avait payé... Dites donc, connaissez-vous
le grand monsieur qui est à côté du prince, dans l'avant-
scène ? Un bel homme, l'air très digne, des favoris
superbes.

– C'est le comte Muffat, répondit Fauchery. Je sais que
210 le prince, avant-hier, chez l'impératrice, l'avait invité à
dîner pour ce soir... Il l'aura débauché ensuite.

– Tiens ! le comte Muffat, nous connaissons son beau-
père, n'est-ce pas, Auguste ? dit Rose en s'adressant à
Mignon. Tu sais, le marquis de Chouard, chez qui je suis
allée chanter ?... Justement, il est aussi dans la salle. Je
l'ai aperçu au fond d'une loge. En voilà un vieux...

Prullière, qui venait de coiffer son immense plumet, se
retourna pour l'appeler.

– Eh ! Rose, allons-y.

Elle le suivit en courant, sans achever sa phrase. À ce moment, la concierge du théâtre, madame Bron, passait devant la porte, avec un énorme bouquet entre les bras. Simonne demanda plaisamment si c'était pour elle ; mais la concierge, sans répondre, désigna du menton la loge de Nana, au fond du couloir. Cette Nana ! on la couvrait de fleurs. Puis, comme madame Bron revenait, elle remit une lettre à Clarisse, qui laissa échapper un juron étouffé. Encore ce raseur de la Faloise ! en voilà un homme qui ne voulait pas la lâcher ! Et lorsqu'elle apprit que le monsieur attendait, chez la concierge, elle cria :

– Dites-lui que je descends après l'acte… Je vas lui coller ma main sur la figure.

Fontan s'était précipité, répétant :

– Madame Bron, écoutez… Écoutez donc, madame Bron… Montez à l'entracte six bouteilles de champagne.

Mais l'avertisseur avait reparu, essoufflé, la voix chantante.

– Tout le monde en scène !… À vous, monsieur Fontan ! Dépêchez ! dépêchez !

– Oui, oui, on y va, père Barillot, répondit Fontan, ahuri.

Et, courant derrière madame Bron, il reprenait :

– Hein ? c'est entendu, six bouteilles de champagne, dans le foyer, à l'entracte… C'est ma fête, c'est moi qui paie…

Simonne et Clarisse s'en étaient allées, avec un grand bruit de jupes. Tout s'engouffra ; et, lorsque la porte du couloir fut retombée sourdement, on entendit, dans le silence du foyer, une nouvelle giboulée qui battait la fenêtre. Barillot, un petit vieillard blême, garçon de théâtre depuis trente ans, s'était familièrement approché de Mignon, en présentant sa tabatière ouverte. Cette prise offerte et acceptée lui donnait une minute de repos, dans ses continuelles courses à travers l'escalier et les couloirs des loges. Il y avait bien encore madame Nana, comme il la nommait ; mais celle-là n'en faisait qu'à sa tête et se fichait des amendes ; quand elle voulait manquer son entrée, elle la manquait. Il s'arrêta, étonné, murmurant :

— Tiens ! elle est prête, la voici… Elle doit savoir que le
260 prince est arrivé.

Nana, en effet, parut dans le corridor, vêtue en Pois-
sarde, les bras et le visage blancs, avec deux plaques roses
sous les yeux. Elle n'entra pas, elle envoya simplement un
signe de tête à Mignon et à Faucherey.

— Bonjour, ça va bien ?

Mignon seul serra la main qu'elle tendait. Et Nana con-
tinua son chemin, royalement, suivie par son habilleuse
qui, tout en lui marchant sur les talons, se penchait pour
arranger les plis de sa jupe. Puis, derrière l'habilleuse, fer-
270 mant le cortège, venait Satin, tâchant d'avoir un air
comme il faut et s'ennuyant déjà à crever.

— Et Steiner ? demanda brusquement Mignon.

— Monsieur Steiner est parti hier pour le Loiret, dit
Barillot, qui retournait sur la scène. Je crois qu'il va
acheter là-bas une campagne…

— Ah ! oui, je sais, la campagne [1] de Nana.

Mignon était devenu grave. Ce Steiner qui avait promis
un hôtel à Rose, autrefois ! Enfin, il fallait ne se fâcher
avec personne, c'était une occasion à retrouver. Pris de
280 rêverie, mais supérieur toujours, Mignon se promenait de
la cheminée à la console. Il n'y avait plus que lui et Fau-
cherey dans le foyer. Le journaliste, fatigué, venait de
s'allonger au fond du grand fauteuil ; et il restait bien tran-
quille, les paupières demi-closes, sous les regards que
l'autre jetait en passant. Quand ils étaient seuls, Mignon
dédaignait de le bourrer de tapes ; à quoi bon ? puisque
personne n'aurait joui de la scène. Il se désintéressait trop
pour s'amuser lui-même à ses farces de mari goguenard.
Faucherey, heureux de ce répit de quelques minutes, allon-
290 geait languissamment les pieds devant le feu, les yeux en
l'air, voyageant du baromètre à la pendule. Dans sa
marche, Mignon se planta en face du buste de Potier, le
regarda sans le voir, puis retourna devant la fenêtre, où le
trou sombre de la cour se creusait. La pluie avait cessé, un
silence profond s'était fait, alourdi encore par la grosse

1. Demeure à la campagne ; le banquier Bischoffsheim, modèle de
Steiner, avait offert un château près de Trouville à Blanche d'Antigny,
l'un des modèles de Nana.

chaleur du coke et le flamboiement des becs de gaz. Plus
un bruit ne montait des coulisses. L'escalier et les couloirs
semblaient morts. C'était une de ces paix étouffées de fin
d'acte, lorsque toute la troupe enlève sur la scène le
vacarme assourdissant de quelque finale, tandis que le 300
foyer vide s'endort dans un bourdonnement d'asphyxie.

 – Ah ! les chameaux ! s'écria tout à coup la voix
enrouée de Bordenave.

 Il arrivait seulement, et il gueulait déjà contre deux figu-
rantes, qui avaient failli s'étaler en scène, parce qu'elles
faisaient les imbéciles. Quand il aperçut Mignon et Fau-
chery, il les appela, pour leur montrer quelque chose : le
prince venait de demander à complimenter Nana dans sa
loge, pendant l'entracte. Mais, comme il les emmenait sur
le théâtre, le régisseur passa. 310

 – Collez donc une amende à ces rosses de Fernande et
de Maria ! dit furieusement Bordenave.

 Puis, se calmant, tâchant d'attraper une dignité de père
noble, après s'être passé son mouchoir sur la face, il
ajouta :

 – Je vais recevoir Son Altesse.

 La toile tombait, au milieu d'une salve prolongée
d'applaudissements. Aussitôt, il y eut une débandade, dans
la demi-obscurité de la scène, que la rampe n'éclairait
plus ; les acteurs et les figurants se hâtaient de regagner 320
leurs loges, tandis que les machinistes enlevaient rapide-
ment le décor. Cependant, Simonne et Clarisse étaient res-
tées au fond, causant à voix basse. En scène, entre deux de
leurs répliques, elles venaient d'arranger une affaire. Cla-
risse, tout bien examiné, préférait ne pas voir la Faloise,
qui ne se décidait plus à le lâcher pour se mettre avec
Gaga. Simonne irait simplement lui expliquer qu'on ne se
collait pas à une femme de cette façon. Enfin, elle l'exécu-
terait.

 Alors, Simonne, en blanchisseuse d'opéra-comique, les 330
épaules couvertes de sa fourrure, descendit l'étroit escalier
tournant, aux marches grasses, aux murailles humides, qui
menait à la loge de la concierge. Cette loge, placée entre
l'escalier des artistes et l'escalier de l'administration,
fermée à droite et à gauche par de larges cloisons vitrées,
était comme une grande lanterne transparente, où brûlaient

violemment deux flammes de gaz. Dans un casier, des
lettres, des journaux s'empilaient. Sur la table, il y avait
des bouquets de fleurs, qui attendaient à côté d'assiettes
340 sales oubliées et d'un vieux corsage dont la concierge
refaisait les boutonnières. Et, au milieu de ce désordre de
soupente [1] mal tenue, des messieurs du monde, gantés,
corrects, occupaient les quatre vieilles chaises de paille,
l'air patient et soumis, tournant vivement la tête, chaque
fois que madame Bron redescendait du théâtre avec des
réponses. Elle venait justement de remettre une lettre à un
jeune homme, qui s'était hâté de l'ouvrir dans le vestibule,
sous le bec de gaz, et qui avait légèrement pâli, en trouvant
cette phrase classique, lue tant de fois à cette place : « Pas
350 possible ce soir, mon chéri, je suis prise. » La Faloise était
sur une des chaises, au fond, entre la table et le poêle ; il
semblait décidé à passer la soirée là, inquiet pourtant, ren-
trant ses longues jambes, parce que toute une portée de
petits chats noirs s'acharnaient autour de lui, tandis que la
chatte, assise sur son derrière, le regardait fixement de ses
yeux jaunes.

– Tiens, c'est vous, mademoiselle Simonne, que vou-
lez-vous donc ? demanda la concierge.

Simonne la pria de faire sortir la Faloise. Mais madame
360 Bron ne put la contenter tout de suite. Elle tenait sous
l'escalier, dans une sorte d'armoire profonde, une buvette
où les figurants descendaient boire pendant les entractes ;
et comme elle avait là cinq ou six grands diables, encore
vêtus en chienlits de *La Boule-Noire*, crevant de soif et
pressés, elle perdait un peu la tête. Un gaz flambait dans
l'armoire ; on y voyait une table recouverte d'une feuille
d'étain et des planches garnies de bouteilles entamées.
Quand on ouvrait la porte de ce trou à charbon, un souffle
violent d'alcool en sortait, qui se mêlait à l'odeur de
370 graillon de la loge et au parfum pénétrant des bouquets
laissés sur la table.

– Alors, reprit la concierge quand elle eut servi les figu-
rants, c'est ce petit brun là-bas, que vous voulez ?

1. Réduit aménagé dans la hauteur d'une pièce d'habitation ou sous un
escalier, pour servir de logement sommaire.

– Mais non, pas de bêtise ! dit Simonne. C'est le maigre, à côté du poêle, celui dont votre chatte sent le pantalon.

Et elle emmena la Faloise dans le vestibule, pendant que les autres messieurs se résignaient, étouffant, pris à la gorge, et que les chienlits buvaient le long des marches de l'escalier, en s'allongeant des claques, avec des gaietés enrouées de soûlards. 380

En haut, sur la scène, Bordenave s'emportait contre les machinistes, qui n'en finissaient pas d'enlever le décor. C'était fait exprès, le prince allait recevoir quelque ferme [1] sur la tête.

– Appuyez [2] ! Appuyez ! criait le chef d'équipe.

Enfin, la toile de fond monta, la scène était libre. Mignon, qui guettait Fauchery, saisit l'occasion pour recommencer ses bourrades. Il l'empoigna dans ses grands bras, en criant :

– Prenez donc garde ! ce mât a failli vous écraser. 390

Et il l'emportait, et il le secouait, avant de le remettre par terre. Devant les rires exagérés des machinistes, Fauchery devint pâle ; ses lèvres tremblaient, il fut sur le point de se révolter, pendant que Mignon se faisait bonhomme, lui donnant sur l'épaule des tapes affectueuses à le casser en deux, répétant :

– C'est que je tiens à votre santé, moi !… Fichtre ! je serais joli, s'il vous arrivait malheur !

Mais un murmure courut : « Le prince [3] ! Le prince ! » Et chacun tourna les yeux vers la petite porte de la salle. 400 On n'apercevait encore que le dos rond de Bordenave, avec son cou de boucher, qui se pliait et se renflait dans une série de saluts obséquieux. Puis, le prince parut, grand, fort, la barbe blonde, la peau rose, d'une distinction de viveur solide, dont les membres carrés s'indiquaient

1. Châssis d'un décor de théâtre, qui s'élève du dessous, puis qu'on y redescend. Zola, dans ce chapitre, utilise un certain nombre des termes techniques du théâtre qu'il a recueillis lorsqu'il préparait son roman.
2. « Appuyez : (enlevez) tout ce qui monte », avait noté Zola.
3. Ludovic Halévy avait raconté à Zola la visite que rendit le prince de Galles, héritier du trône d'Angleterre, à Hortense Schneider, dans sa loge des Variétés, lors d'une représentation de *La Grande Duchesse de Gérolstein*, opérette d'Offenbach. Quant à la loge de Nana, elle est décrite d'après celle de Judic, que Zola avait visitée.

sous la coupe irréprochable de la redingote. Derrière lui, marchaient le comte Muffat et le marquis de Chouard. Ce coin du théâtre était obscur, le groupe s'y noyait, au milieu de grandes ombres mouvantes. Pour parler à un fils de
410 reine, au futur héritier d'un trône, Bordenave avait pris une voix de montreur d'ours, tremblante d'une fausse émotion. Il répétait :

– Si Son Altesse veut bien me suivre… Son Altesse daignerait-elle passer par ici… Que Son Altesse prenne garde…

Le prince ne se hâtait nullement, très intéressé, s'attardant au contraire à regarder la manœuvre des machinistes. On venait de descendre une herse [1], et cette rampe de gaz, suspendue dans ses mailles de fer, éclairait la scène d'une
420 raie large de clarté. Muffat surtout, qui n'avait jamais visité les coulisses d'un théâtre, s'étonnait, pris d'un malaise, d'une répugnance vague mêlée de peur. Il levait les yeux vers le cintre [2], où d'autres herses, dont les becs étaient baissés, mettaient des constellations de petites étoiles bleuâtres, dans le chaos du gril [3] et des fils de toutes grosseurs, des ponts volants, des toiles de fond étalées en l'air, comme d'immenses linges qui séchaient.

– Chargez ! cria tout à coup le chef des machinistes.

Et il fallut que le prince lui-même prévînt le comte. Une
430 toile descendait. On posait le décor du troisième acte, la grotte du mont Etna. Des hommes plantaient des mâts dans les costières [4], d'autres allaient prendre les châssis, contre les murs de la scène, et venaient les attacher aux mâts, avec de fortes cordes. Au fond, pour produire le coup de lumière que jetait la forge ardente de Vulcain, un lampiste avait fixé un portant [5], dont il allumait les becs garnis de verres rouges. C'était une confusion, une apparente bousculade, où les moindres mouvements étaient

1. Appareil d'éclairage de la partie supérieure de la scène.
2. Voir note 2, p. 43.
3. Plancher à claire-voie, situé au-dessus du cintre et sur lequel les instruments de manœuvre du décor sont installés.
4. Rainures pratiquées dans le plancher de la scène pour manœuvrer les décors.
5. Montant que l'on fixe dans les costières et qui sert soit à soutenir les décors, soit à porter des appareils d'éclairage.

réglés ; tandis que, dans cette hâte, le souffleur, pour
délasser ses jambes, se promenait à petits pas. 440

– Son Altesse me comble, disait Bordenave en s'incli-
nant toujours. Le théâtre n'est pas grand, nous faisons ce
que nous pouvons... Maintenant, si Son Altesse daigne me
suivre...

Déjà le comte Muffat se dirigeait vers le couloir des
loges. La pente assez rapide de la scène l'avait surpris, et
son inquiétude venait beaucoup de ce plancher qu'il sen-
tait mobile sous ses pieds ; par les costières ouvertes, on
apercevait les gaz brûlant dans les dessous ; c'était une vie
souterraine, avec des profondeurs d'obscurité, des voix 450
d'hommes, des souffles de cave. Mais, comme il remon-
tait, un incident l'arrêta. Deux petites femmes, en costume
pour le troisième acte, causaient devant l'œil du rideau.
L'une d'elles, les reins tendus, élargissant le trou avec ses
doigts, pour mieux voir, cherchait dans la salle.

– Je le vois, dit-elle brusquement. Oh ! cette gueule !

Bordenave, scandalisé, se retint pour ne pas lui lancer
un coup de pied dans le derrière. Mais le prince souriait,
l'air heureux et excité d'avoir entendu ça, couvant du
regard la petite femme qui se fichait de Son Altesse. Elle 460
riait effrontément. Cependant, Bordenave décida le prince
à le suivre. Le comte Muffat, pris de sueur, venait de
retirer son chapeau ; ce qui l'incommodait surtout, c'était
l'étouffement de l'air, épaissi, surchauffé, où traînait une
odeur forte, cette odeur des coulisses, puant le gaz, la colle
des décors, la saleté des coins sombres, les dessous dou-
teux des figurantes. Dans le couloir, la suffocation aug-
mentait encore ; des aigreurs d'eaux de toilette, des par-
fums de savons, descendus des loges, y coupaient par
instants l'empoisonnement des haleines. En passant, le 470
comte leva la tête, jeta un coup d'œil dans la cage de
l'escalier, saisi du brusque flot de lumière et de chaleur qui
lui tombait sur la nuque. Il y avait, en haut, des bruits de
cuvette, des rires et des appels, un vacarme de portes dont
les continuels battements lâchaient des senteurs de femme,
le musc [1] des fards mêlé à la rudesse fauve des chevelures.

1. Substance odorante utilisée en parfumerie et produite par certains
mammifères, en particulier par un cervidé, le porte-musc mâle.

Et il ne s'arrêta pas, hâtant sa marche, fuyant presque, en emportant à fleur de peau le frisson de cette trouée ardente sur un monde qu'il ignorait.

480 – Hein ? c'est curieux, un théâtre, disait le marquis de Chouard, de l'air enchanté d'un homme qui se retrouve chez lui.

Mais Bordenave venait d'arriver enfin à la loge de Nana, au fond du couloir. Il tourna tranquillement le bouton de la porte ; puis, s'effaçant :

– Si Son Altesse veut bien entrer…

Un cri de femme surprise se fit entendre, et l'on vit Nana, nue jusqu'à la ceinture, qui se sauvait derrière un rideau, tandis que son habilleuse, en train de l'essuyer,
490 demeurait avec la serviette en l'air.

– Oh ! c'est bête d'entrer comme ça ! criait Nana cachée. N'entrez pas, vous voyez bien qu'on ne peut pas entrer !

Bordenave parut mécontent de cette fuite.

– Restez donc, ma chère, ça ne fait rien, dit-il. C'est Son Altesse. Allons, ne soyez pas enfant.

Et, comme elle refusait de paraître, secouée encore, riant déjà pourtant, il ajouta d'une voix bourrue et paternelle :

– Mon Dieu ! ces messieurs savent bien comment une
500 femme est faite. Ils ne vous mangeront pas.

– Mais ce n'est pas sûr, dit finement le prince.

Tout le monde se mit à rire, d'une façon exagérée, pour faire sa cour. Un mot exquis, tout à fait parisien, comme le remarqua Bordenave. Nana ne répondait plus, le rideau remuait, elle se décidait sans doute. Alors, le comte Muffat, le sang aux joues, examina la loge. C'était une pièce carrée, très basse de plafond, tendue entièrement d'une étoffe havane clair. Le rideau de même étoffe, porté par une tringle de cuivre, ménageait au fond une sorte de
510 cabinet. Deux larges fenêtres ouvraient sur la cour du théâtre, à trois mètres au plus d'une muraille lépreuse, contre laquelle, dans le noir de la nuit, les vitres jetaient des carrés jaunes. Une grande psyché [1] faisait face à une toilette [2] de marbre blanc, garnie d'une débandade de fla-

1. Voir note 3, p. 85.
2. Voir note 2, p. 85.

cons et de boîtes de cristal, pour les huiles, les essences et les poudres. Le comte s'approcha de la psyché, se vit très rouge, de fines gouttes de sueur au front ; il baissa les yeux, il vint se planter devant la toilette, où la cuvette pleine d'eau savonneuse, les petits outils d'ivoire épars, les éponges humides, parurent l'absorber un instant. Ce 520 sentiment de vertige qu'il avait éprouvé à sa première visite chez Nana, boulevard Haussmann, l'envahissait de nouveau. Sous ses pieds, il sentait mollir le tapis épais de la loge ; les becs de gaz, qui brûlaient à la toilette et à la psyché, mettaient des sifflements de flamme autour de ses tempes. Un moment, craignant de défaillir dans cette odeur de femme qu'il retrouvait, chauffée, décuplée sous le plafond bas, il s'assit au bord du divan capitonné, entre les deux fenêtres. Mais il se releva tout de suite, retourna près de la toilette, ne regarda plus rien, les yeux vagues, 530 songeant à un bouquet de tubéreuses [1], qui s'était fané dans sa chambre autrefois, et dont il avait failli mourir. Quand les tubéreuses se décomposent, elles ont une odeur humaine.

– Dépêche-toi donc ! souffla Bordenave, en passant la tête derrière le rideau.

Le prince, d'ailleurs, écoutait complaisamment le marquis de Chouard, qui, prenant sur la toilette la patte de lièvre [2], expliquait comment on étalait le blanc gras. Dans un coin, Satin, avec son visage pur de vierge, dévisageait 540 les messieurs ; tandis que l'habilleuse, madame Jules, préparait le maillot [3] et la tunique de Vénus. Madame Jules n'avait plus d'âge, le visage parcheminé, avec ces traits immobiles des vieilles filles que personne n'a connues jeunes. Celle-là s'était desséchée dans l'air embrasé des loges, au milieu des cuisses et des gorges les plus célèbres de Paris. Elle portait une éternelle robe noire déteinte, et sur son corsage plat et sans sexe, une forêt d'épingles étaient piquées, à la place du cœur.

1 Plante originaire du Mexique, cultivée pour ses belles grappes de fleurs blanches à odeur suave et pénétrante.
2. Houppette allongée servant à maquiller les acteurs.
3. Vêtement souple moulant le corps.

550 – Je vous demande pardon, messieurs, dit Nana en écartant le rideau, mais j'ai été surprise…

Tous se tournèrent. Elle ne s'était pas couverte du tout, elle venait simplement de boutonner un petit corsage de percale, qui lui cachait à demi la gorge. Lorsque ces messieurs l'avaient mise en fuite, elle se déshabillait à peine, ôtant vivement son costume de Poissarde. Par-derrière, son pantalon laissait passer encore un bout de sa chemise. Et les bras nus, les épaules nues, la pointe des seins à l'air, dans son adorable jeunesse de blonde grasse, elle tenait
560 toujours le rideau d'une main, comme pour le tirer de nouveau, au moindre effarouchement.

– Oui, j'ai été surprise, jamais je n'oserai…, balbutiait-elle, en jouant la confusion, avec des tons roses sur le cou et des sourires embarrassés.

– Allez donc, puisqu'on vous trouve très bien ! cria Bordenave.

Elle risqua encore des mines hésitantes d'ingénue, se remuant comme chatouillée, répétant :

– Son Altesse me fait trop d'honneur… Je prie Son
570 Altesse de m'excuser, si je la reçois ainsi…

– C'est moi qui suis importun, dit le prince ; mais je n'ai pu, madame, résister au désir de vous complimenter…

Alors, tranquillement, pour aller à la toilette, elle passa en pantalon au milieu de ces messieurs, qui s'écartèrent. Elle avait les hanches très fortes, le pantalon ballonnait, pendant que, la poitrine en avant, elle saluait encore avec son fin sourire. Tout d'un coup, elle parut reconnaître le comte Muffat, et elle lui tendit la main, en amie. Puis, elle
580 le gronda de n'être pas venu à son souper. Son Altesse daignait plaisanter Muffat, qui bégayait, frissonnant d'avoir tenu une seconde, dans sa main brûlante, cette petite main, fraîche des eaux de toilette. Le comte avait fortement dîné chez le prince, grand mangeur et beau buveur. Tous deux étaient même un peu gris. Mais ils se tenaient très bien. Muffat, pour cacher son trouble, ne trouva qu'une phrase sur la chaleur.

– Mon Dieu ! qu'il fait chaud ici, dit-il. Comment faites-vous, madame, pour vivre dans une pareille
590 température ?

Et la conversation allait partir de là, lorsque des voix
bruyantes s'élevèrent à la porte de la loge. Bordenave tira
la planchette d'un judas grisé de couvent. C'était Fontan,
suivi de Prullière et de Bosc, ayant tous trois des bouteilles
sous les bras, et les mains chargées de verres. Il frappait,
il criait que c'était sa fête, qu'il payait du champagne.
Nana, d'un regard, avait consulté le prince. Comment
donc ! Son Altesse ne voulait gêner personne, elle serait
trop heureuse ! Mais, sans attendre la permission, Fontan
entrait, zézayant, répétant : 600

— Moi pas pignouf, moi payer du champagne…

Brusquement, il aperçut le prince, qu'il ne savait pas là.
Il s'arrêta court, il prit un air de bouffonne solennité, en
disant :

— Le roi Dagobert est dans le corridor, qui demande à
trinquer avec Son Altesse Royale.

Le prince ayant souri, on trouva ça charmant. Cepen-
dant, la loge était trop petite pour tout ce monde. Il fallut
s'entasser, Satin et madame Jules au fond, contre le rideau,
les hommes serrés autour de Nana demi-nue. Les trois 610
acteurs avaient encore leurs costumes du second acte.
Tandis que Prullière ôtait son chapeau d'Amiral suisse,
dont l'immense plumet n'aurait pas tenu sous le plafond,
Bosc, avec sa casaque [1] de pourpre et sa couronne de fer-
blanc, se raffermissait sur ses jambes d'ivrogne et saluait
le prince, en monarque qui reçoit le fils d'un puissant
voisin. Les verres étaient pleins, on trinqua.

— Je bois à Votre Altesse ! dit royalement le vieux Bosc.

— À l'armée ! ajouta Prullière.

— À Vénus ! cria Fontan. 620

Complaisamment, le prince balançait son verre. Il
attendit, il salua trois fois, en murmurant :

— Madame… amiral… sire…

Et il but d'un trait. Le comte Muffat et le marquis de
Chouard l'avaient imité. On ne plaisantait plus, on était à
la cour. Ce monde du théâtre prolongeait le monde réel,
dans une farce grave, sous la buée ardente du gaz. Nana,
oubliant qu'elle était en pantalon, avec son bout de che-
mise, jouait la grande dame, la reine Vénus, ouvrant ses

1. Ample manteau porté autrefois sur l'armure.

630 petits appartements aux personnages de l'État. À chaque
phrase, elle lâchait les mots d'Altesse Royale, elle faisait
des révérences convaincues, traitait ces chienlits de Bosc
et de Prullière en souverain que son ministre accompagne.
Et personne ne souriait de cet étrange mélange, de ce vrai
prince, héritier d'un trône, qui buvait le champagne d'un
cabotin [1], très à l'aise dans ce carnaval des dieux, dans
cette mascarade de la royauté, au milieu d'un peuple
d'habilleuses et de filles, de rouleurs de planches et de
montreurs de femmes. Bordenave, enlevé par cette mise en
640 scène, songeait aux recettes qu'il ferait, si Son Altesse
avait consenti à paraître comme ça, au second acte de *La
Blonde Vénus*.

— Dites donc, cria-t-il, devenant familier, nous allons
faire descendre mes petites femmes.

Nana ne voulut pas. Elle-même pourtant se lâchait.
Fontan l'attirait, avec son masque de grotesque. Se frottant
contre lui, le couvant d'un regard de femme enceinte qui a
envie de manger quelque chose de malpropre, elle le
tutoya tout à coup.

650 — Voyons, verse, grande bête !

Fontan remplit de nouveau les verres, et l'on but, en
répétant les mêmes toasts.

— À Son Altesse !
— À l'armée !
— À Vénus !

Mais Nana réclamait le silence du geste. Elle leva son
verre très haut, elle dit :

— Non, non, à Fontan !… C'est la fête de Fontan, à
Fontan ! à Fontan !

660 Alors, on trinqua une troisième fois, on acclama Fontan.
Le prince, qui avait regardé la jeune femme manger le
comique des yeux, salua celui-ci.

— Monsieur Fontan, dit-il avec sa haute politesse, je bois
à vos succès.

Cependant, la redingote de Son Altesse essuyait, der-
rière elle, le marbre de la toilette. C'était comme un fond
d'alcôve, comme une étroite chambre de bain, avec la
vapeur de la cuvette et des éponges, le violent parfum des

1. Voir note 3, p. 128.

essences, mêlé à la pointe d'ivresse aigrelette du vin de champagne. Le prince et le comte Muffat, entre lesquels 670 Nana se trouvait prise, devaient lever les mains, pour ne pas lui frôler les hanches ou la gorge, au moindre geste. Et, sans une goutte de sueur, madame Jules attendait de son air raide, tandis que Satin, étonnée dans son vice de voir un prince et des messieurs en habit se mettre avec des déguisés après une femme nue, songeait tout bas que les gens chic n'étaient déjà pas si propres.

Mais, dans le couloir, le tintement de la sonnette du père Barillot approchait. Quand il parut à la porte de la loge, il resta saisi, en apercevant les trois acteurs encore dans leurs 680 costumes du second acte.

– Oh ! messieurs, messieurs, bégaya-t-il, dépêchez-vous… On vient de sonner au foyer du public.

– Bah ! dit tranquillement Bordenave, le public attendra.

Toutefois, après de nouveaux saluts, comme les bouteilles étaient vides, les comédiens montèrent s'habiller. Bosc, ayant trempé sa barbe de champagne, venait de l'ôter, et sous cette barbe vénérable l'ivrogne avait brusquement reparu, avec sa face ravagée et bleuie de vieil 690 acteur tombé dans le vin. On l'entendit, au pied de l'escalier, qui disait à Fontan, de sa voix de rogomme [1], en parlant du prince :

– Hein, je l'ai épaté !

Il ne restait dans la loge de Nana que Son Altesse, le comte et le marquis. Bordenave s'était éloigné avec Barillot, auquel il recommandait de ne pas frapper sans avertir madame.

– Messieurs, vous permettez, demanda Nana, qui se mit à refaire ses bras et sa figure, qu'elle soignait surtout pour 700 le nu du troisième acte.

Le prince prit place sur le divan, avec le marquis de Chouard. Seul le comte Muffat demeurait debout. Les deux verres de champagne, dans cette chaleur suffocante, avaient augmenté leur ivresse. Satin, en voyant les messieurs s'enfermer avec son amie, avait cru discret de disparaître derrière le rideau ; et elle attendait là, sur une

1. Voir note 1, p. 43.

malle, embêtée de poser, pendant que madame Jules allait
et venait tranquillement, sans un mot, sans un regard.

710 — Vous avez merveilleusement chanté votre ronde, dit le
prince.

Alors, la conversation s'établit, mais par courtes
phrases, coupées de silences. Nana ne pouvait toujours
répondre. Après s'être passé du cold-cream [1] avec la main
sur les bras et sur la figure, elle étalait le blanc gras, à
l'aide d'un coin de serviette. Un instant, elle cessa de se
regarder dans la glace, elle sourit en glissant un regard
vers le prince, sans lâcher le blanc gras.

— Son Altesse me gâte, murmura-t-elle.

720 C'était toute une besogne compliquée, que le marquis
de Chouard suivait d'un air de jouissance béate. Il parla à
son tour.

— L'orchestre, dit-il, ne pourrait-il pas vous accompa-
gner plus en sourdine ? Il couvre votre voix, c'est un crime
impardonnable.

Cette fois, Nana ne se retourna point. Elle avait pris la
patte de lièvre, elle la promenait légèrement, très attentive,
si cambrée au-dessus de la toilette, que la rondeur blanche
de son pantalon saillait et se tendait, avec le petit bout de
730 chemise. Mais elle voulut se montrer sensible au compli-
ment du vieillard, elle s'agita en balançant les hanches.

Un silence régna. Madame Jules avait remarqué une
déchirure à la jambe droite du pantalon. Elle prit une
épingle sur son cœur, elle resta un moment par terre, à
genoux, occupée autour de la cuisse de Nana, pendant que
la jeune femme, sans paraître la savoir là, se couvrait de
poudre de riz, en évitant soigneusement d'en mettre sur les
pommettes. Mais, comme le prince disait que, si elle
venait chanter à Londres, toute l'Angleterre voudrait
740 l'applaudir, elle eut un rire aimable, elle se tourna une
seconde, la joue gauche très blanche, au milieu d'un nuage
de poudre. Puis, elle devint subitement sérieuse ; il s'agis-
sait de mettre le rouge. De nouveau, le visage près de la
glace, elle trempait son doigt dans un pot, elle appliquait

1. Pommade faite de blanc de baleine, de cire et d'huile d'amandes
douces.

le rouge sous les yeux, l'étalait doucement, jusqu'à la tempe. Ces messieurs se taisaient, respectueux.

Le comte Muffat n'avait pas encore ouvert les lèvres. Il songeait invinciblement à sa jeunesse. Sa chambre d'enfant était toute froide. Plus tard, à seize ans, lorsqu'il embrassait sa mère, chaque soir, il emportait jusque dans 750 son sommeil la glace de ce baiser. Un jour, en passant, il avait aperçu, par une porte entrebâillée, une servante qui se débarbouillait ; et c'était l'unique souvenir qui l'eût troublé, de la puberté à son mariage. Puis, il avait trouvé chez sa femme une stricte obéissance aux devoirs conjugaux ; lui-même éprouvait une sorte de répugnance dévote. Il grandissait, il vieillissait, ignorant de la chair, plié à de rigides pratiques religieuses, ayant réglé sa vie sur des préceptes et des lois. Et, brusquement, on le jetait dans cette loge d'actrice, devant cette fille nue. Lui qui 760 n'avait jamais vu la comtesse Muffat mettre ses jarretières, il assistait aux détails intimes d'une toilette de femme, dans la débandade des pots et des cuvettes, au milieu de cette odeur si forte et si douce. Tout son être se révoltait, la lente possession dont Nana l'envahissait depuis quelque temps l'effrayait, en lui rappelant ses lectures de piété, les possessions [1] diaboliques qui avaient bercé son enfance. Il croyait au diable. Nana, confusément, était le diable, avec ses rires, avec sa gorge et sa croupe, gonflées de vices. Mais il se promettait d'être fort. Il saurait se défendre. 770

— Alors, c'est convenu, disait le prince, très à l'aise sur le divan, vous venez l'année prochaine à Londres [2], et nous vous recevons si bien, que jamais plus vous ne retournerez en France... Ah ! voilà, mon cher comte, vous ne faites pas un assez grand cas de vos jolies femmes. Nous vous les prendrons toutes !

— Ça ne le gênera guère, murmura méchamment le marquis de Chouard, qui se risquait dans l'intimité. Le comte est la vertu même.

1. État dans lequel tombe une personne quand le démon entre en elle et agit par son intermédiaire. Sur le deuxième plan du chapitre, Zola avait ajouté : « Le chapitre est pour peindre la tentation de Muffat. Nana est le diable. Dignité et foi aux prises avec le vice. »
2. Hortense Schneider joua à Londres *La Grande Duchesse de Gérolstein* et remporta un succès triomphal.

780 En entendant parler de sa vertu, Nana le regarda si drôlement, que Muffat éprouva une vive contrariété. Ensuite ce mouvement le surprit et le fâcha contre lui-même. Pourquoi l'idée d'être vertueux le gênait-elle devant cette fille ? Il l'aurait battue. Mais Nana, en voulant prendre un pinceau, venait de le laisser tomber ; et, comme elle se baissait, il se précipita, leurs souffles se rencontrèrent, les cheveux dénoués de Vénus lui roulèrent sur les mains. Ce fut une jouissance mêlée de remords, une de ces jouissances de catholique que la peur de l'enfer aiguillonne
790 dans le péché.

À ce moment, la voix du père Barillot s'éleva derrière la porte.

– Madame, puis-je frapper ? On s'impatiente dans la salle.

– Tout à l'heure, répondit tranquillement Nana.

Elle avait trempé le pinceau dans un pot de noir ; puis, le nez sur la glace, fermant l'œil gauche, elle le passa délicatement entre les cils. Muffat, derrière elle, regardait. Il la voyait dans la glace, avec ses épaules rondes et sa gorge
800 noyée d'une ombre rose. Et il ne pouvait, malgré son effort, se détourner de ce visage que l'œil fermé rendait si provocant, troué de fossettes, comme pâmé de désirs. Lorsqu'elle ferma l'œil droit et qu'elle passa le pinceau, il comprit qu'il lui appartenait.

– Madame, cria de nouveau la voix essoufflée de l'avertisseur, ils tapent des pieds, ils vont finir par casser les banquettes… Puis-je frapper ?

– Et zut ! dit Nana impatientée. Frappez, je m'en fiche !… Si je ne suis pas prête, eh bien ! ils m'attendront.
810 Elle se calma, elle ajouta avec un sourire, en se tournant vers ces messieurs :

– C'est vrai, on ne peut seulement causer une minute.

Maintenant, sa figure et ses bras étaient faits. Elle ajouta, avec le doigt, deux larges traits de carmin sur les lèvres. Le comte Muffat se sentait plus troublé encore, séduit par la perversion des poudres et des fards, pris du désir déréglé de cette jeunesse peinte, la bouche trop rouge dans la face trop blanche, les yeux agrandis, cerclés de noir, brûlants, et comme meurtris d'amour. Cependant,
820 Nana passa un instant derrière le rideau pour enfiler le

maillot de Vénus, après avoir ôté son pantalon. Puis, tranquille d'impudeur, elle vint déboutonner son petit corsage de percale, en tendant les bras à madame Jules, qui lui passa les courtes manches de la tunique.

– Vite, puisqu'ils se fâchent ! murmura-t-elle.

Le prince, les yeux à demi-clos, suivit en connaisseur les lignes renflées de sa gorge, tandis que le marquis de Chouard eut un hochement de tête involontaire. Muffat, pour ne plus voir, regarda le tapis. D'ailleurs, Vénus était prête, elle portait simplement cette gaze aux épaules. 830 Madame Jules tournait autour d'elle, de son air de petite vieille en bois, aux yeux vides et clairs ; et, vivement, elle prenait des épingles sur la pelote inépuisable de son cœur, elle épinglait la tunique de Vénus, frôlant toutes ces grasses nudités de ses mains séchées, sans un souvenir et comme désintéressée de son sexe.

– Voilà ! dit la jeune femme, en se donnant un dernier coup d'œil dans la glace.

Bordenave revenait, inquiet, disant que le troisième acte était commencé.

– Eh bien ! j'y vais, reprit-elle. En voilà des affaires ! 840 C'est toujours moi qui attends les autres.

Ces messieurs sortirent de la loge. Mais ils ne prirent pas congé, le prince avait témoigné le désir d'assister au troisième acte, dans les coulisses. Restée seule, Nana s'étonna, promenant ses regards.

– Où est-elle donc ? demanda-t-elle.

Elle cherchait Satin. Lorsqu'elle l'eut retrouvée derrière le rideau, attendant sur la malle, Satin lui répondit tranquillement :

– Bien sûr que je ne voulais pas te gêner, avec tous ces 850 hommes !

Et elle ajouta que, maintenant, elle s'en allait. Mais Nana la retint. Était-elle bête ! Puisque Bordenave consentait à la prendre ! On terminerait l'affaire après le spectacle. Satin hésitait. Il y avait trop de machines, ce n'était plus son monde. Pourtant, elle resta.

Comme le prince descendait le petit escalier de bois, un bruit étrange, des jurons étouffés, des piétinements de lutte, éclataient de l'autre côté du théâtre. C'était toute une 860 histoire qui effarait les artistes attendant leur réplique.

Depuis un instant, Mignon plaisantait de nouveau, en bourrant Fauchery de caresses. Il venait d'inventer un petit jeu, il lui appliquait des pichenettes [1] sur le nez, pour le garantir des mouches, disait-il. Naturellement, ce jeu divertissait fort les artistes. Mais, tout à coup, Mignon, emporté par son succès, se lançant dans la fantaisie, avait allongé au journaliste un soufflet [2], un véritable et vigoureux soufflet. Cette fois, il allait trop loin, Fauchery ne pouvait, devant le monde, accepter en riant une pareille gifle. Et les deux hommes, cessant la comédie, livides et le visage crevant de haine, s'étaient sauté à la gorge. Ils se roulaient par terre, derrière un portant, en se traitant de maquereaux.

— Monsieur Bordenave ! monsieur Bordenave ! vint dire le régisseur effaré.

Bordenave le suivit, après avoir demandé pardon au prince. Quand il eut reconnu par terre Fauchery et Mignon, il laissa échapper un geste d'homme contrarié. Vraiment, ils prenaient bien leur temps, avec Son Altesse de l'autre côté du décor, et toute cette salle qui pouvait entendre ! Pour comble d'ennui, Rose Mignon arrivait, essoufflée, juste à la minute de son entrée en scène. Vulcain lui jetait sa réplique. Mais Rose resta stupéfaite, en voyant à ses pieds son mari et son amant qui se vautraient, s'étranglant, ruant, les cheveux arrachés, la redingote blanche de poussière. Ils lui barraient le passage ; même un machiniste avait arrêté le chapeau de Fauchery, au moment où ce diable de chapeau, dans la lutte, allait rebondir sur la scène. Cependant, Vulcain, qui inventait des phrases pour amuser le public, donnait de nouveau la réplique. Rose, immobile, regardait toujours les deux hommes.

— Mais ne regarde donc pas ! lui souffla furieusement Bordenave dans le cou. Va donc ! va donc !... Ce n'est pas ton affaire ! Tu manques ton entrée !

Et, poussée par lui, Rose, enjambant les corps, se trouva en scène, dans le flamboiement de la rampe, devant le

1. Petits coups brusques appliqués avec le doigt.
2. Gifle. Halévy avait raconté à Zola une altercation semblable entre Judic et l'amant de sa femme.

public. Elle n'avait pas compris pourquoi ils étaient par
terre, à se battre. Tremblante, la tête emplie d'un bourdon- 900
nement, elle descendit vers la rampe avec son beau sourire
de Diane amoureuse, et elle attaqua la première phrase de
son duo, d'une voix si chaude, que le public lui fit une ova-
tion. Derrière le décor, elle entendait les coups sourds des
deux hommes. Ils avaient roulé jusqu'au manteau
d'Arlequin [1]. Heureusement, la musique couvrait le bruit
des ruades qu'ils donnaient dans les châssis.

– Nom de Dieu ! cria Bordenave exaspéré, lorsqu'il eut
enfin réussi à les séparer, est-ce que vous ne pourriez pas
vous battre chez vous ? Vous savez pourtant bien que je 910
n'aime pas ça… Toi, Mignon, tu vas me faire le plaisir de
rester ici, côté cour ; et vous, Fauchery, je vous flanque à
la porte du théâtre, si vous quittez le côté jardin… Hein ?
c'est entendu, côté cour et côté jardin [2], ou je défends à
Rose de vous amener.

Quand il revint près du prince, celui-ci s'informa.

– Oh ! rien du tout, murmura-t-il d'un air calme.

Nana, debout, enveloppée dans une fourrure, attendait
son entrée en causant avec ces messieurs. Comme le
comte Muffat remontait pour jeter un regard sur la scène, 920
entre deux châssis, il comprit, à un geste du régisseur,
qu'il devait marcher doucement. Une paix chaude tombait
du cintre. Dans les coulisses, éclairées de violentes nappes
de lumière, de rares personnes, parlant à voix basse, sta-
tionnaient, s'en allaient sur la pointe des pieds. Le gazier
était à son poste, près du jeu compliqué des robinets ; un
pompier, appuyé contre un portant, tâchait de voir, en
allongeant la tête ; pendant que, tout en haut, sur son banc,
l'homme du rideau veillait, l'air résigné, ignorant la pièce,
toujours dans l'attente du coup de sonnette pour la 930
manœuvre de ses cordages. Et, au milieu de cet air étouffé,
de ces piétinements et de ces chuchotements, la voix des
acteurs en scène arrivait étrange, assourdie, une voix dont
la fausseté surprenait. Puis, c'était, plus loin, au-delà des
bruits confus de l'orchestre, comme une immense haleine,

1. Panneaux ou draperies encadrant l'ouverture de scène, en arrière du
rideau d'avant-scène, visibles seulement lorsque celui-ci est relevé.
2. *Côté cour* : côté droit ; *côté jardin* : côté gauche du spectateur.

la salle qui respirait et dont le souffle se gonflait parfois, éclatant en rumeurs, en rires, en applaudissements. On sentait le public sans le voir, même dans ses silences.

940 — Mais il y a quelque chose d'ouvert, dit brusquement Nana, en ramenant les coins de sa fourrure. Voyez donc, Barillot. Je parie qu'on vient d'ouvrir une fenêtre... Vrai, on peut crever ici !

Barillot jura qu'il avait tout fermé lui-même. Peut-être y avait-il des carreaux cassés. Les artistes se plaignaient toujours des courants d'air. Dans la chaleur lourde du gaz, des coups de froid passaient, un vrai nid à fluxions de poitrine, comme disait Fontan.

— Je voudrais vous voir décolleté, continua Nana, qui se fâchait.

950 — Chut ! murmura Bordenave.

En scène, Rose détaillait si finement une phrase de son duo, que des bravos couvrirent l'orchestre. Nana se tut, la face sérieuse. Cependant, le comte se risquait dans une rue [1], lorsque Barillot l'arrêta, en l'avertissant qu'il y avait là une découverte [2]. Il voyait le décor à l'envers et de biais, le derrière des châssis consolidés par une épaisse couche de vieilles affiches, puis un coin de la scène, la caverne de l'Etna creusée dans une mine d'argent, avec la forge de Vulcain, au fond. Les herses descendues incendiaient le
960 paillon [3] appliqué à larges coups de pinceau. Des portants à verres bleus et à verres rouges, par une opposition calculée, ménageaient un flamboiement de brasier ; tandis que, par terre, au troisième plan, des traînées de gaz couraient, pour détacher une barre de roches noires. Et là, sur un praticable [4] incliné en pente douce, au milieu de ces gouttes de lumière pareilles à des lampions posés dans l'herbe, un soir de fête publique, la vieille madame Drouard, qui jouait Junon, était assise, aveuglée et somnolente, attendant son entrée.

1. Espace entre deux coulisses.
2. Élément de décor simulant l'arrière-plan de la scène, que l'on « découvre » derrière une fenêtre, une porte qui s'ouvre, etc.
3. Feuille mince d'or ou d'argent placée sous un émail translucide ; ici : peinture brillante, pailletée ou argentée, passée sur le décor.
4. Partie du décor sur laquelle les acteurs peuvent monter et jouer (un balcon, par exemple).

Mais il y eut un mouvement. Simonne, en train d'écou- 970
ter une histoire de Clarisse, laissa échapper :

– Tiens ! la Tricon !

C'était la Tricon, en effet, avec ses anglaises [1] et sa tour-
nure de comtesse qui court les avoués. Quand elle aperçut
Nana, elle marcha droit à elle.

– Non, dit celle-ci, après un échange rapide de paroles.
Pas maintenant.

La vieille dame resta grave. Prullière, en passant, lui
donna une poignée de main. Deux petites figurantes la
contemplaient avec émotion. Elle, un moment, parut hési- 980
tante. Puis, elle appela Simonne d'un geste. Et l'échange
rapide de paroles recommença.

– Oui, dit enfin Simonne. Dans une demi-heure.

Mais, comme elle remontait à sa loge, madame Bron,
qui se promenait de nouveau avec des lettres, lui en remit
une. Bordenave, baissant la voix, reprochait furieusement
à la concierge d'avoir laissé passer la Tricon ; cette
femme ! juste ce soir-là ! ça l'indignait, à cause de Son
Altesse. Madame Bron, depuis trente ans dans le théâtre,
répondit sur un ton d'aigreur. Est-ce qu'elle savait ? La 990
Tricon faisait des affaires avec toutes ces dames ; vingt
fois monsieur le directeur l'avait rencontrée sans rien dire.
Et, pendant que Bordenave mâchait de gros mots, la
Tricon, tranquille, examinait fixement le prince, en femme
qui pèse un homme d'un regard. Un sourire éclaira son
visage jaune. Puis, elle s'en alla, d'un pas lent, au milieu
des petites femmes respectueuses.

– Tout de suite, n'est-ce pas ? dit-elle en se retournant
vers Simonne.

Simonne semblait fort ennuyée. La lettre était d'un 1000
jeune homme auquel elle avait promis pour le soir. Elle
remit à madame Bron un billet griffonné : « Pas possible
ce soir, mon chéri, je suis prise. » Mais elle restait
inquiète ; ce jeune homme allait peut-être l'attendre quand
même. Comme elle n'était pas du troisième acte, elle vou-
lait partir tout de suite. Alors, elle pria Clarisse d'aller voir.
Celle-ci entrait seulement en scène vers la fin de l'acte.

1. Voir note 2, p. 72.

Elle descendit, pendant que Simonne remontait un instant
à la loge qu'elles occupaient en commun.

1010 En bas, dans la buvette de madame Bron, un figurant,
chargé du rôle de Pluton, buvait seul, drapé d'une grande
robe rouge à flammes d'or. Le petit commerce de la
concierge avait dû bien marcher, car le trou de cave, sous
l'escalier, était tout humide des rinçures de verre répan-
dues. Clarisse releva sa tunique d'Iris, qui traînait sur les
marches grasses. Mais elle s'arrêta prudemment, elle se
contenta d'allonger la tête, au tournant de l'escalier, pour
jeter un coup d'œil dans la loge. Et elle avait eu du flair.
Est-ce que cet idiot de la Faloise n'était pas encore là, sur
1020 la même chaise, entre la table et le poêle ! Il avait fait mine
de filer devant Simonne, puis il était revenu. D'ailleurs, la
loge était toujours pleine de messieurs, gantés, corrects,
l'air soumis et patients. Tous attendaient, en se regardant
avec gravité. Il n'y avait plus sur la table que les assiettes
sales, madame Bron venait de distribuer les derniers
bouquets ; seule une rose tombée se fanait, près de la
chatte noire, qui s'était couchée en rond, tandis que les
petits chats exécutaient des courses folles, des galops
féroces, entre les jambes des messieurs. Clarisse eut un
1030 instant l'envie de flanquer la Faloise dehors. Ce crétin-là
n'aimait pas les bêtes ; ça le complétait. Il rentrait les
coudes, à cause de la chatte, pour ne pas la toucher.

– Il va te pincer, méfie-toi ! dit Pluton, un farceur, qui
remontait en s'essuyant les lèvres d'un revers de main.

Alors, Clarisse lâcha l'idée de faire une scène à la
Faloise. Elle avait vu madame Bron remettre la lettre au
jeune homme de Simonne. Celui-ci était allé la lire sous le
bec de gaz du vestibule. « Pas possible ce soir, mon chéri,
je suis prise. » Et, paisiblement, habitué à la phrase sans
1040 doute, il avait disparu. Au moins en voilà un qui savait se
conduire ! Ce n'était pas comme les autres, ceux qui
s'entêtaient là, sur les chaises dépaillées de madame Bron,
dans cette grande lanterne vitrée, où l'on cuisait et qui ne
sentait guère bon. Fallait-il que ça tînt les hommes ! Cla-
risse remonta, dégoûtée ; elle traversa la scène, elle grimpa
lestement les trois étages de l'escalier des loges, pour
rendre réponse à Simonne.

Sur le théâtre, le prince, s'écartant, parlait à Nana. Il ne
l'avait pas quittée, il la couvait de ses yeux demi-clos.
Nana, sans le regarder, souriante, disait oui, d'un signe de 1050
tête. Mais, brusquement, le comte Muffat obéit à une
poussée de tout son être ; il lâcha Bordenave qui lui don-
nait des détails sur la manœuvre des treuils et des tam-
bours, et s'approcha pour rompre cet entretien. Nana leva
les yeux, lui sourit comme elle souriait à Son Altesse.
Cependant, elle avait toujours une oreille tendue, guettant
la réplique.

– Le troisième acte est le plus court, je crois, disait le
prince, gêné par la présence du comte.

Elle ne répondit pas, la face changée, tout d'un coup à 1060
son affaire. D'un rapide mouvement des épaules, elle avait
fait glisser sa fourrure, que madame Jules, debout derrière
elle, reçut dans ses bras. Et, nue, après avoir porté les deux
mains à sa chevelure, comme pour l'assujettir, elle entra
en scène.

– Chut ! chut ! souffla Bordenave.

Le comte et le prince étaient restés surpris. Au milieu du
grand silence, un soupir profond, une lointaine rumeur de
foule, montait. Chaque soir, le même effet se produisait à
l'entrée de Vénus, dans sa nudité de déesse. Alors, Muffat 1070
voulut voir ; il appliqua l'œil à un trou. Au-delà de l'arc de
cercle éblouissant de la rampe [1], la salle paraissait sombre,
comme emplie d'une fumée rousse ; et, sur ce fond neutre,
où les rangées de visages mettaient une pâleur brouillée,
Nana se détachait en blanc, grandie, bouchant les loges, du
balcon au cintre [2]. Il l'apercevait de dos, les reins tendus,
les bras ouverts ; tandis que, par terre, au ras de ses pieds,
la tête du souffleur, une tête de vieil homme, était posée
comme coupée, avec un air pauvre et honnête. À certaines
phrases de son morceau d'entrée, des ondulations sem- 1080
blaient partir de son cou, descendre à sa taille, expirer au
bord traînant de sa tunique. Quand elle eut poussé la der-
nière note au milieu d'une tempête de bravos, elle salua,
les gazes volantes, sa chevelure touchant ses reins, dans le
raccourci de l'échine. Et, en la voyant ainsi, pliée et les

1. Voir note 2, p. 36.
2. Voir note 2, p. 43.

hanches élargies, venir à reculons vers le trou par lequel il
la regardait, le comte se releva, très pâle. La scène avait
disparu, il n'apercevait plus que l'envers du décor, le
bariolage des vieilles affiches, collées dans tous les sens.
1090 Sur le praticable [1], parmi les traînées de gaz, l'Olympe
entier avait rejoint madame Drouard, qui sommeillait. Ils
attendaient la fin de l'acte, Bosc et Fontan assis à terre, le
menton sur les genoux, Prullière s'étirant et bâillant avant
d'entrer en scène, tous éteints, les yeux rouges, pressés
d'aller se coucher.

À ce moment, Fauchery qui rôdait du côté jardin,
depuis que Bordenave lui avait interdit le côté cour,
s'accrocha au comte pour se donner une contenance, en
offrant de lui montrer les loges. Muffat, qu'une mollesse
1100 croissante laissait sans volonté, finit par suivre le journa-
liste, après avoir cherché des yeux le marquis de Chouard,
qui n'était plus là. Il éprouvait à la fois un soulagement et
une inquiétude, en quittant ces coulisses d'où il entendait
Nana chanter.

Déjà Fauchery le précédait dans l'escalier, que des tam-
bours de bois fermaient au premier étage et au second.
C'était un de ces escaliers de maison louche, comme le
comte Muffat en avait vu dans ses tournées de membre du
bureau de bienfaisance, nu et délabré, badigeonné de
1110 jaune, avec des marches usées par la dégringolade des
pieds, et une rampe de fer que le frottement des mains
avait polie. À chaque palier, au ras du sol, une fenêtre
basse mettait un enfoncement carré de soupirail. Dans des
lanternes scellées aux murs, des flammes de gaz brûlaient,
éclairant crûment cette misère, dégageant une chaleur qui
montait et s'amassait sous la spirale étroite des étages.

En arrivant au pied de l'escalier, le comte avait senti de
nouveau un souffle ardent lui tomber sur la nuque, cette
odeur de femme descendue des loges, dans un flot de
1120 lumière et de bruit ; et, maintenant, à chaque marche qu'il
montait, le musc [2] des poudres, les aigreurs des vinaigres
de toilette le chauffaient, l'étourdissaient davantage. Au
premier, deux corridors s'enfonçaient, tournaient brusque-

1. Voir note 4, p. 178.
2. Voir note 1, p. 165.

ment, avec des portes d'hôtel meublé [1] suspect, peintes en
jaune, portant de gros numéros blancs ; par terre, les car-
reaux, descellés, faisaient des bosses, dans le tassement de
la vieille maison. Le comte se hasarda, jeta un coup d'œil
par une porte entrouverte, vit une pièce très sale, une
échoppe de perruquier de faubourg, meublée de deux
chaises, d'une glace et d'une planchette à tiroir, noircie
par la crasse des peignes. Un gaillard en sueur, les épaules
fumantes, y changeait de linge ; tandis que, dans une
chambre pareille, à côté, une femme près de partir mettait
ses gants, les cheveux défrisés et mouillés, comme si elle
venait de prendre un bain. Mais Faucherie appelait le
comte, et celui-ci arrivait au second, lorsqu'un « nom de
Dieu ! » furieux sortit du corridor de droite ; Mathilde, un
petit torchon d'ingénue [2], venait de casser sa cuvette, dont
l'eau savonneuse coulait jusqu'au palier. Une loge se
referma violemment. Deux femmes en corset traversèrent
d'un saut ; une autre, le bord de sa chemise aux dents,
parut et se sauva. Puis, il y eut des rires, une querelle, une
chanson commencée et tout d'un coup interrompue. Le
long du couloir, par les fentes, on apercevait des coins de
nudité, des blancheurs de peau, des pâleurs de linge ; deux
filles, très gaies, se montraient leurs signes [3] ; une, toute
jeune, presque une enfant, avait relevé ses jupons au-
dessus des genoux, pour recoudre son pantalon ; pendant
que les habilleuses, en voyant les deux hommes, tiraient
légèrement des rideaux, par décence. C'était la bousculade
de la fin, le grand nettoyage du blanc et du rouge, la toi-
lette de ville reprise au milieu d'un nuage de poudre de riz,
un redoublement d'odeur fauve soufflé par les portes bat-
tantes. Au troisième étage, Muffat s'abandonna à la gri-
serie qui l'envahissait. La loge des figurantes était là ;
vingt femmes entassées, une débandade de savons et de
bouteilles d'eau de lavande, la salle commune d'une
maison de barrière [4]. En passant, il entendit, derrière une

1130

1140

1150

1. Hôtel qui loue des chambres meublées au mois ou à l'année.
2. Voir note 4, p. 45.
3. Voir note 2, p. 101.
4. Maison située dans les quartiers populaires s'étendant à l'extérieur de
l'enceinte fortifiée de Paris.

porte close, un lavage féroce, une tempête dans une
1160 cuvette. Et il montait au dernier étage, lorsqu'il eut la
curiosité de hasarder encore un regard, par un judas resté
ouvert : la pièce était vide, il n'y avait, sous le flamboie-
ment du gaz, qu'un pot de chambre oublié, au milieu d'un
désordre de jupes traînant par terre. Cette pièce fut la der-
nière vision qu'il emporta. En haut, au quatrième, il étouf-
fait. Toutes les odeurs, toutes les flammes venaient frapper
là ; le plafond jaune semblait cuit, une lanterne brûlait
dans un brouillard roussâtre. Un instant, il se tint à la
rampe de fer, qu'il trouva tiède d'une tiédeur vivante, et il
1170 ferma les yeux, et il but dans une aspiration tout le sexe de
la femme, qu'il ignorait encore et qui lui battait le visage.

– Arrivez donc, cria Fauchery, disparu depuis un
moment ; on vous demande.

C'était, au fond du corridor, la loge de Clarisse et de
Simonne, une pièce en longueur, sous les toits, mal faite,
avec des pans coupés et des fuites de mur. Le jour venait
d'en haut, par deux ouvertures profondes. Mais, à cette
heure de nuit, des flammes de gaz éclairaient la loge,
tapissée d'un papier à sept sous le rouleau, des fleurs roses
1180 courant sur un treillage vert. Côte à côte, deux planches
servaient de toilette, des planches garnies d'une toile cirée,
noire d'eau répandue, et sous lesquelles traînaient des
brocs [1] de zinc bossués, des seaux pleins de rinçures, des
cruches de grosse poterie jaune. Il y avait là un étalage
d'articles de bazar, tordus, salis par l'usage, des cuvettes
ébréchées, des peignes de corne édentés, tout ce que la
hâte et le sans-gêne de deux femmes se déshabillant, se
débarbouillant en commun, laissent autour d'elles de
désordre, dans un lieu où elles ne font que passer et dont
1190 la saleté ne les touche plus.

– Arrivez donc, répéta Fauchery avec cette camaraderie
des hommes chez les filles, c'est Clarisse qui veut vous
embrasser.

Muffat finit par entrer. Mais il resta surpris, en trouvant
le marquis de Chouard installé entre les deux toilettes, sur
une chaise. Le marquis s'était retiré là. Il écartait les pieds,

1. Récipients munis d'une anse et d'un bec évasé, et utilisés pour trans-
porter de l'eau ou d'autres liquides.

parce qu'un seau fuyait et laissait couler une mare blan-
châtre. On le sentait à l'aise, connaissant les bons endroits,
ragaillardi dans cet étouffement de baignoire, dans cette
tranquille impudeur de la femme, que ce coin de malpro- 1200
preté rendait naturelle et comme élargie.

– Est-ce que tu vas avec le vieux ? demanda Simonne à
l'oreille de Clarisse.

– Plus souvent [1] ! répondit celle-ci tout haut.

L'habilleuse, une jeune fille très laide et très familière,
en train d'aider Simonne à mettre son manteau, se tordit
de rire. Toutes trois se poussaient, balbutiaient des mots
qui redoublaient leur gaieté.

– Voyons, Clarisse, embrasse le monsieur, répéta Fau-
chery. Tu sais qu'il a le sac [2]. 1210

Et, se tournant vers le comte :

– Vous allez voir, elle est très gentille, elle va vous
embrasser.

Mais Clarisse était dégoûtée des hommes. Elle parla
violemment des salauds qui attendaient en bas, chez la
concierge. D'ailleurs, elle était pressée de redescendre, on
allait lui faire manquer sa dernière scène. Puis, comme
Fauchery barrait la porte, elle posa deux baisers sur les
favoris de Muffat, en disant :

– Ce n'est pas pour vous, au moins ! c'est pour Fau- 1220
chery qui m'embête.

Et elle s'échappa. Le comte demeurait gêné devant son
beau-père. Un flot de sang lui était monté à la face. Il
n'avait pas éprouvé, dans la loge de Nana, au milieu de ce
luxe de tentures et de glaces, l'âcre excitation de la misère
honteuse de ce galetas [3], plein de l'abandon des deux
femmes. Cependant, le marquis venait de partir derrière
Simonne très pressée, lui parlant dans le cou, pendant
qu'elle refusait de la tête. Fauchery les suivait en riant.
Alors, le comte se vit seul avec l'habilleuse, qui rinçait les 1230
cuvettes. Et il s'en alla, il descendit à son tour l'escalier,
les jambes molles, levant de nouveau devant lui des

1. Jamais, en aucun cas (familier).
2. *Avoir le sac* : être riche.
3. Logement placé sous les combles ; par extension : logement misé-
rable.

femmes en jupons, faisant battre les portes sur son pas-
sage. Mais, au milieu de cette débandade de filles lâchées
à travers les quatre étages, il n'aperçut distinctement qu'un
chat, le gros chat rouge, qui, dans cette fournaise empoi-
sonnée de musc, filait le long des marches en se frottant le
dos contre les barreaux de la rampe, la queue en l'air.

 – Ah bien ! dit une voix enrouée de femme, j'ai cru
1240 qu'ils nous garderaient, ce soir !... En voilà des raseurs,
avec leurs rappels !

 C'était la fin, le rideau venait de tomber. Il y avait un
véritable galop dans l'escalier, dont la cage s'emplissait
d'exclamations, d'une hâte brutale à se rhabiller et à partir.
Comme le comte Muffat descendait la dernière marche, il
aperçut Nana et le prince qui suivaient lentement le cou-
loir. La jeune femme s'arrêta ; puis souriante, baissant la
voix :

 – C'est cela, à tout à l'heure.

1250 Le prince retourna sur la scène, où Bordenave l'atten-
dait. Alors, seul avec Nana, cédant à une poussée de colère
et de désir, Muffat courut derrière elle ; et, au moment où
elle rentrait dans sa loge, il lui planta un rude baiser sur la
nuque, sur les petits poils blonds qui frisaient très bas
entre ses épaules. C'était comme le baiser reçu en haut,
qu'il rendait là. Nana, furieuse, levait déjà la main. Quand
elle reconnut le comte, elle eut un sourire.

 – Oh ! vous m'avez fait peur, dit-elle simplement.

 Et son sourire était adorable, confus et soumis, comme
1260 si elle eût désespéré de ce baiser et qu'elle fût heureuse de
l'avoir reçu. Mais elle ne pouvait pas, ni le soir, ni le len-
demain. Il fallait attendre. Si même elle avait pu, elle se
serait fait désirer. Son regard disait ces choses. Enfin, elle
reprit :

 – Vous savez, je suis propriétaire... Oui, j'achète une
maison de campagne, près d'Orléans, dans un pays où
vous allez quelquefois. Bébé m'a dit ça, le petit Georges
Hugon, vous le connaissez ?... Venez donc me voir, là-
bas.

1270 Le comte, effrayé de sa brutalité d'homme timide, hon-
teux de ce qu'il avait fait, la salua cérémonieusement, en
lui promettant de se rendre à son invitation. Puis, il
s'éloigna, marchant dans un rêve.

Il rejoignait le prince, lorsque, en passant devant le foyer, il entendit Satin crier :

– En voilà un vieux sale ! Fichez-moi la paix !

C'était le marquis de Chouard, qui se rabattait sur Satin. Celle-ci avait décidément assez de tout ce monde chic. Nana venait bien de la présenter à Bordenave. Mais ça l'avait trop assommée, de rester la bouche cousue, par crainte de laisser échapper des bêtises ; et elle voulait se rattraper, d'autant plus qu'elle était tombée, dans les coulisses, sur un ancien à elle, le figurant chargé du rôle de Pluton, un pâtissier qui lui avait déjà donné toute une semaine d'amour et de gifles. Elle l'attendait, irritée de ce que le marquis lui parlait comme à une de ces dames du théâtre. Aussi finit-elle par être très digne, jetant cette phrase :

– Mon mari va venir, vous allez voir !

Cependant, les artistes en paletot, le visage las, partaient un à un. Des groupes d'hommes et de femmes descendaient le petit escalier tournant, mettaient dans l'ombre des profils de chapeaux défoncés, de châles fripés, une laideur blême de cabotins qui ont enlevé leur rouge. Sur la scène, où l'on éteignait les portants et les herses, le prince écoutait une anecdote de Bordenave. Il voulait attendre Nana. Quand celle-ci parut enfin, la scène était noire, le pompier de service, achevant sa ronde, promenait une lanterne. Bordenave, pour éviter à Son Altesse le détour du passage des Panoramas, venait de faire ouvrir le couloir qui va de la loge de la concierge au vestibule du théâtre. Et c'était, le long de cette allée, un sauve-qui-peut de petites femmes, heureuses d'échapper aux hommes en train de poser dans le passage. Elles se bousculaient, serrant les coudes, jetant des regards en arrière, respirant seulement dehors ; tandis que Fontan, Bosc et Prullière se retiraient lentement, en blaguant la tête des hommes sérieux, qui arpentaient la galerie des Variétés, à l'heure où les petites filaient par le boulevard, avec des amants de cœur. Mais Clarisse surtout fut maligne. Elle se méfiait de la Faloise. En effet, il était encore là, dans la loge, en compagnie des messieurs qui s'entêtaient sur les chaises de madame Bron. Tous tendaient le nez. Alors, elle passa raide, derrière une amie. Ces messieurs clignaient les paupières,

ahuris par cette dégringolade de jupes tourbillonnant au
pied de l'étroit escalier, désespérés d'attendre depuis si
longtemps, pour les voir ainsi s'envoler toutes, sans en
reconnaître une seule. La portée des chats noirs dormait
sur la toile cirée, contre le ventre de la mère, béate et les
1320 pattes élargies ; pendant que le gros chat rouge, assis à
l'autre bout de la table, la queue allongée, regardait de ses
yeux jaunes les femmes se sauver.

— Si Son Altesse veut bien passer par ici, dit Bordenave,
au bas de l'escalier, en indiquant le couloir.

Quelques figurantes s'y poussaient encore. Le prince
suivait Nana. Muffat et le marquis venaient derrière.
C'était un long boyau, pris entre le théâtre et la maison
voisine, une sorte de ruelle étranglée qu'on avait couverte
d'une toiture en pente, où s'ouvraient des châssis vitrés.
1330 Une humidité suintait des murailles. Les pas sonnaient sur
le sol dallé, comme dans un souterrain. Il y avait là un
encombrement de grenier, un établi sur lequel le concierge
donnait un coup de rabot aux décors, un empilement de
barrières de bois, qu'on posait le soir à la porte, pour
maintenir la queue. Nana dut relever sa robe en passant
devant une borne-fontaine, dont le robinet mal fermé inon-
dait les dalles. Dans le vestibule, on se salua. Et, quand
Bordenave fut seul, il résuma son jugement sur le prince
par un haussement d'épaules, plein d'une dédaigneuse
1340 philosophie.

— Il est un peu mufe [1] tout de même, dit-il sans s'expli-
quer davantage à Fauchery, que Rose Mignon emmenait
avec son mari, pour les réconcilier chez elle.

Muffat se trouva seul sur le trottoir. Son Altesse venait
tranquillement de faire monter Nana dans sa voiture. Le
marquis avait filé derrière Satin et son figurant, excité, se
contentant à suivre ces deux vices, avec le vague espoir de
quelque complaisance. Alors, Muffat, la tête en feu, voulut
rentrer à pied. Tout combat avait cessé en lui. Un flot de
1350 vie nouvelle noyait ses idées et ses croyances de quarante
années. Pendant qu'il longeait les boulevards, le roule-
ment des dernières voitures l'assourdissait du nom de
Nana, les becs de gaz faisaient danser devant ses yeux des

1. Voir note 1, p. 122.

nudités, les bras souples, les épaules blanches de Nana ; et il sentait qu'elle le possédait, il aurait tout renié, tout vendu, pour l'avoir une heure, le soir même. C'était sa jeunesse qui s'éveillait enfin, une puberté goulue d'adolescent, brûlant tout à coup dans sa froideur de catholique et dans sa dignité d'homme mûr.

VI

Le comte Muffat, accompagné de sa femme et de sa fille, était arrivé de la veille aux Fondettes [1], où madame Hugon, qui s'y trouvait seule avec son fils Georges, les avait invités à venir passer huit jours. La maison, bâtie vers la fin du dix-septième siècle, s'élevait au milieu d'un immense enclos carré, sans un ornement ; mais le jardin avait des ombrages magnifiques, une suite de bassins aux eaux courantes, alimentés par des sources. C'était, le long de la route d'Orléans à Paris, comme un flot de verdure, un
10 bouquet d'arbres, rompant la monotonie de ce pays plat, où des cultures se déroulaient à l'infini.

À onze heures, lorsque le second coup de cloche pour le déjeuner eut réuni tout le monde, madame Hugon, avec son bon sourire maternel, posa deux gros baisers sur les joues de Sabine, en disant :

– Tu sais, à la campagne, c'est mon habitude… Ça me rajeunit de vingt ans, de te voir ici… As-tu bien dormi dans ton ancienne chambre ?

Puis, sans attendre la réponse, se tournant vers Estelle :
20 – Et cette petite n'a fait qu'un somme [2], elle aussi ?… Embrasse-moi, mon enfant.

On s'était assis dans la vaste salle à manger, dont les fenêtres donnaient sur le parc. Mais on occupait un bout

1. Pour les Fondettes, Zola s'est inspiré du Jas-de-Bouffan, la propriété du père de son ami d'enfance, Cézanne, située dans les environs d'Aix.
2. *Ne faire qu'un somme* : dormir sans interruption toute la nuit.

seulement de la grande table, où l'on se serrait pour être plus ensemble. Sabine, très gaie, rappelait ses souvenirs de jeunesse, qui venaient d'être éveillés : des mois passés aux Fondettes, de longues promenades, une chute dans un bassin par un soir d'été, un vieux roman de chevalerie découvert sur une armoire et lu en hiver, devant un feu de sarments. Et Georges, qui n'avait pas revu la comtesse depuis quelques mois, la trouvait drôle, avec quelque chose de changé dans la figure ; tandis que cette perche d'Estelle, au contraire, semblait plus effacée encore, muette et gauche.

Comme on mangeait des œufs à la coque et des côte-lettes, très simplement, madame Hugon se lamenta en femme de ménage [1], racontant que les bouchers deve-naient impossibles ; elle prenait tout à Orléans, on ne lui apportait jamais les morceaux qu'elle demandait. D'ailleurs, si ses hôtes mangeaient mal, c'était leur faute : ils venaient trop tard dans la saison.

– Ça n'a pas de bon sens, dit-elle. Je vous attends depuis le mois de juin, et nous sommes à la mi-septembre... Aussi, vous voyez, ce n'est pas joli.

D'un geste, elle montrait les arbres de la pelouse qui commençaient à jaunir. Le temps était couvert, une vapeur bleuâtre noyait les lointains, dans une douceur et une paix mélancoliques.

– Oh ! j'attends du monde, continua-t-elle, ce sera plus gai... D'abord, deux messieurs que Georges a invités, mon-sieur Fauchery et monsieur Daguenet ; vous les connaissez, n'est-ce pas ?... Puis, monsieur de Vandeuvres qui me promet depuis cinq ans ; cette année, il se décidera peut-être.

– Ah bien ! dit la comtesse en riant, si nous n'avons que monsieur de Vandeuvres ! Il est trop occupé.

– Et Philippe ? demanda Muffat.

– Philippe a demandé un congé, répondit la vieille dame, mais vous ne serez sans doute plus aux Fondettes, quand il arrivera.

On servait le café. La conversation était tombée sur Paris, et le nom de Steiner fut prononcé. Ce nom arracha un léger cri à madame Hugon.

1. Ménagère, femme qui s'occupe de la gestion d'une maison.

– À propos, dit-elle, monsieur Steiner, c'est bien ce gros monsieur que j'ai rencontré un soir chez vous, un banquier, n'est-ce pas ?… En voilà un vilain homme ! Est-ce qu'il n'a pas acheté une propriété pour une actrice, à une heure d'ici, là-bas, derrière la Choue, du côté de Gumières ! Tout le pays est scandalisé… Saviez-vous cela, mon ami ?

70 – Pas du tout, répondit Muffat. Ah ! Steiner a acheté une campagne dans les environs !

Georges, en entendant sa mère aborder ce sujet, avait baissé le nez dans sa tasse ; mais il le releva et regarda le comte, étonné de sa réponse. Pourquoi mentait-il si carrément ? De son côté, le comte, ayant remarqué le mouvement du jeune homme, lui jeta un coup d'œil de défiance. Madame Hugon continuait à donner des détails : la campagne s'appelait la Mignotte ; il fallait remonter la Choue jusqu'à Gumières pour traverser sur un pont, ce qui
80 allongeait le chemin de deux bons kilomètres ; autrement, on se mouillait les pieds et on risquait un plongeon.

– Et comment se nomme l'actrice ? demanda la comtesse.

– Ah ! on me l'a dit pourtant, murmura la vieille dame. Georges, tu étais là, ce matin, quand le jardinier nous a parlé…

Georges eut l'air de fouiller sa mémoire. Muffat attendait, en faisant tourner une petite cuiller entre ses doigts. Alors, la comtesse s'adressant à ce dernier :

90 – Est-ce que monsieur Steiner n'est pas avec cette chanteuse des Variétés, cette Nana ?

– Nana, c'est bien ça, une horreur ! cria madame Hugon qui se fâchait. Et on l'attend à la Mignotte. Moi, je sais tout par le jardinier… N'est-ce pas ? Georges, le jardinier disait qu'on l'attendait ce soir.

Le comte eut un léger tressaillement de surprise. Mais Georges répondait avec vivacité :

– Oh ! maman, le jardinier parlait sans savoir… Tout à l'heure, le cocher disait le contraire : on n'attend personne
100 à la Mignotte avant après-demain.

Il tâchait de prendre un air naturel, en étudiant du coin de l'œil l'effet de ses paroles sur le comte. Celui-ci tournait de nouveau sa petite cuiller, comme rassuré. La com-

tesse, les yeux perdus sur les lointains bleuâtres du parc, semblait n'être plus à la conversation, suivant avec l'ombre d'un sourire une pensée secrète, éveillée subitement en elle ; tandis que, raide sur sa chaise, Estelle avait écouté ce qu'on disait de Nana, sans qu'un trait de son blanc visage de vierge eût bougé.

– Mon Dieu ! murmura après un silence madame Hugon, retrouvant sa bonhomie, j'ai tort de me fâcher. Il faut bien que tout le monde vive... Si nous rencontrons cette dame sur la route, nous en serons quittes pour ne pas la saluer.

Et, comme on quittait la table, elle gronda encore la comtesse Sabine de s'être tant fait désirer, cette année-là. Mais la comtesse se défendait, rejetait leurs retards sur son mari ; deux fois, à la veille de partir, les malles fermées, il avait donné contrordre, en parlant d'affaires urgentes ; puis, il s'était décidé tout d'un coup, au moment où le voyage semblait enterré. Alors, la vieille dame raconta que Georges lui avait de même annoncé son arrivée à deux reprises, sans paraître, et qu'il était tombé l'avant-veille aux Fondettes, lorsqu'elle ne comptait plus sur lui. On venait de descendre au jardin. Les deux hommes, à droite et à gauche de ces dames, les écoutaient, silencieux, faisant le gros dos.

– N'importe, dit madame Hugon, en mettant des baisers sur les cheveux blonds de son fils, Zizi est bien gentil d'être venu s'enfermer à la campagne avec sa mère... Ce bon Zizi, il ne m'oublie pas !

L'après-midi, elle éprouva une inquiétude. Georges, qui tout de suite, au sortir de table, s'était plaint d'une lourdeur de tête, parut peu à peu envahi par une migraine atroce. Vers quatre heures, il voulut monter se coucher, c'était le seul remède ; quand il aurait dormi jusqu'au lendemain, il se porterait parfaitement. Sa mère tint à le mettre au lit elle-même. Mais, comme elle sortait, il sauta donner un tour à la serrure, il prétexta qu'il s'enfermait pour qu'on ne vînt pas le déranger ; et il criait bonsoir ! à demain, petite mère ! d'une voix de caresse, tout en promettant de ne faire qu'un somme [1]. Il ne se recoucha pas,

1. Voir note 2, p. 190.

le teint clair, les yeux vifs, se rhabillant sans bruit, puis
attendant, immobile sur une chaise. Quand on sonna le
dîner, il guetta le comte Muffat qui se dirigeait vers le
salon. Dix minutes plus tard, certain de n'être pas vu, il
alla lestement par la fenêtre, en s'aidant d'un tuyau de
descente ; sa chambre, située au premier étage, donnait sur
le derrière de la maison. Il s'était jeté dans un massif, il
150 sortit du parc et galopa à travers champs, du côté de la
Choue, le ventre vide, le cœur sautant d'émotion. La nuit
venait, une petite pluie fine commençait à tomber.

C'était bien le soir que Nana devait arriver à la
Mignotte. Depuis que Steiner lui avait, au mois de mai,
acheté cette maison de campagne, elle était prise de temps
à autre d'une telle envie de s'y installer, qu'elle en
pleurait ; mais, chaque fois, Bordenave refusait le moindre
congé, la renvoyait à septembre, sous prétexte qu'il
n'entendait pas la remplacer par une doublure, même pour
160 un soir, en temps d'Exposition. Vers la fin d'août, il parla
d'octobre. Nana, furieuse, déclara qu'elle serait à la
Mignotte le 15 septembre. Même, pour braver Bordenave,
elle invitait en sa présence un tas de gens. Une après-midi,
comme Muffat, à qui elle résistait savamment, la suppliait
chez elle, secoué de frissons, elle promit enfin d'être gen-
tille, mais là-bas ; et, à lui aussi, elle indiqua le 15. Puis, le
12, un besoin la prit de filer tout de suite, seule avec Zoé.
Peut-être Bordenave, prévenu, allait-il trouver un moyen
de la retenir. Cela l'égayait de le planter là, en lui envoyant
170 un bulletin de son docteur. Quand l'idée d'arriver la pre-
mière à la Mignotte, d'y vivre deux jours, sans que per-
sonne le sût, fut entrée dans sa cervelle, elle bouscula Zoé
pour les malles, la poussa dans un fiacre, où, très attendrie,
elle lui demanda pardon en l'embrassant. Ce fut seulement
au buffet de la gare qu'elle songea à prévenir Steiner par
une lettre. Elle le priait d'attendre le surlendemain pour la
rejoindre, s'il voulait la retrouver bien fraîche. Et, sautant
à un autre projet, elle fit une seconde lettre, où elle sup-
pliait sa tante d'amener immédiatement le petit Louis. Ça
180 ferait tant de bien à bébé ! et comme on s'amuserait
ensemble sous les arbres ! De Paris à Orléans, en wagon,
elle ne parla que de ça, les yeux humides, mêlant les

fleurs, les oiseaux et son enfant, dans une soudaine crise de maternité.

La Mignotte se trouvait à plus de trois lieues. Nana perdit une heure pour louer une voiture, une immense calèche délabrée qui roulait lentement avec un bruit de ferraille. Elle s'était tout de suite emparée du cocher, un petit vieux taciturne qu'elle accablait de questions. Est-ce qu'il avait souvent passé devant la Mignotte ? Alors, c'était derrière ce coteau ? Ça devait être plein d'arbres, n'est-ce pas ? Et la maison, se voyait-elle de loin ? Le petit vieux répondait par des grognements. Dans la calèche, Nana dansait d'impatience ; tandis que Zoé, fâchée d'avoir quitté Paris si vite, se tenait raide et maussade. Le cheval s'étant arrêté court, la jeune femme crut qu'on arrivait. Elle passa la tête par la portière, elle demanda :

– Hein ! nous y sommes ?

Pour toute réponse, le cocher avait fouetté le cheval, qui monta péniblement une côte. Nana contemplait avec ravissement la plaine immense sous le ciel gris, où de gros nuages s'amoncelaient.

– Oh ! regarde donc, Zoé, en voilà de l'herbe ! Est-ce que c'est du blé, tout ça ?… Mon Dieu ! que c'est joli !

– On voit bien que madame n'est pas de la campagne, finit par dire la bonne d'un air pincé. Moi, je l'ai trop connue, la campagne, quand j'étais chez mon dentiste, qui avait une maison à Bougival… Avec ça, il fait froid, ce soir. C'est humide, par ici.

On passait sous des arbres. Nana flairait l'odeur des feuilles comme un jeune chien. Brusquement, à un détour de la route, elle aperçut le coin d'une habitation, dans les branches. C'était peut-être là ; et elle entama une conversation avec le cocher, qui disait toujours non, d'un branlement de tête. Puis, comme on descendait l'autre pente du coteau, il se contenta d'allonger son fouet, en murmurant :

– Tenez, là-bas.

Elle se leva, passa le corps entier par la portière.

– Où donc ? où donc ? criait-elle, pâle, ne voyant rien encore.

Enfin, elle distingua un bout de mur. Alors, ce furent de petits cris, de petits sauts, tout un emportement de femme débordée par une émotion vive.

– Zoé, je vois, je vois !… Mets-toi de l'autre côté…
Oh ! il y a, sur le toit, une terrasse avec des briques. C'est
une serre, là-bas ! Mais c'est très vaste… Oh ! que je suis
contente ! Regarde donc, Zoé, regarde donc !

La voiture s'était arrêtée devant la grille. Une petite
porte s'ouvrit, et le jardinier, un grand sec, parut sa cas-
230 quette à la main. Nana voulut retrouver sa dignité, car le
cocher déjà semblait rire en dedans, avec ses lèvres cou-
sues. Elle se retint pour ne pas courir, écouta le jardinier,
très bavard celui-là, qui priait madame d'excuser le
désordre, attendu qu'il avait seulement reçu la lettre de
madame le matin ; mais, malgré ses efforts, elle était
enlevée de terre, elle marchait si vite que Zoé ne pouvait
la suivre. Au bout de l'allée, elle s'arrêta un instant, pour
embrasser la maison d'un coup d'œil. C'était un grand
pavillon de style italien, flanqué d'une autre construction
240 plus petite, qu'un riche Anglais avait fait bâtir, après deux
ans de séjour à Naples, et dont il s'était dégoûté tout de
suite.

– Je vais faire visiter à madame, dit le jardinier.

Mais elle l'avait devancé, elle lui criait de ne pas se
déranger, qu'elle visiterait elle-même, qu'elle aimait
mieux ça. Et, sans ôter son chapeau, elle se lança dans les
pièces, appelant Zoé, lui jetant des réflexions d'un bout à
l'autre des couloirs, emplissant de ses cris et de ses rires le
vide de cette maison inhabitée depuis de longs mois.
250 D'abord, le vestibule : un peu humide, mais ça ne faisait
rien, on n'y couchait pas. Très chic, le salon, avec ses
fenêtres ouvertes sur une pelouse ; seulement, le meuble
rouge était affreux, elle changerait ça. Quant à la salle à
manger, hein ! la belle salle à manger ! et quelles noces on
donnerait à Paris, si l'on avait une salle à manger de cette
taille ! Comme elle montait au premier étage, elle se sou-
vint qu'elle n'avait pas vu la cuisine ; elle redescendit en
s'exclamant, Zoé dut s'émerveiller sur la beauté de l'évier
et sur la grandeur de l'âtre, où l'on aurait fait rôtir un
260 mouton. Lorsqu'elle fut remontée, sa chambre surtout
l'enthousiasma, une chambre qu'un tapissier d'Orléans
avait tendue de cretonne [1] Louis XVI, rose tendre. Ah

1. Toile de coton épaisse.

bien ! on devait joliment dormir là-dedans ! un vrai nid de
pensionnaire ! Ensuite quatre ou cinq chambres d'amis,
puis des greniers magnifiques ; c'était très commode pour
les malles. Zoé, rechignant, jetant un coup d'œil froid dans
chaque pièce, s'attardait derrière madame. Elle la regarda
disparaître en haut de l'échelle raide des greniers. Merci !
elle n'avait pas envie de se casser les jambes. Mais une
voix lui arriva, lointaine, comme soufflée dans un tuyau de 270
cheminée.

– Zoé ! Zoé ! où es-tu ? monte donc !… Oh ! tu n'as pas
idée… C'est féerique !

Zoé monta en grognant. Elle trouva madame sur le toit,
s'appuyant à la rampe de briques, regardant le vallon qui
s'élargissait au loin. L'horizon était immense ; mais des
vapeurs grises le noyaient, un vent terrible chassait de
fines gouttes de pluie. Nana devait tenir son chapeau à
deux mains pour qu'il ne fût pas enlevé, tandis que ses
jupes flottaient avec des claquements de drapeau. 280

– Ah ! non, par exemple ! dit Zoé en retirant tout de
suite son nez. Madame va être emportée… Quel chien de
temps !

Madame n'entendait pas. La tête penchée, elle regardait
la propriété, au-dessous d'elle. Il y avait sept ou huit
arpents, enclos de murs. Alors, la vue du potager la prit
tout entière. Elle se précipita, bouscula la femme de
chambre dans l'escalier, en bégayant :

– C'est plein de choux !… Oh ! des choux gros comme
ça !… Et des salades, de l'oseille, des oignons, et de tout ! 290
Viens vite.

La pluie tombait plus fort. Elle ouvrit son ombrelle de
soie blanche, courut dans les allées.

– Madame va prendre du mal ! criait Zoé, restée tran-
quillement sous la marquise [1] du perron.

Mais Madame voulait voir. À chaque nouvelle décou-
verte, c'étaient des exclamations.

– Zoé, des épinards ! Viens donc !… Oh ! des arti-
chauts ! Ils sont drôles. Ça fleurit donc, les artichauts ?…
Tiens ! qu'est-ce que c'est que ça ? Je ne connais pas ça… 300
Viens donc, Zoé, tu sais peut-être.

1. Auvent vitré construit au-dessus d'une porte d'entrée d'un perron.

La femme de chambre ne bougeait pas. Il fallait vraiment que madame fût enragée. Maintenant l'eau tombait à torrents, la petite ombrelle de soie blanche était déjà toute noire ; et elle ne couvrait pas madame, dont la jupe ruisselait. Cela ne la dérangeait guère. Elle visitait sous l'averse le potager et le fruitier, s'arrêtant à chaque arbre, se penchant sur chaque planche de légumes. Puis, elle courut jeter un coup d'œil au fond du puits, souleva un châssis
310 pour regarder ce qu'il y avait dessous, s'absorba dans la contemplation d'une énorme citrouille. Son besoin était de suivre toutes les allées, de prendre une possession immédiate de ces choses, dont elle avait rêvé autrefois, quand elle traînait ses savates d'ouvrière sur le pavé de Paris. La pluie redoublait, elle ne la sentait pas, désolée seulement de ce que le jour tombait. Elle ne voyait plus clair, elle touchait avec les doigts, pour se rendre compte. Tout à coup, dans le crépuscule, elle distingua des fraises. Alors, son enfance éclata.

320 – Des fraises ! des fraises ! Il y en a, je les sens !... Zoé, une assiette ! Viens cueillir des fraises.

Et Nana, qui s'était accroupie dans la boue, lâcha son ombrelle, recevant l'ondée. Elle cueillait des fraises, les mains trempées, parmi les feuilles. Cependant, Zoé n'apportait pas d'assiette. Comme la jeune femme se relevait, elle fut prise de peur. Il lui avait semblé voir glisser une ombre.

– Une bête ! cria-t-elle.

Mais la stupeur la planta au milieu de l'allée. C'était un
330 homme, et elle l'avait reconnu.

– Comment ! c'est Bébé !... Qu'est-ce que tu fais là, Bébé ?

– Tiens ! pardi ! répondit Georges, je suis venu.

Elle restait étourdie.

– Tu savais donc mon arrivée par le jardinier ?... Oh ! cet enfant ! Et il est trempé !

– Ah ! je vais te dire. La pluie m'a pris en chemin. Et puis, je n'ai pas voulu remonter jusqu'à Gumières, et en traversant la Choue, je suis tombé dans un sacré trou
340 d'eau.

Du coup, Nana oublia les fraises. Elle était toute tremblante et apitoyée. Ce pauvre Zizi dans un trou d'eau ! Elle

l'entraînait vers la maison, elle parlait de faire un grand feu.

— Tu sais, murmura-t-il en l'arrêtant dans l'ombre, je me cachais, parce que j'avais peur d'être grondé comme à Paris, quand je vais te voir sans être attendu.

Elle se mit à rire, sans répondre, et lui posa un baiser sur le front. Jusqu'à ce jour, elle l'avait traité en gamin, ne prenant pas ses déclarations au sérieux, s'amusant de lui comme d'un petit homme sans conséquence. Ce fut une affaire pour l'installer. Elle voulut absolument qu'on allumât le feu dans sa chambre ; on serait mieux là. La vue de Georges n'avait pas surpris Zoé, habituée à toutes les rencontres. Mais le jardinier, qui montait le bois, resta interloqué en apercevant ce monsieur ruisselant d'eau, auquel il était certain de ne pas avoir ouvert la porte. On le renvoya, on n'avait plus besoin de lui. Une lampe éclairait la pièce, le feu jetait une grande flamme claire.

— Jamais il ne séchera, il va s'enrhumer, dit Nana, en voyant Georges pris d'un frisson.

Et pas un pantalon d'homme ! Elle était sur le point de rappeler le jardinier, lorsqu'elle eut une idée. Zoé, qui défaisait les malles dans le cabinet de toilette, apportait à madame du linge pour se changer, une chemise, des jupons, un peignoir.

— Mais c'est parfait ! cria la jeune femme, Zizi peut mettre tout ça. Hein ? tu n'es pas dégoûté de moi… Quand tes vêtements seront secs, tu les reprendras et tu t'en iras vite, pour ne pas être grondé par ta maman… Dépêche-toi, je vais me changer aussi dans le cabinet.

Lorsque, dix minutes plus tard, elle reparut en robe de chambre, elle joignit les mains de ravissement.

— Oh ! le mignon, qu'il est gentil en petite femme !

Il avait simplement passé une grande chemise de nuit à entre-deux [1], un pantalon brodé et le peignoir, un long peignoir de batiste, garni de dentelles. Là-dedans, il semblait une fille, avec ses deux bras nus de jeune blond, avec ses cheveux fauves encore mouillés, qui roulaient dans son cou.

380

1. Bande de broderie ou de dentelle à bords droits.

– C'est qu'il est aussi mince que moi ! dit Nana en le
prenant par la taille. Zoé, viens donc voir comme ça lui
va… Hein ! c'est fait pour lui ; à part le corsage, qui est
trop large… Il n'en a pas autant que moi, ce pauvre Zizi.

– Ah ! bien sûr, ça me manque un peu, murmura
Georges, souriant.

Tous trois s'égayèrent. Nana s'était mise à boutonner le
peignoir du haut en bas, pour qu'il fût décent. Elle le tour-
nait comme une poupée, donnait des tapes, faisait bouffer
390 la jupe par-derrière. Et elle le questionnait, lui demandant
s'il était bien, s'il avait chaud. Par exemple, oui ! il était
bien. Rien ne tenait plus chaud qu'une chemise de
femme ; s'il avait pu, il en aurait toujours porté. Il se rou-
lait là-dedans, heureux de la finesse du linge, de ce vête-
ment lâche qui sentait bon, et où il croyait retrouver un peu
de la vie tiède de Nana.

Cependant, Zoé venait de descendre les habits trempés
à la cuisine, afin de les faire sécher le plus vite possible
devant un feu de sarments. Alors, Georges, allongé dans
400 un fauteuil, osa faire un aveu.

– Dis donc, tu ne manges pas, ce soir !… Moi, je meurs
de faim. Je n'ai pas dîné.

Nana se fâcha. En voilà une grosse bête, de filer de chez
sa maman, le ventre vide, pour aller se flanquer dans un
trou d'eau ! Mais elle aussi avait l'estomac en bas des
talons. Bien sûr qu'il fallait manger ! Seulement, on man-
gerait ce qu'on pourrait. Et on improvisa, sur un guéridon
roulé devant le feu, le dîner le plus drôle. Zoé courut chez
le jardinier, qui avait fait une soupe aux choux, en cas que
410 madame ne dînât pas à Orléans, avant de venir ; madame
avait oublié de lui marquer, sur sa lettre, ce qu'il devait
préparer. Heureusement, la cave était bien garnie. On eut
donc une soupe aux choux, avec un morceau de lard. Puis,
en fouillant dans son sac, Nana trouva un tas de choses,
des provisions qu'elle avait fourrées là par précaution : un
petit pâté de foie gras, un sac de bonbons, des oranges.
Tous deux mangèrent comme des ogres, avec un appétit de
vingt ans, en camarades qui ne se gênaient pas. Nana
appelait Georges : « Ma chère » ; ça lui semblait plus
420 familier et plus tendre. Au dessert, pour ne pas déranger

Zoé, ils vidèrent avec la même cuiller, chacun à son tour, un pot de confiture trouvé en haut d'une armoire.

— Ah ! ma chère, dit Nana en repoussant le guéridon, il y a dix ans que je n'ai dîné si bien !

Pourtant, il se faisait tard, elle voulait renvoyer le petit, par crainte de lui attirer de mauvaises raisons. Lui, répétait qu'il avait le temps. D'ailleurs, les vêtements séchaient mal, Zoé déclarait qu'il faudrait au moins une heure encore ; et comme elle dormait debout, fatiguée du voyage, ils l'envoyèrent se coucher. Alors, ils restèrent 430 seuls, dans la maison muette.

Ce fut une soirée très douce. Le feu se mourait en braise, on étouffait un peu dans la grande chambre bleue, où Zoé avait fait le lit avant de monter. Nana, prise par la grosse chaleur, se leva pour ouvrir un instant la fenêtre. Mais elle poussa un léger cri.

— Mon Dieu ! que c'est beau !… Regarde, ma chère.

Georges était venu ; et, comme si la barre d'appui lui eût paru trop courte, il prit Nana par la taille, il appuya la tête à son épaule. Le temps avait brusquement changé, un ciel 440 pur se creusait, tandis qu'une lune ronde éclairait la campagne d'une nappe d'or. C'était une paix souveraine, un élargissement du vallon s'ouvrant sur l'immensité de la plaine, où les arbres faisaient des îlots d'ombre, dans le lac immobile des clartés. Et Nana s'attendrissait, se sentait redevenir petite. Pour sûr, elle avait rêvé des nuits pareilles, à une époque de sa vie qu'elle ne se rappelait plus. Tout ce qui lui arrivait depuis sa descente de wagon, cette campagne si grande, ces herbes qui sentaient fort, cette maison, ces légumes, tout ça la bouleversait, au point qu'elle 450 croyait avoir quitté Paris depuis vingt ans. Son existence d'hier était loin. Elle éprouvait des choses qu'elle ne savait pas. Georges, cependant, lui mettait sur le cou de petits baisers câlins, ce qui augmentait son trouble. D'une main hésitante, elle le repoussait comme un enfant dont la tendresse fatigue, et elle répétait qu'il fallait partir. Lui, ne disait pas non ; tout à l'heure, il partirait tout à l'heure.

Mais un oiseau chanta, puis se tut. C'était un rouge-gorge, dans un sureau [1], sous la fenêtre.

1. Arbuste à fleurs blanches odorantes et à fruits rouges ou noirs.

460 — Attends, murmura Georges, la lampe lui fait peur, je vais l'éteindre.

Et, quand il vint la reprendre à la taille, il ajouta :

— Nous la rallumerons dans un instant.

Alors, en écoutant le rouge-gorge, tandis que le petit se serrait contre elle, Nana se souvint. Oui, c'était dans des romances qu'elle avait vu tout ça. Autrefois, elle eût donné son cœur, pour avoir la lune ainsi, et des rouges-gorges, et un petit homme plein d'amour. Mon Dieu ! elle aurait pleuré, tant ça lui paraissait bon et gentil ! Bien sûr qu'elle
470 était née pour vivre sage. Elle repoussait Georges qui s'enhardissait.

— Non, laisse-moi, je ne veux pas… Ce serait très vilain, à ton âge… Écoute, je resterai ta maman.

Des pudeurs lui venaient. Elle était toute rouge. Personne ne pouvait la voir, pourtant ; la chambre s'emplissait de nuit derrière eux, tandis que la campagne déroulait le silence et l'immobilité de sa solitude. Jamais elle n'avait eu une pareille honte. Peu à peu, elle se sentait sans force, malgré sa gêne et ses révoltes. Ce déguisement, cette che-
480 mise de femme et ce peignoir, la faisaient rire encore. C'était comme une amie qui la taquinait.

— Oh ! c'est mal, c'est mal, balbutia-t-elle, après un dernier effort.

Et elle tomba en vierge dans les bras de cet enfant, en face de la belle nuit. La maison dormait.

Le lendemain, aux Fondettes, quand la cloche sonna le déjeuner, la table de la salle à manger n'était plus trop grande. Une première voiture avait amené ensemble Fauchery et Daguenet ; et, derrière eux, débarqué du train sui-
490 vant, venait d'arriver le comte de Vandeuvres. Georges descendit le dernier, un peu pâle, les yeux battus. Il répondait que ça allait beaucoup mieux, mais qu'il était encore étourdi par la violence de la crise. Madame Hugon, qui le regardait dans les yeux avec un sourire inquiet, ramenait ses cheveux mal peignés ce matin-là, pendant qu'il se reculait, comme gêné de cette caresse. À table, elle plaisanta affectueusement Vandeuvres, qu'elle disait attendre depuis cinq ans.

— Enfin, vous voilà… Comment avez-vous fait ?

Vandeuvres le prit sur un ton plaisant. Il racontait qu'il 500
avait perdu un argent fou, la veille, au Cercle [1]. Alors, il
était parti, avec l'idée de faire une fin en province.

– Ma foi, oui, si vous me trouvez une héritière dans la
contrée… Il doit y avoir ici des femmes délicieuses.

La vieille dame remerciait également Daguenet et Fau-
chery d'avoir bien voulu accepter l'invitation de son fils,
lorsqu'elle éprouva une joyeuse surprise, en voyant entrer
le marquis de Chouard, qu'une troisième voiture amenait.

– Ah ! çà, s'écria-t-elle, c'est donc un rendez-vous, ce
matin ? Vous vous êtes donné le mot. Que se passe-t-il ? 510
Voilà des années que je n'ai pu vous réunir, et vous tombez
tous à la fois… Oh ! je ne me plains pas.

On ajouta un couvert. Fauchery se trouvait près de la
comtesse Sabine, qui le surprenait par sa gaieté vive, elle
qu'il avait vue si languissante, dans le salon sévère de la
rue Miromesnil. Daguenet, assis à la gauche d'Estelle,
paraissait au contraire inquiet du voisinage de cette grande
fille muette, dont les coudes pointus lui étaient désa-
gréables. Muffat et Chouard avaient échangé un regard
sournois. Cependant, Vandeuvres poussait la plaisanterie 520
de son prochain mariage.

– À propos de dame, finit par lui dire madame Hugon,
j'ai une nouvelle voisine que vous devez connaître.

Et elle nomma Nana. Vandeuvres affecta le plus vif
étonnement.

– Comment ! la propriété de Nana est près d'ici !

Fauchery et Daguenet, également, se récrièrent. Le mar-
quis de Chouard mangeait un blanc de volaille, sans
paraître comprendre. Pas un des hommes n'avait eu un
sourire. 530

– Sans doute, reprit la vieille dame, et même cette per-
sonne est arrivée hier soir à la Mignotte, comme je le
disais. J'ai appris ça ce matin par le jardinier.

Du coup, ces messieurs ne purent cacher une très réelle
surprise. Tous levèrent la tête. Eh quoi ! Nana était
arrivée ! Mais ils ne l'attendaient que le lendemain, ils
croyaient la devancer ! Seul, Georges resta les cils baissés,
regardant son verre, d'un air las. Depuis le commence-

1. Voir note 2, p. 96.

ment du déjeuner, il semblait dormir, les yeux ouverts,
540 vaguement souriant.

– Est-ce que tu souffres toujours, mon Zizi ? lui
demanda sa mère, dont le regard ne le quittait pas.

Il tressaillit, il répondit en rougissant que ça allait tout à
fait bien ; et il gardait sa mine noyée et gourmande encore
de fille qui a trop dansé.

– Qu'as-tu donc là, au cou ? reprit madame Hugon,
effrayée. C'est tout rouge.

Il se troubla et balbutia. Il ne savait pas, il n'avait rien
au cou. Puis, remontant son col de chemise :

550 – Ah ! oui, c'est une bête qui m'a piqué.

Le marquis de Chouard avait jeté un coup d'œil oblique
sur la petite rougeur. Muffat, lui aussi, regarda Georges.
On achevait de déjeuner, en réglant des projets d'excur-
sion. Fauchery était de plus en plus remué par les rires de
la comtesse Sabine. Comme il lui passait une assiette de
fruits, leurs mains se touchèrent ; et elle le regarda une
seconde d'un regard si noir, qu'il pensa de nouveau à cette
confidence reçue un soir d'ivresse. Puis, elle n'était plus la
même, quelque chose s'accusait davantage en elle, sa robe
560 de foulard gris, molle à ses épaules, mettait un abandon
dans son élégance fine et nerveuse.

Au sortir de table, Daguenet resta en arrière avec Fau-
chery, pour plaisanter crûment sur Estelle, « un joli balai à
coller dans les bras d'un homme ». Pourtant, il devint
sérieux, lorsque le journaliste lui eut dit le chiffre de la
dot : quatre cent mille francs.

– Et la mère ? demanda Fauchery. Hein ! très chic !

– Oh ! celle-là, tant qu'elle voudrait !... Mais pas
moyen, mon bon !

570 – Bah ! est-ce qu'on sait !... Il faudrait voir.

On ne devait pas sortir ce jour-là. La pluie tombait
encore par averses. Georges s'était hâté de disparaître,
enfermé à double tour dans sa chambre. Ces messieurs
évitèrent de s'expliquer entre eux, tout en n'étant pas
dupes des raisons qui les réunissaient. Vandeuvres, très
maltraité par le jeu, avait eu réellement l'idée de se mettre
au vert ; et il comptait sur le voisinage d'une amie pour
l'empêcher de trop s'ennuyer. Fauchery, profitant des
vacances que lui donnait Rose, alors très occupée, se pro-

posait de traiter d'une seconde chronique avec Nana, dans 580
le cas où la campagne les attendrirait tous les deux.
Daguenet, qui la boudait depuis Steiner, songeait à
renouer, à ramasser quelques douceurs, si l'occasion se
présentait. Quant au marquis de Chouard, il guettait son
heure. Mais, parmi ces hommes suivant à la trace Vénus,
mal débarbouillée de son rouge, Muffat était le plus
ardent, le plus tourmenté par des sensations nouvelles de
désir, de peur et de colère, qui se battaient dans son être
bouleversé. Lui, avait une promesse formelle, Nana
l'attendait. Pourquoi donc était-elle partie deux jours plus 590
tôt ? Il résolut de se rendre à la Mignotte, le soir même,
après le dîner.

Le soir, comme le comte sortait du parc, Georges
s'enfuit derrière lui. Il le laissa suivre la route de
Gumières, traversa la Choue, tomba chez Nana, essoufflé,
enragé, avec des larmes plein les yeux. Ah ! il avait bien
compris, ce vieux qui était en route venait pour un rendez-
vous. Nana, stupéfaite de cette scène de jalousie, toute
remuée de voir comment tournaient les choses, le prit dans
ses bras, le consola du mieux qu'elle put. Mais non, il se 600
trompait, elle n'attendait personne ; si le monsieur venait,
ce n'était pas sa faute. Ce Zizi, quelle grosse bête, de se
causer tant de bile pour rien ! Sur la tête de son enfant, elle
n'aimait que son Georges. Et elle le baisait, et elle essuyait
ses larmes.

— Écoute, tu vas voir que tout est pour toi, reprit-elle,
quand il fut plus calme. Steiner est arrivé, il est là-haut...
Celui-là, mon chéri, tu sais que je ne puis pas le mettre à
la porte.

— Oui, je sais, je ne parle pas de celui-là, murmura le 610
petit.

— Eh bien ! je l'ai collé dans la chambre du fond, en lui
racontant que je suis malade. Il défait sa malle... Puisque
personne ne t'a aperçu, monte vite te cacher dans ma
chambre, et attends-moi.

Georges lui sauta au cou. C'était donc vrai, elle l'aimait
un peu ! Alors, comme hier ? ils éteindraient la lampe, ils
resteraient dans le noir jusqu'au jour. Puis, à un coup de
sonnette, il fila légèrement. En haut, dans la chambre, il
enleva tout de suite ses souliers pour ne pas faire de bruit ; 620

puis, il se cacha par terre, derrière un rideau, attendant d'un air sage.

Nana reçut le comte Muffat, encore secouée, prise d'une certaine gêne. Elle lui avait promis, elle aurait même voulu tenir sa parole, parce que cet homme lui semblait sérieux. Mais, en vérité, qui se serait douté des histoires de la veille ? ce voyage, cette maison qu'elle ne connaissait pas, ce petit qui arrivait tout mouillé, et comme ça lui avait paru bon, et comme ce serait gentil de
630 continuer ! Tant pis pour le monsieur ! Depuis trois mois, elle le faisait poser, jouant à la femme comme il faut, afin de l'allumer davantage. Eh bien ! il poserait encore, il s'en irait, si ça ne lui plaisait pas. Elle aurait plutôt tout lâché, que de tromper Georges.

Le comte s'était assis de l'air cérémonieux d'un voisin de campagne en visite. Ses mains seules avaient un tremblement. Dans cette nature sanguine, restée vierge, le désir, fouetté par la savante tactique de Nana, déterminait à la longue de terribles ravages. Cet homme si grave, ce
640 chambellan [1] qui traversait d'un pas digne les salons des Tuileries, mordait la nuit son traversin et sanglotait, exaspéré, évoquant toujours la même image sensuelle. Mais, cette fois, il était résolu d'en finir. Le long de la route, dans la grande paix du crépuscule, il avait rêvé des brutalités. Et, tout de suite, après les premières paroles, il voulut saisir Nana, à deux mains.

– Non, non, prenez garde, dit-elle simplement, sans se fâcher, avec un sourire.

Il la rattrapa, les dents serrées ; puis, comme elle se
650 débattait, il fut grossier, il lui rappela crûment qu'il venait coucher. Elle, toujours souriante, embarrassée pourtant, lui tenait les mains. Elle le tutoya, afin d'adoucir son refus.

– Voyons, chéri, tiens-toi tranquille… Vrai, je ne peux pas… Steiner est là-haut.

Mais il était fou ; jamais elle n'avait vu un homme dans un état pareil. La peur la prenait ; elle lui mit les doigts sur la bouche, pour étouffer les cris qu'il laissait échapper ; et, baissant la voix, elle le suppliait de se taire, de le lâcher. Steiner descendait. C'était stupide, à la fin ! Quand Steiner

1. Voir note 2, p. 46.

entra, il entendit Nana, mollement allongée au fond de son 660
fauteuil, qui disait :

– Moi, j'adore la campagne…

Elle tourna la tête, s'interrompant.

– Chéri, c'est monsieur le comte Muffat qui a vu de la
lumière, en se promenant, et qui est entré nous souhaiter la
bienvenue.

Les deux hommes se serrèrent la main. Muffat demeura
un instant sans parler, la face dans l'ombre. Steiner parais-
sait maussade. On causa de Paris ; les affaires ne mar-
chaient pas, il y avait eu à la Bourse des abominations. Au 670
bout d'un quart d'heure, Muffat prit congé. Et, comme la
jeune femme l'accompagnait, il demanda, sans l'obtenir,
un rendez-vous pour la nuit suivante. Steiner, presque aus-
sitôt, monta se coucher, en grognant contre les éternels
bobos des filles. Enfin, les deux vieux étaient emballés !
Lorsqu'elle put le rejoindre, Nana trouva Georges toujours
bien sage, derrière son rideau. La chambre était noire. Il
l'avait fait tomber par terre, assise près de lui, et ils
jouaient ensemble à se rouler, s'arrêtant, étouffant leurs
rires sous des baisers, lorsqu'ils donnaient contre un 680
meuble un coup de leurs pieds nus. Au loin, sur la route de
Gumières, le comte Muffat s'en allait lentement, son cha-
peau à la main, baignant sa tête brûlante dans la fraîcheur
et le silence de la nuit.

Alors, les jours suivants, la vie fut adorable. Nana, entre
les bras du petit, retrouvait ses quinze ans. C'était, sous la
caresse de cette enfance, une fleur d'amour refleurissant
chez elle, dans l'habitude et le dégoût de l'homme. Il lui
venait des rougeurs subites, un émoi qui la laissait frisson-
nante, un besoin de rire et de pleurer, toute une virginité 690
inquiète, traversée de désirs, dont elle restait honteuse.
Jamais elle n'avait éprouvé cela. La campagne la trompait
de tendresse. Étant petite, longtemps elle avait souhaité
vivre dans un pré, avec une chèvre, parce qu'un jour, sur
le talus des fortifications [1], elle avait vu une chèvre qui

1. Les fortifications dites de Thiers, construites entre 1841 et 1844, se
composaient d'une enceinte continue, sur une longueur de près de trente-
six kilomètres, et de seize forts détachés ; elles furent rasées entre 1920
et 1929.

bêlait, attachée à un pieu. Maintenant cette propriété, toute
cette terre à elle, la gonflait d'une émotion débordante,
tant ses ambitions se trouvaient dépassées. Elle était
ramenée aux sensations neuves d'une gamine ; et le soir,
700 lorsque, étourdie par sa journée vécue au grand air, grisée
de l'odeur des feuilles, elle montait rejoindre son Zizi,
caché derrière le rideau, ça lui semblait une escapade de
pensionnaire en vacances, un amour avec un petit cousin
qu'elle devait épouser, tremblante au moindre bruit,
redoutant que ses parents ne l'entendissent, goûtant les
tâtonnements délicieux et les voluptueuses épouvantes
d'une première faute.

Nana eut, à ce moment, des fantaisies de fille sentimen-
tale. Elle regardait la lune pendant des heures. Une nuit,
710 elle voulut descendre au jardin avec Georges, quand toute
la maison fut endormie ; et ils se promenèrent sous les
arbres, les bras à la taille, et ils allèrent se coucher dans
l'herbe, où la rosée les trempa. Une autre fois, dans la
chambre, après un silence, elle sanglota au cou du petit, en
balbutiant qu'elle avait peur de mourir. Elle chantait sou-
vent à demi-voix une romance de madame Lerat, pleine de
fleurs et d'oiseaux, s'attendrissant aux larmes, s'interrom-
pant pour prendre Georges dans une étreinte de passion,
en exigeant de lui des serments d'amour éternel. Enfin,
720 elle était bête, comme elle le reconnaissait elle-même,
lorsque tous les deux, redevenus camarades, fumaient des
cigarettes au bord du lit, les jambes nues, tapant le bois des
talons.

Mais ce qui acheva de fondre le cœur de la jeune
femme, ce fut l'arrivée de Louiset. Sa crise de maternité
eut la violence d'un coup de folie. Elle emportait son fils
au soleil pour le regarder gigoter ; elle se roulait avec lui
sur l'herbe, après l'avoir habillé comme un jeune prince.
Tout de suite elle voulut qu'il dormît près d'elle, dans la
730 chambre voisine, où madame Lerat, très impressionnée
par la campagne, ronflait, dès qu'elle était sur le dos. Et
Louiset ne faisait pas le moindre tort à Zizi, au contraire.
Elle disait qu'elle avait deux enfants, elle les confondait
dans le même caprice de tendresse. La nuit, à plus de dix
reprises, elle lâchait Zizi pour voir si Louiset avait une
bonne respiration ; mais, quand elle revenait, elle reprenait

son Zizi avec un restant de ses caresses maternelles, elle faisait la maman ; tandis que lui, vicieux, aimant bien être petit aux bras de cette grande fille, se laissait bercer comme un bébé qu'on endort. C'était si bon, que, charmée 740 de cette existence, elle lui proposa sérieusement de ne plus jamais quitter la campagne. Ils renverraient tout le monde, ils vivraient seuls, lui, elle et l'enfant. Et ils firent mille projets, jusqu'à l'aube, sans entendre madame Lerat, qui ronflait à poings fermés, lasse d'avoir cueilli des fleurs champêtres.

Cette belle vie dura près d'une semaine. Le comte Muffat venait tous les soirs, et s'en retournait, la face gonflée, les mains brûlantes. Un soir, il ne fut même pas reçu, Steiner ayant dû faire un voyage à Paris ; on lui dit que 750 madame était souffrante. Nana se révoltait davantage chaque jour, à l'idée de tromper Georges. Un petit si innocent, et qui croyait en elle ! Elle se serait regardée comme la dernière des dernières. Puis, ça l'aurait dégoûtée. Zoé, qui assistait, muette et dédaigneuse, à cette aventure, pensait que madame devenait bête.

Le sixième jour, tout d'un coup, une bande de visiteurs tomba dans cette idylle. Nana avait invité un tas de monde, croyant qu'on ne viendrait pas. Aussi, une après-midi, demeura-t-elle stupéfaite et très contrariée, en voyant un 760 omnibus [1] complet s'arrêter devant la grille de la Mignotte.

– C'est nous ! cria Mignon qui, le premier, descendit de la voiture, d'où il tira ses fils, Henri et Charles.

Labordette parut ensuite, donnant la main à un défilé interminable de dames : Lucy Stewart, Caroline Héquet, Tatan Néné, Maria Blond. Nana espérait que c'était fini, lorsque la Faloise sauta du marchepied, pour recevoir dans ses bras tremblants Gaga et sa fille Amélie. Ça faisait onze personnes. L'installation fut laborieuse. Il y avait, à la Mignotte, cinq chambres d'amis, dont une était déjà 770 occupée par madame Lerat et Louiset. On donna la plus grande au ménage Gaga et la Faloise, en décidant qu'Amélie coucherait sur un lit de sangle, à côté, dans le cabinet de toilette. Mignon et ses deux fils eurent la troisième chambre ; Labordette, la quatrième. Restait une

1. Voir note 1, p. 84.

pièce qu'on transforma en dortoir, avec quatre lits pour
Lucy, Caroline, Tatan et Maria. Quant à Steiner, il dormi-
rait sur le divan du salon. Au bout d'une heure, lorsque
tout son monde fut casé, Nana, d'abord furieuse, était
780 enchantée de jouer à la châtelaine. Ces dames la compli-
mentaient sur la Mignotte, une propriété renversante, ma
chère ! Puis, elles lui apportaient une bouffée de l'air de
Paris, les potins de cette dernière semaine, parlant toutes à
la fois, avec des rires, des exclamations, des tapes. À
propos, et Bordenave ! qu'avait-il dit de sa fugue ? Mais
pas grand-chose. Après avoir gueulé qu'il la ferait ramener
par les gendarmes, il l'avait simplement doublée, le soir ;
même que la doublure, la petite Violaine, obtenait, dans la
blonde Vénus, un très joli succès. Cette nouvelle rendit
790 Nana sérieuse.

Il n'était que quatre heures. On parla de faire un tour.

– Vous ne savez pas, dit Nana, je partais ramasser des
pommes de terre, quand vous êtes arrivés.

Alors, tous voulurent aller ramasser des pommes de
terre, sans même changer de vêtements. Ce fut une partie.
Le jardinier et deux aides se trouvaient déjà dans le
champ, au fond de la propriété. Ces dames se mirent à
genoux, fouillant la terre avec leurs bagues, poussant des
cris, lorsqu'elles découvraient une pomme de terre très
800 grosse. Ça leur semblait si amusant ! Mais Tatan Néné
triomphait ; elle en avait tellement ramassé dans sa jeu-
nesse, qu'elle s'oubliait et donnait des conseils aux autres,
en les traitant de bêtes. Les messieurs travaillaient plus
mollement. Mignon, l'air brave homme, profitait de son
séjour à la campagne pour compléter l'éducation de ses
fils : il leur parlait de Parmentier [1].

Le soir, le dîner fut d'une gaieté folle. On dévorait.
Nana, très lancée, s'empoigna avec son maître d'hôtel, un
garçon qui avait servi à l'évêché d'Orléans. Au café, les
810 dames fumèrent. Un bruit de noce à tout casser sortait par
les fenêtres, se mourait au loin dans la sérénité du soir ;

1. Antoine Augustin Parmentier, pharmacien militaire et agronome fran-
çais (1737-1813), publia un travail sur l'examen chimique de la pomme
de terre dont il répandit la culture en France.

tandis que les paysans, attardés entre les haies, tournant la
tête, regardaient la maison flambante.

– Ah ! c'est embêtant que vous repartiez après-demain,
dit Nana. Enfin, nous allons toujours organiser quelque
chose.

Et l'on décida qu'on irait le lendemain, un dimanche,
visiter les ruines de l'ancienne abbaye de Chamont, qui se
trouvaient à sept kilomètres. Cinq voitures viendraient
d'Orléans prendre la société après le déjeuner, et la ramè- 820
neraient dîner à la Mignotte, vers sept heures. Ce serait
charmant.

Ce soir-là, comme d'habitude, le comte Muffat monta le
coteau pour sonner à la grille. Mais le flamboiement des
fenêtres, les grands rires, l'étonnèrent. Il comprit, en
reconnaissant la voix de Mignon, et s'éloigna, enragé par
ce nouvel obstacle, poussé à bout, résolu à quelque vio-
lence. Georges, qui passait par une petite porte dont il
avait une clef, monta tranquillement dans la chambre de
Nana, en filant le long des murs. Seulement, il dut 830
l'attendre jusqu'à minuit passé. Elle parut enfin, très grise,
plus maternelle encore que les autres nuits ; quand elle
buvait, ça la rendait si amoureuse, qu'elle en devenait col-
lante. Ainsi, elle voulait absolument qu'il l'accompagnât à
l'abbaye de Chamont. Lui résistait, ayant peur d'être vu ;
si on l'apercevait en voiture avec elle, ça ferait un scandale
abominable. Mais elle fondit en larmes, prise d'un déses-
poir bruyant de femme sacrifiée, et il la consola, il lui
promit formellement d'être de la partie.

– Alors, tu m'aimes bien, bégayait-elle. Répète que tu 840
m'aimes bien… Dis ? mon loup chéri, si je mourais, est-
ce que ça te ferait beaucoup de peine ?

Aux Fondettes, le voisinage de Nana bouleversait la
maison. Chaque matin, pendant le déjeuner, la bonne
madame Hugon revenait malgré elle sur cette femme,
racontant ce que son jardinier lui rapportait, éprouvant
cette sorte d'obsession qu'exercent les filles sur les bour-
geoises les plus dignes. Elle, si tolérante, était révoltée,
exaspérée, avec le vague pressentiment d'un malheur, qui
l'effrayait, le soir, comme si elle eût connu la présence 850
dans la contrée d'une bête échappée de quelque ména-
gerie. Aussi cherchait-elle querelle à ses invités, en les

accusant tous de rôder autour de la Mignotte. On avait vu
le comte de Vandeuvres rire sur une grande route avec une
dame en cheveux ; mais il se défendait, il reniait Nana, car
c'était en effet Lucy qui l'accompagnait, pour lui conter
comment elle venait de flanquer son troisième prince à la
porte. Le marquis de Chouard sortait aussi tous les jours ;
seulement, il parlait d'une ordonnance de son docteur.
860 Pour Daguenet et Faguerie, madame Hugon se montrait
injuste. Le premier surtout ne quittait pas les Fondettes,
renonçant au projet de renouer, montrant auprès d'Estelle
un respectueux empressement. Faguerie restait de même
avec les dames Muffat. Une seule fois, il avait rencontré
dans un sentier Mignon, les bras pleins de fleurs, faisant
un cours de botanique à ses fils. Les deux hommes
s'étaient serré la main, en se donnant des nouvelles de
Rose ; elle se portait parfaitement, ils avaient chacun reçu
le matin une lettre, où elle les priait de profiter quelque
870 temps encore du bon air. De tous ses hôtes, la vieille dame
n'épargnait donc que le comte Muffat et Georges ; le
comte, qui prétendait avoir de graves affaires à Orléans, ne
pouvait courir la gueuse ; et quant à Georges, le pauvre
enfant finissait par l'inquiéter, car il était pris chaque soir
de migraines épouvantables, qui le forçaient de se coucher
au jour.

 Cependant, Faguerie s'était fait le cavalier ordinaire de
la comtesse Sabine, tandis que le comte s'absentait toutes
les après-midi. Lorsqu'on allait au bout du parc, il portait
880 son pliant et son ombrelle. D'ailleurs, il l'amusait par son
esprit baroque de petit journaliste, il la poussait à une de
ces intimités soudaines, que la campagne autorise. Elle
avait paru se livrer tout de suite, éveillée à une nouvelle
jeunesse, en compagnie de ce garçon dont la moquerie
bruyante ne semblait pouvoir la compromettre. Et, parfois,
lorsqu'ils se trouvaient seuls une seconde, derrière un
buisson, leurs yeux se cherchaient ; ils s'arrêtaient au
milieu d'un rire, brusquement sérieux, avec un regard noir,
comme s'ils s'étaient pénétrés et compris.

890 Le vendredi, au déjeuner, il avait fallu mettre un nou-
veau couvert. M. Théophile Venot, que madame Hugon se
souvint d'avoir invité l'hiver dernier, chez les Muffat,
venait d'arriver. Il arrondissait le dos, il affectait une bon-

homie d'homme insignifiant, sans paraître s'apercevoir
de la déférence inquiète qu'on lui témoignait. Quand il
eut réussi à se faire oublier, tout en croquant de petits
morceaux de sucre au dessert, il examina Daguenet qui
passait des fraises à Estelle, il écouta Fauchery dont une
anecdote égayait beaucoup la comtesse. Dès qu'on le
regardait, il souriait de son air tranquille. Au sortir de 900
table, il prit le bras du comte, il l'emmena dans le parc.
On savait qu'il gardait sur celui-ci une grande influence,
depuis la mort de sa mère. Des histoires singulières cou-
raient au sujet de la domination exercée dans la maison ,
par l'ancien avoué. Fauchery, que son arrivée gênait sans
doute, expliquait à Georges et à Daguenet les sources de
sa fortune, un gros procès dont les Jésuites l'avaient
chargé, autrefois ; et, selon lui, ce bonhomme, un terrible
monsieur avec sa mine douce et grasse, trempait mainte-
nant dans tous les tripotages de la prêtraille. Les deux 910
jeunes gens s'étaient mis à plaisanter, car ils trouvaient un
air idiot au petit vieillard. L'idée d'un Venot inconnu,
d'un Venot gigantesque, instrumentant pour le clergé, leur
semblait une imagination comique. Mais ils se turent,
lorsque le comte Muffat reparut, toujours au bras du bon-
homme, très pâle, les yeux rouges comme s'il avait
pleuré.

– Bien sûr, ils auront causé de l'enfer, murmura Fau-
chery goguenard.

La comtesse Sabine, qui avait entendu, tourna lente- 920
ment la tête, et leurs yeux se rencontrèrent, avec un de ces
longs regards dont ils se sondaient prudemment, avant de
se risquer.

D'habitude, après le déjeuner, on se rendait au bout du
parterre, sur une terrasse qui dominait la plaine. Le
dimanche, l'après-midi fut d'une douceur exquise. On
avait craint de la pluie, vers dix heures ; mais le ciel, sans
se découvrir, s'était comme fondu en un brouillard laiteux,
en une poussière lumineuse, toute blonde de soleil. Alors,
madame Hugon proposa de descendre par la petite porte 930
de la terrasse, et de faire une promenade à pied, du côté de
Gumières, jusqu'à la Choue ; elle aimait la marche, très
alerte encore pour ses soixante ans. Tout le monde,
d'ailleurs, jura qu'on n'avait pas besoin de voiture. On

arriva ainsi, un peu débandé [1], au pont de bois jeté sur la
rivière. Fauchery et Daguenet étaient en avant, avec les
dames Muffat ; le comte et le marquis venaient ensuite,
aux côtés de madame Hugon ; tandis que Vandeuvres, la
mine correcte et ennuyée sur cette grande route, marchait
940 à la queue, fumant un cigare. M. Venot, ralentissant ou
pressant le pas, allait d'un groupe à un autre, avec un sou-
rire, comme pour tout entendre.

– Et ce pauvre Georges qui est à Orléans ! répétait
madame Hugon. Il a voulu consulter sur ses migraines le
vieux docteur Tavernier, qui ne sort plus… Oui, vous
n'étiez pas levé, il est parti avant sept heures. Ça le dis-
traira toujours.

Mais elle s'interrompit pour dire :

– Tiens ! qu'ont-ils donc à s'arrêter sur le pont ?

950 En effet, ces dames, Daguenet, Fauchery se tenaient
immobiles à la tête du pont, l'air hésitant, comme si un
obstacle les eût inquiétés. Le chemin était libre pourtant.

– Avancez ! cria le comte.

Ils ne bougèrent pas, regardant quelque chose qui venait
et que les autres ne pouvaient voir encore. La route tour-
nait, bordée d'un épais rideau de peupliers. Cependant,
une rumeur sourde grandissait, des bruits de roue mêlés à
des rires, à des claquements de fouet. Et, tout d'un coup,
cinq voitures parurent, à la file, pleines à rompre les
960 essieux, égayées par un tapage de toilettes claires, bleues
et roses.

– Qu'est-ce que c'est que ça ? dit madame Hugon sur-
prise.

Puis, elle sentit, elle devina, révoltée d'un pareil enva-
hissement de sa route.

– Oh ! cette femme ! murmura-t-elle. Marchez, mar-
chez donc. N'ayez pas l'air…

Mais il n'était plus temps. Les cinq voitures, qui con-
duisaient Nana et sa société aux ruines de Chamont,
970 s'engageaient sur le petit pont de bois. Fauchery,
Daguenet, les dames Muffat durent reculer, pendant que
madame Hugon et les autres s'arrêtaient également, éche-
lonnés le long du chemin. Ce fut un défilé superbe. Les
rires avaient cessé dans les voitures ; des figures se tour-

1. Voir note 4, p. 35.

naient, curieusement. On se dévisagea, au milieu d'un
silence que coupait seul le trot cadencé des chevaux. Dans
la première voiture, Maria Blond et Tatan Néné, renver-
sées comme des duchesses, les jupes bouffant par-dessus
les roues, avaient des regards dédaigneux pour ces femmes
honnêtes qui allaient à pied. Ensuite Gaga emplissait toute 980
une banquette, noyant près d'elle la Faloise, dont on ne
voyait que le nez inquiet. Puis, venaient Caroline Héquet
avec Labordette, Lucy Stewart avec Mignon et ses fils, et
tout au bout, occupant une victoria[1] en compagnie de
Steiner, Nana, qui avait devant elle, sur un strapontin, ce
pauvre mignon de Zizi, fourrant ses genoux dans les siens.

 – C'est la dernière, n'est-ce pas ? demanda tranquille-
ment la comtesse à Fauchery, en affectant de ne point
reconnaître Nana.

 La roue de la victoria l'effleura presque, sans qu'elle fît 990
un pas en arrière. Les deux femmes avaient échangé un
regard profond, un de ces examens d'une seconde, com-
plets et définitifs. Quant aux hommes, ils furent tout à fait
bien. Fauchery et Daguenet, très froids, ne reconnurent
personne. Le marquis, anxieux, craignant une farce de la
part de ces dames, avait cassé un brin d'herbe qu'il roulait
entre ses doigts. Seul, Vandeuvres, resté un peu à l'écart,
salua des paupières Lucy, qui lui souriait au passage.

 – Prenez garde ! avait murmuré M. Venot, debout der-
rière le comte Muffat. 1000

 Celui-ci, bouleversé, suivait des yeux cette vision de
Nana, courant devant lui. Sa femme, lentement, s'était
tournée et l'examinait. Alors, il regarda la terre, comme
pour échapper au galop des chevaux qui lui emportaient la
chair et le cœur. Il aurait crié de souffrance, il venait de
comprendre, en apercevant Georges perdu dans les jupes
de Nana. Un enfant ! cela le brisait qu'elle lui eût préféré
un enfant ! Steiner lui était égal, mais cet enfant !

 Cependant, madame Hugon n'avait pas reconnu
Georges d'abord. Lui, en traversant le pont, aurait sauté 1010
dans la rivière, si les genoux de Nana ne l'avaient retenu.
Alors, glacé, blanc comme un linge, il se tint très raide. Il
ne regardait personne. Peut-être qu'on ne le verrait pas.

1. Voiture découverte à quatre roues.

– Ah ! mon Dieu ! dit tout à coup la vieille dame, c'est
Georges qui est avec elle !

Les voitures avaient passé au milieu de ce malaise de
gens qui se connaissaient et qui ne se saluaient pas. Cette
rencontre délicate, si rapide, semblait s'être éternisée. Et,
maintenant, les roues emportaient plus gaiement dans la
1020 campagne blonde ces charretées de filles fouettées de
grand air ; des bouts de toilettes vives flottaient, des rires
recommençaient, avec des plaisanteries et des regards
jetés en arrière, sur ces gens comme il faut, restés au bord
de la route, l'air vexé. Nana, en se retournant, put voir les
promeneurs hésiter, puis revenir sur leurs pas, sans tra-
verser le pont. Madame Hugon s'appuyait au bras du
comte Muffat, muette, et si triste, que personne n'osait la
consoler.

– Dites donc, cria Nana à Lucy qui se penchait dans la
1030 voiture voisine, avez-vous vu Fauchery, ma chère ? A-t-il
fait une sale tête ! Il me paiera ça… Et Paul, un garçon
pour lequel j'ai été si bonne ! Pas seulement un signe…
Vrai, ils sont polis !

Et elle fit une scène affreuse à Steiner, qui trouvait très
correcte l'attitude de ces messieurs. Alors, elles ne méri-
taient pas même un coup de chapeau ? le premier goujat
venu pouvait les insulter ? Merci, il était propre, lui aussi ;
c'était complet. On devait toujours saluer une femme.

– Qui est-ce, la grande ? demanda Lucy, à toute volée,
1040 dans le bruit des roues.

– C'est la comtesse Muffat, répondit Steiner.

– Tiens, je m'en doutais, dit Nana. Eh bien ! mon cher,
elle a beau être comtesse, c'est une pas grand-chose…
Oui, oui, une pas grand-chose… Vous savez, j'ai l'œil,
moi. Maintenant, je la connais comme si je l'avais faite,
votre comtesse… Voulez-vous parier qu'elle couche avec
cette vipère de Fauchery ?… Je vous dis qu'elle y couche !
On sent bien ça, entre femmes.

Steiner haussa les épaules. Depuis la veille, sa mauvaise
1050 humeur grandissait ; il avait reçu des lettres qui l'obli-
geaient à partir le lendemain matin ; puis, ce n'était pas
drôle, de venir à la campagne pour dormir sur le divan du
salon.

– Et ce pauvre bébé ! reprit Nana subitement attendrie, en s'apercevant de la pâleur de Georges, qui était resté raide, la respiration coupée.

– Croyez-vous que maman m'ait reconnu ? bégaya-t-il enfin.

– Oh ! ça, pour sûr. Elle a crié... Aussi, c'est ma faute. Il ne voulait pas en être. Je l'ai forcé... Écoute, Zizi, veux-tu que j'écrive à ta maman ? Elle a l'air bien respectable. Je lui dirai que je ne t'avais jamais vu, que c'est Steiner qui t'a amené aujourd'hui pour la première fois.

– Non, non, n'écris pas, dit Georges très inquiet. J'arrangerai ça moi-même... Et puis, si on m'ennuie, je ne rentre plus.

Mais il demeura absorbé, cherchant des mensonges pour le soir. Les cinq voitures roulaient en plaine, sur une interminable route droite, bordée de beaux arbres. L'air, d'un gris argenté, baignait la campagne. Ces dames continuaient à se crier des phrases, d'une voiture à l'autre, derrière le dos des cochers, qui riaient de ce drôle de monde ; par moments, une d'elles se mettait debout, pour voir, puis s'entêtait, appuyée aux épaules d'un voisin, tant qu'une secousse ne la rejetait pas sur la banquette. Caroline Héquet, cependant, était en grande conversation avec Labordette ; tous deux tombaient d'accord que Nana vendrait sa campagne avant trois mois, et Caroline chargeait Labordette de lui racheter ça en sous-main, pour quatre sous. Devant eux, la Faloise, très amoureux, ne pouvant atteindre la nuque apoplectique de Gaga, lui baisait un coin de l'échine, sur sa robe, dont l'étoffe tendue craquait ; tandis que, raide au bord du strapontin, Amélie leur disait de finir, agacée d'être là, les bras ballants, à regarder embrasser sa mère. Dans l'autre voiture, Mignon, pour étonner Lucy, exigeait de ses fils une fable de La Fontaine ; Henri surtout était prodigieux, il vous lâchait ça d'un trait, sans se reprendre. Mais Maria Blond, en tête, finissait par s'embêter, lasse de faire poser cette bûche de Tatan Néné, à qui elle racontait que les crémières de Paris fabriquaient des œufs avec de la colle et du safran. C'était trop loin, on n'arriverait donc pas ? Et la question, transmise de voiture en voiture, vint jusqu'à Nana, qui, après avoir interrogé son cocher, se leva pour crier :

– Encore un petit quart d'heure… Vous voyez là-bas cette église, derrière les arbres…

Puis, elle reprit :

– Vous ne savez pas, il paraît que la propriétaire du château de Chamont est une ancienne du temps de Napoléon… Oh ! une noceuse, m'a dit Joseph qui le tient des domestiques de l'évêché, une noceuse comme il n'y en a plus. Maintenant, elle est dans les curés.

– Elle s'appelle ? demanda Lucy.

– Madame d'Anglars.

– Irma d'Anglars, je l'ai connue ! cria Gaga.

Ce fut, le long des voitures, une suite d'exclamations, emportées dans le trot plus vif des chevaux. Des têtes s'allongeaient pour voir Gaga ; Maria Blond et Tatan Néné se tournèrent, à genoux sur la banquette, les poings dans la capote renversée ; et des questions se croisaient, avec des mots méchants, que tempérait une sourde admiration : Gaga l'avait connue, ça les frappait toutes de respect pour ce passé lointain.

– Par exemple, j'étais jeune, reprit Gaga. N'importe, je me souviens, je la voyais passer… On la disait dégoûtante chez elle. Mais, dans sa voiture, elle vous avait un chic ! Et des histoires épatantes, des saletés et des roublardises à crever… Ça ne m'étonne pas, si elle a un château. Elle vous nettoyait un homme, rien qu'à souffler dessus… Ah ! Irma d'Anglars vit encore ! Eh bien ! mes petites chattes, elle doit aller dans les quatre-vingt-dix ans.

Du coup, ces dames devinrent sérieuses. Quatre-vingt-dix ans ! Il n'y en avait pas une d'elles, comme le cria Lucy, fichue de vivre jusque-là. Toutes des patraques [1]. D'ailleurs, Nana déclara qu'elle ne voulait pas faire de vieux os ; c'était plus drôle. On arrivait, la conversation fut coupée par les claquements de fouet des cochers, qui lançaient leurs bêtes. Pourtant, au milieu du bruit, Lucy continua, sautant à un autre sujet, pressant Nana de partir avec la bande, le lendemain. L'Exposition allait fermer, ces dames devaient rentrer à Paris, où la saison dépassait leurs espérances. Mais Nana s'entêtait. Elle abominait Paris, elle n'y ficherait pas les pieds de sitôt.

1. Vieille femme en mauvaise santé.

– N'est-ce pas ? chéri, nous restons, dit-elle en serrant les genoux de Georges, sans s'inquiéter de Steiner.

Les voitures s'étaient brusquement arrêtées. Surprise, la société descendit dans un endroit désert, au bas d'un coteau. Il fallut qu'un des cochers leur montrât du bout de son fouet les ruines de l'ancienne abbaye de Chamont, perdues dans les arbres. Ce fut une grosse déception. Les 1140 dames trouvèrent ça idiot : quelques tas de décombres, couverts de ronces, avec une moitié de tour écroulée. Vrai, ça ne valait pas la peine de faire deux lieues. Le cocher leur indiqua alors le château, dont le parc commençait près de l'abbaye, en leur conseillant de prendre un petit chemin et de suivre les murs ; ils feraient le tour, pendant que les voitures iraient les attendre sur la place du village. C'était une promenade charmante. La société accepta.

– Fichtre ! Irma se met bien ! dit Gaga en s'arrêtant devant une grille, dans l'angle du parc, sur la route. 1150

Tous, silencieusement, regardèrent le fourré énorme qui bouchait la grille. Puis, dans le petit chemin, ils suivirent la muraille du parc, levant les yeux pour admirer les arbres, dont les branches hautes débordaient en une voûte épaisse de verdure. Au bout de trois minutes, ils se trouvèrent devant une nouvelle grille ; celle-là laissait voir une large pelouse où deux chênes séculaires faisaient des nappes d'ombre ; et, trois minutes plus loin, une autre grille encore déroula devant eux une avenue immense, un couloir de ténèbres, au fond duquel le soleil mettait la 1160 tache vive d'une étoile. Un étonnement, d'abord silencieux, leur tirait peu à peu des exclamations. Ils avaient bien essayé de blaguer, avec une pointe d'envie ; mais, décidément, ça les empoignait. Quelle force, cette Irma ! C'est ça qui donnait une crâne idée de la femme ! Les arbres continuaient, et sans cesse revenaient des manteaux de lierre coulant sur le mur, des toits de pavillon qui dépassaient, des rideaux de peupliers qui succédaient à des masses profondes d'ormes et de trembles. Ça ne finirait donc pas ? Ces dames auraient voulu voir l'habitation, 1170 lasses de toujours tourner, sans apercevoir autre chose, à chaque échappée, que des enfoncements de feuillage. Elles prenaient les barreaux des deux mains, appuyant le visage contre le fer. Une sensation de respect les envahis-

sait, tenues de la sorte à distance, rêvant du château invisible dans cette immensité. Bientôt, ne marchant jamais, elles éprouvèrent une fatigue. Et la muraille ne cessait point ; à tous les coudes du petit chemin désert, la même ligne de pierres grises s'allongeait. Quelques-unes, désespérant d'arriver au bout, parlaient de revenir en arrière. Mais, plus la course les brisait, et plus elles devenaient respectueuses, emplies davantage à chaque pas de la tranquille et royale majesté de ce domaine.

– C'est bête, à la fin ! dit Caroline Héquet, les dents serrées.

Nana la fit taire d'un haussement d'épaules. Elle, depuis un moment, ne parlait plus, un peu pâle, très sérieuse. Brusquement, au dernier détour, comme on débouchait sur la place du village, la muraille cessa, le château parut, au fond d'une cour d'honneur. Tous s'arrêtèrent, saisis par la grandeur hautaine des larges perrons, des vingt fenêtres de façade, du développement des trois ailes dont les briques s'encadraient dans des cordons [1] de pierre. Henri IV avait habité ce château historique, où l'on conservait sa chambre, avec le grand lit tendu de velours de Gênes. Nana, suffoquée, eut un petit soupir d'enfant.

– Cré nom ! murmura-t-elle très bas, pour elle-même.

Mais il y eut une forte émotion. Gaga, tout à coup, dit que c'était elle, Irma en personne, qui se tenait là-bas, devant l'église. Elle la reconnaissait bien ; toujours droite, la mâtine [2], malgré son âge, et toujours ses yeux, quand elle prenait son air. On sortait des vêpres [3]. Madame, un instant, resta sous le porche. Elle était en soie feuille morte, très simple et très grande, avec la face vénérable d'une vieille marquise, échappée aux horreurs de la Révolution. Dans sa main droite, un gros paroissien [4] luisait au soleil. Et, lentement, elle traversa la place, suivie d'un laquais en livrée, qui marchait à quinze pas. L'église se vidait, tous les gens de Chamont la saluaient profondément ; un vieillard lui baisa la main, une femme voulut

1. Bandeaux ou moulures saillant horizontalement sur un mur.
2. Coquine, personne vive et astucieuse.
3. Office religieux célébré l'après-midi.
4. Livre de prière pour suivre l'office à l'église.

se mettre à genoux. C'était une reine puissante, comblée d'ans et d'honneurs. Elle monta le perron, elle disparut.

– Voilà où l'on arrive, quand on a de l'ordre, dit Mignon d'un air convaincu, en regardant ses fils, comme pour leur donner une leçon.

Alors, chacun dit son mot. Labordette la trouvait prodigieusement conservée. Maria Blond lâcha une ordure, tandis que Lucy se fâchait, déclarant qu'il fallait honorer la vieillesse. Toutes, en somme, convinrent qu'elle était inouïe. On remonta en voiture. De Chamont à la Mignotte, Nana demeura silencieuse. Elle s'était retournée deux fois pour jeter un regard sur le château. Bercée par le bruit des roues, elle ne sentait plus Steiner à son côté, elle ne voyait plus Georges devant elle. Une vision se levait du crépuscule, madame passait toujours, avec sa majesté de reine puissante, comblée d'ans et d'honneurs. [1220]

Le soir, Georges rentra aux Fondettes pour le dîner. Nana, de plus en plus distraite et singulière, l'avait envoyé demander pardon à sa maman ; ça se devait, disait-elle avec sévérité, prise d'un brusque respect de la famille. Même elle lui fit jurer de ne pas revenir coucher cette nuit-là ; elle était fatiguée, et lui ne remplirait que son devoir, en montrant de l'obéissance. Georges, très ennuyé de cette morale, parut devant sa mère, le cœur gros, la tête basse. Heureusement, son frère Philippe était arrivé, un grand diable de militaire très gai ; cela coupa court à la scène qu'il redoutait. Madame Hugon se contenta de le regarder avec des yeux pleins de larmes, tandis que Philippe, mis au courant, le menaçait d'aller le chercher par les oreilles, s'il retournait chez cette femme. Georges, soulagé, calculait sournoisement qu'il s'échapperait le lendemain, vers deux heures, pour régler ses rendez-vous avec Nana. [1230] [1240]

Cependant, au dîner, les hôtes des Fondettes parurent gênés. Vandeuvres avait annoncé son départ ; il voulait ramener Lucy à Paris, trouvant drôle d'enlever cette fille qu'il voyait depuis dix ans, sans un désir. Le marquis de Chouard, le nez dans son assiette, songeait à la demoiselle de Gaga ; il se souvenait d'avoir fait sauter Lili sur ses genoux ; comme les enfants grandissaient ! elle devenait très grasse, cette petite. Mais le comte Muffat surtout resta silencieux, absorbé, la face rouge. Il avait jeté sur Georges [1250]

un long regard. Au sortir de table, il monta s'enfermer, en parlant d'un peu de fièvre. Derrière lui, M. Venot s'était précipité ; et il y eut, en haut, une scène, le comte tombé sur le lit, étouffant dans son oreiller des sanglots nerveux, tandis que M. Venot, d'une voix douce, l'appelait son frère et lui conseillait d'implorer la miséricorde divine. Il ne l'entendait pas, il râlait. Tout d'un coup, il sauta du lit, il bégaya :

1260 — J'y vais… Je ne peux plus…

— C'est bien, dit le vieillard, je vous accompagne.

Comme ils sortaient, deux ombres s'enfonçaient dans les ténèbres d'une allée. Tous les soirs, Fauchery et la comtesse Sabine laissaient maintenant Daguenet aider Estelle à préparer le thé. Sur la grande route, le comte marchait si vite, que son compagnon devait courir pour le suivre. Essoufflé, ce dernier ne cessait de lui prodiguer les meilleurs arguments contre les tentations de la chair. L'autre n'ouvrait pas la bouche, emporté dans la nuit.

1270 Arrivé devant la Mignotte, il dit simplement :

— Je ne peux plus… Allez-vous-en.

— Alors, que la volonté de Dieu soit faite, murmura M. Venot. Il prend tous les chemins pour assurer son triomphe… Votre péché sera une de ses armes.

À la Mignotte, on se querella pendant le repas. Nana avait trouvé une lettre de Bordenave, où il lui conseillait de prendre du repos, en ayant l'air de se ficher d'elle ; la petite Violaine était rappelée deux fois tous les soirs. Et, comme Mignon la pressait encore de partir le lendemain

1280 avec eux, Nana, exaspérée, déclara qu'elle entendait ne pas recevoir de conseils. D'ailleurs, elle s'était montrée, à table, d'un collet-monté ridicule. Madame Lerat, ayant lâché un mot raide, elle cria que, nom de Dieu ! elle n'autorisait personne, pas même sa tante, à dire des saletés en sa présence. Puis, elle rasa tout le monde par ses bons sentiments, un accès d'honnêteté bête, avec des idées d'éducation religieuse pour Louiset et tout un plan de bonne conduite pour elle. Comme on riait, elle eut des mots profonds, des hochements de bourgeoise convaincue,

1290 disant que l'ordre seul menait à la fortune, et qu'elle ne voulait pas mourir sur la paille. Ces dames, agacées, se récriaient : pas possible, on avait changé Nana ! Mais elle,

immobile, retombait dans sa rêverie, les yeux perdus, voyant se lever la vision d'une Nana très riche et très saluée.

On montait se coucher, quand Muffat se présenta. Ce fut Labordette qui l'aperçut dans le jardin. Il comprit, il lui rendit le service d'écarter Steiner et de le conduire par la main, le long du corridor obscur, jusqu'à la chambre de Nana. Labordette, pour ces sortes d'affaires, était d'une distinction parfaite, très adroit, et comme ravi de faire le bonheur des autres. Nana ne se montra pas surprise, ennuyée seulement de la rage de Muffat après elle. Il fallait être sérieuse dans la vie, n'est-ce pas ? C'était trop bête d'aimer, ça ne menait à rien. Puis, elle avait des scrupules, à cause du jeune âge de Zizi ; vrai, elle s'était conduite d'une façon pas honnête. Ma foi ! elle rentrait dans le bon chemin, elle prenait un vieux.

– Zoé, dit-elle à la femme de chambre enchantée de quitter la campagne, fais les malles demain en te levant, nous retournons à Paris.

Et elle coucha avec Muffat, mais sans plaisir.

VII

Trois mois plus tard, un soir de décembre, le comte
Muffat se promenait dans le passage des Panoramas [1]. La
soirée était très douce, une averse venait d'emplir le pas-
sage d'un flot de monde. Il y avait là une cohue, un défilé
pénible et lent, resserré entre les boutiques. C'était, sous
les vitres blanchies de reflets, un violent éclairage, une
coulée de clartés, des globes blancs, des lanternes rouges,
des transparents [2] bleus, des rampes de gaz, des montres et
des éventails géants en traits de flamme, brûlant en l'air ;
et le bariolage des étalages, l'or des bijoutiers, les cristaux
des confiseurs, les soies claires des modistes [3], flambaient,
derrière la pureté des glaces, dans le coup de lumière crue
des réflecteurs [4] ; tandis que, parmi la débandade peintur-
lurée des enseignes, un énorme gant de pourpre, au loin,
semblait une main saignante, coupée et attachée par une
manchette jaune.

Doucement, le comte Muffat était remonté jusqu'au
boulevard. Il jeta un regard sur la chaussée, puis revint à
petits pas, rasant les boutiques. Un air humide et chauffé
mettait une vapeur lumineuse dans l'étroit couloir. Le long
des dalles, mouillées par l'égouttement des parapluies, les

1. Voir note 1, p. 66.
2. Décorations peintes sur du papier huilé et éclairées par-derrière avec
des lumières.
3. Personnes qui créent, exécutent ou vendent des vêtements féminins.
4. Objets, miroirs qui réfléchissent la lumière.

pas sonnaient, continuellement, sans un bruit de voix. Des
promeneurs, en le coudoyant à chaque tour, l'examinaient,
la face muette, blêmie par le gaz. Alors, pour échapper à
ces curiosités, le comte se planta devant une papeterie, où
il contempla avec une attention profonde un étalage de
presse-papiers, des boules de verre dans lesquelles flot-
taient des paysages et des fleurs.

Il ne voyait rien, il songeait à Nana. Pourquoi venait-
elle de mentir une fois encore ? Le matin, elle lui avait 30
écrit de ne pas se déranger le soir, en prétextant que
Louiset était malade, et qu'elle passerait la nuit chez sa
tante, à le veiller. Mais lui, soupçonneux, s'étant présenté
chez elle, avait appris par la concierge que madame, juste-
ment, partait pour son théâtre. Cela l'étonnait, car elle ne
jouait pas dans la pièce nouvelle. Pourquoi donc ce men-
songe, et que pouvait-elle faire aux Variétés, ce soir-là ?

Bousculé par un passant, le comte, sans en avoir cons-
cience, quitta les presse-papiers et se trouva devant une
vitrine de bimbeloterie [1], regardant de son air absorbé un 40
étalage de carnets et de porte-cigares, qui tous, sur un
coin, avaient la même hirondelle bleue. Certainement,
Nana était changée. Dans les premiers temps, après son
retour de la campagne, elle le rendait fou, quand elle le
baisait autour de la figure, sur ses favoris, avec des câline-
ries de chatte, en lui jurant qu'il était le chien aimé, le seul
petit homme qu'elle adorât. Il n'avait plus peur de
Georges, retenu par sa mère aux Fondettes. Restait le gros
Steiner, qu'il pensait remplacer, mais sur lequel il n'osait
provoquer une explication. Il le savait de nouveau dans un 50
gâchis d'argent extraordinaire, près d'être exécuté [2] à la
Bourse, se cramponnant aux actionnaires des Salines des
Landes, tâchant de leur faire suer un dernier versement.
Quand il le rencontrait chez Nana, celle-ci lui expliquait,
d'un ton raisonnable, qu'elle ne voulait pas le flanquer à la
porte comme un chien, après ce qu'il avait dépensé pour
elle. D'ailleurs, depuis trois mois, il vivait au milieu d'un

1. Petits articles qui servent à des usages domestiques.
2. À la Bourse, quelqu'un qui n'est pas en mesure de financer ses opéra-
tions boursières au moment de la liquidation et qui doit alors régler la
différence et les frais de liquidation.

tel étourdissement sensuel, qu'en dehors du besoin de la
posséder, il n'éprouvait rien de bien net. C'était, dans
60 l'éveil tardif de sa chair, une gloutonnerie d'enfant qui ne
laissait pas de place à la vanité ni à la jalousie. Une seule
sensation précise pouvait le frapper : Nana devenait moins
gentille, elle ne le baisait plus sur la barbe. Cela l'inquié-
tait, il se demandait ce qu'elle avait à lui reprocher, en
homme qui ignore les femmes. Cependant, il croyait
contenter tous ses désirs. Et il revenait toujours à la lettre
du matin, à cette complication de mensonge, dans le but si
simple de passer la soirée à son théâtre. Sous une nouvelle
poussée de la foule, il avait traversé le passage, il se creu-
70 sait la tête devant un vestibule de restaurant, les yeux fixés
sur des alouettes plumées et sur un grand saumon allongé
dans une vitrine.

Enfin, il parut s'arracher à ce spectacle. Il se secoua,
leva les yeux, s'aperçut qu'il était près de neuf heures.
Nana allait sortir, il exigerait la vérité. Et il marcha, en se
rappelant les soirées passées déjà en cet endroit, quand il
la prenait à la porte du théâtre. Toutes les boutiques lui
étaient connues, il en retrouvait les odeurs, dans l'air
chargé de gaz, des senteurs rudes de cuir de Russie, des
80 parfums de vanille montant du sous-sol d'un chocolatier,
des haleines de musc soufflées par les portes ouvertes des
parfumeurs. Aussi n'osait-il plus s'arrêter devant les
visages pâles des dames de comptoir, qui le regardaient
placidement, en figure de connaissance. Un instant, il
sembla étudier la file des petites fenêtres rondes, au-dessus
des magasins, comme s'il les voyait pour la première fois,
dans l'encombrement des enseignes. Puis, de nouveau, il
monta jusqu'au boulevard, se tint là une minute. La pluie
ne tombait plus qu'en une poussière fine, dont le froid, sur
90 ses mains, le calma. Maintenant, il songeait à sa femme,
qui se trouvait près de Mâcon, dans un château où son
amie, madame de Chezelles, était très souffrante depuis
l'automne ; les voitures, sur la chaussée, roulaient au
milieu d'un fleuve de boue, la campagne devait être abo-
minable par ce vilain temps. Mais, tout à coup pris
d'inquiétude, il rentra dans la chaleur étouffée du passage,
il marcha à grandes enjambées parmi les promeneurs : la

pensée lui était venue que, si Nana se méfiait, elle filerait
par la galerie Montmartre.

Dès lors, le comte fit le guet à la porte même du théâtre. 100
Il n'aimait pas attendre dans ce bout de couloir, où il crai-
gnait d'être reconnu. C'était, à l'angle de la galerie des
Variétés et de la galerie Saint-Marc, un coin louche, avec
des boutiques obscures, une cordonnerie sans clientèle,
des magasins de meubles poussiéreux, un cabinet de
lecture [1] enfumé, somnolent, dont les lampes encapuchon-
nées dormaient, le soir, dans une lueur verte ; et il n'y avait
jamais là que des messieurs bien mis et patients, rôdant
parmi ce qui encombre une entrée des artistes, des soûle-
ries de machinistes et des guenilles de figurantes. Devant 110
le théâtre, un seul bec de gaz, dans un globe dépoli, éclai-
rait la porte. Muffat eut un moment l'idée de questionner
madame Bron ; puis, la crainte lui vint que Nana, pré-
venue, ne se sauvât par le boulevard. Il reprit sa marche,
résolu à attendre qu'on le mît dehors pour fermer les
grilles, comme cela était arrivé deux fois ; la pensée de
rentrer coucher seul lui serrait le cœur d'angoisse. Chaque
fois que des filles en cheveux [2], des hommes au linge sale,
sortaient et le dévisageaient, il revenait se planter devant le
cabinet de lecture, où, entre deux affiches collées sur une 120
vitre, il retrouvait le même spectacle, un petit vieux, raidi
et seul à l'immense table, dans la tache verte d'une lampe,
lisant un journal vert avec des mains vertes. Mais,
quelques minutes avant dix heures, un autre monsieur, un
grand bel homme, blond, ganté juste, se promena lui aussi
devant le théâtre. Alors, tous deux, à chaque tour, se jetè-
rent un coup d'œil oblique, d'un air méfiant. Le comte
poussait jusqu'à l'angle des deux galeries, orné d'un haut
panneau de glace ; et là, en s'apercevant, la mine grave,
l'allure correcte, il éprouvait une honte mêlée de peur. 130

Dix heures sonnèrent. Muffat, brusquement, pensa qu'il
lui était bien facile de s'assurer si Nana se trouvait dans sa
loge. Il monta les trois marches, traversa le petit vestibule
badigeonné de jaune, puis se glissa dans la cour par une

1. Endroit où l'on louait les livres.
2. Sans chapeau, ce qui était contraire aux bonnes manières ; la femme
en cheveux est une femme du peuple.

porte qui fermait simplement au loquet. À cette heure, la
cour, étroite, humide comme un fond de puits, avec ses
cabinets d'aisances empestés, sa fontaine, le fourneau de
cuisine et les plantes dont la concierge l'encombrait, était
noyée d'une vapeur noire ; mais les deux murs qui se dres-
140 saient, troués de fenêtres, flamboyaient : en bas le magasin
des accessoires et le poste des pompiers, à gauche l'admi-
nistration, à droite et en haut les loges des artistes. C'était,
le long de ce puits, comme des gueules de four ouvertes
sur les ténèbres. Le comte avait tout de suite vu les vitres
de la loge éclairées, au premier étage ; et, soulagé, heu-
reux, il s'oubliait, les yeux en l'air, dans la boue grasse et
la fade puanteur de ce derrière de vieille maison pari-
sienne. De grosses gouttes tombaient d'une gouttière
crevée. Un rayon de gaz, glissé de la fenêtre de madame
150 Bron, jaunissait un bout de pavé moussu, un bas de
muraille mangé par les eaux d'un évier, tout un coin
d'ordures embarrassé de vieux seaux et de terrines fen-
dues, où verdissait dans une marmite un maigre fusain[1]. Il
y eut un grincement d'espagnolette[2], le comte se sauva.
 Certainement, Nana allait descendre. Il retourna devant
le cabinet de lecture ; dans l'ombre endormie, tachée
d'une lueur de veilleuse, le petit vieux n'avait pas bougé,
le profil cassé sur son journal. Puis, il marcha encore.
Maintenant, il poussait sa promenade plus loin, il traver-
160 sait la grande galerie, suivait la galerie des Variétés jusqu'à
la galerie Feydeau, déserte et froide, enfoncée dans une
obscurité lugubre ; et il revenait, il passait devant le
théâtre, tournait le coin de la galerie Saint-Marc, se ris-
quait jusqu'à la galerie Montmartre, où une machine
sciant du sucre, chez un épicier, l'intéressait. Mais, au troi-
sième tour, la peur que Nana ne s'échappât derrière son
dos lui fit perdre tout respect humain. Il se planta avec le
monsieur blond devant le théâtre même, échangeant tous
deux un regard d'humilité fraternelle, allumé d'un restant
170 de défiance sur une rivalité possible. Des machinistes, qui
sortaient fumer une pipe pendant un entracte, les boscu-
lèrent, sans que l'un ni l'autre osât se plaindre. Trois

1. Arbrisseau à feuilles luisantes.
2. Poignée de fenêtre.

grandes filles mal peignées, en robes sales, parurent sur le seuil, croquant des pommes, crachant les trognons ; et ils baissèrent la tête, ils restèrent sous l'effronterie de leurs yeux et la crudité de leurs paroles, éclaboussés, salis par ces coquines, qui trouvèrent drôle de se jeter sur eux, en se poussant.

Justement, Nana descendait les trois marches. Elle devint toute blanche, lorsqu'elle aperçut Muffat. 180

– Ah ! c'est vous, balbutia-t-elle.

Les figurantes, qui ricanaient, eurent peur en la reconnaissant ; et elles demeuraient plantées en ligne, d'un air raide et sérieux de servantes surprises par madame en train de mal faire. Le grand monsieur blond s'était écarté, à la fois rassuré et triste.

– Eh bien ! donnez-moi le bras, reprit Nana avec impatience.

Ils s'en allèrent doucement. Le comte, qui avait préparé des questions, ne trouvait rien à dire. Ce fut elle qui, d'une 190 voix rapide, conta une histoire : elle était encore chez sa tante à huit heures ; puis, voyant Louiset beaucoup mieux, elle avait eu l'idée de descendre un instant au théâtre.

– Quelque affaire importante ? demanda-t-il.

– Oui, une pièce nouvelle, répondit-elle après avoir hésité. On voulait avoir mon avis.

Il comprit qu'elle mentait. Mais la sensation tiède de son bras, fortement appuyé sur le sien, le laissait sans force. Il n'avait plus ni colère ni rancune de sa longue attente, son unique souci était de la garder là, maintenant 200 qu'il la tenait. Le lendemain, il tâcherait de savoir ce qu'elle était venue faire dans sa loge. Nana, toujours hésitante, visiblement en proie au travail intérieur d'une personne qui tâche de se remettre et de prendre un parti, s'arrêta en tournant le coin de la galerie des Variétés, devant l'étalage d'un éventailliste.

– Tiens ! murmura-t-elle, c'est joli, cette garniture de nacre avec ces plumes.

Puis, d'un ton indifférent :

– Alors, tu m'accompagnes chez moi ? 210

– Mais sans doute, dit-il étonné, puisque ton enfant va mieux.

Elle regretta son histoire. Peut-être Louiset avait-il une nouvelle crise ; et elle parla de retourner aux Batignolles. Mais, comme il offrait d'y aller aussi, elle n'insista pas. Un instant, elle eut la rage blanche d'une femme qui se sent prise et qui doit se montrer douce. Enfin, elle se résigna, elle résolut de gagner du temps ; pourvu qu'elle se débarrassât du comte vers minuit, tout s'arrangerait à son désir.

– C'est vrai, tu es garçon, ce soir, murmura-t-elle. Ta femme ne revient que demain matin, n'est-ce pas ?

– Oui, répondit Muffat un peu gêné de l'entendre parler familièrement de la comtesse.

Mais elle appuya, demandant l'heure du train, voulant savoir s'il irait à la gare l'attendre. Elle avait encore ralenti le pas, comme très intéressée par les boutiques.

– Vois donc ! dit-elle, arrêtée de nouveau devant un bijoutier, quel drôle de bracelet !

Elle adorait le passage des Panoramas. C'était une passion qui lui restait de sa jeunesse pour le clinquant de l'article de Paris, les bijoux faux, le zinc doré, le carton jouant le cuir. Quand elle passait, elle ne pouvait s'arracher des étalages, comme à l'époque où elle traînait ses savates de gamine, s'oubliant devant les sucreries d'un chocolatier, écoutant jouer de l'orgue dans une boutique voisine, prise surtout par le goût criard des bibelots à bon marché, des nécessaires dans des coquilles de noix, des hottes de chiffonnier pour les cure-dents, des colonnes Vendôme et des obélisques portant des thermomètres. Mais, ce soir-là, elle était trop secouée, elle regardait sans voir. Ça l'ennuyait, à la fin, de n'être pas libre ; et, dans sa révolte sourde, montait le furieux besoin de faire une bêtise. La belle avance d'avoir des hommes bien ! Elle venait de manger le prince et Steiner à des caprices d'enfant, sans qu'elle sût où l'argent passait. Son appartement du boulevard Haussmann n'était même pas entièrement meublé ; seul, le salon, tout en satin rouge, détonnait, trop orné et trop plein. À cette heure, pourtant, les créanciers la tourmentaient plus qu'autrefois, lorsqu'elle n'avait pas le sou ; chose qui lui causait une continuelle surprise, car elle se citait comme un modèle d'économie. Depuis un mois, ce voleur de Steiner trouvait mille francs à grand-

peine, les jours où elle menaçait de le flanquer dehors, s'il
ne les apportait pas. Quant à Muffat, il était idiot, il igno-
rait ce qu'on donnait, et elle ne pouvait lui en vouloir de
son avarice. Ah ! comme elle aurait lâché tout ce monde,
si elle ne s'était répété vingt fois par jour des maximes de
bonne conduite ! Il fallait être raisonnable, Zoé le disait
chaque matin, elle-même avait toujours présent un sou- 260
venir religieux, la vision royale de Chamont, sans cesse
évoquée et grandie. Et c'était pourquoi, malgré un trem-
blement de colère contenue, elle se faisait soumise au bras
du comte, en allant d'une vitrine à l'autre, au milieu des
passants plus rares. Dehors, le pavé séchait, un vent frais
qui enfilait la galerie balayait l'air chaud sous le vitrage,
effarait les lanternes de couleur, les rampes de gaz, l'éven-
tail géant, brûlant comme une pièce d'artifice. À la porte
du restaurant, un garçon éteignait les globes ; tandis que,
dans les boutiques vides et flambantes, les dames de 270
comptoir immobiles semblaient s'être endormies, les yeux
ouverts.

– Oh ! cet amour ! reprit Nana, au dernier étalage, reve-
nant de quelques pas pour s'attendrir sur une levrette en
biscuit [1], une patte levée devant un nid caché dans des
roses.

Ils quittèrent enfin le passage, et elle ne voulut pas de
voiture. Il faisait très bon, disait-elle ; d'ailleurs, rien ne
les pressait, ce serait charmant de rentrer à pied. Puis,
arrivée devant le Café anglais [2], elle eut une envie, elle 280
parla de manger des huîtres, racontant qu'elle n'avait rien
pris depuis le matin, à cause de la maladie de Louiset.
Muffat n'osa la contrarier. Il ne s'affichait pas encore avec
elle, il demanda un cabinet, filant vite le long des corri-
dors. Elle le suivait en femme qui connaissait la maison, et
ils allaient entrer dans un cabinet [3] dont un garçon tenait la
porte ouverte, lorsque, d'un salon voisin, où s'élevait une
tempête de rires et de cris, un homme sortit brusquement.
C'était Daguenet.

1. Porcelaine ayant l'aspect d'un marbre blanc très fin.
2. Café à la mode situé 13 boulevard des Italiens.
3. Dans un restaurant, pièce pour les personnes qui désirent rester iso-
lées.

290 – Tiens ! Nana ! cria-t-il.

Vivement, le comte avait disparu dans le cabinet, dont la porte resta entrebâillée. Mais, comme son dos rond fuyait, Daguenet cligna les yeux, en ajoutant d'un ton de blague :

– Fichtre ! tu vas bien, tu les prends aux Tuileries, maintenant !

Nana sourit, un doigt sur les lèvres, pour le prier de se taire. Elle le voyait très lancé, heureuse pourtant de le rencontrer là, lui gardant un coin de tendresse, malgré sa saleté de ne pas la reconnaître, lorsqu'il se trouvait avec

300 des femmes comme il faut.

– Que deviens-tu ? demanda-t-elle amicalement.

– Je me range. Vrai, je songe à me marier.

Elle haussa les épaules d'un air de pitié. Mais lui, en plaisantant, continuait, disait que ce n'était pas une vie de gagner à la Bourse juste de quoi donner des bouquets aux dames, pour rester au moins un garçon propre. Ses trois cent mille francs lui avaient duré dix-huit mois. Il voulait être pratique, il épouserait une grosse dot et finirait préfet, comme son père. Nana souriait toujours, incrédule. Elle

310 indiqua le salon d'un mouvement de tête.

– Avec qui es-tu là ?

– Oh ! toute une bande, dit-il, oubliant ses projets sous une bouffée d'ivresse. Imagine-toi que Léa raconte son voyage en Égypte [1]. C'est d'un drôle ! Il y a une histoire de bain…

Et il raconta l'histoire. Nana s'attardait, complaisamment. Ils avaient fini par s'adosser, l'un devant l'autre, dans le corridor. Des becs de gaz brûlaient sous le plafond bas, une vague odeur de cuisine dormait entre les plis des

320 tentures. Par moments, pour s'entendre, lorsque le vacarme du salon redoublait, ils devaient approcher leurs visages. Toutes les vingt secondes, un garçon, chargé de plats, trouvant le corridor barré, les dérangeait. Mais eux, sans s'interrompre, s'effaçaient contre les murs, tranquilles, causant comme chez eux, au milieu du tapage des soupeurs et de la bousculade du service.

1. Blanche d'Antigny fit une tournée en Égypte en 1869, Hortense Schneider en 1873.

– Vois donc, murmura le jeune homme en montrant d'un signe la porte du cabinet, où Muffat avait disparu.

Tous deux regardèrent. La porte avait de petits frémissements, un souffle semblait l'agiter. Enfin, avec une lenteur extrême, elle se ferma, sans le moindre bruit. Ils échangèrent un rire silencieux. Le comte devait avoir une bonne tête, seul, là-dedans.

– À propos, demanda-t-elle, as-tu lu l'article de Fauchery sur moi ?

– Oui, « La mouche d'or », répondit Daguenet, je ne t'en parlais pas, craignant de te faire de la peine.

– De la peine, pourquoi ? Il est très long, son article.

Elle était flattée qu'on s'occupât de sa personne dans *Le Figaro*. Sans les explications de son coiffeur, Francis, qui lui avait apporté le journal, elle n'aurait pas compris qu'il s'agissait d'elle. Daguenet l'examinait en dessous, en ricanant de son air blagueur. Enfin, puisqu'elle était contente, tout le monde devait l'être.

– Excusez ! cria un garçon, qui les sépara, tenant à deux mains une bombe glacée.

Nana avait fait un pas vers le petit salon, où Muffat attendait.

– Eh bien ! adieu, reprit Daguenet. Va retrouver ton cocu.

De nouveau, elle s'arrêta.

– Pourquoi l'appelles-tu cocu ?

– Parce que c'est un cocu, parbleu !

Elle revint s'adosser au mur, profondément intéressée.

– Ah ! dit-elle simplement.

– Comment, tu ne savais pas ça ! Sa femme couche avec Fauchery, ma chère… Ça doit avoir commencé à la campagne… Tout à l'heure, Fauchery m'a quitté, comme je venais ici, et je me doute d'un rendez-vous chez lui pour ce soir. Ils ont inventé un voyage, je crois.

Nana demeurait muette, sous le coup de l'émotion.

– Je m'en doutais ! dit-elle enfin en tapant sur ses cuisses. J'avais deviné, rien qu'à la voir, l'autre fois, sur la route… Si c'est possible, une femme honnête tromper son mari, et avec cette roulure de Fauchery ! Il va lui en apprendre de propres.

– Oh ! murmura Daguenet méchamment, ce n'est pas son coup d'essai. Elle en sait peut-être autant que lui.

Alors, elle eut une exclamation indignée.

370 – Vrai !… Quel joli monde ! c'est trop sale !

– Excusez ! cria un garçon chargé de bouteilles, en les séparant.

Daguenet la ramena, la retint un instant par la main. Il avait pris sa voix de cristal, une voix aux notes d'harmonica qui faisait tout son succès auprès de ces dames.

– Adieu, chérie… Tu sais, je t'aime toujours.

Elle se dégagea ; et, souriante, la parole couverte par un tonnerre de cris et de bravos, dont la porte du salon tremblait :

380 – Bête, c'est fini… Mais ça ne fait rien. Monte donc un de ces jours. Nous causerons.

Puis, redevenant très grave, du ton d'une bourgeoise révoltée :

– Ah ! il est cocu… Eh bien ! mon cher, c'est embêtant. Moi, ça m'a toujours dégoûtée, un cocu.

Quand elle entra enfin dans le cabinet, elle aperçut Muffat, assis sur un étroit divan, qui se résignait, la face blanche, les mains nerveuses. Il ne lui fit aucun reproche. Elle, toute remuée, était partagée entre la pitié et le
390 mépris. Ce pauvre homme, qu'une vilaine femme trompait si indignement ! Elle avait envie de se jeter à son cou, pour le consoler. Mais, tout de même, c'était juste, il était idiot avec les femmes ; ça lui apprendrait. Cependant, la pitié l'emporta. Elle ne le lâcha pas, après avoir mangé ses huîtres, comme elle se l'était promis. Ils restèrent à peine un quart d'heure au Café anglais, et rentrèrent ensemble boulevard Haussmann. Il était onze heures ; avant minuit, elle aurait bien trouvé un moyen doux de le congédier.

400 Par prudence, dans l'antichambre, elle donna un ordre à Zoé.

– Tu le guetteras, tu lui recommanderas de ne pas faire de bruit, si l'autre est encore avec moi.

– Mais où le mettrai-je, madame ?

– Garde-le à la cuisine. C'est plus sûr.

Muffat, dans la chambre, ôtait déjà sa redingote. Un grand feu brûlait. C'était toujours la même chambre, avec

ses meubles de palissandre [1], ses tentures et ses sièges de
damas broché, à grandes fleurs bleues sur fond gris. Deux
fois, Nana avait rêvé de la refaire, la première tout en 410
velours noir, la seconde en satin blanc, avec des nœuds
roses ; mais, dès que Steiner consentait, elle exigeait
l'argent que ça coûterait, pour le manger. Elle avait eu seu-
lement le caprice d'une peau de tigre devant la cheminée,
et d'une veilleuse de cristal, pendue au plafond.

 – Moi, je n'ai pas sommeil, je ne me couche pas, dit-
elle, lorsqu'ils se furent enfermés.

 Le comte lui obéissait avec une soumission d'homme
qui ne craint plus d'être vu. Son unique souci était de ne
pas la fâcher. 420

 – Comme tu voudras, murmura-t-il.

 Pourtant, il retira encore ses bottines, avant de s'asseoir
devant le feu. Un des plaisirs de Nana était de se désha-
biller en face de son armoire à glace, où elle se voyait en
pied. Elle faisait tomber jusqu'à sa chemise ; puis, toute
nue, elle s'oubliait, elle se regardait longuement [2]. C'était
une passion de son corps, un ravissement du satin de sa
peau et de la ligne souple de sa taille, qui la tenait
sérieuse, attentive, absorbée dans un amour d'elle-même.
Souvent, le coiffeur la trouvait ainsi, sans qu'elle tournât 430
la tête. Alors, Muffat se fâchait, et elle restait surprise.
Que lui prenait-il ? Ce n'était pas pour les autres, c'était
pour elle.

 Ce soir-là, voulant se mieux voir, elle alluma les six
bougies des appliques. Mais, comme elle laissait glisser sa
chemise, elle s'arrêta, préoccupée depuis un moment,
ayant une question au bord des lèvres.

 – Tu n'as pas lu l'article du *Figaro* ?... Le journal est
sur la table.

 Le rire de Daguenet lui revenait à la mémoire, elle était 440
travaillée d'un doute. Si ce Fauchery l'avait débinée, elle
se vengerait.

1. Voir note 4, p. 68.
2. En 1877, Édouard Manet, qui avait lu *L'Assommoir* en feuilleton
en 1876, donna le nom de Nana à un tableau représentant son amie Hen-
riette Hauser en déshabillé devant un miroir, sous l'œil d'un monsieur
respectable assis sur un canapé.

– On prétend qu'il s'agit de moi, là-dedans, reprit-elle
en affectant un air d'indifférence. Hein ? chéri, quelle est
ton idée ?

Et, lâchant la chemise, attendant que Muffat eût fini sa
lecture, elle resta nue. Muffat lisait lentement. La chro-
nique de Fauchery, intitulée « La mouche d'or », était
l'histoire d'une fille, née de quatre ou cinq générations
450 d'ivrognes, le sang gâté par une longue hérédité de misère
et de boisson, qui se transformait chez elle en un détraque-
ment nerveux de son sexe de femme [1]. Elle avait poussé
dans un faubourg, sur le pavé parisien ; et, grande, belle,
de chair superbe ainsi qu'une plante de plein fumier, elle
vengeait les gueux et les abandonnés dont elle était le pro-
duit. Avec elle, la pourriture qu'on laissait fermenter dans
le peuple remontait et pourrissait l'aristocratie. Elle deve-
nait une force de la nature, un ferment de destruction, sans
le vouloir elle-même, corrompant et désorganisant Paris
460 entre ses cuisses de neige, le faisant tourner comme des
femmes, chaque mois, font tourner le lait. Et c'était à la fin
de l'article que se trouvait la comparaison de la mouche,
une mouche couleur de soleil, envolée de l'ordure, une
mouche qui prenait la mort sur les charognes tolérées le
long des chemins, et qui, bourdonnante, dansante, jetant
un éclat de pierreries, empoisonnait les hommes rien qu'à
se poser sur eux, dans les palais où elle entrait par les
fenêtres.

Muffat leva la tête, les yeux fixes, regardant le feu.

470 – Eh bien ? demanda Nana.

Mais il ne répondit pas. Il parut vouloir relire la chro-
nique. Une sensation de froid coulait de son crâne sur ses
épaules. Cette chronique était écrite à la diable, avec des
cabrioles de phrases, une outrance de mots imprévus et de
rapprochements baroques. Cependant, il restait frappé par
sa lecture, qui, brusquement, venait d'éveiller en lui tout
ce qu'il n'aimait point à remuer depuis quelques mois.

Alors, il leva les yeux. Nana s'était absorbée dans son
ravissement d'elle-même. Elle pliait le cou, regardant avec

1. Dans l'arbre généalogique publié par Zola dans *Une page d'amour*,
Nana était ainsi décrite : « Hérédité de l'ivrognerie se tournant en hys-
térie. État de vice. »

attention dans la glace un petit signe brun qu'elle avait au- 480
dessus de la hanche droite ; et elle le touchait du bout du
doigt, elle le faisait saillir en se renversant davantage, le
trouvant sans doute drôle et joli, à cette place. Puis, elle
étudia d'autres parties de son corps, amusée, reprise de ses
curiosités vicieuses d'enfant. Ça la surprenait toujours de
se voir ; elle avait l'air étonné et séduit d'une jeune fille
qui découvre sa puberté. Lentement, elle ouvrit les bras
pour développer son torse de Vénus grasse, elle ploya la
taille, s'examinant de dos et de face, s'arrêtant au profil de
sa gorge, aux rondeurs fuyantes de ses cuisses. Et elle finit 490
par se plaire au singulier jeu de se balancer, à droite, à
gauche, les genoux écartés, la taille roulant sur les reins,
avec le frémissement continu d'une almée[1] dansant la
danse du ventre.

Muffat la contemplait. Elle lui faisait peur. Le journal
était tombé de ses mains. Dans cette minute de vision
nette, il se méprisait. C'était cela : en trois mois, elle avait
corrompu sa vie, il se sentait déjà gâté jusqu'aux moelles
par des ordures qu'il n'aurait pas soupçonnées. Tout allait
pourrir en lui, à cette heure. Il eut un instant conscience 500
des accidents du mal, il vit la désorganisation apportée par
ce ferment, lui empoisonné, sa famille détruite, un coin de
société qui craquait et s'effondrait. Et, ne pouvant
détourner les yeux, il la regardait fixement, il tâchait de
s'emplir du dégoût de sa nudité.

Nana ne bougea plus. Un bras derrière la nuque, une
main prise dans l'autre, elle renversait la tête, les coudes
écartés. Il voyait en raccourci ses yeux demi-clos, sa
bouche entrouverte, son visage noyé d'un rire amoureux ;
et, par-derrière, son chignon de cheveux jaunes dénoué lui 510
couvrait le dos d'un poil de lionne. Ployée et le flanc
tendu, elle montrait les reins solides, la gorge dure d'une
guerrière, aux muscles forts sous le grain satiné de la peau.
Une ligne fine, à peine ondée par l'épaule et la hanche,
filait d'un de ses coudes à son pied. Muffat suivait ce profil
si tendre, ces fuites de chair blonde se noyant dans des
lueurs dorées, ces rondeurs où la flamme des bougies met-
tait des reflets de soie. Il songeait à son ancienne horreur

1. Danseuse orientale.

de la femme, au monstre de l'Écriture, lubrique, sentant le
520 fauve. Nana était toute velue, un duvet de rousse faisait de
son corps un velours ; tandis que, dans sa croupe et ses
cuisses de cavale [1], dans les renflements charnus creusés
de plis profonds, qui donnaient au sexe le voile troublant
de leur ombre, il y avait de la bête. C'était la bête d'or,
inconsciente comme une force, et dont l'odeur seule gâtait
le monde. Muffat regardait toujours, obsédé, possédé, au
point qu'ayant fermé les paupières, pour ne plus voir,
l'animal reparut au fond des ténèbres, grandi, terrible, exa-
gérant sa posture. Maintenant, il serait là, devant ses yeux,
530 dans sa chair, à jamais.

Mais Nana se pelotonnait sur elle-même. Un frisson de
tendresse semblait avoir passé dans ses membres. Les
yeux mouillés, elle se faisait petite, comme pour se mieux
sentir. Puis, elle dénoua les mains, les abaissa le long
d'elle par un glissement, jusqu'aux seins, qu'elle écrasa
d'une étreinte nerveuse. Et rengorgée, se fondant dans une
caresse de tout son corps, elle se frotta les joues à droite,
à gauche, contre ses épaules, avec câlinerie. Sa bouche
goulue soufflait sur elle le désir. Elle allongea les lèvres,
540 elle se baisa longuement près de l'aisselle, en riant à
l'autre Nana, qui, elle aussi, se baisait dans la glace.

Alors, Muffat eut un soupir bas et prolongé. Ce plaisir
solitaire l'exaspérait. Brusquement, tout fut emporté en
lui, comme par un grand vent. Il prit Nana à bras-le-corps,
dans un élan de brutalité, et la jeta sur le tapis.

– Laisse-moi, cria-t-elle, tu me fais du mal !

Il avait conscience de sa défaite, il la savait stupide,
ordurière et menteuse, et il la voulait, même empoisonnée.

– Oh ! c'est bête ! dit-elle, furieuse, quand il la laissa se
550 relever.

Pourtant, elle se calma. Maintenant, il s'en irait. Après
avoir passé une chemise de nuit garnie de dentelle, elle
vint s'asseoir par terre, devant le feu. C'était sa place favo-
rite. Comme elle le questionnait de nouveau sur la chro-
nique de Fauchery, Muffat répondit vaguement, désireux
d'éviter une scène. D'ailleurs, elle déclara qu'elle avait
Fauchery quelque part. Puis, elle tomba dans un long

1. Jument.

silence, réfléchissant au moyen de renvoyer le comte. Elle
aurait voulu une manière aimable, car elle restait bonne
fille, et ça l'ennuyait de faire de la peine aux gens ; 560
d'autant plus que celui-là était cocu, idée qui avait fini par
l'attendrir.

— Alors, dit-elle enfin ; c'est demain matin que tu
attends ta femme ?

Muffat s'était allongé dans le fauteuil, l'air assoupi, les
membres las. Il dit oui, d'un signe. Nana le regardait,
sérieuse, avec un sourd travail de tête. Assise sur une
cuisse, dans le chiffonnage léger de ses dentelles, elle
tenait l'un de ses pieds nus entre ses deux mains ; et,
machinalement, elle le tournait, le retournait. 570

— Il y a longtemps que tu es marié ? demanda-t-elle.

— Dix-neuf ans, répondit le comte.

— Ah !… Et ta femme, est-elle aimable ? Faites-vous
bon ménage ensemble ?

Il se tut. Puis, d'un air gêné :

— Tu sais que je t'ai priée de ne jamais parler de ces
choses.

— Tiens ! pourquoi donc ? cria-t-elle, se vexant déjà. Je
ne la mangerai pas, ta femme, bien sûr, pour parler
d'elle… Mon cher, toutes les femmes se valent… 580

Mais elle s'arrêta, de peur d'en trop dire. Seulement,
elle prit un air supérieur, parce qu'elle se croyait très
bonne. Ce pauvre homme, il fallait le ménager. D'ailleurs,
une idée gaie lui était venue, elle souriait en l'examinant.
Elle reprit :

— Dis donc, je ne t'ai pas conté l'histoire que Fauchery
fait courir sur toi… En voilà une vipère ! Je ne lui en veux
pas, puisque son article est possible ; mais c'est une vraie
vipère tout de même.

Et, riant plus fort, lâchant son pied, elle se traîna et vint 590
appuyer sa gorge contre les genoux du comte.

— Imagine-toi, il jure que tu l'avais encore, lorsque tu as
épousé ta femme… Hein ? tu l'avais encore ?… Hein ?
est-ce vrai ?

Elle le pressait du regard, elle avait remonté les mains
jusqu'à ses épaules, et le secouait pour lui arracher cette
confession.

— Sans doute, répondit-il enfin d'un ton grave.

Alors, elle s'abattit de nouveau à ses pieds, dans une
600 crise de fou rire, bégayant, lui donnant des tapes.

– Non, c'est impayable, il n'y a que toi, tu es un phéno-
mène... Mais, mon pauvre chien, tu as dû être d'un bête !
Quand un homme ne sait pas, c'est toujours si drôle ! Par
exemple, j'aurais voulu vous voir !... Et ça s'est bien
passé ? Raconte un peu, oh ! je t'en prie, raconte.

Elle l'accabla de questions, demandant tout, exigeant
les détails. Et elle riait si bien, avec de brusques éclats qui
la faisaient se tordre, la chemise glissée et retroussée, la
peau dorée par le grand feu, que le comte, peu à peu, lui
610 conta sa nuit de noces. Il n'éprouvait plus aucun malaise.
Cela finissait par l'amuser lui-même, d'expliquer, selon
l'expression convenable, « comment il l'avait perdu ». Il
choisissait seulement les mots, par un reste de honte. La
jeune femme, lancée, l'interrogea sur la comtesse. Elle
était merveilleusement faite, mais un vrai glaçon, à ce
qu'il prétendait.

– Oh ! va, murmura-t-il lâchement, tu n'as pas à être
jalouse.

Nana avait cessé de rire. Elle reprit sa place, le dos au
620 feu, ramenant de ses deux mains jointes ses genoux sous
le menton. Et, sérieuse, elle déclara :

– Mon cher, ça ne vaut rien d'avoir l'air godiche devant
sa femme, le premier soir.

– Pourquoi ? demanda le comte surpris.

– Parce que, répondit-elle lentement, d'un air doctoral.

Elle professait, elle hochait la tête. Cependant, elle
daigna s'expliquer plus clairement.

– Vois-tu, moi, je sais comment ça se passe... Eh bien !
mon petit, les femmes n'aiment pas qu'on soit bête. Elles
630 ne disent rien, parce qu'il y a la pudeur, tu comprends...
Mais sois sûr qu'elles en pensent joliment long. Et tôt ou
tard, quand on n'a pas su, elles vont s'arranger ailleurs...
Voilà, mon loup.

Il semblait ne pas comprendre. Alors, elle précisa. Elle
se faisait maternelle, elle lui donnait cette leçon, en cama-
rade, par bonté de cœur. Depuis qu'elle le savait cocu, ce
secret la gênait, elle avait une envie folle de causer de ça
avec lui.

– Mon Dieu ! je parle de choses qui ne me regardent pas… Ce que j'en dis, c'est parce que tout le monde devrait être heureux… Nous causons, n'est-ce pas ? Voyons, tu vas répondre bien franchement.

Mais elle s'interrompit pour changer de position. Elle se brûlait.

– Hein ? il fait joliment chaud. J'ai le dos cuit… Attends, je vais me cuire un peu le ventre… C'est ça qui est bon pour les douleurs !

Et, quand elle se fut tournée, la gorge au feu, les pieds repliés sous les cuisses :

– Voyons, tu ne couches plus avec ta femme ?

– Non, je te le jure, dit Muffat, craignant une scène.

– Et tu crois que c'est un vrai morceau de bois ?

Il répondit affirmativement, en baissant le menton.

– Et c'est pour ça que tu m'aimes ?… Réponds donc ! je ne me fâcherai pas.

Il répéta le même signe.

– Très bien ! conclut-elle. Je m'en doutais. Ah ! ce pauvre chien !… Tu connais ma tante Lerat ? Quand elle viendra, fais-toi conter l'histoire du fruitier qui est en face de chez elle… Imagine-toi que ce fruitier… Cré nom ! que ce feu est chaud. Il faut que je me tourne. Je vais me cuire le côté gauche, maintenant.

En présentant la hanche à la flamme, une drôlerie lui vint, et elle se blagua elle-même, en bonne bête, heureuse de se voir si grasse et si rose, dans le reflet du brasier.

– Hein ? j'ai l'air d'une oie… Oh ! c'est ça, une oie à la broche… Je tourne, je tourne. Vrai, je cuis dans mon jus.

Elle était reprise d'un beau rire, lorsqu'il y eut un bruit de voix et de portes battantes. Muffat, étonné, l'interrogea du regard. Elle redevint sérieuse, l'air inquiet. C'était pour sûr le chat de Zoé, un sacré animal qui cassait tout. Minuit et demi. Où avait-elle l'idée de travailler au bonheur de son cocu ? À présent que l'autre était là, il fallait l'expédier, et vite.

– Que disais-tu ? demanda le comte avec complaisance, ravi de la voir si gentille.

Mais, dans son désir de le renvoyer, sautant à une autre humeur, elle fut brutale, ne ménageant plus les mots.

– Ah ! oui, le fruitier et sa femme… Eh bien ! mon cher,
680 ils ne se sont jamais touchés, pas ça !… Elle était très
portée là-dessus, tu comprends. Lui, godiche, n'a pas su…
Si bien que, la croyant en bois, il est allé ailleurs avec des
roulures qui l'ont régalé de toutes sortes d'horreurs, tandis
qu'elle, de son côté, s'en payait d'aussi raides avec des
garçons plus malins que son cornichon de mari… Et ça
tourne toujours comme ça, faute de s'entendre. Je le sais
bien, moi !

Muffat, pâlissant, comprenant enfin les allusions, voulut
la faire taire. Mais elle était lancée.
690 – Non, fiche-moi la paix !… Si vous n'étiez pas des
mufes, vous seriez aussi gentils chez vos femmes que chez
nous ; et si vos femmes n'étaient pas des dindes, elles se
donneraient pour vous garder la peine que nous prenons
pour vous avoir… Tout ça, c'est des manières… Voilà,
mon petit, mets ça dans ta poche.

– Ne parlez donc pas des honnêtes femmes, dit-il dure-
ment. Vous ne les connaissez pas.

Du coup, Nana se releva sur les genoux.

– Je ne les connais pas !… Mais elles ne sont seulement
700 pas propres, tes femmes honnêtes ! Non, elles ne sont pas
propres ! Je te défie d'en trouver une qui ose se montrer
comme je suis là… Vrai, tu me fais rire, avec tes femmes
honnêtes ! Ne me pousse pas à bout, ne me force pas à te
dire des choses que je regretterais ensuite.

Le comte, pour toute réponse, mâcha sourdement une
injure. À son tour, Nana devint blanche. Elle le regarda
quelques secondes sans parler. Puis, de sa voix nette :

– Que ferais-tu, si ta femme te trompait ?

Il eut un geste menaçant.
710 – Eh bien ! et moi, si je te trompais ?

– Oh ! toi, murmura-t-il avec un haussement d'épaules.

Certes, Nana n'était pas méchante. Depuis les premiers
mots, elle résistait à l'envie de lui envoyer son cocuage par
la figure. Elle aurait aimé le confesser là-dessus, tranquil-
lement. Mais, à la fin, il l'exaspérait ; ça devait finir.

– Alors, mon petit, reprit-elle, je ne sais pas ce que tu
fiches chez moi… Tu m'assommes depuis deux heures…
Va donc retrouver ta femme, qui fait ça avec Fauchery.

Oui, tout juste, rue Taitbout, au coin de la rue de Pro-
vence… Je te donne l'adresse, tu vois. 720

Puis, triomphante, voyant Muffat se mettre debout avec
le vacillement d'un bœuf assommé :

– Si les femmes honnêtes s'en mêlent et nous prennent
nos amants !… Vrai, elles vont bien, les femmes
honnêtes !

Mais elle ne put continuer. D'un mouvement terrible, il
l'avait jetée par terre, de toute sa longueur ; et, levant le
talon, il voulait lui écraser la tête pour la faire taire. Un
instant, elle eut une peur affreuse. Aveuglé, comme fou, il
s'était mis à battre la chambre. Alors, le silence étranglé 730
qu'il gardait, la lutte dont il était secoué la touchèrent
jusqu'aux larmes. Elle éprouvait un regret mortel. Et, se
pelotonnant devant le feu pour se cuire le côté droit, elle
entreprit de le consoler.

– Je te jure, chéri, je croyais que tu le savais. Sans cela,
je n'aurais pas parlé, bien sûr… Puis, ce n'est pas vrai,
peut-être. Moi, je n'affirme rien. On m'a dit ça, le monde
en cause ; mais qu'est-ce que ça prouve ?… Ah ! va, tu as
bien tort de te faire de la bile. Si j'étais homme, c'est moi
qui me ficherais des femmes ! Les femmes, vois-tu, en 740
haut comme en bas, ça se vaut : toutes noceuses et compa-
gnie.

Elle tapait sur les femmes, par abnégation, voulant lui
rendre le coup moins cruel. Mais il ne l'écoutait pas, ne
l'entendait pas. Tout en piétinant, il avait remis ses bot-
tines et sa redingote. Un moment encore, il battit la pièce.
Puis, dans un dernier élan, comme s'il trouvait enfin la
porte, il se sauva. Nana fut très vexée.

– Eh bien ! bon voyage ! continua-t-elle tout haut,
quoique seule. Il est encore poli, celui-là, quand on lui 750
parle !… Et moi qui m'escrimais ! Je suis revenue la pre-
mière, j'ai assez fait d'excuses, je crois !… Aussi, il était
là, à m'agacer !

Pourtant, elle restait mécontente, se grattant les jambes
à deux mains. Mais elle en prit son parti.

– Ah ! zut ! Ce n'est pas ma faute, s'il est cocu !

Et, cuite de tous les côtés, chaude comme une caille,
elle alla se fourrer dans son lit, en sonnant Zoé, pour
qu'elle fît entrer l'autre, qui attendait à la cuisine.

760 Dehors, Muffat marcha violemment. Une nouvelle
averse venait de tomber. Il glissait sur le pavé gras.
Comme il regardait en l'air, d'un mouvement machinal, il
vit des haillons de nuages, couleur de suie, qui couraient
devant la lune. À cette heure, sur le boulevard Haussmann,
les passants se faisaient rares. Il longea les chantiers de
l'Opéra [1], cherchant le noir, bégayant des mots sans suite.
Cette fille mentait. Elle avait inventé ça par bêtise et
cruauté. Il aurait dû lui écraser la tête, lorsqu'il la tenait
sous son talon. À la fin, c'était trop de honte, jamais il ne
770 la reverrait, jamais il ne la toucherait ; ou il faudrait qu'il
fût bien lâche. Et il respirait fortement, d'un air de déli-
vrance. Ah ! ce monstre nu, stupide, cuisant comme une
oie, bavant sur tout ce qu'il respectait depuis quarante
années ! La lune s'était découverte, une nappe blanche
baigna la rue déserte. Il eut peur et il éclata en sanglots,
tout d'un coup désespéré, affolé, comme tombé dans un
vide immense.

 – Mon Dieu ! balbutia-t-il, c'est fini, il n'y a plus rien.

 Le long des boulevards, des gens attardés hâtaient le
780 pas. Il tâcha de se calmer. L'histoire de cette fille recom-
mençait toujours dans sa tête en feu, il aurait voulu rai-
sonner les faits. C'était le matin que la comtesse devait
revenir du château de madame de Chezelles. Rien, en
effet, ne l'aurait empêchée de rentrer à Paris, la veille au
soir, et de passer la nuit chez cet homme. Il se rappelait
maintenant certains détails de leur séjour aux Fondettes.
Un soir, il avait surpris Sabine sous les arbres, si émue,
qu'elle ne pouvait répondre. L'homme était là. Pourquoi
ne serait-elle pas chez lui, maintenant ? À mesure qu'il y
790 pensait, l'histoire devenait possible. Il finit par la trouver
naturelle et nécessaire. Tandis qu'il se mettait en manches
de chemise chez une catin, sa femme se déshabillait dans
la chambre d'un amant ; rien de plus simple ni de plus
logique. Et, en raisonnant ainsi, il s'efforçait de rester

1. Le 29 septembre 1860, la construction d'une salle destinée à rem-
placer l'Opéra de la rue Le Peletier, à l'emplacement de l'actuelle place
de l'Opéra, fut déclarée d'utilité publique ; le concours fut remporté par
Charles Garnier, la première pierre fut posée le 21 juillet 1862 et le
théâtre fut inauguré le 5 janvier 1875.

froid. C'était une sensation de chute dans la folie de la
chair s'élargissant, gagnant et emportant le monde, autour
de lui. Des images chaudes le poursuivaient. Nana nue,
brusquement, évoqua Sabine nue. À cette vision, qui les
rapprochait dans une parenté d'impudeur, sous un même
souffle de désir, il trébucha. Sur la chaussée, un fiacre avait 800
failli l'écraser. Des femmes, sorties d'un café, le cou-
doyaient avec des rires. Alors, gagné de nouveau par les
larmes, malgré son effort, ne voulant pas sangloter devant
les gens, il se jeta dans une rue noire et vide, la rue Ros-
sini, où, le long des maisons silencieuses, il pleura comme
un enfant.

– C'est fini, disait-il d'une voix sourde. Il n'y a plus
rien, il n'y a plus rien.

Il pleurait si violemment, qu'il s'adossa contre une
porte, le visage dans ses mains mouillées. Un bruit de pas 810
le chassa. Il éprouvait une honte, une peur, qui le faisait
fuir devant le monde, avec la marche inquiète d'un rôdeur
de nuit. Quand des passants le croisaient sur le trottoir, il
tâchait de prendre une allure dégagée, en s'imaginant
qu'on lisait son histoire dans le balancement de ses
épaules. Il avait suivi la rue de la Grange-Batelière jusqu'à
la rue du Faubourg-Montmartre. L'éclat des lumières le
surprit, il revint sur ses pas. Pendant près d'une heure, il
courut ainsi le quartier, choisissant les trous les plus
sombres. Il avait sans doute un but où ses pieds allaient 820
d'eux-mêmes, patiemment, par un chemin sans cesse
compliqué de détours. Enfin, au coude d'une rue, il leva
les yeux. Il était arrivé. C'était le coin de la rue Taitbout et
de la rue de Provence. Il avait mis une heure pour venir là,
dans le grondement douloureux de son cerveau, lorsqu'en
cinq minutes il aurait pu s'y rendre. Un matin, le mois der-
nier, il se souvenait d'être monté chez Fauchery le remer-
cier d'une chronique sur un bal des Tuileries, où le journa-
liste l'avait nommé. L'appartement se trouvait à l'entre-
sol [1], de petites fenêtres carrées, à demi cachées derrière 830
l'enseigne colossale d'une boutique. Vers la gauche, la
dernière fenêtre était coupée par une bande de vive clarté,

1. Étage d'une hauteur réduite situé entre le rez-de-chaussée et le premier
étage.

un rayon de lampe qui passait entre les rideaux entrou-
verts. Et il resta les yeux fixés sur cette raie lumineuse,
absorbé, attendant quelque chose.

La lune avait disparu, dans un ciel d'encre, d'où tombait
une bruine glacée. Deux heures sonnèrent à la Trinité [1]. La
rue de Provence et la rue Taitbout s'enfonçaient, avec les
taches vives des becs de gaz [2], qui se noyaient au loin dans
840 une vapeur jaune. Muffat ne bougeait pas. C'était la
chambre ; il se la rappelait, tendue d'andrinople [3] rouge,
avec un lit Louis XIII [4], au fond. La lampe devait être à
droite, sur la cheminée. Sans doute, ils étaient couchés, car
pas une ombre ne passait, la raie de clarté luisait, immo-
bile comme un reflet de veilleuse. Et lui, les yeux toujours
levés, faisait un plan : il sonnait, il montait malgré les
appels du concierge, enfonçait les portes à coups d'épaule,
tombait sur eux, dans le lit, sans leur donner le temps de
dénouer leurs bras. Un instant, l'idée qu'il n'avait pas
850 d'arme l'arrêta ; puis, il décida qu'il les étranglerait. Il
reprenait son plan, il le perfectionnait, attendant toujours
quelque chose, un indice, pour être certain. Si une ombre
de femme s'était montrée à ce moment, il aurait sonné.
Mais la pensée qu'il se trompait peut-être le glaçait. Que
dirait-il ? Des doutes lui revenaient, sa femme ne pouvait
être chez cet homme, c'était monstrueux et impossible.
Cependant, il demeurait, envahi peu à peu par un engour-
dissement, glissant à une mollesse, dans cette longue
attente que la fixité de son regard hallucinait.

860 Une averse tomba. Deux sergents de ville [5] appro-
chaient, et il dut quitter le coin de porte où il s'était
réfugié. Lorsqu'ils se furent perdus dans la rue de Pro-
vence, il revint, mouillé, frissonnant. La raie lumineuse

1. L'église de la Trinité fut construite rue Saint-Lazare de 1861 à 1867,
selon les plans de l'architecte Théodore Ballu.
2. L'éclairage au gaz s'est répandu à Paris entre 1840 et 1850, et les bou-
levards en ont été équipés en 1857. En 1873, 36 575 becs de gaz sont
allumés chaque soir en quarante minutes par 750 préposés. Mais dans les
maisons particulières, l'utilisation du gaz s'est développée plus lente-
ment : 1 500 abonnés à Paris en 1828, presque 95 000 en 1872, 220 000
à la fin du siècle.
3. Tissu d'ameublement en coton, le plus souvent de couleur rouge.
4. Style décoratif simple et sévère.
5. Gardiens de la paix.

barrait toujours la fenêtre. Cette fois, il allait partir, quand
une ombre passa. Ce fut si rapide, qu'il crut s'être trompé.
Mais, coup sur coup, d'autres taches coururent, toute une
agitation eut lieu dans la chambre. Lui, cloué de nouveau
sur le trottoir, éprouvait une sensation intolérable de brû-
lure à l'estomac, attendant pour comprendre, maintenant.
Des profils de bras et de jambes fuyaient ; une main 870
énorme voyageait avec une silhouette de pot à eau. Il ne
distinguait rien nettement ; pourtant il lui semblait recon-
naître un chignon de femme. Et il discuta : on aurait dit la
coiffure de Sabine, seulement la nuque paraissait trop
forte. À cette heure, il ne savait plus, il ne pouvait plus.
Son estomac le faisait tellement souffrir, dans une
angoisse d'incertitude affreuse, qu'il se serrait contre la
porte, pour se calmer, avec le grelottement d'un pauvre.
Puis, comme, malgré tout, il ne détournait pas les yeux de
cette fenêtre, sa colère se fondit dans une imagination de 880
moraliste : il se voyait député, il parlait à une Assemblée,
tonnait contre la débauche, annonçait des catastrophes ; et
il refaisait l'article de Faucherie sur la mouche empoi-
sonnée, et il se mettait en scène, en déclarant qu'il n'y
avait plus de société possible, avec ces mœurs de Bas-
Empire [1]. Cela lui fit du bien. Mais les ombres avaient dis-
paru. Sans doute ils s'étaient recouchés. Lui, regardait tou-
jours, attendait encore.

Trois heures sonnèrent, puis quatre heures. Il ne pouvait
partir. Quand des averses tombaient, il s'enfonçait dans le 890
coin de la porte, les jambes éclaboussées. Personne ne pas-
sait plus. Par moments, ses yeux se fermaient comme
brûlés par la raie de lumière, sur laquelle ils s'entêtaient,
fixement, avec une obstination imbécile. À deux nouvelles
reprises, les ombres coururent, répétant les mêmes gestes,
promenant le même profil d'un pot à eau gigantesque ; et
deux fois le calme se rétablit, la lampe jeta sa lueur dis-
crète de veilleuse. Ces ombres augmentaient son doute.
D'ailleurs, une idée soudaine venait de l'apaiser, en recu-
lant l'heure d'agir : il n'avait qu'à attendre la femme à sa 900
sortie. Il reconnaîtrait bien Sabine. Rien de plus simple,

1. Terme utilisé pour désigner la période de la « décadence » de l'Empire
romain (284-476 apr. J.-C.).

pas de scandale, et une certitude. Il suffisait de rester là.
De tous les sentiments confus qui l'avaient agité, il ne res-
sentait maintenant qu'un sourd besoin de savoir. Mais
l'ennui l'endormait sous cette porte ; pour se distraire, il
tâcha de calculer le temps qu'il lui faudrait attendre.
Sabine devait se trouver à la gare vers neuf heures. Cela lui
donnait près de quatre heures et demie. Il était plein de
patience, il n'aurait plus remué, trouvant un charme à
910 rêver que son attente dans la nuit serait éternelle.

Tout d'un coup, la raie de lumière s'effaça. Ce fait très
simple fut pour lui une catastrophe inattendue, quelque
chose de désagréable et de troublant. Évidemment, ils
venaient d'éteindre la lampe, ils allaient dormir. À cette
heure, c'était raisonnable. Mais il s'en irrita, parce que
cette fenêtre noire, à présent, ne l'intéressait plus. Il la
regarda un quart d'heure encore, puis elle le fatigua, il
quitta la porte et fit quelques pas sur le trottoir. Jusqu'à
cinq heures, il se promena, allant et venant, levant les yeux
920 de temps à autre. La fenêtre restait morte ; par moments, il
se demandait s'il n'avait pas rêvé que des ombres dan-
saient là, sur ces vitres. Une fatigue immense l'accablait,
une hébétude dans laquelle il oubliait ce qu'il attendait à
ce coin de rue, butant contre les pavés, se réveillant en sur-
saut avec le frisson glacé d'un homme qui ne sait plus où
il est. Rien ne valait la peine qu'on se donnât du souci.
Puisque ces gens dormaient, il fallait les laisser dormir. À
quoi bon se mêler de leurs affaires ? Il faisait très noir, per-
sonne ne saurait jamais ces choses. Et alors tout en lui,
930 jusqu'à sa curiosité, s'en alla, emporté dans une envie d'en
finir, de chercher quelque part un soulagement. Le froid
augmentait, la rue lui devenait insupportable ; deux fois il
s'éloigna, se rapprocha en traînant les pieds, pour s'éloi-
gner davantage. C'était fini, il n'y avait plus rien, il des-
cendit jusqu'au boulevard et ne revint pas.

Ce fut une course morne dans les rues. Il marchait len-
tement, toujours du même pas, suivant les murs. Ses talons
sonnaient, il ne voyait que son ombre tourner, en grandis-
sant et en se rapetissant, à chaque bec de gaz. Cela le ber-
940 çait, l'occupait mécaniquement. Plus tard, jamais il ne sut
où il avait passé ; il lui semblait s'être traîné pendant des
heures, en rond, dans un cirque. Un souvenir unique lui

resta, très net. Sans pouvoir expliquer comment, il se trouvait le visage collé à la grille du passage des Panoramas, tenant les barreaux des deux mains. Il ne les secouait pas, il tâchait simplement de voir dans le passage, pris d'une émotion dont tout son cœur était gonflé. Mais il ne distinguait rien, un flot de ténèbres coulait le long de la galerie déserte, le vent qui s'engouffrait par la rue Saint-Marc lui soufflait au visage une humidité de cave. Et il s'entêtait. 950 Puis, sortant d'un rêve, il demeura étonné, il se demanda ce qu'il cherchait à cette heure, serré contre cette grille, avec une telle passion, que les barreaux lui étaient entrés dans la figure. Alors, il avait repris sa marche, désespéré, le cœur empli d'une dernière tristesse, comme trahi et seul désormais dans toute cette ombre.

Le jour enfin se leva, ce petit jour sale des nuits d'hiver, si mélancolique sur le pavé boueux de Paris. Muffat était revenu dans les larges rues en construction qui longeaient les chantiers du nouvel Opéra. Trempé par les averses, 960 défoncé par les chariots, le sol plâtreux était changé en un lac de fange. Et, sans regarder où il posait les pieds, il marchait toujours, glissant, se rattrapant. Le réveil de Paris, les équipes de balayeurs et les premières bandes d'ouvriers lui apportaient un nouveau trouble, à mesure que le jour grandissait. On le regardait avec surprise, le chapeau noyé d'eau, crotté, effaré. Longtemps, il se réfugia contre les palissades, parmi les échafaudages. Dans son être vide, une seule idée restait, celle qu'il était bien misérable.

Alors [1], il pensa à Dieu. Cette idée brusque d'un secours 970 divin, d'une consolation surhumaine, le surprit, comme une chose inattendue et singulière ; elle éveillait en lui l'image de M. Venot, il voyait sa petite figure grasse, ses dents gâtées. Certainement, M. Venot, qu'il désolait depuis des mois, en évitant de le voir, serait bien heureux, s'il allait frapper à sa porte, pour pleurer entre ses bras. Autrefois, Dieu lui gardait toutes ses miséricordes. Au

1. Tout ce passage, jusqu'à « Dehors, ayant glissé » (p. 251), avait été censuré par la direction du *Voltaire*, lors de la publication en feuilleton et remplacé par le texte suivant : « Alors toute cette affreuse crise finissait par un attendrissement sur lui-même. Ayant fait un faux pas, il sentit les larmes... »

moindre chagrin, au moindre obstacle barrant sa vie, il
entrait dans une église, s'agenouillait, humiliait son néant
980 devant la souveraine puissance ; et il en sortait fortifié par
la prière, prêt aux abandons des biens de ce monde, avec
l'unique désir de l'éternité de son salut. Mais, aujourd'hui,
il ne pratiquait plus que par secousses, aux heures où la
terreur de l'enfer le reprenait ; toutes sortes de mollesses
l'avaient envahi, Nana troublait ses devoirs. Et l'idée de
Dieu l'étonnait. Pourquoi n'avait-il pas songé à Dieu tout
de suite, dans cette effroyable crise, où craquait et s'effon-
drait sa faible humanité ?

Cependant, de sa marche pénible, il chercha une église.
990 Il ne se souvenait plus, l'heure matinale lui changeait les
rues. Puis, comme il tournait un coin de la rue de la
Chaussée-d'Antin, il aperçut au bout la Trinité, une tour
vague, fondue dans le brouillard. Les statues blanches,
dominant le jardin dépouillé, semblaient mettre des Vénus
frileuses parmi les feuilles jaunies d'un parc. Sous le
porche, il souffla un instant, fatigué par la montée du large
perron. Puis, il entra. L'église était très froide, avec son
calorifère éteint de la veille, ses hautes voûtes emplies
d'une buée fine qui avait filtré par les vitraux. Une ombre
1000 noyait les bas-côtés, pas une âme n'était là, on entendait
seulement, au fond de cette nuit louche, un bruit de savate,
quelque bedeau [1] traînant les pieds dans la maussaderie du
réveil. Lui, pourtant, après s'être cogné à une débandade
de chaises, perdu, le cœur gros de larmes, était tombé à
genoux contre la grille d'une petite chapelle, près d'un
bénitier. Il avait joint les mains, il cherchait des prières,
tout son être aspirait à se donner dans un élan. Mais ses
lèvres seules bégayaient des paroles, toujours son esprit
fuyait, retournait dehors, se remettait en marche le long
1010 des rues, sans repos, comme sous le fouet d'une nécessité
implacable. Et il répétait : « Ô mon Dieu, venez à mon
secours ! Ô mon Dieu, n'abandonnez pas votre créature
qui s'abandonne à votre justice ! Ô mon Dieu, je vous
adore, me laisserez-vous périr sous les coups de vos
ennemis ! » Rien ne répondait, l'ombre et le froid lui tom-

1. Employé laïque préposé au service matériel et au bon ordre dans une
église.

baient sur les épaules, le bruit des savates, au loin, continuait et l'empêchait de prier. Il n'entendait toujours que ce bruit irritant, dans l'église déserte, où le coup de balai du matin n'était pas même donné, avant le petit échauffement des premières messes. Alors, s'aidant d'une chaise, il se 1020 releva, avec un craquement de genoux. Dieu n'y était pas encore. Pourquoi aurait-il pleuré entre les bras de M. Venot ? Cet homme ne pouvait rien.

Et, machinalement, il retourna chez Nana. Dehors, ayant glissé, il sentit des larmes lui venir aux yeux, sans colère contre le sort, simplement faible et malade. À la fin, il était trop las, il avait reçu trop de pluie, il souffrait trop du froid. L'idée de rentrer dans son hôtel sombre de la rue Miromesnil le glaçait. Chez Nana, la porte n'était pas ouverte, il dut attendre que le concierge parût. En montant, 1030 il souriait, pénétré déjà par la chaleur molle de cette niche, où il allait pouvoir s'étirer et dormir.

Lorsque Zoé lui ouvrit, elle eut un geste de stupéfaction et d'inquiétude. Madame, prise d'une abominable migraine, n'avait pas fermé l'œil. Enfin, elle pouvait toujours voir si madame ne s'était pas endormie. Et elle se glissa dans la chambre, pendant qu'il tombait sur un fauteuil du salon. Mais, presque aussitôt, Nana parut. Elle sautait du lit, elle avait à peine eu le temps de passer un jupon, pieds nus, les cheveux épars, la chemise fripée et 1040 déchirée, dans le désordre d'une nuit d'amour.

— Comment ! c'est encore toi ! cria-t-elle, toute rouge.

Elle accourait, sous le fouet de la colère, pour le flanquer elle-même à la porte. Mais en le voyant si minable, si fini, elle éprouva un dernier apitoiement.

— Eh bien ! tu es propre, mon pauvre chien ! reprit-elle avec plus de douceur. Qu'y a-t-il donc ?... Hein ? tu les as guettés, tu t'es fait de la bile ?

Il ne répondit pas, il avait l'air d'une bête abattue. Cependant, elle comprit qu'il manquait toujours de 1050 preuves ; et, pour le remettre :

— Tu vois, je me trompais. Ta femme est honnête, parole d'honneur !... Maintenant, mon petit, il faut rentrer chez toi et te coucher. Tu en as besoin.

Il ne bougea pas.

– Allons, va-t’en. Je ne peux te garder ici… Tu n’as peut-être pas la prétention de rester, à cette heure ?

– Si, couchons-nous, balbutia-t-il.

Elle réprima un geste de violence. La patience lui
1060 échappait. Est-ce qu’il devenait idiot ?

– Voyons, va-t’en, dit-elle une seconde fois.

– Non.

Alors, elle éclata, exaspérée, révoltée.

– Mais c’est dégoûtant !… Comprends donc, j’ai de toi plein le dos, va retrouver ta femme qui te fait cocu… Oui, elle te fait cocu ; c’est moi qui te le dis, maintenant… Là ! as-tu ton paquet ? finiras-tu par me lâcher ?

Les yeux de Muffat s’emplirent de larmes. Il joignit les mains.

1070 – Couchons-nous.

Du coup, Nana perdit la tête, étranglée elle-même par des sanglots nerveux. On abusait d’elle, à la fin ! Est-ce que ces histoires la regardaient ? Certes, elle avait mis tous les ménagements possibles pour l’instruire, par gentillesse. Et l’on voulait lui faire payer les pots cassés ! Non, par exemple ! Elle avait bon cœur, mais pas tant que ça.

– Sacré nom ! j’en ai assez ! jurait-elle en tapant du poing sur les meubles. Ah bien ! moi qui me tenais à quatre, moi qui voulais être fidèle… Mais, mon cher,
1080 demain, je serais riche, si je disais un mot.

Il leva la tête, surpris. Jamais il n’avait songé à cette question d’argent. Si elle témoignait un désir, tout de suite il le réaliserait. Sa fortune entière était à elle.

– Non, c’est trop tard, répliqua-t-elle rageusement. J’aime les hommes qui donnent sans qu’on demande… Non, vois-tu, un million pour une seule fois, je refuserais. C’est fini, j’ai autre chose là… Va-t’en, ou je ne réponds plus de rien. Je ferais un malheur.

Elle s’avançait vers lui, menaçante. Et, dans cette exaspé-
1090 ration d’une bonne fille poussée à bout, convaincue de son droit et de sa supériorité sur les honnêtes gens qui l’assommaient, brusquement la porte s’ouvrit et Steiner se présenta. Ce fut le comble. Elle eut une exclamation terrible.

– Allons ! voilà l’autre !

Steiner, ahuri par l’éclat de sa voix, s’était arrêté. La présence imprévue de Muffat le contrariait, car il avait

peur d'une explication, devant laquelle il reculait depuis trois mois. Les yeux clignotants, il se dandinait d'un air gêné, en évitant de regarder le comte. Et il soufflait, avec la face rouge et décomposée d'un homme qui a couru Paris pour apporter une bonne nouvelle, et qui se sent tomber dans une catastrophe.

– Que veux-tu, toi ? demanda rudement Nana, le tutoyant, se moquant du comte.

– Moi… moi…, bégaya-t-il. J'ai à vous remettre ce que vous savez.

– Quoi ?

Il hésitait. L'avant-veille, elle avait signifié que, s'il ne lui trouvait pas mille francs, pour payer un billet, elle ne le recevrait plus. Depuis deux jours, il battait le pavé. Enfin, il venait de compléter la somme, le matin même.

– Les mille francs, finit-il par dire en tirant de sa poche une enveloppe.

Nana avait oublié.

– Les mille francs ! cria-t-elle. Est-ce que je demande l'aumône ?… Tiens ! voilà le cas que j'en fais, de tes mille francs !

Et, prenant l'enveloppe, elle la lui jeta par la figure. En juif prudent [1], il la ramassa, péniblement. Il regardait la jeune femme, hébété. Muffat échangea avec lui un regard de désespoir, pendant qu'elle se mettait les poings sur les hanches pour crier plus fort.

– Ah ! çà, avez-vous bientôt fini de m'insulter !… Toi, mon cher, je suis contente que tu sois venu aussi, parce que, vois-tu, le balayage va être complet… Allons, houp ! dehors.

Puis, comme ils ne se pressaient guère, paralysés :

– Hein ? vous dites que je fais une sottise ? Possible ! Mais vous m'avez trop embêtée !… Et zut ! j'en ai assez d'être chic ! Si j'en crève, c'est mon plaisir.

Ils voulurent la calmer, ils la suppliaient.

1. Dans les *Rougon-Macquart* (1871-1893), l'évocation des Juifs suscite inévitablement l'emploi de stéréotypes physiques ou moraux qui étaient ceux de l'époque. Le ton changera avec l'article « Pour les Juifs » (*Le Figaro*, 16 mai 1896) et la courageuse prise de position de Zola pendant l'affaire Dreyfus.

– Une, deux, vous refusez de partir ?… Eh bien ! voyez ça. J'ai du monde.

D'un geste brusque, elle ouvrit toute grande la porte de la chambre. Alors, les deux hommes, au milieu du lit défait, aperçurent Fontan. Il ne s'attendait pas à être montré ainsi, et il avait les jambes en l'air, la chemise volante, vautré comme un bouc au milieu des dentelles fri-pées, avec sa peau noire. D'ailleurs, il ne se troubla pas,
1140 habitué aux surprises des planches. Après la première secousse de saisissement, il trouva un jeu de physionomie pour se tirer à son honneur, il fit le lapin comme il disait, avançant la bouche, frisant le nez, dans un remuement du museau entier. Sa tête de faune canaille suait le vice. C'était Fontan que, depuis huit jours, Nana allait chercher aux Variétés, prise de la toquade [1] enragée des filles pour la laideur grimacière des comiques.

– Voilà ! dit-elle en le montrant, avec un geste de tragé-dienne.

1150 Muffat, qui avait tout accepté, se révolta sous cet affront.

– Putain ! bégaya-t-il.

Mais Nana, déjà dans la chambre, revint, pour avoir le dernier mot.

– De quoi, putain ! Et ta femme ?

Et, s'en allant, refermant la porte à toute volée, elle poussa bruyamment le verrou. Les deux hommes, restés seuls, se regardèrent en silence. Zoé venait d'entrer. Mais elle ne les bouscula pas, elle leur causa très raisonnable-
1160 ment. En personne sage, elle trouvait la bêtise de madame un peu forte. Pourtant, elle la défendait : ça ne tiendrait pas avec ce cabotin, il fallait laisser passer cette rage-là. Les deux hommes se retirèrent. Ils n'avaient pas dit une parole. Sur le trottoir, émus par une fraternité, ils se don-nèrent une poignée de main silencieuse ; et, se tournant le dos, ils s'éloignèrent, traînant la jambe, chacun de son côté.

Lorsque Muffat rentra enfin à son hôtel de la rue Miro-mesnil, sa femme justement arrivait. Tous deux se rencon-
1170 trèrent dans le vaste escalier, dont les murs sombres lais-

1. Voir note 1, p. 93.

saient tomber un frisson glacé. Ils levèrent les yeux et se virent. Le comte avait encore ses vêtements boueux, sa pâleur effarée d'homme qui revient du vice. La comtesse, comme brisée par une nuit de chemin de fer, dormait debout, mal repeignée et les paupières meurtries.

VIII

C'était rue Véron [1], à Montmartre, dans un petit logement, au quatrième étage. Nana et Fontan avaient invité quelques amis pour tirer le gâteau des Rois. Ils pendaient la crémaillère, installés seulement depuis trois jours.

Ça s'était fait brusquement, sans idée arrêtée de se mettre ensemble, dans le premier feu de leur lune de miel. Le lendemain de sa belle algarade, quand elle eut flanqué si carrément à la porte le comte et le banquier, Nana sentit tout crouler autour d'elle. D'un regard, elle jugea la situation : les créanciers allaient tomber dans son antichambre, se mêler de ses affaires de cœur, parler de tout vendre, si elle n'était pas raisonnable ; ce seraient des querelles, des cassements de tête à n'en plus finir, pour leur disputer ses quatre meubles. Et elle préféra tout lâcher. D'ailleurs, l'appartement du boulevard Haussmann l'assommait. Il était bête, avec ses grandes pièces dorées. Dans son coup de tendresse pour Fontan, elle rêvait d'une jolie petite chambre claire, retournant à son ancien idéal de fleuriste, lorsqu'elle ne voyait pas au-delà d'une armoire à glace en palissandre et d'un lit tendu de reps [2] bleu. En deux jours, elle vendit ce qu'elle put sortir, des bibelots, des bijoux, et elle disparut avec une dizaine de

1. Près de la place Pigalle. Blanche d'Antigny, dont Zola s'inspire ici, avait congédié le banquier Bischoffsheim pour s'installer avec le ténor Luce.
2. Étoffe d'ameublement à côtes perpendiculaires aux lisières.

mille francs, sans dire un mot à la concierge ; un plongeon, une fugue, pas une trace. Comme ça, les hommes ne viendraient pas se pendre après ses jupes. Fontan fut très gentil. Il ne dit pas non, il la laissa faire. Même il agit tout à fait en bon camarade. De son côté, il avait près de sept mille francs, qu'il consentit à joindre aux dix mille de la jeune femme, bien qu'on l'accusât d'avarice. Ça leur parut un fonds de ménage solide. Et ils partirent de là, tirant l'un et l'autre de leurs magots mis en commun, louant et meublant les deux pièces de la rue Véron, partageant tout en vieux amis. Au début, ce fut vraiment délicieux.

Le soir des Rois, madame Lerat arriva la première avec Louiset. Comme Fontan n'était pas rentré, elle se permit d'exprimer des craintes, car elle tremblait de voir sa nièce renoncer à la fortune.

– Oh ! ma tante, je l'aime si fort ! cria Nana, en serrant d'un geste joli ses deux mains sur sa poitrine.

Ce mot produisit un effet extraordinaire sur madame Lerat. Ses yeux se mouillèrent.

– Ça, c'est vrai, dit-elle d'un air de conviction, l'amour avant tout.

Et elle se récria sur la gentillesse des pièces. Nana lui fit visiter la chambre, la salle à manger, jusqu'à la cuisine. Dame ! ce n'était pas immense, mais on avait refait les peintures, changé les papiers ; et le soleil entrait là gaiement.

Alors, madame Lerat retint la jeune femme dans la chambre, tandis que Louiset s'installait à la cuisine, derrière la femme de ménage, pour voir rôtir un poulet. Si elle se permettait des réflexions, c'était que Zoé sortait de chez elle. Zoé, bravement, restait sur la brèche [1], par dévouement pour madame. Plus tard, madame la paierait ; elle n'était pas inquiète. Et, dans la débâcle de l'appartement du boulevard Haussmann, elle tenait tête aux créanciers, elle opérait une retraite digne, sauvant des épaves, répondant que madame voyageait, sans jamais donner une adresse. Même, de peur d'être suivie, elle se privait du plaisir de rendre visite à madame. Cependant, le matin,

1. *Rester sur la brèche* : en langage militaire, ne pas abandonner le champ de bataille.

elle avait couru chez madame Lerat, parce qu'il se passait
du nouveau. La veille, des créanciers s'étaient présentés,
le tapissier, le charbonnier, la lingère, offrant du temps,
proposant même d'avancer une très forte somme à
madame, si madame voulait revenir dans son apparte-
ment et se conduire en personne intelligente. La tante
répéta les paroles de Zoé. Il y avait sans doute un mon-
sieur là-dessous.

– Jamais ! déclara Nana, révoltée. Eh bien ! ils sont
70 propres, les fournisseurs ! Est-ce qu'ils croient que je suis
à vendre, pour acquitter leurs mémoires [1] !... Vois-tu,
j'aimerais mieux mourir de faim que de tromper Fontan.

– C'est ce que j'ai répondu, dit madame Lerat ; ma
nièce a trop de cœur.

Nana, cependant, fut très vexée d'apprendre qu'on ven-
dait la Mignotte et que Labordette l'achetait à un prix ridi-
cule, pour Caroline Héquet. Ça la mit en colère contre
cette clique, de vraies roulures, malgré leur pose. Ah ! oui,
par exemple, elle valait mieux qu'elles toutes !

80 – Elles peuvent blaguer, conclut-elle, l'argent ne leur
donnera jamais le vrai bonheur... Et puis, vois-tu, ma
tante, je ne sais même plus si tout ce monde-là existe. Je
suis trop heureuse.

Justement, madame Maloir entrait, avec un de ces cha-
peaux étranges, dont elle seule trouvait la forme. Ce fut
une joie de se revoir. Madame Maloir expliqua que les
grandeurs l'intimidaient ; maintenant, de temps à autre,
elle reviendrait faire son bézigue [2]. On visita une seconde
fois le logement ; et, dans la cuisine, devant la femme de
90 ménage qui arrosait le poulet, Nana parla d'économies, dit
qu'une bonne aurait coûté trop cher et qu'elle-même vou-
lait s'occuper de son chez-elle. Louiset regardait béate-
ment la rôtissoire.

Mais il y eut un éclat de voix. C'était Fontan, avec Bosc
et Prullière. On pouvait se mettre à table. Le potage était
déjà servi, lorsque Nana, pour la troisième fois, montra le
logement.

1. Factures.
2. Voir note 1, p. 78.

– Ah ! mes enfants, que vous êtes bien ici ! répétait
Bosc, histoire simplement de faire plaisir aux camarades
qui payaient à dîner, car au fond la question de « la
niche », comme il disait, ne le touchait pas.

Dans la chambre à coucher, il força encore la note
aimable. D'ordinaire, il traitait les femmes de chameaux,
et l'idée qu'un homme pouvait s'embarrasser d'une de ces
sales bêtes soulevait, chez lui, la seule indignation dont il
était capable, dans le dédain d'ivrogne dont il enveloppait
le monde.

– Ah ! les gaillards, reprit-il en clignant les yeux, ils ont
fait ça en sournois… Eh bien ! vrai, vous avez eu raison.
Ce sera charmant, et nous viendrons vous voir, nom de
Dieu !

Mais comme Louiset arrivait, à califourchon sur un
manche à balai, Prullière dit avec un rire méchant :

– Tiens ! c'est déjà à vous, ce bébé ?

Cela parut très drôle. Madame Lerat et madame Maloir
se tordirent. Nana, loin de se fâcher, eut un rire attendri, en
disant que non, malheureusement ; elle aurait bien voulu,
pour le petit et pour elle ; mais il en viendrait peut-être un
tout de même. Fontan, qui faisait le bonhomme, prit
Louiset dans ses bras, jouant, zézayant.

– Ça n'empêche pas, on aime son petit père… Appelle-
moi papa, crapule !

– Papa… papa…, bégayait l'enfant.

Tout le monde le couvrit de caresses. Bosc, embêté, par-
lait de se mettre à table ; il n'y avait que ça de sérieux.
Nana demanda la permission d'asseoir Louiset près d'elle.
Le dîner fut très gai. Bosc, pourtant, souffrit du voisinage
de l'enfant, contre lequel il devait défendre son assiette.
Madame Lerat le gêna aussi. Elle s'attendrissait, lui com-
muniquait tout bas des choses mystérieuses, des histoires
de messieurs très bien qui la poursuivaient encore ; et, à
deux reprises, il dut écarter son genou, car elle l'envahis-
sait, avec des yeux noyés. Prullière se conduisit comme un
malhonnête à l'égard de madame Maloir, qu'il ne servit
pas une fois. Il était occupé uniquement de Nana, l'air
vexé de la voir avec Fontan. D'ailleurs, les tourtereaux
finissaient par être ennuyeux, tant ils s'embrassaient.

Contre toutes les règles, ils avaient voulu se placer l'un
près de l'autre.

140 – Que diable ! mangez, vous avez bien le temps ! répé-
tait Bosc, la bouche pleine. Attendez que nous ne soyons
plus là.

Mais Nana ne pouvait se tenir. Elle était dans un ravis-
sement d'amour, toute rose comme une vierge, avec des
rires et des regards trempés de tendresse. Les yeux fixés
sur Fontan, elle l'accablait de petits noms : mon chien,
mon loup, mon chat ; et, lorsqu'il lui passait de l'eau ou du
sel, elle se penchait, le baisait au hasard des lèvres, sur les
yeux, sur le nez, sur une oreille ; puis, si on la grondait,

150 c'était avec des tactiques savantes, des humilités et des
souplesses de chatte battue, qu'elle revenait, en lui prenant
sournoisement la main pour la garder et la baiser encore. Il
fallait qu'elle touchât quelque chose de lui. Fontan faisait
le gros dos et se laissait adorer, plein de condescendance.
Son grand nez remuait d'une joie toute sensuelle. Son
museau de bouc, sa laideur de monstre cocasse s'étalaient
dans l'adoration dévote de cette fille superbe, si blanche et
si grasse. Par moments, il rendait un baiser, en homme qui
a tout le plaisir, mais qui veut se montrer gentil.

160 – À la fin, vous êtes agaçants ! cria Prullière. Va-t'en de
là, toi !

Et il renvoya Fontan, il changea le couvert pour prendre
sa place, à côté de Nana. Ce furent des exclamations, des
applaudissements, des mots très raides. Fontan mimait le
désespoir, avec ses airs drôles de Vulcain pleurant Vénus.
Tout de suite, Prullière se montra galant ; mais Nana, dont
il cherchait le pied sous la table, lui allongea un coup, pour
le faire tenir tranquille. Non, certes, elle ne coucherait pas
avec lui. L'autre mois, elle avait eu un commencement de

170 béguin, à cause de sa jolie tête. Maintenant, elle le détes-
tait. S'il la pinçait encore, en feignant de ramasser sa ser-
viette, elle lui jetterait son verre par la figure.

Cependant, la soirée se passa bien. On en était venu
naturellement à causer des Variétés. Cette canaille de Bor-
denave ne crèverait donc pas ? Ses sales maladies repa-
raissaient et le faisaient tellement souffrir, qu'il n'était
plus bon à prendre avec des pincettes. La veille, pendant la
répétition, il avait gueulé tout le temps contre Simonne. En

voilà un que les artistes ne pleureraient guère ! Nana dit
que, s'il la demandait pour un rôle, elle l'enverrait joli- 180
ment promener ; d'ailleurs, elle parlait de ne plus jouer, le
théâtre ne valait pas son chez-soi. Fontan, qui n'était pas
de la nouvelle pièce ni de celle qu'on répétait, exagérait
aussi le bonheur d'avoir sa liberté entière, de passer les
soirées avec sa petite chatte, les pieds devant le feu. Et les
autres s'exclamaient, les traitant de veinards, affectant
d'envier leur bonheur.

On avait tiré le gâteau des Rois. La fève était tombée à
madame Lerat, qui la mit dans le verre de Bosc. Alors, ce
furent des cris : « Le roi boit ! le roi boit ! » Nana profita 190
de cet éclat de gaieté pour aller reprendre Fontan par le
cou, en le baisant, en lui disant des choses dans l'oreille.
Mais Prullière, avec son rire vexé de joli garçon, criait que
ce n'était pas de jeu. Louiset dormait sur deux chaises.
Enfin, la société ne se sépara que vers une heure. On se
criait au revoir, à travers l'escalier.

Et, pendant trois semaines, la vie des deux amoureux fut
réellement gentille. Nana croyait retourner à ses débuts,
quand sa première robe de soie lui avait causé un si gros
plaisir. Elle sortait peu, jouant à la solitude et à la simpli- 200
cité. Un matin, de bonne heure, comme elle descendait
acheter elle-même du poisson au marché La Rochefou-
cauld, elle resta toute saisie de se rencontrer nez à nez avec
Francis, son ancien coiffeur. Il avait sa correction habi-
tuelle, linge fin, redingote irréprochable ; et elle se trouva
honteuse d'être vue par lui dans la rue, en peignoir, ébou-
riffée, traînant des savates. Mais il eut le tact d'exagérer
encore sa politesse. Il ne se permit aucune question, il
affectait de croire que madame était en voyage. Ah !
madame avait fait bien des malheureux, en se décidant à 210
voyager ! C'était une perte pour tout le monde. La jeune
femme, cependant, finit par l'interroger, prise d'une curio-
sité qui lui faisait oublier son premier embarras. Comme la
foule les bousculait, elle le poussa sous une porte, où elle
se tint debout devant lui, son petit panier à la main. Que
disait-on de sa fugue ? Mon Dieu ! les dames où il allait
disaient ceci, disaient cela ; en somme, un bruit énorme,
un vrai succès. Et Steiner ? Monsieur Steiner était bien
bas ; ça finirait par du vilain, s'il ne trouvait pas quelque

220 nouvelle opération. Et Daguenet ? Oh ! celui-là allait
parfaitement ; monsieur Daguenet arrangeait sa vie. Nana,
que ses souvenirs excitaient, ouvrait la bouche pour le
questionner encore ; mais elle éprouva une gêne à pro-
noncer le nom de Muffat. Alors, Francis, souriant, parla le
premier. Quant à monsieur le comte, c'était une pitié, tant
il avait souffert, après le départ de madame ; il semblait
une âme en peine, on le voyait partout où madame aurait
pu être. Enfin, monsieur Mignon, l'ayant rencontré, l'avait
emmené chez lui. Cette nouvelle fit beaucoup rire Nana,
230 mais d'un rire contraint.

– Ah ! il est avec Rose maintenant, dit-elle. Eh bien !
vous savez, Francis, je m'en fiche !… Voyez-vous, ce
cafard ! Ça vous a pris des habitudes, ça ne peut pas jeûner
seulement huit jours ! Et lui qui me jurait de ne plus avoir
de femme après moi !

Au fond, elle enrageait.

– C'est mon reste, reprit-elle, un joli coco que Rose
s'est payé là ! Oh ! je comprends, elle a voulu se venger de
ce que je lui ai pris cette brute de Steiner… Comme c'est
240 malin d'attirer chez soi un homme que j'ai flanqué
dehors !

– Monsieur Mignon ne raconte pas les choses de la
sorte, dit le coiffeur. D'après lui, c'est monsieur le comte
qui vous aurait chassée… Oui, et d'une façon dégoûtante
encore, avec son pied au derrière.

Du coup, Nana devint toute pâle.

– Hein ? quoi ? cria-t-elle, son pied au derrière ?… Elle
est trop forte, celle-là ! Mais, mon petit, c'est moi qui l'ai
jeté en bas de l'escalier, ce cocu ! car il est cocu ! tu dois
250 savoir ça ; sa comtesse le fait cocu avec tout le monde,
même avec cette fripouille de Fauchery… Et ce Mignon
qui bat les trottoirs pour sa guenon de femme, dont per-
sonne ne veut, tant elle est maigre !… Quel sale monde !
quel sale monde !

Elle étranglait. Elle reprit haleine.

– Ah ! ils disent ça… Eh bien ! mon petit Francis, je
vais aller les trouver, moi… Veux-tu que nous y allions
tout de suite ensemble ?… Oui, j'irai, et nous verrons s'ils
auront le toupet de parler encore de coups de pied au der-
260 rière… Des coups ! mais je n'en ai jamais toléré de per-

sonne. Et jamais on ne me battra, vois-tu, parce que je mangerais l'homme qui me toucherait.

Pourtant, elle s'apaisa. Après tout, ils pouvaient bien dire ce qu'ils voulaient, elle ne les considérait pas plus que la boue de ses souliers. Ça l'aurait salie, de s'occuper de ces gens-là. Elle avait sa conscience pour elle. Et Francis, devenu familier, la voyant se livrer ainsi dans son peignoir de ménagère, se permit, en la quittant, de lui donner des conseils. Elle avait tort de tout sacrifier à une toquade ; les toquades gâtaient l'existence. Elle l'écoutait, la tête basse, pendant qu'il parlait d'un air peiné, en connaisseur qui souffrait de voir une si belle fille se gâcher de la sorte.

– Ça, c'est mon affaire, finit-elle par dire. Merci tout de même, mon cher.

Elle lui serra la main, qu'il avait toujours un peu grasse, malgré sa tenue parfaite ; puis, elle descendit acheter son poisson. Dans la journée, cette histoire de coup de pied au derrière l'occupa. Elle en parla même à Fontan, elle se posa de nouveau comme une femme forte qui ne supporterait pas une chiquenaude. Fontan, en esprit supérieur, déclara que tous les hommes comme il faut étaient des mufes et qu'on devait les mépriser. Nana, dès lors, fut pleine d'un réel dédain.

Justement, ce soir-là, ils allèrent aux Bouffes [1] voir débuter, dans un rôle de dix lignes, une petite femme que Fontan connaissait. Il était près d'une heure, quand ils regagnèrent à pied les hauteurs de Montmartre. Rue de la Chaussée-d'Antin, ils avaient acheté un gâteau, un moka [2] ; et ils le mangèrent dans le lit, parce qu'il ne faisait pas chaud et que ça ne valait pas la peine d'allumer du feu. Assis sur leur séant, côte à côte, la couverture au ventre, les oreillers tassés derrière le dos, ils soupaient, en causant de la petite femme. Nana la trouvait laide et sans chic. Fontan, couché sur le devant, passait les parts de gâteau, posées au bord de la table de nuit, entre la bougie et les allumettes. Mais ils finirent par se quereller.

1. Théâtre installé passage Choiseul par Offenbach en 1855 et où il fit représenter ses premières opérettes.
2. Gâteau plutôt consistant en pâte génoise fourrée d'une crème au beurre parfumée au café.

– Oh ! si on peut dire ! criait Nana. Elle a des yeux comme des trous de vrille et des cheveux couleur filasse [1].

– Tais-toi donc ! répétait Fontan. Une chevelure
300 superbe, des regards pleins de feu… Est-ce drôle que vous vous mangiez toujours entre femmes !

Il avait l'air vexé.

– Allons, en voilà de trop ! dit-il enfin d'une voix brutale. Tu sais, je n'aime pas qu'on m'embête… Dormons, ou ça va mal tourner.

Et il souffla la bougie. Nana, furieuse, continuait : elle ne voulait pas qu'on lui parlât sur ce ton, elle avait l'habitude d'être respectée. Comme il ne répondait plus, elle dut se taire. Mais elle ne pouvait s'endormir, elle se tournait,
310 se retournait.

– Nom de Dieu ! as-tu fini de remuer ? cria-t-il tout d'un coup, avec un brusque saut.

– Ce n'est pas ma faute s'il y a des miettes, dit-elle sèchement.

En effet, il y avait des miettes. Elle en sentait jusque sous ses cuisses, elle était dévorée partout. Une seule miette la brûlait, la faisait se gratter au sang. D'ailleurs, lorsqu'on mange un gâteau, est-ce qu'on ne secoue pas toujours la couverture ? Fontan, dans une rage froide,
320 avait rallumé la bougie. Tous deux se levèrent ; et pieds nus, en chemise, découvrant le lit, ils balayèrent les miettes sur le drap, avec les mains. Lui, qui grelottait, se recoucha, en l'envoyant au diable, parce qu'elle lui recommandait de bien s'essuyer les pieds. Enfin, elle reprit sa place ; mais, à peine allongée, elle dansa. Il y en avait encore.

– Parbleu ! c'était sûr, répétait-elle. Tu les as remontées avec tes pieds… Je ne peux pas, moi ! je te dis que je ne peux pas !

330 Et elle faisait mine de l'enjamber, pour sauter par terre. Alors, poussé à bout, voulant dormir, Fontan lui allongea une gifle [2], à toute volée. La gifle fut si forte, que, du coup,

1. D'un blond pâle, presque blanc.
2. « Il faut que les gifles sonnent et emplissent le chapitre », avait prévu Zola.

Nana se retrouva couchée, la tête sur l'oreiller. Elle resta étourdie.

– Oh ! dit-elle simplement, avec un gros soupir d'enfant.

Un instant, il la menaça d'une autre claque, en lui demandant si elle bougerait encore. Puis, ayant soufflé la lumière, il s'installa carrément sur le dos, il ronfla tout de suite. Elle, le nez dans l'oreiller, pleurait à petits sanglots. C'était lâche d'abuser de sa force. Mais elle avait eu une 340 vraie peur, tant le masque drôle de Fontan était devenu terrible. Et sa colère s'en allait, comme si la gifle l'avait calmée. Elle le respectait, elle se collait contre le mur de la ruelle, pour lui laisser toute la place. Même elle finit par s'endormir, la joue chaude, les yeux pleins de larmes, dans un accablement délicieux, dans une soumission si lasse, qu'elle ne sentait plus les miettes. Le matin, quand elle se réveilla, elle tenait Fontan entre ses bras nus, serré contre sa gorge, bien fort. N'est-ce pas ? il ne recommencerait jamais, jamais plus ? Elle l'aimait trop ; de lui, c'était 350 encore bon, d'être giflée.

Alors, ce fut une vie nouvelle. Pour un oui, pour un non, Fontan lui lâchait des claques. Elle, accoutumée, empochait ça. Parfois, elle criait, le menaçait ; mais il l'acculait contre le mur en parlant de l'étrangler, ce qui la rendait souple. Le plus souvent, tombée sur une chaise, elle sanglotait cinq minutes. Puis, elle oubliait, très gaie, avec des chants et des rires, des courses qui emplissaient le logement du vol de ses jupes. Le pis était que, maintenant, Fontan disparaissait toute la journée et ne rentrait jamais 360 avant minuit ; il allait dans des cafés, où il retrouvait des camarades. Nana tolérait tout, tremblante, caressante, avec la seule peur de ne plus le voir revenir, si elle lui adressait un reproche. Mais certains jours, quand elle n'avait ni madame Maloir, ni sa tante avec Louiset, elle s'ennuyait mortellement. Aussi, un dimanche, comme elle était au marché La Rochefoucauld en train de marchander des pigeons, fut-elle enchantée de rencontrer Satin, qui achetait une botte de radis. Depuis la soirée où le prince avait bu le champagne de Fontan, elles s'étaient perdues de vue 370 toutes deux.

– Comment ! c'est toi, tu es du quartier ? dit Satin, stupéfaite de la voir en pantoufles dans la rue, à cette heure. Ah ! ma pauvre fille, il y a donc de la panne [1] !

Nana la fit taire d'un froncement de sourcil, parce que d'autres femmes étaient là, en robe de chambre, sans linge, les cheveux tombés et blancs de peluches. Le matin, toutes les filles du quartier, à peine l'homme de la veille mis à la porte, venaient faire leurs provisions, les yeux

380 gros de sommeil, traînant des savates dans la mauvaise humeur et la fatigue d'une nuit d'embêtements. De chaque rue du carrefour, il en descendait vers le marché, de très pâles, jeunes encore, charmantes d'abandon, d'affreuses, vieilles et ballonnées, lâchant leur peau, se fichant d'être vues ainsi, en dehors des heures de travail ; pendant que, sur les trottoirs, les passants se retournaient, sans qu'une seule daignât sourire, toutes affairées, avec des airs dédaigneux de ménagères pour qui les hommes n'existaient plus. Justement, comme Satin payait sa botte de radis, un

390 jeune homme, quelque employé attardé, lui jeta un : « Bonjour, chérie », au passage. Du coup, elle se redressa, elle eut une dignité de reine offensée, en disant :

– Qu'est-ce qui lui prend, à ce cochon-là ?

Puis, elle crut le reconnaître. Trois jours auparavant, vers minuit, remontant seule du boulevard, elle lui avait parlé près d'une demi-heure, au coin de la rue La Bruyère, pour le décider. Mais cela ne fit que la révolter davantage.

– Sont-ils assez mufes de vous crier des choses en plein jour, reprit-elle. Quand on va à ses affaires, n'est-ce pas ?

400 c'est pour qu'on vous respecte.

Nana avait fini par acheter ses pigeons, bien qu'elle doutât de leur fraîcheur. Alors, Satin voulut lui montrer sa porte ; elle demeurait à côté, rue La Rochefoucauld. Et, dès qu'elles furent seules, Nana conta sa passion pour Fontan. Arrivée devant chez elle, la petite s'était plantée, ses radis sous le bras, allumée par un dernier détail que l'autre donnait, mentant à son tour, jurant que c'était elle qui avait flanqué le comte Muffat dehors, à grands coups de pied dans le derrière.

1. Misère.

– Oh ! très chic ! répétait Satin, très chic, des coups de 410
pied ! Et il n'a rien dit, n'est-ce pas ? C'est si lâche !
J'aurais voulu être là pour voir sa gueule… Ma chère, tu
as raison. Et zut pour la monnaie ! Moi, quand j'ai un
béguin, je m'en fais crever… Hein ? viens me voir, tu me
le promets. La porte à gauche. Frappe trois coups, parce
qu'il y a un tas d'emmerdeurs.

Dès lors, quand Nana s'ennuya trop, elle descendit voir
Satin. Elle était toujours certaine de la trouver, celle-ci ne
sortant jamais avant six heures. Satin occupait deux
chambres, qu'un pharmacien lui avait meublées pour la 420
sauver de la police ; mais, en moins de treize mois, elle
avait cassé les meubles, défoncé les sièges, sali les
rideaux, dans une telle rage d'ordures et de désordre, que
le logement semblait habité par une bande de chattes en
folie. Les matins où, dégoûtée elle-même, elle s'avisait de
vouloir nettoyer, il lui restait aux mains des barreaux de
chaise et des lambeaux de tenture, à force de se battre là-
dedans avec la crasse. Ces jours-là, c'était plus sale, on ne
pouvait plus entrer, parce qu'il y avait des choses tombées
en travers des portes. Aussi finissait-elle par abandonner 430
son ménage. À la lampe, l'armoire à glace, la pendule et
ce qui restait des rideaux faisaient encore illusion aux
hommes. D'ailleurs, depuis six mois, son propriétaire
menaçait de l'expulser. Alors, pour qui aurait-elle entre-
tenu ses meubles ? pour lui peut-être, plus souvent [1] ! Et
quand elle se levait de belle humeur, elle criait : « Hue
donc ! » en allongeant de grands coups de pied dans les
flancs de l'armoire et de la commode, qui craquaient.

Nana, presque toujours, la trouvait couchée. Même les
jours où Satin descendait pour ses commissions, elle était 440
si lasse en remontant, qu'elle se rendormait, jetée au bord
du lit. Dans la journée, elle se traînait, elle sommeillait sur
les chaises, ne sortant de cette langueur que vers le soir, à
l'heure du gaz. Et Nana se sentait très bien chez elle,
assise à ne rien faire, au milieu du lit défait, des cuvettes
qui traînaient par terre, des jupons crottés de la veille,
tachant de boue les fauteuils. C'étaient des bavardages,
des confidences sans fin, pendant que Satin, en chemise,

1. Jamais.

vautrée et les pieds plus hauts que la tête, l'écoutait en
450 fumant des cigarettes. Parfois, elles se payaient de
l'absinthe [1], les après-midi où elles avaient des chagrins,
pour oublier, disaient-elles ; sans descendre, sans même
passer un jupon, Satin allait se pencher au-dessus de la
rampe et criait la commande à la petite de la concierge,
une gamine de dix ans qui, en apportant l'absinthe dans un
verre, coulait des regards sur les jambes nues [2] de la dame.
Toutes les conversations aboutissaient à la saleté des
hommes. Nana était assommante avec son Fontan ; elle ne
pouvait placer dix paroles sans retomber dans des rabâ-
460 chages sur ce qu'il disait, sur ce qu'il faisait. Mais Satin,
bonne fille, écoutait sans ennui ces éternelles histoires
d'attentes à la fenêtre, de querelles pour un ragoût brûlé,
de raccommodements au lit, après des heures de bouderie
muette. Par un besoin de parler de ça, Nana en était arrivée
à lui conter toutes les claques qu'elle recevait ; la semaine
passée, il lui avait fait enfler l'œil ; la veille encore, à
propos de ses pantoufles qu'il ne trouvait pas, il l'avait
jetée d'une calotte dans la table de nuit ; et l'autre ne
s'étonnait point, soufflant la fumée de sa cigarette, s'inter-
470 rompant seulement pour dire que, elle, toujours se baissait,
ce qui envoyait promener le monsieur avec sa gifle. Toutes
deux se tassaient dans ces histoires de coups, heureuses,
étourdies des mêmes faits imbéciles cent fois répétés,
cédant à la molle et chaude lassitude des roulées [3] indignes
dont elles parlaient. C'était cette joie de remâcher les
claques de Fontan, d'expliquer Fontan jusque dans sa
façon d'ôter ses bottes, qui ramenait chaque jour Nana,
d'autant plus que Satin finissait par sympathiser : elle
citait des faits plus forts, un pâtissier qui la laissait par
480 terre, morte, et qu'elle aimait quand même. Puis, venaient
les jours où Nana pleurait, en déclarant que ça ne pouvait
pas continuer. Satin l'accompagnait jusqu'à sa porte, res-
tait une heure dans la rue, pour voir s'il ne l'assassinait

1. Liqueur verte aromatisée à l'absinthe, plante contenant une essence
amère et toxique. Cette boisson, dénoncée comme une plaie sociale car
elle symbolisait les dangers de l'alcoolisme, fut interdite en 1915.
2. Voir note 4, p. 73.
3. Volées de coups (populaire).

pas. Et, le lendemain, les deux femmes jouissaient toute l'après-midi de la réconciliation, préférant pourtant, sans le dire, les jours où il y avait des raclées dans l'air, parce que ça les passionnait davantage.

Elles devinrent inséparables. Pourtant, Satin n'allait jamais chez Nana, Fontan ayant déclaré qu'il ne voulait pas de traînée dans la maison. Elles sortaient ensemble, et 490 c'est ainsi que Satin mena un jour son amie chez une femme, justement cette madame Robert qui préoccupait Nana et lui causait un certain respect, depuis qu'elle avait refusé de venir à son souper. Madame Robert demeurait rue Mosnier, une rue neuve et silencieuse du quartier de l'Europe, sans une boutique, dont les belles maisons, aux petits appartements étroits, sont peuplées de dames. Il était cinq heures ; le long des trottoirs déserts, dans la paix aristocratique des hautes maisons blanches, des coupés de boursiers et de négociants stationnaient, tandis que des 500 hommes filaient vite, levant les yeux vers les fenêtres, où des femmes en peignoir semblaient attendre. Nana d'abord refusa de monter, disant d'un air pincé qu'elle ne connaissait pas cette dame. Mais Satin insistait. On pouvait toujours bien mener une amie avec soi. Elle voulait simplement faire une visite de politesse ; madame Robert, qu'elle avait rencontrée la veille dans un restaurant, s'était montrée très gentille, en lui faisant jurer de la venir voir. Et Nana finit par céder. En haut, une petite bonne endormie leur dit que madame n'était pas rentrée. Pour- 510 tant, elle voulut bien les introduire dans le salon, où elle les laissa.

– Bigre ! c'est chic ! murmura Satin.

C'était un appartement sévère et bourgeois, tendu d'étoffes sombres, avec le comme il faut d'un boutiquier parisien, retiré après fortune faite. Nana, impressionnée, voulut plaisanter. Mais Satin se fâchait, répondait de la vertu de madame Robert. On la rencontrait toujours en compagnie d'hommes âgés et sérieux, qui lui donnaient le bras. Pour le moment, elle avait un ancien chocolatier, 520 esprit grave. Quand il venait, charmé de la bonne tenue de la maison, il se faisait annoncer et l'appelait mon enfant.

– Mais tiens, la voilà ! reprit Satin en montrant une photographie posée devant la pendule.

Nana étudia le portrait un instant. Il représentait une femme très brune, au visage allongé, les lèvres pincées dans un sourire discret. On aurait dit tout à fait une dame du monde avec plus de retenue.

– C'est drôle, murmura-t-elle enfin, j'ai certainement vu
530 cette tête-là quelque part. Où ? je ne sais plus. Mais ça ne devait pas être dans un endroit propre… Oh ! non, bien sûr, ce n'était pas un endroit propre.

Et elle ajouta, en se tournant vers son amie :

– Alors, elle t'a fait promettre de venir la voir. Que te veut-elle ?

– Ce qu'elle me veut ? Pardi ! causer sans doute, rester un moment ensemble… C'est de la politesse.

Nana regardait Satin fixement ; puis, elle eut un léger claquement de langue. Enfin, ça lui était égal. Mais,
540 comme cette dame les faisait poser, elle déclara qu'elle n'attendrait pas davantage ; et toutes deux partirent.

Le lendemain, Fontan ayant averti Nana qu'il ne rentrerait pas dîner, elle descendit de bonne heure chercher Satin, pour lui payer un régal dans un restaurant. Le choix du restaurant fut une grosse question. Satin proposait des brasseries que Nana trouvait infectes. Enfin, elle la décida à manger chez Laure [1]. C'était une table d'hôte, rue des Martyrs, où le dîner coûtait trois francs.

Ennuyées d'attendre l'heure, ne sachant que faire sur
550 les trottoirs, elles montèrent chez Laure vingt minutes trop tôt. Les trois salons étaient encore vides. Elles se placèrent à une table, dans le salon même où Laure Piedefer trônait, sur la haute banquette d'un comptoir. Cette Laure était une dame de cinquante ans, aux formes débordantes, sanglée dans des ceintures et des corsets. Des femmes arrivaient à la file, se haussaient par-dessus les soucoupes, et baisaient Laure sur la bouche, avec une familiarité tendre ; pendant que ce monstre, les yeux mouillés, tâchait, en se partageant, de ne pas faire de jalouses. La bonne, au contraire,
560 était une grande maigre, ravagée, qui servait ces dames, les paupières noires, les regards flambant d'un feu sombre. Rapidement, les trois salons s'emplirent. Il y avait là une centaine de clientes, mêlées au hasard des tables, la plu-

1. Sur Laure Piedefer, voir note 1, p. 108.

part touchant à la quarantaine, énormes, avec des empâte-
ments de chair, des bouffissures de vice noyant les
bouches molles ; et, au milieu de ces ballonnements de
gorges et de ventres, apparaissaient quelques jolies filles
minces, l'air encore ingénu sous l'effronterie du geste, des
débutantes levées dans un bastringue [1] et amenées par une
cliente chez Laure, où le peuple des grosses femmes, mis 570
en l'air à l'odeur de leur jeunesse, se bousculait, faisait
autour d'elles une cour de vieux garçons inquiets, en leur
payant des gourmandises. Quant aux hommes, ils étaient
peu nombreux, dix à quinze au plus, l'attitude humble
sous le flot envahissant des jupes, sauf quatre gaillards qui
blaguaient, très à l'aise, venus pour voir ça.

– N'est-ce pas ? disait Satin, c'est très bon, leur fricot.

Nana hochait la tête, satisfaite. C'était l'ancien dîner
solide d'un hôtel de province : vol-au-vent [2] à la finan-
cière, poule au riz, haricots au jus, crème à la vanille 580
glacée de caramel. Ces dames tombaient particulièrement
sur la poule au riz, éclatant dans leurs corsages, s'essuyant
les lèvres d'une main lente. D'abord, Nana avait eu peur
de rencontrer d'anciennes amies qui lui auraient fait des
questions bêtes ; mais elle se tranquillisa, elle n'apercevait
aucune figure de connaissance, parmi cette foule très
mélangée, où des robes déteintes, des chapeaux lamen-
tables s'étalaient à côté de toilettes riches, dans la frater-
nité des mêmes perversions. Un instant, elle fut intéressée
par un jeune homme, aux cheveux courts et bouclés, le 590
visage insolent, tenant sans haleine, pendue à ses
moindres caprices, toute une table de filles, qui crevaient
de graisse. Mais, comme le jeune homme riait, sa poitrine
se gonfla.

– Tiens, c'est une femme ! laissa-t-elle échapper dans
un léger cri.

1. Voir note 1, p. 55.
2. Croûte de pâte feuilletée, garnie de dés de viande ou de poisson en
sauce accompagnés de champignons, de quenelles, etc. Zola transpose
ici les notes que lui a fournies Henry Céard sur la table d'hôte de Louise
Taillandier, rue des Martyrs : « [...] Par couple de femmes. Toutes bai-
sent Louise sur la bouche. [...] Poulet au riz dont elles s'empiffrent, gigot
aux haricots, ancien chic : vol-au-vent [...] »

Satin, qui se bourrait de poule, leva la tête en mur-
murant :

– Ah ! oui, je la connais… Très chic ! on se l'arrache.

600 Nana fit une moue dégoûtée. Elle ne comprenait pas
encore ça. Pourtant, elle disait, de sa voix raisonnable, que
des goûts et des couleurs il ne fallait pas disputer, car on
ne savait jamais ce qu'on pourrait aimer un jour. Aussi
mangeait-elle sa crème d'un air de philosophie, en s'aper-
cevant parfaitement que Satin révolutionnait les tables voi-
sines, avec ses grands yeux bleus de vierge. Il y avait sur-
tout près d'elle une forte personne blonde très aimable ;
elle flambait, elle se poussait, si bien que Nana était sur le
point d'intervenir.

610 Mais, à ce moment, une femme qui entrait lui causa une
surprise. Elle avait reconnu madame Robert. Celle-ci, avec
sa jolie mine de souris brune, adressa un signe de tête
familier à la grande bonne maigre, puis vint s'appuyer au
comptoir de Laure. Et toutes deux se baisèrent, longue-
ment. Nana trouva cette caresse-là très drôle de la part
d'une femme si distinguée ; d'autant plus que madame
Robert n'avait pas du tout son air modeste, au contraire.
Elle jetait des coups d'œil dans le salon, causant à voix
basse. Laure venait de se rasseoir, tassée de nouveau, avec
620 la majesté d'une vieille idole du vice, à la face usée et
vernie par les baisers des fidèles ; et, au-dessus des
assiettes pleines, elle régnait sur sa clientèle bouffie de
grosses femmes, monstrueuse auprès des plus fortes, trô-
nant dans cette fortune de maîtresse d'hôtel qui récompen-
sait quarante années d'exercice.

Mais madame Robert avait aperçu Satin. Elle lâcha
Laure, accourut, se montra charmante, disant combien elle
regrettait de ne s'être pas trouvée chez elle, la veille ; et
comme Satin, séduite, voulait absolument lui faire une
630 petite place, elle jurait qu'elle avait dîné. Elle était montée
simplement pour voir. Tout en parlant, debout derrière sa
nouvelle amie, elle s'appuyait à ses épaules, souriante et
câline, répétant :

– Voyons, quand vous verrai-je ? Si vous étiez libre…

Nana, malheureusement, ne put en entendre davantage.
Cette conversation la vexait, elle brûlait de dire ses quatre
vérités à cette femme honnête. Mais la vue d'une bande qui

arrivait la paralysa. C'étaient des femmes chic, en grande
toilette, avec leurs diamants. Elles venaient en partie chez
Laure, qu'elles tutoyaient toutes, reprises d'un goût per- 640
vers, promenant des cent mille francs de pierreries sur leur
peau, pour dîner là, à trois francs par tête, dans l'étonne-
ment jaloux des pauvres filles crottées. Lorsqu'elles étaient
entrées, la voix haute, le rire clair, apportant du dehors
comme un coup de soleil, Nana avait vivement tourné la
tête, très ennuyée de reconnaître parmi elles Lucy Stewart
et Maria Blond. Pendant près de cinq minutes, tout le
temps que ces dames causèrent avec Laure, avant de passer
dans le salon voisin, elle tint le nez baissé, ayant l'air très
occupée à rouler des miettes de pain sur la nappe. Puis, 650
quand elle put enfin se retourner, elle demeura stupéfaite :
la chaise près d'elle était vide. Satin avait disparu.

– Eh bien ! où est-elle donc ? laissa-t-elle échapper tout
haut.

La forte personne blonde, qui avait comblé Satin
d'attentions, eut un rire, dans sa mauvaise humeur ; et
comme Nana, irritée de ce rire, la regardait d'un œil mena-
çant, elle dit mollement, la voix traînante :

– Ce n'est pas moi, bien sûr, c'est l'autre qui vous l'a
faite.
660

Alors, Nana, comprenant qu'on se moquerait d'elle,
n'ajouta rien. Elle resta même un moment assise, ne vou-
lant pas montrer sa colère. Au fond du salon voisin, elle
entendait les éclats de Lucy Stewart qui régalait toute une
table de petites filles, descendues des bals de Montmartre
et de la Chapelle. Il faisait très chaud, la bonne enlevait
des piles d'assiettes sales, dans l'odeur forte de la poule au
riz ; tandis que les quatre messieurs avaient fini par verser
du vin fin à une demi-douzaine de ménages, rêvant de les
griser, pour en entendre de raides. Maintenant, ce qui 670
exaspérait Nana, c'était de payer le dîner de Satin. En
voilà une garce qui se laissait goberger [1] et qui filait avec
le premier chien coiffé [2], sans dire merci ! Sans doute, ce
n'était que trois francs, mais ça lui semblait dur tout de
même, la manière était trop dégoûtante. Elle paya pour-

1. *Se goberger* : faire bonne chère (familier).
2. Le premier venu, n'importe qui (familier).

tant, elle jeta ses six francs à Laure, qu'elle méprisait à cette heure plus que la boue des ruisseaux.

Dans la rue des Martyrs, Nana sentit encore grandir sa rancune. Bien sûr, elle n'allait pas courir après Satin ; une
680 jolie ordure, pour y mettre le nez ! Mais sa soirée se trouvait gâtée, et elle remonta lentement vers Montmartre, enragée surtout contre madame Robert. Celle-là, par exemple, avait un fameux toupet, de faire la femme distinguée ; oui, distinguée dans le coin aux épluchures ! À présent, elle était certaine de l'avoir rencontrée au Papillon, un infect bastringue de la rue des Poissonniers, où des hommes la levaient pour trente sous. Et ça empaumait [1] des chefs de bureau par des airs modestes et ça refusait des soupers auxquels on lui faisait l'honneur de
690 l'inviter, histoire de se poser en vertu ! Vrai, on lui en flanquerait de la vertu ! C'étaient toujours ces bégueules [2]-là qui s'en donnaient à crever, dans des trous ignobles que personne ne connaissait.

Cependant, Nana, en roulant ces choses, était arrivée chez elle, rue Véron. Elle fut toute secouée de voir de la lumière. Fontan rentrait maussade, lâché lui aussi par l'ami qui lui avait payé à dîner. Il écouta d'un air froid les explications qu'elle donnait, craignant des calottes, effarée de le trouver là, lorsqu'elle ne l'attendait pas avant une
700 heure du matin ; elle mentait, elle avouait bien avoir dépensé six francs, mais avec madame Maloir. Alors, il resta digne, il lui tendit une lettre à son adresse, qu'il avait tranquillement décachetée. C'était une lettre de Georges, toujours enfermé aux Fondettes, se soulageant chaque semaine dans des pages brûlantes. Nana adorait qu'on lui écrivît, surtout de grandes phrases d'amour, avec des serments. Elle lisait ça à tout le monde. Fontan connaissait le style de Georges et l'appréciait. Mais, ce soir-là, elle redoutait tellement une scène, qu'elle affecta l'indiffé-
710 rence ; elle parcourut la lettre d'un air maussade et la rejeta aussitôt. Fontan s'était mis à battre la retraite [3] sur

1. *Empaumer* : séduire (familier).
2. Femme qui pousse la pudeur jusqu'à l'excès.
3. En langage militaire, sonner le signal de se retirer du champ de bataille.

une vitre, ennuyé de se coucher de si bonne heure, ne
sachant plus à quoi occuper sa soirée. Brusquement, il se
tourna.

— Si l'on répondait tout de suite à ce gamin, dit-il.

D'habitude, c'était lui qui écrivait. Il luttait de style.
Puis, il était heureux, lorsque Nana, enthousiasmée de la
lecture de sa lettre, faite tout haut, l'embrassait en criant
qu'il n'y avait que lui pour trouver des choses pareilles. Ça
finissait par les allumer, et ils s'adoraient. 720

— Comme tu voudras, répondit-elle. Je vais faire du thé.
Nous nous coucherons ensuite.

Alors, Fontan s'installa sur la table, avec un grand
déploiement de plume, d'encre et de papier. Il arrondissait
les bras, allongeait le menton.

— « Mon cœur », commença-t-il à voix haute.

Et, pendant plus d'une heure, il s'appliqua, réfléchissant
parfois sur une phrase, la tête entre les mains, raffinant, se
riant à lui-même, quand il avait trouvé une expression
tendre. Nana, silencieusement, avait déjà pris deux tasses 730
de thé. Enfin, il lut la lettre, comme on lit au théâtre, avec
une voix blanche, en indiquant quelques gestes. Il parlait
là-dedans, en cinq pages, des « heures délicieuses passées
à la Mignotte, ces heures dont le souvenir restait comme
des parfums subtils », il jurait « une éternelle fidélité à ce
printemps de l'amour », et finissait en déclarant que son
unique désir était « de recommencer ce bonheur, si le bon-
heur peut se recommencer ».

— Tu sais, expliqua-t-il, je dis tout ça par politesse. Du
moment que c'est pour rire… Hein ! je crois qu'elle est 740
touchée, celle-là !

Il triomphait. Mais Nana, maladroite, se méfiant tou-
jours, commit la faute de ne pas lui sauter au cou en
s'exclamant. Elle trouva la lettre bien, pas davantage.
Alors, il fut très vexé. Si sa lettre ne lui plaisait pas, elle
pouvait en faire une autre ; et, au lieu de se baiser, comme
d'habitude, après avoir remué des phrases d'amour, ils res-
tèrent froids aux deux côtés de la table. Pourtant, elle lui
avait versé une tasse de thé.

— En voilà une cochonnerie ! cria-t-il en y trempant les 750
lèvres. Tu as donc mis du sel !

Nana eut le malheur de hausser les épaules. Il devint furieux.

– Ah ! ça tourne mal, ce soir !

Et la querelle partit de là. La pendule ne marquait que dix heures, c'était une façon de tuer le temps. Il se fouettait, il lançait au visage de Nana, dans un flot d'injures, toutes sortes d'accusations, l'une sur l'autre, sans lui permettre de se défendre. Elle était sale, elle était bête, elle
760 avait roulé partout. Puis, il s'acharna sur la question d'argent. Est-ce qu'il dépensait six francs, lui, quand il dînait en ville ? on lui payait à dîner, sans quoi il aurait mangé son pot-au-feu. Et pour cette vieille procureuse [1] de Maloir encore, un carcan [2] ! qu'il flanquerait à la porte le lendemain ! Ah bien ! ils iraient loin, si chaque jour, lui et elle, jetaient comme ça des six francs à la rue !

– D'abord, je veux des comptes ! cria-t-il. Voyons, donne l'argent ; où en sommes-nous ?

Tous ses instincts d'avarice sordide éclataient. Nana,
770 dominée, effarée, se hâta de prendre dans le secrétaire l'argent qui leur restait, et de l'apporter devant lui. Jusquelà, la clef demeurait sur la caisse commune, ils y puisaient librement.

– Comment ! dit-il après avoir compté, il reste à peine sept mille francs sur dix-sept mille, et nous ne sommes ensemble que depuis trois mois… Ce n'est pas possible.

Lui-même s'élança, bouscula le secrétaire, apporta le tiroir pour le fouiller sous la lampe. Mais il n'y avait bien que six mille huit cents et quelques francs. Alors, ce fut
780 une tempête.

– Dix mille francs en trois mois ! gueulait-il. Nom de Dieu ! qu'en as-tu fait ? Hein ? réponds !… Tout ça passe à ta carcasse de tante, hein ? ou tu te paies des hommes, c'est clair… Veux-tu répondre !

– Ah ! si tu t'emportes ! dit Nana. Le calcul est bien facile à faire… Tu ne comptes pas les meubles ; puis, j'ai dû acheter du linge. Ça va vite, quand on s'installe.

Mais, tout en exigeant des explications, il ne voulait pas les entendre.

1. En langage populaire, proxénète.
2. Mauvais cheval, carne (familier).

– Oui, ça va trop vite, reprit-il plus calme ; et, vois-tu, 790
ma petite, j'en ai assez, de cette cuisine en commun... Tu
sais que ces sept mille francs sont à moi. Eh bien ! puisque
je les tiens, je les garde... Dame ! du moment que tu es
une gâcheuse, je n'ai pas envie d'être ruiné. À chacun son
bien.

Et, magistralement, il mit l'argent dans sa poche. Nana
le regardait, stupéfaite. Lui, continuait avec complaisance :

– Tu comprends, je ne suis pas assez bête pour entre-
tenir des tantes et des enfants qui ne sont pas à moi... Ça
t'a plu de dépenser ton argent, ça te regarde ; mais le mien, 800
c'est sacré !... Quand tu feras cuire un gigot, j'en paierai
la moitié. Le soir, nous réglerons, voilà !

Du coup, Nana fut révoltée. Elle ne put retenir ce cri :

– Dis donc, tu as bien mangé mes dix mille francs...
C'est cochon, ça !

Mais il ne s'attarda pas à discuter davantage. Par-dessus
la table, à toute volée, il lui allongea un soufflet, en disant :

– Répète un peu !

Elle répéta, malgré la claque, et il tomba sur elle, à
coups de pied et à coups de poing. Bientôt, il l'eut mise 810
dans un tel état, qu'elle finit, comme d'habitude, par se
déshabiller et se coucher en pleurant. Lui, soufflait. Il se
couchait à son tour, lorsqu'il aperçut, sur la table, la lettre
qu'il avait écrite à Georges. Alors, il la plia avec soin,
tourné vers le lit, en disant d'un air menaçant :

– Elle est très bien, je la mettrai à la poste moi-même,
parce que je n'aime pas les caprices... Et ne geins plus, tu
m'agaces.

Nana, qui pleurait à petits soupirs, retint son souffle.
Quand il fut couché, elle étouffa, elle se jeta sur sa poitrine 820
en sanglotant. Leurs batteries se terminaient toujours par
là ; elle tremblait de le perdre, elle avait un lâche besoin de
le savoir à elle, malgré tout. À deux reprises, il la repoussa
d'un geste superbe. Mais l'embrassement tiède de cette
femme qui le suppliait, avec ses grands yeux mouillés de
bête fidèle, le chauffa d'un désir. Et il se fit bon prince,
sans pourtant s'abaisser à aucune avance ; il se laissa
caresser et prendre de force, en homme dont le pardon
vaut la peine d'être gagné. Puis il fut saisi d'une inquié-
tude, il craignit que Nana ne jouât une comédie pour ravoir 830

la clef de la caisse. La bougie était éteinte, lorsqu'il éprouva le besoin de maintenir sa volonté.

– Tu sais, ma fille, c'est très sérieux, je garde l'argent.

Nana, qui s'endormait à son cou, trouva un mot sublime.

– Oui, n'aie pas peur... Je travaillerai.

Mais, à partir de cette soirée, la vie entre eux devint de plus en plus difficile. D'un bout de la semaine à l'autre, il y avait un bruit de gifles, un vrai tic-tac d'horloge, qui semblait régler leur existence. Nana, à force d'être battue, prenait une souplesse de linge fin ; et ça la rendait délicate de peau, rose et blanche de teint, si douce au toucher, si claire à l'œil, qu'elle avait encore embelli. Aussi Prullière s'enrageait-il après ses jupes, venant lorsque Fontan n'était pas là, la poussant dans les coins pour l'embrasser. Mais elle se débattait, indignée tout de suite, avec des rougeurs de honte ; elle trouvait dégoûtant qu'il voulût tromper un ami. Alors, Prullière ricanait d'un air vexé. Vrai, elle devenait joliment bête ! Comment pouvait-elle s'attacher à un pareil singe ? car, enfin, Fontan était un vrai singe, avec son grand nez toujours en branle. Une sale tête ! Et un homme qui l'assommait encore !

– Possible, je l'aime comme ça, répondit-elle, un jour, de l'air tranquille d'une femme avouant un goût abominable.

Bosc se contentait de dîner le plus souvent possible. Il haussait les épaules derrière Prullière ; un joli garçon, mais un garçon pas sérieux. Lui, plusieurs fois, avait assisté à des scènes dans le ménage ; au dessert, lorsque Fontan giflait Nana, il continuait à mâcher gravement, trouvant ça naturel. Pour payer son dîner, il s'extasiait toujours sur leur bonheur. Il se proclamait philosophe, il avait renoncé à tout, même à la gloire. Prullière et Fontan, parfois, renversés sur leur chaise, s'oubliaient devant la table desservie, se racontaient leurs succès jusqu'à deux heures du matin, avec leurs gestes et leur voix de théâtre ; tandis que lui, absorbé, ne lâchant de loin en loin qu'un petit souffle de dédain, achevait silencieusement la bouteille de cognac. Qu'est-ce qu'il restait

de Talma [1] ? Rien, alors qu'on lui fichât la paix, c'était trop bête !

Un soir, il trouva Nana en larmes. Elle ôta sa camisole pour montrer son dos et ses bras noirs de coups. Il lui regarda la peau, sans être tenté d'abuser de la situation, comme l'aurait fait cet imbécile de Prullière. Puis, sentencieusement :

– Ma fille, où il y a des femmes, il y a des claques. C'est Napoléon qui a dit ça, je crois… Lave-toi avec de l'eau salée. Excellent, l'eau salée, pour ces bobos. Va, tu en recevras d'autres ; et ne te plains pas, tant que tu n'auras rien de cassé… Tu sais, je m'invite, j'ai vu un gigot.

Mais madame Lerat n'avait pas cette philosophie. Chaque fois que Nana lui montrait un nouveau bleu sur sa peau blanche, elle poussait les hauts cris. On lui tuait sa nièce, ça ne pouvait pas durer. À la vérité, Fontan avait mis à la porte madame Lerat, en disant qu'il ne voulait plus la rencontrer chez lui ; et, depuis ce jour, quand elle était là et qu'il rentrait, elle devait s'en aller par la cuisine, ce qui l'humiliait horriblement. Aussi ne tarissait-elle pas contre ce grossier personnage. Elle lui reprochait surtout d'être mal élevé, avec des mines de femme comme il faut, à qui personne ne pouvait en remontrer sur la bonne éducation.

– Oh ! ça se voit tout de suite, disait-elle à Nana, il n'a pas le sentiment des moindres convenances. Sa mère devait être commune [2] ; ne dis pas non, ça se sent !… Je ne parle pas pour moi, bien qu'une personne de mon âge ait droit aux égards… Mais toi, vraiment, comment fais-tu pour endurer ses mauvaises manières ; car, sans me flatter, je t'ai toujours appris à te tenir, et tu as reçu chez toi les meilleurs conseils. Hein ? nous étions tous très bien dans la famille [3].

Nana ne protestait pas, écoutait la tête basse.

1. François Joseph Talma (1763-1826), tragédien français, protégé de Napoléon Iᵉʳ, célèbre pour ses interprétations des premiers rôles de Corneille et pour avoir introduit au théâtre une réforme profonde de la diction et du costume, dans le sens du naturel et de la vérité historique.
2. Du peuple.
3. La lecture de *L'Assommoir* permettra d'apprécier la justesse du propos !

– Puis, continuait la tante, tu n'as connu que des per-
sonnes distinguées… Justement, nous causions de ça, hier
soir, avec Zoé, chez moi. Elle non plus ne comprend pas.
« Comment, disait-elle, madame qui menait monsieur le
comte, un homme si parfait, au doigt et à l'œil car, entre
nous, il paraît que tu le faisais tourner en bourrique, com-
910 ment madame peut-elle se laisser massacrer par ce
polichinelle ? » Moi, j'ai ajouté que les coups, ça se sup-
portait encore, mais que jamais je n'aurais souffert le
manque d'égards… Enfin, il n'a rien pour lui. Je ne le vou-
drais pas dans ma chambre en peinture. Et tu te ruines
pour un oiseau pareil ; oui, tu te ruines, ma chérie, tu tires
la langue, lorsqu'il y en a tant, et des plus riches, et des
personnages du gouvernement… Suffit ! ce n'est pas moi
qui dois dire ces choses. Mais, à la première saleté, je te le
planterais là, avec un : « Monsieur, pour qui me prenez-
920 vous ? » tu sais, de ton grand air, qui lui couperait bras et
jambes.

Alors, Nana éclatait en sanglots, balbutiant :

– Oh ! ma tante, je l'aime.

La vérité était que madame Lerat se sentait inquiète, en
voyant sa nièce lui donner à grand-peine des pièces de
vingt sous de loin en loin, pour payer la pension du petit
Louis. Sans doute, elle se dévouerait, elle garderait quand
même l'enfant et attendrait des temps meilleurs. Mais
l'idée que Fontan les empêchait, elle, le gamin et sa mère,
930 de nager dans l'or, l'enrageait au point de lui faire nier
l'amour. Aussi concluait-elle par ces paroles sévères :

– Écoute, un jour qu'il t'aura enlevé la peau du ventre,
tu viendras frapper à ma porte, et je t'ouvrirai.

Bientôt l'argent devint le gros souci de Nana. Fontan
avait fait disparaître les sept mille francs ; sans doute, ils
étaient en lieu sûr, et jamais elle n'aurait osé le ques-
tionner, car elle montrait des pudeurs avec cet oiseau,
comme l'appelait madame Lerat. Elle tremblait qu'il pût
la croire capable de tenir à lui pour ses quatre sous. Il avait
940 bien promis de fournir aux besoins du ménage. Les pre-
miers jours, chaque matin, il donnait trois francs. Mais
c'étaient des exigences d'homme qui paie ; avec ses trois
francs, il voulait de tout, du beurre, de la viande, des
primeurs ; et, si elle risquait des observations, si elle insi-

nuait qu'on ne pouvait pas avoir les Halles pour trois
francs, il s'emportait, il la traitait de bonne à rien, de
gâcheuse, de fichue bête que les marchands volaient, tou-
jours prêt d'ailleurs à la menacer de prendre pension autre
part. Puis, au bout d'un mois, certains matins, il avait
oublié de mettre les trois francs sur la commode. Elle 950
s'était permis de les demander, timidement, d'une façon
détournée. Alors, il y avait eu de telles querelles, il lui ren-
dait la vie si dure sous le premier prétexte venu, qu'elle
préférait ne plus compter sur lui. Au contraire, quand il
n'avait pas laissé les trois pièces de vingt sous, et qu'il
trouvait tout de même à manger, il était gai comme un
pinson, galant, baisant Nana, valsant avec les chaises. Et
elle, tout heureuse, en arrivait à souhaiter de ne rien
trouver sur la commode, malgré le mal qu'elle avait à
joindre les deux bouts. Un jour même, elle lui rendit ses 960
trois francs, contant une histoire, disant avoir encore
l'argent de la veille. Comme il n'avait pas donné la veille,
il demeura un instant hésitant, par crainte d'une leçon.
Mais elle le regardait de ses yeux d'amour, elle le baisait
dans un don absolu de toute sa personne ; et il rempocha
les pièces, avec le petit tremblement convulsif d'un avare
qui rattrape une somme compromise. À partir de ce jour,
il ne s'inquiéta plus, ne demandant jamais d'où venait la
monnaie, la mine grise quand il y avait des pommes de
terre, riant à se décrocher les mâchoires devant les dindes 970
et les gigots, sans préjudice pourtant de [1] quelques claques
qu'il allongeait à Nana, même dans son bonheur, pour
s'entretenir la main.

Nana avait donc trouvé le moyen de suffire à tout. La
maison, certains jours, regorgeait de nourriture. Deux fois
par semaine, Bosc prenait des indigestions. Un soir que
madame Lerat se retirait, enragée de voir au feu un dîner
copieux dont elle ne mangerait pas, elle ne put s'empêcher
de demander brutalement qui est-ce qui payait. Nana, sur-
prise, devint toute bête et se mit à pleurer. 980

– Eh bien ! c'est du propre, dit la tante qui avait com-
pris.

1. *Sans préjudice de* : sans renoncer à.

Nana s'était résignée, pour avoir la paix dans son ménage. Puis, c'était la faute de la Tricon, qu'elle avait rencontrée rue de Laval [1], un jour que Fontan était parti furieux, à cause d'un plat de morue ; alors, elle avait dit oui à la Tricon, qui justement se trouvait en peine. Comme Fontan ne rentrait jamais avant six heures, elle disposait de son après-midi, elle rapportait quarante francs, soixante

990 francs, quelquefois davantage. Elle aurait pu parler par dix et quinze louis, si elle avait su garder sa situation ; mais elle était encore bien contente de trouver là de quoi faire bouillir la marmite. Le soir, elle oubliait tout, lorsque Bosc crevait de nourriture, et que Fontan, les coudes sur la table, se laissait baiser les yeux, de l'air supérieur d'un homme qui est aimé pour lui-même.

Alors, tout en adorant son chéri, son chien aimé, avec une passion d'autant plus aveugle qu'elle payait à cette heure, Nana retomba dans la crotte du début. Elle roula,

1000 elle battit le pavé de ses anciennes savates de petit torchon, en quête d'une pièce de cent sous. Un dimanche, au marché La Rochefoucauld, elle avait fait la paix avec Satin, après s'être jetée sur elle, en lui reprochant madame Robert, furieusement. Mais Satin se contentait de répondre que lorsqu'on n'aimait pas une chose, ce n'était pas une raison pour vouloir en dégoûter les autres. Et Nana, d'esprit large, cédant à cette idée philosophique qu'on ne sait jamais par où l'on finira, avait pardonné. Même, la curiosité mise en éveil, elle la questionnait sur

1010 des coins de vice, stupéfiée d'en apprendre encore à son âge, après tout ce qu'elle savait ; et elle riait, elle s'exclamait, trouvant ça drôle, un peu répugnée cependant, car au fond elle était bourgeoise pour ce qui n'entrait pas dans ses habitudes. Aussi retourna-t-elle chez Laure, mangeant là, lorsque Fontan dînait en ville. Elle s'y amusait des histoires, des amours et des jalousies qui passionnaient les clientes, sans leur faire perdre un coup de fourchette. Pourtant, elle n'en était toujours pas, comme elle disait. La grosse Laure, avec sa maternité attendrie, l'invitait sou-

1020 vent à passer quelques jours dans sa villa d'Asnières, une maison de campagne, où il y avait des chambres pour sept

1. Actuellement rue Victor-Massé, près de la place Pigalle.

dames. Elle refusait, elle avait peur. Mais Satin lui ayant
juré qu'elle se trompait, que des messieurs de Paris vous
balançaient et jouaient au tonneau [1], elle promit pour plus
tard, quand elle pourrait s'absenter.

À cette heure, Nana, très tourmentée, n'était guère à la
rigolade. Il lui fallait de l'argent. Quand la Tricon n'avait
pas besoin d'elle, ce qui arrivait trop souvent, elle ne savait
où donner de son corps. Alors, c'était avec Satin des sor-
ties enragées sur le pavé de Paris, dans ce vice d'en bas qui
rôde le long des ruelles boueuses, sous la clarté trouble du
gaz. Nana retourna dans les bastringues de barrière, où elle
avait fait sauter ses premiers jupons sales ; elle revit les
coins noirs des boulevards extérieurs, les bornes sur les-
quelles des hommes, à quinze ans, l'embrassaient, lorsque
son père la cherchait pour lui enlever le derrière. Toutes
deux couraient, faisaient les bals et les cafés d'un quartier,
grimpant des escaliers humides de crachats et de bière
renversée ; ou bien elles marchaient doucement, elles
remontaient les rues, se plantaient debout, contre les
portes cochères. Satin, qui avait débuté au quartier Latin,
y conduisit Nana, à Bullier [2] et dans les brasseries du bou-
levard Saint-Michel. Mais les vacances arrivaient, le quar-
tier sentait trop la dèche [3]. Et elles revenaient toujours aux
grands boulevards. C'était encore là qu'elles avaient le
plus de chance. Des hauteurs de Montmartre au plateau de
l'Observatoire, elles battaient ainsi la ville entière. Soirées
de pluie où les bottines s'éculaient, soirées chaudes qui
collaient les corsages sur la peau, longues factions, prome-
nades sans fin, bousculades et querelles, brutalités der-
nières d'un passant emmené dans quelque garni [4] borgne [5]
et redescendant les marches grasses avec des jurons.

1030

1040

1050

1. « Espèce de jeu, table percée de trous, qui répondent à autant de cases
marquées 10, 20, 30, 50, 100, etc. ; on tâche de loin d'y faire entrer des
palets de fer, de cuivre ou de plomb, après s'être convenu du nombre
qu'il faut atteindre pour gagner la partie » (Littré).
2. Bal Bullier ou Closerie des Lilas, bal public ouvert en 1847 avenue de
l'Observatoire, célèbre pour sa devanture mauresque et son jardin de
lilas ; il était fréquenté par les étudiants et des jeunes filles de mœurs
légères.
3. Misère (populaire).
4. Hôtel meublé en vue de la location.
5. Louche, de mauvaise apparence.

L'été finissait, un été orageux, aux nuits brûlantes. Elles partaient ensemble après le dîner, vers neuf heures. Sur les trottoirs de la rue Notre-Dame-de-Lorette, deux files de femmes rasant les boutiques, les jupons troussés, le nez à terre, se hâtaient vers les boulevards d'un air affairé, sans un coup d'œil aux étalages. C'était la descente affamée du quartier Bréda [1], dans les premières flammes du gaz. Nana
1060 et Satin longeaient l'église, prenaient toujours par la rue Le Peletier. Puis, à cent mètres du café Riche [2], comme elles arrivaient sur le champ de manœuvres, elles rabattaient la queue de leur robe, relevée jusque-là d'une main soigneuse ; et dès lors, risquant la poussière, balayant les trottoirs et roulant la taille, elles s'en allaient à petits pas, elles ralentissaient encore leur marche, lorsqu'elles traversaient le coup de lumière crue d'un grand café. Rengorgées, le rire haut, avec des regards en arrière sur les hommes qui se retournaient, elles étaient chez elles. Leurs
1070 visages blanchis, tachés du rouge des lèvres et du noir des paupières, prenaient, dans l'ombre, le charme troublant d'un Orient de bazar à treize sous, lâché au plein air de la rue. Jusqu'à onze heures, parmi les heurts de la foule, elles restaient gaies, jetant simplement un « sale mufe ! » de loin en loin, derrière le dos des maladroits dont le talon leur arrachait un volant ; elles échangeaient de petits saluts familiers avec des garçons de café, s'arrêtaient à causer devant une table, acceptaient des consommations, qu'elles buvaient lentement, en personnes heureuses de s'asseoir,
1080 pour attendre la sortie des théâtres. Mais, à mesure que la nuit s'avançait, si elles n'avaient pas fait un ou deux voyages rue La Rochefoucauld, elles tournaient à la sale garce, leur chasse devenait plus âpre. Il y avait, au pied des arbres, le long des boulevards assombris qui se vidaient, des marchandages féroces, des gros mots et des coups ; pendant que d'honnêtes familles, le père, la mère et les filles, habitués à ces rencontres, passaient tranquillement, sans presser le pas. Puis, après être allées dix fois de

1. Quartier situé dans le IXᵉ arrondissement, au-dessus de Notre-Dame-de-Lorette, et habité par les femmes entretenues que l'on appelait lorettes.
2. Café à la mode et restaurant de premier ordre.

l'Opéra au Gymnase [1], Nana et Satin, lorsque décidément les hommes se dégageaient et filaient plus vite, dans l'obscurité croissante, s'en tenaient aux trottoirs de la rue du Faubourg-Montmartre. Là, jusqu'à deux heures, des restaurants, des brasseries, des charcutiers flambaient, tout un grondement de femmes s'entêtait sur la porte des cafés ; dernier coin allumé et vivant du Paris nocturne, dernier marché ouvert aux accords d'une nuit, où les affaires se traitaient parmi les groupes, crûment, d'un bout de la rue à l'autre, comme dans le corridor largement ouvert d'une maison publique. Et, les soirs où elles revenaient à vide, elles se disputaient entre elles. La rue Notre-Dame-de-Lorette s'étendait noire et déserte, des ombres de femmes se traînaient ; c'était la rentrée attardée du quartier, les pauvres filles exaspérées d'une nuit de chômage, s'obstinant, discutant encore d'une voix enrouée avec quelque ivrogne perdu, qu'elles retenaient à l'angle de la rue Bréda ou de la rue Fontaine.

Cependant, il y avait de bonnes aubaines, des louis attrapés avec des messieurs bien, qui montaient en mettant leur décoration dans la poche. Satin surtout avait le nez. Les soirs humides, lorsque Paris mouillé exhalait une odeur fade de grande alcôve mal tenue, elle savait que ce temps mou, cette fétidité des coins louches enrageaient les hommes. Et elle guettait les mieux mis, elle voyait ça à leurs yeux pâles. C'était comme un coup de folie charnelle passant sur la ville. Elle avait bien un peu peur, car les plus comme il faut étaient les plus sales. Tout le vernis craquait, la bête se montrait, exigeante dans ses goûts monstrueux, raffinant sa perversion. Aussi cette roulure de Satin manquait-elle de respect, s'éclatant [2] devant la dignité des gens en voiture, disant que leurs cochers étaient plus gentils, parce qu'ils respectaient les femmes et qu'ils ne les tuaient pas avec des idées de l'autre monde. La culbute des gens chics dans la crapule du vice surprenait encore Nana, qui gardait des préjugés, dont Satin la débarrassait. Alors, comme elle le disait, lorsqu'elle causait gravement, il n'y

1. Le théâtre du Gymnase, construit en 1820, se trouve aujourd'hui encore boulevard Bonne-Nouvelle.
2. *S'éclater* : éclater de rire.

avait donc plus de vertu ? Du haut en bas, on se roulait. Eh
bien ! ça devait être du propre, dans Paris, de neuf heures
du soir à trois heures du matin ; et elle rigolait, elle criait
que, si l'on avait pu voir dans toutes les chambres, on
1130 aurait assisté à quelque chose de drôle, le petit monde s'en
donnant par-dessus les oreilles, et pas mal de grands per-
sonnages, çà et là, le nez enfoncé dans la cochonnerie plus
profondément que les autres. Ça complétait son éducation.

Un soir, en venant prendre Satin, elle reconnut le mar-
quis de Chouard qui descendait l'escalier, les jambes cas-
sées, se traînant sur la rampe, avec une figure blanche. Elle
feignit de se moucher. Puis, en haut, comme elle trouvait
Satin dans une saleté affreuse, le ménage lâché depuis huit
jours, un lit infect, des pots qui traînaient, elle s'étonna
1140 que celle-ci connût le marquis. Ah ! oui, elle le
connaissait ; même qu'il les avait joliment embêtés, elle et
son pâtissier, quand ils étaient ensemble ! Maintenant, il
revenait de temps à autre ; mais il l'assommait, il reniflait
dans tous les endroits pas propres, jusque dans ses pan-
toufles.

– Oui, ma chère, dans mes pantoufles… Oh ! un vieux
saligaud ! Il demande toujours des choses…

Ce qui inquiétait surtout Nana, c'était la sincérité de ces
basses débauches. Elle se rappelait ses comédies du
1150 plaisir, lorsqu'elle était une femme lancée ; tandis qu'elle
voyait les filles, autour d'elle, y crever un peu tous les
jours. Puis, Satin lui faisait une peur abominable de la
police. Elle était pleine d'histoires, sur ce sujet-là. Autre-
fois, elle couchait avec un agent des mœurs, pour qu'on la
laissât tranquille ; à deux reprises, il avait empêché qu'on
ne la mît en carte [1] ; et, à présent, elle tremblait, car son
affaire était claire, si on la pinçait encore. Il fallait
l'entendre. Les agents, pour avoir des gratifications, arrê-
taient le plus de femmes possible ; ils empoignaient tout,
1160 ils vous faisaient taire d'une gifle si l'on criait, certains
d'être soutenus et récompensés, même quand ils avaient
pris dans le tas une honnête fille. L'été, à douze ou quinze,

1. Chaque prostituée, une fois son dossier constitué par le chef du bureau
des mœurs, se voyait remettre une carte où devait ensuite figurer le visa
du dispensaire de la préfecture de police.

ils opéraient des rafles sur le boulevard, ils cernaient un trottoir, pêchaient jusqu'à des trente femmes en une soirée. Seulement Satin connaissait les endroits ; dès qu'elle apercevait le nez des agents, elle s'envolait, au milieu de la débandade effarée des longues queues fuyant à travers la foule. C'était une épouvante de la loi, une terreur de la préfecture, si grande, que certaines restaient paralysées sur la porte des cafés, dans le coup de force qui balayait l'avenue. Mais Satin redoutait davantage les dénonciations ; son pâtissier s'était montré assez mufe pour la menacer de la vendre, lorsqu'elle l'avait quitté ; oui, des hommes vivaient sur leurs maîtresses avec ce truc-là, sans compter de sales femmes qui vous livraient très bien par traîtrise, si l'on était plus jolie qu'elle. Nana écoutait ces choses, prise de frayeurs croissantes. Elle avait toujours tremblé devant la loi, cette puissance inconnue, cette vengeance des hommes qui pouvaient la supprimer, sans que personne au monde la défendît. Saint-Lazare [1] lui apparaissait comme une fosse, un trou noir où l'on enterrait les femmes vivantes, après leur avoir coupé les cheveux. Elle se disait bien qu'il lui aurait suffi de lâcher Fontan pour trouver des protections ; Satin avait beau lui parler de certaines listes de femmes, accompagnées de photographies [2], que les agents devaient consulter, avec défense de jamais toucher à celles-là : elle n'en gardait pas moins un tremblement, elle se voyait toujours bousculée, traînée, jetée le lendemain à la visite ; et ce fauteuil de la visite [3] l'emplissait d'angoisse et de honte, elle qui avait lancé vingt fois sa chemise par-dessus les moulins.

Justement, vers la fin de septembre, un soir qu'elle se promenait avec Satin sur le boulevard Poissonnière, celle-

1. Prison affectée aux prostituées et aux femmes prévenues de délit ou de crime.
2. La photographie offrait à la police de nouveaux moyens de contrôler la prostitution ; coucher avec un agent des mœurs restait encore le meilleur moyen de ne pas être mise « en carte ».
3. Les prostituées étaient astreintes à une visite médicale régulière au dispensaire de la préfecture de police. Divers fauteuils-lits avaient été mis au point pour cet examen, avant que ne se généralise l'usage de la table à spéculum. À l'époque, l'examen médical des organes sexuels féminins était considéré comme une atteinte à la pudeur, voire comme un viol.

ci tout d'un coup se mit à galoper. Et, comme elle
l'interrogeait :

— Les agents, souffla-t-elle. Hue donc ! hue donc !

Ce fut, au milieu de la cohue, une course folle. Des
jupes fuyaient, se déchiraient. Il y eut des coups et des
cris. Une femme tomba. La foule regardait avec des rires
1200 la brutale agression des agents, qui, rapidement, resser-
raient leur cercle. Cependant, Nana avait perdu Satin.
Les jambes mortes, elle allait sûrement être arrêtée,
lorsqu'un homme, l'ayant prise à son bras, l'emmena
devant les agents furieux. C'était Prullière, qui venait de
la reconnaître. Sans parler, il tourna avec elle dans la rue
Rougemont, alors déserte, où elle put souffler, si
défaillante, qu'il dut la soutenir. Elle ne le remerciait
seulement pas.

— Voyons, dit-il enfin, il faut te remettre… Monte chez
1210 moi.

Il logeait à côté, rue Bergère. Mais elle se redressa aus-
sitôt.

— Non, je ne veux pas.

Alors, il devint grossier, reprenant :

— Puisque tout le monde y passe… Hein ? pourquoi ne
veux-tu pas ?

— Parce que.

Cela disait tout, dans son idée. Elle aimait trop Fontan
pour le trahir avec un ami. Les autres ne comptaient pas,
1220 du moment qu'il n'y avait pas de plaisir et que c'était par
nécessité. Devant cet entêtement stupide, Prullière com-
mit une lâcheté de joli homme vexé dans son amour-
propre.

— Eh bien ! à ton aise, déclara-t-il. Seulement, je ne vais
pas de ton côté, ma chère… Tire-toi d'affaire toute seule.

Et il l'abandonna. Son épouvante la reprit, elle fit un
détour énorme pour rentrer à Montmartre, filant raide le
long des boutiques, pâlissant dès qu'un homme s'appro-
chait d'elle.

1230 Ce fut le lendemain, dans l'ébranlement de ses terreurs
de la veille, que Nana, en allant chez sa tante, se trouva
nez à nez avec Labordette, au fond d'une petite rue soli-
taire des Batignolles. D'abord, l'un et l'autre parurent
gênés. Lui, toujours complaisant, avait des affaires qu'il

cachait. Pourtant, il se remit le premier, il s'exclama sur la bonne rencontre. Vrai, tout le monde était encore stupéfait de l'éclipse totale de Nana. On la réclamait, les anciens amis séchaient sur pied. Et, se faisant paternel, il finit par la sermonner.

– Entre nous, ma chère, franchement, ça devient bête… 1240
On comprend une toquade. Seulement, en venir là, être grugée [1] à ce point et n'empocher que des gifles !… Tu poses donc pour les prix de vertu ?

Elle l'écoutait d'un air embarrassé. Cependant, lorsqu'il lui parla de Rose, qui triomphait avec sa conquête du comte Muffat, une flamme passa dans ses yeux. Elle murmura :

– Oh ! si je voulais…

Il proposa tout de suite son entremise, en ami obligeant. Mais elle refusa. Alors, il l'attaqua par un autre point. Il lui 1250 apprit que Bordenave montait une pièce de Fauchery, où il y avait un rôle superbe pour elle.

– Comment ! une pièce où il y a un rôle ! s'écria-t-elle, stupéfaite, mais il en est et il ne m'a rien dit !

Elle ne nommait pas Fontan. D'ailleurs, elle se calma tout de suite. Jamais elle ne rentrerait au théâtre. Sans doute Labordette n'était pas convaincu, car il insistait avec un sourire.

– Tu sais qu'on n'a rien à craindre avec moi. Je prépare ton Muffat, tu rentres au théâtre, et je te l'amène par la 1260 patte.

– Non ! dit-elle énergiquement.

Et elle le quitta. Son héroïsme l'attendrissait sur elle-même. Ce n'était pas un mufe d'homme qui se serait sacrifié comme ça, sans le trompeter. Pourtant, une chose la frappait : Labordette venait de lui donner exactement les mêmes conseils que Francis. Le soir, lorsque Fontan rentra, elle le questionna sur la pièce de Fauchery. Lui, depuis deux mois, avait fait sa rentrée aux Variétés. Pourquoi ne lui avait-il pas parlé du rôle ? 1270

– Quel rôle ? dit-il de sa voix mauvaise. Ce n'est pas le rôle de la grande dame peut-être ?… Ah çà, tu te crois

1. Volée.

donc du talent ! Mais ce rôle-là, ma fille, t'écraserait...
Vrai, tu es comique !

Elle fut horriblement blessée. Toute la soirée, il la
blagua, en l'appelant mademoiselle Mars [1]. Et plus il
tapait sur elle, plus elle tenait bon, goûtant une jouissance
amère dans cet héroïsme de sa toquade, qui la rendait très
grande et très amoureuse à ses propres yeux. Depuis
1280 qu'elle allait avec d'autres pour le nourrir, elle l'aimait
davantage, de toute la fatigue et de tous les dégoûts qu'elle
rapportait. Il devenait son vice, qu'elle payait, son besoin,
dont elle ne pouvait se passer, sous l'aiguillon des gifles.
Lui, en voyant la bonne bête, finissait par abuser. Elle lui
donnait sur les nerfs, il se prenait d'une haine féroce, au
point de ne plus tenir compte de ses intérêts. Lorsque Bosc
lui adressait des observations, il criait, exaspéré, sans
qu'on sût pourquoi, qu'il se fichait d'elle et de ses bons
dîners, qu'il la flanquerait dehors rien que pour faire
1290 cadeau de ses sept mille francs à une autre femme. Et ce
fut là le dénouement de leur liaison.

Un soir, Nana, en rentrant vers onze heures, trouva la
porte fermée au verrou. Elle tapa une première fois, pas de
réponse ; une seconde fois, toujours pas de réponse.
Cependant, elle voyait de la lumière sous la porte, et
Fontan, à l'intérieur, ne se gênait pas pour marcher. Elle
tapa encore sans se lasser, appelant, se fâchant. Enfin, la
voix de Fontan s'éleva, lente et grasse, et ne lâcha qu'un
mot :

1300 – Merde !

Elle tapa des deux poings.

– Merde !

Elle tapa plus fort, à fendre le bois.

– Merde !

Et, pendant un quart d'heure, la même ordure la
souffleta [2], répondit comme un écho goguenard à chacun
des coups dont elle ébranlait la porte. Puis, voyant qu'elle
ne se lassait pas, il ouvrit brusquement, il se campa sur le

1. Célèbre actrice (1779-1847), sociétaire de la Comédie-Française où
elle joua notamment dans *Hernani* de Victor Hugo (1830).
2. Gifla.

seuil, les bras croisés, et dit de la même voix froidement
brutale :

– Nom de Dieu ! avez-vous fini ?… Qu'est-ce que vous
voulez ?… Hein ! Allez-vous nous laisser dormir ? Vous
voyez bien que j'ai du monde.

Il n'était pas seul, en effet. Nana aperçut la petite
femme des Bouffes, déjà en chemise, avec ses cheveux
filasse ébouriffés et ses yeux en trou de vrille, qui rigolait
au milieu de ces meubles qu'elle avait payés. Mais Fontan
faisait un pas sur le carré [1], l'air terrible, ouvrant ses gros
doigts comme des pinces.

– File, ou je t'étrangle !

Alors, Nana éclata en sanglots nerveux. Elle eut peur et
se sauva. Cette fois, c'était elle qu'on flanquait dehors.
L'idée de Muffat lui vint tout d'un coup, dans sa rage ;
mais, vrai, ce n'était pas Fontan qui aurait dû lui rendre la
pareille.

Sur le trottoir, sa première pensée fut d'aller coucher
avec Satin, si celle-ci n'avait personne. Elle la rencontra
devant sa maison, jetée elle aussi sur le pavé par son pro-
priétaire, qui venait de faire poser un cadenas à sa porte,
contre tout droit, puisqu'elle était dans ses meubles ; elle
jurait, elle parlait de le traîner chez le commissaire. En
attendant, comme minuit sonnait, il fallait songer à trouver
un lit. Et Satin, jugeant prudent de ne pas mettre les ser-
gents de ville dans ses affaires, finit par emmener Nana rue
de Laval, chez une dame qui tenait un petit hôtel meublé.
On leur donna, au premier étage, une étroite chambre,
dont la fenêtre ouvrait sur la cour. Satin répétait :

– Je serais bien allée chez madame Robert. Il y a tou-
jours un coin pour moi… Mais, avec toi, pas possible…
Elle devient ridicule de jalousie. L'autre soir, elle m'a
battue.

Quand elles se furent enfermées, Nana, qui ne s'était
pas soulagée encore, fondit en larmes et raconta à vingt
reprises la saleté de Fontan. Satin l'écoutait avec complai-
sance, la consolait, s'indignait plus fort qu'elle, tapant sur
les hommes.

1. Palier.

– Oh ! les cochons, oh ! les cochons !… Vois-tu, n'en
faut plus de ces cochons-là !

Puis, elle aida Nana à se déshabiller, elle eut autour
1350 d'elle des airs de petite femme prévenante et soumise. Elle
répétait avec câlinerie :

– Couchons-nous vite, mon chat. Nous serons mieux…
Ah ! que tu es bête de te faire de la bile ! Je te dis que ce
sont des salauds ! Ne pense plus à eux… Moi, je t'aime
bien. Ne pleure pas, fais ça pour ta petite chérie.

Et, dans le lit, elle prit tout de suite Nana entre ses bras,
afin de la calmer. Elle ne voulait plus entendre le nom de
Fontan ; chaque fois qu'il revenait sur les lèvres de son
amie, elle l'y arrêtait d'un baiser, avec une jolie moue de
1360 colère, les cheveux dénoués, d'une beauté enfantine et
noyée d'attendrissement. Alors, peu à peu, dans cette
étreinte si douce, Nana essuya ses larmes. Elle était tou-
chée, elle rendait à Satin ses caresses. Lorsque deux
heures sonnèrent, la bougie brûlait encore ; toutes deux
avaient de légers rires étouffés, avec des paroles d'amour.

Mais, brusquement, à un vacarme qui monta dans
l'hôtel, Satin se leva, demi-nue, prêtant l'oreille.

– La police ! dit-elle toute blanche. Ah ! nom d'un
chien ! pas de chance !… Nous sommes foutues !

1370 Vingt fois, elle avait conté les descentes que les agents
faisaient dans les hôtels. Et justement, cette nuit-là, en se
réfugiant rue de Laval, ni l'une ni l'autre ne s'était méfiée.
Au mot de police, Nana avait perdu la tête. Elle sauta du
lit, courut à travers la chambre, ouvrit la fenêtre, de l'air
égaré d'une folle qui va se précipiter. Mais, heureusement,
la petite cour était vitrée ; un grillage en fil de fer se trou-
vait là, de plain-pied. Alors, elle n'hésita point, elle
enjamba l'appui et disparut dans le noir, la chemise
volante, les cuisses à l'air de la nuit.

1380 – Reste donc, répétait Satin effrayée. Tu vas te tuer.

Puis, comme on cognait à la porte, elle fut bonne fille,
repoussant la fenêtre, jetant les vêtements de son amie au
fond d'une armoire. Déjà elle s'était résignée, en se disant
qu'après tout, si on la mettait en carte, elle n'aurait plus
cette bête de peur. Elle joua la femme écrasée de sommeil,
bâilla, parlementa, finit par ouvrir à un grand gaillard, la
barbe sale, qui lui dit :

– Montrez vos mains… Vous n'avez pas de piqûres, vous ne travaillez pas. Allons, habillez-vous.

– Mais je ne suis pas couturière, je suis brunisseuse [1], déclara Satin avec effronterie.

D'ailleurs, elle s'habilla docilement, sachant qu'il n'y avait pas de discussion possible. Des cris s'élevaient dans l'hôtel, une fille se cramponnait aux portes, refusant de marcher ; une autre, qui était couchée avec un amant, et dont celui-ci répondait, faisait la femme honnête outragée, parlait d'intenter un procès au préfet de police. Pendant près d'une heure, ce fut un bruit de gros souliers sur les marches, des portes ébranlées à coups de poing, des querelles aiguës s'étouffant dans des sanglots, des glissements de jupes frôlant les murs, tout le réveil brusque et le départ effaré d'un troupeau de femmes, brutalement emballées par trois agents, sous la conduite d'un petit commissaire blond, très poli. Puis, l'hôtel retomba à un grand silence.

Personne ne l'avait vendue, Nana était sauvée. Elle rentra à tâtons dans la chambre, grelottante, morte de peur. Ses pieds nus saignaient, déchirés par le grillage. Longtemps, elle resta assise au bord du lit, écoutant toujours. Vers le matin, pourtant, elle s'endormit. Mais, à huit heures, lorsqu'elle s'éveilla, elle se sauva de l'hôtel et courut chez sa tante. Quand madame Lerat, qui justement prenait son café au lait avec Zoé, l'aperçut à cette heure, faite comme une souillon, la face renversée, elle comprit tout de suite.

– Hein ? ça y est ! cria-t-elle. Je t'avais bien dit qu'il t'enlèverait la peau du ventre… Allons, entre, tu seras toujours bien reçue chez moi.

Zoé s'était levée, murmurant avec une familiarité respectueuse :

– Enfin, madame nous est rendue… J'attendais madame.

Mais madame Lerat voulut que Nana embrassât tout de suite Louiset, parce que, disait-elle, c'était son bonheur, à cet enfant, que la sagesse de sa mère. Louiset dormait encore, maladif, le sang pauvre. Et, lorsque Nana se

1390

1400

1410

1420

1. Ouvrière employée à polir les métaux.

pencha sur sa face blanche et scrofuleuse [1], tous ses embê-
tements des derniers mois la reprirent à la gorge et l'étran-
glèrent.

1430 – Oh ! mon pauvre petit, mon pauvre petit ! bégaya-
t-elle dans une dernière crise de sanglots.

1. Couverte de ganglions dus à la tuberculose. Dans les *Rougon-
Macquart*, la quatrième et dernière génération est frappée de dégé-
nérescence : Jeanne, la fille d'Hélène Grandjean (*Une page d'amour*) ;
Louiset, le fils de Nana ; Jacques, le fils de Claude Lantier (*L'Œuvre*), etc.

IX

On répétait aux Variétés *La Petite Duchesse* [1]. Le pre-
mier acte venait d'être débrouillé, et l'on allait commencer
le second. À l'avant-scène, dans de vieux fauteuils, Fau-
chery et Bordenave discutaient, tandis que le souffleur, le
père Cossard, un petit bossu, assis sur une chaise de paille,
feuilletait le manuscrit, un crayon aux lèvres.

– Eh bien ! qu'est-ce qu'on attend ? cria tout à coup
Bordenave, en tapant furieusement les planches du bout de
sa grosse canne. Barillot, pourquoi ne commence-t-on
pas ?

– C'est monsieur Bosc, il a disparu, répondit Barillot,
qui faisait fonction de deuxième régisseur.

Alors, ce fut une tempête. Tout le monde appelait Bosc.
Bordenave jurait.

– Nom de Dieu ! c'est toujours la même chose. On a
beau sonner, ils sont toujours où il ne faut pas… Et puis,
ils grognent, quand on les retient après quatre heures.

Mais Bosc arrivait avec une belle tranquillité.

– Hein ? quoi ? que me veut-on ? Ah ! c'est à moi ! Il
fallait le dire… Bon ! Simonne donne la réplique : « Voilà
les invités qui arrivent », et j'entre… Par où dois-je
entrer ?

– Par la porte, bien sûr, déclara Fauchery agacé.

– Oui, mais où est-elle, la porte ?

1. Allusion ironique à *La Duchesse de Gérolstein* d'Offenbach, qui
triompha aux Variétés le 12 avril 1867.

Cette fois, Bordenave tomba sur Barillot, se remettant à jurer et à enfoncer les planches à coups de canne.

– Nom de Dieu ! j'avais dit de poser là une chaise pour figurer la porte. Tous les jours, il faut recommencer la plantation... Barillot ? où est Barillot ? Encore un ! ils filent tous !

Pourtant, Barillot vint lui-même placer la chaise, muet, le dos rond sous l'orage. Et la répétition commença. Simonne, en chapeau, couverte de sa fourrure, prenait des airs de servante qui range des meubles. Elle s'interrompit pour dire :

– Vous savez, je n'ai pas chaud, je laisse mes mains dans mon manchon.

Puis, la voix changée, elle accueillit Bosc d'un léger cri :

– « Tiens ! c'est monsieur le comte. Vous êtes le premier, monsieur le comte, et madame va être bien contente. »

Bosc avait un pantalon boueux, un grand pardessus jaune, avec un immense cache-nez roulé autour du collet. Les mains dans les poches, un vieux chapeau sur la tête, il dit d'une voix sourde, ne jouant pas, se traînant :

– « Ne dérangez pas votre maîtresse, Isabelle ; je veux la surprendre. »

La répétition continua. Bordenave, renfrogné, glissé au fond de son fauteuil, écoutait d'un air de lassitude. Fauchery, nerveux, changeait de position, avait à chaque minute des démangeaisons d'interrompre, qu'il réprimait. Mais, derrière lui, dans la salle noire et vide, il entendit un chuchotement.

– Est-ce qu'elle est là ? demanda-t-il en se penchant vers Bordenave.

Celui-ci répondit affirmativement, d'un signe de tête. Avant d'accepter le rôle de Géraldine qu'il lui offrait, Nana avait voulu voir la pièce, car elle hésitait à jouer encore un rôle de cocotte [1]. C'était un rôle d'honnête femme qu'elle rêvait. Elle se cachait dans l'ombre d'une baignoire [2] avec Labordette, qui s'employait pour elle

1. Femme aux mœurs légères.
2. Voir note 1, p. 36.

auprès de Bordenave. Fauchery la chercha d'un coup d'œil, et se remit à suivre la répétition.

Seule, l'avant-scène était éclairée. Une servante [1], une flamme de gaz prise à l'embranchement de la rampe, et dont un réflecteur jetait toute la clarté sur les premiers plans, semblait un grand œil jaune ouvert dans la demi-obscurité, où il flambait avec une tristesse louche. Contre la mince tige de la servante, Cossard levait le manuscrit, pour voir clair, en plein sous le coup de lumière qui accusait le relief de sa bosse. Puis, Bordenave et Fauchery déjà se noyaient. C'était, au milieu de l'énorme vaisseau, et sur quelques mètres seulement, une lueur de falot [2], cloué au poteau d'une gare, dans laquelle les acteurs prenaient des airs de visions baroques, avec leurs ombres dansant derrière eux. Le reste de la scène s'emplissait d'une fumée, pareil à un chantier de démolitions, à une nef éventrée, encombrée d'échelles, de châssis, de décors, dont les peintures déteintes faisaient comme des entassements de décombres ; et, en l'air, les toiles de fond qui pendaient avaient une apparence de guenilles accrochées aux poutres de quelque vaste magasin de chiffons. Tout en haut, un rayon de clair soleil, tombé d'une fenêtre, coupait d'une barre d'or la nuit du cintre.

Cependant, au fond de la scène, des acteurs causaient en attendant leurs répliques. Peu à peu, ils avaient élevé la voix.

– Ah çà ! voulez-vous vous taire ! hurla Bordenave, qui sauta rageusement dans son fauteuil. Je n'entends pas un mot… Allez dehors, si vous avez à causer ; nous autres, nous travaillons… Barillot, si l'on parle encore, je flanque tout le monde à l'amende !

Ils se turent un instant. Ils formaient un petit groupe, assis sur un banc et des chaises rustiques, dans un coin de jardin, le premier décor du soir qui était là, prêt à être planté. Fontan et Prullière écoutaient Rose Mignon, à laquelle le directeur des Folies-Dramatiques [3] venait de faire des offres superbes. Mais une voix cria :

1. Petite lampe de théâtre, employée pour les répétitions.
2. Petite lanterne.
3. Voir note 3, p. 111.

100 – La duchesse !… Saint-Firmin !… Allons, la duchesse et Saint-Firmin !

Au second appel seulement, Prullière se rappela qu'il était Saint-Firmin. Rose, qui jouait la duchesse Hélène, l'attendait déjà pour leur entrée. Lentement, traînant les pieds sur les planches vides et sonores, le vieux Bosc retournait s'asseoir. Alors, Clarisse lui offrit la moitié du banc.

– Qu'a-t-il donc à gueuler comme ça ? dit-elle en parlant de Bordenave. Ça va être gentil tout à l'heure… On ne
110 peut plus monter une pièce, sans qu'il ait ses nerfs, maintenant.

Bosc haussa les épaules. Il était au-dessus de tous les orages. Fontan murmurait :

– Il flaire un four [1]. Ça m'a l'air idiot, cette pièce.

Puis, s'adressant à Clarisse, revenant à l'histoire de Rose :

– Hein ? tu crois aux offres des Folies, toi ?… Trois cents francs par soir, et pendant cent représentations. Pourquoi pas une maison de campagne avec !… Si l'on
120 donnait trois cents francs [2] à sa femme, Mignon lâcherait mon Bordenave, et raide !

Clarisse croyait aux trois cents francs. Ce Fontan cassait toujours du sucre sur la tête des camarades ! Mais Simonne les interrompit. Elle grelottait. Tous, boutonnés et des foulards au cou, regardèrent en l'air le rayon de soleil qui luisait, sans descendre dans le froid morne de la scène. Dehors, il gelait, par un ciel clair de novembre.

– Et il n'y a pas de feu au foyer [3] ! dit Simonne. C'est dégoûtant, il devient d'un rat !… Moi, j'ai envie de partir,
130 je ne veux pas attraper du mal.

– Silence donc ! cria de nouveau Bordenave d'une voix de tonnerre.

Alors, pendant quelques minutes, on n'entendit plus que la récitation confuse des acteurs. Ils indiquaient à peine les gestes. Ils gardaient une voix blanche pour ne pas

1. Voir note 3, p. 39.
2. Il s'agit d'une somme importante ; à l'époque, le salaire ordinaire d'un ouvrier s'élevait à quatre ou cinq francs par jour.
3. Salle où se réunissent les comédiens.

se fatiguer. Cependant, lorsqu'ils marquaient une inten-
tion, ils adressaient des coups d'œil à la salle. C'était,
devant eux, un trou béant où flottait une ombre vague,
comme une fine poussière enfermée dans un haut grenier
sans fenêtre. La salle éteinte, éclairée seulement par le
demi-jour de la scène, avait un sommeil, un effacement
mélancolique et troublant. Au plafond, une nuit opaque
noyait les peintures. Du haut en bas des avant-scènes, à
droite et à gauche, tombaient d'immenses lés [1] de toile
grise, pour protéger les tentures ; et les housses conti-
nuaient, des bandes de toile étaient jetées sur le velours
des rampes, ceignant les galeries d'un double linceul,
salissant les ténèbres de leur ton blafard. On ne distinguait,
dans la décoloration générale, que les enfoncements plus
sombres des loges, qui dessinaient la carcasse des étages,
avec les taches des fauteuils, dont le velours rouge tournait
au noir. Le lustre, complètement descendu, emplissait
l'orchestre de ses pendeloques, faisait songer à un démé-
nagement, à un départ du public pour un voyage dont il ne
reviendrait pas.

Et justement Rose, dans un rôle de petite duchesse
égarée chez une fille, s'avançait vers la rampe, à ce
moment. Elle leva les mains, fit une moue adorable à cette
salle vide et obscure, d'une tristesse de maison de deuil.

– « Mon Dieu ! quel drôle de monde ! » dit-elle, souli-
gnant la phrase, certaine d'un effet.

Au fond de la baignoire où elle se cachait, Nana, enve-
loppée dans un grand châle, écoutait la pièce, en mangeant
Rose des yeux. Elle se tourna vers Labordette et lui
demanda tout bas :

– Tu es sûr qu'il va venir ?

– Tout à fait sûr. Sans doute il arrivera avec Mignon,
pour avoir un prétexte… Dès qu'il paraîtra, tu monteras
dans la loge de Mathilde, où je te le conduirai.

Ils parlaient du comte Muffat. C'était une entrevue
ménagée par Labordette sur un terrain neutre. Il avait eu
une conversation sérieuse avec Bordenave, que deux
échecs successifs venaient de mettre très mal dans ses
affaires. Aussi, Bordenave s'était-il hâté de prêter son

1. Panneaux d'étoffe.

théâtre et d'offrir un rôle à Nana, désirant se rendre le
comte favorable, rêvant un emprunt.

— Et ce rôle de Géraldine, qu'en dis-tu ? reprit Labor-
dette.

Mais Nana, immobile, ne répondit pas. Après un pre-
180 mier acte, où l'auteur posait comme quoi le duc de Beau-
rivage trompait sa femme avec la blonde Géraldine, une
étoile d'opérettes, on voyait, au second acte, la duchesse
Hélène venir chez l'actrice, un soir de bal masqué, pour
apprendre par quel magique pouvoir ces dames conqué-
raient et retenaient leurs maris. C'était un cousin, le bel
Oscar de Saint-Firmin, qui l'introduisait, espérant la
débaucher. Et, comme première leçon, à sa grande sur-
prise, elle entendait Géraldine faire une querelle de char-
retier au duc, très souple, l'air enchanté ; ce qui lui arra-
190 chait ce cri : « Ah bien ! si c'est ainsi qu'il faut parler aux
hommes ! » Géraldine n'avait guère que cette scène dans
l'acte. Quant à la duchesse, elle ne tardait pas à être punie
de sa curiosité : un vieux beau, le baron de Tardiveau, la
prenait pour une cocotte et se montrait très vif ; tandis que,
de l'autre côté, sur une chaise longue, Beaurivage faisait la
paix avec Géraldine en l'embrassant. Comme le rôle de
cette dernière n'était pas distribué, le père Cossard s'était
levé pour le lire, et il y mettait des intentions malgré lui, il
figurait, dans les bras de Bosc. On en était à cette scène, la
200 répétition traînait sur un ton maussade, lorsque Fauchery
tout d'un coup sauta de son fauteuil. Il s'était contenu
jusque-là, mais ses nerfs l'emportaient.

— Ce n'est pas ça ! cria-t-il.

Les acteurs s'arrêtèrent, les mains ballantes. Fontan
demanda, le nez pincé, avec son air de se ficher du
monde :

— Quoi ? qu'est-ce qui n'est pas ça ?

— Personne n'y est ! mais pas du tout, pas du tout ! reprit
Fauchery, qui, lui-même, gesticulant, arpentant les
210 planches, se mit à mimer la scène. Voyons, vous, Fontan,
comprenez bien l'emballement de Tardiveau ; il faut vous
pencher, avec ce geste, pour saisir la duchesse… Et toi,
Rose, c'est alors que tu fais ta passade [1], vivement, comme

1. Action de traverser la scène en passant devant un partenaire.

ça ; mais pas trop tôt, seulement quand tu entends le
baiser...

Il s'interrompit, il cria à Cossard, dans le feu de ses
explications :

– Géraldine, donnez le baiser... Fort ! pour qu'on
entende bien !

Le père Cossard, se tournant vers Bosc, fit claquer
vigoureusement les lèvres.

– Bon ! voilà le baiser, dit Fauchery triomphant. Encore
une fois, le baiser... Vois-tu, Rose, j'ai eu le temps de
passer, et je jette alors un léger cri : « Ah ! elle l'a
embrassé. » Mais, pour cela, il faut que Tardiveau
remonte... Entendez-vous, Fontan, vous remontez...
Allons, essayez ça, et de l'ensemble.

Les acteurs reprirent la scène ; mais Fontan y mettait
une telle mauvaise volonté, que ça ne marcha pas du tout.
À deux reprises, Fauchery dut revenir sur ses indications,
mimant chaque fois avec plus de chaleur. Tous l'écou-
taient d'un air morne, se regardaient un instant comme s'il
leur eût demandé de marcher la tête en bas, puis gauche-
ment essayaient, pour s'arrêter aussitôt, avec des rigidités
de pantins dont on vient de casser les fils.

– Non, c'est trop fort pour moi, je ne comprends pas,
finit par dire Fontan, de sa voix insolente.

Bordenave n'avait pas desserré les lèvres. Glissé com-
plètement au fond de son fauteuil, il ne montrait plus, dans
la lueur louche de la servante, que le haut de son chapeau,
rabattu sur ses yeux, tandis que sa canne, abandonnée, lui
barrait le ventre ; et l'on aurait pu croire qu'il dormait.
Brusquement, il se redressa.

– Mon petit, c'est idiot, déclara-t-il à Fauchery, d'un air
tranquille.

– Comment ! idiot ! s'écria l'auteur devenu très pâle.
Idiot vous-même, mon cher !

Du coup, Bordenave commença à se fâcher. Il répéta le
mot idiot, chercha quelque chose de plus fort, trouva
imbécile et crétin. On sifflerait, l'acte ne finirait pas. Et
comme Fauchery, exaspéré, sans d'ailleurs se blesser
autrement de ces gros mots qui revenaient entre eux à
chaque pièce nouvelle, le traitait carrément de brute, Bor-

denave perdit toute mesure. Il faisait le moulinet avec sa
canne, il soufflait comme un bœuf, criant :

– Nom de Dieu ! foutez-moi la paix… Voilà un quart
d'heure perdu à des stupidités… Oui, des stupidités… Ça
n'a pas le sens commun… Et c'est si simple pourtant ! Toi,
Fontan, tu ne bouges pas. Toi, Rose, tu as ce petit mouve-
260 ment, vois-tu, pas davantage, et tu descends… Allons,
marchez, cette fois. Donnez le baiser, Cossard.

Alors, ce fut une confusion. La scène n'allait pas mieux.
À son tour, Bordenave mimait, avec des grâces d'élé-
phant ; pendant que Fauchery ricanait, en haussant les
épaules de pitié. Puis, Fontan voulut s'en mêler, Bosc lui-
même se permit des conseils. Éreintée, Rose avait fini par
s'asseoir sur la chaise qui marquait la porte. On ne savait
plus où l'on en était. Pour comble, Simonne, ayant cru
entendre sa réplique, fit trop tôt son entrée, au milieu du
270 désordre ; ce qui enragea Bordenave à un tel point, que, la
canne lancée dans un moulinet terrible, il lui en allongea
un grand coup sur le derrière. Souvent, il battait les
femmes aux répétitions, quand il avait couché avec elles.
Elle se sauva, poursuivie par ce cri furieux :

– Mets ça dans ta poche, et, nom de Dieu ! je ferme la
baraque, si l'on m'embête encore !

Fauchery venait d'enfoncer son chapeau sur sa tête, en fai-
sant mine de quitter le théâtre ; mais il demeura au fond de
la scène, et redescendit, lorsqu'il vit Bordenave se rasseoir,
280 en nage.t Lui-même reprit sa place dans l'autre fauteuil. Ils
restèrent un moment côte à côte, sans bouger, tandis qu'un
lourd silence tombait dans l'ombre de la salle. Les acteurs
attendirent près de deux minutes. Tous avaient un accable-
ment, comme s'ils sortaient d'une besogne écrasante.

– Eh bien ! continuons, dit enfin Bordenave de sa voix
ordinaire, parfaitement calme.

– Oui, continuons, répéta Fauchery, nous réglerons la
scène demain.

Et ils s'allongèrent, la répétition reprenait son train
290 d'ennui et de belle indifférence. Durant l'attrapage entre le
directeur et l'auteur, Fontan et les autres s'étaient fait du
bon sang, au fond, sur le banc et les chaises rustiques. Ils
avaient de petits rires, des grognements, des mots féroces.
Mais, quand Simonne revint, avec son coup de canne sur
le derrière, la voix coupée de larmes, ils tournèrent au

drame, ils dirent qu'à sa place ils auraient étranglé ce
cochon-là. Elle s'essuyait les yeux, en approuvant de la
tête ; c'était fini, elle le lâchait, d'autant plus que Steiner, la
veille, lui avait offert de la lancer. Clarisse resta surprise, le
banquier n'avait plus un sou ; mais Prullière se mit à rire et 300
rappela le tour de ce sacré juif, lorsqu'il s'était affiché avec
Rose, pour poser à la Bourse son affaire des Salines des
Landes. Justement il promenait un nouveau projet, un
tunnel sous le Bosphore [1]. Simonne écoutait, très intéressée.
Quant à Clarisse, elle ne dérageait pas depuis une semaine.
Est-ce que cet animal de la Faloise, qu'elle avait balancé en
le collant dans les bras vénérables de Gaga, n'allait pas
hériter d'un oncle très riche ! C'était fait pour elle, toujours
elle avait essuyé les plâtres [2]. Puis, cette saleté de Bordenave
lui donnait encore une panne [3], un rôle de cinquante lignes, 310
comme si elle n'aurait pas pu jouer Géraldine ! Elle rêvait
de ce rôle, elle espérait bien que Nana refuserait.

— Eh bien ! et moi ? dit Prullière très pincé, je n'ai pas
deux cents lignes. Je voulais rendre le rôle… C'est indigne
de me faire jouer ce Saint-Firmin, une vraie veste. Et quel
style, mes enfants ! Vous savez que ça va tomber à plat.

Mais Simonne, qui causait avec le père Barillot, revint
dire, essoufflée :

— À propos de Nana, elle est dans la salle.

— Où donc ? demanda vivement Clarisse, en se levant 320
pour voir.

Le bruit courut tout de suite. Chacun se penchait. La
répétition fut un instant comme interrompue. Mais Borde-
nave sortit de son immobilité, criant :

— Quoi ? qu'arrive-t-il ? Finissez donc l'acte… Et
silence là-bas, c'est insupportable !

Dans la baignoire, Nana suivait toujours la pièce. Deux
fois, Labordette avait voulu causer ; mais elle s'était impa-
tientée, en le poussant du coude pour le faire taire. On
achevait le second acte, lorsque deux ombres parurent, au 330
fond du théâtre. Comme elles descendaient sur la pointe

1. Détroit qui sépare, en Turquie, l'Europe de l'Asie.
2. *Essuyer les plâtres* : au sens propre habiter une maison neuve, d'où :
subir les inconvénients d'une nouveauté encore insuffisamment au point,
dont on est un des premiers utilisateurs (familier).
3. Mauvais rôle, en argot de théâtre.

des pieds, évitant le bruit, Nana reconnut Mignon et le comte Muffat, qui vinrent saluer silencieusement Bordenave.

– Ah ! les voilà, murmura-t-elle, avec un soupir de soulagement.

Rose Mignon donna la dernière réplique. Alors, Bordenave dit qu'il fallait recommencer ce deuxième acte, avant de passer au troisième ; et, lâchant la répétition, il accueillit le comte d'un air de politesse exagérée, pendant que Fauchery affectait d'être tout à ses acteurs, groupés autour de lui. Mignon sifflotait, les mains derrière le dos, couvant des yeux sa femme, qui paraissait nerveuse.

– Eh bien ! montons-nous ? demanda Labordette à Nana. Je t'installe dans la loge, et je redescends le prendre.

Nana quitta tout de suite la baignoire. Elle dut suivre à tâtons le couloir des fauteuils d'orchestre. Mais Bordenave la devina, comme elle filait dans l'ombre, et il la rattrapa au bout du corridor qui passait derrière la scène, un étroit boyau où le gaz brûlait nuit et jour. Là, pour brusquer l'affaire, il s'emballa sur le rôle de la cocotte.

– Hein ? quel rôle ! quel chien [1] ! C'est fait pour toi... Viens répéter demain.

Nana restait froide. Elle voulait connaître le troisième acte.

– Oh ! superbe, le troisième !... La duchesse fait la cocotte chez elle, ce qui dégoûte Beaurivage et le corrige. Avec ça, un quiproquo très drôle, Tardiveau arrivant et se croyant chez une danseuse...

– Et Géraldine là-dedans ? interrompit Nana.

– Géraldine ? répéta Bordenave un peu gêné. Elle a une scène, pas longue, mais très réussie... C'est fait pour toi, je te dis ! Signes-tu ?

Elle le regardait fixement. Enfin, elle répondit :

– Tout à l'heure, nous verrons ça.

Et elle rejoignit Labordette qui l'attendait dans l'escalier. Tout le théâtre l'avait reconnue. On chuchotait, Prullière scandalisé de cette rentrée, Clarisse très inquiète pour le rôle. Quant à Fontan, il jouait l'indifférence, l'air froid,

1. Voir note 5, p. 36.

car ce n'était pas à lui de taper sur une femme qu'il avait 370
aimée ; au fond, dans son ancienne toquade tournée à la
haine, il lui gardait une rancune féroce de ses dévoue-
ments, de sa beauté, de cette vie à deux dont il n'avait plus
voulu, par une perversion de ses goûts de monstre.

Cependant, lorsque Labordette reparut et qu'il s'ap-
procha du comte, Rose Mignon, mise en éveil par la pré-
sence de Nana, comprit tout d'un coup. Muffat l'assom-
mait, mais la pensée d'être lâchée ainsi la jeta hors d'elle.
Elle sortit du silence qu'elle gardait d'ordinaire sur ces
choses avec son mari, elle lui dit crûment : 380

— Tu vois ce qui se passe ?... Ma parole, si elle recom-
mence le tour de Steiner, je lui arrache les yeux !

Mignon, tranquille et superbe, haussa les épaules en
homme qui voit tout.

— Tais-toi donc ! murmura-t-il. Hein ? fais-moi le plaisir
de te taire !

Lui, savait à quoi s'en tenir. Il avait vidé son Muffat, il
le sentait, sur un signe de Nana, prêt à s'allonger pour lui
servir de tapis. On ne lutte pas contre des passions
pareilles. Aussi, connaissant les hommes, ne songeait-il 390
plus qu'à tirer le meilleur parti possible de la situation. Il
fallait voir. Et il attendait.

— Rose, en scène ! cria Bordenave, on recommence le
deux.

— Allons, va ! reprit Mignon. Laisse-moi faire.

Puis, goguenard quand même, il trouva drôle de compli-
menter Fauchery sur sa pièce. Très forte, cette pièce-là ;
seulement, pourquoi sa grande dame était-elle si honnête ?
Ce n'était pas nature. Et il ricanait, en demandant qui avait
posé pour le duc de Beaurivage, le ramolli [1] de Géraldine. 400
Fauchery, loin de se fâcher, eut un sourire. Mais Borde-
nave, jetant un regard du côté de Muffat, parut contrarié,
ce qui frappa Mignon, redevenu grave.

— Commençons-nous, nom de Dieu ! gueulait le direc-
teur. Allons donc, Barillot !... Hein ? Bosc n'est pas là ?
Est-ce qu'il se fout de moi, à la fin !

Pourtant, Bosc arrivait paisiblement ; la répétition
recommença, au moment où Labordette emmenait le

1. Qui présente un ramollissement du cerveau, gâteux.

comte. Celui-ci était tremblant, à l'idée de revoir Nana.
410 Après leur rupture, il avait éprouvé un grand vide, il s'était
laissé conduire chez Rose, désœuvré, croyant souffrir du
dérangement de ses habitudes. D'ailleurs, dans l'étourdis-
sement où il vivait, il voulut tout ignorer, se défendant de
chercher Nana, fuyant une explication avec la comtesse. Il
lui semblait devoir cet oubli à sa dignité. Mais un sourd
travail s'opérait, et Nana le reconquérait lentement, par les
souvenirs, par les lâchetés de sa chair, par des sentiments
nouveaux, exclusifs, attendris, presque paternels. La scène
abominable s'effaçait ; il ne voyait plus Fontan, il n'enten-
420 dait plus Nana le jeter dehors, en le souffletant de l'adul-
tère de sa femme. Tout cela, c'étaient des mots qui
s'envolaient ; tandis qu'il lui restait au cœur une étreinte
poignante, dont la douceur le serrait toujours plus fort,
jusqu'à l'étouffer. Des naïvetés lui venaient, il s'accusait,
s'imaginant qu'elle ne l'aurait pas trahi, s'il l'avait aimée
réellement. Son angoisse devint intolérable, il fut très mal-
heureux. C'était comme la cuisson d'une blessure
ancienne, non plus ce désir aveugle et immédiat, s'accom-
modant de tout, mais une passion jalouse de cette femme,
430 un besoin d'elle seule, de ses cheveux, de sa bouche, de
son corps qui le hantait. Lorsqu'il se rappelait le son de sa
voix, un frisson courait ses membres. Il la désirait avec des
exigences d'avare et d'infinies délicatesses. Et cet amour
l'avait envahi si douloureusement, que, dès les premiers
mots de Labordette maquignonnant un rendez-vous, il
s'était jeté dans ses bras, d'un mouvement irrésistible,
honteux ensuite d'un abandon si ridicule chez un homme
de son rang. Mais Labordette savait tout voir. Il donna
encore une preuve de son tact, en quittant le comte devant
440 l'escalier, avec ces simples paroles, coulées légèrement :

– Au deuxième, le corridor à droite, la porte n'est que
poussée.

Muffat était seul, dans le silence de ce coin de maison.
Comme il passait devant le foyer des artistes, il avait
aperçu, par les portes ouvertes, le délabrement de la vaste
pièce, honteuse de taches et d'usure au grand jour. Mais ce
qui le surprenait, en sortant de l'obscurité et du tumulte de
la scène, c'étaient la clarté blanche, le calme profond de
cette cage d'escalier, qu'il avait vue, un soir, enfumée de

gaz, sonore d'un galop de femmes lâchées à travers les 450
étages. On sentait les loges désertes, les corridors vides,
pas une âme, pas un bruit ; tandis que, par les fenêtres car-
rées, au ras des marches, le pâle soleil de novembre
entrait, jetant des nappes jaunes où dansaient des pous-
sières, dans la paix morte qui tombait d'en haut. Il fut heu-
reux de ce calme et de ce silence, il monta lentement,
tâchant de reprendre haleine ; son cœur battait à grands
coups, une peur lui venait de se conduire comme un
enfant, avec des soupirs et des larmes. Alors, sur le palier
du premier étage, il s'adossa contre le mur, certain de 460
n'être pas vu ; et, son mouchoir aux lèvres, il regardait les
marches déjetées [1], la rampe de fer polie par le frottement
des mains, le badigeon éraflé, toute cette misère de maison
de tolérance, étalée crûment à cette heure blafarde de
l'après-midi, où les filles dorment. Pourtant, comme il
arrivait au second, il dut enjamber un gros chat rouge,
couché en rond sur une marche. Les yeux à demi clos, ce
chat gardait seul la maison, pris de somnolence dans les
odeurs enfermées et refroidies que les femmes laissaient là
chaque soir. 470

Dans le corridor de droite, en effet, la porte de la loge
se trouvait simplement poussée. Nana attendait. Cette
petite Mathilde, un souillon d'ingénue [2], tenait sa loge très
sale, avec une débandade de pots ébréchés, une toilette
grasse, une chaise tachée de rouge, comme si on avait
saigné sur la paille. Le papier, collé aux murs et au pla-
fond, était éclaboussé jusqu'en haut de gouttes d'eau
savonneuse. Cela sentait si mauvais, un parfum de lavande
tourné à l'aigre, que Nana ouvrit la fenêtre. Et elle resta
accoudée une minute, respirant, se penchant pour voir, au- 480
dessous, madame Bron, dont elle entendait le balai
s'acharner sur les dalles verdies de l'étroite cour, enfoncée
dans l'ombre. Un serin, accroché contre une persienne,
jetait des roulades perçantes. On n'entendait point les voi-
tures du boulevard ni des rues voisines, il y avait là une
paix de province, un large espace où le soleil dormait. En
levant les yeux, elle apercevait les petits bâtiments et les

1. Déformées, déviées.
2. Voir note 4, p. 45.

vitrages luisants des galeries du passage, puis au-delà, en
face d'elle, les hautes maisons de la rue Vivienne, dont les
490 façades de derrière se dressaient, muettes et comme vides.
Des terrasses s'étageaient, un photographe avait perché
sur un toit une grande cage en verre bleu. C'était très gai.
Nana s'oubliait, lorsqu'il lui sembla qu'on avait frappé.
Elle se tourna, elle cria :

— Entrez !

En voyant le comte, elle referma la fenêtre. Il ne faisait
pas chaud, et cette curieuse de madame Bron n'avait pas
besoin d'entendre. Tous deux se regardèrent, sérieuse-
ment. Puis, comme il demeurait très raide, l'air étranglé,
500 elle se mit à rire, elle dit :

— Eh bien ! te voilà donc, grosse bête !

Son émotion était si forte, qu'il semblait glacé. Il
l'appela madame ; il s'estimait heureux de la revoir. Alors,
pour brusquer les choses, elle se montra plus familière
encore.

— Ne la fais pas à la dignité. Puisque tu as désiré me
voir, hein ? ce n'est pas pour nous regarder comme deux
chiens de faïence… Nous avons eu des torts tous les deux.
Oh ! moi, je te pardonne !

510 Et il fut convenu qu'on ne parlerait plus de ça. Lui,
approuvait de la tête. Il se calmait, ne trouvait encore rien
à dire, dans le flot tumultueux qui lui montait aux lèvres.
Surprise de cette froideur, elle joua le grand jeu.

— Allons, tu es raisonnable, reprit-elle avec un mince
sourire. Maintenant que nous avons fait la paix, donnons-
nous une poignée de main, et restons bons amis.

— Comment, bons amis ? murmura-t-il, subitement
inquiet.

— Oui, c'est peut-être idiot, mais je tenais à ton estime…
520 À cette heure, nous nous sommes expliqués, et au moins,
si l'on se rencontre, on n'aura pas l'air de deux cruches…

Il eut un geste pour l'interrompre.

— Laisse-moi finir… Pas un homme, entends-tu, n'a une
cochonnerie à me reprocher. Eh bien ! ça m'ennuyait de
commencer par toi… Chacun son honneur, mon cher.

— Mais ce n'est pas ça ! cria-t-il violemment. Assieds-
toi, écoute-moi.

Et, comme s'il eût craint de la voir partir, il la poussa sur l'unique chaise. Lui, marchait, dans une agitation croissante. La petite loge, close et pleine de soleil, avait une douceur tiède, une paix moite, que nul bruit du dehors ne troublait. Dans les moments de silence, on entendait seulement les roulades aiguës du serin, pareilles aux trilles[1] d'une flûte lointaine.

– Écoute, dit-il en se plantant devant elle, je suis venu pour te reprendre... Oui, je veux recommencer. Tu le sais bien, pourquoi me parles-tu comme tu le fais ?... Réponds. Tu consens ?

Elle avait baissé la tête, elle grattait de l'ongle la paille rouge, qui saignait sous elle. Et, le voyant anxieux, elle ne se pressait pas. Enfin, elle leva sa face devenue grave, ses beaux yeux où elle avait réussi à mettre de la tristesse.

– Oh ! impossible, mon petit. Jamais je ne me recollerai avec toi.

– Pourquoi ? bégaya-t-il, tandis qu'une contraction d'indicible souffrance passait sur son visage.

– Pourquoi ?... Dame ! parce que... C'est impossible, voilà tout. Je ne veux pas.

Il la regarda quelques secondes encore, ardemment. Puis, les jambes coupées, il s'abattit sur le carreau. Elle, d'un air d'ennui, se contenta d'ajouter :

– Ah ! ne fais pas l'enfant !

Mais il le faisait déjà. Tombé à ses pieds, il l'avait prise par la taille, il la serrait étroitement, la face entre ses genoux, qu'il s'enfonçait dans la chair. Quand il la sentit ainsi, quand il la retrouva avec le velours de ses membres, sous l'étoffe mince de sa robe, une convulsion le secoua ; et il grelottait la fièvre, éperdu, se meurtrissant davantage contre ses jambes, comme s'il avait voulu entrer en elle. La vieille chaise craquait. Des sanglots de désir s'étouffaient sous le plafond bas, dans l'air aigri par d'anciens parfums.

– Eh bien ! après ? disait Nana, en le laissant faire. Tout ça ne t'avance à rien. Puisque ce n'est pas possible... Mon Dieu ! que tu es jeune !

1. Voir note 1, p. 44.

Il s'apaisa. Mais il restait par terre, il ne la lâchait pas, disant d'une voix entrecoupée :

– Écoute au moins ce que je venais t'offrir… Déjà, j'ai vu un hôtel, près du parc Monceau. Je réaliserais tous tes
570 désirs. Pour t'avoir sans partage, je donnerais ma fortune… Oui ! ce serait l'unique condition : sans partage, entends-tu ! Et si tu consentais à n'être qu'à moi, oh ! je te voudrais la plus belle, la plus riche, voitures, diamants, toilettes…

Nana, à chaque offre, disait non de la tête, superbement. Puis, comme il continuait, comme il parlait de placer de l'argent sur elle, ne sachant plus quoi mettre à ses pieds, elle parut perdre patience.

– Voyons, as-tu fini de me tripoter ?… Je suis bonne
580 fille, je veux bien un moment, puisque ça te rend si malade ; mais en voilà assez, n'est-ce pas ?… Laisse-moi me lever. Tu me fatigues.

Elle se dégagea. Quand elle fut debout :

– Non, non, non… Je ne veux pas.

Alors, il se ramassa, péniblement ; et, sans force, il tomba sur la chaise, accoudé au dossier, le visage entre les mains. Nana marchait à son tour. Un moment, elle regarda le papier taché, la toilette grasse, ce trou sale qui baignait dans un soleil pâle. Puis, s'arrêtant devant le comte, elle
590 parla avec une carrure tranquille.

– C'est drôle, les hommes riches s'imaginent qu'ils peuvent tout avoir pour leur argent… Eh bien ! et si je ne veux pas ?… Je me fiche de tes cadeaux. Tu me donnerais Paris, ce serait non, toujours non… Vois-tu, ce n'est guère propre, ici. Eh bien ! je trouverais ça très gentil, si ça me plaisait d'y vivre avec toi ; tandis qu'on crève dans tes palais, si le cœur n'y est pas… Ah ! l'argent ! mon pauvre chien, je l'ai quelque part ! Vois-tu, je danse dessus, l'argent ! je crache dessus !

600 Et elle prenait une mine de dégoût. Puis, elle tourna au sentiment, elle ajouta sur un ton mélancolique :

– Je sais quelque chose qui vaut mieux que l'argent… Ah ! si l'on me donnait ce que je désire…

Il releva lentement la tête, ses yeux eurent une lueur d'espoir.

– Oh ! tu ne peux pas me le donner, reprit-elle ; ça ne dépend pas de toi, et c'est pour ça que je t'en parle… Enfin, nous causons… Je voudrais avoir le rôle de la femme honnête, dans leur machine.

– Quelle femme honnête ? murmura-t-il étonné. 610

– Leur duchesse Hélène [1], donc !… S'ils croient que je vais jouer Géraldine, plus souvent [2] ! Un rôle de rien du tout, une scène, et encore !… D'ailleurs, ce n'est pas ça. J'ai assez des cocottes. Toujours des cocottes, on dirait vraiment que j'ai seulement des cocottes dans le ventre. À la fin, c'est vexant, car je vois clair, ils ont l'air de me croire mal élevée… Ah bien ! mon petit, en voilà qui se fourrent le doigt dans l'œil ! Quand je veux être distinguée, je suis d'un chic !… Tiens ! regarde un peu ça.

Et elle recula jusqu'à la fenêtre, puis revint en se ren- 620 gorgeant, en mesurant ses enjambées, avec des airs circonspects de grosse poule hésitant à se salir les pattes. Lui, la suivait, les yeux encore pleins de larmes, hébété par cette brusque scène de comédie qui traversait sa douleur. Elle se promena un instant, pour bien se montrer dans tout son jeu, avec des sourires fins, des battements de paupières, des balancements de jupe ; et, plantée de nouveau devant lui :

– Hein ? ça y est, je crois !

– Oh ! tout à fait, balbutia-t-il, étranglé encore, les 630 regards troubles.

– Quand je te dis que je tiens la femme honnête ! J'ai essayé chez moi, pas une n'a mon petit air de duchesse qui se fiche des hommes ; as-tu remarqué, lorsque j'ai passé devant toi, en te lorgnant ? On a cet air-là dans les veines… Et puis, je veux jouer une femme honnête ; j'en rêve, j'en suis malheureuse, il me faut le rôle, tu entends !

Elle était devenue sérieuse, la voix dure, très émue, souffrant réellement de son bête de désir. Muffat, toujours sous le coup de ses refus, attendait, sans comprendre. Il y 640 eut un silence. Pas un vol de mouche ne troublait la paix de la maison vide.

1. Nouvelle allusion à Offenbach, à *La Belle Hélène* cette fois.
2. Voir note 1, p. 185.

– Tu ne sais pas, reprit-elle carrément, tu vas me faire donner le rôle.

Il resta stupéfait. Puis, avec un geste désespéré :

– Mais c'est impossible ! Tu disais toi-même que ça ne dépendait pas de moi.

Elle l'interrompit d'un haussement d'épaules.

– Tu vas descendre et tu diras à Bordenave que tu veux
650 le rôle… Ne sois donc pas si naïf ! Bordenave a besoin d'argent. Eh bien ! tu lui en prêteras, puisque tu en as à jeter par les fenêtres.

Et, comme il se débattait encore, elle se fâcha.

– C'est bien, je comprends : tu crains de fâcher Rose… Je ne t'en ai pas parlé, de celle-là, lorsque tu pleurais par terre ; j'aurais trop long à en dire… Oui, quand on a juré à une femme de l'aimer toujours, on ne prend pas le lendemain la première venue. Oh ! la blessure est là, je me souviens !… D'ailleurs, mon cher, ça n'a rien de ragoû-
660 tant, le reste des Mignon ! Est-ce qu'avant de faire la bête sur mes genoux, tu n'aurais pas dû rompre avec ce sale monde !

Il se récriait, il finit par pouvoir placer une phrase.

– Eh ! je me moque de Rose, je vais la lâcher tout de suite.

Nana parut satisfaite sur ce point. Elle reprit :

– Alors, qu'est-ce qui te gêne ? Bordenave est le maître… Tu me diras qu'il y a Fauchery, après Borde-nave…
670 Elle avait ralenti la voix, elle arrivait au point délicat de l'affaire. Muffat, les yeux baissés, se taisait. Il était resté dans une ignorance volontaire sur les assiduités de Fau-chery auprès de la comtesse, se tranquillisant à la longue, espérant s'être trompé, pendant cette nuit affreuse passée sous une porte de la rue Taitbout. Mais il gardait contre l'homme une répugnance, une colère sourdes.

– Eh bien ! quoi, Fauchery, ce n'est pas le diable ! répé-tait Nana, tâtant le terrain, voulant savoir où en étaient les choses entre le mari et l'amant. On en viendra à bout, de
680 Fauchery. Au fond, je t'assure, il est bon garçon… Hein ? c'est entendu, tu lui diras que c'est pour moi.

L'idée d'une pareille démarche révolta le comte.

– Non, non, jamais ! cria-t-il.

Elle attendit. Cette phrase lui montait aux lèvres :
« Fauchery n'a rien à te refuser » ; mais elle sentit que ce
serait un peu raide comme argument. Seulement, elle eut
un sourire, et ce sourire, qui était drôle, disait la phrase.
Muffat, ayant levé les yeux sur elle, les baissa de nouveau,
gêné et pâle.

– Ah ! tu n'es pas complaisant, murmura-t-elle enfin. 690

– Je ne peux pas ! dit-il, plein d'angoisse. Tout ce que tu
voudras, mais pas ça, mon amour, oh ! je t'en prie !

Alors, elle ne s'attarda pas à discuter. De ses petites
mains, elle lui renversa la tête, puis, se penchant, colla sa
bouche sur sa bouche, dans un long baiser. Un frisson le
secoua, il tressaillait sous elle, éperdu, les yeux clos. Et
elle le mit debout.

– Va, dit-elle, simplement.

Il marcha, il se dirigea vers la porte. Mais, comme il
sortait, elle le reprit dans ses bras, en se faisant humble et 700
câline, la face levée, frottant son menton de chatte sur son
gilet.

– Où est l'hôtel ? demanda-t-elle très bas, de l'air
confus et rieur d'une enfant qui revient à de bonnes choses
dont elle n'a pas voulu.

– Avenue de Villiers.

– Et il y a des voitures ?

– Oui.

– Des dentelles ? des diamants ?

– Oui. 710

– Oh ! que tu es bon, mon chat ! Tu sais, tout à l'heure,
c'était par jalousie… Et cette fois, je te jure, ce ne sera pas
comme la première, puisque maintenant tu comprends ce
qu'il faut à une femme. Tu donnes tout, n'est-ce pas ?
alors je n'ai besoin de personne… Tiens ! il n'y en a plus
que pour toi ! Ça, et ça, et encore ça !

Quand elle l'eut poussé dehors, après l'avoir chauffé
d'une pluie de baisers sur les mains et sur la figure, elle
souffla un moment. Mon Dieu ! qu'il y avait donc une
mauvaise odeur, dans la loge de cette sans-soin de 720
Mathilde ! Il y faisait bon, une de ces tranquilles chaleurs
des chambres de Provence, au soleil d'hiver ; mais, vrai-
ment, ça sentait trop l'eau de lavande gâtée, avec d'autres
choses pas propres. Elle ouvrit la fenêtre, elle s'y accouda

de nouveau, examinant les vitrages du passage pour tromper son attente.

Dans l'escalier, Muffat descendait en chancelant, la tête bourdonnante. Qu'allait-il dire ? de quelle façon entame-rait-il cette affaire qui ne le regardait pas ? Il arrivait sur la
730 scène, lorsqu'il entendit une querelle. On achevait le second acte, Prullière s'emportait, Fauchery ayant voulu couper une de ses répliques.

— Coupez tout alors, criait-il, j'aime mieux ça !… Comment ! je n'ai pas deux cents lignes, et on m'en coupe encore !… Non, j'en ai assez, je rends le rôle.

Il sortit de sa poche un petit cahier froissé, le tourna dans ses mains fiévreuses, en faisant mine de le jeter sur les genoux de Cossard. Sa vanité souffrante convulsait sa face blême, les lèvres amincies, les yeux enflammés, sans
740 qu'il pût cacher cette révolution intérieure. Lui, Prullière, l'idole du public, jouer un rôle de deux cents lignes !

— Pourquoi pas me faire apporter des lettres sur un plateau ? reprit-il avec amertume.

— Voyons, Prullière, soyez gentil, dit Bordenave qui le ménageait, à cause de son action sur les loges. Ne com-mencez pas vos histoires… On vous trouvera des effets. N'est-ce pas ? Fauchery, vous ajouterez des effets… Au troisième acte, on pourrait même allonger une scène.

— Alors, déclara le comédien, je veux le mot du baisser
750 du rideau… On me doit bien ça.

Fauchery eut l'air de consentir par son silence, et Prul-lière remit le rôle dans sa poche, secoué encore, mécontent quand même. Bosc et Fontan, durant l'explication, avaient pris une mine de profonde indifférence : chacun pour soi, ça ne les regardait pas, ils se désintéressaient. Et tous les acteurs entourèrent Fauchery, le questionnant, quêtant des éloges, pendant que Mignon écoutait les dernières plaintes de Prullière, sans perdre de vue le comte Muffat, dont il avait guetté le retour.

760 Le comte, dans cette obscurité où il rentrait, s'était arrêté au fond de la scène, hésitant à tomber dans la que-relle. Mais Bordenave l'aperçut et se précipita.

— Hein ? quel monde ! murmura-t-il. Vous ne vous ima-ginez pas, monsieur le comte, le mal que j'ai avec ce monde-là. Tous plus vaniteux les uns que les autres ; et

carotteurs [1] avec ça, mauvais comme la gale, toujours dans de sales histoires, ravis si je me cassais les reins… Pardon, je m'emporte.

Il se tut, un silence régna. Muffat cherchait une transition. Mais il ne trouva rien, il finit par dire carrément, pour en sortir plus vite : 770

— Nana veut le rôle de la duchesse.

Bordenave eut un soubresaut, en criant :

— Allons donc ! c'est fou !

Puis, comme il regardait le comte, il le trouva si pâle, si bouleversé, qu'il se calma aussitôt.

— Diable ! dit-il simplement.

Et le silence recommença. Au fond, lui, s'en moquait. Ce serait peut-être drôle, cette grosse Nana dans le rôle de la duchesse. D'ailleurs, avec cette histoire, il tenait Muffat 780 solidement. Aussi sa décision fut-elle bientôt prise. Il se tourna et appela :

— Fauchery !

Le comte avait eu un geste pour l'arrêter. Fauchery n'entendait pas. Poussé contre le manteau d'Arlequin par Fontan, il devait subir des explications sur la façon dont le comédien comprenait Tardiveau. Fontan voyait Tardiveau en Marseillais, avec de l'accent ; et il imitait l'accent. Des répliques entières y passaient ; était-ce bien ainsi ? Il ne semblait que soumettre des idées, dont il doutait lui-790 même. Mais Fauchery se montrant froid et faisant des objections, il se vexa tout de suite. Très bien ! Du moment où l'esprit du rôle lui échappait, il vaudrait mieux pour tout le monde qu'il ne le jouât pas.

— Fauchery ! cria de nouveau Bordenave.

Alors, le jeune homme se sauva, heureux d'échapper à l'acteur, qui demeura blessé d'une retraite si prompte.

— Ne restons pas là, reprit Bordenave. Venez, messieurs.

Pour se garer des oreilles curieuses, il les mena dans le magasin des accessoires, derrière la scène. Mignon, sur-800 pris, les regarda disparaître. On descendait quelques marches. C'était une pièce carrée, dont les deux fenêtres donnaient sur la cour. Un jour de cave entrait par les vitres sales, blafard sous le plafond bas. Là, dans des casiers, qui

1. *Carotter* : chaparder.

encombraient la pièce, traînait un bric-à-brac d'objets de
toutes sortes, le déballage d'un revendeur de la rue de
Lappe [1] qui liquide, un pêle-mêle sans nom d'assiettes, de
coupes en carton doré, de vieux parapluies rouges, de
cruches italiennes, de pendules de tous les styles, de pla-
810 teaux et d'encriers, d'armes à feu et de seringues ; le tout
sous une couche de poussière d'un pouce, méconnais-
sable, ébréché, cassé, entassé. Et une insupportable odeur
de ferraille, de chiffons, de cartonnages humides montait
de ces tas, où les débris des pièces jouées s'amoncelaient
depuis cinquante ans.

– Entrez, répétait Bordenave. Nous serons seuls au
moins.

Le comte, très gêné, fit quelques pas pour laisser le
directeur risquer seul la proposition. Fauchery s'étonnait.
820 – Quoi donc ? demanda-t-il.

– Voilà, dit enfin Bordenave. Une idée nous est venue…
Surtout, ne sautez pas. C'est très sérieux… Qu'est-ce que
vous pensez de Nana dans le rôle de la duchesse ?

L'auteur resta effaré. Puis il éclata.

– Ah ! non, n'est-ce pas ? c'est une plaisanterie… On
rirait trop.

– Eh bien ! ce n'est déjà pas si mauvais, quand on
rit !… Réfléchissez, mon cher… L'idée plaît beaucoup à
monsieur le comte.

830 Muffat, par contenance, venait de prendre sur une
planche, dans la poussière, un objet qu'il ne semblait pas
reconnaître. C'était un coquetier dont on avait refait le
pied en plâtre. Il le garda, sans en avoir conscience, et
s'avança pour murmurer :

– Oui, oui, ce serait très bien.

Fauchery se tourna vers lui, avec un geste de brusque
impatience. Le comte n'avait rien à voir dans sa pièce. Et
il dit nettement :

– Jamais !… Nana en cocotte, tant qu'on voudra, mais
840 en femme du monde, non, par exemple !

– Vous vous trompez, je vous assure, reprit Muffat qui
s'enhardissait. Justement, elle vient de me faire la femme
honnête…

1. Rue située près de la Bastille, dans le IX^e arrondissement.

– Où donc ? demanda Fauchery, dont la surprise aug-
mentait.

– Là-haut, dans une loge… Eh bien ! c'était ça. Oh !
une distinction ! Elle a surtout un coup d'œil… Vous
savez, en passant, dans ce genre…

Et, son coquetier à la main, il voulut imiter Nana,
s'oubliant dans un besoin passionné de convaincre ces 850
messieurs. Fauchery le regardait, stupéfait. Il avait com-
pris, il ne se fâchait plus. Le comte, qui sentit son regard,
où il y avait de la moquerie et de la pitié, s'arrêta, pris
d'une faible rougeur.

– Mon Dieu ! c'est possible, murmura l'auteur par com-
plaisance. Elle serait peut-être très bien… Seulement, le
rôle est donné. Nous ne pouvons le reprendre à Rose.

– Oh ! s'il n'y a que ça, dit Bordenave, je me charge
d'arranger l'affaire.

Mais alors, les voyant tous les deux contre lui, compre- 860
nant que Bordenave avait un intérêt caché, le jeune
homme, pour ne pas faiblir, se révolta avec un redouble-
ment de violence, de façon à rompre l'entretien.

– Eh ! non, eh ! non ! Quand même le rôle serait libre,
jamais je ne le lui donnerais… Là, est-ce clair ? Laissez-
moi tranquille… Je n'ai pas envie de tuer ma pièce.

Il se fit un silence embarrassé. Bordenave, jugeant qu'il
était de trop, s'éloigna. Le comte restait la tête basse. Il la
releva avec effort, il dit d'une voix qui s'altérait :

– Mon cher, si je vous demandais cela comme un 870
service ?

– Je ne puis pas, je ne puis pas, répétait Fauchery en se
débattant.

La voix de Muffat devint plus dure.

– Je vous en prie… Je le veux !

Et il le regardait fixement. Devant ce regard noir, où il
lut une menace, le jeune homme céda tout d'un coup, bal-
butiant des paroles confuses

– Faites, après tout, je m'en moque… Ah ! vous abusez.
Vous verrez, vous verrez… 880

L'embarras fut alors plus grand. Fauchery s'était adossé
à un casier, tapant nerveusement du pied. Muffat paraissait
examiner avec attention le coquetier, qu'il tournait tou-
jours.

— C'est un coquetier, vint dire Bordenave obligeamment.

— Tiens ! oui, c'est un coquetier, répéta le comte.

— Excusez, vous vous êtes empli de poussière, continua le directeur en replaçant l'objet sur une planche. Vous
890 comprenez, s'il fallait épousseter tous les jours, on n'en finirait plus... Aussi n'est-ce guère propre. Hein ? quel fouillis !... Eh bien ! vous me croirez si vous voulez, il y en a encore pour de l'argent. Regardez, regardez tout ça.

Il promena Muffat devant les casiers, dans le jour verdâtre qui venait de la cour, lui nommant des ustensiles, voulant l'intéresser à son inventaire de chiffonnier, comme il disait en riant. Puis, d'un ton léger, quand ils furent revenus près de Fauchery :

— Écoutez, puisque nous sommes tous d'accord, nous
900 allons terminer cette affaire... Justement, voilà Mignon.

Depuis un instant, Mignon rôdait dans le couloir. Aux premiers mots de Bordenave, parlant de modifier leur traité, il s'emporta ; c'était une infamie, on voulait briser l'avenir de sa femme, il plaiderait. Cependant, Bordenave, très calme, donnait des raisons : le rôle ne lui semblait pas digne de Rose, il préférait la garder pour une opérette qui passerait après *La Petite Duchesse*. Mais, comme le mari criait toujours, il offrit brusquement de résilier, parlant des offres faites à la chanteuse par les Folies-Dramatiques.
910 Alors, Mignon, un moment démonté, sans nier ces offres, afficha un grand dédain de l'argent ; on avait engagé sa femme pour jouer la duchesse Hélène, elle la jouerait, quand il devrait, lui, Mignon, y perdre sa fortune ; c'était affaire de dignité, d'honneur. Engagée sur ce terrain, la discussion fut interminable. Le directeur en revenait toujours à ce raisonnement : puisque les Folies offraient trois cents francs par soirée à Rose pendant cent représentations, lorsqu'elle en touchait seulement cent cinquante chez lui, c'était quinze mille francs de gain pour elle, du
920 moment où il la laissait partir. Le mari ne lâchait pas non plus le terrain de l'art : que dirait-on, si l'on voyait enlever le rôle à sa femme ? qu'elle n'était pas suffisante, qu'on avait dû la remplacer ; de là un tort considérable, une diminution pour l'artiste. Non, non, jamais ! la gloire avant la richesse ! Et, tout d'un coup, il indiqua une transaction :

Rose, par son traité, avait à payer un dédit de dix mille francs, si elle se retirait ; eh bien ! qu'on lui donnât dix mille francs, et elle irait aux Folies-Dramatiques. Bordenave resta étourdi, pendant que Mignon, qui n'avait pas quitté le comte des yeux, attendait tranquillement. 930

– Alors tout s'arrange, murmura Muffat soulagé ; on peut s'entendre.

– Ah ! non, par exemple ! ce serait trop bête ! cria Bordenave, emporté par ses instincts d'homme d'affaires. Dix mille francs pour lâcher Rose ! on se ficherait de moi !

Mais le comte lui ordonnait d'accepter, en multipliant les signes de tête. Il hésita encore. Enfin, grognant, regrettant les dix mille francs, bien qu'ils ne dussent pas sortir de sa poche, il reprit avec brutalité :

– Après tout, je veux bien. Au moins, je serai débarrassé 940
de vous.

Depuis un quart d'heure, Fontan écoutait dans la cour. Très intrigué, il était descendu se poster à cette place. Quand il eut compris, il remonta et se donna le régal d'avertir Rose. Ah bien ! on en faisait un potin sur son compte, elle était rasée [1]. Rose courut au magasin des accessoires. Tous se turent. Elle regarda les quatre hommes. Muffat baissa la tête, Fauchery répondit par un haussement d'épaules désespéré au regard dont elle l'interrogea. Quant à Mignon, il discutait avec Bordenave 950
les termes du traité.

– Qu'y a-t-il ? demanda-t-elle d'une voix brève.

– Rien, dit son mari. C'est Bordenave qui donne dix mille francs pour ravoir ton rôle.

Elle tremblait, très pâle, ses petits poings serrés. Un moment, elle le dévisagea, dans une révolte de tout son être, elle qui d'habitude s'abandonnait docilement, pour les questions d'affaires, lui laissant la signature des traités avec ses directeurs et ses amants. Et elle ne trouva que ce cri, dont elle lui cingla la face comme d'un coup de fouet : 960

– Ah ! tiens ! tu es trop lâche !

Puis, elle se sauva. Mignon, stupéfait, courut derrière elle. Quoi donc ? elle devenait folle ? Il lui expliquait à demi-voix que dix mille francs d'un côté et quinze mille

1. Ruinée, anéantie (familier).

francs de l'autre, ça faisait vingt-cinq mille. Une affaire
superbe ! De toutes les façons, Muffat la lâchait ; c'était
un joli tour de force, d'avoir tiré cette dernière plume de
son aile. Mais Rose ne répondait pas, enragée. Alors,
Mignon, dédaigneux, la laissa à son dépit de femme. Il dit
970 à Bordenave, qui revenait sur la scène avec Fauchery et
Muffat :

– Nous signerons demain matin. Ayez l'argent.

Justement, Nana, prévenue par Labordette, descendait,
triomphante. Elle faisait la femme honnête, avec des airs
de distinction, pour épater son monde et prouver à ces
idiots que, lorsqu'elle voulait, pas une n'avait son chic.
Mais elle faillit se compromettre. Rose, en l'apercevant,
s'était jetée sur elle, étranglée, balbutiant :

– Toi, je te retrouverai... Il faut que ça finisse entre
980 nous, entends-tu !

Nana, s'oubliant devant cette brusque attaque, allait se
mettre les poings aux hanches et la traiter de salope. Elle
se retint, elle exagéra le ton flûté de sa voix, avec un geste
de marquise qui va marcher sur une pelure d'orange.

– Hein ? quoi ? dit-elle. Vous êtes folle, ma chère !

Puis, elle continua ses grâces, pendant que Rose partait,
suivie de Mignon, qui ne la reconnaissait plus. Clarisse,
enchantée, venait d'obtenir de Bordenave le rôle de Géral-
dine. Fauchery, très sombre, piétinait, sans pouvoir se
990 décider à quitter le théâtre ; sa pièce était fichue, il cher-
chait comment la rattraper. Mais Nana vint le saisir par les
poignets, l'approcha tout près d'elle, en demandant s'il la
trouvait si atroce. Elle ne la lui mangerait pas, sa pièce ; et
elle le fit rire, elle laissa entendre qu'il serait bête de se
fâcher avec elle, dans sa position chez les Muffat. Si elle
manquait de mémoire, elle prendrait du souffleur ; on
ferait la salle ; d'ailleurs, il se trompait sur son compte, il
verrait comme elle brûlerait les planches [1]. Alors, on con-
vint que l'auteur remanierait un peu le rôle de la duchesse,
1000 pour donner davantage à Prullière. Celui-ci fut ravi. Dans
cette joie que Nana apportait naturellement avec elle,
Fontan seul restait froid. Planté au milieu du rayon jaune
de la servante, il s'étalait, découpant l'arête vive de son

1. *Brûler les planches* : jouer avec beaucoup de chaleur, de brio.

profil de bouc, affectant une pose abandonnée. Et Nana, tranquillement, s'approcha, lui donna une poignée de main.

– Tu vas bien ?

– Mais oui, pas mal. Et toi ?

– Très bien, merci.

Ce fut tout. Ils semblaient s'être quittés la veille, à la porte du théâtre. Cependant, les acteurs attendaient ; mais Bordenave dit qu'on ne répéterait pas le troisième acte. Exact par hasard, le vieux Bosc s'en alla en grognant : on les retenait sans nécessité, on leur faisait perdre des après-midi entiers. Tout le monde partit. En bas, sur le trottoir, ils battaient des paupières, aveuglés par le plein jour, avec l'ahurissement de gens qui ont passé trois heures au fond d'une cave, à se quereller, dans une tension continuelle des nerfs. Le comte, les muscles brisés, la tête vide, monta en voiture avec Nana, tandis que Labordette emmenait Fauchery, qu'il réconfortait.

Un mois plus tard, la première représentation de *La Petite Duchesse* fut, pour Nana, un grand désastre. Elle s'y montra atrocement mauvaise, elle eut des prétentions à la haute comédie, qui mirent le public en gaieté. On ne siffla pas, tant on s'amusait. Dans une avant-scène, Rose Mignon accueillait d'un rire aigu chaque entrée de sa rivale, allumant ainsi la salle entière. C'était une première vengeance. Aussi, lorsque Nana, le soir, se retrouva seule avec Muffat, très chagrin, lui dit-elle furieusement :

– Hein ! quelle cabale [1] ! Tout ça, c'est de la jalousie… Ah ! s'ils savaient comme je m'en fiche ! Est-ce que j'ai besoin d'eux, maintenant !… Tiens ! cent louis que tous ceux qui ont rigolé, je les amène là, à lécher la terre devant moi !… Oui, je vais lui en donner de la grande dame, à ton Paris !

1. Ensemble de manœuvres destinées à faire échec à une pièce ou à un acteur.

X

Alors, Nana devint une femme chic, rentière de la bêtise et de l'ordure des mâles, marquise des hauts trottoirs. Ce fut un lançage [1] brusque et définitif, une montée dans la célébrité de la galanterie, dans le plein jour des folies de l'argent et des audaces gâcheuses de la beauté. Elle régna tout de suite parmi les plus chères. Ses photographies s'étalaient aux vitrines, on la citait dans les journaux. Quand elle passait en voiture sur les boulevards, la foule se retournait et la nommait, avec l'émotion d'un peuple saluant sa souveraine ; tandis que, familière, allongée dans
10 ses toilettes flottantes, elle souriait d'un air gai, sous la pluie de petites frisures blondes, qui noyaient le bleu cerné de ses yeux et le rouge peint de ses lèvres. Et le prodige fut que cette grosse fille, si gauche à la scène, si drôle dès qu'elle voulait faire la femme honnête, jouait à la ville les rôles de charmeuse, sans un effort. C'étaient des sou- plesses de couleuvre, un déshabillé savant, comme invo- lontaire, exquis d'élégance, une distinction nerveuse de chatte de race, une aristocratie du vice, superbe, révoltée, mettant le pied sur Paris, en maîtresse toute-puissante. Elle
20 donnait le ton, de grandes dames l'imitaient.
L'hôtel de Nana se trouvait avenue de Villiers [2], à l'en- coignure de la rue Cardinet, dans ce quartier de luxe, en

1. Voir note 3, p. 119.
2. Cette avenue, qui de 1853 à 1873 s'appela boulevard de Neuilly, était bordée d'hôtels particuliers habités par des peintres et des hommes de lettres. Sur la construction de la plaine Monceau, on se reportera à *La Curée,* roman publié par Zola en 1871.

train de pousser au milieu des terrains vagues de l'ancienne plaine Monceau. Bâti par un jeune peintre, grisé d'un premier succès et qui avait dû le revendre, à peine les plâtres essuyés, il était de style Renaissance [1], avec un air de palais, une fantaisie de distribution intérieure, des commodités modernes dans un cadre d'une originalité un peu voulue. Le comte Muffat avait acheté l'hôtel tout meublé, empli d'un monde de bibelots, de fort belles tentures d'Orient, de vieilles crédences [2], de grands fauteuils Louis XIII [3] ; et Nana était ainsi tombée sur un fonds de mobilier artistique, d'un choix très fin, dans le tohu-bohu des époques. Mais, comme l'atelier, qui occupait le centre de la maison, ne pouvait lui servir, elle avait bouleversé les étages, laissant au rez-de-chaussée une serre, un grand salon et la salle à manger, établissant au premier un petit salon, près de sa chambre et de son cabinet de toilette. Elle étonnait l'architecte par les idées qu'elle lui donnait, née d'un coup aux raffinements du luxe, en fille du pavé de Paris ayant d'instinct toutes les élégances. Enfin, elle ne gâta pas trop l'hôtel, elle ajouta même aux richesses du mobilier, sauf quelques traces de bêtise tendre et de splendeur criarde, où l'on retrouvait l'ancienne fleuriste qui avait rêvé devant les vitrines des passages.

Dans la cour, sous la grande marquise [4], un tapis montait le perron ; et c'était, dès le vestibule, une odeur de violette, un air tiède enfermé dans d'épaisses tentures. Un vitrail aux verres jaunes et roses, d'une pâleur blonde de chair, éclairait le large escalier. En bas, un nègre de bois sculpté tendait un plateau d'argent, plein de cartes de visite ; quatre femmes de marbre blanc, les seins nus, haussaient des lampadaires ; tandis que des bronzes et des cloisonnés [5] chinois emplis de fleurs, des divans recou-

1. Style caractérisé par le mélange d'éléments décoratifs antiques et médiévaux.
2. Meubles pour ranger la vaisselle ordinaire et exposer la vaisselle précieuse.
3. Voir note 4, p. 246.
4. Voir note 1, p. 197.
5. En émail cloisonné, c'est-à-dire dont les motifs sont séparés par de minces cloisons verticales retenant la matière vitrifiée.

verts d'anciens tapis persans, des fauteuils aux vieilles
tapisseries meublaient le vestibule, garnissaient les paliers,
faisaient au premier étage comme une antichambre, où
traînaient toujours des pardessus et des chapeaux
60 d'homme. Les étoffes étouffaient les bruits, un recueille-
ment tombait, on aurait cru entrer dans une chapelle tra-
versée d'un frisson dévot, et dont le silence, derrière les
portes closes, gardait un mystère.

Nana n'ouvrait le grand salon, du Louis XVI[1] trop
riche, que les soirs de gala, quand elle recevait le monde
des Tuileries ou des personnages étrangers. D'habitude,
elle descendait simplement aux heures des repas, un peu
perdue les jours où elle déjeunait seule dans la salle à
manger, très haute, garnie de Gobelins[2], avec une cré-
70 dence monumentale, égayée de vieilles faïences et de mer-
veilleuses pièces d'argenterie ancienne. Elle remontait
vite, elle vivait au premier étage, dans ses trois pièces, la
chambre, le cabinet et le petit salon. Deux fois déjà, elle
avait refait la chambre, la première en satin mauve, la
seconde en application de dentelle sur soie bleue ; et elle
n'était pas satisfaite, elle trouvait ça fade, cherchant
encore, sans pouvoir trouver. Il y avait pour vingt mille
francs de point de Venise au lit capitonné[3], bas comme un
sopha. Les meubles étaient de laque blanche et bleue,
80 incrustée de filets d'argent ; partout, des peaux d'ours
blancs traînaient, si nombreuses, qu'elles couvraient le
tapis ; un caprice, un raffinement de Nana, qui n'avait pu
se déshabituer de s'asseoir à terre pour ôter ses bas. À côté
de la chambre, le petit salon offrait un pêle-mêle amusant,
d'un art exquis ; contre la tenture de soie rose pâle, un rose
turc fané, broché de fils d'or, se détachaient un monde
d'objets de tous les pays et de tous les styles, des cabinets[4]
italiens, des coffres espagnols et portugais, des pagodes
chinoises, un paravent japonais d'un fini précieux, puis
90 des faïences, des bronzes, des soies brodées, des tapisse-

1. Style caractérisé par des formes rectilignes et des angles droits.
2. Tapisseries provenant de la manufacture royale des Gobelins, fondée
en 1667.
3. Garni d'un rembourrage moelleux.
4. Meubles à tiroirs, commodes, secrétaires.

ries au petit point ; tandis que des fauteuils larges comme
des lits, et des canapés profonds comme des alcôves, met-
taient là une paresse molle, une vie somnolente de sérail.
La pièce gardait le ton du vieil or, fondu de vert et de
rouge, sans que rien marquât trop la fille, en dehors de la
volupté des sièges ; seules, deux statuettes de biscuit [1], une
femme en chemise cherchant ses puces, et une autre abso-
lument nue, marchant sur les mains, les jambes en l'air,
suffisaient à salir le salon d'une tache de bêtise originelle.
Et, par une porte presque toujours ouverte, on apercevait le
cabinet de toilette, tout en marbre et en glace, avec la
vasque blanche de sa baignoire, ses pots et ses cuvettes
d'argent, ses garnitures de cristal et d'ivoire. Un rideau
fermé y faisait un petit jour blanc, qui semblait dormir,
comme chauffé d'un parfum de violette, ce parfum trou-
blant de Nana dont l'hôtel entier, jusqu'à la cour, était
pénétré.

La grosse affaire fut de monter la maison. Nana avait
bien Zoé, cette fille dévouée à sa fortune, qui depuis des
mois attendait tranquillement ce brusque lançage, certaine
de son flair. Maintenant, Zoé triomphait, maîtresse de
l'hôtel, faisant sa pelote [2], tout en servant madame le plus
honnêtement possible. Mais une femme de chambre ne
suffisait plus. Il fallait un maître d'hôtel, un cocher, un
concierge, une cuisinière. D'autre part il s'agissait d'ins-
taller les écuries. Alors, Labordette se rendit fort utile, en
se chargeant des courses qui ennuyaient le comte. Il
maquignonna [3] l'achat des chevaux, il courut les carros-
siers, guida les choix de la jeune femme, qu'on rencontrait
à son bras chez les fournisseurs. Même Labordette amena
les domestiques : Charles, un grand gaillard de cocher, qui
sortait de chez le duc de Corbreuse ; Julien, un petit maître
d'hôtel tout frisé, l'air souriant ; et un ménage, dont la
femme, Victorine, était cuisinière, et dont l'homme, Fran-
çois, fut pris comme concierge et valet de pied. Ce dernier
en culotte courte, poudré, portant la livrée de Nana, bleu

1. Voir note 1, p. 231.
2. *Faire sa pelote* : arrondir sa fortune.
3. *Maquignonner* : user de procédés frauduleux dans la conduite d'une
affaire.

clair et galon d'argent, recevait les visiteurs dans le vesti-
bule. C'était d'une tenue et d'une correction princières.

Dès le second mois, la maison fut montée. Le train
dépassait trois cent mille francs [1]. Il y avait huit chevaux
dans les écuries, et cinq voitures dans les remises, dont un
landau garni d'argent, qui occupa un instant tout Paris. Et
Nana, au milieu de cette fortune, se casait, faisait son trou.
Elle avait quitté le théâtre, dès la troisième représentation
de *La Petite Duchesse*, laissant Bordenave se débattre sous
une menace de faillite, malgré l'argent du comte. Pourtant,
elle gardait une amertume de son insuccès. Cela s'ajoutait
à la leçon de Fontan, une saleté dont elle rendait tous les
hommes responsables. Aussi, maintenant, se disait-elle
très forte, à l'épreuve des toquades. Mais les idées de ven-
geance ne tenaient guère, avec sa cervelle d'oiseau. Ce qui
demeurait, en dehors des heures de colère, était, chez elle,
un appétit de dépense toujours éveillé, un dédain naturel
de l'homme qui payait, un continuel caprice de mangeuse
et de gâcheuse, fière de la ruine de ses amants.

D'abord, Nana mit le comte sur un bon pied. Elle établit
nettement le programme de leurs relations. Lui, donnait
douze mille francs par mois, sans compter les cadeaux, et
ne demandait en retour qu'une fidélité absolue. Elle, jura
la fidélité. Mais elle exigea des égards, une liberté entière
de maîtresse de maison, un respect complet de ses
volontés. Ainsi, elle recevrait tous les jours ses amis ; il
viendrait seulement à des heures réglées ; enfin, sur toutes
choses, il aurait une foi aveugle en elle. Et, quand il hési-
tait, pris d'une inquiétude jalouse, elle faisait de la dignité,
en menaçant de lui tout rendre, ou bien elle jurait sur la
tête du petit Louis. Ça devait suffire. Il n'y avait pas
d'amour où il n'y avait pas d'estime. Au bout du premier
mois, Muffat la respectait.

Mais elle voulut et elle obtint davantage. Bientôt elle
prit sur lui une influence de bonne fille. Quand il arrivait
maussade, elle l'égayait, puis le conseillait, après l'avoir

1. Pour décrire le train de maison de Nana, Zola a utilisé les informations
que lui avait fournies Laporte, un homme du monde qu'il avait rencontré
chez Flaubert ; mais il doubla les chiffres donnés, surévaluation qui lui
fut ensuite reprochée (voir Dossier, p. 502, « La réception de *Nana* »).

confessé. Peu à peu, elle s'occupa des ennuis de son inté-
rieur, de sa femme, de sa fille, de ses affaires de cœur et
d'argent, très raisonnable, pleine de justice et d'honnêteté.
Une seule fois, elle se laissa emporter par la passion, le
jour où il lui confia que Daguenet allait sans doute
demander en mariage sa fille Estelle. Depuis que le comte
s'affichait, Daguenet avait cru habile de rompre, de la
traiter en coquine, jurant d'arracher son futur beau-père 170
des griffes de cette créature. Aussi habilla-t-elle d'une
jolie manière son ancien Mimi : c'était un coureur qui
avait mangé sa fortune avec de vilaines femmes ; il man-
quait de sens moral, il ne se faisait pas donner d'argent,
mais il profitait de l'argent des autres, en payant seulement
de loin en loin un bouquet ou un dîner ; et, comme le
comte semblait excuser ces faiblesses, elle lui apprit crû-
ment que Daguenet l'avait eue, elle donna des détails
dégoûtants. Muffat était devenu très pâle. Il ne fut plus
question du jeune homme. Ça lui apprendrait à manquer 180
de reconnaissance.

Cependant, l'hôtel n'était pas entièrement meublé, que
Nana, un soir où elle avait prodigué à Muffat les serments
de fidélité les plus énergiques, retint le comte Xavier de
Vandeuvres, qui, depuis quinze jours, lui faisait une cour
assidue de visites et de fleurs. Elle céda, non par toquade,
plutôt pour se prouver qu'elle était libre. L'idée d'intérêt
vint ensuite, lorsque Vandeuvres, le lendemain, l'aida à
payer une note, dont elle ne voulait pas parler à l'autre.
Elle lui tirerait bien huit à dix mille francs par mois ; ce 190
serait là de l'argent de poche très utile. Il achevait alors sa
fortune dans un coup de fièvre chaude. Ses chevaux et
Lucy lui avaient mangé trois fermes, Nana allait d'une
bouchée avaler son dernier château, près d'Amiens ; et il
avait comme une hâte de tout balayer, jusqu'aux
décombres de la vieille tour bâtie par un Vandeuvres sous
Philippe Auguste, enragé d'un appétit de ruines, trouvant
beau de laisser les derniers besants [1] d'or de son blason
aux mains de cette fille, que Paris désirait. Lui aussi
accepta les conditions de Nana, une liberté entière, des 200
tendresses à jours fixes, sans même avoir la naïveté pas-

1. Disques d'or ou d'argent (terme d'héraldique).

sionnée d'exiger des serments. Muffat ne se doutait de
rien. Quant à Vandeuvres, il savait à coup sûr ; mais jamais
il ne faisait la moindre allusion, il affectait d'ignorer, avec
son fin sourire de viveur sceptique, qui ne demande pas
l'impossible, pourvu qu'il ait son heure et que Paris le
sache.

Dès lors, Nana eut réellement sa maison montée. Le
personnel était complet, à l'écurie, à l'office et dans la
210 chambre de madame. Zoé organisait tout, sortait des com-
plications les plus imprévues ; c'était machiné comme un
théâtre, réglé comme une grande administration ; et cela
fonctionnait avec une précision telle, que, pendant les pre-
miers mois, il n'y eut pas de heurts ni de détraquements.
Seulement, madame donnait trop de mal à Zoé, par des
imprudences, des coups de tête, des bravades folles. Aussi
la femme de chambre se relâchait-elle peu à peu, ayant
remarqué d'ailleurs qu'elle tirait de plus gros profits des
heures de gâchis, quand madame avait fait une bêtise qu'il
220 fallait réparer. Alors, les cadeaux pleuvaient, elle pêchait
des louis dans l'eau trouble.

Un matin, comme Muffat n'était pas encore sorti de la
chambre, Zoé introduisit un monsieur tout tremblant dans
le cabinet de toilette, où Nana changeait de linge.

– Tiens ! Zizi ! dit la jeune femme stupéfaite.

C'était Georges, en effet. Mais, en la voyant en che-
mise, avec ses cheveux d'or sur ses épaules nues, il s'était
jeté à son cou, l'avait prise et la baisait partout. Elle se
débattait, effrayée, étouffant sa voix, balbutiant :
230 – Finis donc, il est là ! C'est stupide… Et vous, Zoé,
êtes-vous folle ? Emmenez-le ! Gardez-le en bas, je vais
tâcher de descendre.

Zoé dut le pousser devant elle. En bas, dans la salle à
manger, lorsque Nana put les rejoindre, elle les gronda
tous les deux. Zoé pinçait les lèvres ; et elle se retira, l'air
vexé, en disant qu'elle avait pensé faire plaisir à madame.
Georges regardait Nana avec un tel bonheur de la revoir
que ses beaux yeux s'emplissaient de larmes. Maintenant,
les mauvais jours étaient passés, sa mère le croyait raison-
240 nable et lui avait permis de quitter les Fondettes ; aussi, en
débarquant à la gare, venait-il de prendre une voiture pour
embrasser plus vite sa bonne chérie. Il parlait de vivre

désormais près d'elle, comme là-bas, quand il l'attendait pieds nus, dans la chambre de la Mignotte. Et, tout en contant son histoire, il avançait les doigts, par un besoin de la toucher, après cette cruelle année de séparation ; il s'emparait de ses mains, fouillait dans les larges manches du peignoir, remontait jusqu'aux épaules.

– Tu aimes toujours ton bébé ? demanda-t-il de sa voix d'enfant. 250

– Bien sûr que je l'aime ! répondit Nana, qui se dégagea d'un mouvement brusque. Mais tu tombes sans crier gare… Tu sais, mon petit, je ne suis pas libre. Il faut être sage.

Georges, descendu de voiture dans l'éblouissement d'un long désir enfin contenté, n'avait pas même vu les lieux où il entrait. Alors, il eut conscience d'un changement autour de lui. Il examina la riche salle à manger, avec son haut plafond décoré, ses Gobelins, son dressoir [1] éblouissant d'argenterie. 260

– Ah ! oui, dit-il tristement.

Et elle lui fit entendre qu'il ne devait jamais venir le matin. L'après-midi, s'il voulait, de quatre à six ; c'était l'heure où elle recevait. Puis, comme il la regardait d'un air suppliant d'interrogation, sans rien demander, elle le baisa à son tour sur le front, en se montrant très bonne.

– Sois bien sage, je ferai mon possible, murmura-t-elle.

Mais la vérité était que ça ne lui disait plus rien. Elle trouvait Georges très gentil, elle aurait voulu l'avoir pour camarade, pas davantage. Cependant, quand il arrivait tous 270 les jours à quatre heures, il semblait si malheureux, qu'elle cédait souvent encore, le gardait dans ses armoires, lui laissait continuellement ramasser les miettes de sa beauté. Il ne quittait plus l'hôtel, familier comme le petit chien Bijou, l'un et l'autre dans les jupes de maîtresse, ayant un peu d'elle, même lorsqu'elle était avec un autre, attrapant des aubaines de sucre et de caresses, aux heures d'ennui solitaire.

Sans doute madame Hugon apprit la rechute du petit entre les bras de cette mauvaise femme, car elle accourut 280

1. Buffet sur lequel on disposait les plats avant de les présenter sur la table.

à Paris, elle vint réclamer l'aide de son autre fils, le lieute-
nant Philippe, alors en garnison à Vincennes. Georges, qui
se cachait de son frère aîné, fut pris de désespoir, craignant
quelque coup de force ; et, comme il ne pouvait rien
garder, dans l'expansion nerveuse de sa tendresse, il
n'entretint bientôt plus Nana que de son grand frère, un
gaillard solide qui oserait tout.

– Tu comprends, expliquait-il, maman ne viendra pas
chez toi, tandis qu'elle peut envoyer mon frère… Bien sûr,
290 elle va envoyer Philippe me chercher.

La première fois, Nana fut très blessée. Elle dit
sèchement :

– Je voudrais voir ça, par exemple ! Il a beau être lieu-
tenant, François te le flanquera à la porte, et raide !

Puis, le petit revenant toujours sur son frère, elle finit
par s'occuper de Philippe. Au bout d'une semaine, elle le
connut des pieds à la tête, très grand, très fort, gai, un peu
brutal ; et, avec ça, des détails intimes, des poils sur les
bras, un signe à l'épaule. Si bien qu'un jour, toute pleine
300 de l'image de cet homme qu'elle devait jeter à la porte,
elle s'écria :

– Dis donc, Zizi, il ne vient pas, ton frère… C'est donc
un lâcheur !

Le lendemain, comme Georges se trouvait seul avec
Nana, François monta pour demander si madame recevrait
le lieutenant Philippe Hugon. Il devint tout pâle, il
murmura :

– Je m'en doutais, maman m'a parlé ce matin.

Et il suppliait la jeune femme de faire répondre qu'elle
310 ne pouvait recevoir. Mais elle se levait déjà, tout
enflammée, en disant :

– Pourquoi donc ? il croirait que j'ai peur. Ah bien !
nous allons rire… François, laissez ce monsieur un quart
d'heure dans le salon. Ensuite, vous me l'amènerez.

Elle ne se rassit pas, elle marchait, fiévreuse, allant de la
glace de la cheminée à un miroir de Venise, pendu au-
dessus d'un coffret italien ; et, chaque fois, elle donnait un
coup d'œil, essayait un sourire, tandis que Georges, sans
force sur un canapé, tremblait, à l'idée de la scène qui se
320 préparait. Tout en se promenant, elle lâchait des phrases
courtes.

– Ça le calmera, ce garçon, d'attendre un quart d'heure… Et puis, s'il croit venir chez une fille, le salon va l'épater… Oui, oui, regarde bien tout, mon bonhomme. Ce n'est pas du toc, ça t'apprendra à respecter la bourgeoise. Il n'y a encore que le respect, pour les hommes… Hein ? le quart d'heure est écoulé ? Non, à peine dix minutes. Oh ! nous avons le temps.

Elle ne tenait pas en place. Au quart, elle renvoya Georges, en lui faisant jurer de ne pas écouter à la porte, car ce serait inconvenant, si les domestiques le voyaient. Comme il passait dans la chambre, Zizi risqua d'une voix étranglée :

– Tu sais, c'est mon frère…

– N'aie pas peur, dit-elle avec dignité, s'il est poli, je serai polie.

François introduisait Philippe Hugon, qui était en redingote. D'abord, Georges traversa la chambre sur la pointe des pieds, pour obéir à la jeune femme. Mais les voix le retinrent, hésitant, si plein d'angoisse, que ses jambes mollissaient. Il s'imaginait des catastrophes, des gifles, quelque chose d'abominable qui le fâcherait pour toujours avec Nana. Aussi ne put-il résister au besoin de revenir coller son oreille contre la porte. Il entendait très mal, l'épaisseur des portières [1] étouffait les bruits. Pourtant, il attrapait quelques mots prononcés par Philippe, des phrases dures où sonnaient les mots d'enfant, de famille, d'honneur. Dans l'anxiété de ce que sa chérie allait répondre, son cœur battait, l'étourdissait d'un bourdonnement confus. À coup sûr, elle lâcherait un « sale mufe ! » ou un « foutez-moi la paix, je suis chez moi ! ». Et rien ne venait, pas un souffle ; Nana était comme morte, là-dedans. Bientôt même, la voix de son frère s'adoucit. Il ne comprenait plus, lorsqu'un murmure étrange acheva de le stupéfier. C'était Nana qui sanglotait. Pendant un instant, il fut en proie à des sentiments contraires, se sauver,

1. Rideaux ou doubles portes capitonnées placés devant une porte. Le Second Empire voit le triomphe du tapissier dans les maisons cossues : tissus, tentures, soieries, tapis recouvrent la moindre surface libre. Ne pas laisser les murs, le plancher et le carrelage nus comme chez les pauvres devient une obsession.

tomber sur Philippe. Mais, juste à cette minute, Zoé entra dans la chambre, et il s'éloigna de la porte, honteux d'être surpris.

360 Tranquillement, elle rangeait du linge dans une armoire ; tandis que, muet, immobile, il appuyait le front contre une vitre, dévoré d'incertitude. Elle demanda au bout d'un silence :

– C'est votre frère qui est chez madame ?

– Oui, répondit l'enfant d'une voix étranglée.

Il y eut un nouveau silence.

– Et ça vous inquiète, n'est-ce pas, monsieur Georges ?

– Oui, répéta-t-il avec la même difficulté souffrante.

Zoé ne se pressait pas. Elle plia des dentelles, elle dit
370 lentement :

– Vous avez tort… Madame va arranger ça.

Et ce fut tout, ils ne parlèrent plus. Mais elle ne quittait pas la chambre. Un grand quart d'heure encore, elle tourna, sans voir monter l'exaspération de l'enfant, qui blêmissait de contrainte et de doute. Il jetait des coups d'œil obliques sur le salon. Que pouvaient-ils faire, pendant si longtemps ? Peut-être Nana pleurait-elle toujours ? L'autre brutal devait lui avoir fichu des calottes. Aussi, lorsque Zoé s'en alla enfin, courut-il à la porte, collant de
380 nouveau son oreille. Et il resta effaré, la tête décidément perdue, car il entendait une brusque envolée de gaieté, des voix tendres qui chuchotaient, des rires étouffés de femme qu'on chatouille. D'ailleurs, presque aussitôt, Nana reconduisit Philippe jusqu'à l'escalier, avec un échange de paroles cordiales et familières.

Quand Georges osa rentrer dans le salon, la jeune femme, debout devant la glace, se regardait.

– Eh bien ? demanda-t-il, ahuri.

– Eh bien, quoi ? dit-elle sans se retourner.

390 Puis, négligemment :

– Que disais-tu donc ? il est très gentil, ton frère !

– Alors, c'est arrangé ?

– Bien sûr, c'est arrangé… Ah ! çà, que te prend-il ? On croirait que nous allions nous battre.

Georges ne comprenait toujours pas. Il balbutia :

– Il m'avait semblé entendre… Tu n'as pas pleuré ?

– Pleuré, moi ! cria-t-elle, en le regardant fixement, tu rêves ! Pourquoi veux-tu que j'aie pleuré ?

Et ce fut l'enfant qui se troubla, quand elle lui fit une scène, pour avoir désobéi et s'être arrêté derrière la porte, à moucharder. Comme elle le boudait, il revint, avec une soumission câline, voulant savoir.

– Alors, mon frère… ?

– Ton frère a vu tout de suite où il était… Tu comprends, j'aurais pu être une fille, et dans ce cas son intervention s'expliquait, à cause de ton âge et de l'honneur de ta famille. Oh ! moi, je comprends ces sentiments… Mais un coup d'œil lui a suffi, il s'est conduit en homme du monde… Ainsi, ne t'inquiète plus, tout est fini, il va tranquilliser ta maman.

Et elle continua avec un rire :

– D'ailleurs, tu verras ton frère ici… Je l'ai invité, il reviendra.

– Ah ! il reviendra, dit le petit en pâlissant.

Il n'ajouta rien, on ne causa plus de Philippe. Elle s'habillait pour sortir, et il la regardait de ses grands yeux tristes. Sans doute il était bien content que les choses se fussent arrangées, car il aurait préféré la mort à une rupture ; mais, au fond de lui, il y avait une angoisse sourde, une douleur profonde, qu'il ne connaissait pas et dont il n'osait parler. Jamais il ne sut de quelle façon Philippe rassura leur mère. Trois jours plus tard, elle retournait aux Fondettes, l'air satisfait. Le soir même, chez Nana, il tressaillit, lorsque François annonça le lieutenant. Celui-ci, gaiement, plaisanta, le traita en galopin dont il avait favorisé une escapade, qui ne tirait pas à conséquence. Lui, restait le cœur serré, n'osant plus bouger, ayant des rougeurs de fille, aux moindres mots. Il avait peu vécu dans la camaraderie de Philippe, son aîné de dix ans ; il le redoutait à l'égal d'un père, auquel on cache les histoires de femme. Aussi éprouvait-il une honte pleine de malaise, en le voyant si libre près de Nana, riant très haut, lâché dans le plaisir, avec sa belle santé. Cependant, comme son frère se présenta bientôt tous les jours, Georges finit par s'accoutumer un peu. Nana rayonnait. C'était un dernier emménagement en plein gâchis de la vie

galante, une crémaillère pendue insolemment dans un
hôtel qui crevait d'hommes et de meubles.

Une après-midi que les fils Hugon se trouvaient là, le
440 comte Muffat vint en dehors des heures réglées. Mais Zoé
lui ayant répondu que madame était avec des amis, il se
retira sans vouloir entrer, affectant une discrétion de galant
homme. Lorsqu'il reparut le soir, Nana l'accueillit avec la
froide colère d'une femme outragée.

— Monsieur, dit-elle, je ne vous ai donné aucune raison
de m'insulter... Entendez-vous ! quand je serai chez moi,
je vous prie d'entrer comme tout le monde.

Le comte restait béant.

— Mais, ma chère..., tâcha-t-il d'expliquer.

450 — Parce que j'avais des visites peut-être ! Oui, il y avait
des hommes. Que croyez-vous donc que je fasse avec ces
hommes ?... On affiche une femme en prenant de ces airs
d'amant discret, et je ne veux pas être affichée, moi !

Il obtint difficilement son pardon. Au fond, il était ravi.
C'était par des scènes pareilles qu'elle le tenait souple et
convaincu. Depuis longtemps, elle lui avait imposé
Georges, un gamin qui l'amusait, disait-elle. Elle le fit
dîner avec Philippe, et le comte se montra très aimable ; au
sortir de table, il prit le jeune homme à part, il lui demanda
460 des nouvelles de sa mère. Dès lors, les fils Hugon, Vandeu-
vres et Muffat furent ouvertement de la maison, où ils se
serraient la main en intimes. C'était plus commode. Seul
Muffat mettait encore de la discrétion à venir trop souvent,
gardant le ton de cérémonie d'un étranger en visite. La
nuit, quand Nana, assise à terre, sur ses peaux d'ours, reti-
rait ses bas, il parlait amicalement de ces messieurs, de
Philippe surtout, qui était la loyauté même.

— Ça, c'est bien vrai, ils sont gentils, disait Nana, restée
par terre à changer de chemise. Seulement, tu sais, ils
470 voient qui je suis... Un mot, et je te les flanquerais à la
porte !

Cependant, dans son luxe, au milieu de cette cour, Nana
s'ennuyait à crever. Elle avait des hommes pour toutes les
minutes de la nuit, et de l'argent jusque dans les tiroirs de
sa toilette, mêlé aux peignes et aux brosses ; mais ça ne la
contentait plus, elle sentait comme un vide quelque part,
un trou qui la faisait bâiller. Sa vie se traînait inoccupée,

ramenant les mêmes heures monotones. Le lendemain
n'existait pas, elle vivait en oiseau, sûre de manger, prête
à coucher sur la première branche venue. Cette certitude 480
qu'on la nourrirait la laissait allongée la journée entière,
sans un effort, endormie au fond de cette oisiveté et de
cette soumission de couvent, comme enfermée dans son
métier de fille. Ne sortant qu'en voiture, elle perdait
l'usage de ses jambes. Elle retournait à des goûts de
gamine, baisait Bijou du matin au soir, tuait le temps à des
plaisirs bêtes, dans son unique attente de l'homme, qu'elle
subissait d'un air de lassitude complaisante ; et, au milieu
de cet abandon d'elle-même, elle ne gardait guère que le
souci de sa beauté, un soin continuel de se visiter, de se 490
laver, de se parfumer partout, avec l'orgueil de pouvoir se
mettre nue, à chaque instant et devant n'importe qui, sans
avoir à rougir.

Le matin, Nana se levait à dix heures. Bijou, le griffon
écossais, la réveillait en lui léchant la figure ; et c'était
alors un joujou de cinq minutes, des courses du chien à
travers ses bras et ses cuisses, qui blessaient le comte
Muffat. Bijou fut le premier petit homme dont il eût de la
jalousie. Ce n'était pas convenable qu'une bête mît de la
sorte le nez sous les couvertures. Puis, Nana passait dans 500
son cabinet de toilette, où elle prenait un bain. Vers onze
heures, Francis venait lui relever les cheveux, en attendant
la coiffure compliquée de l'après-midi. Au déjeuner,
comme elle détestait de manger seule, elle avait presque
toujours madame Maloir, qui arrivait le matin de l'inconnu
avec ses chapeaux extravagants, et retournait le soir dans
ce mystère de sa vie, dont personne d'ailleurs ne s'inquié-
tait. Mais le moment le plus dur, c'étaient les deux ou trois
heures entre le déjeuner et la toilette. D'ordinaire, elle pro-
posait un bézigue à sa vieille amie ; parfois, elle lisait *Le* 510
Figaro, où les échos des théâtres et les nouvelles du monde
l'intéressaient ; même il lui arrivait d'ouvrir un livre, car
elle se piquait de littérature. Sa toilette la tenait jusqu'à
près de cinq heures. Alors, seulement, elle s'éveillait de sa
longue somnolence, sortant en voiture ou recevant chez
elle toute une cohue d'hommes, dînant souvent en ville, se
couchant très tard, pour se relever le lendemain avec la

même fatigue et recommencer des journées toujours semblables.

520 Sa grosse distraction était d'aller aux Batignolles voir son petit Louis, chez sa tante. Pendant des quinze jours, elle l'oubliait ; puis, c'étaient des rages, elle accourait à pied, pleine d'une modestie et d'une tendresse de bonne mère, apportant des cadeaux d'hôpital, du tabac pour la tante, des oranges et des biscuits pour l'enfant ; ou bien elle arrivait dans son landau [1], au retour du Bois [2], avec des toilettes dont le tapage ameutait la rue solitaire. Depuis que sa nièce était dans les grandeurs, madame Lerat ne dégonflait pas de vanité. Elle se présentait rarement
530 avenue de Villiers, affectant de dire que ce n'était pas sa place ; mais elle triomphait dans sa rue, heureuse lorsque la jeune femme venait avec des robes de quatre ou cinq mille francs, occupée tout le lendemain à montrer ses cadeaux et à citer des chiffres qui stupéfiaient les voisines. Le plus souvent, Nana réservait ses dimanches pour la famille ; et ces jours-là, si Muffat l'invitait, elle refusait, avec le sourire d'une petite bourgeoise : pas possible, elle dînait chez sa tante, elle allait voir bébé. Avec ça, ce pauvre petit homme de Louiset était toujours malade. Il
540 marchait sur ses trois ans, ça faisait un gaillard. Mais il avait eu un eczéma sur la nuque, et maintenant des dépôts se formaient dans ses oreilles, ce qui faisait craindre une carie des os du crâne. Quand elle le voyait si pâle, le sang gâté, avec sa chair molle, tachée de jaune, elle devenait sérieuse ; et il y avait surtout chez elle de l'étonnement. Que pouvait-il avoir, cet amour, pour s'abîmer ainsi ? Elle, sa mère, se portait si bien !

 Les jours où son enfant ne l'occupait pas, Nana retombait dans la monotonie bruyante de son existence, prome-
550 nades au Bois, premières représentations, dîners et soupers à la Maison d'Or [3] ou au Café anglais [4], puis tous les

1. Voiture suspendue à quatre roues et double capote, avec deux banquettes en vis-à-vis.
2. La promenade au bois de Boulogne était un rite du Paris élégant ; on y trouvait de larges avenues, des lacs, des chalets, des cascades artificielles, des cafés, des restaurants, des divertissements de toutes sortes.
3. Restaurant célèbre du boulevard des Italiens.
4. Voir note 2, p. 231.

lieux publics, tous les spectacles où la foule se ruait, Mabille [1], les revues, les courses. Et elle gardait quand même ce trou d'oisiveté bête, qui lui donnait comme des crampes d'estomac. Malgré les continuelles toquades qu'elle avait au cœur, elle s'étirait les bras, dès qu'elle était seule, dans un geste de fatigue immense. La solitude l'attristait tout de suite, car elle s'y retrouvait avec le vide et l'ennui d'elle-même. Très gaie par métier et par nature, elle devenait alors lugubre, résumant sa vie dans ce cri qui 560 revenait sans cesse, entre deux bâillements :

– Oh ! que les hommes m'embêtent !

Une après-midi, comme elle rentrait d'un concert, Nana remarqua, sur un trottoir de la rue Montmartre, une femme qui trottait, les bottines éculées, les jupes sales, avec un chapeau détrempé par les pluies. Tout d'un coup, elle la reconnut.

– Arrêtez, Charles ! cria-t-elle au cocher.

Et, appelant :

– Satin ! Satin ! 570

Les passants tournèrent la tête, la rue entière regarda. Satin s'était approchée et se salissait encore aux roues de la voiture.

– Monte donc, ma fille, dit Nana tranquille, se moquant du monde.

Et elle la ramassa, elle l'emmena, dégoûtante, dans son landau bleu clair, à côté de sa robe de soie gris perle, garnie de chantilly [2] ; tandis que la rue souriait de la haute dignité du cocher.

Dès lors, Nana eut une passion, qui l'occupa. Satin fut 580 son vice. Installée dans l'hôtel de l'avenue de Villiers, débarbouillée, nippée, pendant trois jours elle raconta Saint-Lazare [3], et les embêtements avec les sœurs, et ces salauds de la police qui l'avaient mise en carte [4]. Nana s'indignait, la consolait, jurait de la tirer de là, quand elle devrait elle-même aller trouver le ministre. En attendant,

1. Grand bal populaire situé aux Champs Élysées, où se mêlaient Parisiens, provinciaux, étrangers, aristocrates et bourgeois, réputé pour sa décoration intérieure et son orchestre.
2. Voir note 2, p. 123.
3. Voir note 1, p. 187.
4. Voir note 1, p. 286.

rien ne pressait, on ne viendrait pas la chercher chez elle,
bien sûr. Et des après-midi de tendresse commencèrent
entre les deux femmes, des mots caressants, des baisers
590 coupés de rires. C'était le petit jeu, interrompu par
l'arrivée des agents, rue de Laval, qui reprenait, sur un ton
de plaisanterie. Puis, un beau soir, ça devint sérieux [1].
Nana, si dégoûtée chez Laure, comprenait maintenant.
Elle en fut bouleversée, enragée ; d'autant plus que, juste-
ment, le matin du quatrième jour, Satin disparut. Personne
ne l'avait vue sortir. Elle avait filé, avec sa robe neuve,
prise d'un besoin d'air, ayant la nostalgie de son trottoir.

 Ce jour-là, il y eut une tempête si rude dans l'hôtel, que
tous les domestiques baissaient le nez, sans souffler mot.
600 Nana avait failli battre François, qui ne s'était pas mis en
travers de la porte. Elle tâchait pourtant de se contenir, elle
traitait Satin de sale grue ; ça lui apprendrait à ramasser de
pareilles ordures dans le ruisseau. L'après-midi, comme
madame s'enfermait, Zoé l'entendit sangloter. Brusque-
ment, le soir, elle demanda sa voiture et se fit conduire
chez Laure. L'idée lui était venue qu'elle trouverait Satin
à la table d'hôte de la rue des Martyrs. Ce n'était pas pour
la ravoir, c'était pour lui coller la main sur la figure. En
effet, Satin dînait à une petite table, avec madame Robert.
610 En apercevant Nana, elle se mit à rire. Celle-ci, frappée au
cœur, ne fit pas de scène, très douce et très souple au
contraire. Elle paya du champagne, grisa cinq ou six
tables, puis enleva Satin, comme madame Robert était aux
cabinets. Dans la voiture seulement, elle la mordit, elle la
menaça, une autre fois, de la tuer.

 Alors, continuellement, le même tour recommença. À
vingt reprises, tragique dans ses fureurs de femme
trompée, Nana courut à la poursuite de cette gueuse, qui
s'envolait par toquade, ennuyée du bien-être de l'hôtel.
620 Elle parlait de souffleter madame Robert ; un jour même,
elle rêva de duel ; il y en avait une de trop. Maintenant,
quand elle dînait chez Laure, elle mettait ses diamants,
emmenant parfois Louise Violaine, Maria Blond, Tatan
Néné, toutes resplendissantes ; et, dans le graillon des trois

1. « Le ravage du g. toutes le sont. La plaie. Clarisse. Simonne. Lucie.
etc. », avait noté Zola.

salles, sous le gaz jaunissant, ces dames encanaillaient leur
luxe, heureuses d'épater les petites filles du quartier,
qu'elles levaient au sortir de table. Ces jours-là, Laure,
sanglée et luisante, baisait tout son monde d'un air de
maternité plus large. Satin pourtant, au milieu de ces his-
toires, gardait son calme, avec ses yeux bleus et son pur 630
visage de vierge ; mordue, battue, tiraillée entre les deux
femmes, elle disait simplement que c'était drôle, qu'elles
auraient bien mieux fait de s'entendre. Ça n'avançait à
rien de la gifler ; elle ne pouvait se couper en deux, malgré
sa bonne volonté d'être gentille pour tout le monde. À la
fin, ce fut Nana qui l'emporta, tellement elle combla Satin
de tendresses et de cadeaux ; et, pour se venger, madame
Robert écrivit aux amants de sa rivale des lettres ano-
nymes abominables.

Depuis quelque temps, le comte Muffat paraissait sou- 640
cieux. Un matin, très ému, il mit sous les yeux de Nana
une lettre anonyme, où celle-ci, dès les premières lignes,
lut qu'on l'accusait de tromper le comte avec Vandeuvres
et les fils Hugon.

– C'est faux ! c'est faux ! cria-t-elle énergiquement,
d'un accent de franchise extraordinaire.

– Tu le jures ? demanda Muffat, déjà soulagé.

– Oh ! sur ce que tu voudras… Tiens ! sur la tête de mon
enfant !

Mais la lettre était longue. Ensuite, ses rapports avec 650
Satin s'y trouvaient racontés en termes d'une crudité
ignoble. Quand elle eut fini, elle eut un sourire.

– Maintenant, je sais d'où ça vient, dit-elle simplement.

Et, comme Muffat voulait un démenti, elle reprit avec
tranquillité :

– Ça, mon loup, c'est une chose qui ne te regarde pas…
Qu'est-ce que ça peut te faire ?

Elle ne niait point. Il eut des paroles révoltées. Alors,
elle haussa les épaules. D'où sortait-il ? Ça se faisait par-
tout, et elle nomma ses amies, elle jura que les dames du 660
monde en étaient. Enfin, à l'entendre, il n'y avait rien de
plus commun ni de plus naturel. Ce qui n'était pas vrai,
n'était pas vrai ; ainsi, tout à l'heure, il avait vu comme
elle s'indignait, au sujet de Vandeuvres et des fils Hugon.
Ah ! pour ça, il aurait eu raison de l'étrangler. Mais à quoi

bon lui mentir sur une chose sans conséquence ? Et elle
répétait sa phrase :

– Qu'est-ce que ça peut te faire, voyons ?

Puis, la scène continuant, elle coupa court d'une voix
670 rude.

– D'ailleurs, mon cher, si ça ne te convient pas, c'est
bien simple… Les portes sont ouvertes… Voilà ! il faut me
prendre comme je suis.

Il baissa la tête. Au fond, il restait heureux des serments
de la jeune femme. Elle, voyant sa puissance, commença
à ne plus le ménager. Et, dès lors, Satin fut installée dans
la maison, ouvertement, sur le même pied que ces mes-
sieurs. Vandeuvres n'avait pas eu besoin des lettres ano-
nymes pour comprendre ; il plaisantait, il cherchait des
680 querelles de jalousie à Satin ; tandis que Philippe et
Georges la traitaient en camarade, avec des poignées de
main et des plaisanteries très raides.

Nana eut une aventure, un soir que, lâchée par cette
gueuse, elle était allée dîner rue des Martyrs, sans pouvoir
mettre la main sur elle. Comme elle mangeait seule,
Daguenet avait paru ; bien qu'il se fût rangé, il venait par-
fois, repris d'un besoin de vice, espérant n'être pas ren-
contré dans ces coins noirs des ordures de Paris. Aussi la
présence de Nana sembla-t-elle le gêner d'abord. Mais il
690 n'était pas homme à battre en retraite. Il s'avança avec un
sourire. Il demanda si madame voulait bien lui permettre
de dîner à sa table. En le voyant plaisanter, Nana prit son
grand air froid, et répondit sèchement :

– Placez-vous où il vous plaira, monsieur. Nous
sommes dans un lieu public.

Commencée sur ce ton, la conversation fut drôle. Mais,
au dessert, Nana, ennuyée, brûlant de triompher, mit les
coudes sur la table ; puis, reprenant le tutoiement :

– Eh bien ! et ton mariage, mon petit, ça marche ?

700 – Pas fort, avoua Daguenet.

En effet, au moment de risquer sa demande chez les
Muffat, il avait senti une telle froideur de la part du comte,
qu'il s'était prudemment abstenu. Ça lui semblait une
affaire manquée. Nana le regardait fixement de ses yeux
clairs, le menton dans la main, un pli ironique aux lèvres.

– Ah ! je suis une coquine, reprit-elle avec lenteur ; ah ! il faudra arracher le futur beau-père de mes griffes… Eh bien ! vrai, pour un garçon intelligent, tu es joliment bête ! Comment ! tu vas faire des cancans à un homme qui m'adore et qui me répète tout !… Écoute, tu te marieras si je veux, mon petit.

Depuis un instant, il le sentait bien, tout un projet de soumission poussait en lui. Cependant, il plaisantait toujours, ne voulant pas laisser tomber l'affaire dans le sérieux ; et, après avoir mis ses gants, il lui demanda, avec les formes strictes, la main de mademoiselle Estelle de Beuville. Elle finit par rire, comme chatouillée. Oh ! ce Mimi ! il n'y avait pas moyen de lui garder rancune. Les grands succès de Daguenet auprès de ces dames étaient dus à la douceur de sa voix, une voix d'une pureté et d'une souplesse musicales, qui l'avait fait surnommer chez les filles Bouche-de-Velours. Toutes cédaient, dans la caresse sonore dont il les enveloppait. Il connaissait cette force, il l'endormit d'un bercement sans fin de paroles, lui contant des histoires imbéciles. Quand ils quittèrent la table d'hôte, elle était toute rose, vibrante à son bras, reconquise. Comme il faisait très beau, elle renvoya sa voiture, l'accompagna à pied jusque chez lui, puis monta, naturellement. Deux heures plus tard, elle dit, en se rhabillant :

– Alors, Mimi, tu y tiens, à ce mariage ?

– Dame ! murmura-t-il, c'est encore ce que je ferais de mieux… Tu sais que je n'ai plus le sac [1].

Elle l'appela pour boutonner ses bottines. Et, au bout d'un silence :

– Mon Dieu ! moi, je veux bien… Je te pistonnerai… Elle est sèche comme un échalas, cette petite. Mais puisque ça fait votre affaire à tous… Oh ! je suis complaisante, je vais te bâcler ça.

Puis, se mettant à rire, la gorge nue encore :

– Seulement, qu'est-ce que tu me donnes ?

Il l'avait saisie, il lui baisait les épaules, dans un élan de reconnaissance. Elle, très gaie, frémissante, se débattait, se renversait.

1. Voir note 2, p. 185.

— Ah ! je sais, cria-t-elle, excitée par ce jeu. Écoute ce que je veux pour ma commission [1]… Le jour de ton mariage, tu m'apporteras l'étrenne de ton innocence… Avant ta femme, entends-tu !

— C'est ça ! c'est ça ! dit-il, riant plus fort qu'elle.

Ce marché les amusa. Ils trouvaient l'histoire bien bonne.

750 Justement, le lendemain, il y avait un dîner chez Nana ; d'ailleurs, le dîner habituel du jeudi, Muffat, Vandeuvres, les fils Hugon et Satin. Le comte arriva de bonne heure. Il avait besoin de quatre-vingt mille francs pour débarrasser la jeune femme de deux ou trois créances [2] et lui donner une parure de saphirs dont elle mourait d'envie. Comme il venait déjà d'entamer fortement sa fortune, il cherchait un prêteur, n'osant encore vendre une propriété. Sur les conseils de Nana elle-même, il s'était donc adressé à
760 Labordette ; mais celui-ci, trouvant l'affaire trop lourde, avait voulu en parler au coiffeur Francis, qui, volontiers, s'occupait d'obliger ses clientes. Le comte se mettait entre les mains de ces messieurs, par un désir formel de ne paraître en rien ; tous deux prenaient l'engagement de garder en portefeuille le billet de cent mille francs qu'il signerait ; et ils s'excusaient de ces vingt mille francs d'intérêt, ils criaient contre les gredins d'usuriers, où ils avaient dû frapper, disaient-ils. Lorsque Muffat se fit annoncer, Francis achevait de coiffer Nana. Labordette se
770 trouvait aussi dans le cabinet, avec sa familiarité d'ami sans conséquence. En voyant le comte, il posa discrètement un fort paquet de billets de banque parmi les poudres et les pommades [3] ; et le billet fut signé sur le marbre de la toilette. Nana voulait retenir Labordette à dîner ; il refusa, il promenait un riche étranger dans Paris. Cependant, Muffat l'ayant pris à part pour le supplier de courir chez Becker, le joaillier, et de lui rapporter la parure de saphirs, dont il voulait faire le soir même une surprise à la jeune femme, Labordette se chargea volontiers de la commis-

1. Pourcentage réservé à la personne par l'intermédiaire de qui une affaire a été traitée.
2. Dettes, ici.
3. Voir note 2, p. 74.

sion. Une demi-heure plus tard, Julien remettait l'écrin au comte, mystérieusement.

Pendant le dîner, Nana fut nerveuse. La vue des quatre-vingt mille francs l'avait agitée. Dire que toute cette monnaie allait passer à des fournisseurs ! Ça la dégoûtait. Dès le potage, dans cette salle à manger superbe, éclairée du reflet de l'argenterie et des cristaux, elle tourna au sentiment, elle célébra les bonheurs de la pauvreté. Les hommes étaient en habit, elle-même portait une robe de satin blanc brodé, tandis que Satin, plus modeste, en soie noire, avait simplement au cou un cœur d'or, un cadeau de sa bonne amie. Et, derrière les convives, Julien et François servaient, aidés de Zoé, tous les trois très dignes.

– Bien sûr que je m'amusais davantage, quand je n'avais pas le sou, répétait Nana.

Elle avait placé Muffat à sa droite et Vandeuvres à sa gauche ; mais elle ne les regardait guère, occupée de Satin, qui trônait en face d'elle, entre Philippe et Georges.

– N'est-ce pas, mon chat ? disait-elle à chaque phrase. Avons-nous ri, à cette époque, lorsque nous allions à la pension de la mère Josse, rue Polonceau [1] !

On servait le rôti. Les deux femmes se lancèrent dans leurs souvenirs. Ça les prenait par crises bavardes ; elles avaient un brusque besoin de remuer cette boue de leur jeunesse ; et c'était toujours quand il y avait là des hommes, comme si elles cédaient à une rage de leur imposer le fumier où elles avaient grandi. Ces messieurs pâlissaient, avec des regards gênés. Les fils Hugon tâchaient de rire, pendant que Vandeuvres frisait nerveusement sa barbe et que Muffat redoublait de gravité.

– Tu te souviens de Victor [2] ? dit Nana. En voilà un enfant vicieux, qui menait les petites filles dans les caves !

– Parfaitement, répondit Satin. Je me rappelle très bien la grande cour, chez toi. Il y avait une concierge, avec un balai...

– La mère Boche ; elle est morte.

1. Zola fait ici plusieurs renvois à *L'Assommoir,* mais il n'y était pas précisé que Satin ait été la camarade de pension de Nana.
2. Dans *L'Assommoir*, Victor est le fils de Mme Boche, la concierge.

– Et je vois encore votre boutique… Ta mère était une grosse. Un soir que nous jouions, ton père est rentré pochard, mais pochard !

À ce moment, Vandeuvres tenta une diversion, en se jetant à travers les souvenirs de ces dames.

– Dites donc, ma chère, je reprendrais volontiers des truffes… Elles sont exquises. J'en ai mangé hier chez le duc de Corbreuse, qui ne les valaient pas.

– Julien, les truffes ! dit rudement Nana.

Puis, revenant :

– Ah ! dame, papa n'était guère raisonnable… Aussi, quelle dégringolade ! Si tu avais vu ça, un plongeon, une dèche [1] !… Je peux dire que j'en ai supporté de toutes les couleurs, et c'est miracle si je n'y ai pas laissé ma peau, comme papa et maman.

Cette fois, Muffat, qui jouait avec un couteau, énervé, se permit d'intervenir.

– Ce n'est pas gai, ce que vous racontez là.

– Hein ? quoi ? pas gai ! cria-t-elle en le foudroyant d'un regard. Je crois bien que ce n'est pas gai !… Il fallait nous apporter du pain, mon cher… Oh ! moi, vous savez, je suis une bonne fille, je dis les choses comme elles sont. Maman était blanchisseuse, papa se soûlait, et il en est mort. Voilà ! Si ça ne vous convient pas, si vous avez honte de ma famille…

Tous protestèrent. Qu'allait-elle chercher là ! on respectait sa famille. Mais elle continuait :

– Si vous avez honte de ma famille, eh bien ! laissez-moi, parce que je ne suis pas une de ces femmes qui renient leur père et leur mère… Il faut me prendre avec eux, entendez-vous !

Ils la prenaient, ils acceptaient le papa, la maman, le passé, ce qu'elle voudrait. Les yeux sur la table, tous quatre maintenant se faisaient petits, tandis qu'elle les tenait sous ses anciennes savates boueuses de la rue de la Goutte-d'Or, avec l'emportement de sa toute-puissance. Et elle ne désarma pas encore : on aurait beau lui apporter des fortunes, lui bâtir des palais, elle regretterait toujours l'époque où elle croquait des pommes. Une blague, cet

<hr>

1. Voir note 3, p. 283.

idiot d'argent ! c'était fait pour les fournisseurs. Puis, son accès se termina dans un désir sentimental d'une vie simple, le cœur sur la main, au milieu d'une bonté universelle.

Mais, à ce moment, elle aperçut Julien, les bras ballants, qui attendait.

– Eh bien ! quoi ? servez le champagne, dit-elle. Qu'avez-vous à me regarder comme une oie ?

Pendant la scène, les domestiques n'avaient pas eu un sourire. Ils semblaient ne pas entendre, plus majestueux à mesure que madame se lâchait davantage. Julien, sans broncher, se mit à verser le champagne. Par malheur, François, qui présentait les fruits, pencha trop le compotier, et les pommes, les poires, le raisin roulèrent sur la table.

– Fichu maladroit ! cria Nana.

Le valet eut le tort de vouloir expliquer que les fruits n'étaient pas montés solidement. Zoé les avait ébranlés, en prenant des oranges.

– Alors, dit Nana, c'est Zoé qui est une dinde.

– Mais, madame…, murmura la femme de chambre blessée.

Du coup, madame se leva, et la voix brève, avec un geste de royale autorité :

– Assez, n'est-ce pas ?… Sortez tous !… Nous n'avons plus besoin de vous.

Cette exécution la calma. Elle se montra tout de suite très douce, très aimable. Le dessert fut charmant, ces messieurs s'égayaient à se servir eux-mêmes. Mais Satin, qui avait pelé une poire, était venue la manger derrière sa chérie, appuyée à ses épaules, lui disant dans le cou des choses, dont elles riaient très fort ; puis, elle voulut partager son dernier morceau de poire, elle le lui présenta entre les dents ; et toutes deux se mordillaient les lèvres, achevaient le fruit dans un baiser. Alors, ce fut une protestation comique de la part de ces messieurs. Philippe leur cria de ne pas se gêner. Vandeuvres demanda s'il fallait sortir. Georges était venu prendre Satin par la taille et l'avait ramenée à sa place.

– Êtes-vous bêtes ! dit Nana, vous la faites rougir, cette pauvre mignonne… Va, ma fille, laisse-les blaguer. Ce sont nos petites affaires.

Et, tournée vers Muffat, qui regardait, de son air sérieux :

– N'est-ce pas, mon ami ?

– Oui, certainement, murmura-t-il, en approuvant d'un lent signe de tête.

Il n'avait plus une protestation. Au milieu de ces messieurs, de ces grands noms, de ces vieilles honnêtetés, les deux femmes, face à face, échangeant un regard tendre, s'imposaient et régnaient, avec le tranquille abus de leur sexe et leur mépris avoué de l'homme. Ils applaudirent.

On monta prendre le café dans le petit salon. Deux lampes éclairaient d'une lueur molle les tentures roses, les bibelots aux tons de laque et de vieil or. C'était, à cette heure de nuit, au milieu des coffres, des bronzes, des faïences, un jeu de lumière discret allumant une incrustation d'argent ou d'ivoire, détachant le luisant d'une baguette sculptée, moirant [1] un panneau d'un reflet de soie. Le feu de l'après-midi se mourait en braise, il faisait très chaud, une chaleur alanguie, sous les rideaux et les portières. Et, dans cette pièce toute pleine de la vie intime de Nana, où traînaient ses gants, un mouchoir tombé, un livre ouvert, on la retrouvait au déshabillé, avec son odeur de violette, son désordre de bonne fille, d'un effet charmant parmi ces richesses ; tandis que les fauteuils larges comme des lits et les canapés profonds comme des alcôves invitaient à des somnolences oublieuses de l'heure, à des tendresses rieuses, chuchotées dans l'ombre des coins.

Satin alla s'étendre près de la cheminée, au fond d'un canapé. Elle avait allumé une cigarette. Mais Vandeuvres s'amusait à lui faire une scène atroce de jalousie, en la menaçant de lui envoyer des témoins, si elle détournait encore Nana de ses devoirs. Philippe et Georges se mettaient de la partie, la taquinaient, la pinçaient si fort, qu'elle finit par crier :

– Chérie ! chérie ! fais-les donc tenir tranquilles ! Ils sont encore après moi.

– Voyons, laissez-la, dit Nana sérieusement. Je ne veux pas qu'on la tourmente, vous le savez bien… Et toi, mon

1. Donnant des reflets chatoyants.

chat, pourquoi te fourres-tu toujours avec eux, puisqu'ils sont si peu raisonnables ?

Satin, toute rouge, tirant la langue, alla dans le cabinet de toilette, dont la porte grande ouverte laissait voir la pâleur des marbres, éclairée par la lumière laiteuse d'un globe dépoli, où brûlait une flamme de gaz. Alors, Nana causa avec les quatre hommes, en maîtresse de maison 940 pleine de charme. Elle avait lu dans la journée un roman qui faisait grand bruit, l'histoire d'une fille [1] ; et elle se révoltait, elle disait que tout cela était faux, témoignant d'ailleurs une répugnance indignée contre cette littérature immonde, dont la prétention était de rendre la nature ; comme si l'on pouvait tout montrer ! comme si un roman ne devait pas être écrit pour passer une heure agréable ! En matière de livres et de drames, Nana avait des opinions très arrêtées : elle voulait des œuvres tendres et nobles, des choses pour la faire rêver et lui grandir l'âme. Puis, la 950 conversation étant tombée sur les troubles qui agitaient Paris, des articles incendiaires, des commencements d'émeute à la suite d'appels aux armes, lancés chaque soir dans les réunions publiques, elle s'emporta contre les républicains [2]. Que voulaient-ils donc, ces sales gens qui ne se lavaient jamais ? Est-ce qu'on n'était pas heureux, est-ce que l'empereur n'avait pas tout fait pour le peuple ? Une jolie ordure, le peuple ! Elle le connaissait, elle pouvait en parler ; et, oubliant les respects qu'elle venait d'exiger à table pour son petit monde de la rue de la 960 Goutte-d'Or, elle tapait sur les siens avec des dégoûts et des peurs de femme arrivée. L'après-midi, justement, elle avait lu dans *Le Figaro* le compte rendu d'une séance de réunion publique, poussée au comique, dont elle riait

1. On pensera au roman que les Goncourt avaient publié en 1877, *La Fille Élisa*, et qui fit scandale dans la presse. La publication de *Nana* suscitera les mêmes critiques que celles que formule ici la jeune femme (voir Dossier, p. 512-518).
2. Suite à plusieurs concessions faites par l'empereur à partir de 1868, l'essor de la presse, la liberté d'expression parlementaire et l'autorisation des réunions publiques et électorales permettent une renaissance de la vie politique dont les républicains sont les principaux bénéficiaires ; des réunions publiques, souvent violentes, sont organisées dans les villes et dans les faubourgs ouvriers ; aux élections de juin 1869, trente républicains entreront au Corps législatif.

encore, à cause des mots d'argot et de la sale tête d'un pochard qui s'était fait expulser.

– Oh ! ces ivrognes ! dit-elle d'un air répugné. Non, voyez-vous, ce serait un grand malheur pour tout le monde, leur république… Ah ! que Dieu nous conserve
970 l'empereur le plus longtemps possible !

– Dieu vous entendra, ma chère, répondit gravement Muffat. Allez, l'empereur est solide.

Il aimait à lui voir ces bons sentiments. Tous deux s'entendaient en politique. Vandeuvres et le capitaine Hugon, eux aussi, ne tarissaient pas en plaisanteries contre « les voyous », des braillards qui fichaient le camp, dès qu'ils apercevaient une baïonnette. Georges, ce soir-là, restait pâle, l'air sombre.

– Qu'a-t-il donc, ce bébé ? demanda Nana, en s'aperce-
980 vant de son malaise.

– Moi, rien, j'écoute, murmura-t-il.

Mais il souffrait. Au sortir de table, il avait entendu Philippe plaisanter avec la jeune femme ; et, maintenant, c'était Philippe, ce n'était pas lui qui se trouvait près d'elle. Toute sa poitrine se gonflait et éclatait, sans qu'il sût pourquoi. Il ne pouvait les tolérer l'un près de l'autre, des idées si vilaines le serraient à la gorge, qu'il éprouvait une honte, dans son angoisse. Lui, qui riait de Satin, qui avait accepté Steiner, puis Muffat, puis tous les autres, il se
990 révoltait. Il voyait rouge, à la pensée que Philippe pourrait un jour toucher à cette femme.

– Tiens ! prends Bijou, dit-elle pour le consoler, en lui passant le petit chien endormi sur sa jupe.

Et Georges redevint gai, tenant quelque chose d'elle, cette bête toute chaude de ses genoux.

La conversation était tombée sur une perte considérable, éprouvée par Vandeuvres, la veille, au Cercle Impérial. Muffat n'était pas joueur et s'étonnait. Mais Vandeuvres, souriant, fit une allusion à sa ruine prochaine, dont Paris
1000 causait déjà : peu importait le genre de mort, le tout était de bien mourir. Depuis quelque temps, Nana le voyait nerveux, avec un pli cassé de la bouche et de vacillantes lueurs au fond de ses yeux clairs. Il gardait sa hauteur aristocratique, la fine élégance de sa race appauvrie ; et ce n'était encore, par moments, qu'un court vertige tournant

sous ce crâne, vidé par le jeu et les femmes. Une nuit, couché près d'elle, il l'avait effrayée en lui contant une histoire atroce : il rêvait de s'enfermer dans son écurie et de se faire flamber avec ses chevaux, quand il aurait tout mangé. Son unique espérance, à cette heure, était dans un cheval, Lusignan, qu'il préparait pour le Prix de Paris [1]. Il vivait sur ce cheval, qui portait son crédit ébranlé. À chaque exigence de Nana, il la remettait au mois de juin, si Lusignan gagnait.

– Bah ! dit-elle en plaisantant, il peut bien perdre, puisqu'il va tous les nettoyer aux courses.

Il se contenta de répondre par un mince sourire mystérieux. Puis, légèrement :

– À propos, je me suis permis de donner votre nom à mon outsider, une pouliche… Nana, Nana, cela sonne bien. Vous n'êtes point fâchée ?

– Fâchée, pourquoi ? dit-elle, ravie au fond.

La causerie continuait, on parlait d'une prochaine exécution capitale où la jeune femme brûlait d'aller, lorsque Satin parut à la porte du cabinet de toilette, en l'appelant d'un ton de prière. Elle se leva aussitôt, elle laissa ces messieurs mollement étendus, achevant leur cigare, discutant une grave question, la part de responsabilité chez un meurtrier atteint d'alcoolisme chronique. Dans le cabinet de toilette, Zoé, tombée sur une chaise, pleurait à chaudes larmes, tandis que Satin vainement tâchait de la consoler.

– Quoi donc ? demanda Nana surprise.

– Oh ! chérie, parle-lui, dit Satin. Il y a vingt minutes que je veux lui faire entendre raison… Elle pleure parce que tu l'as appelée dinde.

– Oui, madame… c'est bien dur…, c'est bien dur…, bégaya Zoé, étranglée par une nouvelle crise de sanglots.

Du coup, ce spectacle attendrit la jeune femme. Elle eut de bonnes paroles. Et, comme l'autre ne se calmait pas, elle s'accroupit devant elle, la prit à la taille, dans un geste de familiarité affectueuse.

1. Course inaugurée en 1863, ouverte aux chevaux du monde entier, âgés de trois ans, et dotée d'un prix de 100 000 francs.

– Mais, bête, j'ai dit dinde comme j'aurais dit autre chose. Est-ce que je sais ! J'étais en colère... Là, j'ai eu tort, calme-toi.

– Moi qui aime tant madame..., balbutiait Zoé. Après tout ce que j'ai fait pour madame...

Alors, Nana embrassa la femme de chambre. Puis, voulant montrer qu'elle n'était pas fâchée, elle lui donna une robe qu'elle avait mise trois fois. Leurs querelles finissaient toujours par des cadeaux. Zoé se tamponnait les yeux avec son mouchoir. Elle emporta la robe sur son bras, elle dit encore qu'on était bien triste à la cuisine, que Julien et François n'avaient pas pu manger, tant la colère de madame leur coupait l'appétit. Et madame leur envoya un louis, comme un gage de réconciliation. Le chagrin, autour d'elle, la faisait trop souffrir.

Nana retournait au salon, heureuse d'avoir arrangé cette brouille qui l'inquiétait sourdement pour le lendemain, lorsque Satin lui parla vivement à l'oreille. Elle se plaignait, elle menaçait de s'en aller, si ces hommes la taquinaient encore ; et elle exigeait que sa chérie les flanquât tous à la porte, cette nuit-là. Ça leur apprendrait. Puis, ce serait si gentil de rester seules, toutes les deux ! Nana, reprise de souci, jurait que ce n'était pas possible. Alors, l'autre la rudoya en enfant violente, imposant son autorité.

– Je veux, entends-tu !... Renvoie-les ou c'est moi qui file !

Et elle rentra dans le salon, elle s'étendit au fond d'un divan, à l'écart, près de la fenêtre, silencieuse et comme morte, ses grands yeux fixés sur Nana, attendant.

Ces messieurs concluaient contre les nouvelles théories criminalistes ; avec cette belle invention de l'irresponsabilité dans certains cas pathologiques, il n'y avait plus de criminels, il n'y avait que des malades [1]. La jeune femme, qui approuvait de la tête, cherchait de quelle façon elle congédierait le comte. Les autres allaient partir ; mais lui

1. À la fin de l'année 1869, l'affaire Troppmann – assassin d'une famille de sept personnes – passionna l'opinion publique et relança le débat sur l'hérédité criminelle ; en décembre 1869, le docteur Amédée Bertrand publia une *Étude médico-légale au sujet de Troppmann mise à la portée des gens du monde*, où il défendait la thèse d'une affection mentale de l'assassin qui aurait agi dans un demi-songe.

s'entêterait sûrement. En effet, lorsque Philippe se leva pour se retirer, Georges le suivit aussitôt ; sa seule inquiétude était de laisser son frère derrière lui. Vandeuvres resta quelques minutes encore ; il tâtait le terrain, il attendait de savoir si, par hasard, une affaire n'obligerait pas Muffat à lui céder la place ; puis, quand il le vit s'installer carrément pour la nuit, il n'insista pas, il prit congé en homme de tact. Mais, comme il se dirigeait vers la porte, il aperçut Satin, avec son regard fixe ; et, comprenant sans doute, amusé, il vint lui serrer la main.

– Hein ? nous ne sommes pas fâchés ? murmura-t-il. Pardonne-moi... Tu es la plus chic, parole d'honneur !

Satin dédaigna de répondre. Elle ne quittait pas des yeux Nana et le comte restés seuls. Ne se gênant plus, Muffat était venu se mettre près de la jeune femme, et lui avait pris les doigts, qu'il baisait. Alors, elle, cherchant une transition, demanda si sa fille Estelle allait mieux. La veille, il s'était plaint de la tristesse de cette enfant ; il ne pouvait vivre une journée heureuse chez lui, avec sa femme toujours dehors et sa fille enfermée dans un silence glacé. Nana, pour ces affaires de famille, se montrait toujours pleine de bons avis. Et, comme Muffat s'abandonnant, la chair et l'esprit détendus, recommençait ses doléances :

– Si tu la mariais ? dit-elle en se souvenant de la promesse qu'elle avait faite.

Tout de suite, elle osa parler de Daguenet. Le comte, à ce nom, eut une révolte. Jamais après ce qu'elle lui avait appris !

Elle fit l'étonnée, puis éclata de rire ; et le prenant par le cou :

– Oh ! le jaloux, si c'est possible !... Raisonne un peu. On t'avait dit du mal de moi, j'étais furieuse... Aujourd'hui, je serais désolée...

Mais, par-dessus l'épaule de Muffat, elle rencontra le regard de Satin. Inquiète, elle le lâcha, elle continua gravement :

– Mon ami, il faut que ce mariage se fasse, je ne veux pas empêcher le bonheur de ta fille... Ce jeune homme est très bien, tu ne saurais trouver mieux.

Et elle se lança dans un éloge extraordinaire de
Daguenet. Le comte lui avait repris les mains ; il ne disait
1120 plus non, il verrait, on causerait de cela. Puis, comme il
parlait de se coucher, elle baissa la voix, elle donna des
raisons. Impossible, elle était indisposée ; s'il l'aimait un
peu, il n'insisterait pas. Pourtant, il s'entêtait, il refusait de
partir, et elle faiblissait, lorsque de nouveau elle rencontra
le regard de Satin. Alors, elle fut inflexible. Non, ça ne se
pouvait pas. Le comte, très ému, l'air souffrant, s'était levé
et cherchait son chapeau. Mais, à la porte, il se rappela la
parure de saphirs, dont il sentait l'écrin dans sa poche ; il
voulait la cacher au fond du lit pour qu'elle la trouvât avec
1130 ses jambes, en se couchant la première ; une surprise de
grand enfant qu'il méditait depuis le dîner. Et, dans son
trouble, dans son angoisse d'être renvoyé ainsi, il lui remit
brusquement l'écrin.

– Qu'est-ce que c'est ? demanda-t-elle. Tiens ! des
saphirs… Ah ! oui, cette parure. Comme tu es aimable !…
Dis donc, mon chéri, tu crois que c'est la même ? Dans la
vitrine, ça faisait plus d'effet.

Ce fut tout son remerciement, elle le laissa partir. Il
venait d'apercevoir Satin, allongée dans son attente silen-
1140 cieuse. Alors, il regarda les deux femmes ; et, n'insistant
plus, se soumettant, il descendit. La porte du vestibule
n'était pas refermée, que Satin empoigna Nana, par la
taille, dansa, chanta. Puis, courant vers la fenêtre :

– Faut voir la tête qu'il a sur le trottoir !

Dans l'ombre des rideaux, les deux femmes s'accoudè-
rent à la rampe de fer forgé. Une heure sonnait. L'avenue
de Villiers, déserte, allongeait la double file de ses becs de
gaz, au fond de cette nuit humide de mars, que balayaient
de grands coups de vent chargés de pluie. Des terrains
1150 vagues faisaient des trous de ténèbres ; des hôtels en cons-
truction dressaient leurs échafaudages sous le ciel noir. Et
elles eurent un fou rire, en voyant le dos rond de Muffat,
qui s'en allait le long du trottoir mouillé, avec le reflet
éploré de son ombre, au travers de cette plaine glaciale et
vide du nouveau Paris. Mais Nana fit taire Satin.

– Prends garde, les sergents de ville [1] !

1. Voir note 5, p. 246.

Alors, elles étouffèrent leurs rires, regardant avec une peur sourde, de l'autre côté de l'avenue, deux figures noires qui marchaient d'un pas cadencé. Nana, dans son luxe, dans sa royauté de femme obéie, avait conservé une épouvante de la police, n'aimant pas à en entendre parler, pas plus que de la mort. Elle éprouvait un malaise, quand un sergent de ville levait les yeux sur son hôtel. On ne savait jamais avec ces gens-là. Ils pourraient très bien les prendre pour des filles, s'ils les entendaient rire, à cette heure de nuit. Satin s'était serrée contre Nana, dans un petit frisson. Pourtant, elles restèrent, intéressées par l'approche d'une lanterne, dansant au milieu des flaques de la chaussée. C'était une vieille chiffonnière qui fouillait les ruisseaux. Satin la reconnut.

– Tiens ! dit-elle, la reine Pomaré [1], avec son cachemire d'osier [2] !

Et, tandis qu'un coup de vent leur fouettait à la face une poussière d'eau, elle racontait à sa chérie l'histoire de la reine Pomaré. Oh ! une fille superbe autrefois, qui occupait tout Paris de sa beauté ; et un chien, et un toupet, les hommes conduits comme des bêtes, de grands personnages pleurant dans son escalier ! À présent, elle se soûlait, les femmes du quartier, pour rire un peu, lui faisaient boire de l'absinthe ; puis, sur les trottoirs, les galopins la poursuivaient à coups de pierre. Enfin, une vraie dégringolade, une reine tombée dans la crotte ! Nana écoutait, toute froide.

– Tu vas voir, ajouta Satin.

Elle siffla comme un homme. La chiffonnière, qui se trouvait sous la fenêtre, leva la tête et se montra, à la lueur jaune de sa lanterne. C'était, dans ce paquet de haillons, sous un foulard en loques, une face bleuie, couturée, avec le trou édenté de la bouche et les meurtrissures enflammées des yeux. Et, Nana, devant cette vieillesse affreuse de fille noyée dans le vin, eut un brusque souvenir, vit passer au fond des ténèbres la vision de Chamont, cette Irma d'Anglars, cette ancienne roulure comblée d'ans et

1. Reine de Tahiti (1813-1877) à laquelle une célébrité du bal Mabille emprunta son nom (voir Présentation, p. 21-22).
2. Hotte de chiffonnier (populaire).

d'honneurs, montant le perron de son château au milieu d'un village prosterné. Alors, comme Satin sifflait encore, riant de la vieille qui ne la voyait pas :

– Finis donc, les sergents de ville ! murmura-t-elle d'une voix changée. Rentrons vite, mon chat.

Les pas cadencés revenaient. Elles fermèrent la fenêtre.

1200 En se retournant, Nana, grelottante, les cheveux mouillés, resta un instant saisie devant son salon, comme si elle avait oublié et qu'elle fût rentrée dans un endroit inconnu. Elle retrouvait là un air si tiède, si parfumé, qu'elle en éprouvait une surprise heureuse. Les richesses entassées, les meubles anciens, les étoffes de soie et d'or, les ivoires, les bronzes, dormaient dans la lumière rose des lampes ; tandis que, de tout l'hôtel muet, montait la sensation pleine d'un grand luxe, la solennité des salons de réception, l'ampleur confortable de la salle à manger, le

1210 recueillement du vaste escalier, avec la douceur des tapis et des sièges. C'était un élargissement brusque d'elle-même, de ses besoins de domination et de jouissance, de son envie de tout avoir pour tout détruire. Jamais elle n'avait senti si profondément la force de son sexe. Elle promena un lent regard, elle dit d'un air de grave philosophie :

– Ah bien ! on a tout de même joliment raison de profiter, quand on est jeune !

Mais déjà Satin, sur les peaux d'ours de la chambre à

1220 coucher, se roulait et l'appelait.

– Viens donc ! viens donc !

Nana se déshabilla dans le cabinet de toilette. Pour aller plus vite, elle avait pris à deux mains son épaisse chevelure blonde, et elle la secouait au-dessus de la cuvette d'argent, pendant qu'une grêle de longues épingles tombaient, sonnant un carillon sur le métal clair.

XI

Ce dimanche-là, par un ciel orageux des premières chaleurs de juin, on courait le Grand Prix de Paris au bois de Boulogne [1]. Le matin, le soleil s'était levé dans une poussière rousse. Mais, vers onze heures, au moment où les voitures arrivaient à l'hippodrome de Longchamp [2], un vent du sud avait balayé les nuages ; des vapeurs grises s'en allaient en longues déchirures, des trouées d'un bleu intense s'élargissaient d'un bout à l'autre de l'horizon. Et, dans les coups de soleil qui tombaient entre deux nuées, tout flambait brusquement, la pelouse peu à peu emplie 10 d'une cohue d'équipages, de cavaliers et de piétons, la piste encore vide, avec la guérite du juge, le poteau d'arrivée, les mâts des tableaux indicateurs, puis en face, au milieu de l'enceinte du pesage, les cinq tribunes symétriques, étageant leurs galeries de briques et de charpentes. Au-delà, la vaste plaine s'aplatissait, se noyait dans la lumière de midi, bordée de petits arbres, fermée à l'ouest par les coteaux boisés de Saint-Cloud et de Suresnes, que dominait le profil sévère du Mont Valérien [3].

Nana, passionnée, comme si le Grand Prix allait décider 20 de sa fortune, voulut se placer contre la barrière, à côté du

1. Le 8 juin 1879, Zola assista au Grand Prix et prit des notes sur l'organisation et l'atmosphère des courses.
2. L'hippodrome de Longchamp fut inauguré le 26 avril 1857 dans le bois de Boulogne ; il comprenait deux pistes de 2 000 et 4 000 mètres, et ses tribunes pouvaient accueillir 5 000 spectateurs.
3. Un fort fut construit en 1830 sur cette colline située à l'ouest de Paris.

poteau d'arrivée. Elle était venue de très bonne heure, une
des premières, dans son landau garni d'argent, attelé à la
daumont [1] de quatre chevaux blancs magnifiques, un
cadeau du comte Muffat. Quand elle avait paru à l'entrée
de la pelouse, avec deux postillons trottant sur les chevaux
de gauche, et deux valets de pied, immobiles derrière la
voiture, une bousculade s'était produite parmi la foule,
comme au passage d'une reine. Elle portait les couleurs de
30 l'écurie Vandeuvres, bleu et blanc, dans une toilette
extraordinaire : le petit corsage et la tunique de soie bleue
collant sur le corps, relevés derrière les reins en un pouf
énorme, ce qui dessinait les cuisses d'une façon hardie,
par ces temps de jupes ballonnées ; puis, la robe de satin
blanc, les manches de satin blanc, une écharpe de satin
blanc en sautoir, le tout orné d'une guipure [2] d'argent que
le soleil allumait. Avec ça, crânement, pour ressembler
davantage à un jockey, elle s'était posé une toque bleue à
plume blanche sur son chignon, dont les mèches jaunes lui
40 coulaient au milieu du dos, pareilles à une énorme queue
de poils roux.

Midi sonnait. C'était plus de trois heures à attendre,
pour la course du Grand Prix. Lorsque le landau se fut
rangé contre la barrière, Nana se mit à l'aise, comme chez
elle. Elle avait eu le caprice d'amener Bijou et Louiset. Le
chien, couché dans ses jupes, tremblait de froid, malgré la
chaleur ; tandis que l'enfant, attifé de rubans et de den-
telles, avait une pauvre petite figure de cire, muette, pâlie
par le grand air. Cependant, la jeune femme, sans s'in-
50 quiéter des voisins, causait très haut avec Georges et Phi-
lippe Hugon, assis devant elle, sur l'autre banquette, parmi
un tel tas de bouquets, des roses blanches et des myosotis
bleus, qu'ils disparaissaient jusqu'aux épaules.

– Alors, disait-elle, comme il m'assommait, je lui ai
montré la porte… Et voilà deux jours qu'il boude.

Elle parlait de Muffat, seulement elle n'avouait pas aux
jeunes gens la vraie cause de cette première querelle. Un

1. Attelage composé de quatre chevaux et conduit par deux postillons, du
nom du duc d'Aumont qui l'introduisit sous la Restauration.
2. Voir note 2, p. 69.

soir, il avait trouvé dans sa chambre un chapeau d'homme,
une toquade bête, un passant ramené par ennui.

— Vous ne savez pas comme il est drôle, continua-t-elle, 60
s'amusant des détails qu'elle donnait. Au fond, c'est un
cagot [1] fini... Ainsi, il dit sa prière tous les soirs. Parfaite-
ment. Il croit que je ne m'aperçois de rien, parce que je me
couche la première, ne voulant pas le gêner ; mais je le
guigne de l'œil, il bredouille, il fait son signe de croix en
se tournant pour m'enjamber et aller se mettre au fond...

— Tiens ! c'est malin, murmura Philippe. Avant et après,
alors ?

Elle eut un beau rire.

— Oui, c'est ça, avant et après. Quand je m'endors, je 70
l'entends de nouveau qui bredouille... Mais ce qui devient
embêtant, c'est que nous ne pouvons plus nous disputer,
sans qu'il retombe dans les curés. Moi, j'ai toujours eu de
la religion. Sans doute, blaguez si vous voulez, ça ne
m'empêchera pas de croire ce que je crois... Seulement, il
est trop raseur, il sanglote, il parle de ses remords. Ainsi,
avant-hier, après notre attrapage [2], il a eu une vraie crise,
je n'étais pas rassurée du tout...

Mais elle s'interrompit pour dire :

— Regardez donc, voilà les Mignon qui arrivent. Tiens ! 80
ils ont amené les enfants... Sont-ils fagotés, ces petits !

Les Mignon étaient dans un landau [3] aux couleurs
sévères, un luxe cossu de bourgeois enrichis. Rose, en
robe de soie grise, garnie de bouillonnés [4] et de nœuds
rouges, souriait, heureuse de la joie d'Henri et de Charles,
assis sur la banquette de devant, engoncés dans leurs tuni-
ques trop larges de collégien. Mais, quand le landau fut
venu se ranger près de la barrière, et qu'elle aperçut Nana
triomphante au milieu de ses bouquets, avec ses quatre
chevaux et sa livrée, elle pinça les lèvres, très raide, tour- 90
nant la tête. Mignon, au contraire, la mine fraîche, l'œil
gai, envoya un salut de la main. Lui, par principe, restait
en dehors des querelles de femmes.

1. Dévot, bigot.
2. Voir note 1, p. 50.
3. Voir note 1, p. 336.
4. Bandes de tissu froncé.

– À propos, reprit Nana, connaissez-vous un petit vieux bien propre, avec des dents mauvaises ?… Un monsieur Venot… Il est venu me voir ce matin.

– Monsieur Venot, dit Georges stupéfait. Pas possible ! c'est un jésuite.

– Précisément, j'ai flairé ça. Oh ! vous n'avez pas idée
100 de la conversation ! Ç'a été d'un drôle !… Il m'a parlé du comte, de son ménage désuni, me suppliant de rendre le bonheur à une famille… Très poli d'ailleurs, très souriant… Alors, moi, je lui ai répondu que je ne demandais pas mieux, et je me suis engagée à remettre le comte avec sa femme… Vous savez, ce n'est pas une blague, je serais enchantée de les voir tous heureux, ces gens ! Puis, ça me soulagerait, car il y a des jours, vrai ! où il m'assomme.

Sa lassitude des derniers mois lui échappait dans ce cri de son cœur. Avec ça, le comte paraissait avoir de gros
110 embarras d'argent ; il était soucieux, le billet signé à Labordette menaçait de n'être pas payé.

– Justement, la comtesse est là-bas, dit Georges, dont les regards parcouraient les tribunes.

– Où donc ? s'écria Nana. A-t-il des yeux, ce bébé !… Tenez mon ombrelle, Philippe.

Mais Georges, d'un mouvement brusque, avait devancé son frère, ravi de porter l'ombrelle de soie bleue à frange d'argent. Nana promenait une énorme jumelle.

– Ah ! oui, je la vois, dit-elle enfin. Dans la tribune de
120 droite, près d'un pilier, n'est-ce pas ? Elle est en mauve, avec sa fille en blanc, à côté d'elle… Tiens ! Daguenet qui va les saluer.

Alors, Philippe parla du prochain mariage de Daguenet avec cette perche d'Estelle. C'était une chose faite, on publiait les bans [1]. La comtesse résistait d'abord ; mais le comte, disait-on, avait imposé sa volonté. Nana souriait.

– Je sais, je sais, murmura-t-elle. Tant mieux pour Paul. C'est un gentil garçon, il mérite ça.

Et, se penchant vers Louiset :
130 – Tu t'amuses, dis ?… Quelle mine sérieuse !

1. *Publier les bans* : publier l'annonce d'un mariage à l'église et à la mairie.

L'enfant, sans un sourire, regardait tout ce monde, l'air très vieux, comme plein de réflexions tristes sur ce qu'il voyait. Bijou, chassé des jupes de la jeune femme qui remuait beaucoup, était allé trembler contre le petit.

Cependant, la pelouse s'emplissait. Des voitures, continuellement, arrivaient par la porte de la Cascade [1], en une file compacte, interminable. C'étaient de grands omnibus [2], la Pauline partie du boulevard des Italiens, chargée de ses cinquante voyageurs, et qui allait se ranger à droite des tribunes ; puis, des dog-cart [3], des victorias [4], des landaus d'une correction superbe, mêlés à des fiacres lamentables que des rosses secouaient ; et des four-inhand [5], poussant leurs quatre chevaux, et des mail-coach [6], avec les maîtres en l'air, sur les banquettes, laissant à l'intérieur les domestiques garder les paniers de champagne ; et encore des araignées [7] dont les roues immenses jetaient un éblouissement d'acier, des tandems [8] légers, fins comme des pièces d'horlogerie, qui filaient au milieu d'un bruit de grelots. Par moments, un cavalier passait, un flot de piétons courait, effaré, à travers les équipages. Sur l'herbe, tout d'un coup, le roulement lointain qui venait des allées du Bois cessait dans un frôlement sourd ; on n'entendait plus que le brouhaha de la foule croissante, des cris, des appels, des claquements de fouet, envolés dans le plein air. Et, lorsque le soleil, sous les coups de vent, reparaissait au bord d'un nuage, une traînée d'or courait, allumait les harnais et les panneaux vernis, incendiait les toilettes ; tandis que, dans cette poussière de clarté, les cochers, très hauts sur leurs sièges, flambaient avec leurs grands fouets.

140

150

1. Les voitures qui arrivaient de Paris empruntaient l'avenue de Longchamp, où se trouve la Grande Cascade, au carrefour dit de Longchamp, juste avant l'hippodrome.
2. Voir note 1, p. 84.
3. Voiture très haute sur roues, permettant le transport des chiens de chasse dans un coffre sous le siège.
4. Voir note 1, p. 215.
5. Véhicule attelé de quatre chevaux et conduit par une seule personne.
6. Berline anglaise, à quatre chevaux, avec plusieurs rangs de banquettes sur le dessus de la voiture.
7. Voiture sans carrosserie, à deux ou quatre roues, tirée par un ou deux chevaux.
8. Cabriolet découvert, attelé de deux chevaux placés l'un devant l'autre.

160 Mais Labordette descendait d'une calèche où Gaga,
Clarisse et Blanche de Sivry lui avaient réservé une place.
Comme il se hâtait pour traverser la piste et entrer dans
l'enceinte du pesage, Nana le fit appeler par Georges.
Puis, quand il fut là :

— À combien suis-je ? demanda-t-elle en riant.

Elle voulait parler de Nana, la pouliche, cette Nana qui
s'était laissé battre honteusement dans le prix de Diane [1],
et qui même, en avril et en mai derniers, n'avait pas été
placée, en courant le prix Des Cars [2] et la Grande Poule
170 des Produits [3], gagnés par Lusignan, l'autre cheval de
l'écurie Vandeuvres. Du coup, Lusignan était passé grand
favori ; depuis la veille, on le prenait couramment à deux
contre un.

— Toujours à cinquante, répondit Labordette.

— Diable ! je ne vaux pas cher, reprit Nana, que cette
plaisanterie amusait. Alors, je ne me prends pas… Non,
fichtre ! je ne mets pas un louis sur moi.

Labordette, très pressé, repartait ; mais elle le rappela.
Elle voulait un conseil. Lui, qui gardait des relations dans
180 le monde des entraîneurs et des jockeys, avait des rensei-
gnements particuliers sur les écuries. Vingt fois déjà ses
pronostics s'étaient réalisés. Le roi des tipsters [4], comme
on le nommait.

— Voyons, quels chevaux dois-je prendre ? répétait la
jeune femme. À combien est l'anglais ?

— Spirit ? à trois… Valerio II, à trois également… Puis,
tous les autres, Cosinus à vingt-cinq, Hasard à quarante,
Boum à trente, Pichenette à trente-cinq, Frangipane à
dix…

190 — Non, je ne parie pas pour l'anglais, moi. Je suis
patriote… Hein ? peut-être Valerio II ; le duc de Corbreuse
avait l'air rayonnant tout à l'heure… Eh ! non ! après tout.
Cinquante louis sur Lusignan, qu'en dis-tu ?

1. Prix institué en 1843 pour les pouliches de trois ans, couru fin mai à
Chantilly.
2. Prix sans doute fondé par le duc des Cars, ancien aide de camp du duc
d'Angoulême, fils de Louis-Philippe.
3. Prix institué en 1841 pour des chevaux âgés de trois ans et engagés
avant leur naissance sur déclaration de saillie de la poulinière.
4. Pronostiqueurs.

Labordette la regardait d'un air singulier. Elle se
pencha, elle l'interrogea à voix basse, car elle savait que
Vandeuvres le chargeait de prendre pour lui aux
bookmakers [1], afin de parier plus à l'aise. S'il avait appris
quelque chose, il pouvait bien le dire. Mais Labordette,
sans s'expliquer, la décida à s'en remettre à son flair ; il
placerait ses cinquante louis comme il l'entendrait, et elle
ne s'en repentirait pas.

– Tous les chevaux que tu voudras ! cria-t-elle gaie-
ment, en le laissant aller ; mais pas de Nana, c'est une
rosse !

Ce fut un accès de fou rire dans la voiture. Les jeunes
gens trouvaient le mot très drôle ; tandis que Louiset, sans
comprendre, levait ses yeux pâles vers sa mère, dont les
éclats de voix le surprenaient. Labordette, d'ailleurs, ne
put encore s'échapper. Rose Mignon lui avait fait un
signe ; et elle lui donnait des ordres, il inscrivait des
chiffres sur un calepin. Puis, ce furent Clarisse et Gaga qui
le rappelèrent, pour changer leurs paris ; elles avaient
entendu des mots dans la foule, elles ne voulaient plus de
Valerio II et prenaient Lusignan ; lui, impassible, écrivait.
Enfin, il se sauva, on le vit qui disparaissait, de l'autre côté
de la piste, entre deux tribunes.

Les voitures arrivaient toujours. Maintenant, elles se
rangeaient sur une cinquième file, s'élargissant le long de
la barrière en une masse profonde, toute bariolée par les
taches claires des chevaux blancs. Puis, au-delà, c'était
une débandade d'autres voitures, isolées, comme
échouées dans l'herbe, un pêle-mêle de roues, d'attelages
jetés en tous sens, côte à côte, de biais, en travers, tête
contre tête. Et, sur les nappes de gazon restées libres, les
cavaliers trottaient, les gens à pied mettaient des groupes
noirs continuellement en marche. Au-dessus de ce champ
de foire, dans la chinure [2] brouillée de la foule, les buvettes
haussaient leurs tentes de toile grise, que les coups de
soleil blanchissaient. Mais la bousculade, des tas de
monde, des remous de chapeaux, avait surtout lieu autour
des bookmakers, montés dans des voitures découvertes,

1. Ceux qui tiennent, reçoivent les paris.
2. Aspect d'une étoffe tissée avec des fils de diverses couleurs.

gesticulant comme des dentistes [1], avec leurs cotes près d'eux, collées sur de hautes planches.

– C'est bête tout de même, de ne pas savoir pour quel cheval on parie, disait Nana. Faut que je risque quelques louis moi-même.

Elle s'était mise debout pour choisir un bookmaker qui eût une bonne figure. Cependant, elle oublia son désir, en apercevant toute une foule de sa connaissance. Outre les
240 Mignon, outre Gaga, Clarisse et Blanche, il y avait là, à droite, à gauche, en arrière, au milieu de la masse des voitures qui maintenant emprisonnait son landau, Tatan Néné en compagnie de Maria Blond dans une victoria, Caroline Héquet avec sa mère et deux messieurs dans une calèche, Louise Violaine toute seule, conduisant elle-même un petit panier [2] enrubanné aux couleurs de l'écurie Méchain, orange et vert, Léa de Horn sur une banquette haute de mail-coach [3], où une bande de jeunes gens faisait un vacarme. Plus loin, dans un huit-ressorts [4] d'une tenue
250 aristocratique, Lucy Stewart, en robe de soie noire très simple, prenait des airs de distinction, à côté d'un grand jeune homme qui portait l'uniforme des aspirants de marine. Mais ce qui stupéfia Nana, ce fut de voir arriver Simonne dans un tandem [5] que Steiner conduisait, avec un laquais derrière, immobile, les bras croisés ; elle était éblouissante, tout en satin blanc, rayé de jaune, couverte de diamants depuis la ceinture jusqu'au chapeau ; tandis que le banquier, allongeant un fouet immense, lançait les deux chevaux attelés en flèche, le premier un petit alezan
260 doré, au trot de souris, le second un grand bai brun, un stepper [6], qui trottait les jambes hautes.

– Bigre ! dit Nana, ce voleur de Steiner vient donc une fois encore de nettoyer la Bourse !… Hein ? Simonne a-t-elle un chic ! C'est trop, on va l'empoigner.

1. Ceux qu'on appelait les arracheurs de dents étaient célèbres pour leurs talents de charlatans.
2. Voiture légère découverte, à fond en osier.
3. Voir note 6, p. 359.
4. Voiture à suspension à huit ressorts.
5. Voir note 8, p. 359.
6. Cheval de trot qui a de la vivacité et de l'allant.

Pourtant, elle échangea un salut, de loin. Elle agitait la main, elle souriait, se tournait, n'oubliait personne pour se faire voir de tous. Et elle continuait de causer.

– Mais c'est son fils que Lucy traîne avec elle ! Il est gentil, en uniforme... Voilà donc pourquoi elle prend son air ! Vous savez qu'elle a peur de lui et qu'elle se fait passer pour une actrice... Pauvre jeune homme, tout de même ! il ne semble pas se douter.

– Bah ! murmura Philippe en riant, quand elle voudra, elle lui trouvera une héritière en province.

Nana se taisait. Elle venait d'apercevoir, au plus épais des équipages, la Tricon. Arrivée dans un fiacre, d'où elle ne voyait rien, la Tricon était tranquillement montée sur le siège du cocher. Et, là-haut, redressant sa grande taille, avec sa figure noble aux longues anglaises, elle dominait la foule, elle semblait régner sur son peuple de femmes. Toutes lui souriaient, discrètement. Elle, supérieure, affectait de ne pas les connaître. Elle n'était pas là pour travailler, elle suivait les courses par plaisir, joueuse enragée, ayant la passion des chevaux.

– Tiens ! cet idiot de la Faloise ! dit Georges tout à coup.

Ce fut un étonnement. Nana ne reconnaissait plus son la Faloise. Depuis qu'il avait hérité, il était devenu d'un chic extraordinaire. Le col brisé, vêtu d'une étoffe de couleur tendre qui collait à ses maigres épaules, coiffé de petits bandeaux [1], il affectait un dandinement de lassitude, une voix molle, avec des mots d'argot, des phrases qu'il ne se donnait pas la peine de finir.

– Mais il est très bien ! déclara Nana, séduite.

Gaga et Clarisse avaient appelé la Faloise, se jetant à sa tête, tâchant de le reprendre. Il les quitta tout de suite, avec un déhanchement de blague et de dédain. Nana l'éblouit, il accourut, se tint sur le marchepied de la voiture ; et, comme elle le plaisantait au sujet de Gaga, il murmura :

– Ah ! non, fini, la vieille garde ! Faut plus me la faire ! Et puis, vous savez, c'est vous, maintenant, ma Juliette...

1. Voir note 3, p. 69.

Il avait mis la main sur son cœur. Nana riait beaucoup de cette déclaration si brusque, en plein air. Mais elle reprit :

– Dites donc, ce n'est pas tout ça. Vous me faites oublier que je veux parier... Georges, tu vois ce bookmaker, là-bas, le gros rouge, avec des cheveux crépus. Il a une tête de sale canaille qui me plaît... Tu vas aller lui prendre...
310 Hein ? que peut-on bien lui prendre ?

– Moi, pas patriote, oh ! non ! bégayait la Faloise ; moi, tout sur l'anglais... Très chic, si l'anglais gagne ! à Chaillot [1], les français !

Nana fut scandalisée. Alors, on discuta les mérites des chevaux. La Faloise, pour affecter d'être très au courant, les traitait tous de rosses. Frangipane, au baron Verdier, était par The Truth et Lenore ; un grand bai, qui aurait eu des chances, si on ne l'avait pas fourbu à l'entraînement. Quant à Valerio II, de l'écurie Corbreuse, il n'était pas
320 prêt, il avait eu des tranchées [2] en avril ; oh ! on cachait ça, mais lui en était sûr, parole d'honneur ! Et il finit par conseiller Hasard, un cheval de l'écurie Méchain, le plus défectueux de tous, dont personne ne voulait. Fichtre ! Hasard, une forme superbe, et une action ! Voilà une bête qui allait surprendre son monde !

– Non, dit Nana. Je vais mettre dix louis sur Lusignan et cinq sur Boum.

Du coup, la Faloise éclata.

– Mais, ma chère, infect, Boum ! Prenez pas ça ! Gasc
330 lui-même lâche son cheval... Et votre Lusignan, jamais ! Des blagues ! Par Lamb et Princess, songez donc ! Jamais, par Lamb et Princess ! tous trop courts de jambes !

Il s'étranglait. Philippe fit remarquer que pourtant Lusignan avait gagné le prix Des Cars et la Grande Poule des Produits. Mais l'autre repartit. Qu'est-ce que ça prouvait ? Rien du tout. Au contraire, il fallait se défier. Et, d'ailleurs, c'était Gresham qui montait Lusignan ; alors, qu'on lui fichât la paix ! Gresham avait la guigne, jamais il n'arrivait.

1. Expression populaire qui s'explique par la présence d'un asile dans l'ancienne commune de Chaillot.
2. Coliques violentes.

Et, d'un bout à l'autre de la pelouse, la discussion qui 340
s'élevait dans le landau de Nana semblait s'élargir. Des
voix glapissantes montaient, la passion du jeu soufflait,
allumant les visages, détraquant les gestes ; tandis que les
bookmakers, perchés sur leurs voitures, criaient des cotes,
inscrivaient des chiffres, furieusement. Il n'y avait là que
le fretin des parieurs, les forts paris se faisaient dans
l'enceinte du pesage ; et c'était une âpreté des petites
bourses risquant cent sous, toutes les convoitises étalées
pour un gain possible de quelques louis. En somme, la
grande bataille se livrait entre Spirit et Lusignan. Des 350
Anglais, reconnaissables, se promenaient parmi les
groupes, comme chez eux, la face enflammée, triomphant
déjà. Bramah, un cheval de lord Reading, avait gagné le
Grand Prix, l'année précédente : défaite dont les cœurs
saignaient encore. Cette année, ce serait un désastre, si la
France était battue de nouveau. Aussi toutes ces dames se
passionnaient-elles, par orgueil national. L'écurie Van-
deuvres devenait le rempart de notre honneur, on poussait
Lusignan, on le défendait, on l'acclamait. Gaga, Blanche,
Caroline et les autres pariaient pour Lusignan. Lucy 360
Stewart s'abstenait, à cause de son fils ; mais le bruit cou-
rait que Rose Mignon avait donné commission à Labor-
dette pour deux cents louis. Seule, la Tricon, assise près
de son cocher, attendait la dernière minute ; très froide au
milieu des querelles, dominant le tapage croissant où les
noms des chevaux revenaient, dans des phrases vives de
Parisiens, mêlées aux exclamations gutturales des
Anglais, elle écoutait, elle prenait des notes d'un air de
majesté.

— Et Nana ? dit Georges. Personne n'en demande ? 370
Personne n'en demandait, en effet ; on n'en parlait
même pas. L'outsider de l'écurie Vandeuvres disparaissait
dans la popularité de Lusignan. Mais la Faloise leva les
bras en l'air, disant :

— J'ai une inspiration... Je mets un louis sur Nana.

— Bravo ! je mets deux louis, dit Georges.

— Moi, trois louis, ajouta Philippe.

Et ils montèrent, ils firent leur cour, plaisamment, lan-
çant des chiffres, comme s'ils s'étaient disputé Nana aux
enchères. La Faloise parlait de la couvrir d'or. D'ailleurs, 380

tout le monde devait mettre, on allait racoler des parieurs.
Mais, comme les trois jeunes gens s'échappaient, pour
faire de la propagande, Nana leur cria :

– Vous savez, je n'en veux pas, moi ! Pour rien au
monde !… Georges, dix louis sur Lusignan et cinq sur
Valerio II.

Cependant, ils s'étaient lancés. Égayée, elle les regar-
dait se couler entre les roues, se baisser sous les têtes
des chevaux, battre la pelouse entière. Dès qu'ils recon-
390 naissaient quelqu'un dans une voiture, ils accouraient,
ils poussaient Nana. Et c'étaient de grands éclats de rire
qui passaient sur la foule, lorsque parfois ils se retour-
naient, triomphants, indiquant des nombres avec le
doigt, tandis que la jeune femme, debout, agitait son
ombrelle. Pourtant, ils faisaient d'assez pauvre besogne.
Quelques hommes se laissaient convaincre ; par
exemple, Steiner, que la vue de Nana remuait, risqua
trois louis. Mais les femmes refusaient, absolument.
Merci, pour perdre à coup sûr ! Puis, ce n'était pas
400 pressé de travailler au succès d'une sale fille qui les
écrasait toutes, avec ses quatre chevaux blancs, ses pos-
tillons, son air d'avaler le monde. Gaga et Clarisse, très
pincées, demandèrent à la Faloise s'il se fichait d'elles.
Quand Georges, hardiment, se présenta devant le landau
des Mignon, Rose, outrée, tourna la tête, sans répondre.
Il fallait être une jolie ordure, pour laisser donner son
nom à un cheval ! Au contraire, Mignon suivit le jeune
homme, l'air amusé, disant que les femmes portaient
toujours bonheur.

410 – Eh bien ? demanda Nana, quand les jeunes gens
revinrent, après une longue visite aux bookmakers.

– Vous êtes à quarante, dit la Faloise.

– Comment ? à quarante ! cria-t-elle, stupéfaite. J'étais
à cinquante… Que se passe-t-il ?

Labordette, justement, avait reparu. On fermait la piste,
une volée de cloche annonçait la première course. Et, dans
le brouhaha d'attention, elle le questionna sur cette hausse
brusque de la cote. Mais il répondit évasivement ; sans
doute des demandes s'étaient produites. Elle dut se
420 contenter de cette explication. D'ailleurs, Labordette, l'air

préoccupé, lui annonça que Vandeuvres allait venir, s'il pouvait s'échapper.

La course s'achevait, comme inaperçue dans l'attente du Grand Prix, lorsqu'un nuage creva sur l'hippodrome. Depuis un instant, le soleil avait disparu, un jour livide assombrissait la foule. Le vent se leva, ce fut un brusque déluge, des gouttes énormes, des paquets d'eau qui tombaient. Il y eut une minute de confusion, des cris, des plaisanteries, des jurements, au milieu du sauve-qui-peut des piétons galopant et se réfugiant sous les tentes des buvettes. Dans les voitures, les femmes tâchaient de s'abriter, tenaient à deux mains leurs ombrelles, pendant que les laquais effarés couraient aux capotes. Mais l'averse cessait déjà, le soleil resplendissait dans la poussière de pluie qui volait encore. Une déchirure bleue s'ouvrait derrière la nuée, emportée au-dessus du Bois. Et c'était comme une gaieté du ciel, soulevant les rires des femmes rassurées ; tandis que la nappe d'or, dans l'ébrouement des chevaux, dans la débandade et l'agitation de cette foule trempée qui se secouait, allumait la pelouse toute ruisselante de gouttes de cristal.

– Ah ! ce pauvre Louiset ! dit Nana. Es-tu beaucoup mouillé, mon chéri ?

Le petit, sans parler, se laissa essuyer les mains. La jeune femme avait pris son mouchoir. Elle tamponna ensuite Bijou, qui tremblait plus fort. Ce ne serait rien, quelques taches sur le satin blanc de sa toilette ; mais elle s'en fichait. Les bouquets, rafraîchis, avaient un éclat de neige ; et elle en respirait un, heureuse, mouillant ses lèvres comme dans de la rosée.

Cependant, ce coup de pluie avait brusquement empli les tribunes. Nana regardait avec sa jumelle. À cette distance, on distinguait seulement une masse compacte et brouillée, entassée sur les gradins, un fond sombre que les taches pâles des figures éclairaient. Le soleil glissait par des coins de toiture, écornait la foule assise d'un angle de lumière, où les toilettes semblaient déteindre. Mais Nana s'amusait surtout des dames que l'averse avait chassées des rangées de chaises, alignées sur le sable, au pied des tribunes. Comme l'entrée de l'enceinte du pesage était

absolument interdite aux filles [1], Nana faisait des
remarques pleines d'aigreur sur toutes ces femmes comme
il faut, qu'elle trouvait fagotées, avec de drôles de têtes.

Une rumeur courut, l'impératrice entrait dans la petite
tribune centrale, un pavillon en forme de chalet, dont le
large balcon était garni de fauteuils rouges.

– Mais c'est lui ! dit Georges. Je ne le croyais pas de
service, cette semaine.

470 La figure raide et solennelle du comte Muffat avait paru
derrière l'impératrice. Alors, les jeunes gens plaisantèrent,
regrettant que Satin ne fût pas là, pour aller lui taper sur le
ventre. Mais Nana rencontra au bout de sa jumelle la tête
du prince d'Écosse, dans la tribune impériale.

– Tiens ! Charles ! cria-t-elle.

Elle le trouvait engraissé. En dix-huit mois, il s'était
élargi. Et elle donna des détails : oh ! un gaillard bâti soli-
dement.

Autour d'elle, dans les voitures de ces dames, on chu-
480 chotait que le comte l'avait lâchée. C'était toute une his-
toire. Les Tuileries se scandalisaient de la conduite du
chambellan, depuis qu'il s'affichait. Alors, pour garder sa
situation, il venait de rompre. La Faloise, carrément, rap-
porta cette histoire à la jeune femme, s'offrant de nouveau,
en l'appelant « sa Juliette ». Mais elle eut un beau rire, elle
dit :

– C'est imbécile… Vous ne le connaissez pas ; je n'ai
qu'à faire pst ! pour qu'il lâche tout.

Depuis un instant, elle examinait la comtesse Sabine et
490 Estelle. Daguenet était encore près de ces dames. Fau-
chery, qui arrivait, dérangeait le monde pour les saluer ; et
lui aussi restait là, l'air souriant. Alors, elle continua, en
montrant les tribunes d'un geste dédaigneux :

– Puis, vous savez, ces gens ne m'épatent plus, moi !…
Je les connais trop. Faut voir ça au déballage !… Plus de
respect ! fini le respect ! Saleté en bas, saleté en haut, c'est
toujours saleté et compagnie… Voilà pourquoi je ne veux
pas qu'on m'embête.

1. L'enceinte du pesage était réservée aux personnes munies de cartes et
aux membres du Jockey-Club.

Et son geste s'élargissait, montrant des palefreniers qui amenaient les chevaux sur la piste, jusqu'à la souveraine 500 causant avec Charles, un prince, mais un salaud de même.

– Bravo, Nana !… Très chic, Nana !… cria la Faloise enthousiasmé.

Des coups de cloche se perdaient dans le vent, les courses continuaient. On venait de courir le prix d'Ispahan, que Berlingot, un cheval de l'écurie Méchain, avait gagné. Nana rappela Labordette, pour demander des nouvelles de ses cent louis ; il se mit à rire, il refusa de lui faire connaître ses chevaux, afin de ne pas déranger la chance, disait-il. Son argent était bien placé, elle verrait 510 tout à l'heure. Et comme elle lui avouait ses paris, dix louis sur Lusignan et cinq sur Valerio II, il haussa les épaules, ayant l'air de dire que les femmes faisaient quand même des bêtises. Cela l'étonna, elle ne comprenait plus.

À ce moment, la pelouse s'animait davantage. Des lunchs [1] s'organisaient en plein air, en attendant le Grand Prix. On mangeait, on buvait plus encore, un peu partout, sur l'herbe, sur les banquettes élevées des four-inhand et des mail-coach, dans les victorias, les coupés, les landaus. C'était un étalage de viandes froides, une débandade de 520 paniers de champagne, qui sortaient des caissons, aux mains des valets de pied. Les bouchons partaient avec de faibles détonations, emportées par le vent ; des plaisanteries se répondaient, des bruits de verres qui se brisaient mettaient des notes fêlées dans cette gaieté nerveuse. Gaga et Clarisse faisaient avec Blanche un repas sérieux, mangeant des sandwichs sur une couverture étalée dont elles couvraient leurs genoux. Louise Violaine, descendue de son panier, avait rejoint Caroline Héquet ; et, à leurs pieds, dans le gazon, des messieurs installaient une buvette, où 530 venaient boire Tatan, Maria, Simonne et les autres ; tandis que, près de là, en l'air on vidait des bouteilles sur le mail-coach de Léa de Horn, toute une bande se grisant dans le soleil, avec des bravades et des poses, au-dessus de la foule. Mais bientôt on se pressa surtout devant le landau de Nana. Debout, elle s'était mise à verser des verres de

1. Repas froids, placés entre le déjeuner et le dîner, à l'imitation des Anglais.

champagne aux hommes qui la saluaient. L'un des valets de pied, François, passait les bouteilles, pendant que la Faloise, tâchant d'attraper une voix canaille, lançait un
540 boniment.

— Approchez, messieurs… C'est pour rien… Tout le monde en aura.

— Taisez-vous, mon cher, finit par dire Nana. Nous avons l'air de saltimbanques.

Elle le trouvait bien drôle, elle s'amusait beaucoup. Un instant, elle eut l'idée d'envoyer par Georges un verre de champagne à Rose Mignon, qui affectait de ne pas boire. Henri et Charles s'ennuyaient à crever ; ils auraient voulu du champagne, les petits. Mais Georges but le verre, crai-
550 gnant une dispute. Alors, Nana se souvint de Louiset, qu'elle oubliait derrière elle. Peut-être avait-il soif ; et elle le força à prendre quelques gouttes de vin, ce qui le fit horriblement tousser.

— Approchez, approchez, messieurs, répétait la Faloise. Ce n'est pas deux sous, ce n'est pas un sou… Nous le donnons…

Mais Nana l'interrompit par une exclamation.

— Eh ! Bordenave, là-bas !… Appelez-le, oh ! je vous en prie, courez !

560 C'était Bordenave, en effet, se promenant les mains derrière le dos, avec un chapeau que le soleil rougissait, et une redingote graisseuse, blanchie aux coutures ; un Bordenave décati par la faillite, mais quand même furieux, étalant sa misère parmi le beau monde, avec la carrure d'un homme toujours prêt à violer la fortune.

— Bigre ! quel chic ! dit-il, lorsque Nana lui tendit la main, en bonne fille.

Puis, après avoir vidé un verre de champagne, il eut ce mot de profond regret :

570 — Ah ! si j'étais femme !… Mais, nom de Dieu ! ça ne fait rien ! Veux-tu rentrer au théâtre ? J'ai une idée, je loue la Gaîté, nous claquons Paris à nous deux… Hein ? tu me dois bien ça.

Et il resta, grognant, heureux pourtant de la revoir ; car, disait-il, cette sacrée Nana lui mettait du baume dans le cœur, rien qu'à vivre devant lui. C'était sa fille, son vrai sang.

Le cercle grandissait. Maintenant, la Faloise versait, Philippe et Georges racolaient des amis. Une poussée lente amenait peu à peu la pelouse entière. Nana jetait à 580 chacun un rire, un mot drôle. Les bandes de buveurs se rapprochaient, tout le champagne épars marchait vers elle, il n'y avait bientôt plus qu'une foule, qu'un vacarme, autour de son landau ; et elle régnait parmi les verres qui se tendaient, avec ses cheveux jaunes envolés, son visage de neige, baigné de soleil. Alors, au sommet, pour faire crever les autres femmes qu'enrageait son triomphe, elle leva son verre plein, dans son ancienne pose de Vénus victorieuse.

Mais quelqu'un la touchait par-derrière, et elle fut sur- 590 prise, en se retournant, d'apercevoir Mignon sur la banquette. Elle disparut un instant, elle s'assit à son côté, car il venait lui communiquer une chose grave. Mignon disait partout que sa femme était ridicule d'en vouloir à Nana ; il trouvait ça bête et inutile.

– Voici, ma chère, murmura-t-il. Méfie-toi, ne fais pas trop enrager Rose… Tu comprends, j'aime mieux te prévenir… Oui, elle a une arme, et comme elle ne t'a jamais pardonné l'affaire de *La Petite Duchesse*…

– Une arme, dit Nana, qu'est-ce que ça me fiche ! 600

– Écoute donc, c'est une lettre qu'elle a dû trouver dans la poche de Fauchery, une lettre écrite à cette rosse de Fauchery par la comtesse Muffat. Et, dame ! là-dedans, c'est clair, ça y est en plein… Alors, Rose veut envoyer la lettre au comte, pour se venger de lui et de toi.

– Qu'est-ce que ça me fiche ! répéta Nana. C'est drôle, ça… Ah ! ça y est, avec Fauchery. Eh bien ! tant mieux, elle m'agaçait. Nous allons rire.

– Mais non, je ne veux pas, reprit vivement Mignon. Un joli scandale ! Puis, nous n'avons rien à y gagner… 610

Il s'arrêta, craignant d'en trop dire. Elle s'écriait que, bien sûr, elle n'irait pas repêcher une femme honnête. Mais, comme il insistait, elle le regarda fixement. Sans doute il avait peur de voir Fauchery retomber dans son ménage, s'il rompait avec la comtesse ; c'était ce que Rose voulait, tout en se vengeant, car elle gardait une tendresse pour le journaliste. Et Nana devint rêveuse, elle songeait à

la visite de M. Venot, un plan poussait en elle, tandis que
Mignon tâchait de la convaincre.

620 – Mettons que Rose envoie la lettre, n'est-ce pas ? Il y a
un esclandre. Tu es mêlée là-dedans, on dit que tu es la
cause de tout… D'abord, le comte se sépare de sa
femme…

 – Pourquoi ça, dit-elle, au contraire…

 À son tour, elle s'interrompit. Elle n'avait pas besoin de
penser tout haut. Enfin, elle eut l'air d'entrer dans les vues
de Mignon, pour se débarrasser de lui ; et, comme il lui
conseillait une soumission auprès de Rose, par exemple
une petite visite sur le champ de courses, devant tous, elle
630 répondit qu'elle verrait, qu'elle réfléchirait.

 Un tumulte la fit se relever. Sur la piste, des chevaux
arrivaient, dans un coup de vent. C'était le prix de la Ville
de Paris, que gagnait Cornemuse. Maintenant, le Grand
Prix allait être couru, la fièvre augmentait, une anxiété
fouettait la foule, piétinant, ondulant, dans un besoin de
hâter les minutes. Et, à cette heure dernière, une surprise
effarait les parieurs, la hausse continue de la cote de Nana,
l'outsider de l'écurie Vandeuvres. Des messieurs reve-
naient à chaque instant avec une cote nouvelle : Nana était
640 à trente, Nana était à vingt-cinq, puis à vingt, puis à
quinze. Personne ne comprenait. Une pouliche battue sur
tous les hippodromes, une pouliche dont le matin pas un
parieur ne voulait à cinquante ! Que signifiait ce brusque
affolement ? Les uns se moquaient, en parlant d'un joli
nettoyage pour les nigauds qui donnaient dans cette farce.
D'autres, sérieux, inquiets, flairaient là-dessous quelque
chose de louche. Il y avait un coup peut-être. On faisait
allusion à des histoires, aux vols tolérés des champs de
courses ; mais cette fois le grand nom de Vandeuvres arrê-
650 tait les accusations, et les sceptiques l'emportaient, en
somme, lorsqu'ils prédisaient que Nana arriverait belle
dernière.

 – Qui est-ce qui monte Nana ? demanda la Faloise.

 Justement, la vraie Nana reparaissait. Alors, ces mes-
sieurs donnèrent à la question un sens malpropre, en écla-
tant d'un rire exagéré. Nana saluait.

 – C'est Price, répondit-elle.

Et la discussion recommença. Price était une célébrité anglaise, inconnue en France. Pourquoi Vandeuvres avait-il fait venir ce jockey, lorsque Gresham montait Nana d'ordinaire ? D'ailleurs, on s'étonnait de le voir confier Lusignan à ce Gresham, qui n'arrivait jamais, selon la Faloise. Mais toutes ces remarques se noyaient dans les plaisanteries, les démentis, le brouhaha d'un pêle-mêle d'opinions extraordinaire. On se remettait à vider des bouteilles de champagne pour tuer le temps. Puis, un chuchotement courut, les groupes s'écartèrent. C'était Vandeuvres. Nana affecta d'être fâchée.

– Eh bien ! vous êtes gentil, d'arriver à cette heure !… Moi qui brûle de voir l'enceinte du pesage.

– Alors, venez, dit-il, il est temps encore. Vous ferez un tour. J'ai justement sur moi une entrée pour dame.

Et il l'emmena à son bras, heureuse des regards jaloux dont Lucy, Caroline et les autres la suivaient. Derrière elle, les fils Hugon et la Faloise, restés dans le landau, continuaient à faire les honneurs de son champagne. Elle leur criait qu'elle revenait tout de suite.

Mais Vandeuvres, ayant aperçu Labordette, l'appela ; et quelques paroles brèves furent échangées.

– Vous avez tout ramassé ?

– Oui.

– Pour combien ?

– Quinze cents louis, un peu partout.

Comme Nana tendait curieusement l'oreille, ils se turent. Vandeuvres, très nerveux, avait ses yeux clairs, allumés de petites flammes, qui l'effrayaient la nuit, lorsqu'il parlait de se faire flamber avec ses chevaux. En traversant la piste, elle baissa la voix, elle le tutoya.

– Dis donc, explique-moi… Pourquoi la cote de ta pouliche monte-t-elle ? Ça fait un boucan !

Il tressaillit, il laissa échapper :

– Ah ! ils causent… Quelle race, ces parieurs ! Quand j'ai un favori, ils se jettent tous dessus, et il n'y en a plus pour moi. Puis, quand un outsider est demandé, ils clabaudent [1], ils crient comme si on les écorchait.

1. *Clabauder* : criailler.

– C'est qu'il faudrait me prévenir, j'ai parié, reprit-elle. Est-ce qu'elle a des chances ?

Une colère soudaine l'emporta, sans raison.

– Hein ? fiche-moi la paix... Tous les chevaux ont des chances. La cote monte, parbleu ! parce qu'on en a pris. Qui ? je ne sais pas... J'aime mieux te laisser, si tu dois m'assommer avec tes questions idiotes.

Ce ton n'était ni dans son tempérament ni dans ses habitudes. Elle fut plus étonnée que blessée. Lui, d'ailleurs, restait honteux ; et, comme elle le priait sèchement d'être poli, il s'excusa. Depuis quelque temps, il avait ainsi de brusques changements d'humeur. Personne n'ignorait, dans le Paris galant et mondain, qu'il jouait ce jour-là son dernier coup de cartes. Si ses chevaux ne gagnaient pas, s'ils lui emportaient encore les sommes considérables pariées sur eux, c'était un désastre, un écroulement ; l'échafaudage de son crédit, les hautes apparences que gardait son existence minée par-dessous, comme vidée par le désordre et la dette, s'abîmaient dans une ruine retentissante. Et Nana, personne non plus ne l'ignorait, était la mangeuse d'hommes qui avait achevé celui-là, venue la dernière dans cette fortune ébranlée, nettoyant la place. On racontait des caprices fous, de l'or semé au vent, une partie à Bade où elle ne lui avait pas laissé de quoi payer l'hôtel, une poignée de diamants jetée sur un brasier, un soir d'ivresse, pour voir si ça brûlait comme du charbon. Peu à peu, avec ses gros membres, ses rires canailles de faubourienne, elle s'était imposée à ce fils, si appauvri et si fin, d'une antique race. À cette heure, il risquait tout, si envahi par son goût du bête et du sale, qu'il avait perdu jusqu'à la force de son scepticisme. Huit jours auparavant, elle s'était fait promettre un château sur la côte normande, entre Le Havre et Trouville [1], et il mettait son dernier honneur à tenir parole. Seulement, elle l'agaçait, il l'aurait battue, tant il la sentait stupide.

Le gardien les avait laissés entrer dans l'enceinte du pesage, n'osant arrêter cette femme au bras du comte.

1. Dans une lettre du 20 février 1880, Flaubert conseillait à Zola de modifier son texte : « "Entre Le Havre et Trouville", impossible ! Mettez *Honfleur.* »

Nana, toute gonflée de poser enfin le pied sur cette terre défendue, s'étudiait, marchait avec lenteur, devant les dames assises au pied des tribunes. C'était, sur dix rangées de chaises, une masse profonde de toilettes, mêlant leurs couleurs vives dans la gaieté du plein air ; des chaises s'écartaient, des cercles familiers se formaient au hasard des rencontres, comme sous un quinconce de jardin public, avec des enfants lâchés, courant d'un groupe à un 740 autre ; et, plus haut, les tribunes étageaient leurs gradins chargés de foule, où les étoffes claires se fondaient dans l'ombre fine des charpentes. Nana dévisageait ces dames. Elle affecta de regarder fixement la comtesse Sabine. Puis, comme elle passait devant la tribune impériale, la vue de Muffat, debout près de l'impératrice, dans sa raideur officielle, l'égaya.

– Oh ! qu'il a l'air bête ! dit-elle très haut à Vandeuvres.

Elle voulait tout visiter. Ce bout de parc, avec ses pelouses, ses massifs d'arbres, ne lui semblait pas si drôle. 750 Un glacier avait installé un grand buffet près des grilles. Sous un champignon rustique, couvert de chaume, des gens en tas gesticulaient et criaient ; c'était le ring [1]. À côté, se trouvaient des boxes vides ; et, désappointée, elle y découvrit seulement le cheval d'un gendarme. Puis, il y avait le paddock [2], une piste de cent mètres de tour, où un garçon d'écurie promenait Valerio II, encapuchonné. Et voilà ! beaucoup d'hommes sur le gravier des allées, avec la tache orange de leur carte à la boutonnière, une promenade continue de gens dans les galeries ouvertes des tri- 760 bunes, ce qui l'intéressa une minute ; mais, vrai ! ça ne valait pas la peine de se faire de la bile, parce qu'on vous empêchait d'entrer là-dedans.

Daguenet et Fauchery, qui passaient, la saluèrent. Elle leur fit un signe, ils durent s'approcher. Et elle bêcha l'enceinte du pesage. Puis, s'interrompant :

– Tiens ! le marquis de Chouard, comme il vieillit ! S'abîme-t-il, ce vieux-là ! Il est donc toujours enragé ?

1. Espace réservé aux parieurs ; par extension : ensemble des parieurs eux-mêmes.
2. Enceinte réservée où les chevaux sont promenés en main.

Alors, Daguenet raconta le dernier coup du vieux, une
770 histoire de l'avant-veille que personne ne savait encore.
Après avoir tourné des mois, il venait d'acheter à Gaga sa
fille Amélie, trente mille francs, disait-on.

– Eh bien ! c'est du propre ! cria Nana, révoltée. Ayez
donc des filles !… Mais j'y songe ! ça doit être Lili qui est
là-bas, sur la pelouse, dans un coupé, avec une dame.
Aussi, je reconnaissais cette figure… Le vieux l'aura
sortie.

Vandeuvres n'écoutait pas, impatient, désireux de se
débarrasser d'elle. Mais Fauchery ayant dit, en s'en allant,
780 que, si elle n'avait pas vu les bookmakers, elle n'avait rien
vu, le comte dut la conduire, malgré une répugnance
visible. Et, du coup, elle fut contente ; ça, en effet, c'était
curieux.

Une rotonde [1] s'ouvrait, entre les pelouses bordées de
jeunes marronniers ; et là, formant un vaste cercle, abrités
sous les feuilles d'un vert tendre, une ligne serrée de book-
makers attendaient les parieurs, comme dans une foire.
Pour dominer la foule, ils se haussaient sur des bancs de
bois ; ils affichaient leurs cotes près d'eux, contre les
790 arbres ; tandis que, l'œil au guet, ils inscrivaient des paris,
sur un geste, sur un clignement de paupières, si rapide-
ment, que des curieux, béants, les regardaient sans com-
prendre. C'était une confusion, des chiffres criés, des
tumultes accueillant les changements de cote inattendus.
Et, par moments, redoublant le tapage, des avertisseurs
débouchaient en courant, s'arrêtaient à l'entrée de la
rotonde, jetaient violemment un cri, un départ, une arrivée,
qui soulevait de longues rumeurs, dans cette fièvre du jeu
battant au soleil.

800 – Sont-ils drôles ! murmura Nana, très amusée. Ils ont
des figures à l'envers… Tiens, ce grand-là, je ne voudrais
pas le rencontrer toute seule, au fond d'un bois.

Mais Vandeuvres lui montra un bookmaker, un commis
de nouveautés [2], qui avait gagné trois millions en deux ans.
La taille grêle, délicat et blond, il était entouré d'un

1. Édifice circulaire surmonté d'une coupole.
2. Commis travaillant dans un magasin de tissus.

respect ; on lui parlait en souriant, des gens stationnaient pour le voir.

Enfin, ils quittaient la rotonde, lorsque Vandeuvres adressa un léger signe de tête à un autre bookmaker, qui se permit alors de l'appeler. C'était un de ses anciens cochers, énorme, les épaules d'un bœuf, la face haute en couleur. Maintenant qu'il tentait la fortune aux courses, avec des fonds d'origine louche, le comte tâchait de le pousser, le chargeant de ses paris secrets, le traitant toujours en domestique dont on ne se cache pas. Malgré cette protection, cet homme avait perdu coup sur coup des sommes très lourdes, et lui aussi jouait ce jour-là sa carte suprême, les yeux pleins de sang, crevant d'apoplexie [1].

– Eh bien ! Maréchal, demanda tout bas Vandeuvres, pour combien en avez-vous donné ?

– Pour cinq mille louis, monsieur le comte, répondit le bookmaker en baissant également la voix. Hein ? c'est joli… Je vous avouerai que j'ai baissé la cote, je l'ai mise à trois.

Vandeuvres eut l'air très contrarié.

– Non, non, je ne veux pas, remettez-la à deux tout de suite… Je ne vous dirai plus rien, Maréchal.

– Oh ! maintenant, qu'est-ce que ça peut faire à monsieur le comte ? reprit l'autre avec un sourire humble de complice. Il me fallait bien attirer le monde pour donner vos deux mille louis.

Alors, Vandeuvres le fit taire. Mais, comme il s'éloignait, Maréchal, pris d'un souvenir, regretta de ne pas l'avoir questionné sur la hausse de sa pouliche. Il était propre, si la pouliche avait des chances, lui qui venait de la donner pour deux cents louis à cinquante.

Nana, qui ne comprenait rien aux paroles chuchotées par le comte, n'osa pourtant demander de nouvelles explications. Il paraissait plus nerveux, il la confia brusquement à Labordette, qu'ils trouvèrent devant la salle du pesage.

– Vous la ramènerez, dit-il. Moi, j'ai affaire… Au revoir.

Et il entra dans la salle, une pièce étroite, basse de plafond, encombrée d'une grande balance. C'était comme

1. Voir note 1, p. 64.

une salle de bagages, dans une station de banlieue. Nana eut encore là une grosse déception, elle qui se figurait quelque chose de très vaste, une machine monumentale pour peser les chevaux. Comment ! on ne pesait que les jockeys ! Alors, ça ne valait pas la peine de faire tant d'embarras, avec leur pesage ! Dans la balance, un jockey, l'air idiot, ses harnais sur les genoux, attendait qu'un gros homme en redingote eût vérifié son poids ; tandis qu'un garçon d'écurie, à la porte, tenait le cheval, Cosinus, autour duquel la foule s'attroupait, silencieuse, absorbée.

On allait fermer la piste. Labordette pressait Nana, mais il revint sur ses pas pour lui montrer un petit homme, causant avec Vandeuvres, à l'écart.

– Tiens, voilà Price, dit-il.

– Ah ! oui, celui qui me monte, murmura-t-elle en riant.

Et elle le trouva joliment laid. Tous les jockeys lui avaient l'air crétin ; sans doute, disait-elle, parce qu'on les empêchait de grandir. Celui-là, un homme de quarante ans, paraissait un vieil enfant desséché, avec une longue figure maigre, creusée de plis, dure et morte. Le corps était si noueux, si réduit, que la casaque bleue, aux manches blanches, semblait jetée sur du bois.

– Non, tu sais, reprit-elle en s'en allant, il ne ferait pas mon bonheur.

Une cohue emplissait encore la piste, dont l'herbe, mouillée et piétinée, était devenue noire. Devant les deux tableaux indicateurs, très hauts sur leur colonne de fonte, la foule se pressait, levant la tête, accueillant d'un brouhaha chaque numéro de cheval, qu'un fil électrique, relié à la salle du pesage, faisait apparaître. Des messieurs pointaient sur des programmes ; Pichenette, retirée par son propriétaire, causait une rumeur. D'ailleurs, Nana ne fit que traverser, au bras de Labordette. La cloche, pendue au mât de l'oriflamme [1], sonnait avec persistance, pour qu'on évacuât la piste.

– Ah ! mes enfants, dit-elle en remontant dans son landau, une blague, leur enceinte du pesage !

On l'acclamait, on battait des mains autour d'elle : « Bravo ! Nana !... Nana nous est rendue !... » Qu'ils

1. Drapeau ou bannière d'apparat.

étaient bêtes ! Est-ce qu'ils la prenaient pour une lâcheuse ? Elle revenait au bon moment. Attention ! ça commençait. Et le champagne en était oublié, on cessa de boire.

Mais Nana restait surprise de trouver Gaga dans sa voiture, avec Bijou et Louiset sur les genoux ; Gaga s'était décidée, pour se rapprocher de la Faloise, tout en racontant qu'elle avait voulu embrasser bébé. Elle adorait les enfants.

— À propos, et Lili ? demanda Nana. C'est bien elle qui est là-bas, dans le coupé de ce vieux ?... On vient de m'apprendre quelque chose de propre.

Gaga avait pris une figure éplorée.

— Ma chère, j'en suis malade, dit-elle avec douleur. Hier, j'ai dû garder le lit, tant j'avais pleuré, et aujourd'hui je ne croyais pas pouvoir venir... Hein ? tu sais quelle était mon opinion ? Je ne voulais pas, je l'avais fait élever dans un couvent, pour un bon mariage. Et des conseils sévères, et une surveillance continuelle... Eh bien ! ma chère, c'est elle qui a voulu. Oh ! une scène, des larmes, des mots désagréables, au point même que je lui ai allongé une calotte. Elle s'ennuyait trop, elle voulait y passer... Alors, quand elle s'est mise à dire : « C'est pas toi, après tout, qui as le droit de m'en empêcher », je lui ai dit : « Tu es une misérable, tu nous déshonores, va-t'en ! » Et ça s'est fait, j'ai consenti à arranger ça... Mais voilà mon dernier espoir fichu, moi qui avais rêvé, ah ! des choses si bien !

Le bruit d'une querelle les fit se lever. C'était Georges qui défendait Vandeuvres contre des rumeurs vagues courant dans les groupes.

— Pourquoi dire qu'il lâche son cheval ? criait le jeune homme. Hier, au salon des courses, il a pris Lusignan pour mille louis.

— Oui, j'étais là, affirma Philippe. Et il n'a pas mis un seul louis sur Nana... Si Nana est à dix, il n'y est pour rien. C'est ridicule de prêter aux gens tant de calculs. Où serait son intérêt ?

Labordette écoutait d'un air tranquille ; et, haussant les épaules :

— Laissez donc, il faut bien qu'on parle... Le comte vient encore de parier cinq cents louis au moins sur Lusi-

gnan, et s'il a demandé une centaine de louis de Nana,
c'est parce qu'un propriétaire doit toujours avoir l'air de
croire à ses chevaux.

– Et zut ! qu'est-ce que ça nous fiche ! clama la Faloise
en agitant les bras. C'est Spirit qui va gagner... Enfoncée
930 la France ! bravo l'Angleterre !

Un long frémissement secouait la foule, pendant qu'une
nouvelle volée de la cloche annonçait l'arrivée des che-
vaux dans la piste. Alors, Nana, pour bien voir, monta
debout sur une banquette de son landau, foulant aux pieds
les bouquets, les myosotis et les roses. D'un regard circu-
laire, elle embrassait l'horizon immense. À cette heure
dernière de fièvre, c'était d'abord la piste vide, fermée de
ses barrières grises, où s'alignaient des sergents de ville,
de deux en deux poteaux ; et la bande d'herbe, boueuse
940 devant elle, s'en allait reverdie, tournait au loin en un tapis
de velours tendre. Puis, au centre, en baissant les yeux,
elle voyait la pelouse, toute grouillante d'une foule
haussée sur les pieds, accrochée aux voitures, soulevée et
heurtée dans un coup de passion, avec les chevaux qui
hennissaient, les toiles des tentes qui claquaient, les cava-
liers qui lançaient leurs bêtes, parmi les piétons courant
s'accouder aux barrières ; tandis que, de l'autre côté,
quand elle se tournait vers les tribunes, les figures se rape-
tissaient, les masses profondes de têtes n'étaient plus
950 qu'un bariolage emplissant les allées, les gradins, les ter-
rasses, où un entassement de profils noirs se détachait dans
le ciel. Et, au-delà encore, autour de l'hippodrome, elle
dominait la plaine. Derrière le moulin couvert de lierre, à
droite, il y avait un enfoncement de prairies, coupées de
grands ombrages ; en face, jusqu'à la Seine, coulant au bas
du coteau, se croisaient des avenues de parc, où atten-
daient des files immobiles d'équipages ; puis, vers Bou-
logne, à gauche, le pays, élargi de nouveau, ouvrait une
trouée sur les lointains bleuâtres de Meudon, que barrait
960 une allée de paulownias [1], dont les têtes roses, sans une
feuille, faisaient une nappe de laque vive. Du monde arri-
vait toujours, une traînée de fourmilière venait de là-bas,
par le mince ruban d'un chemin, à travers les terres ; pen-

1. Arbres originaires d'Extrême-Orient à fleurs mauves odorantes.

dant que, très loin, du côté de Paris, le public qui ne payait pas, un troupeau campant dans les futaies, mettait une ligne mouvante de points sombres, au ras du Bois, sous les arbres.

Mais une gaieté, tout d'un coup, chauffa les cent mille âmes qui couvraient ce bout de champ d'un remuement d'insectes, affolés sous le vaste ciel. Le soleil, caché 970 depuis un quart d'heure, reparut, s'épandit en un lac de lumière. Et tout flamba de nouveau, les ombrelles des femmes étaient comme des boucliers d'or, innombrables, au-dessus de la foule. On applaudit le soleil, des rires le saluaient, des bras se tendaient pour écarter les nuages.

Cependant, un officier de paix [1] s'en allait seul, au milieu de la piste déserte. Plus haut, vers la gauche, un homme parut, un drapeau rouge à la main.

— C'est le starter [2], le baron de Mauriac, répondit Labordette à une question de Nana. 980

Autour de la jeune femme, parmi les hommes qui se pressaient jusque sur les marchepieds de sa voiture, des exclamations s'élevaient, une conversation continuait, sans suite, par mots jetés sous le coup immédat des impressions. Philippe et Georges, Bordenave, la Faloise ne pouvaient se taire.

— Ne poussez donc pas !... Laissez-moi voir... Ah ! le juge entre dans sa guérite... Vous dites que c'est monsieur de Souvigny ?... Hein ? il faut de bons yeux pour pincer une longueur de nez, dans une pareille mécanique !... 990 Taisez-vous donc, on lève l'oriflamme... Les voilà, attention !... C'est Cosinus qui est le premier.

Une oriflamme jaune et rouge battait dans l'air, au bout du mât. Les chevaux arrivaient un à un, conduits par des garçons d'écurie, avec les jockeys en selle, les bras abandonnés, faisant au soleil des taches claires. Après Cosinus, Hasard et Boum parurent. Puis, un murmure accueillit Spirit, un grand bai brun superbe, dont les couleurs dures, citron et noir, avaient une tristesse britannique. Valerio II obtint un succès d'entrée, petit, très vif, 1000

1. Magistrat qui supplée les commissaires de police dans quelques-unes de leurs fonctions.
2. Celui qui est chargé de donner le signal du départ.

en vert tendre, liséré de rose. Les deux Vandeuvres se faisaient attendre. Enfin, derrière Frangipane, les couleurs bleues et blanches se montrèrent. Mais Lusignan, un bai très foncé, d'une forme irréprochable, fut presque oublié dans la surprise que causa Nana. On ne l'avait pas vue ainsi, le coup de soleil dorait la pouliche alezane d'une blondeur de fille rousse. Elle luisait à la lumière comme un louis neuf, la poitrine profonde, la tête et l'encolure 1010 légères, dans l'élancement nerveux et fin de sa longue échine.

– Tiens ! elle a mes cheveux ! cria Nana ravie. Dites donc, vous savez que j'en suis fière !

On escaladait le landau, Bordenave faillit mettre le pied sur Louiset, que sa mère oubliait. Il le prit avec des grognements paternels, il le haussa sur son épaule, en murmurant :

– Ce pauvre mioche, faut qu'il en soit… Attends, je vais te faire voir maman… Hein ? là-bas, regarde le dada.

Et, comme Bijou lui grattait les jambes, il s'en chargea 1020 également ; tandis que Nana, heureuse de cette bête qui portait son nom, jetait un regard aux autres femmes, pour voir leur tête. Toutes enrageaient. À ce moment, sur son fiacre, la Tricon, immobile jusque-là, agitait les mains, donnait des ordres à un bookmaker, par-dessus la foule. Son flair venait de parler, elle prenait Nana.

La Faloise, cependant, menait un bruit insupportable. Il se toquait de Frangipane.

– J'ai une inspiration, répétait-il. Regardez donc Frangipane. Hein ? quelle action !… Je prends Frangipane à huit. 1030 Qui est-ce qui en a ?

– Tenez-vous donc tranquille, finit par dire Labordette. Vous vous donnez des regrets.

– Une rosse, Frangipane, déclara Philippe. Il est déjà tout mouillé… Vous allez voir le canter [1].

Les chevaux étaient remontés à droite, et ils partirent pour le galop d'essai, passant débandés devant les tribunes. Alors, il y eut une reprise passionnée, tous parlaient à la fois.

1. Galop d'essai avant la course.

– Trop long d'échine, Lusignan, mais bien prêt… Vous savez, pas un liard sur Valerio II ; il est nerveux, il galope 1040 la tête haute, c'est mauvais signe… Tiens ! c'est Burne qui monte Spirit… Je vous dis qu'il n'a pas d'épaule. L'épaule bien construite, tout est là… Non, décidément, Spirit est trop calme… Écoutez, je l'ai vue, Nana, après la Grande Poule des Produits, trempée, le poil mort, un battement de flanc à crever. Vingt louis qu'elle n'est pas placée !… Assez donc ! nous embête-t-il, celui-là, avec son Frangipane ! Il n'est plus temps, voilà le départ.

C'était la Faloise, qui, pleurant presque, se débattait pour trouver un bookmaker. On dut le raisonner. Tous les 1050 cous se tendaient. Mais le premier départ ne fut pas bon, le starter, qu'on apercevait au loin comme un mince trait noir, n'avait pas abaissé son drapeau rouge. Les chevaux revinrent, après un temps de galop. Il y eut encore deux faux départs. Enfin, le starter, rassemblant les chevaux, les lança avec une adresse qui arracha des cris.

– Superbe !… Non, c'est le hasard !… N'importe, ça y est !

La clameur s'étouffa dans l'anxiété qui serrait les poitrines. Maintenant, les paris s'arrêtaient, le coup se 1060 jouait sur l'immense piste. Un silence régna d'abord, comme si les haleines étaient suspendues. Des faces se haussaient, blanches, avec des tressaillements. Au départ, Hasard et Cosinus avaient fait le jeu, prenant la tête ; Valerio II suivait de près, les autres venaient en un peloton confus. Quand ils passèrent devant les tribunes, dans un ébranlement du sol, avec le brusque vent d'orage de leur course, le peloton s'allongeait déjà sur une quarantaine de longueurs. Frangipane était dernier, Nana se trouvait un peu en arrière de Lusignan et de 1070 Spirit.

– Fichtre ! murmura Labordette, comme l'anglais se débarbouille là-dedans !

Tout le landau retrouvait des mots, des exclamations. On se grandissait, on suivait des yeux les taches éclatantes des jockeys qui filaient dans le soleil. À la montée, Valerio II prit la tête, Cosinus et Hasard perdaient du terrain, tandis que Lusignan et Spirit, nez contre nez, avaient toujours Nana derrière eux.

1080 – Pardieu ! l'anglais a gagné, c'est visible, dit Borde-
nave. Lusignan se fatigue et Valerio II ne peut tenir.

 – Eh bien ! c'est du propre, si l'anglais gagne ! s'écria
Philippe, dans un élan de douleur patriotique.

 C'était un sentiment d'angoisse qui commençait à
étrangler tout ce monde entassé. Encore une défaite ! et
une ardeur de vœu extraordinaire, presque religieuse,
montait pour Lusignan ; pendant qu'on injuriait Spirit,
avec son jockey d'une gaieté de croque-mort. Parmi la
foule éparse dans l'herbe, un souffle enlevait des bandes,
1090 les semelles en l'air. Des cavaliers coupaient la pelouse
d'un galop furieux. Et Nana, qui tournait lentement sur
elle-même, voyait à ses pieds cette houle de bêtes et de
gens, cette mer de têtes battue et comme emportée autour
de la piste par le tourbillon de la course, rayant l'horizon
du vif éclair des jockeys. Elle les avait suivis de dos, dans
la fuite des croupes, dans la vitesse allongée des jambes,
qui se perdaient et prenaient des finesses de cheveux.
Maintenant, au fond, ils filaient de profil, tout petits, déli-
cats, sur les lointains verdâtres du Bois. Puis, brusque-
1100 ment, ils disparurent, derrière un grand bouquet d'arbres,
plantés au milieu de l'hippodrome.

 – Laissez donc ! cria Georges, toujours plein d'espoir.
Ce n'est pas fini… L'anglais est touché.

 Mais la Faloise, repris de son dédain national, devenait
scandaleux, en acclamant Spirit. Bravo ! c'était bien fait !
la France avait besoin de ça ! Spirit premier, et Frangipane
second ! ça embêterait sa patrie ! Labordette, qu'il exaspé-
rait, le menaça sérieusement de le jeter en bas de la voi-
ture.

1110 – Voyons combien ils mettront de minutes, dit paisible-
ment Bordenave, qui, tout en soutenant Louiset, avait tiré
sa montre.

 Un à un, derrière le bouquet d'arbres, les chevaux repa-
raissaient. Ce fut une stupeur, la foule eut un long mur-
mure. Valerio II tenait encore la tête ; mais Spirit le
gagnait, et derrière lui Lusignan avait lâché, tandis qu'un
autre cheval prenait la place. On ne comprit pas tout de
suite, on confondait les casaques. Des exclamations par-
taient.

– Mais c'est Nana !… Allons donc, Nana ! je vous dis 1120
que Lusignan n'a pas bougé… Eh ! oui, c'est Nana. On la
reconnaît bien, à sa couleur d'or… La voyez-vous
maintenant ! Elle est en feu… Bravo, Nana ! en voilà une
mâtine !… Bah ! ça ne signifie rien. Elle fait le jeu de
Lusignan.

Pendant quelques secondes, ce fut l'opinion de tous.
Mais, lentement, la pouliche gagnait toujours, dans un
effort continu. Alors, une émotion immense se déclara. La
queue des chevaux, en arrière, n'intéressait plus. Une
lutte suprême s'engageait entre Spirit, Nana, Lusignan et 1130
Valerio II. On les nommait, on constatait leur progrès ou
leur défaillance, dans des phrases sans suite, balbutiées. Et
Nana, qui venait de monter sur le siège de son cocher,
comme soulevée, restait toute blanche, prise d'un tremble-
ment, si empoignée, qu'elle se taisait. Près d'elle, Labor-
dette avait retrouvé son sourire.

– Hein ? l'anglais a du mal, dit joyeusement Philippe. Il
ne va pas bien.

– En tout cas, Lusignan est fini, cria la Faloise. C'est
Valerio II qui vient… Tenez ! voilà les quatre en peloton. 1140
Un même mot sortait de toutes les bouches.

– Quel train, mes enfants !… Un rude train, sacristi !

À présent, le peloton arrivait de face, dans un coup de
foudre. On en sentait l'approche et comme l'haleine, un
ronflement lointain, grandi de seconde en seconde. Toute
la foule, impétueusement, s'était jetée aux barrières ; et,
précédant les chevaux, une clameur profonde s'échappait
des poitrines, gagnait de proche en proche, avec un bruit
de mer qui déferle. C'était la brutalité dernière d'une
colossale partie, cent mille spectateurs tournés à l'idée 1150
fixe, brûlant du même besoin de hasard, derrière ces bêtes
dont le galop emportait des millions. On se poussait, on
s'écrasait, les poings fermés, la bouche ouverte, chacun
pour soi, chacun fouettant son cheval de la voix et du
geste. Et le cri de tout ce peuple, un cri de fauve reparu
sous les redingotes, roulait de plus en plus distinct :

– Les voilà ! les voilà !… Les voilà !

Mais Nana gagnait encore du terrain ; maintenant,
Valerio II était distancé, elle tenait la tête avec Spirit, à
deux ou trois encolures. Le roulement de tonnerre avait 1160

grandi. Ils arrivaient, une tempête de jurons les accueillait dans le landau.

– Hue donc, Lusignan, grand lâche, sale rosse !... Très chic, l'anglais ! Encore, encore, mon vieux !... Et ce Valerio, c'est dégoûtant !... Ah ! la charogne ! Fichus mes dix louis !... Il n'y a que Nana ! Bravo, Nana ! Bravo, bougresse !

Et, sur le siège, Nana, sans le savoir, avait pris un balancement des cuisses et des reins, comme si elle-même eût
1170 couru. Elle donnait des coups de ventre, il lui semblait que ça aidait la pouliche. À chaque coup, elle lâchait un soupir de fatigue, elle disait d'une voix pénible et basse :

– Va donc... va donc... va donc...

On vit alors une chose superbe. Price, debout sur les étriers, la cravache haute, fouaillait Nana d'un bras de fer. Ce vieil enfant desséché, cette longue figure, dure et morte, jetait des flammes. Et, dans un élan de furieuse audace, de volonté triomphante, il donnait de son cœur à la pouliche, il la soutenait, il la portait, trempée d'écume,
1180 les yeux sanglants. Tout le train passa avec son roulement de foudre, coupant les respirations, balayant l'air ; tandis que le juge, très froid, l'œil à la mire, attendait. Puis, une immense acclamation retentit. D'un effort suprême, Price venait de jeter Nana au poteau, battant Spirit d'une longueur de tête [1].

Ce fut comme la clameur montante d'une marée. Nana ! Nana ! Nana ! Le cri roulait, grandissait, avec une violence de tempête, emplissant peu à peu l'horizon, des profondeurs du Bois au Mont Valérien, des prairies de Long-
1190 champ à la plaine de Boulogne. Sur la pelouse, un enthousiasme fou s'était déclaré. Vive Nana ! vive la France ! à bas l'Angleterre ! Les femmes brandissaient leurs ombrelles ; des hommes sautaient, tournaient en vociférant ; d'autres, avec des rires nerveux, lançaient des chapeaux. Et, de l'autre côté de la piste, l'enceinte du pesage répondait, une agitation remuait les tribunes, sans qu'on vît distinctement autre chose qu'un tremblement de l'air, comme la flamme invisible d'un brasier, au-dessus de

1. De 1863 à 1887, le Grand Prix fut gagné quinze fois par des chevaux français et dix fois par des chevaux anglais.

ce tas vivant de petites figures détraquées, les bras tordus, avec les points noirs des yeux et de la bouche ouverte. Cela ne cessait plus, s'enflait, recommençait au fond des allées lointaines, parmi le peuple campant sous les arbres, pour s'épandre et s'élargir dans l'émotion de la tribune impériale, où l'impératrice avait applaudi. Nana ! Nana ! Nana ! Le cri montait dans la gloire du soleil, dont la pluie d'or battait le vertige de la foule.

Alors, Nana, debout sur le siège de son landau, grandie, crut que c'était elle qu'on acclamait. Elle était restée un instant immobile, dans la stupeur de son triomphe, regardant la piste envahie par un flot si épais, qu'on ne voyait plus l'herbe, couverte d'une mer de chapeaux noirs. Puis, quand tout ce monde se fut rangé, ménageant une haie jusqu'à la sortie, saluant de nouveau Nana, qui s'en allait avec Price, cassé sur l'encolure, éteint et comme vide, elle se tapa les cuisses violemment, oubliant tout, triomphant en phrases crues :

– Ah ! nom de Dieu ! c'est moi, pourtant… Ah ! nom de Dieu ! quelle veine !

Et, ne sachant comment traduire la joie qui la bouleversait, elle empoigna et baisa Louiset qu'elle venait de trouver en l'air, sur l'épaule de Bordenave.

– Trois minutes et quatorze secondes, dit celui-ci, en remettant sa montre dans la poche.

Nana écoutait toujours son nom, dont la plaine entière lui renvoyait l'écho. C'était son peuple qui l'applaudissait, tandis que, droite dans le soleil, elle dominait, avec ses cheveux d'astre et sa robe blanche et bleue, couleur du ciel. Labordette, en s'échappant, venait de lui annoncer un gain de deux mille louis, car il avait placé ses cinquante louis sur Nana, à quarante. Mais cet argent la touchait moins que cette victoire inattendue, dont l'éclat la faisait reine de Paris. Ces dames perdaient toutes. Rose Mignon, dans un mouvement de rage, avait cassé son ombrelle ; et Caroline Héquet, et Clarisse, et Simonne, et Lucy Stewart elle-même malgré son fils, juraient sourdement, exaspérées par la chance de cette grosse fille ; pendant que la Tricon, qui s'était signée au départ et à l'arrivée des chevaux, redressait sa haute taille au-dessus d'elles, ravie de son flair, sacrant Nana, en matrone d'expérience.

1240 Autour du landau, cependant, la poussée des hommes grandissait encore. La bande avait jeté des clameurs féroces. Georges, étranglé, continuait tout seul à crier, d'une voix qui se brisait. Comme le champagne manquait, Philippe, emmenant les valets de pied, venait de courir aux buvettes. Et la cour de Nana s'élargissait toujours, son triomphe décidait les retardataires ; le mouvement qui avait fait de sa voiture le centre de la pelouse s'achevait en apothéose, la reine Vénus dans le coup de folie de ses sujets. Bordenave, derrière elle, mâchait des jurons, avec
1250 un attendrissement de père. Steiner lui-même, reconquis, avait lâché Simonne et se hissait sur l'un des marchepieds. Quand le champagne fut arrivé, quand elle leva son verre plein, ce furent de tels applaudissements, on reprenait si fort : Nana ! Nana ! Nana ! que la foule étonnée cherchait la pouliche ; et l'on ne savait plus si c'était la bête ou la femme qui emplissait les cœurs.

 Cependant, Mignon accourait, malgré les regards terribles de Rose. Cette sacrée fille le mettait hors de lui, il voulait l'embrasser. Puis, après l'avoir baisée sur les deux
1260 joues, paternellement :

 Ce qui m'embête, c'est que, pour sûr, à présent, Rose va envoyer la lettre... Elle rage trop.

 — Tant mieux ! ça m'arrange ! laissa échapper Nana.

 Mais, le voyant stupéfait, elle se hâta de reprendre :

 — Ah ! non, qu'est-ce que je dis ?... Vrai, je ne sais plus ce que je dis !... Je suis grise.

 Et grise, en effet, grise de joie, grise de soleil, le verre toujours levé, elle s'acclama elle-même.

 — À Nana ! à Nana ! criait-elle, au milieu d'un redouble-
1270 ment de vacarme, de rires, de bravos, qui peu à peu avait gagné tout l'hippodrome.

 Les courses s'achevaient, on courait le prix Vaublanc. Des voitures partaient, une à une. Cependant, le nom de Vandeuvres revenait, au milieu de querelles. Maintenant, c'était clair : Vandeuvres, depuis deux ans, ménageait son coup, en chargeant Gresham de retenir Nana ; et il n'avait produit Lusignan que pour faire le jeu de la pouliche. Les perdants se fâchaient, tandis que les gagnants haussaient les épaules. Après ? n'était-ce pas permis ? Un proprié-
1280 taire conduisait son écurie comme il l'entendait. On en

avait vu bien d'autres ! Le plus grand nombre trouvait
Vandeuvres très fort d'avoir fait ramasser par des amis tout
ce qu'il avait pu prendre sur Nana, ce qui expliquait la
hausse brusque de la cote ; on parlait de deux mille louis,
à trente en moyenne, douze cent mille francs de gain, un
chiffre dont l'ampleur frappait de respect et excusait tout.

Mais d'autres bruits, très graves, qu'on chuchotait, arri-
vaient de l'enceinte du pesage. Les hommes qui en reve-
naient précisaient des détails ; les voix montaient, on
racontait tout haut un scandale affreux. Ce pauvre Vandeu- 1290
vres était fini ; il avait gâté son coup superbe par une plate
bêtise, un vol idiot, en chargeant Maréchal, un bookmaker
véreux, de donner pour son compte deux mille louis contre
Lusignan [1], histoire de rattraper ses mille et quelques louis
ouvertement pariés, une misère ; et cela prouvait la fêlure,
au milieu du dernier craquement de sa fortune. Le book-
maker, prévenu que le favori ne gagnerait pas, avait réalisé
une soixantaine de mille francs sur ce cheval. Seulement,
Labordette, faute d'instructions exactes et détaillées, était
allé justement lui prendre deux cents louis sur Nana, que 1300
l'autre continuait à donner à cinquante, dans son igno-
rance du vrai coup. Nettoyé de cent mille francs sur la
pouliche, en perte de quarante mille, Maréchal, qui sentait
tout crouler sous ses pieds, avait brusquement compris, en
voyant Labordette et le comte causer ensemble, après la
course, devant la salle du pesage ; et dans une fureur
d'ancien cocher, dans une brutalité d'homme volé, il
venait de faire publiquement une scène affreuse, racontant
l'histoire avec des mots atroces, ameutant le monde. On
ajoutait que le jury des courses allait s'assembler. 1310

Nana, que Philippe et Georges mettaient tout bas au
courant, lâchait des réflexions, sans cesser de rire et de
boire. C'était possible, après tout ; elle se rappelait des
choses ; puis, ce Maréchal avait une sale tête. Pourtant,
elle doutait encore, lorsque Labordette parut. Il était très
pâle.

– Eh bien ? lui demanda-t-elle à demi-voix.

– Foutu ! répondit-il simplement.

1. Parier contre un de ses propres chevaux était totalement proscrit par le
code des courses.

Et il haussait les épaules. Un enfant, ce Vandeuvres !
1320 Elle eut un geste d'ennui.

Le soir, à Mabille [1], Nana obtint un succès colossal.
Lorsqu'elle parut, vers dix heures, le tapage était déjà for-
midable. Cette classique soirée de folie réunissait toute la
jeunesse galante, un beau monde se ruant dans une bruta-
lité et une imbécillité de laquais. On s'écrasait sous les
guirlandes de gaz ; des habits noirs, des toilettes exces-
sives, des femmes venues décolletées, avec de vieilles
robes bonnes à salir, tournaient, hurlaient, fouettés par une
soûlerie énorme. À trente pas, on n'entendait plus les
1330 cuivres de l'orchestre. Personne ne dansait. Des mots
bêtes, répétés on ne savait pourquoi, circulaient parmi les
groupes. On se battait les flancs sans réussir à être drôle.
Sept femmes, enfermées dans le vestiaire, pleuraient pour
qu'on les délivrât. Une échalote trouvée et mise aux
enchères était poussée jusqu'à deux louis. Justement,
Nana arrivait, encore vêtue de sa toilette de course, bleue
et blanche. On lui donna l'échalote, au milieu d'un ton-
nerre de bravos. On l'empoigna malgré elle, trois mes-
sieurs la portèrent en triomphe dans le jardin, à travers les
1340 pelouses saccagées, les massifs de verdure éventrés ; et,
comme l'orchestre faisait obstacle, on le prit d'assaut, on
cassa les chaises et les pupitres. Une police paternelle
organisait le désordre.

Ce fut seulement le mardi que Nana se remit des émo-
tions de sa victoire. Elle causait le matin avec madame
Lerat, venue pour lui donner des nouvelles de Louiset, que
le grand air avait rendu malade. Toute une histoire qui
occupait Paris la passionnait. Vandeuvres exclu des
champs de courses, exécuté le soir même au Cercle Impé-
1350 rial, s'était le lendemain fait flamber dans son écurie, avec
ses chevaux.

— Il me l'avait bien dit, répétait la jeune femme. Un vrai
fou, cet homme-là !... C'est moi qui ai eu une venette [2],
lorsqu'on m'a raconté ça, hier soir ! Tu comprends, il
aurait très bien pu m'assassiner, une nuit... Et puis, est-ce
qu'il ne devait pas me prévenir pour son cheval ? J'aurais

1. Voir note 1, p. 337.
2. Peur.

fait ma fortune, au moins... ! Il a dit à Labordette que, si
je savais l'affaire, je renseignerais tout de suite mon coif-
feur et un tas d'hommes. Comme c'est poli !... Ah ! non,
vrai, je ne peux pas le regretter beaucoup. 1360

Après réflexion, elle était devenue furieuse. Justement,
Labordette entra ; il avait réglé ses paris, il lui apportait
une quarantaine de mille francs. Cela ne fit qu'augmenter
sa mauvaise humeur, car elle aurait dû gagner un million.
Labordette, qui faisait l'innocent dans toute cette aventure,
abandonnait carrément Vandeuvres. Ces anciennes
familles étaient vidées, elles finissaient d'une façon bête.

– Eh ! non, dit Nana, ce n'est pas bête, de s'allumer
comme ça, dans une écurie. Moi je trouve qu'il a fini crâ-
nement. Oh ! tu sais, je ne défends pas son histoire avec 1370
Maréchal. C'est imbécile. Quand je pense que Blanche a
eu le toupet de vouloir me mettre ça sur le dos ! J'ai
répondu : « Est-ce que je lui ai dit de voler ! » N'est-ce
pas ? On peut demander de l'argent à un homme, sans le
pousser au crime... S'il m'avait dit : « Je n'ai plus rien »,
je lui aurais dit : « C'est bon, quittons-nous. » Et ça ne
serait pas allé plus loin.

– Sans doute, dit la tante gravement. Lorsque les
hommes s'obstinent, tant pis pour eux !

– Mais quant à la petite fête de la fin, oh ! très chic ! 1380
reprit Nana. Il paraît que ç'a été terrible, à vous donner la
chair de poule. Il avait écarté tout le monde, il s'était
enfermé là-dedans, avec du pétrole... Et ça brûlait, fallait
voir ! Pensez donc, une grande machine presque tout en
bois, pleine de paille et de foin !... Les flammes montaient
comme des tours... Le plus beau, c'étaient les chevaux qui
ne voulaient pas rôtir. On les entendait qui ruaient, qui se
jetaient dans les portes, qui poussaient de vrais cris de per-
sonne... Oui, des gens en ont gardé la petite mort [1] sur la
peau. 1390

Labordette laissa échapper un léger souffle d'incrédu-
lité. Lui, ne croyait pas à la mort de Vandeuvres.
Quelqu'un jurait l'avoir vu se sauver par une fenêtre. Il
avait allumé son écurie, dans un détraquement de cervelle.
Seulement, dès que ça s'était mis à chauffer trop fort, ça

1. Sorte de frisson nerveux.

devait l'avoir dégrisé. Un homme si bête avec les femmes, si vidé, ne pouvait pas mourir avec cette crânerie.

Nana l'écoutait, désillusionnée. Et elle ne trouva que cette phrase :

1400 – Oh ! le malheureux ! c'était si beau !

XII

Vers une heure du matin, dans le grand lit drapé de point de Venise, Nana et le comte ne dormaient pas encore. Il était revenu le soir, après une bouderie de trois jours. La chambre, faiblement éclairée par une lampe, sommeillait, chaude et toute moite d'une odeur d'amour, avec les pâleurs vagues de ses meubles de laque blanche, incrustée d'argent. Un rideau rabattu noyait le lit d'un flot d'ombre. Il y eut un soupir, puis un baiser coupa le silence, et Nana, glissant des couvertures, resta un instant assise au bord des draps, les jambes nues. Le comte, la tête retombée sur 10 l'oreiller, demeurait dans le noir.

– Chéri, tu crois au bon Dieu ? demanda-t-elle après un moment de réflexion, la face grave, envahie d'une épouvante religieuse, au sortir des bras de son amant.

Depuis le matin, elle se plaignait d'un malaise, et toutes ses idées bêtes, comme elle disait, des idées de mort et d'enfer, la travaillaient sourdement. C'était parfois, chez elle, des nuits où des peurs d'enfant, des imaginations atroces la secouaient de cauchemars, les yeux ouverts. Elle reprit : 20

– Hein ? penses-tu que j'irai au ciel ?

Et elle avait un frisson, tandis que le comte, surpris de ces questions singulières en un pareil moment, sentait s'éveiller ses remords de catholique. Mais, la chemise glissée des épaules, les cheveux dénoués, elle se rabattit sur sa poitrine, en sanglotant, en se cramponnant.

– J'ai peur de mourir... J'ai peur de mourir...

Il eut toutes les peines du monde à se dégager. Lui-même craignait de céder au coup de folie de cette femme,
30 collée contre son corps, dans l'effroi contagieux de l'invisible ; et il la raisonnait, elle se portait parfaitement, elle devait simplement se bien conduire pour mériter un jour le pardon. Mais elle hochait la tête ; sans doute elle ne faisait de mal à personne ; même elle portait toujours une médaille de la Vierge, qu'elle lui montra, pendue à un fil rouge, entre les seins ; seulement, c'était réglé d'avance, toutes les femmes qui n'étaient pas mariées et qui voyaient des hommes allaient en enfer. Des lambeaux de son caté-chisme lui revenaient. Ah ! si l'on avait su au juste ; mais
40 voilà, on ne savait rien, personne ne rapportait des nouvelles ; et, vrai ! ce serait stupide de se gêner, si les prêtres disaient des bêtises. Pourtant, elle baisait dévote-ment la médaille, toute tiède de sa peau, comme une conjuration contre la mort, dont l'idée l'emplissait d'une horreur froide.

Il fallut que Muffat l'accompagnât dans le cabinet de toilette ; elle tremblait d'y rester une minute seule, même en laissant la porte ouverte. Quand il se fut recouché, elle rôda encore par la chambre, visitant les coins, tressaillant
50 au plus léger bruit. Une glace l'arrêta, elle s'oublia comme autrefois, dans le spectacle de sa nudité. Mais la vue de sa gorge, de ses hanches et de ses cuisses redoublait sa peur. Elle finit par se tâter les os de la face, longuement, avec les deux mains.

— On est laid, quand on est mort, dit-il d'une voix lente.

Et elle se serrait les joues, elle s'agrandissait les yeux, s'enfonçait la mâchoire pour voir comment elle serait. Puis, se tournant vers le comte, ainsi défigurée :

— Regarde donc, j'aurai la tête toute petite, moi.

60 Alors, il se fâcha.

— Tu es folle, viens te coucher.

Il la voyait dans une fosse, avec le décharnement d'un siècle de sommeil ; et ses mains s'étaient jointes, il bégayait une prière. Depuis quelque temps, la religion l'avait reconquis ; ses crises de foi, chaque jour, repre-naient cette violence de coups de sang, qui le laissaient comme assommé. Les doigts de ses mains craquaient, il répétait ces seuls mots, continuellement : « Mon Dieu...

mon Dieu… mon Dieu. » C'était le cri de son impuis-
sance, le cri de son péché, contre lequel il restait sans 70
force, malgré la certitude de sa damnation. Quand elle
revint, elle le trouva sous la couverture, hagard, les ongles
dans la poitrine, les yeux en l'air comme pour chercher le
ciel. Et elle se remit à pleurer, tous deux s'embrassèrent,
claquant des dents sans savoir pourquoi, roulant au fond
de la même obsession imbécile. Ils avaient déjà passé une
nuit semblable ; seulement, cette fois, c'était complète-
ment idiot, ainsi que Nana le déclara, lorsqu'elle n'eut
plus peur. Un soupçon lui fit interroger le comte avec
prudence : peut-être Rose Mignon avait-elle envoyé la 80
fameuse lettre. Mais ce n'était pas ça, c'était le trac, pas
davantage, car il ignorait encore son cocuage.

Deux jours plus tard, après une nouvelle disparition,
Muffat se présenta dans la matinée, heure à laquelle il ne
venait jamais. Il était livide, les yeux rougis, tout secoué
encore d'une grande lutte intérieure. Mais Zoé, effarée
elle-même, ne s'aperçut pas de son trouble. Elle avait
couru à sa rencontre, elle lui criait :

– Oh ! monsieur, arrivez donc ! madame a failli mourir,
hier soir. 90

Et, comme il demandait des détails :

– Quelque chose à ne pas croire… Une fausse couche,
monsieur !

Nana était enceinte de trois mois. Longtemps elle avait
cru à une indisposition ; le docteur Boutarel lui-même
doutait. Puis, quand il se prononça nettement, elle éprouva
un tel ennui, qu'elle fit tout au monde pour dissimuler sa
grossesse. Ses peurs nerveuses, ses humeurs noires
venaient un peu de cette aventure, dont elle gardait le
secret, avec une honte de fille mère forcée de cacher son 100
état. Cela lui semblait un accident ridicule, quelque chose
qui la diminuait et dont on l'aurait plaisantée. Hein ? la
mauvaise blague ! pas de veine, vraiment ! Il fallait qu'elle
fût pincée, quand elle croyait que c'était fini. Et elle avait
une continuelle surprise, comme dérangée dans son sexe ;
ça faisait donc des enfants, même lorsqu'on ne voulait
plus et qu'on employait ça à d'autres affaires ? La nature
l'exaspérait, cette maternité grave qui se levait dans son
plaisir, cette vie donnée au milieu de toutes les morts

110 qu'elle semait autour d'elle. Est-ce qu'on n'aurait pas dû
disposer de soi à sa fantaisie, sans tant d'histoires ? Ainsi,
d'où tombait-il, ce mioche ? Elle ne pouvait seulement le
dire. Ah ! Dieu ! celui qui l'avait fait aurait eu une riche
idée en le gardant pour lui, car personne ne le réclamait, il
gênait tout le monde, et il n'aurait bien sûr pas beaucoup
de bonheur dans l'existence !

Cependant, Zoé racontait la catastrophe.

– Madame a été prise de coliques vers quatre heures.
Quand je suis allée dans le cabinet de toilette, ne la voyant
120 plus revenir, je l'ai trouvée étendue par terre, évanouie.
Oui, monsieur, par terre, dans une mare de sang, comme si
on l'avait assassinée… Alors, j'ai compris, n'est-ce pas ?
J'étais furieuse, madame aurait bien pu me confier son
malheur… Justement, il y avait là monsieur Georges. Il
m'a aidée à la relever, et au premier mot de fausse couche,
voilà qu'il s'est trouvé mal à son tour… Vrai ! je me fais
de la bile, depuis hier !

En effet, l'hôtel paraissait bouleversé. Tous les domes-
tiques galopaient à travers l'escalier et les pièces. Georges
130 venait de passer la nuit sur un fauteuil du salon. C'était lui
qui avait annoncé la nouvelle aux amis de madame, le soir,
à l'heure où madame recevait d'habitude. Il restait très
pâle, il racontait l'histoire, plein de stupeur et d'émotion.
Steiner, la Faloise, Philippe, d'autres encore, s'étaient pré-
sentés. Dès la première phrase, ils poussaient une
exclamation ; pas possible ! ça devait être une farce !
Ensuite, ils devenaient sérieux, ils regardaient la porte de
la chambre, l'air ennuyé, hochant la tête, ne trouvant pas
ça drôle. Jusqu'à minuit, une douzaine de messieurs
140 avaient causé bas devant la cheminée, tous amis, tous tra-
vaillés par la même idée de paternité. Ils semblaient
s'excuser entre eux, avec des mines confuses de mala-
droits. Puis, ils arrondissaient le dos, ça ne les regardait
pas, ça venait d'elle ; hein ? épatante, cette Nana ! jamais
on n'aurait cru à une pareille blague de sa part ! Et ils s'en
étaient allés un à un, sur la pointe des pieds, comme dans
la chambre d'un mort, où l'on ne peut plus rire.

– Montez tout de même, monsieur, dit Zoé à Muffat.
Madame est beaucoup mieux, elle va vous recevoir…

Nous attendons le docteur qui a promis de revenir ce matin.

La femme de chambre avait décidé Georges à retourner chez lui pour dormir. En haut, dans le salon, il ne restait que Satin, allongée sur un divan, fumant une cigarette, les yeux en l'air. Depuis l'accident, au milieu de l'effarement de l'hôtel, elle montrait une rage froide, avec des haussements d'épaules, des mots féroces. Alors, comme Zoé passait devant elle, en répétant à monsieur que cette pauvre madame avait beaucoup souffert :

– C'est bien fait, ça lui apprendra ! lâcha-t-elle d'une voix brève.

Ils se retournèrent, surpris. Satin n'avait pas remué, les yeux toujours au plafond, sa cigarette pincée nerveusement entre ses lèvres.

– Eh bien ! vous êtes bonne, vous ! dit Zoé.

Mais Satin se mit sur son séant, regarda furieusement le comte, en lui plantant de nouveau sa phrase dans la face :

– C'est bien fait, ça lui apprendra !

Et elle se recoucha, souffla un mince jet de fumée, comme désintéressée et résolue à ne se mêler de rien. Non, c'était trop bête !

Zoé, pourtant, venait d'introduire Muffat dans la chambre. Une odeur d'éther y traînait, au milieu d'un silence tiède, que les rares voitures de l'avenue de Villiers troublaient à peine d'un sourd roulement ; Nana, très blanche sur l'oreiller, ne dormait pas, les yeux grands ouverts et songeurs. Elle sourit, sans bouger, en apercevant le comte.

– Ah ! mon chat, murmura-t-elle d'une voix lente, j'ai bien cru que je ne te reverrais jamais.

Puis, quand il se pencha pour la baiser sur les cheveux, elle s'attendrit, elle lui parla de l'enfant, de bonne foi, comme s'il en était le père.

– Je n'osais pas te dire… Je me sentais si heureuse ! Oh ! je faisais des rêves, j'aurais voulu qu'il fût digne de toi. Et voilà, il n'y a plus rien… Enfin, ça vaut mieux peut-être. Je n'entends pas mettre un embarras dans ta vie.

Lui, étonné de cette paternité, balbutiait des phrases. Il avait pris une chaise et s'était assis contre le lit, un bras appuyé aux couvertures. Alors, la jeune femme remarqua

son visage bouleversé, le sang qui rougissait ses yeux, la fièvre dont tremblaient ses lèvres.

— Qu'as-tu donc ? demanda-t-elle. Tu es malade, toi aussi ?

— Non, dit-il péniblement.

Elle le regarda d'un air profond. Puis, d'un signe, elle renvoya Zoé, qui s'attardait à ranger les fioles. Et, quand ils furent seuls, elle l'attira, en répétant :

200 — Qu'as-tu, chéri ?… Tes yeux crèvent de larmes, je le vois bien… Allons, parle, tu es venu pour me dire quelque chose.

— Non, non, je te le jure, bégaya-t-il.

Mais, étranglé de souffrance, attendri encore par cette chambre de malade où il tombait sans savoir, il éclata en sanglots, il enfouit son visage dans les draps, pour étouffer l'explosion de sa douleur. Nana avait compris. Bien sûr, Rose Mignon s'était décidée à envoyer la lettre. Elle le laissa pleurer un instant, secoué de convulsions si rudes, qu'il la remuait dans le lit. Enfin, d'un accent de mater-
210 nelle compassion :

— Tu as eu des ennuis chez toi ?

Il dit oui de la tête. Elle fit une nouvelle pause, puis très bas :

— Alors, tu sais tout ?

Il dit oui de la tête. Et le silence retomba, un lourd silence dans la chambre endolorie. C'était la veille, en rentrant d'une soirée chez l'impératrice, qu'il avait reçu la lettre écrite par Sabine à son amant. Après une nuit atroce, passée à rêver de vengeance, il était sorti le matin, pour
220 résister au besoin de tuer sa femme. Dehors, saisi par la douceur d'une belle matinée de juin, il n'avait plus retrouvé ses idées, il était venu chez Nana, comme il y venait à toutes les heures terribles de son existence. Là seulement, il s'abandonnait dans sa misère, avec la joie lâche d'être consolé.

— Voyons, calme-toi, reprit la jeune femme en se faisant très bonne. Il y a longtemps que je le sais. Mais, bien sûr, ce n'est pas moi qui t'aurais ouvert les yeux. Tu te rappelles, l'année dernière, tu avais eu des doutes. Puis, grâce
230 à ma prudence, les choses s'étaient arrangées. Enfin, tu manquais de preuves… Dame ! aujourd'hui, si tu en as

une, c'est dur, je le comprends. Pourtant, il faut se faire une raison. On n'est pas déshonoré pour ça.

Il ne pleurait plus. Une honte le tenait, bien qu'il eût glissé depuis longtemps aux confidences les plus intimes sur son ménage. Elle dut l'encourager. Voyons, elle était femme, elle pouvait tout entendre. Comme il laissait échapper d'une voix sourde :

– Tu es malade. À quoi bon te fatiguer !… C'est stupide d'être venu. Je m'en vais.

– Mais non, dit-elle vivement. Reste. Je te donnerai peut-être un bon conseil. Seulement, ne me fais pas trop parler, le médecin l'a défendu.

Il s'était enfin levé, il marchait dans la chambre. Alors, elle le questionna.

– Maintenant, que vas-tu faire ?

– Je vais souffleter cet homme, parbleu !

Elle eut une moue de désapprobation.

– Ça, ce n'est pas fort… Et ta femme ?

– Je plaiderai, j'ai une preuve.

– Pas fort du tout, mon cher. C'est même bête… Tu sais, jamais je ne te laisserai faire ça.

Et, posément, de sa voix faible, elle démontra le scandale inutile d'un duel et d'un procès. Pendant huit jours, il serait la fable des journaux ; c'était son existence entière qu'il jouerait, sa tranquillité, sa haute situation à la cour, l'honneur de son nom ; et pourquoi ? pour mettre les rieurs contre lui.

– Qu'importe ! cria-t-il, je me serai vengé.

– Mon chat, dit-elle, quand on ne se venge pas tout de suite dans ces machines-là, on ne se venge jamais.

Il s'arrêta, balbutiant. Certes, il n'était pas lâche ; mais il sentait qu'elle avait raison ; un malaise grandissait en lui, quelque chose d'appauvri et de honteux qui venait de l'amollir, dans l'élan de sa colère. D'ailleurs, elle lui porta un nouveau coup, avec une franchise décidée à tout dire.

– Et veux-tu savoir ce qui t'embête, chéri ?… C'est que toi-même tu trompes ta femme. Hein ? tu ne découches pas pour enfiler des perles. Ta femme doit s'en douter. Alors, quel reproche peux-tu lui faire ? Elle te répondra que tu lui as donné l'exemple, ce qui te fermera le bec…

Voilà, chéri, pourquoi tu es ici à piétiner, au lieu d'être là-
bas à les massacrer tous les deux.

Muffat était retombé sur la chaise, accablé sous cette
brutalité de paroles. Elle se tut, reprenant haleine ; puis, à
demi-voix :

– Oh ! je suis brisée… Aide-moi donc à me relever un
peu. Je glisse toujours, j'ai la tête trop basse.

Quand il l'eut aidée, elle soupira, se trouvant mieux. Et
280 elle revint sur le beau spectacle d'un procès en séparation.
Voyait-il l'avocat de la comtesse amuser Paris, en parlant
de Nana ? Tout y aurait passé, son four aux Variétés, son
hôtel, sa vie. Ah ! non, par exemple, elle ne tenait pas à
tant de réclame ! De sales femmes l'auraient peut-être
poussé, pour battre la grosse caisse sur son dos ; mais elle,
avant tout, voulait son bonheur. Elle l'avait attiré, elle le
tenait maintenant, la tête au bord de l'oreiller, près de la
sienne, un bras passé à son cou ; et elle lui souffla
doucement :

290 – Écoute, mon chat, tu vas te remettre avec ta femme.

Il se révolta. Jamais ! Son cœur éclatait, c'était trop de
honte. Elle, pourtant, insistait avec tendresse.

– Tu vas te remettre avec ta femme… Voyons, tu ne
veux pas entendre dire partout que je t'ai détourné de ton
ménage ? Ça me ferait une trop vilaine réputation, que
penserait-on de moi ?… Seulement, jure que tu m'aimeras
toujours, parce que, du moment où tu iras avec une
autre…

Les larmes la suffoquaient. Il l'interrompit par des bai-
300 sers, en répétant :

– Tu es folle, c'est impossible !

– Si, si, reprit-elle, il le faut… Je me ferai une raison.
Après tout, elle est ta femme. Ce n'est pas comme si tu me
trompais avec la première venue.

Et elle continua ainsi, lui donnant les meilleurs conseils.
Même elle parla de Dieu. Il croyait entendre M. Venot,
quand le vieillard le sermonnait, pour l'arracher au péché.
Elle, cependant, ne parlait pas de rompre ; elle prêchait
des complaisances, un partage de bonhomme entre sa
310 femme et sa maîtresse, une vie de tranquillité, sans embê-
tement pour personne, quelque chose comme un heureux
sommeil dans les saletés inévitables de l'existence. Ça ne

changerait rien à leur vie, il resterait son petit chat préféré, seulement il viendrait un peu moins souvent et donnerait à la comtesse les nuits qu'il ne passerait pas avec elle. Elle était à bout de forces, elle acheva, dans un petit souffle :

– Enfin, j'aurai la conscience d'avoir fait une bonne action… Tu m'aimeras davantage.

Un silence régna. Elle avait fermé les yeux, pâlissant encore sur l'oreiller. Maintenant, il l'écoutait, sous le pré- 320 texte qu'il ne voulait pas la fatiguer. Au bout d'une grande minute, elle rouvrit les yeux, elle murmura :

– Et l'argent, d'ailleurs ? Où prendras-tu l'argent, si tu te fâches ?… Labordette est venu hier pour le billet… Moi, je manque de tout, je n'ai plus rien à me mettre sur le corps.

Puis, refermant les paupières, elle parut morte. Une ombre d'angoisse profonde avait passé sur le visage de Muffat. Dans le coup qui le frappait, il oubliait depuis la veille des embarras d'argent, dont il ne savait comment 330 sortir. Malgré des promesses formelles, le billet de cent mille francs, renouvelé une première fois, venait d'être mis en circulation ; et Labordette, affectant le désespoir, rejetait tout sur Francis, disait qu'il ne lui arriverait plus de se compromettre dans une affaire, avec un homme de peu d'éducation. Il fallait payer, jamais le comte n'aurait laissé protester [1] sa signature. Puis, outre les nouvelles exigences de Nana, c'était chez lui un gâchis de dépenses extraordi- naires. Au retour des Fondettes, la comtesse avait brusque- ment montré un goût de luxe, un appétit de jouissances 340 mondaines, qui dévoraient leur fortune. On commençait à parler de ses caprices ruineux, tout un nouveau train de maison, cinq cent mille francs gaspillés à transformer le vieil hôtel de la rue Miromesnil, et des toilettes excessives, et des sommes considérables disparues, fondues, données peut-être, sans qu'elle se souciât d'en rendre compte. Deux fois, Muffat s'était permis des observations, voulant savoir ; mais elle l'avait regardé d'un air si singulier, en

1. Faire un protêt, c'est-à-dire un acte par lequel un huissier, à la demande du porteur d'un effet de commerce, constate que cet effet n'a pas été accepté ou payé par son tireur ou qu'il n'a pas été payé à échéance.

souriant, qu'il n'osait plus l'interroger, de peur d'une
350 réponse trop nette. S'il acceptait Daguenet comme gendre
de la main de Nana, c'était surtout avec l'idée de pouvoir
réduire la dot d'Estelle à deux cent mille francs, quitte à
prendre pour le reste des arrangements avec le jeune
homme, heureux encore de ce mariage inespéré.

Cependant, depuis huit jours, dans cette nécessité
immédiate de trouver les cent mille francs de Labordette,
Muffat avait imaginé un seul expédient, devant lequel il
reculait. C'était de vendre les Bordes, une magnifique pro-
priété, estimée à un demi-million, qu'un oncle venait de
360 léguer à la comtesse. Seulement, il fallait la signature de
celle-ci, qui elle-même, par son contrat, ne pouvait aliéner
la propriété, sans l'autorisation du comte. La veille enfin,
il avait résolu de causer de cette signature avec sa femme.
Et tout croulait, jamais à cette heure il n'accepterait un
pareil compromis. Cette pensée enfonçait davantage le
coup affreux de l'adultère. Il comprenait bien ce que Nana
demandait ; car, dans l'abandon croissant qui le poussait à
la mettre de moitié en tout, il s'était plaint de sa situation,
il lui avait confié son ennui au sujet de cette signature de
370 la comtesse.

Pourtant, Nana ne parut pas insister. Elle ne rouvrait
plus les yeux. En la voyant si pâle, il eut peur, il lui fit
prendre un peu d'éther. Et elle soupira, elle le questionna,
sans nommer Daguenet.

– À quand le mariage ?

– On signe le contrat mardi, dans cinq jours, répondit-il.

Alors, les paupières toujours closes, comme si elle par-
lait dans la nuit de ses pensées :

– Enfin, mon chat, vois ce que tu as à faire… Moi, je
380 veux que tout le monde soit content.

Il la calma, en lui prenant une main. Oui, l'on verrait,
l'important était qu'elle se reposât. Et il ne se révoltait
plus, cette chambre de malade, si tiède et si endormie,
trempée d'éther, avait achevé de l'assoupir dans un besoin
de paix heureuse. Toute sa virilité, enragée par l'injure,
s'en était allée à la chaleur de ce lit, près de cette femme
souffrante, qu'il soignait, avec l'excitation de sa fièvre et
le ressouvenir de leurs voluptés. Il se penchait vers elle, il
la serrait dans une étreinte ; tandis que, la figure immobile,

elle avait aux lèvres un fin sourire de victoire. Mais le doc- 390
teur Boutarel parut.

– Eh bien ! et cette chère enfant ? dit-il familièrement à
Muffat, qu'il traitait en mari. Diable ! nous l'avons fait
causer !

Le docteur était un bel homme, jeune encore, qui avait
une clientèle superbe dans le monde galant. Très gai, riant
en camarade avec ces dames, mais ne couchant jamais, il
se faisait payer fort cher et avec la plus grande exactitude.
D'ailleurs, il se dérangeait au moindre appel, Nana
l'envoyait chercher deux ou trois fois par semaine, tou- 400
jours tremblante à l'idée de la mort, lui confiant avec
anxiété des bobos d'enfant, qu'il guérissait en l'amusant
de commérages et d'histoires folles. Toutes ces dames
l'adoraient. Mais, cette fois, le bobo était sérieux.

Muffat se retirait, très ému. Il n'éprouvait plus qu'un
attendrissement, à voir sa pauvre Nana si faible. Comme il
sortait, elle le rappela d'un signe, elle lui tendit le front ;
et, à voix basse, d'un air de menace plaisante :

– Tu sais ce que je t'ai permis… Retourne avec ta
femme, ou plus rien, je me fâche ! 410

La comtesse Sabine avait voulu que le contrat de sa fille
fût signé un mardi, pour inaugurer par une fête l'hôtel res-
tauré, où les peintures séchaient à peine [1]. Cinq cents invi-
tations étaient lancées, un peu dans tous les mondes. Le
matin encore, les tapissiers clouaient des tentures ; et, au
moment d'allumer les lustres, vers neuf heures, l'archi-
tecte, accompagné de la comtesse qui se passionnait, don-
nait les derniers ordres.

C'était une de ces fêtes de printemps, d'un charme si
tendre. Les chaudes soirées de juin avaient permis d'ouvrir 420
les deux portes du grand salon et de prolonger le bal
jusque sur le sable du jardin. Quand les premiers invités
arrivèrent, accueillis à la porte par le comte et la comtesse,
ils eurent un éblouissement. Il fallait se rappeler le salon
d'autrefois, où passait le souvenir glacial de la comtesse
Muffat, cette pièce antique, toute pleine d'une sévérité

1. « La peinture du *mariage détraqué*, à côté du concubinage. Une soirée
de cérémonie pour servir de pendant au 3ᵉ chapitre », avait prévu Zola
(NAF, Ms 10313, f° 136).

dévote, avec son meuble [1] Empire d'acajou massif, ses
tentures de velours jaune, son plafond verdâtre, trempé
d'humidité. Maintenant, dès l'entrée, dans le vestibule,
430 des mosaïques rehaussées d'or se moiraient [2] sous de hauts
candélabres, tandis que l'escalier de marbre déroulait sa
rampe aux fines ciselures. Puis, le salon resplendissait,
drapé de velours de Gênes, tendu au plafond d'une vaste
décoration de Boucher [3], que l'architecte avait payée cent
mille francs, à la vente du château de Dampierre [4]. Les
lustres, les appliques [5] de cristal allumaient là un luxe de
glaces et de meubles précieux. On eût dit que la chaise
longue de Sabine, ce siège unique de soie rouge, dont la
mollesse autrefois étonnait, s'était multipliée, élargie,
440 jusqu'à emplir l'hôtel entier d'une voluptueuse paresse,
d'une jouissance aiguë, qui brûlait avec la violence des
feux tardifs.

Déjà l'on dansait. L'orchestre, placé dans le jardin,
devant une des fenêtres ouvertes, jouait une valse, dont le
rythme souple arrivait adouci, envolé au plein air. Et le
jardin s'élargissait, dans une ombre transparente, éclairé
de lanternes vénitiennes [6], avec une tente de pourpre
plantée sur le bord d'une pelouse, où était installé un
buffet. Cette valse, justement la valse canaille de la Blonde
450 Vénus, qui avait le rire d'une polissonnerie, pénétrait le
vieil hôtel d'une onde sonore, d'un frisson chauffant les
murs. Il semblait que ce fût quelque vent de la chair, venu
de la rue, balayant tout un âge mort dans la hautaine
demeure, emportant le passé des Muffat, un siècle d'hon-
neur et de foi endormi sous les plafonds.

Cependant, près de la cheminée, à leur place habituelle,
les vieux amis de la mère du comte se réfugiaient,
dépaysés, éblouis. Ils formaient un petit groupe, au milieu

1. Mobilier.
2. Voir note 3, p. 43.
3. François Boucher (1703-1770), peintre, dessinateur et décorateur fran-
çais, maître de la peinture galante et rococo.
4. Le duc de Luynes, propriétaire du château et grand amateur d'art,
mourut en 1867.
5. Objets fixés au mur d'une manière permanente pour servir à l'éclai-
rage de la pièce.
6. Lampions.

de la cohue peu à peu envahissante. Madame Du Jonc-
quoy, ne reconnaissant plus les pièces, avait traversé la 460
salle à manger. Madame Chantereau regardait d'un air stu-
péfait le jardin, qui lui paraissait immense. Bientôt, à voix
basse, ce fut dans ce coin toute sortes de réflexions
amères.

– Dites donc, murmurait madame Chantereau, si la
comtesse revenait… Hein ? vous imaginez-vous son
entrée, au milieu de ce monde. Et tout cet or, et ce
vacarme… C'est scandaleux !

– Sabine est folle, répondait madame Du Joncquoy.
L'avez-vous vue à la porte ? Tenez, on l'aperçoit d'ici… 470
Elle a tous ses diamants.

Un instant, elles se levèrent pour examiner de loin la
comtesse et le comte. Sabine, en toilette blanche, garnie
d'un point d'Angleterre [1] merveilleux, était triomphante
de beauté, jeune, gaie, avec une pointe d'ivresse dans son
continuel sourire. Près d'elle, Muffat, vieilli, un peu pâle,
souriait aussi, de son air calme et digne.

– Et penser qu'il était le maître, reprit madame Chante-
reau, que pas un petit banc ne serait entré sans qu'il l'eût
permis !… Ah bien ! elle a changé ça, il est chez elle, à 480
cette heure… Vous souvenez-vous, lorsqu'elle ne voulait
pas refaire son salon ? C'est l'hôtel qu'elle a refait.

Mais elles se turent, madame de Chezelles entrait,
suivie d'une bande de jeunes messieurs, s'extasiant,
approuvant avec de légères exclamations.

– Oh ! délicieux !… exquis !… c'est d'un goût !

Et elle leur jeta de loin :

– Que disais-je ! Il n'y a rien comme ces vieilles
masures, lorsqu'on les arrange… Ça vous prend un chic !
N'est-ce pas ? tout à fait grand siècle [2]… Enfin, elle peut 490
recevoir.

Les deux vieilles dames s'étaient assises de nouveau,
baissant la voix, causant du mariage, qui étonnait bien des
gens. Estelle venait de passer, en robe de soie rose, tou-
jours maigre et plate, avec sa face muette de vierge. Elle

1. Dentelle au fuseau dont les ornements forment une bande sur un fond
de tulle.
2. L'époque de Louis XIV.

avait accepté Daguenet, paisiblement ; elle ne témoignait
ni joie ni tristesse, aussi froide, aussi blanche que les soirs
d'hiver où elle mettait des bûches au feu. Toute cette fête
donnée pour elle, ces lumières, ces fleurs, cette musique,
500 la laissaient sans une émotion.

— Un aventurier, disait madame Du Joncquoy. Moi, je
ne l'ai jamais vu.

— Prenez garde, le voici, murmura madame Chantereau.

Daguenet, qui avait aperçu madame Hugon avec ses fils,
s'était empressé de lui offrir le bras ; et il riait, il lui témoi-
gnait une effusion de tendresse, comme si elle eût travaillé
pour une part à son coup de fortune.

— Je vous remercie, dit-elle en s'asseyant près de la che-
minée. Voyez-vous, c'est mon ancien coin.

510 — Vous le connaissez ? demanda madame Du Joncquoy,
lorsque Daguenet fut parti.

— Certainement, un charmant jeune homme. Georges
l'aime beaucoup… Oh ! une famille des plus honorables.

Et la bonne dame le défendit contre une sourde hostilité
qu'elle sentait. Son père, très estimé de Louis-Philippe,
avait occupé jusqu'à sa mort une préfecture. Lui, s'était un
peu dissipé, peut-être. On le prétendait ruiné. En tout cas,
un de ses oncles, un grand propriétaire, devait lui laisser sa
fortune. Mais ces dames hochaient la tête, pendant que
520 madame Hugon, gênée elle-même, revenait toujours à
l'honorabilité de la famille. Elle était très lasse, elle se
plaignit de ses jambes. Depuis un mois, elle habitait sa
maison de la rue Richelieu, pour un tas d'affaires, disait-
elle. Une ombre de tristesse voilait son maternel sourire.

— N'importe, conclut madame Chantereau, Estelle
aurait pu prétendre à beaucoup mieux.

Il y eut une fanfare. C'était un quadrille [1], le monde
refluait aux deux côtés du salon, pour laisser la place libre.
Des robes claires passaient, se mêlaient, au milieu des
530 taches sombres des habits ; tandis que la grande lumière
mettait, sur la houle des têtes, des éclairs de bijoux, un fré-
missement de plumes blanches, une floraison de lilas et de
roses. Il faisait déjà chaud, un parfum pénétrant montait de
ces tulles légers, de ces chiffonnages de satin et de soie, où

1. Danse exécutée par quatre couples de danseurs.

les épaules nues pâlissaient, sous les notes vives de
l'orchestre. Par les portes ouvertes, au fond des pièces voi-
sines, on voyait des rangées de femmes assises, avec
l'éclat discret de leur sourire, une lueur des yeux, une
moue de la bouche, que battait le souffle des éventails. Et
des invités arrivaient toujours, un valet lançait des noms, 540
tandis que, lentement, au milieu des groupes, des mes-
sieurs tâchaient de caser des dames, embarrassées à leurs
bras, se haussant, cherchant de loin un fauteuil libre. Mais
l'hôtel s'emplissait, les jupes se tassaient avec un petit
bruit, il y avait des coins où une nappe de dentelles, de
nœuds, de poufs [1], bouchait le passage, dans la résignation
polie de toutes, faites à ces cohues éblouissantes, gardant
leur grâce. Cependant, au fond du jardin, sous la lueur
rosée des lanternes vénitiennes, des couples s'enfonçaient,
échappés à l'étouffement du grand salon, des ombres de 550
robes filaient au bord de la pelouse, comme rythmées par
la musique du quadrille, qui prenait, derrière les arbres,
une douceur lointaine.

Steiner venait de rencontrer là Foucarmont et la Faloise,
buvant un verre de champagne, devant le buffet.

– C'est pourri de chic, disait la Faloise, en examinant la
tente de pourpre, tenue sur des lances dorées. On se croi-
rait à la foire aux pains d'épices… Hein ? c'est ça ! la foire
aux pains d'épices !

Maintenant, il affectait une blague continuelle, posant 560
pour le jeune homme ayant abusé de tout et ne trouvant
plus rien digne d'être pris au sérieux.

– C'est ce pauvre Vandeuvres qui serait surpris, s'il
revenait, murmura Foucarmont. Vous vous souvenez,
quand il crevait d'ennui là-bas, devant la cheminée.
Fichtre ! il ne fallait pas rire.

– Vandeuvres, laissez donc, un raté ! reprit dédaigneu-
sement la Faloise. En voilà un qui s'est mis le doigt dans
l'œil, s'il a cru nous épater avec son rôtissage ! Personne
n'en parle seulement plus. Rasé, fini, enterré, Vandeuvres ! 570
À un autre !

Puis, comme Steiner leur serrait la main :

1. Coussinets bouffants que les femmes mettaient par-derrière, sous leurs
jupes.

– Vous savez, Nana vient d'arriver... Oh ! une entrée, mes enfants ! quelque chose de pharamineux [1] !... D'abord, elle a embrassé la comtesse. Ensuite, quand les enfants se sont approchés, elle les a bénis en disant à Daguenet : « Écoute, Paul, si tu lui fais des queues [2], c'est à moi que tu auras à faire... » Comment ! vous n'avez pas vu ça ! Oh ! un chic ! un succès !

580 Les deux autres l'écoutaient, bouche béante. Enfin, ils se mirent à rire. Lui, enchanté, se trouvait très fort.

– Hein ? Vous avez cru que c'était arrivé... Dame ! puisque c'est Nana qui a fait le mariage. D'ailleurs, elle est de la famille.

Les fils Hugon passaient, Philippe le fit taire. Alors, entre hommes, on causa du mariage. Georges se fâcha contre la Faloise, qui racontait l'histoire. Nana avait bien collé à Muffat un de ses anciens pour gendre ; seulement, il était faux que, la veille encore, elle eût couché avec
590 Daguenet. Foucarmont se permit de hausser les épaules. Savait-on jamais quand Nana couchait avec quelqu'un ? Mais Georges, emporté, répondit par un : « Moi, monsieur, je le sais ! » qui les mit tous en gaieté. Enfin, comme le dit Steiner, ça faisait toujours une drôle de cuisine.

Peu à peu, on envahissait le buffet. Ils cédèrent la place, sans se quitter. La Faloise regardait les femmes effrontément, comme s'il s'était cru à Mabille. Au fond d'une allée, ce fut une surprise, la bande trouva M. Venot en grande conférence avec Daguenet ; et des plaisanteries
600 faciles les égayèrent, il le confessait, il lui donnait des conseils pour la première nuit. Puis, ils revinrent devant une des portes du salon, où une polka emportait des couples, dans un balancement qui mettait un sillage au milieu des hommes restés debout. Sous les souffles venus du dehors, les bougies brûlaient très hautes. Quand une robe passait, avec les légers claquements de la cadence, elle rafraîchissait d'un petit coup de vent la chaleur braisillante [3] tombant des lustres.

1. Étonnant, extraordinaire.
2. *Faire des queues* : tromper, être infidèle.
3. Brillante.

– Fichtre ! ils n'ont pas froid, là-dedans ! murmura la
Faloise.

Leurs yeux clignaient, au retour des ombres mysté-
rieuses du jardin ; et ils se montrèrent le marquis de
Chouard, isolé, dominant de sa haute taille les épaules
nues qui l'entouraient. Il avait une face pâle, très sévère,
un air de hautaine dignité, sous sa couronne de rares che-
veux blancs. Scandalisé par la conduite du comte Muffat,
il venait de rompre publiquement, il affectait de ne plus
mettre les pieds dans l'hôtel. S'il avait consenti à y
paraître, ce soir-là, c'était sur les instances de sa petite-
fille, dont il désapprouvait d'ailleurs le mariage, avec des
paroles indignées contre la désorganisation des classes
dirigeantes par les honteux compromis de la débauche
moderne.

– Ah ! c'est la fin, disait près de la cheminée madame
Du Joncquoy à l'oreille de madame Chantereau. Cette fille
a ensorcelé ce malheureux... Nous qui l'avons connu si
croyant, si noble !

– Il paraît qu'il se ruine, continua madame Chantereau.
Mon mari a eu entre les mains un billet [1]... Il vit mainte-
nant dans cet hôtel de l'avenue de Villiers. Tout Paris en
cause... Mon Dieu ! je n'excuse pas Sabine ; avouez pour-
tant qu'il lui donne bien des sujets de plainte, et, dame ! si
elle jette aussi l'argent par les fenêtres...

– Elle n'y jette pas que l'argent, interrompit l'autre.
Enfin, à deux, ils iront plus vite... Une noyade dans la
boue, ma chère.

Mais une voix douce les interrompit. C'était M. Venot.
Il était venu s'asseoir derrière elles, comme désireux de
disparaître ; et, se penchant, il murmurait :

– Pourquoi désespérer ? Dieu se manifeste, lorsque tout
semble perdu.

Lui, assistait paisiblement à la débâcle de cette maison
qu'il gouvernait jadis. Depuis son séjour aux Fondettes, il
laissait l'affolement grandir, avec la conscience très nette
de son impuissance. Il avait tout accepté, la passion
enragée du comte pour Nana, la présence de Fauchery près

1. Écrit par lequel on s'engage à payer une somme à une époque déter-
minée.

de la comtesse, même le mariage d'Estelle et de Daguenet.
Qu'importaient ces choses ! Et il se montrait plus souple,
plus mystérieux, nourrissant l'idée de s'emparer du jeune
650 ménage comme du ménage désuni, sachant bien que les
grands désordres jettent aux grandes dévotions. La Provi-
dence aurait son heure.

— Notre ami, continua-t-il à voix basse, est toujours
animé des meilleurs sentiments religieux… Il m'en a
donné les preuves les plus douces.

— Eh bien ! dit madame Du Joncquoy, il devrait d'abord
se remettre avec sa femme.

— Sans doute… Justement, j'ai l'espoir que cette récon-
ciliation ne tardera pas.

660 Alors, les deux vieilles dames le questionnèrent. Mais il
redevint très humble, il fallait laisser agir le ciel. Tout son
désir, en rapprochant le comte et la comtesse, était d'éviter
un scandale public. La religion tolérait bien des faiblesses,
quand on gardait les convenances.

— Enfin, reprit madame Du Joncquoy, vous auriez dû
empêcher ce mariage avec cet aventurier…

Le petit vieillard avait pris un air de profond étonne-
ment.

— Vous vous trompez, monsieur Daguenet est un jeune
670 homme du plus grand mérite… Je connais ses idées. Il
veut faire oublier des erreurs de jeunesse. Estelle le ramè-
nera, soyez-en sûre.

— Oh ! Estelle ! murmura dédaigneusement madame
Chantereau, je crois la chère petite incapable d'une
volonté. Elle est si insignifiante !

Cette opinion fit sourire M. Venot. D'ailleurs, il ne
s'expliqua pas sur la jeune mariée. Fermant les paupières,
comme pour se désintéresser, il se perdit de nouveau der-
rière les jupes, dans son coin. Madame Hugon, au milieu
680 de sa lassitude distraite, avait saisi quelques mots. Elle
intervint, elle conclut de son air de tolérance, en s'adres-
sant au marquis de Chouard, qui la saluait :

— Ces dames sont trop sévères. L'existence est si mau-
vaise pour tout le monde… N'est-ce pas, mon ami, on doit
pardonner beaucoup aux autres, lorsqu'on veut être soi-
même digne de pardon ?

Le marquis resta quelques secondes gêné, craignant une allusion. Mais la bonne dame avait un si triste sourire, qu'il se remit tout de suite, en disant :

– Non, pas de pardon pour certaines fautes… C'est avec ces complaisances qu'une société va aux abîmes.

Le bal s'était encore animé. Un nouveau quadrille donnait au plancher du salon un léger balancement, comme si la vieille demeure eût fléchi sous le branle de la fête. Par moments, dans la pâleur brouillée des têtes, se détachait un visage de femme, emporté par la danse, aux yeux brillants, aux lèvres entrouvertes, avec le coup du lustre sur la peau blanche. Madame Du Joncquoy déclarait qu'il n'y avait pas de bon sens. C'était une folie d'empiler cinq cents personnes dans un appartement où l'on aurait tenu deux cents à peine. Alors, pourquoi ne pas signer le contrat sur la place du Carrousel ? Effet des nouvelles mœurs, disait madame Chantereau ; jadis, de telles solennités se passaient en famille ; aujourd'hui, il fallait des cohues, la rue entrant librement, un écrasement sans lequel la soirée semblait froide. On affichait son luxe, on introduisait chez soi l'écume de Paris ; et rien de plus naturel si des promiscuités pareilles pourrissaient ensuite le foyer. Ces dames se plaignaient de ne pas reconnaître plus de cinquante personnes. D'où venait tout ça ? Des jeunes filles, décolletées, montraient leurs épaules. Une femme avait un poignard d'or planté dans son chignon, tandis qu'une broderie de perles de jais l'habillait d'une cotte de mailles. On en suivait une autre en souriant, tellement la hardiesse de ses jupes collantes semblait singulière. Tout le luxe de cette fin d'hiver était là, le monde du plaisir avec ses tolérances, ce qu'une maîtresse de maison ramasse parmi ses liaisons d'un jour, une société où se coudoyaient de grands noms et de grandes hontes, dans le même appétit de jouissances. La chaleur augmentait, le quadrille déroulait la symétrie cadencée de ses figures, au milieu des salons trop pleins.

– Très chic, la comtesse ! reprit la Faloise à la porte du jardin, elle a dix ans de moins que sa fille… À propos, Foucarmont, vous allez nous dire ça : Vandeuvres pariait qu'elle n'avait pas de cuisses.

Cette pose au cynisme ennuyait ces messieurs. Foucarmont se contenta de répondre :

– Interrogez votre cousin, mon cher. Justement le voilà.

730 – Tiens ! c'est une idée, cria la Faloise. Je parie dix louis qu'elle a des cuisses.

Fauchery arrivait, en effet. En habitué de la maison, il avait fait le tour par la salle à manger, pour éviter l'encombrement des portes. Repris par Rose, au commencement de l'hiver, il se partageait entre la chanteuse et la comtesse, très las, ne sachant comment lâcher l'une des deux. Sabine flattait sa vanité, mais Rose l'amusait davantage. C'était, d'ailleurs, de la part de cette dernière une passion vraie, une tendresse d'une fidélité conjugale, qui désolait
740 Mignon.

– Écoute, un renseignement, répétait la Faloise, en serrant le bras de son cousin. Tu vois cette dame en soie blanche ?

Depuis que son héritage lui donnait un aplomb insolent, il affectait de blaguer Fauchery, ayant une ancienne rancune à satisfaire, voulant se venger des railleries d'autrefois, lorsqu'il débarquait de sa province.

– Oui, cette dame qui a des dentelles.

Le journaliste se haussait, ne comprenant pas encore.

750 – La comtesse ? finit-il par dire.

– Juste, mon bon… J'ai parié dix louis. A-t-elle des cuisses ?

Et il se mit à rire, enchanté d'avoir mouché tout de même ce gaillard, qui l'épatait si fort jadis, quand il lui demandait si la comtesse ne couchait avec personne. Mais Fauchery, sans s'étonner le moins du monde, le regardait fixement.

– Idiot, va ! lâcha-t-il enfin, en haussant les épaules.

Puis, il distribua des poignées de main à ces messieurs,
760 pendant que la Faloise, décontenancé, n'était plus bien sûr d'avoir dit quelque chose de drôle. On causa. Depuis les courses, le banquier et Foucarmont faisaient partie de la bande, avenue de Villiers. Nana allait beaucoup mieux, le comte chaque soir venait prendre de ses nouvelles. Cependant, Fauchery, qui écoutait, semblait préoccupé. Le matin, dans une querelle, Rose lui avait carrément avoué l'envoi de la lettre ; oui, il pouvait se présenter chez sa

dame du monde, il serait bien reçu. Après de longues hési-
tations, il était venu quand même, par courage. Mais
l'imbécile plaisanterie de la Faloise le bouleversait, sous 770
son apparente tranquillité.

– Qu'avez-vous ? lui demanda Philippe. Vous paraissez
souffrant.

– Moi, pas du tout... J'ai travaillé, c'est pourquoi
j'arrive si tard.

Puis, froidement, avec un de ces héroïsmes ignorés, qui
dénouent les vulgaires tragédies de l'existence :

– Je n'ai pourtant pas salué les maîtres de la maison...
Il faut être poli.

Même, il osa plaisanter, en se tournant vers la Faloise. 780
– N'est-ce pas, idiot ?

Et il s'ouvrit un passage au milieu de la foule. La voix
pleine du valet ne jetait plus des noms à la volée. Pourtant,
près de la porte, le comte et la comtesse causaient encore,
retenus par des dames qui entraient. Enfin, il les rejoignit,
pendant que ces messieurs, restés sur le perron du jardin,
se haussaient, pour voir la scène. Nana devait avoir
bavardé.

– Le comte ne l'a pas aperçu, murmura Georges.
Attention ! il se retourne... Là, ça y est. 790

L'orchestre venait de reprendre la valse de *La Blonde
Vénus*. D'abord, Faucherey avait salué la comtesse, qui
souriait toujours, dans une sérénité ravie. Puis, il était resté
un instant immobile, derrière le dos du comte, à attendre,
très calme. Le comte, cette nuit-là, gardait sa hautaine gra-
vité, le port de tête officiel du grand dignitaire. Lorsqu'il
abaissa enfin les yeux sur le journaliste, il exagéra encore
son attitude majestueuse. Pendant quelques secondes, les
deux hommes se regardèrent. Et ce fut Faucherey qui, le
premier, tendit la main. Muffat donna la sienne. Leurs 800
mains étaient l'une dans l'autre, La comtesse Sabine sou-
riait devant eux, les cils baissés, tandis que la valse, conti-
nuellement, déroulait son rythme de polissonnerie
railleuse.

– Mais ça va tout seul ! dit Steiner.

– Est-ce que leurs mains sont collées ? demanda Fou-
carmont, surpris de la longueur de l'étreinte.

Un invincible souvenir amenait une lueur rose aux joues
pâles de Fauchery. Il revoyait le magasin des accessoires,
810 avec son jour verdâtre, son bric-à-brac couvert de
poussière ; et Muffat s'y trouvait, tenant le coquetier, abu-
sant de ses doutes. À cette heure, Muffat ne doutait plus,
c'était un dernier coin de dignité qui croulait. Fauchery,
soulagé dans sa peur, voyant la gaieté claire de la com-
tesse, fut pris d'une envie de rire. Ça lui semblait comique.

— Ah ! cette fois, c'est elle ! cria la Faloise, qui ne
lâchait pas une plaisanterie, lorsqu'il la croyait bonne.
Nana, là-bas, vous la voyez qui entre ?

— Tais-toi donc, idiot ! murmura Philippe.

820 — Quand je vous dis !… On lui joue sa valse, parbleu !
elle arrive. Et puis, elle est de la réconciliation, que
diable !… Comment ! vous ne voyez pas ! Elle les serre
sur son cœur tous les trois, mon cousin, ma cousine et son
époux, en les appelant ses petits chats. Moi ça me
retourne, ces scènes de famille.

Estelle s'était approchée. Fauchery la complimentait,
pendant que, raide dans sa robe rose, elle le regardait de
son air étonné d'enfant silencieuse, en jetant des coups
d'œil sur son père et sa mère. Daguenet, lui aussi, échan-
830 geait une chaude poignée de main avec le journaliste. Ils
faisaient un groupe souriant ; et, derrière eux, M. Venot se
glissait, les couvant d'un œil béat, les enveloppant de sa
douceur dévote, heureux de ces derniers abandons qui pré-
paraient les voies de la Providence.

Mais la valse déroulait toujours son balancement de
rieuse volupté. C'était une reprise plus haute du plaisir
battant le vieil hôtel comme une marée montante.
L'orchestre enflait les trilles de ses petites flûtes, les sou-
pirs pâmés de ses violons ; sous le velours de Gênes, les
840 ors et les peintures, les lustres dégageaient une chaleur
vivante, une poussière de soleil ; tandis que la foule des
invités, multipliée dans les glaces, semblait s'élargir, avec
le murmure grandi de ses voix. Autour du salon, les
couples qui passaient, les mains à la taille, parmi les sou-
rires des femmes assises, accentuaient davantage le branle
des planchers. Dans le jardin, une lueur de braise, tombée
des lanternes vénitiennes, éclairait d'un lointain reflet
d'incendie les ombres noires des promeneurs, cherchant

un peu d'air au fond des allées. Et ce tressaillement des murs, cette nuée rouge étaient comme la flambée dernière, 850 où craquait l'antique honneur brûlant aux quatre coins du logis. Les gaietés timides, alors à peine commençantes, que Fauchery, un soir d'avril, avait entendues sonner avec le son d'un cristal qui se brise, s'étaient peu à peu enhardies, affolées, jusqu'à cet éclat de fête. Maintenant, la fêlure augmentait ; elle lézardait la maison, elle annonçait l'effondrement prochain. Chez les ivrognes des faubourgs, c'est par la misère noire, le buffet sans pain, la folie de l'alcool vidant les matelas, que finissent les familles gâtées. Ici, sur l'écroulement de ces richesses, entassées et 860 allumées d'un coup, la valse sonnait le glas d'une vieille race ; pendant que Nana, invisible, épandue au-dessus du bal avec ses membres souples, décomposait ce monde, le pénétrait du ferment de son odeur flottant dans l'air chaud, sur le rythme canaille de la musique.

Ce fut le soir du mariage à l'église que le comte Muffat se présenta dans la chambre de sa femme, où il n'était pas entré depuis deux ans. La comtesse, très surprise, recula d'abord. Mais elle avait son sourire, ce sourire d'ivresse qui ne la quittait plus. Lui, très gêné, balbutiait. Alors, elle 870 lui fit un peu de morale. D'ailleurs, ni l'un ni l'autre ne risquèrent une explication nette. C'était la religion qui voulait ce pardon mutuel ; et il fut convenu entre eux, par un accord tacite, qu'ils garderaient leur liberté. Avant de se mettre au lit, comme la comtesse paraissait hésiter encore, ils causèrent affaires. Le premier, il parla de vendre les Bordes. Elle, tout de suite, consentit. Ils avaient de grands besoins, ils partageraient. Cela acheva la réconciliation. Muffat en ressentit un véritable soulagement dans ses remords. 880

Justement, ce jour-là, comme Nana sommeillait vers deux heures, Zoé se permit de frapper à la porte de la chambre. Les rideaux étaient tirés, un souffle chaud entrait par une fenêtre, dans la fraîcheur silencieuse du demi-jour. D'ailleurs, la jeune femme se levait maintenant, un peu faible encore. Elle ouvrit les yeux, elle demanda :

– Qui est-ce ?

Zoé allait répondre. Mais Daguenet, forçant l'entrée,
s'annonça lui-même. Du coup, elle s'accouda sur l'oreiller
890 et, renvoyant la femme de chambre :

– Comment, c'est toi ! le jour qu'on te marie !… Qu'y
a-t-il donc ?

Lui, surpris par l'obscurité, restait au milieu de la pièce.
Cependant, il s'habituait, il avançait, en habit, cravaté et
ganté de blanc. Et il répétait :

– Eh bien ! oui, c'est moi… Tu ne te souviens pas ?

Non, elle ne se souvenait de rien. Il dut s'offrir carré-
ment, de son air de blague.

– Voyons, ton courtage [1]… Je t'apporte l'étrenne de
900 mon innocence.

Alors, comme il était au bord du lit, elle l'empoigna de
ses bras nus, secouée d'un beau rire, et pleurant presque,
tant elle trouvait ça gentil de sa part.

– Ah ! ce Mimi, est-il drôle !… Il y a pensé pourtant !
Et moi qui ne savais plus ! Alors, tu t'es échappé, tu sors
de l'église. C'est vrai, tu as une odeur d'encens… Mais
baise-moi donc ! oh ! plus fort que ça, mon Mimi ! Va,
c'est peut-être la dernière fois.

Dans la chambre obscure, où traînait encore une vague
910 odeur d'éther, leur rire tendre expira. La grosse chaleur
gonflait les rideaux des fenêtres, on entendait des voix
d'enfant sur l'avenue. Puis, ils plaisantèrent, bousculés par
l'heure. Daguenet partait tout de suite avec sa femme,
après le lunch.

1. Rémunération du courtier, c'est-à-dire de la personne qui a joué un
rôle d'intermédiaire dans une opération commerciale.

XIII

Vers la fin de septembre, le comte Muffat, qui devait dîner chez Nana le soir, vint au crépuscule l'avertir d'un ordre brusque qu'il avait reçu pour les Tuileries [1]. L'hôtel n'était pas encore allumé, les domestiques riaient très fort à l'office [2] ; il monta doucement l'escalier, où les vitraux luisaient dans une ombre chaude. En haut, la porte du salon ne fit pas de bruit. Un jour rose se mourait au plafond de la pièce ; les tentures rouges, les divans profonds, les meubles de laque, ce fouillis d'étoffes brodées, de bronzes et de faïences dormaient déjà sous une pluie lente de ténèbres, qui noyait les coins, sans un miroitement d'ivoire, ni un reflet d'or. Et là, dans cette obscurité, sur la blancheur seule distincte d'un grand jupon élargi, il aperçut Nana renversée, aux bras de Georges. Toute dénégation était impossible. Il eut un cri étouffé, il resta béant.

Nana s'était relevée d'un bond, et elle le poussait dans la chambre, pour donner au petit le temps de filer.

– Entre, murmura-t-elle, la tête perdue, je vais te dire…

Elle était exaspérée de cette surprise. Jamais elle ne cédait ainsi chez elle, dans ce salon, les portes ouvertes. Il avait fallu toute une histoire, une querelle de Georges, enragé de jalousie contre Philippe ; il sanglotait si fort à son cou, qu'elle s'était laissé faire, ne sachant comment le calmer, très apitoyée au fond. Et, pour une fois qu'elle

1. Voir note 1, p. 106.
2. Pièce attenant à la cuisine où les domestiques prenaient leur repas.

commettait la bêtise de s'oublier ainsi, avec un galopin qui ne pouvait même plus lui apporter des bouquets de violettes, tant sa mère le tenait serré, juste le comte arrivait et tombait droit sur eux. Vrai ! pas de chance ! Voilà ce qu'on gagnait à être bonne fille !

30 Cependant, l'obscurité était complète dans la chambre, où elle avait poussé Muffat. Alors, à tâtons, elle sonna furieusement pour demander une lampe. Aussi, c'était la faute de Julien ! S'il y avait eu une lampe dans le salon, rien de tout cela ne serait arrivé. Cette bête de nuit qui tombait lui avait retourné le cœur.

— Je t'en prie, mon chat, sois raisonnable, dit-elle, lorsque Zoé eut apporté de la lumière.

Le comte, assis, les mains sur les genoux, regardait par terre, dans l'hébétement de ce qu'il venait de voir. Il ne
40 trouvait pas un cri de colère. Il tremblait, comme pris d'une horreur qui le glaçait. Cette douleur muette toucha la jeune femme. Elle essayait de le consoler.

— Eh bien ! oui, j'ai eu tort… C'est très mal, ce que j'ai fait… Tu vois, je regrette ma faute. J'en ai beaucoup de chagrin, puisque ça te contrarie… Allons, sois gentil de ton côté, pardonne-moi.

Elle s'était accroupie à ses pieds, cherchant son regard d'un air de tendresse soumise, pour savoir s'il lui en voulait beaucoup ; puis, comme il se remettait, en soupirant
50 longuement, elle se fit plus câline, elle donna une dernière raison, avec une bonté grave :

— Vois-tu, chéri, il faut comprendre… Je ne puis refuser ça à mes amis pauvres [1].

Le comte se laissa fléchir. Il exigea seulement le renvoi de Georges. Mais toute illusion était morte, il ne croyait plus à la fidélité jurée. Le lendemain, Nana le tromperait de nouveau ; et il ne restait dans le tourment de sa possession que par un besoin lâche, par une épouvante de la vie, à l'idée de vivre sans elle.

60 Ce fut l'époque de son existence où Nana éclaira Paris d'un redoublement de splendeur. Elle grandit encore à l'horizon du vice, elle domina la ville de l'insolence affi-

1. Ludovic Halévy rapporta à Zola cette parole effectivement prononcée par Valtesse de la Bigne.

chée de son luxe, de son mépris de l'argent, qui lui faisait
fondre publiquement les fortunes. Dans son hôtel, il y
avait comme un éclat de forge. Ses continuels désirs y
flambaient, un petit souffle de ses lèvres changeait l'or en
une cendre fine que le vent balayait à chaque heure. Jamais
on n'avait vu une pareille rage de dépense. L'hôtel sem-
blait bâti sur un gouffre, les hommes avec leurs biens,
leurs corps, jusqu'à leurs noms, s'y engloutissaient, sans 70
laisser la trace d'un peu de poussière. Cette fille, aux goûts
de perruche, croquant des radis et des pralines, chipotant
la viande, avait chaque mois pour sa table des comptes de
cinq mille francs. C'était, à l'office, un gaspillage effréné,
un coulage [1] féroce, qui éventrait les barriques de vin, qui
roulait des notes enflées par trois ou quatre mains succes-
sives. Victorine et François régnaient en maîtres dans la
cuisine, où ils invitaient du monde, en dehors d'un petit
peuple de cousins nourris à domicile de viandes froides et
de bouillon gras ; Julien exigeait des remises chez les 80
fournisseurs, les vitriers ne remettaient pas un carreau de
trente sous, sans qu'il en fît ajouter vingt pour lui ; Charles
mangeait l'avoine des chevaux, doublant les fournitures,
revendant par une porte de derrière ce qui entrait par la
grande porte ; tandis que, au milieu de ce pillage général,
de ce sac de ville emportée d'assaut, Zoé, à force d'art,
parvenait à sauver les apparences, couvrait les vols de tous
pour mieux y confondre et sauver les siens. Mais ce qu'on
perdait était pis encore, la nourriture de la veille jetée à la
borne [2], un encombrement de provisions dont les domes- 90
tiques se dégoûtaient, le sucre empoissant les verres, le
gaz brûlant à pleins becs, jusqu'à faire sauter les murs ; et
des négligences, et des méchancetés, et des accidents, tout
ce qui peut hâter la ruine, dans une maison dévorée par
tant de bouches. Puis, en haut, chez madame, la débâcle
soufflait plus fort : des robes de dix mille francs, mises
deux fois, vendues par Zoé ; des bijoux qui disparais-
saient, comme émiettés au fond des tiroirs ; des achats
bêtes, les nouveautés du jour, oubliées le lendemain dans
les coins, balayées à la rue. Elle ne pouvait voir quelque 100

1. Gaspillage.
2. Rue, place publique (familier).

chose de très cher sans en avoir envie, elle faisait ainsi
autour d'elle un continuel désastre de fleurs, de bibelots
précieux, d'autant plus heureuse que son caprice d'une
heure coûtait davantage. Rien ne lui restait aux mains ;
elle cassait tout, ça se fanait, ça se salissait entre ses petits
doigts blancs ; une jonchée de débris sans nom, de lam-
beaux tordus, de loques boueuses la suivait et marquait
son passage. Ensuite éclataient les gros règlements, au
milieu de ce gâchis de l'argent de poche : vingt mille
110 francs chez la modiste [1], trente mille chez la lingère, douze
mille chez le bottier ; son écurie lui en mangeait cinquante
mille ; en six mois, elle eut chez son couturier une note de
cent vingt mille francs. Sans qu'elle eût augmenté son
train, estimé par Labordette à quatre cent mille francs en
moyenne, elle atteignit cette année-là le million, stupéfaite
elle-même de ce chiffre, incapable de dire où avait pu
passer une pareille somme. Les hommes entassés les uns
par-dessus les autres, l'or vidé à pleine brouette ne parve-
naient pas à combler le trou qui toujours se creusait sous
120 le pavé de son hôtel, dans les craquements de son luxe.

Cependant, Nana nourrissait un dernier caprice. Tra-
vaillée une fois encore par l'idée de refaire sa chambre,
elle croyait avoir trouvé : une chambre de velours rose thé,
à petits capitons d'argent, tendue jusqu'au plafond en
forme de tente, garnie de cordelières et d'une dentelle
d'or. Cela lui semblait devoir être riche et tendre, un fond
superbe à sa peau vermeille de rousse. Mais la chambre,
d'ailleurs, était simplement faite pour servir de cadre au
lit, un prodige, un éblouissement. Nana rêvait un lit
130 comme il n'en existait pas, un trône, un autel, où Paris
viendrait adorer sa nudité souveraine. Il serait tout en or et
en argent repoussés [2], pareil à un grand bijou, des roses
d'or jetées sur un treillis d'argent ; au chevet, une bande
d'Amours, parmi les fleurs, se pencheraient avec des rires,
guettant les voluptés dans l'ombre des rideaux. Elle s'était
adressée à Labordette qui lui avait amené deux orfèvres.
On s'occupait déjà des dessins. Le lit coûterait cinquante

1. Voir note 3, p. 224.
2. *Repoussé* : qui a subi une percussion intérieure destinée à provoquer
des reliefs.

mille francs, et Muffat devait le lui donner pour ses étrennes.

Ce qui étonnait la jeune femme, c'était, dans ce fleuve 140 d'or, dont le flot lui coulait entre les membres, d'être sans cesse à court d'argent. Certains jours, elle se trouvait aux abois pour des sommes ridicules de quelques louis. Il lui fallait emprunter à Zoé, ou bien elle battait monnaie elle-même, comme elle pouvait. Mais, avant de se résigner aux moyens extrêmes, elle tâtait ses amis, tirant des hommes ce qu'ils avaient sur eux, jusqu'à des sous, d'un air de plaisanterie. Depuis trois mois, elle vidait surtout ainsi les poches de Philippe. Il ne venait plus, dans les moments de crise, sans laisser son porte-monnaie. Bientôt, enhardie, 150 elle lui avait demandé des emprunts, deux cents francs, trois cents francs, jamais davantage, pour des billets, des dettes criardes ; et Philippe, nommé en juillet capitaine trésorier, apportait l'argent le lendemain, en s'excusant de n'être pas riche, car la bonne maman Hugon traitait maintenant ses fils avec une sévérité singulière. Au bout de trois mois, ces petits prêts, souvent renouvelés, montaient à une dizaine de mille francs. Le capitaine avait toujours son beau rire sonore. Pourtant, il maigrissait, distrait parfois, une ombre de souffrance sur la face. Mais un regard de 160 Nana le transfigurait, dans une sorte d'extase sensuelle. Elle était très chatte avec lui, le grisait de baisers derrière les portes, le possédait par des abandons brusques, qui le clouaient derrière ses jupes, dès qu'il pouvait s'échapper de son service.

Un soir, Nana ayant dit qu'elle s'appelait aussi Thérèse, et que sa fête tombait le 15 octobre, ces messieurs lui envoyèrent tous des cadeaux. Le capitaine Philippe apporta le sien, un ancien drageoir en porcelaine de Saxe, monté sur or. Il la trouva seule, dans son cabinet de toi- 170 lette, au sortir du bain, vêtue seulement d'un grand peignoir de flanelle blanche et rouge, et très occupée à examiner les cadeaux, étalés sur une table. Elle avait déjà cassé un flacon de cristal de roche, en voulant le déboucher.

— Oh ! tu es trop gentil ! dit-elle. Qu'est-ce que c'est ? montre un peu... Es-tu enfant, de mettre tes sous à des petites machines comme ça !

Elle le grondait, puisqu'il n'était pas riche, très contente
180 au fond de le voir dépenser tout pour elle, la seule preuve
d'amour qui la touchât. Cependant, elle travaillait le dra-
geoir, elle voulait voir comment c'était fait, l'ouvrant, le
refermant.

— Prends garde, murmura-t-il, c'est fragile.

Mais elle haussa les épaules. Il lui croyait donc des
mains de portefaix [1] ! Et, tout à coup, la charnière lui resta
aux doigts, le couvercle tomba et se brisa. Elle demeurait
stupéfaite, les yeux sur les morceaux, disant :

— Oh ! il est cassé !

190 Puis, elle se mit à rire. Les morceaux, par terre, lui sem-
blaient drôles. C'était une gaieté nerveuse, elle avait le rire
bête et méchant d'un enfant que la destruction amuse. Phi-
lippe fut pris d'une courte révolte ; la malheureuse igno-
rait quelles angoisses lui coûtait ce bibelot. Quand elle le
vit bouleversé, elle tâcha de se retenir.

— Par exemple, ce n'est pas ma faute… Il était fêlé. Ça
ne tient plus, ces vieilleries… Aussi, c'est ce couvercle !
as-tu vu la cabriole ?

Et elle repartit d'un fou rire. Mais, comme les yeux du
200 jeune homme se mouillaient, malgré son effort, elle se jeta
tendrement à son cou.

— Es-tu bête ! je t'aime tout de même. Si l'on ne cassait
rien, les marchands ne vendraient plus. Tout ça est fait
pour être cassé… Tiens ! cet éventail, est-ce que c'est
collé seulement !

Elle avait saisi un éventail, tirant sur les branches ; et la
soie se déchira en deux. Cela parut l'exciter. Pour faire
voir qu'elle se moquait des autres cadeaux, du moment où
elle venait d'abîmer le sien, elle se donna le régal d'un
210 massacre, tapant les objets, prouvant qu'il n'y en avait pas
un de solide, en les détruisant tous. Une lueur s'allumait
dans ses yeux vides, un petit retroussement des lèvres
montrait ses dents blanches. Puis, lorsque tous furent en
morceaux, très rouge, reprise de son rire, elle frappa la
table de ses mains élargies, elle zézaya d'une voix de
gamine :

— Fini ! n'a plus ! n'a plus !

1. Celui qui décharge les marchandises.

Alors, Philippe, gagné par cette ivresse, s'égaya et lui baisa la gorge, en la renversant en arrière. Elle s'abandonnait, elle se pendait à ses épaules, si heureuse, qu'elle ne se rappelait pas s'être tant amusée depuis longtemps. Et, sans le lâcher, d'un ton de caresse :

– Dis donc, chéri, tu devrais bien m'apporter dix louis demain… Un embêtement, une note de mon boulanger qui me tourmente.

Il était devenu pâle ; puis, en lui mettant un dernier baiser sur le front, il dit simplement :

– Je tâcherai.

Un silence régna. Elle s'habillait. Lui, appuyait le front à une vitre. Au bout d'une minute, il revint, il reprit avec lenteur :

– Nana, tu devrais m'épouser.

Du coup, cette idée égaya tellement la jeune femme, qu'elle ne pouvait achever de nouer ses jupons.

– Mais, mon pauvre chien, tu es malade !… Est-ce parce que je te demande dix louis que tu m'offres ta main ?… Jamais. Je t'aime trop. En voilà une bêtise, par exemple !

Et, comme Zoé entrait pour la chausser, ils ne parlèrent plus de ça. La femme de chambre avait tout de suite guigné les cadeaux en miettes sur la table. Elle demanda s'il fallait serrer ces choses ; et madame ayant dit de les jeter, elle emporta tout dans un coin de sa jupe. À la cuisine, on chiffonnait, on se partageait les débris de madame.

Ce jour-là, Georges, malgré la défense de Nana, s'était introduit dans l'hôtel. François l'avait bien vu passer, mais les domestiques en arrivaient à rire entre eux des embarras de la bourgeoise [1]. Il venait de se glisser jusqu'au petit salon, lorsque la voix de son frère l'arrêta ; et, cloué derrière la porte, il entendit toute la scène, les baisers, l'offre de mariage. Une horreur le glaçait, il s'en alla, imbécile, avec la sensation d'un grand vide sous le crâne. Ce fut seulement rue Richelieu, dans sa chambre, au-dessus de l'appartement de sa mère, que son cœur creva en furieux sanglots. Cette fois, il ne pouvait douter. Une image abo-

1. Maîtresse de maison (populaire).

minable toujours se levait devant ses yeux, Nana aux bras
de Philippe ; et cela lui semblait un inceste. Quand il se
croyait calmé, le souvenir revenait, une nouvelle crise de
260 rage jalouse le jetait sur son lit, mordant les draps, criant
des mots infâmes qui l'affolaient davantage. La journée se
passa de la sorte. Il parla d'une migraine pour rester
enfermé. Mais la nuit fut plus terrible encore, une fièvre de
meurtre le secouait, dans de continuels cauchemars. Si son
frère avait habité la maison, il serait allé le tuer d'un coup
de couteau. Au jour, il voulut raisonner. C'était lui qui
devait mourir, il se jetterait par la fenêtre, quand un
omnibus passerait. Pourtant, il sortit vers dix heures ; il
courut Paris, rôda sur les ponts, éprouva au dernier
270 moment l'invincible besoin de revoir Nana. Peut-être d'un
mot le sauverait-elle. Et trois heures sonnaient, comme il
entrait dans l'hôtel de l'avenue de Villiers.

Vers midi, une nouvelle affreuse avait écrasé madame
Hugon. Philippe était en prison de la veille au soir, on
l'accusait d'avoir volé douze mille francs à la caisse de
son régiment. Depuis trois mois, il détournait de petites
sommes, espérant les remettre, dissimulant le déficit par
de fausses pièces ; et cette fraude réussissait toujours,
grâce aux négligences du conseil d'administration. La
280 vieille dame, atterrée devant le crime de son enfant, eut un
premier cri de colère contre Nana ; elle savait la liaison de
Philippe, ses tristesses venaient de ce malheur qui la rete-
nait à Paris, dans la crainte d'une catastrophe ; mais jamais
elle n'avait redouté tant de honte, et maintenant elle se
reprochait ses refus d'argent comme une complicité.
Tombée sur un fauteuil, les jambes prises par la paralysie,
elle se sentait inutile, incapable d'une démarche, clouée là
pour mourir. Pourtant, la pensée brusque de Georges la
consola ; Georges lui restait, il pourrait agir, les sauver
290 peut-être. Alors, sans demander le secours de personne,
désirant ensevelir ces choses entre eux, elle se traîna et
monta l'étage, rattachée à cette idée qu'elle avait encore
une tendresse auprès d'elle. Mais, en haut, elle trouva la
chambre vide. Le concierge lui dit que monsieur Georges
était sorti de bonne heure. Un second malheur soufflait
dans cette chambre ; le lit avec ses draps mordus contait
toute une angoisse ; une chaise jetée à terre, parmi des

vêtements, semblait morte. Georges devait être chez cette
femme. Et madame Hugon, les yeux secs, les jambes
fortes, descendit. Elle voulait ses fils, elle partait les 300
réclamer.

Depuis le matin, Nana avait des embêtements. D'abord,
c'était ce boulanger qui, dès neuf heures, avait paru avec
sa note, une misère, cent trente-trois francs de pain qu'elle
ne parvenait pas à solder, au milieu du train royal de
l'hôtel. Il s'était présenté vingt fois, irrité d'avoir été
changé, du jour où il avait coupé le crédit ; et les domes-
tiques épousaient sa cause, François disait que madame ne
le paierait jamais s'il ne faisait pas une bonne scène,
Charles parlait de monter aussi pour régler un vieux 310
compte de paille resté en arrière, pendant que Victorine
conseillait d'attendre la présence d'un monsieur et de tirer
l'argent, en tombant en plein dans la conversation. La cui-
sine se passionnait, tous les fournisseurs étaient mis au
courant, c'étaient des commérages de trois et quatre
heures, madame déshabillée, épluchée, racontée, avec
l'acharnement d'une domesticité oisive, qui crevait de
bien-être. Seul, Julien, le maître d'hôtel, affectait de
défendre madame : tout de même, elle était chic ; et quand
les autres l'accusaient de coucher avec, il riait d'un air fat, 320
ce qui mettait la cuisinière hors d'elle, car elle aurait voulu
être un homme pour cracher sur le derrière de ces femmes,
tant ça l'aurait dégoûtée. Méchamment, François avait
posté le boulanger dans le vestibule, sans avertir madame.
Comme elle descendait, madame le trouva devant elle, à
l'heure du déjeuner. Elle prit la note, elle lui dit de revenir
vers trois heures. Alors, avec de sales mots, il partit, en
jurant d'être exact et de se payer lui-même, n'importe
comment.

Nana déjeuna fort mal, vexée de cette scène. Cette fois, 330
il fallait se débarrasser de cet homme. À dix reprises, elle
avait mis de côté son argent ; mais l'argent s'était toujours
fondu, un jour pour des fleurs, un autre jour pour une sous-
cription faite en faveur d'un vieux gendarme. D'ailleurs,
elle comptait sur Philippe, elle s'étonnait même de ne pas
le voir, avec ses deux cents francs. C'était un vrai guignon,
l'avant-veille elle avait encore nippé Satin, tout un trous-

seau, près de douze cents francs de robes et de linge ; et il ne lui restait pas un louis chez elle.

340 Vers deux heures, comme Nana commençait à être inquiète, Labordette se présenta. Il apportait les dessins du lit. Ce fut une diversion, un coup de joie qui fit tout oublier à la jeune femme. Elle tapait des mains, elle dansait. Puis, gonflée de curiosité, penchée au-dessus d'une table du salon, elle examina les dessins, que Labordette lui expliquait :

— Tu vois, ceci est le bateau ; au milieu, une touffe de roses épanouies, puis une guirlande de fleurs et de boutons ; les feuillages seront en or vert et les roses en or
350 rouge… Et voici la grande pièce du chevet, une ronde d'Amours sur un treillis d'argent.

Mais Nana l'interrompit, emportée par le ravissement.

— Oh ! qu'il est drôle, le petit, celui du coin, qui a le derrière en l'air… Hein ? et ce rire malin ! Ils ont tous des yeux d'un cochon !… Tu sais, mon cher, jamais je n'oserai faire des bêtises devant eux !

Elle était dans une satisfaction d'orgueil extraordinaire. Les orfèvres avaient dit que pas une reine ne couchait dans un lit pareil. Seulement, il se présentait une complication.
360 Labordette lui montra deux dessins pour la pièce des pieds, l'un qui reproduisait le motif des bateaux, l'autre qui était tout un sujet, la Nuit enveloppée dans ses voiles, et dont un Faune découvrait l'éclatante nudité. Il ajouta que, si elle choisissait le sujet, les orfèvres avaient l'intention de donner à la Nuit sa ressemblance. Cette idée, d'un goût risqué, la fit pâlir de plaisir. Elle se voyait en statuette d'argent, dans le symbole des tièdes voluptés de l'ombre.

— Bien entendu, tu ne poserais que pour la tête et les épaules, dit Labordette.
370 Elle le regarda tranquillement.

— Pourquoi ?… Du moment où il s'agit d'une œuvre d'art, je me fiche pas mal du sculpteur qui me prendra !

Chose entendue, elle choisissait le sujet. Mais il l'arrêta.

— Attends… C'est six mille francs de plus.

— Par exemple, c'est ça qui m'est égal ! cria-t-elle en éclatant de rire. Est-ce que mon petit mufe n'a pas le sac !

Maintenant, avec ses intimes, elle appelait ainsi le comte Muffat ; et ces messieurs ne la questionnaient plus

sur lui autrement : « Tu as vu ton petit mufe hier soir ?...
Tiens ! je croyais trouver ici le petit mufe ? » Une simple 380
familiarité que pourtant elle ne se permettait pas encore en
sa présence.

Labordette roulait les dessins, en donnant des dernières
explications : les orfèvres s'engageaient à livrer le lit dans
deux mois, vers le 25 décembre ; dès la semaine suivante,
un sculpteur viendrait pour la maquette de la Nuit. Comme
elle le reconduisait, Nana se rappela le boulanger. Et
brusquement :

– À propos, tu n'aurais pas dix louis sur toi ?

Un principe de Labordette, dont il se trouvait bien, était 390
de ne jamais prêter d'argent aux femmes. Il faisait toujours
la même réponse.

– Non, ma fille, je suis à sec... Mais veux-tu que j'aille
chez ton petit mufe ?

Elle refusa, c'était inutile. Deux jours auparavant, elle
avait tiré cinq mille francs du comte. Cependant, elle
regretta sa discrétion. Derrière Labordette, bien qu'il fût à
peine deux heures et demie, le boulanger reparut ; et il
s'installa sur une banquette du vestibule, brutalement, en
jurant très haut. La jeune femme l'écoutait du premier 400
étage. Elle pâlissait, elle souffrait surtout d'entendre
grandir jusqu'à elle la joie sourde des domestiques. On
crevait de rire dans la cuisine ; le cocher regardait du fond
de la cour, François traversait sans raison le vestibule, puis
se hâtait d'aller donner des nouvelles, après avoir jeté au
boulanger un ricanement d'intelligence. On se fichait de
madame, les murs éclataient, elle se sentait toute seule
dans le mépris de l'office, qui la guettait et l'éclaboussait
d'une blague ordurière. Alors, comme elle avait eu l'idée
d'emprunter les cent trente-trois francs à Zoé, elle 410
l'abandonna ; elle lui devait déjà de l'argent, elle était trop
fière pour risquer un refus. Une telle émotion la soulevait,
qu'elle rentra dans sa chambre, en parlant tout haut.

– Va, va, ma fille, ne compte que sur toi... Ton corps
t'appartient, et il vaut mieux t'en servir que de subir un
affront.

Et, sans même appeler Zoé, elle s'habillait fiévreuse-
ment pour courir chez la Tricon. C'était sa suprême res-
source, aux heures de gros embarras. Très demandée, tou-

420 jours sollicitée par la vieille dame, elle refusait ou se
résignait, selon ses besoins ; et les jours, de plus en plus
fréquents, où des trous se faisaient dans son train royal,
elle était sûre de trouver là vingt-cinq louis qui l'atten-
daient. Elle se rendait chez la Tricon, avec l'aisance de
l'habitude, comme les pauvres gens vont au mont-de-
piété [1].

Mais, en quittant sa chambre, elle se heurta dans
Georges, debout au milieu du salon. Elle ne vit pas sa
pâleur de cire, le feu sombre de ses yeux grandis. Elle eut
430 un soupir de soulagement.

– Ah ! tu viens de la part de ton frère !

– Non, dit le petit en blêmissant davantage.

Alors, elle fit un geste désespéré. Que voulait-il ? Pour-
quoi lui barrait-il le chemin ? Voyons, elle était pressée.
Puis, revenant :

– Tu n'as pas d'argent, toi ?

– Non.

– C'est vrai, que je suis bête ! Jamais un radis, pas
même les six sous de leur omnibus… Maman ne veut
440 pas… En voilà des hommes !

Et elle s'échappait. Mais il la retint, il voulait lui parler.
Elle, lancée, répétait qu'elle n'avait pas le temps, lorsque
d'un mot il l'arrêta.

– Écoute, je sais que tu vas épouser mon frère.

Ça, par exemple, c'était comique. Elle se laissa tomber
sur une chaise pour rire à l'aise.

– Oui, continua le petit. Et je ne veux pas… C'est moi
que tu vas épouser… Je viens pour ça.

– Hein ? comment ? toi aussi ! cria-t-elle, c'est donc un
450 mal de famille ?… Mais, jamais ! en voilà un goût ! est-ce
que je vous ai demandé une saleté pareille ?… Ni l'un ni
l'autre, jamais !

La figure de Georges s'éclaira. S'il s'était trompé par
hasard ? Il reprit :

– Alors, jure-moi que tu ne couches pas avec mon frère.

– Ah ! tu m'embêtes à la fin ! dit Nana, qui s'était levée,
reprise d'impatience. C'est drôle une minute, mais quand

1. Établissement public qui prêtait de l'argent à intérêt moyennant la
mise en gage d'un objet.

je te répète que je suis pressée !… Je couche avec ton frère, si ça me fait plaisir. Est-ce que tu m'entretiens, est-ce que tu paies ici, pour exiger des comptes ?… Oui, j'y couche, avec ton frère…

Il lui avait saisi le bras, il le serrait à le casser, en bégayant :

— Ne dis pas ça… ne dis pas ça…

D'une tape, elle se dégagea de son étreinte.

— Il me bat maintenant ! Voyez-vous ce gamin !… Mon petit, tu vas filer, et tout de suite… Moi, je te gardais par gentillesse. Parfaitement ! Quand tu feras tes grands yeux !… Tu n'espérais pas, peut-être, m'avoir pour maman jusqu'à la mort. J'ai mieux à faire que d'élever des mioches.

Il l'écoutait dans une angoisse qui le raidissait, sans une révolte. Chaque parole le frappait au cœur, d'un grand coup, dont il se sentait mourir. Elle, ne voyant même pas sa souffrance, continuait, heureuse de se soulager sur lui de ses embêtements de la matinée.

— C'est comme ton frère, encore un joli coco, celui-là !… Il m'avait promis deux cents francs. Ah ! ouiche ! je peux l'attendre… Ce n'est pas que j'y tienne, à son argent ! Pas de quoi payer ma pommade… Mais il me lâche dans un embarras !… Tiens ! veux-tu savoir ! Eh bien ! à cause de ton frère, je sors pour aller gagner vingt-cinq louis avec un autre homme.

Alors, la tête perdue, il lui barra la porte ; et il pleurait, et il la suppliait, joignant les mains, balbutiant :

— Oh ! non, oh ! non !

— Je veux bien, moi, dit-elle. As-tu l'argent ?

Non, il n'avait pas l'argent. Il aurait donné sa vie pour avoir l'argent. Jamais il ne s'était senti si misérable, si inutile, si petit garçon. Tout son pauvre être, secoué de larmes, exprimait une douleur si grande, qu'elle finit par le voir et par s'attendrir. Elle l'écarta doucement.

— Voyons, mon chat, laisse-moi passer, il le faut… Sois raisonnable. Tu es un bébé, et ç'a été gentil une semaine ; mais, aujourd'hui, je dois songer à mes affaires. Réfléchis un peu… Ton frère encore est un homme. Je ne dis pas avec lui… Ah ! fais-moi un plaisir, inutile de lui raconter

tout ça. Il n'a pas besoin de savoir où je vais. J'en lâche
toujours trop long, quand je suis en colère.

500 Elle riait. Puis, le prenant, le baisant au front :

– Adieu, bébé, c'est fini, bien fini, entends-tu… Je me
sauve.

Et elle le quitta. Il était debout au milieu du salon. Les
derniers mots sonnaient comme un tocsin [1] à ses oreilles :
c'est fini, bien fini ; et il croyait que la terre s'ouvrait sous
ses pieds. Dans le vide de son cerveau, l'homme qui atten-
dait Nana avait disparu ; seul, Philippe demeurait, aux bras
nus de la jeune femme, continuellement. Elle ne niait pas,
elle l'aimait, puisqu'elle voulait lui éviter le chagrin d'une
510 infidélité. C'était fini, bien fini. Il respira fortement, il
regarda autour de la pièce, étouffé par un poids qui l'écra-
sait. Des souvenirs lui revenaient un à un, les nuits rieuses
de la Mignotte, des heures de caresse où il se croyait son
enfant, puis des voluptés volées dans cette pièce même. Et
jamais, jamais plus ! Il était trop petit, il n'avait pas grandi
assez vite ; Philippe le remplaçait, parce qu'il avait de la
barbe. Alors, c'était la fin, il ne pouvait plus vivre. Son
vice s'était trempé d'une tendresse infinie, d'une adoration
sensuelle, où tout son être se donnait. Puis, comment
520 oublier, lorsque son frère resterait là ? son frère, un peu de
son sang, un autre moi dont le plaisir l'enrageait de
jalousie. C'était la fin, il voulait mourir.

Toutes les portes demeuraient ouvertes, dans la déban-
dade bruyante des domestiques, qui avaient vu madame
sortir à pied. En bas, sur la banquette du vestibule, le bou-
langer riait avec Charles et François. Comme Zoé traver-
sait le salon en courant, elle parut surprise de voir Georges
et lui demanda s'il attendait madame. Oui, il l'attendait, il
avait oublié de lui rendre une réponse. Et, quand il fut seul,
530 il se mit à chercher. Ne trouvant rien autre, il prit dans le
cabinet de toilette une paire de ciseaux très pointus, dont
Nana avait la continuelle manie de se servir pour éplucher
sa personne, se rognant des peaux, se coupant des poils.
Alors, pendant une heure, il patienta, les doigts collés ner-
veusement aux ciseaux, la main dans la poche.

───────

1. Tintement d'une cloche servant à donner l'alarme.

– Voilà madame, dit en revenant Zoé, qui avait dû la guetter par la fenêtre de la chambre.

Il y eut des courses dans l'hôtel ; des rires s'éteignirent, des portes se fermèrent. Georges entendit Nana qui payait le boulanger, d'une voix brève. Puis, elle monta. 540

– Comment ! tu es encore ici ! dit-elle en l'apercevant. Ah ! nous allons nous fâcher, mon bonhomme !

Il la suivait, pendant qu'elle se dirigeait vers la chambre.

– Nana, veux-tu m'épouser ?

Mais elle haussa les épaules. C'était trop bête, elle ne répondait plus. Son idée était de lui jeter la porte sur la figure.

– Nana, veux-tu m'épouser ?

Elle lança la porte. D'une main, il la rouvrit, tandis qu'il 550
sortait l'autre main de la poche, avec les ciseaux. Et, simplement, d'un grand coup, il se les enfonça dans la poitrine.

Cependant, Nana avait eu conscience d'un malheur ; elle s'était tournée. Quand elle le vit se frapper, elle fut prise d'une indignation.

– Mais est-il bête ! mais est-il bête ! Et avec mes ciseaux encore !… Veux-tu bien finir, méchant gamin !… Ah ! mon Dieu ! ah ! mon Dieu !

Elle s'effarait. Le petit, tombé sur les genoux, venait de 560
se porter un second coup, qui l'avait jeté tout de son long sur le tapis. Il barrait le seuil de la chambre. Alors, elle perdit complètement la tête, criant de toutes ses forces, n'osant enjamber ce corps, qui l'enfermait et l'empêchait de courir chercher du secours.

– Zoé ! Zoé ! arrive donc… Fais-le finir… C'est stupide à la fin, un enfant comme ça !… Le voilà qui se tue maintenant ! et chez moi ! A-t-on jamais vu !

Il lui faisait peur. Il était tout blanc, les yeux fermés. Ça ne saignait presque pas, à peine un peu de sang, dont la 570
tache mince se perdait sous le gilet. Elle se décidait à passer sur le corps, lorsqu'une apparition la fit reculer. En face d'elle, par la porte du salon restée grande ouverte, une vieille dame s'avançait. Et elle reconnaissait madame Hugon, terrifiée, ne s'expliquant pas cette présence. Elle reculait toujours, elle avait encore ses gants et son cha-

peau. Sa terreur devint telle, qu'elle se défendit, la voix
bégayante.

— Madame, ce n'est pas moi, je vous jure... Il voulait
580 m'épouser, j'ai dit non, et il s'est tué [1].

Lentement, madame Hugon s'approchait, vêtue de noir,
la figure pâle, avec ses cheveux blancs. Dans la voiture,
l'idée de Georges s'en était allée, la faute de Philippe
l'avait reprise tout entière. Peut-être cette femme pourrait-
elle donner aux juges des explications qui les touche-
raient ; et le projet lui venait de la supplier, pour qu'elle
déposât en faveur de son fils. En bas, les portes de l'hôtel
étaient ouvertes, elle hésitait dans l'escalier, avec ses mau-
vaises jambes, lorsque, tout d'un coup, des appels d'épou-
590 vante l'avaient dirigée. Puis, en haut, un homme se trou-
vait par terre, la chemise tachée de rouge. C'était Georges,
c'était son autre enfant.

Nana répétait, d'un ton imbécile :

— Il voulait m'épouser, j'ai dit non, et il s'est tué.

Sans un cri, madame Hugon se baissa. Oui, c'était
l'autre, c'était Georges. L'un déshonoré, l'autre assassiné.
Cela ne la surprenait pas, dans l'écroulement de toute sa
vie. Agenouillée sur le tapis, ignorante du lieu où elle était,
n'apercevant personne, elle regardait fixement le visage de
600 Georges, elle écoutait, une main sur son cœur. Puis, elle
poussa un faible soupir. Elle avait senti le cœur battre.
Alors, elle leva la tête, examina cette chambre et cette
femme, parut se rappeler. Une flamme s'allumait dans ses
yeux vides, elle était si grande et si terrible de silence, que
Nana tremblait, en continuant de se défendre, par-dessus
ce corps qui les séparait.

— Je vous jure, madame... Si son frère était là, il pour-
rait vous expliquer...

— Son frère a volé, il est en prison, dit la mère durement.

1. Zola s'est sans doute inspiré du suicide du fils du fondateur des
Bouillons Duval, amant de Cora Pearl, dont il avait parlé dans *Le Séma-
phore de Marseille* du 22-23 décembre 1872 : « Au dernier louis, elle l'a
mis à la porte, lui est revenu ; et, au sortir d'une scène violente, il s'est
frappé sur le seuil de son cabinet de toilette. On espère néanmoins le
sauver. Sa mère a dû venir dans le logis suspect où il a reçu les premiers
soins. »

Nana resta étranglée. Mais pourquoi tout ça ? l'autre 610
avait volé, à présent ! ils étaient donc fous, dans cette
famille ! Elle ne se débattait plus, n'ayant pas l'air chez
elle, laissant madame Hugon donner des ordres. Des
domestiques avaient fini par accourir, la vieille dame
voulut absolument qu'ils descendissent Georges évanoui
dans sa voiture. Elle aimait mieux le tuer et l'emporter de
cette maison. Nana, de ses regards stupéfaits, suivit les
domestiques qui tenaient ce pauvre Zizi par les épaules et
par les jambes. La mère marchait derrière, épuisée main-
tenant, s'appuyant aux meubles, comme jetée au néant de 620
tout ce qu'elle aimait. Sur le palier, elle eut un sanglot, elle
se retourna et dit à deux reprises :

– Ah ! vous nous avez fait bien du mal !… Vous nous
avez fait bien du mal !

Ce fut tout. Nana s'était assise, dans sa stupeur, encore
gantée et son chapeau sur la tête. L'hôtel retombait à un
silence lourd, la voiture venait de partir ; et elle demeurait
immobile, n'ayant pas une idée, la tête bourdonnante de
cette histoire. Un quart d'heure plus tard, le comte Muffat
la trouva à la même place. Mais alors elle se soulagea par 630
un flux débordant de paroles, lui contant le malheur, reve-
nant vingt fois sur les mêmes détails, ramassant les
ciseaux tachés de sang pour refaire le geste de Zizi, quand
il s'était frappé. Et elle avait surtout à cœur de prouver son
innocence.

– Voyons, chéri, est-ce ma faute ? Si tu étais la justice,
est-ce que tu me condamnerais ?… Je n'ai pas dit à Phi-
lippe de manger la grenouille [1], bien sûr ; pas plus que je
n'ai poussé ce petit malheureux à se massacrer… Dans
tout ça, je suis la plus malheureuse. On vient faire ses 640
bêtises chez moi, on me cause de la peine, on me traite
comme une coquine…

Et elle se mit à pleurer. Une détente nerveuse la rendait
molle et dolente, très attendrie, avec un immense chagrin.

– Toi aussi, tu as l'air de n'être pas content… Demande
un peu à Zoé, si j'y suis pour quelque chose… Zoé, parlez
donc, expliquez à monsieur…

1. Voler l'argent appartenant à un groupe de personnes dont on fait partie
(populaire).

Depuis un instant, la femme de chambre, qui avait pris dans le cabinet une serviette et une cuvette d'eau, frottait
650 le tapis pour enlever une tache de sang, pendant que c'était frais.

– Oh ! monsieur, déclara-t-elle, madame est assez désolée !

Muffat restait saisi, glacé par ce drame, la pensée pleine de cette mère pleurant ses fils. Il connaissait son grand cœur, il la voyait, dans ses habits de veuve, s'éteignant seule aux Fondettes. Mais Nana se désespérait plus fort. Maintenant, l'image de Zizi, tombé par terre, avec un trou rouge sur sa chemise, la jetait hors d'elle.

660 – Il était si mignon, si doux, si caressant… Ah ! tu sais, mon chat, tant pis si ça te vexe, je l'aimais, ce bébé ! Je ne peux pas me retenir, c'est plus fort que moi… Et puis, ça ne doit rien te faire, à présent. Il n'est plus là. Tu as ce que tu voulais, tu es bien sûr de ne plus nous surprendre…

Et cette dernière idée l'étrangla d'un tel regret, qu'il finit par la consoler. Allons, elle devait se montrer forte ; elle avait raison, ce n'était pas sa faute. Mais elle s'arrêta d'elle-même, pour dire :

– Écoute, tu vas courir me chercher de ses nouvelles…
670 Tout de suite ! Je veux !

Il prit son chapeau et alla chercher des nouvelles de Georges. Au bout de trois quarts d'heure, quand il revint, il aperçut Nana penchée anxieusement à une fenêtre ; et il lui cria du trottoir que le petit n'était pas mort, et qu'on espérait même le sauver. Alors, elle sauta tout de suite à une grande joie ; elle chantait, dansait, trouvait l'existence belle. Zoé, cependant, n'était pas contente de son lavage. Elle regardait toujours la tache, elle répétait chaque fois en passant :

680 – Vous savez, madame, que ce n'est pas parti.

En effet, la tache reparaissait, d'un rouge pâle, sur une rosace blanche du tapis. C'était, au seuil même de la chambre, comme un trait de sang qui barrait la porte.

– Bah ! dit Nana heureuse, ça s'en ira sous les pieds.

Dès le lendemain, le comte Muffat avait, lui aussi, oublié l'aventure. Un instant, dans le fiacre qui le menait rue Richelieu, il s'était juré de ne pas retourner chez cette femme. Le ciel lui donnait un avertissement, il regardait le

malheur de Philippe et de Georges comme l'annonce de sa
propre perte. Mais ni le spectacle de madame Hugon en 690
larmes, ni la vue de l'enfant brûlé de fièvre n'avaient eu la
force de lui faire tenir son serment ; et, du court frisson de
ce drame, il lui restait seulement la jouissance sourde
d'être débarrassé d'un rival dont la jeunesse charmante
l'avait toujours exaspéré. Il en arrivait maintenant à une
passion exclusive, une de ces passions d'hommes qui
n'ont pas eu de jeunesse. Il aimait Nana avec un besoin de
la savoir à lui seul, de l'entendre, de la toucher, d'être dans
son haleine. C'était une tendresse élargie au-delà des sens,
jusqu'au sentiment pur, une affection inquiète, jalouse du 700
passé, rêvant parfois de rédemption, de pardon reçu, tous
deux agenouillés devant Dieu le Père. Chaque jour, la reli-
gion le reprenait davantage. Il pratiquait de nouveau, se
confessait et communiait, sans cesse combattu, doublant
de ses remords les joies du péché et de la pénitence. Puis,
son directeur lui ayant permis d'user sa passion, il s'était
fait une habitude de cette damnation quotidienne, qu'il
rachetait par des élans de foi, pleins d'une humilité dévote.
Très naïvement, il offrait au ciel, comme une souffrance
expiatrice, l'abominable tourment dont il souffrait. Ce 710
tourment grandissait encore, il montait son calvaire de
croyant, de cœur grave et profond, tombé dans la sensua-
lité enragée d'une fille. Et ce dont il agonisait surtout,
c'était des continuelles infidélités de cette femme, ne pou-
vant se faire au partage, ne comprenant pas ses caprices
imbéciles. Lui, souhaitait un amour éternel, toujours le
même. Cependant, elle avait juré, et il la payait pour ça.
Mais il la sentait menteuse, incapable de se garder, se don-
nant aux amis, aux passants, en bonne bête née pour vivre
sans chemise. 720

Un matin qu'il vit sortir Foucarmont de chez elle, à une
heure singulière, il lui fit une scène. Du coup, elle se fâcha,
fatiguée de sa jalousie. Déjà, plusieurs fois, elle s'était
montrée gentille. Ainsi, le soir où il l'avait surprise avec
Georges, elle était revenue la première, avouant ses torts,
le comblant de caresses et de mots aimables, pour lui faire
avaler ça. Mais, à la fin, il l'assommait avec son entête-
ment à ne pas comprendre les femmes ; et elle fut brutale.

– Eh bien ! oui, j'ai couché avec Foucarmont. Après ?...
730 Hein ? ça te défrise [1], mon petit mufe !

C'était la première fois qu'elle lui jetait « mon petit
mufe » à la figure. Il restait suffoqué par la carrure de son
aveu ; et, comme il serrait les poings, elle marcha vers lui,
le regarda en face.

– En voilà assez, hein ?... Si ça ne te convient pas, tu
vas me faire le plaisir de sortir... Je ne veux pas que tu
cries chez moi... Mets bien dans ta caboche que j'entends
être libre. Quand un homme me plaît, je couche avec. Par-
faitement, c'est comme ça... Et il faut te décider tout de
740 suite : oui ou non, tu peux sortir.

Elle était allée ouvrir la porte. Il ne sortit pas. Mainte-
nant, c'était sa façon de l'attacher davantage ; pour un
rien, à la moindre querelle, elle lui mettait le marché en
main, avec des réflexions abominables. Ah bien ! elle trou-
verait toujours mieux que lui, elle avait l'embarras du
choix ; on ramassait des hommes dehors, tant qu'on en
voulait, et des hommes moins godiches, dont le sang
bouillait dans les veines. Il baissait la tête, il attendait des
heures plus douces, lorsqu'elle avait un besoin d'argent ;
750 alors, elle se faisait caressante, et il oubliait, une nuit de
tendresse compensait les tortures de toute une semaine.
Son rapprochement avec sa femme lui avait rendu son
intérieur insupportable. La comtesse, lâchée par Fauchery,
qui retombait sous l'empire de Rose, s'étourdissait à
d'autres amours, dans le coup de fièvre inquiet de la qua-
rantaine, toujours nerveuse, emplissant l'hôtel du tour-
billon exaspérant de sa vie. Estelle, depuis son mariage, ne
voyait plus son père ; chez cette fille, plate et insignifiante,
une femme d'une volonté de fer avait brusquement paru, si
760 absolue, que Daguenet tremblait devant elle ; maintenant,
il l'accompagnait à la messe, converti, furieux contre son
beau-père qui les ruinait avec une créature. Seul, M. Venot
restait tendre pour le comte, guettant son heure ; même il
en était arrivé à s'introduire près de Nana, il fréquentait les
deux maisons, où l'on rencontrait derrière les portes son
continuel sourire. Et Muffat, misérable chez lui, chassé par

1. *Défriser* : contrarier quelqu'un, lui causer une déception (argotique).

l'ennui et la honte, préférait encore vivre avenue de Villiers, au milieu des injures.

Bientôt, une seule question demeura entre Nana et le comte : l'argent. Un jour, après lui avoir promis formellement dix mille francs, il avait osé se présenter les mains vides, à l'heure convenue. Depuis l'avant-veille, elle le chauffait de caresses. Un tel manque de parole, tant de gentillesses perdues, la jetèrent dans une rage de grossièretés. Elle était toute blanche.

— Hein ? tu n'as pas la monnaie… Alors, mon petit mufe, retourne d'où tu viens, et plus vite que ça ! En voilà un chameau ! il voulait m'embrasser encore !… Plus d'argent, plus rien ! tu entends !

Il donnait des explications, il aurait la somme le surlendemain. Mais elle l'interrompit violemment.

— Et mes échéances ! On me saisira, moi, pendant que monsieur viendra ici à l'œil… Ah ! çà, regarde-toi donc ! Est-ce que tu t'imagines que je t'aime pour tes formes ? Quand on a une gueule comme la tienne, on paie les femmes qui veulent bien vous tolérer… Nom de Dieu ! si tu ne m'apportes pas les dix mille francs ce soir, tu n'auras pas même à sucer le bout de mon petit doigt… Vrai ! je te renvoie à ta femme !

Le soir, il apporta les dix mille francs. Nana tendit les lèvres, il y prit un long baiser, qui le consola de toute sa journée d'angoisse. Ce qui ennuyait la jeune femme, c'était de l'avoir sans cesse dans ses jupes. Elle se plaignait à M. Venot, en le suppliant d'emmener son petit mufe chez la comtesse ; ça ne servait donc à rien, leur réconciliation ? et elle regrettait de s'être mêlée de ça, puisqu'il lui retombait quand même sur le dos. Les jours où, de colère, elle oubliait ses intérêts, elle jurait de lui faire une telle saleté, qu'il ne pourrait remettre les pieds chez elle. Mais, comme elle le criait en se tapant sur les cuisses, elle aurait eu beau lui cracher à la figure, il serait resté, en disant merci. Alors, continuellement, les scènes recommencèrent pour l'argent. Elle en exigeait avec brutalité, c'étaient des engueulades au sujet de sommes misérables, une avidité odieuse de chaque minute, une cruauté à lui répéter qu'elle couchait avec lui pour son argent, pas pour autre chose, et que ça ne l'amusait pas, et qu'elle en

aimait un autre et qu'elle était bien malheureuse d'avoir
besoin d'un idiot de son espèce ! On ne voulait même plus
810 de lui à la cour, où l'on parlait d'exiger sa démission.
L'impératrice avait dit : « Il est trop dégoûtant. » Ça,
c'était bien vrai. Aussi Nana répétait le mot, pour clore
toutes leurs querelles.

— Tiens ! tu me dégoûtes !

À cette heure, elle ne se gênait plus, elle avait reconquis
une liberté entière. Tous les jours, elle faisait son tour du
lac [1], ébauchant là des connaissances, qui se dénouaient
ailleurs. C'était la grande retape [2], le persil [3] ! au clair
soleil, le raccrochage des catins illustres, étalées dans le
820 sourire de tolérance et dans le luxe éclatant de Paris. Des
duchesses se la montraient d'un regard, des bourgeoises
enrichies copiaient ses chapeaux ; parfois son landau, pour
passer, arrêtait une file de puissants équipages, des finan-
ciers tenant l'Europe dans leur caisse, des ministres dont
les gros doigts serraient la France à la gorge ; et elle était
de ce monde du Bois, elle y prenait une place considérable,
connue de toutes les capitales, demandée par tous les étran-
gers, ajoutant aux splendeurs de cette foule le coup de folie
de sa débauche, comme la gloire même et la jouissance
830 aiguë d'une nation. Puis, les liaisons d'une nuit, des pas-
sades continuelles dont elle-même chaque matin perdait le
souvenir, la promenaient dans les grands restaurants, sou-
vent à Madrid [4], par les beaux jours. Le personnel des
ambassades défilait, elle dînait avec Lucy Stewart, Caroline
Héquet, Maria Blond, en compagnie de messieurs écor-
chant le français, payant pour être amusés, les prenant à la
soirée avec ordre d'être drôles, si blasés et si vides, qu'ils
ne les touchaient même pas. Et elles appelaient ça « aller à
la rigolade », elles rentraient, heureuses de leurs dédains,
840 finir la nuit aux bras de quelque amant de cœur.

Le comte Muffat feignait d'ignorer, lorsqu'elle ne lui
jetait pas les hommes à la tête. Il souffrait d'ailleurs beau-

1. Il s'agit du lac du bois de Boulogne.
2. Racolage (populaire).
3. Racolage (argotique).
4. Restaurant du bois de Boulogne, rendez-vous de la société élégante de
Paris.

coup des petites hontes de l'existence quotidienne. L'hôtel de l'avenue de Villiers devenait un enfer, une maison de fous, où des détraquements, à toute heure, amenaient des crises odieuses. Nana en arrivait à se battre avec ses domestiques. Un instant, elle se montra très bonne pour Charles, le cocher ; lorsqu'elle s'arrêtait dans un restaurant, elle lui envoyait des bocks par un garçon ; elle causait de l'intérieur de son landau, égayée, le trouvant cocasse, 850 au milieu des embarras de voitures, quand « il s'engueulait avec les sapins [1] ». Puis, sans raison, elle le traita d'idiot. Toujours elle se chamaillait pour la paille, pour le son, pour l'avoine ; malgré son amour des bêtes, elle trouvait que ses chevaux mangeaient trop. Alors, un jour de règlement, comme elle l'accusait de la voler, Charles s'emporta et l'appela salope, crûment ; bien sûr, ses chevaux valaient mieux qu'elle, ils ne couchaient pas avec tout le monde. Elle répondit sur le même ton, le comte dut les séparer et mettre le cocher à la porte. Mais ce fut le commencement 860 d'une débâcle parmi les domestiques. Victorine et François partirent, à la suite d'un vol de diamants. Julien lui-même disparut ; et une histoire courait, c'était monsieur qui l'avait supplié de s'en aller, en lui donnant une grosse somme, parce qu'il couchait avec madame. Tous les huit jours, on voyait à l'office [2] des figures nouvelles. Jamais on n'avait tant gâché ; la maison était comme un passage où le rebut des bureaux de placement [3] défilait dans un galop de massacre. Zoé seule restait, avec son air propre et son unique souci d'organiser ce désordre, tant qu'elle 870 n'aurait pas de quoi s'établir pour son compte, un plan dont elle mûrissait l'idée depuis longtemps.

Et ce n'était là encore que les soucis avouables. Le comte supportait la stupidité de madame Maloir, jouant au bézigue avec elle, malgré son odeur de rance [4] ; il supportait madame Lerat et ses ragots, le petit Louis et ses plaintes tristes d'enfant rongé de mal, quelque pourriture léguée par un père inconnu. Mais il passait des heures plus

1. Fiacres et, par extension, cochers.
2. Voir note 2, p. 417.
3. Organismes qui permettent de trouver un emploi.
4. Se dit d'un corps gras qui a pris en vieillissant une odeur forte.

mauvaises. Un soir, derrière une porte, il avait entendu
880 Nana raconter furieusement à sa femme de chambre qu'un
prétendu riche venait de la flouer ; oui, un bel homme, qui
se disait américain, avec des mines d'or dans son pays, un
salaud qui s'en était allé pendant son sommeil, sans laisser
un sou, en emportant même un cahier de papier à
cigarettes ; et le comte, très pâle, avait redescendu l'esca-
lier sur la pointe des pieds, pour ne pas savoir. Une autre
fois, il fut forcé de tout connaître. Nana, toquée d'un
baryton [1] de café-concert et quittée par lui, rêva de suicide,
dans une crise de sentimentalité noire ; elle avala un verre
890 d'eau où elle avait fait tremper une poignée d'allumettes,
ce qui la rendit horriblement malade, sans la tuer. Le
comte dut la soigner et subir l'histoire de sa passion, avec
des larmes, des serments de ne plus jamais s'attacher aux
hommes. Dans son mépris de ces cochons, comme elle les
nommait, elle ne pouvait pourtant rester le cœur libre,
ayant toujours quelque amant de cœur sous ses jupes, rou-
lant aux béguins inexplicables, aux goûts pervers des las-
situdes de son corps. Depuis que Zoé se relâchait par
calcul, la bonne administration de l'hôtel était détraquée,
900 au point que Muffat n'osait pousser une porte, tirer un
rideau, ouvrir une armoire ; les trucs ne fonctionnaient
plus, des messieurs traînaient partout, on se cognait à
chaque instant les uns dans les autres. Maintenant, il tous-
sait avant d'entrer, ayant failli trouver la jeune femme au
cou de Francis, un soir qu'il venait de s'absenter deux
minutes du cabinet de toilette pour dire d'atteler, pendant
que le coiffeur donnait à madame un dernier coup de
peigne. C'étaient des abandons brusques derrière son dos,
du plaisir pris dans tous les coins, vivement, en chemise
910 ou en grande toilette, avec le premier venu. Elle le rejoi-
gnait toute rouge, heureuse de ce vol. Avec lui, ça l'assom-
mait, une corvée abominable !

Dans l'angoisse de sa jalousie, le malheureux en arrivait
à être tranquille, lorsqu'il laissait Nana et Satin ensemble.
Il l'aurait poussée à ce vice, pour écarter les hommes.
Mais, de ce côté encore, tout se gâtait. Nana trompait Satin

1. Voix d'homme intermédiaire entre le ténor et la basse ; d'où : voix de
ce chanteur.

comme elle trompait le comte, s'enrageant dans des toquades monstrueuses, ramassant des filles au coin des bornes. Quand elle rentrait en voiture, elle s'amourachait parfois d'un souillon aperçu sur le pavé, les sens pris, l'imagination lâchée ; et elle faisait monter le souillon, le payait et le renvoyait. Puis, sous un déguisement d'homme, c'étaient des parties dans des maisons infâmes, des spectacles de débauche dont elle amusait son ennui. Et Satin, irritée d'être lâchée continuellement, bouleversait l'hôtel de scènes atroces ; elle avait fini par prendre un empire absolu sur Nana, qui la respectait. Muffat rêva même une alliance. Quand il n'osait pas, il déchaînait Satin. Deux fois, elle avait forcé sa chérie à le reprendre ; tandis que lui se montrait obligeant, l'avertissait et s'effaçait devant elle, au moindre signe. Seulement, l'entente ne durait guère, Satin était fêlée, elle aussi. Certains jours, elle cassait tout, crevée [1] à moitié, s'abîmant à des rages de colère et de tendresse, jolie quand même. Zoé devait lui monter la tête, car elle la prenait dans les coins, comme si elle avait voulu l'embaucher pour sa grande affaire, ce plan dont elle ne parlait encore à personne.

Cependant, des révoltes singulières redressaient encore le comte Muffat. Lui qui tolérait Satin depuis des mois, qui avait fini par accepter les inconnus, tout ce troupeau d'hommes galopant au travers de l'alcôve de Nana, s'emportait à l'idée d'être trompé par quelqu'un de son monde ou simplement de sa connaissance. Quand elle lui avoua ses rapports avec Foucarmont, il souffrit tellement, il trouva la trahison du jeune homme si abominable, qu'il voulut le provoquer et se battre. Comme il ne savait où chercher des témoins dans une pareille affaire, il s'adressa à Labordette. Celui-ci, stupéfait, ne put s'empêcher de rire.

– Un duel pour Nana… Mais, cher monsieur, tout Paris se moquerait de vous. On ne se bat pas pour Nana, c'est ridicule.

Le comte devint très pâle. Il eut un geste de violence.

– Alors, je le souffletterai en pleine rue.

1. Brisée.

Pendant une heure, Labordette dut le raisonner. Un soufflet rendrait l'histoire odieuse ; le soir, tout le monde saurait la véritable cause de la rencontre, il serait la fable des journaux. Et Labordette revenait toujours à cette conclusion :

960 – Impossible, c'est ridicule.

Chaque fois, cette parole tombait sur Muffat, nette et tranchante comme un coup de couteau. Il ne pouvait même se battre pour la femme qu'il aimait ; on aurait éclaté de rire. Jamais il n'avait senti plus douloureusement la misère de son amour, cette gravité de son cœur perdue dans cette blague du plaisir. Ce fut sa dernière révolte ; il se laissa convaincre, il assista dès lors au défilé des amis, de tous les hommes qui vivaient là, dans l'intimité de l'hôtel.

Nana, en quelques mois, les mangea goulûment, les uns
970 après les autres. Les besoins croissants de son luxe enrageaient ses appétits, elle nettoyait un homme d'un coup de dent. D'abord, elle eut Foucarmont qui ne dura pas quinze jours. Il rêvait de quitter la marine, il avait amassé en dix années de voyages une trentaine de mille francs qu'il voulait risquer aux États-Unis ; et ses instincts de prudence, d'avarice même, furent emportés, il donna tout, jusqu'à des signatures sur des billets de complaisance [1], engageant son avenir. Lorsque Nana le poussa dehors, il était nu. D'ailleurs, elle se montra très bonne, elle lui conseilla de
980 retourner sur son bateau. À quoi bon s'entêter ? Puisqu'il n'avait pas d'argent, ce n'était plus possible. Il devait comprendre et se montrer raisonnable. Un homme ruiné tombait de ses mains comme un fruit mûr, pour se pourrir à terre, de lui-même.

Ensuite, Nana se mit sur Steiner, sans dégoût, mais sans tendresse. Elle le traitait de sale juif, elle semblait assouvir une haine ancienne, dont elle ne se rendait pas bien compte. Il était gros, il était bête, et elle le bousculait, avalant les morceaux doubles, voulant en finir plus vite avec
990 ce Prussien. Lui, avait lâché Simonne. Son affaire du Bosphore [2] commençait à péricliter. Nana précipita l'écroule-

1. Effets dont l'unique but est de fournir au prétendu bénéficiaire un moyen de se procurer des fonds en escomptant ces papiers fictifs.
2. Voir note 1, p. 303.

ment par des exigences folles. Pendant un mois encore, il se débattit, faisant des miracles ; il emplissait l'Europe d'une publicité colossale, affiches, annonces, prospectus, et tirait de l'argent des pays les plus lointains. Toute cette épargne, les louis des spéculateurs comme les sous des pauvres gens, s'engouffrait avenue de Villiers. D'autre part, il s'était associé avec un maître de forges, en Alsace ; il y avait là-bas, dans un coin de province, des ouvriers noirs de charbon, trempés de sueur, qui, nuit et jour, rai- 1000 dissaient leurs muscles et entendaient craquer leurs os, pour suffire aux plaisirs de Nana. Elle dévorait tout comme un grand feu, les vols de l'agio [1], les gains du travail. Cette fois, elle finit Steiner, elle le rendit au pavé, sucé jusqu'aux moelles, si vidé, qu'il resta même incapable d'inventer une coquinerie nouvelle. Dans l'effondrement de sa maison de banque, il bégayait, il tremblait à l'idée de la police. On venait de le déclarer en faillite, et le seul mot d'argent l'ahurissait, le jetait dans un embarras d'enfant, lui qui avait remué des millions. Un soir, chez 1010 elle, il se mit à pleurer, il lui demanda un emprunt de cent francs, pour payer sa bonne. Et Nana, attendrie et égayée par cette fin du terrible bonhomme qui écumait la place de Paris depuis vingt années, les lui apporta, en disant :

– Tu sais, je te les donne, parce que c'est drôle… Mais, écoute, mon petit, tu n'as plus l'âge pour que je t'entretienne. Faut chercher une autre occupation.

Alors, Nana, tout de suite, entama la Faloise. Il postulait depuis longtemps l'honneur d'être ruiné par elle, afin d'être parfaitement chic. Cela lui manquait, il fallait 1020 qu'une femme le lançât. En deux mois, Paris le connaîtrait, et il lirait son nom dans les journaux. Six semaines suffirent. Son héritage était en propriétés, des terres, des prairies, des bois, des fermes. Il dut vendre rapidement, coup sur coup. À chaque bouchée, Nana dévorait un arpent. Les feuillages frissonnant sous le soleil, les grands blés mûrs, les vignes dorées en septembre, les herbes hautes où les vaches enfonçaient jusqu'au ventre, tout y passait, dans un engloutissement d'abîme ; et il y eut même un cours d'eau, une carrière à plâtre, trois moulins 1030

1. Différence entre la valeur nominale et la valeur réelle des monnaies.

qui disparurent. Nana passait, pareille à une invasion, à
une de ces nuées de sauterelles dont le vol de flamme rase
une province. Elle brûlait la terre où elle posait son petit
pied. Ferme à ferme, prairie à prairie, elle croqua l'héri-
tage, de son air gentil, sans même s'en apercevoir, comme
elle croquait entre ses repas un sac de pralines posé sur ses
genoux. Ça ne tirait pas à conséquence, c'étaient des bon-
bons. Mais, un soir, il ne resta qu'un petit bois. Elle l'avala
d'un air de dédain, car ça ne valait même pas la peine
1040 d'ouvrir la bouche. La Faloise avait un rire idiot, en suçant
la pomme de sa canne. La dette l'écrasait, il ne possédait
plus cent francs de rente, il se voyait forcé de retourner en
province vivre chez un oncle maniaque ; mais ça ne faisait
rien, il était chic, *Le Figaro* avait imprimé deux fois son
nom ; et, le cou maigre entre les pointes rabattues de son
faux col, la taille cassée sous un veston trop court, il se
dandinait, avec des exclamations de perruche et des lassi-
tudes affectées de pantin de bois qui n'a jamais eu une
émotion. Nana, qu'il agaçait, finit par le battre.

1050 Cependant, Fauchery était revenu, amené par son
cousin. Ce malheureux Fauchery, à cette heure, avait un
ménage. Après avoir rompu avec la comtesse, il se trouvait
aux mains de Rose, qui usait de lui comme d'un mari véri-
table. Mignon demeurait simplement le majordome de
madame. Installé en maître, le journaliste mentait à Rose,
prenait toutes sortes de précautions, lorsqu'il la trompait,
plein des scrupules d'un bon époux désireux de se ranger
enfin. Le triomphe de Nana fut de l'avoir et de lui manger
un journal, qu'il avait fondé avec l'argent d'un ami ; elle
1060 ne l'affichait pas, se plaisait au contraire à le traiter en
monsieur qui doit se cacher ; et, quand elle parlait de
Rose, elle disait « cette pauvre Rose ». Le journal lui
donna des fleurs pendant deux mois ; elle avait des
abonnés en province, elle prenait tout, depuis la chronique
jusqu'aux échos de théâtre ; puis, après avoir essoufflé la
rédaction, disloqué l'administration, elle contenta un gros
caprice, un jardin d'hiver dans un coin de son hôtel, qui
emporta l'imprimerie. D'ailleurs, c'était simplement his-
toire de plaisanter. Quand Mignon, heureux de l'aventure,
1070 accourut voir s'il ne pourrait pas lui coller Fauchery tout à
fait, elle demanda s'il se moquait d'elle : un gaillard sans

le sou, vivant de ses articles et de ses pièces, non par
exemple ! Cette bêtise-là était bonne pour une femme de
talent comme cette pauvre Rose. Et, se méfiant, craignant,
quelque traîtrise de la part de Mignon, très capable de les
dénoncer à sa femme, elle congédia Faucher y, qui ne la
payait plus qu'en publicité.

Mais elle lui gardait un bon souvenir, ils s'étaient bien
amusés ensemble de cet idiot de la Faloise. Jamais peut-
être ils n'auraient eu l'idée de se revoir, si le plaisir de se 1080
ficher d'un pareil crétin ne les eût excités. Ça leur semblait
farce, ils s'embrassaient sous son nez, ils faisaient une
noce à tout casser avec son argent, ils l'envoyaient en
course au bout de Paris, pour rester seuls ; puis, quand il
revenait, c'étaient des blagues, des allusions qu'il ne pou-
vait comprendre. Un jour, poussée par le journaliste, elle
paria qu'elle donnerait un soufflet à la Faloise ; le soir
même, elle lui donna un soufflet, puis continua de le
battre, trouvant ça drôle, heureuse de montrer combien les
hommes étaient lâches. Elle l'appelait « son tiroir à 1090
claques », lui disait d'avancer pour recevoir sa gifle, des
gifles qui lui rougissaient la main, parce qu'elle n'avait pas
encore l'habitude. La Faloise riait de son air crevé, avec
des larmes dans les yeux. Cette familiarité l'enchantait, il
la trouvait épatante.

— Tu ne sais pas, dit-il un soir, après avoir reçu des
calottes, très allumé, tu devrais m'épouser… Hein ? nous
serions rigolos tous les deux !

Ce n'était pas une parole en l'air. Il avait sournoisement
projeté le mariage, pris du besoin d'étonner Paris. Le mari 1100
de Nana, hein ? quel chic ! Une apothéose un peu crâne !
Mais Nana le moucha d'une belle façon.

— Moi t'épouser !… Ah bien ! si cette idée me tourmen-
tait, il y a longtemps que j'aurais trouvé un époux ! Et un
homme qui te vaudrait vingt fois, mon petit… J'ai reçu un
tas de propositions. Tiens ! compte avec moi : Philippe,
Georges, Foucarmont, Steiner, ça fait quatre, sans les
autres que tu ne connais pas… C'est comme leur refrain à
tous. Je ne peux pas être gentille, ils se mettent aussitôt à
chanter : Veux-tu m'épouser, veux-tu m'épouser… 1110

Elle se montait. Puis, elle éclata avec une belle indi-
gnation :

– Eh ! non, je ne veux pas !… Est-ce que je suis faite pour cette machine ? Regarde-moi un peu, je ne serais plus Nana, si je me collais un homme sur le dos… Et, d'ailleurs, c'est trop sale…

Et elle crachait, elle avait un hoquet de dégoût, comme si elle avait vu s'élargir sous elle la saleté de toute la terre.

Un soir, la Faloise disparut. On apprit huit jours plus
1120 tard qu'il était en province, chez son oncle, qui avait la manie d'herboriser ; il lui collait ses herbiers et courait la chance d'épouser une cousine très laide et très dévote. Nana ne le pleura guère. Elle dit simplement au comte :

– Hein ? mon petit mufe, encore un rival de moins. Tu jubiles aujourd'hui… Mais c'est qu'il devenait sérieux ! Il voulait m'épouser.

Comme il pâlissait, elle se pendit à son cou, en riant, en lui enfonçant d'une caresse chacune de ses cruautés

– N'est-ce pas ? c'est ça qui te chiffonne, toi ! tu ne
1130 peux plus épouser Nana… Quand ils sont tous à m'embêter avec leur mariage, tu rages dans ton coin… Pas possible, il faut attendre que ta femme claque… Ah ! si ta femme claquait, comme tu viendrais vite, comme tu te jet-terais par terre, comme tu m'offrirais ça, avec le grand jeu, les soupirs, les larmes, les serments ! Hein ? chéri, ce serait si bon !

Elle avait pris une voix douce, elle le blaguait d'un air de câlinerie féroce. Lui, très ému, se mit à rougir, en lui rendant ses baisers. Alors, elle cria :

1140 – Nom de Dieu ! dire que j'ai deviné ! Il y a songé, il attend que sa femme crève… Ah ! bien ! c'est le comble, il est encore plus coquin que les autres !

Muffat avait accepté les autres. Maintenant, il mettait sa dernière dignité à rester « monsieur » pour les domes-tiques et les familiers de la maison, l'homme qui, donnant le plus, était l'amant officiel. Et sa passion s'acharnait. Il se maintenait en payant, achetant très cher jusqu'aux sou-rires, volé même et n'en ayant jamais pour son argent ; mais c'était comme une maladie qui le rongeait, il ne pou-
1150 vait s'empêcher d'en souffrir. Lorsqu'il entrait dans la chambre de Nana, il se contentait d'ouvrir un instant les fenêtres, afin de chasser l'odeur des autres, des effluves de blonds et de bruns, des fumées de cigare dont l'âcreté le

suffoquait. Cette chambre devenait un carrefour, conti-
nuellement des bottes s'essuyaient sur le seuil ; et pas un
n'était arrêté par le trait de sang qui barrait la porte. Zoé
avait gardé une préoccupation de cette tache, une simple
manie de fille propre, agacée de la voir toujours là ; ses
yeux s'y portaient quand même, elle n'entrait plus chez
madame sans dire : 1160
 – C'est drôle, ça ne s'en va pas... Il vient pourtant assez
de monde.
 Nana, qui recevait de meilleures nouvelles de Georges,
alors en convalescence aux Fondettes avec sa mère, faisait
chaque fois la même réponse :
 – Ah ! dame, il faut le temps... Ça pâlit sous les pieds.
 En effet, chacun de ces messieurs, Foucarmont, Steiner,
la Faloise, Fauchery, avait emporté un peu de la tache à ses
semelles. Et Muffat, que le trait de sang préoccupait
comme Zoé, l'étudiait malgré lui, pour lire, dans son effa- 1170
cement de plus en plus rose, le nombre d'hommes qui pas-
saient. Il en avait une sourde peur, toujours il l'enjambait,
par une crainte brusque d'écraser quelque chose de vivant,
un membre nu étalé par terre.
 Puis, là, dans cette chambre, un vertige le grisait. Il
oubliait tout, la cohue des mâles qui la traversaient, le
deuil qui en fermait la porte. Dehors, parfois, au grand air
de la rue, il pleurait de honte et de révolte, en jurant de ne
jamais y rentrer. Et, dès que la portière retombait, il était
repris, il se sentait fondre à la tiédeur de la pièce, la chair 1180
pénétrée d'un parfum, envahie d'un désir voluptueux
d'anéantissement. Lui, dévot, habitué aux extases des cha-
pelles riches, retrouvait exactement ses sensations de
croyant, lorsque, agenouillé sous un vitrail, il succombait
à l'ivresse des orgues et des encensoirs. La femme le pos-
sédait avec le despotisme jaloux d'un Dieu de colère, le
terrifiant, lui donnant des secondes de joie aiguës comme
des spasmes, pour des heures d'affreux tourments, des
visions d'enfer et d'éternels supplices. C'étaient les
mêmes balbutiements, les mêmes prières et les mêmes 1190
désespoirs, surtout les mêmes humilités d'une créature
maudite, écrasée sous la boue de son origine. Ses désirs
d'homme, ses besoins d'une âme, se confondaient, sem-
blaient monter, du fond obscur de son être, ainsi qu'un

seul épanouissement du tronc de la vie. Il s'abandonnait à
la force de l'amour et de la foi, dont le double levier sou-
lève le monde. Et toujours, malgré les luttes de sa raison,
cette chambre de Nana le frappait de folie, il disparaissait
en grelottant dans la toute-puissance du sexe, comme il
1200 s'évanouissait devant l'inconnu du vaste ciel.

Alors, quand elle le sentit si humble, Nana eut le
triomphe tyrannique. Elle apportait d'instinct la rage
d'avoir. Il ne lui suffisait pas de détruire les choses, elle les
salissait. Ses mains si fines laissaient des traces abomi-
nables, décomposaient d'elles-mêmes tout ce qu'elles
avaient cassé. Et lui, imbécile, se prêtait à ce jeu, avec le
vague souvenir des saints dévorés de poux et qui man-
geaient leurs excréments. Lorsqu'elle le tenait dans sa
chambre, les portes closes, elle se donnait le régal de
1210 l'infamie de l'homme. D'abord, ils avaient plaisanté, elle
lui allongeait de légères tapes, lui imposait des volontés
drôles, le faisait zézayer comme un enfant, répéter des fins
de phrase.

– Dis comme moi : « … et zut ! Coco s'en fiche ! »

Il se montrait docile jusqu'à reproduire son accent.

– « … et zut ! Coco s'en fiche ! »

Ou bien elle faisait l'ours, à quatre pattes sur ses four-
rures, en chemise, tournant avec des grognements, comme
si elle avait voulu le dévorer ; et même elle lui mordillait
1220 les mollets, pour rire. Puis, se relevant :

– À toi, fais un peu… Je parie que tu ne fais pas l'ours
comme moi.

C'était encore charmant. Elle l'amusait en ours, avec sa
peau blanche et sa crinière de poils roux. Il riait, il se met-
tait aussi à quatre pattes, grognait, lui mordait les mollets,
pendant qu'elle se sauvait, en affectant des mines d'effroi.

– Sommes-nous bêtes, hein ? finissait-elle par dire. Tu
n'as pas idée comme tu es laid, mon chat ! Ah bien ! si on
te voyait, aux Tuileries !

1230 Mais ces petits jeux se gâtèrent bientôt. Ce ne fut pas
cruauté chez elle, car elle demeurait bonne fille ; ce fut
comme un vent de démence qui passa et grandit peu à peu
dans la chambre close. Une luxure les détraquait, les jetait
aux imaginations délirantes de la chair. Les anciennes
épouvantes dévotes de leur nuit d'insomnie tournaient

maintenant en une soif de bestialité, une fureur de se mettre à quatre pattes, de grogner et de mordre. Puis, un jour, comme il faisait l'ours, elle le poussa si rudement, qu'il tomba contre un meuble ; et elle éclata d'un rire involontaire, en lui voyant une bosse au front. Dès lors, 1240 mise en goût par son essai sur la Faloise, elle le traita en animal, le fouilla, le poursuivit à coups de pied.

– Hue donc ! hue donc !… Tu es le cheval… Dia, hue ! sale rosse, veux-tu marcher !

D'autres fois, il était un chien. Elle lui jetait son mouchoir parfumé au bout de la pièce, et il devait courir le ramasser avec les dents, en se traînant sur les mains et les genoux.

– Rapporte, César !… Attends, je vais te régaler, si tu flânes !… Très bien, César ! obéissant ! gentil !… Fais le 1250 beau !

Et lui aimait sa bassesse, goûtait la jouissance d'être une brute. Il aspirait encore à descendre, il criait :

– Tape plus fort… Hou ! hou ! je suis enragé, tape donc [1] !

Elle fut prise d'un caprice ; elle exigea qu'il vînt un soir vêtu de son grand costume de chambellan. Alors, ce furent des rires, des moqueries, quand elle l'eut, dans son apparat, avec l'épée, le chapeau, la culotte blanche, le frac de drap rouge chamarré d'or, portant la clef symbolique 1260 pendue sur la basque [2] gauche. Cette clef surtout l'égayait, la lançait à une fantaisie folle d'explications ordurières. Riant toujours, emportée par l'irrespect des grandeurs, par la joie de l'avilir sous la pompe officielle de ce costume, elle le secoua, le pinça, en lui jetant des : « Eh ! va donc, chambellan ! » qu'elle accompagna enfin de longs coups de pied dans le derrière ; et, ces coups de pied, elle les allongeait de si bon cœur dans les Tuileries, dans la majesté de la cour impériale, trônant au sommet, sur la

1. Scène reprise à la *Venise sauvée*, tragédie d'Otway (1682) que Zola avait lue dans *L'Histoire de la littérature anglaise* de Taine (1864) et dans laquelle le vieux sénateur Antonio fait le bœuf, puis le chien devant la courtisane Aquilina, et se fait fouetter par elle.
2. Partie découpée et tombante du vêtement, qui, partant de la taille, recouvre les hanches ; Zola, pour décrire cet uniforme, utilise les informations de son ami Céard qui s'était rendu chez le costumier Babin.

1270 peur et l'aplatissement de tous. Voilà ce qu'elle pensait de
la société ! C'était sa revanche, une rancune inconsciente
de famille, léguée avec le sang. Puis, le chambellan désha-
billé, l'habit étalé par terre, elle lui cria de sauter, et il
sauta ; elle lui cria de cracher, et il cracha ; elle lui cria de
marcher sur l'or, sur les aigles, sur les décorations, et il
marcha. Patatras ! il n'y avait plus rien, tout s'effondrait.
Elle cassait un chambellan comme elle cassait un flacon
ou un drageoir, et elle en faisait une ordure, un tas de boue
au coin d'une borne.

1280 Cependant, les orfèvres avaient manqué de parole, le lit
ne fut livré que vers le milieu de janvier. Muffat justement
se trouvait en Normandie, où il était allé pour vendre une
dernière épave ; Nana exigeait quatre mille francs tout de
suite. Il ne devait revenir que le surlendemain ; mais, ayant
terminé l'affaire, il hâta son retour, et, sans même passer
rue Miromesnil, se rendit avenue de Villiers. Dix heures
sonnaient. Comme il avait une clef d'une petite porte
ouvrant sur la rue Cardinet, il monta librement. En haut,
dans le salon, Zoé, qui essuyait les bronzes, resta saisie ;

1290 et, ne sachant comment l'arrêter, elle se mit à lui conter en
longues phrases que M. Venot, l'air bouleversé, le cher-
chait depuis la veille, qu'il était déjà venu deux fois le sup-
plier de renvoyer monsieur chez lui, si monsieur descen-
dait d'abord chez madame. Muffat l'écoutait, ne
comprenant rien à cette histoire ; puis, il remarqua son
trouble, et, pris tout à coup d'une rage jalouse, dont il ne
se croyait plus capable, il se jeta dans la porte de la
chambre, où il entendait des rires. La porte céda, les deux
battants volèrent, pendant que Zoé se retirait avec un haus-

1300 sement d'épaules. Tant pis ! puisque madame devenait
folle, madame s'arrangerait toute seule.

Et Muffat, sur le seuil, eut un cri, devant la chose qu'il
voyait.

– Mon Dieu !… mon Dieu !

Dans son luxe royal, la nouvelle chambre resplendissait.
Des capitons d'argent semaient d'étoiles vives le velours
rose thé de la tenture, de ce rose de chair que le ciel prend
par les beaux soirs, lorsque Vénus s'allume à l'horizon,
sur le fond clair du jour qui se meurt ; tandis que les cor-

1310 delières d'or tombant des angles, les dentelles d'or enca-

drant les panneaux étaient comme des flammes légères, des chevelures rousses dénouées, couvrant à demi la grande nudité de la pièce, dont elles rehaussaient la pâleur voluptueuse. Puis, en face, c'était le lit d'or et d'argent qui rayonnait avec l'éclat neuf de ses ciselures, un trône assez large pour que Nana pût y étendre la royauté de ses membres nus, un autel d'une richesse byzantine, digne de la toute-puissance de son sexe, et où elle l'étalait à cette heure même, découvert, dans une religieuse impudeur d'idole redoutée. Et, près d'elle, sous le reflet de neige de sa gorge, au milieu de son triomphe de déesse, se vautrait une honte, une décrépitude, une ruine comique et lamentable, le marquis de Chouard en chemise. 1320

Le comte avait joint les mains. Traversé d'un grand frisson, il répétait :

– Mon Dieu !… mon Dieu !

C'était pour le marquis de Chouard que fleurissaient les roses d'or du bateau, des touffes de roses d'or épanouies dans des feuillages d'or ; c'était pour lui que se penchaient les Amours, la ronde culbutée sur un treillis d'argent, avec des rires de gaminerie amoureuse ; et, à ses pieds, le Faune découvrait pour lui le sommeil de la nymphe lasse de volupté, cette figure de la Nuit copiée sur le nu célèbre de Nana, jusque dans les cuisses trop fortes, qui la faisaient reconnaître de tous. Jeté là comme une loque humaine, gâtée et dissoute par soixante ans de débauche, il mettait un coin de charnier dans la gloire des chairs éclatantes de la femme. Quand il avait vu la porte s'ouvrir, il s'était soulevé, pris de l'épouvante d'un vieillard gâteux ; cette dernière nuit d'amour le frappait d'imbécillité, il retombait en enfance ; et, ne trouvant plus les mots, à moitié paralysé, bégayant, grelottant, il restait dans une attitude de fuite, la chemise retroussée sur son corps de squelette, une jambe hors des couvertures, une pauvre jambe livide, couverte de poils gris. Nana, malgré sa contrariété, ne put s'empêcher de rire. 1330 1340

– Couche-toi donc, fourre-toi dans le lit, dit elle en le renversant et en l'enterrant sous le drap, comme une ordure qu'on ne peut montrer.

Et elle sauta pour refermer la porte. Pas de chance, décidément, avec son petit mufe ! Il tombait toujours mal à 1350

propos. Aussi pourquoi allait-il chercher de l'argent en
Normandie ? Le vieux lui avait apporté ses quatre mille
francs, et elle s'était laissé faire. Elle repoussa les battants
de la porte, elle cria :

– Tant pis ! c'est ta faute. Est-ce qu'on entre comme
cela ? En voilà assez, bon voyage !

Muffat demeurait devant cette porte fermée, dans le fou-
droiement de ce qu'il venait de voir. Son frisson grandis-
sait, un frisson qui lui montait des jambes dans la poitrine
et dans le crâne. Puis, comme un arbre secoué par un
grand vent, il chancela, il s'abattit sur les genoux, avec un
craquement de tous les membres. Et, les mains désespéré-
ment tendues, il balbutia :

– C'est trop, mon Dieu ! c'est trop !

Il avait tout accepté. Mais il ne pouvait plus, il se sentait
à bout de force, dans ce noir où l'homme culbute avec sa
raison. D'un élan extraordinaire, les mains toujours plus
hautes, il cherchait le ciel, il appelait Dieu.

– Oh ! non, je ne veux pas !… Oh ! venez à moi, mon
Dieu ! secourez-moi, faites-moi mourir plutôt !… Oh !
non, pas cet homme, mon Dieu ! c'est fini, prenez-moi,
emportez-moi, que je ne voie plus, que je ne sente plus…
Oh ! je vous appartiens, mon Dieu ! notre Père qui êtes au
ciel…

Et il continuait, brûlant de foi, et une oraison ardente
s'échappait de ses lèvres. Mais quelqu'un le touchait à
l'épaule. Il leva les yeux, c'était M. Venot, surpris de le
trouver en prière devant cette porte close. Alors, comme si
Dieu lui-même eût répondu à son appel, le comte se jeta
au cou du petit vieillard. Il pouvait pleurer enfin, il sanglo-
tait, il répétait :

– Mon frère… mon frère…

Toute son humanité souffrante se soulageait dans ce cri.
Il trempait de ses larmes le visage de M. Venot, il le bai-
sait, avec des paroles entrecoupées.

– Ô mon frère, que je souffre !… Vous seul me restez,
mon frère… Emmenez-moi pour toujours, oh ! de grâce,
emmenez-moi…

Alors, M. Venot le serra sur sa poitrine. Il l'appelait
aussi son frère. Mais il avait un nouveau coup à lui porter ;
depuis la veille, il le cherchait pour lui apprendre que la

comtesse Sabine, dans un détraquement suprême, venait
de s'enfuir avec un chef de rayon d'un grand magasin de
nouveautés, scandale affreux dont tout Paris causait déjà.
En le voyant sous l'influence d'une telle exaltation reli-
gieuse, il sentit le moment favorable, il lui conta tout de
suite l'aventure, cette fin platement tragique où sombrait
sa maison. Le comte n'en fut pas touché ; sa femme était
partie, ça ne lui disait rien, on verrait plus tard. Et, repris 1400
d'angoisse, regardant la porte, les murs, le plafond, d'un
air de terreur, il n'avait toujours que cette supplication :

– Emmenez-moi… Je ne peux plus, emmenez-moi.

M. Venot l'emmena comme un enfant. Dès lors, il lui
appartint tout entier. Muffat retomba dans les stricts
devoirs de la religion. Sa vie était foudroyée. Il avait donné
sa démission de chambellan, devant les pudeurs révoltées
des Tuileries. Estelle, sa fille, lui intentait un procès, pour
une somme de soixante mille francs, l'héritage d'une tante
qu'elle aurait dû toucher à son mariage. Ruiné, vivant 1410
étroitement avec les débris de sa grande fortune, il se lais-
sait peu à peu achever par la comtesse, qui mangeait les
restes dédaignés de Nana. Sabine, gâtée par la promiscuité
de cette fille, poussée à tout, devenait l'effondrement final,
la moisissure même du foyer. Après des aventures, elle
était rentrée, et il l'avait reprise, dans la résignation du
pardon chrétien. Elle l'accompagnait comme sa honte
vivante. Mais lui, de plus en plus indifférent, arrivait à ne
pas souffrir de ces choses. Le ciel l'enlevait des mains de
la femme pour le remettre aux bras mêmes de Dieu. 1420
C'était un prolongement religieux des voluptés de Nana,
avec les balbutiements, les prières et les désespoirs, les
humilités d'une créature maudite écrasée sous la boue de
son origine. Au fond des églises, les genoux glacés par les
dalles, il retrouvait ses jouissances d'autrefois, les
spasmes de ses muscles et les ébranlements délicieux de
son intelligence, dans une même satisfaction des obscurs
besoins de son être.

Le soir de la rupture, Mignon se présenta avenue de Vil-
liers. Il s'accoutumait à Fauchery, il finissait par trouver 1430
mille avantages dans la présence d'un mari chez sa
femme, lui laissait les petits soins du ménage, se reposait
sur lui pour une surveillance active, employait aux

dépenses quotidiennes de la maison l'argent de ses succès
dramatiques ; et comme, d'autre part, Fauchery se mon-
trait raisonnable, sans jalousie ridicule, aussi coulant que
Mignon lui-même sur les occasions trouvées par Rose, les
deux hommes s'entendaient de mieux en mieux, heureux
de leur association fertile en bonheurs de toutes sortes, fai-
1440 sant chacun son trou côte à côte, dans un ménage où ils ne
se gênaient plus. C'était réglé, ça marchait très bien, ils
rivalisaient l'un l'autre pour la félicité commune. Juste-
ment, Mignon venait, sur le conseil de Fauchery, voir s'il
ne pouvait pas enlever à Nana sa femme de chambre, dont
le journaliste avait apprécié l'intelligence hors ligne ; Rose
était désolée, elle tombait depuis un mois sur des filles
inexpérimentées, qui la mettaient dans des embarras con-
tinuels. Comme Zoé le recevait, il la poussa tout de suite
dans la salle à manger. Au premier mot, elle eut un
1450 sourire : impossible, elle quittait madame, elle s'établissait
à son compte ; et elle ajouta, d'un air de vanité discrète,
que chaque jour elle recevait des propositions, ces dames
se la disputaient, madame Blanche lui avait fait un pont
d'or pour la ravoir. Zoé prenait l'établissement de la
Tricon, un vieux projet longtemps couvé, une ambition de
fortune où allaient passer ses économies ; elle était pleine
d'idées larges, elle rêvait d'agrandir la chose, de louer un
hôtel et d'y réunir tous les agréments ; c'était même à ce
propos qu'elle avait tâté d'embaucher Satin, une petite
1460 bête qui se mourait à l'hôpital, tellement elle se gâchait.

 Mignon ayant insisté en parlant des risques que l'on
court dans le commerce, Zoé, sans s'expliquer sur le genre
de son établissement, se contenta de dire avec un sourire
pincé, comme si elle avait pris une confiserie :

 – Oh ! les choses de luxe marchent toujours… Voyez-
vous, il y a assez longtemps que je suis chez les autres, je
veux que les autres soient chez moi.

 Et une férocité lui retroussait les lèvres, elle serait enfin
« madame », elle tiendrait à ses pieds, pour quelques louis,
1470 ces femmes dont elle rinçait les cuvettes depuis quinze
ans.

 Mignon voulut se faire annoncer, et Zoé le laissa un ins-
tant, après avoir dit que madame avait passé une bien mau-
vaise journée. Il était venu une seule fois, il ne connaissait

pas l'hôtel. La salle à manger, avec ses Gobelins, son dressoir, son argenterie, l'étonna. Il ouvrit familièrement les portes, visita le salon, le jardin d'hiver, retourna dans le vestibule ; et ce luxe écrasant, les meubles dorés, les soies et les velours l'emplissaient peu à peu d'une admiration dont son cœur battait. Quand Zoé redescendit le prendre, elle offrit de lui montrer les autres pièces, le cabinet de toilette, la chambre à coucher. Alors, dans la chambre, le cœur de Mignon éclata ; il était soulevé, jeté à un attendrissement d'enthousiasme. Cette sacrée Nana le stupéfiait, lui qui s'y connaissait pourtant. Au milieu de la débâcle de la maison, dans le coulage [1], dans le galop de massacre des domestiques, il y avait un entassement de richesses bouchant quand même les trous et débordant par-dessus les ruines. Et Mignon, en face de ce monument magistral, se rappelait de grands travaux. Près de Marseille, on lui avait montré un aqueduc dont les arches de pierre enjambaient un abîme, œuvre cyclopéenne [2] qui coûtait des millions et dix années de luttes. À Cherbourg, il avait vu le nouveau port, un chantier immense, des centaines d'hommes suant au soleil, des machines comblant la mer de quartiers de roche, dressant une muraille où parfois des ouvriers restaient comme une bouillie sanglante [3]. Mais ça lui semblait petit, Nana l'exaltait davantage ; et il retrouvait, devant son travail, cette sensation de respect éprouvée par lui un soir de fête, dans le château qu'un raffineur s'était fait construire, un palais dont une matière unique, le sucre, avait payé la splendeur royale. Elle, c'était avec autre chose, une petite bêtise dont on riait, un peu de sa nudité délicate, c'était avec ce rien honteux et si puissant, dont la force soulevait le monde, que toute seule, sans ouvriers, sans machines inventées par des ingénieurs, elle venait d'ébranler Paris et de bâtir cette fortune où dormaient des cadavres.

1. Voir note 1, p. 419.
2. Gigantesque (dans la mythologie, le cyclope est un géant n'ayant qu'un œil au milieu du front) ; il s'agit sans doute de l'aqueduc de Roquefavour, à l'ouest d'Aix, qui fut édifié de 1842 à 1847.
3. En 1853 fut inaugurée une digue de 3 700 mètres, mise en chantier sous Louis XIII, et en 1858 le port militaire, commencé sur l'ordre de Napoléon I^{er}.

– Ah ! nom de Dieu ! quel outil ! laissa échapper
1510 Mignon dans son ravissement, avec un retour de gratitude
personnelle.

Nana était peu à peu tombée dans un gros chagrin.
D'abord, la rencontre du marquis et du comte l'avait
secouée d'une fièvre nerveuse, où il entrait presque de la
gaieté. Puis, la pensée de ce vieux qui partait dans un
fiacre, à moitié mort, et de son pauvre mufe qu'elle ne ver-
rait plus, après l'avoir tant fait enrager, lui causa un com-
mencement de mélancolie sentimentale. Ensuite, elle
s'était fâchée en apprenant la maladie de Satin, disparue
1520 depuis quinze jours, et en train de crever à Lariboisière,
tellement madame Robert l'avait mise dans un fichu état.
Comme elle faisait atteler pour voir encore une fois cette
petite ordure, Zoé venait tranquillement de lui donner ses
huit jours. Du coup, elle fut désespérée ; il lui semblait
qu'elle perdait une personne de sa famille. Mon Dieu !
qu'allait-elle devenir, toute seule ? Et elle suppliait Zoé,
qui, très flattée du désespoir de madame, finit par
l'embrasser, pour montrer qu'elle ne partait pas fâchée
contre elle ; il le fallait, le cœur se taisait devant les
1530 affaires. Mais ce jour-là était le jour aux embêtements.
Nana, prise de dégoût, ne songeant plus à sortir, se traînait
dans son petit salon, lorsque Labordette, monté pour lui
parler d'une occasion, des dentelles magnifiques, lâcha
entre deux phrases, à propos de rien, que Georges était
mort. Elle resta glacée.

– Zizi ! mort ! cria-t-elle.

Et son regard, d'un mouvement involontaire, chercha
sur le tapis la tache rose ; mais elle s'en était allée enfin,
les pieds l'avaient usée. Cependant, Labordette donnait
1540 des détails : on ne savait pas au juste, les uns parlaient
d'une blessure rouverte, les autres racontaient un suicide,
un plongeon du petit dans un bassin des Fondettes. Nana
répétait :

– Mort ! mort !

Puis, la gorge serrée depuis le matin, elle éclata en san-
glots, elle se soulagea. C'était une tristesse infinie,
quelque chose de profond et d'immense dont elle se sen-
tait accablée. Labordette ayant voulu la consoler au sujet
de Georges, elle le fit taire de la main, en bégayant :

– Ce n'est pas lui seulement, c'est tout, c'est tout... Je 1550
suis bien malheureuse... Oh ! je comprends, va ! ils vont
encore dire que je suis une coquine... Cette mère qui se
fait du chagrin là-bas, et ce pauvre homme qui geignait ce
matin, devant ma porte, et les autres ruinés à cette heure,
après avoir mangé leurs sous avec moi... C'est ça, tapez
sur Nana, tapez sur la bête ! Oh ! j'ai bon dos, je les
entends comme si j'y étais : Cette sale fille qui couche
avec tout le monde, qui nettoie les uns, qui fait crever les
autres, qui cause de la peine à un tas de personnes...

Elle dut s'interrompre, suffoquée par les larmes, tombée 1560
de douleur en travers d'un divan, la tête enfoncée dans un
coussin. Les malheurs qu'elle sentait autour d'elle, ces
misères qu'elle avait faites, la noyaient d'un flot tiède et
continu d'attendrissement ; et sa voix se perdait en une
plainte sourde de petite fille.

– Oh ! j'ai mal, oh ! j'ai mal... Je ne peux pas, ça
m'étouffe... C'est trop dur de ne pas être comprise, de
voir les gens se mettre contre vous, parce qu'ils sont les
plus forts... Cependant, quand on n'a rien à se reprocher,
quand on a sa conscience pour soi... Eh bien ! non, eh 1570
bien ! non...

Une révolte montait dans sa colère. Elle se releva, elle
essuya ses larmes, marcha avec agitation.

– Eh bien ! non, ils diront ce qu'ils voudront, ce n'est
pas ma faute ! Est-ce que je suis méchante, moi ? Je donne
tout ce que j'ai, je n'écraserais pas une mouche... Ce sont
eux, oui, ce sont eux !... Jamais je n'ai voulu leur être
désagréable. Et ils étaient pendus après mes jupes, et
aujourd'hui les voilà qui claquent, qui mendient, qui
posent tous pour le désespoir... 1580

Puis, s'arrêtant devant Labordette, lui donnant des tapes
sur les épaules :

– Voyons, tu étais là, dis la vérité... Est-ce moi qui les
poussais ? n'étaient-ils pas toujours une douzaine à se
battre pour inventer la plus grosse saleté ? Ils me dégoû-
taient, moi ! Je me cramponnais pour ne pas les suivre,
j'avais peur... Tiens ! un seul exemple, ils voulaient tous
m'épouser. Hein ? une idée propre ! Oui, mon cher,
j'aurais été vingt fois comtesse ou baronne, si j'avais con-
senti. Eh bien ! j'ai refusé, parce que j'étais raisonnable... 1590

Ah ! je leur en ai évité, des ordures et des crimes !... Ils auraient volé, assassiné, tué père et mère. Je n'avais qu'un mot à dire, et je ne l'ai pas dit... Aujourd'hui, tu vois ma récompense... C'est comme Daguenet que j'ai marié, celui-là ; un meurt-de-faim dont j'ai fait la position, après l'avoir gardé gratis, pendant des semaines. Hier, je le rencontre, il tourne la tête. Eh ! va donc, cochon ! Je suis moins sale que toi !

Elle s'était remise à marcher, elle appliqua un violent coup de poing sur un guéridon.

— Nom de Dieu ! ce n'est pas juste ! La société est mal faite. On tombe sur les femmes, quand ce sont les hommes qui exigent des choses... Tiens ! je puis te dire ça, maintenant : lorsque j'allais avec eux, n'est-ce pas ? eh bien ! ça ne me faisait pas plaisir, mais pas plaisir du tout. Ça m'embêtait, parole d'honneur !... Alors, je te demande un peu si je suis pour quelque chose là-dedans !... Ah ! oui, ils m'ont assommée ! Sans eux, mon cher, sans ce qu'ils ont fait de moi, je serais dans un couvent à prier le bon Dieu, car j'ai toujours eu de la religion... Et zut ! après tout, s'ils y ont laissé leur monnaie et leur peau. C'est leur faute ! Moi, je n'y suis pour rien !

— Sans doute, dit Labordette convaincu.

Zoé introduisait Mignon, Nana le reçut en souriant ; elle avait bien pleuré, c'était fini. Il la complimenta sur son installation, encore chaud d'enthousiasme ; mais elle laissa voir qu'elle avait assez de son hôtel ; maintenant, elle rêvait autre chose, elle bazarderait tout, un de ces jours. Puis, comme il donnait un prétexte à sa visite, en parlant d'une représentation au bénéfice du vieux Bosc, cloué dans un fauteuil par une paralysie, elle s'apitoya beaucoup, elle lui prit deux loges. Cependant, Zoé ayant dit que la voiture attendait madame, elle demanda son chapeau ; et, tout en nouant les brides, elle conta l'aventure de cette pauvre Satin, puis ajouta :

— Je vais à l'hôpital... Personne ne m'a aimée comme elle. Ah ! on a bien raison d'accuser les hommes de manquer de cœur !... Qui sait ? je ne la trouverai peut-être plus. N'importe, je demanderai à la voir. Je veux l'embrasser.

Labordette et Mignon eurent un sourire. Elle n'était
plus triste, elle sourit également, car ils ne comptaient pas,
ces deux-là, ils pouvaient comprendre. Et tous deux
l'admiraient, dans un silence recueilli, tandis qu'elle ache-
vait de boutonner ses gants. Elle demeurait seule debout,
au milieu des richesses entassées de son hôtel, avec un
peuple d'hommes abattus à ses pieds. Comme ces
monstres antiques dont le domaine redouté était couvert
d'ossements, elle posait les pieds sur des crânes, et des
catastrophes l'entouraient, la flambée furieuse de Vandeu- 1640
vres, la mélancolie de Foucarmont perdu dans les mers de
la Chine, le désastre de Steiner réduit à vivre en honnête
homme, l'imbécillité satisfaite de la Faloise, et le tragique
effondrement des Muffat, et le blanc cadavre de Georges,
veillé par Philippe, sorti la veille de prison. Son œuvre de
ruine et de mort était faite, la mouche envolée de l'ordure
des faubourgs, apportant le ferment des pourritures
sociales, avait empoisonné ces hommes, rien qu'à se poser
sur eux. C'était bien, c'était juste, elle avait vengé son
monde, les gueux et les abandonnés. Et tandis que, dans 1650
une gloire, son sexe montait et rayonnait sur ses victimes
étendues, pareil à un soleil levant qui éclaire un champ de
carnage, elle gardait son inconscience de bête superbe,
ignorante de sa besogne, bonne fille toujours. Elle restait
grosse, elle restait grasse, d'une belle santé, d'une belle
gaieté. Tout ça ne comptait plus, son hôtel lui semblait
idiot, trop petit, plein de meubles qui la gênaient. Une
misère, simplement histoire de commencer. Aussi rêvait-
elle quelque chose de mieux ; et elle partit en grande toi-
lette pour embrasser Satin une dernière fois, propre, 1660
solide, l'air tout neuf, comme si elle n'avait pas servi.

XIV

Nana, brusquement, disparut ; un nouveau plongeon, une fugue, une envolée dans des pays baroques. Avant son départ, elle s'était donné l'émotion d'une vente, balayant tout, l'hôtel, les meubles, les bijoux, jusqu'aux toilettes et au linge. On citait des chiffres, les cinq vacations [1] produisirent plus de six cent mille francs. Une dernière fois, Paris l'avait vue dans une féerie : Mélusine, au théâtre de la Gaîté, que Bordenave, sans un sou, venait de prendre par un coup d'audace ; elle se retrouvait là avec Prullière et Fontan, son rôle était une simple figuration, mais un vrai « clou », trois poses plastiques [2] d'une fée puissante et muette. Puis, au milieu de ce grand succès, quand Bordenave, enragé de réclames, allumait Paris par des affiches colossales, on apprit un beau matin qu'elle devait être partie la veille pour Le Caire ; une simple discussion avec son directeur, un mot qui ne lui avait pas convenu, le caprice d'une femme trop riche pour se laisser embêter. D'ailleurs, c'était sa toquade [3] : depuis longtemps elle rêvait d'aller chez les Turcs.

Des mois se passèrent. On l'oubliait. Lorsque son nom revenait, parmi ces messieurs et ces dames, les plus étranges histoires circulaient, chacun donnait des rensei-

1. *Vacation* : temps consacré par un officier public ou ministériel à une opération.
2. Belles dans la forme.
3. Voir note 1, p. 93.

gnements opposés et prodigieux. Elle avait fait la conquête du vice-roi, elle régnait au fond d'un palais sur deux cents esclaves dont elle coupait les têtes, pour rire un peu. Pas du tout, elle s'était ruinée avec un grand nègre, une sale passion qui la laissait sans une chemise, dans la débauche crapuleuse du Caire. Quinze jours plus tard, ce fut un étonnement, quelqu'un jurait l'avoir rencontrée en Russie. Une légende se formait, elle était la maîtresse d'un prince, on parlait de ses diamants. Toutes les femmes bientôt les connurent, sur les descriptions qui couraient, sans que personne pût citer une source exacte : des bagues, des boucles d'oreilles, des bracelets, une rivière large de deux doigts, un diadème de reine surmonté d'un brillant central gros comme le pouce. Dans le recul de ces contrées lointaines, elle prenait le rayonnement mystérieux d'une idole chargée de pierreries. Maintenant, on la nommait sérieusement, avec le respect rêveur de cette fortune faite chez les barbares.

Un soir de juillet, vers huit heures, Lucy, qui descendait en voiture la rue du Faubourg-Saint-Honoré, aperçut Caroline Héquet, sortie à pied pour une commande chez un fournisseur du voisinage. Elle l'appela, et tout de suite :

– Tu as dîné, tu es libre ?... Oh ! alors, ma chère, viens avec moi... Nana est de retour.

Du coup, l'autre monta. Lucy continuait :

– Et, tu sais, ma chère, elle est peut-être morte, pendant que nous bavardons.

– Morte ! en voilà une idée ! cria Caroline stupéfaite. Et où donc ? et de quoi ?

– Au Grand Hôtel [1]... de la petite vérole [2]... oh ! une histoire !

Lucy avait dit à son cocher d'aller bon train. Alors, au trot rapide des chevaux, le long de la rue Royale et des boulevards, elle conta l'aventure de Nana, en paroles coupées, sans reprendre haleine.

1. Luxueux hôtel construit en 1856 par les Pereire boulevard des Capucines.
2. Variole ; une épidémie de variole noire sévit à Paris entre avril et juillet 1870.

 – Tu ne peux pas t'imaginer… Nana débarque de Russie, je ne sais plus pourquoi, un attrapage [1] avec son prince…
60 Elle laisse ses bagages à la gare, elle descend chez sa tante, tu te rappelles, cette vieille… Bon elle tombe sur son bébé qui avait la petite vérole ; le bébé meurt le lendemain, et elle s'empoigne avec la tante, à propos de l'argent qu'elle devait envoyer, et dont l'autre n'a jamais vu un sou… Paraît que l'enfant est mort de ça ; enfin un enfant lâché [2] et pas soigné… Très bien ! Nana file, va dans un hôtel, puis rencontre Mignon, juste comme elle songeait à ses bagages… Elle devient toute chose, elle a des frissons, des envies de vomir, et Mignon la reconduit chez elle, en lui promettant
70 de veiller sur ses affaires… Hein ? est-ce drôle, est-ce machiné ! Mais voici le plus beau : Rose apprend la maladie de Nana, s'indigne de la savoir seule dans une chambre meublée, accourt la soigner en pleurant… Tu te souviens comme elles se détestaient, deux vraies furies ! Eh bien ! ma chère, Rose a fait transporter Nana au Grand Hôtel, pour qu'elle mourût au moins dans un endroit chic, et elle a déjà passé trois nuits, quitte à en crever ensuite [3]… C'est Labordette qui m'a raconté ça. Alors j'ai voulu voir…

 – Oui, oui, interrompit Caroline très excitée. Nous
80 allons monter.

 Elles étaient arrivées. Sur le boulevard, le cocher avait dû retenir ses chevaux, au milieu d'un embarras de voitures et de piétons. Dans la journée, le Corps législatif venait de voter la guerre [4] ; une foule descendait de toutes les rues, coulait le long des trottoirs, envahissait la chaussée. Du côté de la Madeleine, le soleil s'était couché derrière un nuage sanglant, dont le reflet d'incendie faisait flamber les fenêtres hautes. Un crépuscule tombait, une heure lourde et

1. Voir note 1, p. 50.
2. Laissé à l'abandon.
3. Zola s'inspire ici de la fin de la vie de Blanche d'Antigny qui partit pour l'Égypte en octobre 1873, après avoir vendu tous ses biens. Elle revint à Paris fin mai 1874, pauvre et atteinte de la fièvre typhoïde. Caroline Letessier fit transporter Blanche, qui était descendue au Grand Hôtel, dans un entresol qu'elle lui avait loué boulevard Haussmann, où elle mourut le 28 juin.
4. Les crédits nécessaires à la guerre avec la Prusse furent votés le 15 juillet 1870 ; la guerre fut déclarée le 19.

mélancolique, avec l'enfoncement déjà obscur des ave-
nues, que les feux des becs de gaz ne piquaient pas encore 90
de leurs étincelles vives. Et, parmi ce peuple en marche,
des voix lointaines grandissaient, des regards luisaient dans
des faces pâles, tandis qu'un grand souffle d'angoisse et de
stupeur épandu emportait toutes les têtes.

– Voilà Mignon, dit Lucy. Il va nous donner des nou-
velles.

Mignon était debout sous le vaste porche du Grand
Hôtel, l'air nerveux, regardant la foule. Aux premières
questions de Lucy, il s'emporta, criant :

– Est-ce que je sais ! Voilà deux jours que je ne peux 100
arracher Rose de là-haut… C'est stupide à la fin, de ris-
quer sa peau ainsi ! Elle sera gentille, si elle y passe, avec
des trous dans la figure ! Ça nous arrangera bien.

Cette idée que Rose pouvait perdre sa beauté l'exaspé-
rait. Il lâchait Nana carrément, ne comprenant rien aux
dévouements bêtes des femmes. Mais Faucherey traversait
le boulevard, et, lorsqu'il fut là, inquiet lui aussi, deman-
dant des nouvelles, tous deux se poussèrent. Maintenant,
ils se tutoyaient.

– Toujours la même chose, mon petit, déclara Mignon. 110
Tu devrais monter, tu la forcerais à te suivre.

– Tiens ! tu es bon, toi ! dit le journaliste. Pourquoi n'y
montes-tu pas toi-même ?

Alors, comme Lucy demandait le numéro, ils la supplie-
rent de faire descendre Rose ; autrement, ils finiraient par
se fâcher. Pourtant, Lucy et Caroline ne montèrent pas tout
de suite. Elles avaient aperçu Fontan, les mains dans les
poches, flânant, très amusé des bonnes têtes de la foule.
Quand il sut que Nana était en haut, malade, il dit en
jouant le sentiment ; 120

– La pauvre fille !… Je vais lui serrer la main… Qu'a-
t-elle donc ?

– La petite vérole, répondit Mignon.

L'acteur avait déjà fait un pas vers la cour ; mais il
revint, il murmura simplement, avec un frisson .

– Ah ! bigre !

Ce n'était pas drôle, la petite vérole. Fontan avait failli
l'avoir à l'âge de cinq ans. Mignon racontait l'histoire
d'une de ses nièces qui en était morte. Quant à Faucherey,

130 il pouvait en parler, il en portait encore les marques, trois
grains à la naissance du nez, qu'il montrait ; et comme
Mignon le poussait de nouveau, sous le prétexte qu'on ne
l'avait jamais deux fois, il combattit cette théorie violem-
ment, il cita des cas en traitant les médecins de brutes.
Mais Lucy et Caroline les interrompirent, surprises de la
cohue croissante.

– Voyez donc ! voyez donc ! en voilà du monde.

La nuit grandissait, des becs de gaz dans le lointain
s'allumaient un à un. Cependant, aux fenêtres, on distin-
140 guait des curieux, tandis que, sous les arbres, le flot humain
s'enflait de minute en minute, dans une coulée énorme, de
la Madeleine à la Bastille. Les voitures roulaient avec len-
teur. Un ronflement se dégageait de cette masse compacte,
muette encore, venue par un besoin de se mettre en tas et
piétinant, s'échauffant d'une même fièvre. Mais un grand
mouvement fit refluer la foule. Au milieu des bourrades,
parmi les groupes qui s'écartaient, une bande d'hommes en
casquette et en blouse blanche [1] avait paru, jetant ce cri, sur
une cadence de marteaux battant l'enclume :

150 – À Berlin ! à Berlin ! à Berlin !

Et la foule regardait, dans une morne défiance, déjà
gagnée pourtant et remuée d'images héroïques, comme au
passage d'une musique militaire.

– Oui, oui, allez vous faire casser la gueule ! murmura
Mignon, pris d'un accès de philosophie.

Mais Fontan trouvait ça très beau. Il parlait de
s'engager. Quand l'ennemi était aux frontières, tous les
citoyens devaient se lever pour défendre la patrie ; et il
prenait une pose de Bonaparte à Austerlitz [2].

160 – Voyons, montez-vous avec nous ? lui demanda Lucy.

– Ah ! non ! dit-il, pour attraper du mal !

1. « Nom donné à de faux ouvriers revêtus de blouses blanches, que la
police payait avec des fonds secrets et qui, dans la dernière année du
second Empire et sous le préfet de police Piétri, simulaient des émeutes
ou servaient aux excitations policières. Au moment où la guerre allait
être déclarée à l'Allemagne, on les vit parcourir tumultueusement les
boulevards en criant : "À Berlin ! À Berlin !" » (*Grand Larousse uni-
versel du XIXᵉ siècle*).
2. Localité de Moravie (République tchèque) où Napoléon remporta une
brillante victoire sur l'armée austro-russe le 2 décembre 1805.

Devant le Grand Hôtel, sur un banc, un homme cachait son visage dans un mouchoir. Fauchery, en arrivant, l'avait montré d'un clignement d'œil à Mignon. Alors, il était toujours là ; oui, il était toujours là. Et le journaliste retint encore les deux femmes pour le leur montrer. Comme il levait la tête, elles le reconnurent et laissèrent échapper une exclamation. C'était le comte Muffat, qui jetait un regard en l'air, sur une des fenêtres.

— Vous savez qu'il pose depuis ce matin, raconta 170 Mignon. Je l'ai vu à six heures, il n'a pas bougé… Dès les premiers mots de Labordette, il est venu là, avec son mouchoir sur la figure… Toutes les demi-heures, il se traîne jusqu'ici pour demander si la personne d'en haut va mieux, et il retourne s'asseoir… Dame ! ce n'est pas sain, cette chambre ; on a beau aimer les gens, on n'a pas envie de crever.

Le comte, les yeux levés, ne semblait pas avoir conscience de ce qui se passait autour de lui. Il ignorait sans doute la déclaration de guerre, il ne sentait pas, il n'enten- 180 dait pas la foule.

— Tiens ! dit Fauchery, le voilà, vous allez voir.

En effet, le comte avait quitté le banc et entrait sous la haute porte. Mais le concierge, qui finissait par le connaître, ne lui laissa pas le temps de poser sa question. Il dit d'un ton brusque :

— Monsieur, elle est morte, à l'instant même.

Nana morte ! Ce fut un coup pour tout le monde. Muffat, sans une parole, était retourné sur le banc, la face dans son mouchoir. Les autres se récriaient. Mais ils 190 eurent la parole coupée, une nouvelle bande passait, hurlant :

— À Berlin ! à Berlin ! à Berlin !

Nana morte ! Par exemple, une si belle fille ! Mignon soupira d'un air soulagé ; enfin Rose allait descendre. Il y eut un froid. Fontan, qui rêvait un rôle tragique, avait pris une expression de douleur, les coins de la bouche tirés, les yeux renversés au bord des paupières ; pendant que Fauchery, réellement touché dans sa blague [1] de petit journa-

1. Le terme désigne moins, au XIX^e siècle, une histoire drôle qu'une forme d'esprit consistant à se moquer de tout.

200 liste, mâchait nerveusement son cigare. Pourtant les deux
femmes continuaient à s'exclamer. La dernière fois que
Lucy l'avait vue, c'était à la Gaîté ; Blanche également,
dans *Mélusine*. Oh ! épatante, ma chère, lorsqu'elle
paraissait au fond de la grotte de cristal ! Ces messieurs se
la rappelaient très bien. Fontan jouait le prince Cocorico.
Et, leurs souvenirs éveillés, ce furent des détails intermi-
nables. Hein ? dans la grotte de cristal, quel chic avec sa
riche nature ! Elle ne disait pas un mot, même les auteurs
lui avaient coupé une réplique, parce que ça gênait ; non,
210 rien du tout, c'était plus grand, et elle vous retournait son
public, rien qu'à se montrer. Un corps comme on n'en
retrouverait plus, des épaules, des jambes et une taille !
Était-ce drôle qu'elle fût morte ! Vous savez qu'elle avait
simplement, par-dessus son maillot [1], une ceinture d'or qui
lui cachait à peine le derrière et le devant. Autour d'elle, la
grotte, tout en glace, faisait une clarté ; des cascades de
diamants se déroulaient, des colliers de perles blanches
ruisselaient parmi les stalactites de la voûte ; et, dans cette
transparence, dans cette eau de source, traversée d'un
220 large rayon électrique, elle semblait un soleil, avec sa peau
et ses cheveux de flamme. Paris la verrait toujours comme
ça, allumée au milieu du cristal, en l'air, ainsi qu'un bon
Dieu. Non, c'était trop bête de se laisser mourir, dans une
pareille position ! Maintenant, elle devait être jolie, là-
haut !

 – Et que de plaisir fichu ! dit Mignon d'une voix mélan-
colique, en homme qui n'aimait pas à voir se perdre les
choses utiles et bonnes.

 Il tâta Lucy et Caroline pour savoir si elles montaient
230 tout de même. Bien sûr, elles montaient ; leur curiosité
avait grandi. Justement, Blanche arrivait, essoufflée, exas-
pérée contre la foule qui barrait les trottoirs ; et quand elle
sut la nouvelle, les exclamations recommencèrent, ces
dames se dirigèrent vers l'escalier, avec un grand bruit de
jupes. Mignon les suivait, en criant :

 – Dites à Rose que je l'attends… Tout de suite, n'est-ce
pas ?

1. Voir note 3, p. 167.

– On ne sait pas au juste si la contagion est à craindre au début ou vers la fin, expliquait Fontan à Faucherey. Un interne de mes amis m'assurait même que les heures qui suivent la mort sont surtout dangereuses... Il se dégage des miasmes... Ah ! je regrette ce brusque dénouement ; j'aurais été si heureux de lui serrer la main une dernière fois.

– Maintenant, à quoi bon ? dit le journaliste.

– Oui, à quoi bon ? répétèrent les deux autres.

La foule augmentait toujours. Dans le coup de lumière des boutiques, sous les nappes dansantes du gaz, on distinguait le double courant des trottoirs, qui charriait des chapeaux. À cette heure, la fièvre gagnait de proche en proche, des gens se jetaient à la suite des bandes en blouse, une poussée continue balayait la chaussée ; et le cri revenait, sortait de toutes les poitrines, saccadé, entêté :

– À Berlin ! à Berlin ! à Berlin !

En haut, au quatrième étage, la chambre coûtait douze francs par jour, Rose ayant voulu quelque chose de convenable, sans luxe cependant, car on n'a pas besoin de luxe pour souffrir. Tendue de cretonne [1] Louis XIII à grosses fleurs, la chambre avait le mobilier d'acajou de tous les hôtels, avec un tapis rouge semé d'un feuillage noir. Un lourd silence régnait, coupé d'un chuchotement, lorsque des voix s'élevèrent dans le corridor.

– Je t'assure que nous sommes perdues. Le garçon a dit de tourner à droite... En voilà une caserne !

– Attends donc, il faut voir... Chambre 401, chambre 401...

– Eh ! par ici... 405, 403... Nous devons y être... Ah ! enfin, 401 !... Arrivez, chut ! chut !

Les voix se turent. On toussa, on se recueillit un instant. Puis, la porte ouverte avec lenteur, Lucy entra, suivie de Caroline et de Blanche. Mais elles s'arrêtèrent, il y avait déjà cinq femmes dans la chambre. Gaga était allongée au fond de l'unique fauteuil, un voltaire [2] de velours rouge. Devant la cheminée, Simonne et Clarisse debout causaient

1. Voir note 1, p. 196.
2. Grand fauteuil bas, à dossier élevé et renversé en arrière, apparu sous la Restauration.

avec Léa de Horn, assise sur une chaise ; tandis que,
devant le lit, à gauche de la porte, Rose Mignon, posée au
bord du coffre à bois, regardait fixement le corps perdu
dans l'ombre des rideaux. Toutes avaient leurs chapeaux et
leurs gants, comme des dames en visite ; et seule, les
280 mains nues, décoiffée, pâlie par la fatigue de trois nuits de
veille, elle restait stupide et gonflée de tristesse, en face de
cette mort si brusque. Au coin de la commode, une lampe,
garnie d'un abat-jour, éclairait Gaga d'un coup de lumière
vive.

– Hein ? quel malheur ! murmura Lucy en serrant la
main de Rose. Nous voulions lui dire adieu.

Et elle tournait la tête, pour tâcher de la voir ; mais la
lampe était trop loin, elle n'osa pas la rapprocher. Sur le
lit, une masse grise s'allongeait, on distinguait seulement
290 le chignon rouge, avec une tache blafarde qui devait être la
figure. Lucy ajouta :

– Moi, je ne l'avais plus vue depuis la Gaîté, au fond de
la grotte…

Alors, Rose, sortant de sa stupeur, eut un sourire, en
répétant :

– Ah ! elle est changée, elle est changée…

Puis, elle retomba dans sa contemplation, sans un geste,
sans une parole. Tout à l'heure on pourrait la regarder
peut-être ; et les trois femmes rejoignirent les autres
300 devant la cheminée. Simonne et Clarisse discutaient sur
les diamants de la morte, à voix basse. Enfin, existaient-
ils, ces diamants ? personne ne les avait vus, ça devait être
une blague. Mais Léa de Horn connaissait quelqu'un qui
les connaissait ; oh ! des pierres monstrueuses !
D'ailleurs, ce n'était pas tout, elle avait rapporté bien
d'autres richesses de Russie, des étoffes brodées, des bibe-
lots précieux, un service de table en or, jusqu'à des
meubles ; oui, ma chère, cinquante-deux colis, des caisses
énormes, de quoi charger trois wagons. Ça restait en gare.
310 Hein ? pas de chance, mourir sans avoir même le temps de
déballer ses affaires ; et ajoutez qu'elle avait des sous avec
ça, quelque chose comme un million. Lucy demanda qui
héritait. Des parents éloignés, la tante sans doute. Une
jolie tuile pour cette vieille. Elle ne savait rien encore, la
malade s'était obstinée à ne pas la faire prévenir, lui gar-

dant rancune de la mort de son petit. Alors, toutes s'api-
toyèrent sur le petit, en se souvenant de l'avoir aperçu aux
courses : un bébé plein de mal, et qui avait l'air si vieux et
si triste ; enfin un de ces pauvres mioches qui n'ont pas
demandé à naître. 320

— Il est heureux sous la terre, dit Blanche.

— Bah ! elle aussi, ajouta Caroline. Ce n'est pas si drôle,
l'existence.

Des idées noires les envahissaient, dans la sévérité de
cette chambre. Elles avaient peur, c'était bête de causer là
si longtemps ; mais un besoin de voir les clouait sur le
tapis. Il faisait très chaud ; le verre de la lampe mettait au
plafond une rondeur de lune, dans l'ombre moite dont la
pièce était noyée. Sous le lit, une assiette creuse pleine de
phénol [1] dégageait une odeur fade. Et, par moments, des 330
souffles gonflaient les rideaux de la fenêtre, ouverte sur le
boulevard, d'où montait un sourd ronflement.

— A-t-elle beaucoup souffert ? demanda Lucy, qui
s'était absorbée devant le sujet de la pendule, les trois
Grâces, nues, avec des sourires de danseuses.

Gaga parut s'éveiller.

— Ah ! oui, par exemple !... J'étais là, quand elle a
passé. Je vous réponds que ça n'a rien de beau... Tenez,
elle a été prise d'une secousse...

Mais elle ne put continuer son explication, un cri 340
s'élevait :

— À Berlin ! à Berlin ! à Berlin !

Et Lucy, qui étouffait, ouvrit la fenêtre toute grande et
s'accouda. Là, il faisait bon, une fraîcheur tombait du ciel
étoilé. En face, des fenêtres flambaient, des reflets de gaz
dansaient dans les lettres d'or des enseignes. Puis, au-des-
sous, c'était très amusant, on voyait les coulées de la foule
rouler comme un torrent sur les trottoirs et la chaussée, au
milieu d'une confusion de voitures, dans de grandes
ombres mouvantes où luisaient les étincelles des lanternes 350
et des becs de gaz. Mais la bande qui arrivait en vociférant
avait des torches ; une lueur rouge venait de la Madeleine,
coupait la cohue d'une traînée de feu, s'étalait au loin sur

1. Corps extrait des huiles fournies par le goudron de la houille et utilisé
comme désinfectant.

les têtes comme une nappe d'incendie. Lucy appela
Blanche et Caroline, s'oubliant, criant :

– Venez donc… On voit très bien de cette fenêtre.

Toutes trois se penchèrent, très intéressées. Les arbres
les gênaient, par moments les torches disparaissaient sous
les feuilles. Elles tâchèrent d'apercevoir ces messieurs, en
360 bas ; mais la saillie d'un balcon cachait la porte ; et elles
ne distinguaient toujours que le comte Muffat, jeté sur le
banc comme un paquet sombre, le visage dans son mou-
choir. Une voiture s'était arrêtée, Lucy reconnut Maria
Blond ; encore une qui accourait. Elle n'était pas seule, un
gros homme descendait derrière elle.

– C'est ce voleur de Steiner, dit Caroline. Comment !
on ne l'a pas encore renvoyé à Cologne !… Je veux voir sa
tête, quand il entrera.

Elles se tournèrent. Mais, au bout de dix minutes,
370 lorsque Maria Blond parut, après s'être deux fois trompée
d'escalier, elle était seule. Et comme Lucy, étonnée,
l'interrogeait :

– Lui ! ah bien ! ma chère, si vous croyez qu'il va mon-
ter !… C'est déjà beau qu'il m'ait accompagnée jusqu'à la
porte… Ils sont près d'une douzaine qui fument des cigares.

En effet, tous ces messieurs se retrouvaient. Venus en
flânant, pour donner un coup d'œil aux boulevards, ils
s'appelaient, ils s'exclamaient sur la mort de cette pauvre
fille ; puis, ils causaient politique et stratégie. Bordenave,
380 Daguenet, Labordette, Prullière, d'autres encore avaient
grossi le groupe. Et ils écoutaient Fontan, qui expliquait
son plan de campagne pour enlever Berlin en cinq jours.

Cependant, Maria Blond, prise d'attendrissement
devant le lit, murmurait comme les autres :

– Pauvre chat !… la dernière fois que je l'ai vue, c'était
à la Gaîté, dans la grotte…

– Ah ! elle est changée, elle est changée, répéta Rose
Mignon avec son sourire de morne accablement.

Deux femmes arrivèrent encore : Tatan Néné et Louise
390 Violaine. Celles-là battaient le Grand Hôtel depuis vingt
minutes, renvoyées de garçon en garçon ; elles avaient
monté et descendu plus de trente étages, au milieu d'une
débâcle de voyageurs qui se hâtaient de quitter Paris, dans
la panique de la guerre et de cette émotion des boulevards.

Aussi, en entrant, se laissèrent-elles tomber sur des chaises, trop lasses pour s'occuper de la morte. Justement, un vacarme venait de la chambre voisine ; on roulait des malles, on cognait les meubles, avec tout un bruit de voix broyant des syllabes barbares. C'était un jeune ménage autrichien. Gaga racontait que, pendant l'agonie, les voi- 400 sins avaient joué à se poursuivre ; et, comme une simple porte condamnée séparait les deux chambres, on les enten- dait rire et s'embrasser, quand ils s'attrapaient.

— Voyons, il faut partir, dit Clarisse. Nous ne la ressus- citerons pas... Viens-tu, Simonne ?

Toutes regardaient le lit du coin de l'œil, sans bouger. Pourtant, elles s'apprêtaient, elles donnaient de légères tapes sur leurs jupes. À la fenêtre, Lucy s'était accoudée de nouveau, toute seule. Une tristesse peu à peu la serrait à la gorge, comme si une mélancolie profonde eût monté 410 de cette foule hurlante. Des torches passaient encore, secouant des flammèches ; au loin, les bandes mouton- naient, allongées dans les ténèbres, pareilles à des trou- peaux menés de nuit à l'abattoir ; et ce vertige, ces masses confuses, roulées par le flot, exhalaient une terreur, une grande pitié de massacres futurs. Ils s'étourdissaient, les cris se brisaient dans l'ivresse de leur fièvre se ruant à l'inconnu, là-bas, derrière le mur noir de l'horizon.

— À Berlin ! à Berlin ! à Berlin !

Lucy se retourna, adossée à la fenêtre, et toute pâle : 420
— Mon Dieu ! qu'allons-nous devenir ?

Ces dames hochèrent la tête. Elles étaient graves, très inquiètes des événements.

— Moi, dit Caroline Héquet de son air posé, je pars après-demain pour Londres... Maman est déjà là-bas qui m'installe un hôtel... Bien sûr, je ne vais pas me laisser massacrer à Paris.

Sa mère, en femme prudente, lui avait fait placer toute sa fortune à l'étranger. On ne sait jamais comment une guerre peut finir. Mais Maria Blond se fâcha ; elle était 430 patriote, elle parlait de suivre l'armée.

— En voilà une traqueuse [1] !... Oui, si l'on voulait de moi, je m'habillerais en homme pour leur flanquer des

1. Peureuse.

coups de fusil, à ces cochons de Prussiens !… Quand nous claquerions toutes, après ? Une jolie chose que notre peau !

Blanche de Sivry fut exaspérée.

– Ne dis donc pas de mal des Prussiens !… Ce sont des hommes pareils aux autres, et qui ne sont pas toujours sur le dos des femmes, comme tes Français… On vient d'expulser le petit Prussien qui était avec moi, un garçon très riche, très doux, incapable de faire du mal à personne. C'est une indignité, ça me ruine… Et, tu sais, il ne faut pas qu'on m'embête, ou je vais le retrouver en Allemagne !

Alors, pendant qu'elles s'empoignaient, Gaga murmura d'une voix dolente.

– C'est fini, je n'ai pas de chance… Il n'y a pas huit jours, j'ai achevé de payer ma petite maison de Juvisy [1], ah ! Dieu sait avec quelle peine ! Lili a dû m'aider… Et voilà la guerre déclarée, les Prussiens vont venir, ils brûleront tout… Comment veut-on que je recommence, à mon âge ?

– Bah ! dit Clarisse, je m'en fiche ! je trouverai toujours.

– Bien sûr, ajouta Simonne. Ça va être drôle… Peut-être, au contraire, que ça marchera…

Et, d'un sourire, elle compléta sa pensée. Tatan Néné et Louise Violaine étaient de cet avis ; la première raconta qu'elle avait fait des noces à tout casser avec des militaires ; oh ! de bons garçons, et qui auraient commis les cent dix-neuf coups pour les femmes. Mais, ces dames ayant trop élevé la voix, Rose Mignon, toujours sur le coffre, devant le lit, les fit taire d'un chut ! soufflé légèrement. Elles restèrent saisies, avec un regard oblique vers la morte, comme si cette prière de silence fût sortie de l'ombre même des rideaux ; et, dans la lourde paix qui tomba, cette paix du néant, où elles sentaient la rigidité du cadavre étendu près d'elles, les cris de la foule éclatèrent :

– À Berlin ! à Berlin ! à Berlin !

Mais bientôt elles oublièrent de nouveau. Léa de Horn, qui avait un salon politique, où d'anciens ministres de

Louis-Philippe [1] se livraient à de fines épigrammes [2], reprit
très bas, en haussant les épaules :

– Quelle faute, cette guerre ! quelle bêtise sanglante !

Alors, tout de suite, Lucy prit la défense de l'Empire.
Elle avait couché avec un prince de la maison impériale,
c'était pour elle affaire de famille.

– Laissez donc, ma chère, nous ne pouvions nous laisser
insulter davantage, cette guerre est l'honneur de la
France… Oh ! vous savez, je ne dis pas ça à cause du
prince. Il était d'un rat ! Imaginez-vous, le soir, en se cou-
chant, il cachait ses louis dans ses bottes, et quand nous
jouions au bézigue, il mettait des haricots, parce qu'un
jour j'avais fait la blague de sauter sur l'enjeu… Mais ça
ne m'empêche pas d'être juste. L'empereur a eu raison.

Léa hochait la tête d'un air de supériorité, en femme qui
répète l'opinion de personnages considérables. Et, haus-
sant la voix :

– C'est la fin. Ils sont fous, aux Tuileries. Hier, voyez-
vous, la France aurait dû plutôt les chasser…

Toutes l'interrompirent violemment. Qu'avait-elle
donc, cette enragée-là, après l'empereur ? Est-ce que le
monde n'était pas heureux ? est-ce que les affaires ne mar-
chaient pas ? Jamais Paris ne s'amuserait si fort.

Gaga s'emportait, réveillée, indignée.

– Taisez-vous ! c'est idiot, vous ne savez pas ce que
vous dites !… Moi, j'ai vu Louis-Philippe, une époque de
pannés [3] et de grigous, ma chère. Et puis est venu qua-
rante-huit [4]. Ah ! une jolie chose, une dégoûtation, leur
République ! Après février, j'ai crevé la faim, moi qui
vous parle !… Mais, si vous aviez connu tout ça, vous
vous mettriez à genoux devant l'empereur, car il a été
notre père, oui, notre père…

On dut la calmer. Elle reprit, dans un élan religieux :

1. Voir note 1, p. 45.
2. Mots d'esprit.
3. Voir note 3, p. 71.
4. Si la révolution de Février souleva de grandes espérances en instaurant
un régime républicain avec un président élu, pour la première fois, au
suffrage universel masculin, ce fut aussi le moment d'une crise écono-
mique aiguë.

– Ô mon Dieu, tâchez que l'empereur ait la victoire. Conservez-nous l'empire !

Toutes répétèrent ce vœu. Blanche avoua qu'elle brûlait des cierges pour l'empereur. Caroline, prise d'un béguin [1], s'était promenée pendant deux mois sur son passage, sans
510 pouvoir attirer son attention. Et les autres éclataient en paroles furibondes contre les républicains, parlaient de les exterminer à la frontière, afin que Napoléon III, après avoir battu l'ennemi, régnât tranquille, au milieu de la jouissance universelle.

– Ce sale Bismarck, en voilà encore une canaille ! fit remarquer Maria Blond.

– Dire que je l'ai connu ! cria Simonne. Si j'avais pu savoir, c'est moi qui aurais mis quelque drogue dans son verre.
520 Mais Blanche, ayant toujours sur le cœur l'expulsion de son Prussien, osa défendre Bismarck. Il n'était peut-être pas méchant. Chacun son métier. Elle ajouta :

– Vous savez qu'il adore les femmes.

– Qu'est-ce que ça nous fiche ! dit Clarisse. Nous n'avons pas envie de le faire, peut-être !

Des hommes comme ça, il y en a toujours de trop, déclara Louise Violaine gravement. Vaudrait mieux s'en passer, que d'avoir affaire à de pareils monstres.

Et la discussion continua. On déshabillait Bismarck ;
530 chacune lui allongeait un coup de pied, dans son zèle bonapartiste ; pendant que Tatan Néné répétait d'un air vexé :

– Bismarck ! m'a-t-on fait enrager avec celui-là ! Oh ! je lui en veux !... Moi, je ne le connaissais pas, ce Bismarck ! On ne peut pas connaître tout le monde.

– N'importe, dit Léa de Horn pour conclure, ce Bismarck va nous flanquer une jolie tripotée [2]...

Elle ne put continuer. Ces dames se jetaient sur elle. Hein ? quoi ? une tripotée ! C'était Bismarck qu'on allait
540 reconduire chez lui, à coups de crosse dans le dos. Avait-elle fini, cette mauvaise Française !

– Chut ! souffla Rose Mignon, blessée d'un tel tapage.

1. Étant tombée amoureuse.
2. Volée de coups donnée à quelqu'un.

Le froid du cadavre les reprit, elles s'arrêtèrent toutes à la fois, gênées, remises en face de la mort, avec la peur sourde du mal. Sur le boulevard, le cri passait, enroué, déchiré :

– À Berlin ! à Berlin ! à Berlin !

Alors, comme elles se décidaient à partir, une voix appela du corridor :

– Rose ! Rose !

Étonnée, Gaga ouvrit la porte, disparut un instant. Puis, quand elle revint :

– Ma chère, c'est Fauchery qui est là-bas, au fond… Il ne veut pas avancer, il est hors de lui, parce que vous restez près de ce corps.

Mignon avait fini par pousser le journaliste. Lucy, toujours à la fenêtre, se pencha ; et elle aperçut ces messieurs sur le trottoir, la figure en l'air, lui faisant de grands signes. Mignon, exaspéré, tendait les poings, Steiner, Fontan, Bordenave et les autres ouvraient les bras, d'un air d'inquiétude et de reproche ; tandis que Daguenet, pour ne pas se compromettre, fumait simplement son cigare, les mains derrière le dos.

– C'est vrai, ma chère, dit Lucy en laissant la fenêtre ouverte, j'avais promis de vous faire descendre… Ils sont tous à nous appeler.

Rose quittait péniblement le coffre à bois. Elle murmura :

– Je descends, je descends… Bien sûr, elle n'a plus besoin de moi… On va mettre une sœur…

Et elle tournait, sans pouvoir trouver son chapeau et son châle. Machinalement, sur la toilette, elle avait empli une cuvette d'eau, elle se lavait les mains et le visage, en continuant :

– Je ne sais pas, ça m'a donné un grand coup… Nous n'avions guère été gentilles l'une pour l'autre. Eh bien ! vous voyez, j'en suis imbécile… Oh ! toutes sortes d'idées, une envie d'y passer moi-même, la fin du monde… Oui, j'ai besoin d'air.

Le cadavre commençait à empoisonner la chambre. Ce fut une panique, après une longue insouciance.

– Filons, filons, mes petites chattes, répétait Gaga. Ce n'est pas sain.

Elles sortaient vivement, en jetant un regard sur le lit. Mais, comme Lucy, Blanche et Caroline étaient encore là, Rose donna un dernier coup d'œil pour laisser la pièce en ordre. Elle tira un rideau devant la fenêtre ; puis, elle songea que cette lampe n'était pas convenable, il fallait un cierge ; et, après avoir allumé l'un des flambeaux de cuivre
590 de la cheminée, elle le posa sur la table de nuit, à côté du corps. Une lumière vive éclaira brusquement le visage de la morte. Ce fut une horreur. Toutes frémirent et se sauvèrent.

– Ah ! elle est changée, elle est changée, murmurait Rose Mignon, demeurée la dernière.

Elle partit, elle ferma la porte. Nana restait seule, la face en l'air, dans la clarté de la bougie. C'était un charnier, un tas d'humeur [1] et de sang, une pelletée de chair corrompue, jetée là, sur un coussin. Les pustules avaient
600 envahi la figure entière, un bouton touchant l'autre ; et, flétries, affaissées, d'un aspect grisâtre de boue, elles semblaient déjà une moisissure de la terre, sur cette bouillie informe, où l'on ne retrouvait plus les traits. Un œil, celui de gauche, avait complètement sombré dans le bouillonnement de la purulence ; l'autre, à demi ouvert, s'enfonçait, comme un trou noir et gâté. Le nez suppurait encore. Toute une croûte rougeâtre partait d'une joue, envahissait la bouche, qu'elle tirait dans un rire abominable. Et, sur ce masque horrible et grotesque du néant, les cheveux, les
610 beaux cheveux, gardant leur flambée de soleil, coulaient

1. Substance liquide organique produite par une sécrétion. Zola avait demandé à Céard de lui envoyer des informations sur un masque de variolique. Céard ne put lui envoyer que le livre du Dr Toussaint Barthélémy, *Recherches sur la variole*. Zola lui répondit le 18 décembre 1879 : « Évidemment, cela me suffira. J'*inventerai* un masque, en rapprochant des documents. Je suis très tenté par la variole noire, qui est plus originale dans l'horreur. Seulement, je vous avoue que, si vous pouvez voir un cadavre, sans trop vous déranger – hein ? drôle de commission ! – vous me ferez plaisir. De cette façon, je n'inventerais rien, j'aurais un masque vrai ; et insistez sur l'état des yeux, du nez, de la bouche – une géographie générale et exacte, dont je ne prendrai que le nécessaire bien entendu. » Le 7 janvier 1880, ayant terminé la rédaction de son roman, il écrivait : « Ne cherchez pas davantage un masque de variolique, mon siège est fait, et j'en suis si content que je ne le corrigerais pas, même sur des documents exacts. »

en un ruissellement d'or. Vénus se décomposait. Il sem-
blait que le virus pris par elle dans les ruisseaux, sur les
charognes tolérées, ce ferment dont elle avait empoisonné
un peuple, venait de lui remonter au visage et l'avait
pourri.

La chambre était vide. Un grand souffle désespéré
monta du boulevard et gonfla le rideau.

– À Berlin ! à Berlin ! à Berlin !

D O S S I E R

Zola n'est nullement l'inventeur du mot. *Naturaliste* désigne, à partir du XVIIe siècle, un savant qui s'occupe de sciences naturelles, puis de biologie, tandis qu'en philosophie il désigne une doctrine selon laquelle rien n'existe en dehors de la nature, en excluant toute explication d'ordre métaphysique ou surnaturel. Enfin, au XIXe siècle, le terme prend un sens esthétique et désigne la doctrine artistique qui recherche l'imitation exacte de la nature.

En 1865, Zola reprend le mot à son compte, après en avoir récupéré et fondu ensemble tous les sens. La réflexion critique sur son art est pour lui importante, nécessaire. Elle commence très tôt avec les lettres envoyées à ses amis restés en Provence. Par la suite, Zola ne cesse de multiplier les préfaces, les lettres ouvertes dans les journaux, les interviews : tous ces textes accompagnent les œuvres, les défendent, expliquent les intentions du romancier et affirment ses conceptions contre ses détracteurs.

UN ÉCRAN

Le premier impératif naturaliste consiste dans la reproduction, la plus exacte possible, de la réalité. Mais comme l'explique Zola dans son premier grand texte théorique, une lettre de jeunesse à son ami Antony Valabrègue datée du 18 août 1864, une œuvre, si réaliste soit-

elle, n'est jamais la simple photographie de la création : elle se présente comme un écran, forcément déformant.

[...] toute œuvre d'art est comme une fenêtre ouverte sur la création : il y a, enchâssé dans l'embrasure de la fenêtre, une sorte d'Écran transparent, à travers lequel on aperçoit les objets plus ou moins déformés, souffrant des changements plus ou moins sensibles dans leurs lignes et dans leur couleur. Ces changements tiennent à la nature de l'Écran. On n'a plus la création exacte et réelle, mais la création modifiée par le milieu où passe son image.

[...] L'Écran classique est une belle feuille de talc très pure et d'un grain fin et solide, d'une blancheur laiteuse. Les images s'y dessinent nettement, au simple trait noir. Les couleurs des objets s'affaiblissent en traversant la limpidité voilée, parfois s'y effacent même tout à fait. Quant aux lignes, elles subissent une déformation sensible, tendant toute vers la ligne courbe ou la ligne droite, s'amincissent, s'allongent, avec de lentes ondulations. [...] L'Écran classique est, en un mot, un verre grandissant qui développe les lignes et arrête les couleurs au passage.

L'Écran romantique est une glace sans tain, claire, bien qu'un peu trouble en certains endroits, et colorée des sept nuances de l'arc-en-ciel. Non seulement elle laisse passer les couleurs, mais elle leur donne encore plus de force ; parfois elle les transforme et les mêle. Les contours y subissent aussi des déviations ; les lignes droites tendent à s'y briser, les cercles s'y changent en triangles. La création que nous donne cet Écran est une création tumultueuse et agissante. [...] L'Écran romantique est, en somme, un prisme à la réfraction puissante, qui brise tout rayon lumineux et le décompose en un spectre solaire éblouissant.

L'Écran réaliste est un simple verre à vitre, très mince, très clair, et qui a la prétention d'être si parfaitement transparent que les images le traversent et se reproduisent ensuite dans toute

leur réalité. Ainsi, point de changement dans les lignes ni dans les couleurs : une reproduction exacte, franche et naïve. L'Écran réaliste nie sa propre existence. Vraiment, c'est là un trop grand orgueil. Quoi qu'il dise, il existe, et, dès lors, il ne peut se vanter de nous rendre la création dans la splendide beauté de la vérité. Si clair, si mince soit-il, il n'en a pas moins une couleur propre, une épaisseur quelconque ; il teint les objets, il les réfracte tout comme un autre. [...] Somme toute, l'Écran réaliste, le dernier qui se soit produit dans l'art contemporain, est une vitre unie, très transparente sans être très limpide, donnant des images aussi fidèles qu'un Écran peut en donner.

[...] Toutes mes sympathies, s'il faut le dire, sont pour l'Écran réaliste ; il contente ma raison, et je sens en lui des beautés immenses de solidité et vérité. [...] Je préfère l'Écran qui, serrant de plus près la réalité, se contente de mentir juste assez pour me faire sentir un homme dans une image de la création [1].

LE MODÈLE SCIENTIFIQUE

Deuxième point important, le romancier doit impérativement transposer dans l'art l'esprit de recherche et de méthode qui a fait progresser les sciences, en dehors de toute préoccupation moralisante. Il s'agit désormais d'« introduire dans l'étude des faits moraux l'observation pure, l'analyse exacte employée dans celle des faits physiques [2] ». *Observation* et *analyse* : tels sont les deux mots clés que Zola ne se lassera pas de répéter.

Bien plus, le romancier doit aussi emprunter aux sciences leur contenu : « Mon but a été un but scientifique avant tout [...] j'ai montré les troubles profonds d'une na-

1. « Lettre à Antony Valabrègue », 18 août 1864.
2. *L'Événement*, 25 juillet 1866.

484

ture sanguine au contact d'une nature nerveuse. J'ai simplement fait sur deux corps vivants le travail analytique que les chirurgiens font sur des cadavres », lit-on dans la préface de *Thérèse Raquin* (1868). Quant aux *Rougon-Macquart*, leur conception repose en grande part sur la théorie de l'hérédité, la source principale de Zola étant le *Traité philosophique et physiologique de l'hérédité naturelle* du Dr Lucas (1868).

LE TEMPÉRAMENT

Mais un autre impératif, tout aussi déterminant, intervient dans la théorie formulée par Zola : la prise en compte de la personnalité de l'artiste, de son tempérament. « Ce que je cherche avant tout dans un tableau, c'est un homme et non pas un tableau », écrivait-il dans une de ces chroniques artistiques [1]. Le créateur doit donc être libre, ce qui ne signifie pas qu'il puisse laisser libre cours à son imagination :

J'aime à considérer chaque écrivain comme un créateur qui tente, après Dieu, la création d'une terre nouvelle. L'homme a sous les yeux l'œuvre divine ; il en étudie les êtres et les horizons, puis il essaie de nous dire ce qu'il a vu, de nous montrer dans une synthèse le monde et ses habitants. Mais il ne saurait reproduire que ce qui est dans sa réalité ; il n'a aperçu les objets qu'au travers de son propre tempérament ; il retranche, il ajoute, il modifie et en somme, le monde qu'il nous donne est un monde de son invention [2].

1. « Le moment artistique », dans *L'Événement*, 4 mai 1866, repris dans *Mon Salon*, *Écrits sur l'art*, édition présentée par J.-P. Leduc-Adine, Gallimard, TEL, 1991.
2. « Erckmann-Chatrian », dans Zola, *Mes Haines* (1866), *Œuvres complètes*, François Bernouard, Paris, 1928, t. 40.

C'est donc dans l'alliance entre la « méthode analytique » et le « tempérament » que le naturalisme doit trouver son équilibre. D'où la célèbre définition de l'œuvre d'art formulée en 1864 : « Un coin de la nature vu à travers un tempérament. »

UNE MÉTHODE

Surtout, comme Zola s'est plu à le répéter, le naturalisme se présente comme une méthode : privilégier la documentation et le principe de l'analyse scientifique par rapport à l'inspiration personnelle, tel est le seul véritable point commun entre les écrivains qui se réclament du naturalisme ou ceux que Zola qualifie, *a posteriori*, de naturalistes :

Donc, une fois encore, le naturalisme est purement une formule, la méthode analytique et expérimentale. Vous êtes naturaliste, si vous employez cette méthode, quelle que soit votre rhétorique. Stendhal est un naturaliste, comme Balzac, et certes sa sécheresse de touche ne ressemble guère à la largeur parfois épique de Balzac ; mais tous les deux procèdent par l'analyse et par l'expérience [1].

L'imagination n'a donc que peu de part dans l'élaboration du roman naturaliste :

Zola est justement en train de préparer Nana.

Un de nos romanciers naturalistes veut écrire un roman sur le monde des théâtres•. Il part de cette idée générale, sans avoir encore un fait ni un personnage. Son premier soin sera de rassembler dans des notes tout ce qu'il peut savoir sur ce monde qu'il veut peindre. Il a connu tel acteur, il a assisté à telle scène. Voilà déjà des

1. « Lettre à la jeunesse », IV, dans Zola, *Le Roman expérimental* (1880), GF-Flammarion, 1971, p. 127.

documents, les meilleurs, ceux qui ont mûri en lui. Puis il se mettra en campagne, il fera causer les hommes les mieux renseignés sur la matière, il collectionnera les mots, les histoires, les portraits. Ce n'est pas tout : il ira ensuite aux documents écrits, lisant tout ce qui peut lui être utile. Enfin il visitera les lieux, vivra quelques jours dans un théâtre pour en connaître les moindres recoins, passera ses soirées dans une loge d'actrice, s'imprégnera le plus possible de l'air ambiant. Et, une fois les documents complétés, son roman, comme je l'ai dit, s'établira de lui-même. Le romancier n'aura qu'à distribuer logiquement les faits [1].

Un projet

Enfin le naturalisme se caractérise par un projet, celui que Zola formule très tôt, dès le premier plan qu'il remet à son futur éditeur, Lacroix, en 1868. Deux axes sont clairement dégagés : le romancier se dédoublera en un physiologiste d'une part, en un sociologue de l'autre.

Les Rougon-Machard* (histoire d'une famille sous le Second Empire), grand roman de mœurs et d'analyse humaine, en dix volumes. Chaque épisode fournira la matière d'un volume. Ces épisodes, pris à part, formeront des histoires distinctes, complètes, ayant chacune leur dénouement propre ; mais ils seront en outre reliés les uns aux autres par un lien puissant qui en fera un seul et vaste ensemble. Le roman sera basé sur deux idées.

* *Nom d'abord envisagé par Zola qui finalement optera pour « Macquart ».*

1° Étudier dans une famille les questions de sang et de milieux. Suivre pas à pas le travail secret qui donne aux enfants d'un même père des passions et des caractères différents, à la suite des croisements et des façons particulières de vivre. Fouillez en un mot au vif même du drame humain, dans ces profondeurs de la vie

1. Zola, *Le Roman expérimental* (1880), éd. citée, p. 214.

où s'élaborent les grandes vertus et les grands crimes, et y fouiller d'une façon méthodique, conduit par le fil des nouvelles découvertes physiologiques

2° Étudier tout le Second Empire, depuis le coup d'État jusqu'à nos jours. Incarner dans des types la société contemporaine, les scélérats et les héros. Peindre ainsi tout un âge social, dans les faits et dans les sentiments, et peindre cet âge par les mille détails des mœurs et des événements [1].

D'où le sous-titre donné aux *Rougon-Macquart* : *Histoire naturelle et sociale d'une famille sous le second Empire*. « Histoire », parce que Zola choisit une époque très précise, délimitée d'un côté par le coup d'État du 2 décembre 1851 et de l'autre par la victoire du gouvernement de Versailles sur la Commune à la fin du mois de mai 1871. Il se pose en historien de l'époque contemporaine et assimile le roman à l'histoire contemporaine : *La Fortune des Rougon* décrira le coup d'État du 2-Décembre ; *La Débâcle*, le désastre de Sedan ; *La Curée* et *Son Excellence Eugène Rougon* mettront en scène Napoléon III ; *La Curée* présentera les grands travaux du préfet Haussmann à Paris ; *Au Bonheur des Dames*, la création des grands magasins ; *Germinal*, la crise de l'industrie minière ; *La Bête humaine*, le développement du rail ; et *L'Argent*, l'expansion boursière et ses krachs. Certes, cette présentation historique et économique d'une période précise se trouve périmée par les études historiques et économiques d'aujourd'hui, menées par des spécialistes de chaque domaine et qui s'appuient sur de nombreuses sources d'archives. Néan-

1. BN, NAF, Ms 10303, f° 74.

moins Zola est lui-même l'auteur d'un grand nombre d'observations et d'enquêtes préalables à la rédaction de chaque roman. Les *Rougon-Macquart* constituent donc un ensemble de témoignages fiables sur l'époque choisie.

« Histoire naturelle » : il s'agit pour le romancier de faire aussi l'histoire des corps, et de montrer que le milieu influe sur les transformations naturelles. *La Bête humaine* sera donc la conjonction du roman du chemin de fer et du roman du crime, *Nana* la conjonction de l'étude de mœurs (la prostitution dans les classes élevées) et du *poème* de la toute-puissance de la chair. Tout voir, tout comprendre, tout dire, tel est le but que se fixe Zola : loin des représentations du corps édulcorées par la morale ou idéalisées par les canons esthétiques, c'est un corps qui mange, un corps doté d'un sexe que veut étudier le physiologiste. « Vous mettez l'homme dans le cerveau, je le mets dans tous ses organes. Vous isolez l'homme de la nature, je ne le vois pas sans la terre, d'où il sort et où il rentre », note-t-il à propos de *Germinal*. En outre, Zola est convaincu que l'homme porte en lui, dans ses instincts primordiaux, une part de bestialité qui ne peut pas être anéantie : d'où la métaphore de la « bête humaine » qui apparaît très tôt sous la plume de Zola et qui lui fournira le titre d'un de ses romans les plus célèbres.

Enfin, « histoire sociale » : Zola attache à la condition des individus et des groupes qu'il veut décrire la même attention qu'à la politique et à l'économie. Autant que possible, il cherche à comprendre de l'intérieur les réalités de chaque profession, se faisant raconter dans tous les détails la journée d'un ouvrier mineur pour *Ger-*

minal (rémunération, emploi du temps, alimentation, vêtements, etc.) et s'informant sur le milieu des filles et des courtisanes-actrices pour *Nana*.

L'ART DE LA DESCRIPTION

Parce que chaque roman naturaliste se présente comme un magasin de documents, il était prévisible que le romancier y accordât une place de choix à la description : lieu traditionnellement privilégié dans le roman réaliste, elle prend une importance considérable dans l'esthétique naturaliste. Zola décrit, et décrit même beaucoup. Mais chez lui la description a une double fonction : il s'agit certes, c'est la marque réaliste, de rattacher l'œuvre au monde, mais aussi de créer, à l'intérieur de l'œuvre, cohésion et harmonie.

Décrire n'est pas notre but ; nous voulons simplement compléter et déterminer. Par exemple, le zoologiste qui, en parlant d'un insecte particulier, se trouverait forcé d'étudier longuement la plante sur laquelle vit cet insecte, dont il tire son être, sa forme et sa couleur, ferait bien une description ; mais cette description entrerait dans l'analyse même de l'insecte, il y aurait là une nécessité de savant, et non un caprice de peintre. Cela revient à dire que nous ne décrivons pas pour décrire, par un caprice et un plaisir de rhétoricien. Nous estimons que l'être ne peut pas être séparé de son milieu, qu'il est complété par son vêtement, par sa maison, par sa ville, par sa province ; et, dès lors, nous ne noterons pas un seul phénomène de son cerveau ou de son cœur, sans en chercher les causes ou le contre-coup dans le milieu. De là ce qu'on appelle nos éternelles descriptions [1].

Dossier

1. *Le Roman expérimental*, éd. citée, p. 231.

Est du même coup réglée une question décisive : la motivation de la description. Comment éviter que la description se présente soit comme une digression soit comme un hors-d'œuvre, qu'elle devienne ce que Jean Ricardou appellera « une machine à enliser le récit » ? Le plus souvent, les romanciers s'attacheront à justifier la description, par exemple, comme le fait ici Zola, par l'harmonie qu'ils établissent entre la nature et les sentiments du héros, ou par l'action que le milieu (paysages, ville, maison, appartement) exerce sur les êtres•.

Seulement se profile alors un autre problème : comment interrompre la ligne du récit et y insérer des descriptions ? La difficulté est d'autant plus grande pour Zola que les descriptions sont indispensables à son projet qui est de dispenser un certain savoir sur le monde. C'est aux personnages qu'il reviendra de résoudre cette difficulté, comme l'a montré Philippe Hamon dans *Le Personnel du roman. Le système des personnages dans les Rougon-Macquart d'Émile Zola* (1984) : c'est à eux que le romancier naturaliste confie la fonction d'introduire les descriptions et de justifier leur présence à l'intérieur du récit. D'où des types de personnages précis pour remplir cette fonction : le « regardeur-voyeur », celui qui se promène en contemplant la réalité•• – le témoin, le curieux, le promeneur désœuvré, etc. –, le « bavard volubile », qui introduit la description du monde par la parole••• – par exemple un dialogue où il informera un autre personnage ignorant –, enfin le « technicien affairé », personnage dont l'action déroule le détail des parties de l'objet à décrire••••

• *Dans* Le Père Goriot, *Balzac fonde la description de la pension Vauquer sur une telle justification :* « toute sa personne explique la pension, comme la pension implique sa personne » (première partie).
•• *Au chapitre VI de* Nana, *la description de la maison de campagne est assumée par Nana qui court de pièce en pièce avec ravissement.*
••• *Vandeuvres, au chapitre XI de* Nana, *explique à la jeune femme tous les rouages d'une course hippique.*
•••• *Voir, au chapitre V de* Nana, *la description du maquillage de l'actrice :* « Après s'être passé du cold-cream avec la main sur les bras et sur la figure... »

– ce qui permet à la description de se transformer subrepticement en narration.

NATURALISME ET MORALE

Le terrain sur lequel le naturalisme a sans nul doute provoqué le plus de remous est moins esthétique qu'éthique. À cause de l'importance accordée par Zola au corps, et plus précisément à la sexualité, l'un des principaux griefs de la critique à l'encontre de la littérature naturaliste relève de la morale : l'écrivain naturaliste fut accusé par les critiques bien-pensants d'avoir inventé, en particulier avec *Nana*, la littérature obscène. En 1880, Zola répond à ces accusations :

Notre siècle a une longue éducation de pudeur, qui le rend d'autant plus hypocrite que ses vices se sont civilisés davantage. On fait la chose, mais on n'en rit plus ; on en rougit et on se cache. La morale ayant été mise à dissimuler le sexe, on a déclaré le sexe infâme. Il s'est ainsi formé une bonne tenue publique, des convenances, toute une police sociale qui s'est substituée à l'idée de vertu. Cette évolution a procédé par le silence : il est des choses dont il est devenu peu à peu inconvenant de parler, voilà tout ; de sorte que l'homme distingué, l'honnête homme est celui qui fait ces choses sans en parler, tandis que celui qui en parle sans les faire, comme certains romanciers de ma connaissance, sont traités de gens orduriers et traînés journellement dans le ruisseau. On tolère encore les vérités aux savants, attendu que personne ne s'occupe des savants ; mais si un écrivain prend les vérités nouvelles de la science et se risque à les utiliser dans l'analyse et la peinture de ses personnages, il rompt le contrat de silence passé entre les membres de notre société, il dérange l'idée convenue de la vertu et passe dès lors à l'état d'ennemi public

contre lequel tout est permis. Eh bien ! cette situation qu'on nous fait me paraît intolérable. Il me semble qu'il est grand temps de discuter et de résoudre la question de l'obscénité dans la littérature. Qu'est-ce donc que l'obscénité et où est-elle ?

[...] il n'y a pas que le livre infâme, que l'auteur ne peut mettre dans le commerce ouvertement, et qui se vend en cachette. Il y a le livre plus discret, fabriqué avec prudence pour l'étage des libraires. Le mot cru y est évité, le vice y garde une gaze sous laquelle il apparaît plus séduisant. C'est une excitation à tous les rêves voluptueux, des demi-indiscrétions qui donnent le besoin immédiat de connaître le reste, des mensonges sur l'amour troublant les cœurs et les têtes. Ces livres-là, ceux qu'on voit partout, sont à mes yeux beaucoup plus dangereux que les volumes carrément orduriers, qui coûtent fort cher et qu'on ne peut se procurer aisément : ils séduisent, tandis que les autres dégoûtent. Nous en sommes envahis : biographies de femmes galantes, histoires d'amour à couvertures roses et à photographies décolletées, mémoires scandaleux de filles sortant du lit d'un prince, romans à la poudre de riz où les femmes du monde se conduisent comme des catins, idéalisations continuelles de la débauche qui la montrent provocante, toute-puissante dans une apothéose de jouissance et de luxe. Encore un coup, voilà les seuls spéculateurs de l'obscénité moderne. Ils vivent du vice enguirlandé, ils battent monnaie avec l'hypocrisie de notre âge. Qu'ils soient en bas, qu'ils soient en haut, qu'ils aient écrit les aventures de Rigolboche[•] ou les amours d'une grande dame, il suffit qu'ils aient menti, qu'ils aient voilé l'alcôve d'un rideau rose, qu'ils aient chanté le vice en idéalistes au lieu de le marquer d'un fer rouge en naturalistes, pour que leur besogne soit empoisonnée et tombe quand même à une immoralité finale.

[...] Voyons maintenant si, comme on le déclare chaque matin dans la presse, nos

• *Rigolboche, femme galante et célèbre ballerine, fut aussi l'auteur de* Mémoires.

œuvres naturalistes de l'heure présente se rattachent à cette littérature de la polissonnerie et de l'ordre. Ce sera juger de leur moralité.

D'abord, nous ne sommes pas grivois, dans le sens aimable et léger du mot. On nous accuse avec raison de manquer de gaieté et d'esprit, car nos études restent noires, austères, trop approfondies, pour garder cette fleur de surface qui est le grand charme du conte, tel que l'entendaient nos pères. Eux, s'arrêtaient, dans un adultère, à la ruse de la femme, à la grimace comique du mari ; et si le drame intervenait, chose rare, il était expéditif, un simple fait qui dénouait. Nous, dans le même adultère, nous poussons tout de suite au tragique, en prenant l'aventure, non par le côté plaisant, mais par le côté humain. Puis, nous ne nous en tenons pas au geste, au rire, à l'épiderme ; nous fouillons les personnages, nous arrivons tout de suite aux misères de l'homme et de la femme. Dès lors, l'esprit n'est plus qu'un grelot qui sonne une gaieté fausse et misérable ; le sujet devient grave, le vaudeville tourne au drame, nous sommes des anatomistes qui ne pensons guère à la gaudriole. En un mot, notre roman naturaliste, quelles que soient ses audaces, ne saurait être polisson ; il est cru et terrible, si l'on veut, mais il n'a ni le rire, ni la fantaisie galante de la grivoiserie, qui n'est jamais qu'un jeu d'esprit plus ou moins gai et délicat sur un sujet scabreux.

Il faut donc écarter Boccace, Brantôme, La Fontaine• et les autres. Nous ne procédons pas d'eux. C'est tout une autre formule littéraire, qui n'a aucune ressemblance avec la nôtre. Et à ce propos, j'insiste sur le peu de plaisir que nos livres apportent aux débauchés. On lit Brantôme avec un sourire. C'est une suite d'anecdotes, où sans cesse la joie du sexe revient, sans une souffrance, est faite pour la consolation du vice. L'amour y est facile et puissant, on n'y cueille que les fleurs de la jouissance, c'est comme un paradis où les amants sont dépouillés de leur humanité infirme et sale. Prenez, au contraire, un roman naturaliste,

• Boccace (1313-1375) est l'auteur du Décaméron, recueil de nouvelles d'inspiration souvent licencieuse. Brantôme (1538-1614) publia des Vies des dames galantes. La Fontaine (1621-1695) connut un éclatant succès avec ses Contes et Nouvelles, eux aussi fort licencieux.

Madame Bovary ou *Germinie Lacerteux*[•], mettez-le dans les mains des débauchés : il les dégoûtera profondément, les effraiera, car ils s'y retrouveront laids et bêtes, avec la misère grelottante de leur bonheur. Même il arrivera peut-être qu'ils crieront au mensonge, révoltés, ne voulant pas se reconnaître, trop habitués dans leur galanterie à s'en tenir à l'épiderme, pour accepter le sang et la boue qui sont au fond. Nous ne chatouillons pas, nous terrifions, et une partie de notre moralité est là.

[...] La chose dépend du point de vue : si vous êtes parisien, j'entends au petit sens du mot, vous effleurerez les sujets, vous les traiterez en homme gai, sceptique, paradoxal, vous aurez une observation de surface, aiguisée de mots, fleurie par la mode, vous vous en tiendrez à la petite comédie qui se joue devant le public, avec toutes sortes de réserves et de conventions ; au contraire, si vous êtes humain, vous épuiserez les sujets, vous les traiterez en savant qui veut tout voir et tout dire, vous mettrez à nu vos personnages et vous les poursuivrez jusque dans les misères et les hontes qu'ils se cachent à eux-mêmes. Voilà pourquoi Nana a été déclarée fausse par les débauchés parisiens, désireux d'en rester aux crayonnages menteurs et provocants de *La Vie parisienne*.

Depuis longtemps, je sais bien que notre grand crime est là, aux yeux des idéalistes. Nous n'embellissons pas, nous ne permettons plus les rêveries sur les sujets malpropres. Qu'on nous reproche de désoler la pauvre humanité, qui a besoin d'aveuglement, je le comprends sans peine. Seulement, il ne faudrait pas, d'un autre côté, nous accuser de flatter la débauche, de provoquer la polissonnerie par nos tableaux, ce qui n'est plus logique du tout. Rien ne pousse moins à la gaudriole que nos livres, le fait me paraît indiscutable.

[...] Il me faut conclure. Ce sera une conclusion toute littéraire. Au-dessus des spéculateurs du vice et des spéculateurs de la vertu, il y a les

• *Flaubert publia* Madame Bovary *en 1857, les Goncourt* Germinie Lacerteux *en 1865.*

vrais écrivains, ceux qui obéissent à un tempé-
rament et qui ne se préoccupent même pas
d'être vicieux ou d'être vertueux. Ils étudient
l'homme et la nature en toute liberté [1].

Dossier

1. « De la moralité dans la littérature », *Le Messager de l'Europe*,
octobre 1880, janvier et août 1881, repris dans *Documents littéraires*,
Œuvres complètes, Paris, François Bernouard, 1928, t. 45, p. 287-319.

LA FILLE, UNE FIGURE EN VOGUE

Lorsque Zola entreprend *Nana*, la courtisane est un sujet à la mode. Arsène Houssaye, dans *Les Courtisanes du monde* (1870), en a décrit la vie mouvementée, tout comme Alfred Delvau qui recense en outre, dans *Les Plaisirs de Paris* (1867), toute la littérature légère qui lui est consacrée : *Les Amazones de Paris, Les Joueuses, Les Belles Pécheresses, Les Dames de Risquenville, Les Cocottes, Les Comédiennes adorées, Les Petites Dames de théâtre*, etc. Et avant Zola, nombreux sont les écrivains à avoir exploité ce type, de Hugo (*Marion Delorme*, 1831) à Proust (Odette de Crécy dans *Du côté de chez Swann*, 1913), en passant par Balzac (*Splendeurs et misères des courtisanes*, 1838-1848), Murger (*Scènes de la vie de bohème*, 1847-1848), ou encore Dumas fils (*La Dame aux camélias*, 1848).

Au cours du XIXᵉ siècle, cette grande figure littéraire a connu une évolution notable. Est d'abord complaisamment mise en scène la grisette sentimentale, la courtisane phtisique qu'un jeune homme idéaliste tente de ramener dans le droit chemin. Dans *La Dame aux camélias*, Dumas fils illustre à merveille ce mythe romantique du rachat de la fille légère :

Je suis tout simplement convaincu d'un principe qui est que : pour la femme à qui l'éducation n'a pas enseigné le bien, Dieu ouvre

presque toujours deux sentiers qui l'y ramènent ; ces sentiers sont la douleur et l'amour. Ils sont difficiles ; celles qui s'y engagent s'y ensanglantent les pieds, s'y déchirent les mains, mais elles laissent en même temps aux ronces de la route les parures du vice et arrivent au but avec cette nudité dont on ne rougit pas devant le Seigneur.

[…] Pourquoi nous ferions-nous plus rigides que le Christ ? Pourquoi, nous en tenant obstinément aux opinions de ce monde qui se fait dur pour qu'on le croie fort, rejetterions-nous avec lui des âmes saignantes souvent de blessures par où, comme le mauvais sang d'un malade, s'épanche le mal de leur passé, et n'attendant qu'une main amie qui les panse et leur rende la convalescence du cœur [1] ?

Mais, à partir des années 1870, le ton change. Paraissent de nombreuses études sur la prostitution, tel le chapitre que Maxime Du Camp lui consacre au tome III de *Paris, ses organes, ses fonctions et sa vie* (1872) :

Lorsqu'une femme est résolue à prendre ce métier qui, quatre-vingt-dix-neuf fois sur cent, mène à la plus abjecte misère, par les chemins de la maladie, de l'alcoolisme et de la débauche, elle se fait inscrire sur le livre sans nom. On lui forme un dossier renfermant toutes les pièces d'identité ou autres qui peuvent fournir des renseignements sur elle […].

On lui remet une carte que, dans leur argot, les femmes de cette espèce nomment *la brème*, car elle est blanche et plate comme le poisson que l'on appelle ainsi. Sur le recto, on écrit son nom, son âge, sa demeure ; au-dessous les douze mois sont imprimés, et c'est là qu'elle devra faire mettre le visa du dispensaire, une fois par semaine si elle appartient à une maison, deux fois seulement par mois si elle vit isolément et chez elle. Sur le verso, elle peut lire les pres-

1. Dumas fils, *La Dame aux camélias* (1848), GF-Flammarion, 1981, p. 66.

criptions dont il lui est défendu de s'écarter : à toute réquisition d'un agent de police, elle devra exhiber sa carte ; jamais elle ne stationnera sur la voie publique, où elle ne pourra pas apparaître avant sept heures et après onze heures du soir ; dehors, elle ne portera pas d'étoffes de couleur éclatante, elle ne sera pas coiffée en cheveux ; elle ne peut se montrer à sa fenêtre, qu'il lui est ordonné de tenir fermée et munie de rideaux ; les abords des églises, des palais, les jardins publics, les boulevards, les Champs-Élysées, lui sont interdits ; elle ne pourra pas habiter dans les environs d'un pensionnat [...].
Où se recrute ce monde lamentable, qui inspire encore plus de pitié que de dégoût, lorsqu'on a eu le courage de l'étudier de près ? Dans la misère, dans la paresse, dans l'ignorance [1].

Et en littérature, ce que la prostituée permet désormais de peindre, ce sont toutes les misères humaines, qu'elles soient physiques, morales ou encore sociales : désunion des familles, conditions de vie et de travail épouvantables, alcoolisme, etc. Aussi le personnage fascine-t-il et inspire-t-il les amis de Zola : Huysmans (*Marthe, histoire d'une fille*, 1876), Alexis (*La Fin de Lucie Pellegrin*, 1880) ou encore Goncourt qui, dans *La Fille Élisa* (1877), dresse le portrait de la prostituée type :

L'ébranlement perpétuel du système nerveux par le plaisir, en un corps qui ne l'appelle ni ne le sollicite ; – la nourriture à la viande noire, flanquée des quatre saladiers de salades au hareng saur de fondation ; – les excès d'alcool sans lesquels une fille, devant une commission, déclarait « vraiment le métier pas possible » ;

1. Maxime Du Camp, *Paris, ses organes, ses fonctions et sa vie* (1872), Hachette, 1905.

– l'abus de l'eau-de-vie de maison publique, qui est comme de l'eau dans la bouche et une brûlure dans la gorge ; – les journées claustrales aux persiennes fermées, les journées de ténèbres avec l'ennui spleenétique des jours de pluie, de neige, du vilain temps de Paris ; – les brusques transitions de ces passages de la nuit du jour au jour flamboyant de la nuit, et des heures vides aux heures délirantes ; – la fatigue insomnieuse d'une profession qui n'a pas d'heures qui appartiennent à l'ouvrière ; – la discipline taquinante d'un gouvernement de vieille femme ; – la constante inquiétude d'une dette qui grossit toujours et poursuit la femme de maison en maison ; – la perspective, chez une fille d'amour vieillissante, du lendemain du jour où partout on la repoussera avec cette phrase : « Ma fille, tu es trop vieille » ; – les séjours au dépôt, à Saint-Lazare, dans l'anxiété folle de n'en jamais sortir et d'y être éternellement retenue par le bon plaisir de la police ; – le découragement de se trouver sur la terre hors du droit commun et sans défense et sans recours contre l'injustice ; – la conscience obscure de n'être plus une personne maîtresse de son libre arbitre, mais d'être une créature tout en bas de l'humanité, tournoyant au gré des caprices et des exigences de l'autorité, de la matrulle, de qui passe et qui monte : une pauvre créature qui n'est pas bien persuadée, au milieu des restes de sa religiosité, que la miséricorde de Dieu puisse s'abaisser jusqu'à descendre à elle ; – le sentiment journalier de sa dégradation jointe à la susceptibilité mortelle de son infamie ; – toutes ces choses physiques et morales, par lesquelles vit et souffre l'existence anti-naturelle de la prostitution, avaient, à la longue, façonné dans Élisa l'être infirme et déréglé représentant, dans la femme primitive modifiée, le type général de la prostituée.

Un esprit mobile, inattentionné, distrait, fuyant, vide et plein de vague, ne pouvant s'arrêter sur rien, incapable de suivre un raisonnement, tour-

menté du besoin de s'étourdir de bruit, de tapage, de loquacité [1].

C'est sur cette voie de la vérité, loin de tout enjolivement et de toute grivoiserie, qu'a voulu s'engager à son tour Zola :

En somme, je ne connais pas un seul livre, pour notre époque, qui ait planté la fille telle qu'elle s'y montre. Il y a beaucoup d'aimables tableaux […]. Mais quel lecteur n'a conscience du convenu de cette peinture qui, sous prétexte de vérité, s'en tient aux tics de l'épiderme, se contente de décrire les toilettes, en un style maniéré dont l'amphigouri devient incompréhensible au bout de trois ou quatre ans […].
Eh bien ! mon intention a été simple. J'ai cherché à mettre de l'humanité sous mes phrases ; j'ai eu l'ambition, sans doute trop grande, de vouloir planter debout une fille, la première venue, comme il y en a peut-être plusieurs milliers à Paris, et cela pour protester contre les Marion Delorme, les Dame aux Camélias, les Marco[•], les Musette[••], toute cette sentimentalité, tout cet enguirlandage du vice que je trouve dangereux pour les mœurs et d'une influence désastreuse sur l'imagination de nos filles pauvres [2] […].

[•] *Marco est l'héroïne d'une pièce de Théodore Barrière et Lambert Thiboust,* Les Filles de marbre, *jouée au Vaudeville en 1853.*
[••] *Musette est un type féminin créé par Henry Murger dans ses* Scènes de la vie de bohème *(1847-1848).*

Mais il ne s'agissait pas seulement d'écrire une « page d'existence », la simple monographie d'une prostituée. Zola a voulu créer un personnage à valeur symbolique : « J'ai accentué les traits, j'ai tâché de donner un tableau complet résumant un genre et une époque. »

L'ADOLESCENCE DE NANA

C'est dans *L'Assommoir* que Nana, la fille de Gervaise Macquart et d'un ouvrier

1. Goncourt, *La Fille Élisa* (1877), éd. Gérard Delaisement, La Boîte à documents, 1990, chap. XXII.
2. *Le Voltaire*, 28 octobre 1879.

zingueur, Coupeau, apparaît pour la pre-
mière fois : à six ans, elle « s'annonce
comme une vaurienne finie », déjà
« vicieuse » (chap. V) ; à dix ans, elle
« marche comme une dame » devant Lan-
tier, « se balance, le regard de côté, les
yeux déjà pleins de vice » (chap. VIII), et
entre en apprentissage chez une fleuriste à
treize ans.

Nana grandissait, devenait garce. À quinze ans,
elle avait poussé comme un veau, très blanche
de chair, très grasse, si dodue même qu'on
aurait dit une pelote. Oui, c'était ça, quinze ans,
toutes ses dents et pas de corset. Une vraie fri-
mousse de margot, trempée dans du lait, une
peau veloutée de pêche, un nez drôle, un bec
rose, des quinquets luisants auxquels les
hommes avaient envie d'allumer leur pipe. Son
tas de cheveux blonds, couleur d'avoine
fraîche, semblait lui avoir jeté de la poudre d'or
sur les tempes, des taches de rousseur, qui lui
mettaient là une couronne de soleil […].
Maintenant, Nana ne fourrait plus des boules de
papier dans son corsage. Des nichons lui étaient
venus – une paire de nichons de satin blanc tout
neufs. Et ça ne l'embarrassait guère, elle aurait
voulu en avoir plein les bras, elle rêvait des
tétais de nounou, tant la jeunesse est gour-
mande et inconsidérée. Ce qui la rendait surtout
friande, c'était une vilaine habitude qu'elle
avait prise de sortir le bout de sa langue entre
ses quenottes blanches. Sans doute, en se regar-
dant dans les glaces, elle s'était trouvée gentille
ainsi. Ainsi, tout le long de la journée pour faire
la belle, elle tirait la langue [1].

À la fin du chapitre XI, Nana, qui désor-
mais se prostitue, fait une dernière appari-
tion en voiture et en grande toilette : « Elle
a fait un vicomte. »

1. *L'Assommoir*, éd. Chantal Pierre-Gnassounou, GF-Flammarion, 2000,
p. 402.

Dossier

DOCUMENTATION

Pour son roman sur les prostituées, Zola commence son enquête sur le milieu des filles et des courtisanes-actrices sans doute au début de l'année 1878. Ses deux principaux informateurs sont Edmond Laporte, un vieil ami de Flaubert et de Maupassant, qui connaît bien la galanterie parisienne, et Ludovic Halévy, un des librettistes d'Offenbach et coauteur de *La Belle Hélène*, qui rapporte au romancier divers potins sur Anna Deslions, Valtesse de la Bigne ou encore Delphine de Lizy. C'est avec ce dernier que Zola se rend à la première de *Niniche*, bouffonnerie en trois actes d'Alfred Hennequin et Albert Millaud présentée au théâtre des Variétés le 15 février 1878 ; ils sont reçus par Anna Judic dans sa loge, puis Zola visite le théâtre de fond en comble et prend de nombreuses notes.

Va-t-il dîner chez la célèbre courtisane Valtesse de la Bigne, dans son luxueux hôtel du boulevard Malesherbes ? Il démentira cette « légende d'une prétendue visite qu'[il] aurai[t] faite chez une dame, pendant qu'elle était au Bois ». Néanmoins Auriant, dans *Les Lionnes du Second Empire*, rend compte d'un dîner chez la jeune femme où le romancier aurait passé son temps à regarder, observer, noter sur son carnet le moindre détail, en posant toutes sortes de questions (« Quelle hauteur, Madame, a votre plafond ? ») ; à la fin du dîner, Valtesse lui aurait fait visiter sa somptueuse demeure, mais en lui refusant l'entrée de sa chambre et le spectacle d'un lit époustouflant de luxe, qui avait coûté 50 000 francs

(« Chasse gardée, maître ») [1]. Quant à Jean de Montbel, il raconte comment Zola aurait été subjugué par cette maison qui lui aurait permis de se « documenthumaniser tout à son aise » : « la description minutieuse de l'intérieur de Nana a été presque entièrement inspirée par l'aménagement de Mlle Valtesse. [2] »

En tout cas le romancier attend d'avoir réuni une abondante documentation pour commencer l'ébauche de son roman. C'est en cours de rédaction qu'il réunit les autres renseignements dont il a besoin. Le 8 juin 1879, alors que plus de la moitié du roman est composée, il assiste au Grand Prix de Longchamp, dont l'évocation doit occuper tout le chapitre XI. Muni de jumelles et d'un calepin, il arpente toutes les tribunes et rassemble les impressions et les explications nécessaires à l'élaboration de son chapitre. Le 8 novembre – alors que le premier feuilleton de *Nana* était paru dans *Le Voltaire* le 16 octobre –, il remercie Céard pour les notes qu'il lui a envoyées sur le bal Mabille et lui demande des détails sur la chambre du Grand Hôtel où Nana doit mourir. Pour le grand mariage du chapitre XII, c'est à Mme Charpentier, la femme de son éditeur, qu'il s'adresse. Enfin, pour la mort de Nana, c'est encore à Céard qu'il demande, le 13 décembre, « une description exacte, scientifique et très détaillée d'un masque mortuaire d'une femme morte de la petite vérole et une description d'une chambre du Grand Hôtel ».

1. Auriant, *Les Lionnes du Second Empire*, Gallimard, NRF, 1935.
2. *Don Fabrice*, 4 mai 1883.

Le dossier préparatoire

Au cours de ses recherches, le romancier naturaliste constitue un dossier qui est le préalable obligatoire à la rédaction de l'œuvre [1]. Il comporte systématiquement les éléments suivants :

– Une Ébauche : il s'agit d'un soliloque de l'écrivain sur ses objectifs et ses motifs, avec des embryons de personnages, d'intrigues, d'épisodes.

f^{os} 207-208. Le sujet philosophique est celui-ci : Toute une société se ruant sur le cul. Une meute derrière une chienne, qui n'est pas en chaleur et qui se moque des chiens qui la suivent. *Le poème des désirs du mâle*, le grand levier qui remue le monde. Il n'y a que le cul et la religion.

Il me faut donc montrer Nana, centrale, comme l'idole aux pieds de laquelle se vautrent tous les hommes, pour des motifs et avec des tempéraments différents […].

L'important est de savoir si j'enfermerai le roman dans le monde des filles. Ou si j'aurai un autre monde à côté. Ce monde à côté pourrait me servir à dramatiser un peu l'action. Je crois que ce bout d'intrigue est nécessaire. Je pourrais avoir la famille d'un homme honorable que Nana ruine et conduit à la misère ou à la honte…

f^{os} 211-212. Il faudrait bien montrer tous les personnages abattus aux pieds de Nana à la fin. Elle ne laisse que des ruines et des cadavres autour d'elle. On cite des gens qu'elle a réduits à la mendicité. […] Elle nettoie tout, elle liquéfie tout. – Et elle reste grosse et grasse avec ça, *bonne fille malgré tous les malheurs*

1. Les dossiers des *Rougon-Macquart* sont conservés à la Bibliothèque nationale (Département des manuscrits, Nouvelles acquisitions françaises). Le dossier préparatoire de *Nana* (BN, NAF, Ms 10313) se compose de 344 feuillets.

qu'elle cause, riant au-dessus, mais emportée par un besoin de jouissance, de dépense, de gaspillage effréné. Elle dissout tout ce qu'elle touche, elle est le ferment, la nudité, le cul, qui amène la décomposition de notre société. – Bien la poser, comme nudité, dès la première représentation, toute une salle s'enflammant pour le cul ; un grand rut. – Elle est la *chair* centrale.

– Des notes documentaires. Voici par exemple les anecdotes que Ludovic Halévy rapporta à Zola sur quelques cocottes célèbres, et qu'il réutilisa dans le roman :

f^os **276-281**. Le mot de Valtesse surprise par un amant avec un jeune homme : « C'est vrai, j'ai eu tort, mais je ne puis refuser ça à mes amis pauvres.• » […]

Le prince de Galles dans la loge de Schneider. – On jouait *La Grande Duchesse*. Le prince de Galles était dans la loge avec Galiffet et Davilliers (le précepteur du prince impérial), gris tous les deux. Le prince éméché. C'était le jour de la fête d'Hittmann (comique). Il arrive en prince Paul, vêtu de satin blanc, avec une coiffure royale grotesque. Il offre du champagne au prince qui accepte. Il y avait dans la loge Couder d'autres acteurs en costume. Curiosité de la scène. Schneider prétentieuse, jouant son rôle de grande duchesse : *Votre Altesse*, etc.••. Tête des autres acteurs, cette parodie de la royauté en face d'un prince, etc. Mélange de princes, de régisseurs, de comiques, de cocottes, etc. Tête des autres acteurs, cette parodie de la royauté en face d'un prince, etc. Mélange de princes, de régisseurs, de comiques, de cocottes, etc.

– Un fichier des personnages : chacun avec son nom, son âge, ses relations de parenté, son physique, son caractère, sa profession, son rôle, etc. Voici la fiche consacrée à l'héroïne :

f^os **191-193**. *Nana*. – Née en 5. En 67 (fin d'année, décembre) elle a dix-sept ans. Mais

• *« Vois-tu, chéri, il faut comprendre... Je ne puis refuser ça à mes amis pauvres », explique Nana au comte Muffat (chap. XIII).*

•• *« Nana, oubliant qu'elle était en pantalon, avec son bout de chemise, jouait à la grande dame, la reine Vénus, ouvrant ses petits appartements aux personnages de l'État » (chap. V).*

elle est très forte, on lui donnerait au moins
vingt ans. Blonde, rose, figure parisienne, très
éveillée, le nez légèrement retroussé, la bouche
petite et rieuse, un petit trou au menton, les
yeux bleus très clairs, avec des cils d'or […].
Comme caractère moral : Bonne fille, c'est ce
qui domine tout. Obéissant à sa nature, mais ne
faisant jamais le mal pour le mal, et s'apitoyant.
Tête d'oiseau, cervelle toujours en mouvement,
avec les caprices les plus baroques. *Demain
n'existe pas.* Très rieuse, très gaie. Supersti-
tieuse, avec la peur du bon Dieu. Aimant les
bêtes et ses parents. Dans les premiers temps,
très lâchée, grossière ; puis faisant la dame et
s'observant beaucoup. Avec cela, finissant par
considérer l'homme comme une matière à
exploiter, *devenant une force de la nature, un
ferment de destruction, mais cela sans le vou-
loir, par son sexe seul et par sa puissante odeur
de femme,* détruisant tout ce qu'elle approche,
faisant tourner la société comme les femmes
qui ont leurs règles font tourner le lait. Le *cul*
dans toute sa puissance […]. – Ne pas la faire
spirituelle, ce qui serait une faute ; elle n'est
que la chair, mais la chair dans toute sa grâce.

– Un plan général du roman. Celui de
Nana est précédé des réflexions suivantes :

f° **1**. Nana, l'idole centrale, une chienne qui
n'est pas en folie et qui se moque. Le poème
des désirs du mâle. Le c. et le c., les deux
grands leviers. – Le c. le grand générateur et le
grand destructeur, chez Nana et Sabine.
La désorganisation d'en haut par Nana, Sabine
et Muffat, comme *L'Assommoir* est la désorga-
nisation d'en bas.
Nana centrale, écrasant Tout.
Nana, c'est la pourriture d'en bas, *L'Assom-
moir* se redressant et pourrissant les classes
d'en haut. Vous laissez naître ce ferment, il
remonte et vous désorganise ensuite.
La mouche d'or.

– Deux plans détaillés : le premier est un
scénario encore imparfait ; le second, en

revanche, constitue un découpage précis et quasi définitif de tous les chapitres.

RÉDACTION

À lire les commentaires que l'écrivain, dans ses lettres, consacre alors à son roman, on ne peut qu'être frappé par l'allégresse qui les caractérise. Le 26 juillet 1878, Zola remercie Céard pour ses notes – « Elles sont excellentes et je les emploierai toutes » – et ajoute : « Je tiens le plan de *Nana*, et je suis très content. J'ai mis trois jours pour trouver les noms, dont quelques-uns me paraissent réussis ; il faut vous dire que j'ai déjà soixante personnages. » Même satisfaction quelques jours plus tard : « Je me suis mis au plan de mon roman qui va très bien. Je crois que je vais faire un livre amusant et terrible », écrit-il encore à Céard. Le 7 août, il rapporte à Huysmans : « *Nana* se présente d'une façon merveilleuse », et le 9 à Flaubert : « Je viens de terminer le plan de *Nana* qui m'a donné beaucoup de peine, car il porte sur un monde singulièrement complexe, et je n'aurai pas moins d'une centaine de personnages. Je suis très content de ce plan. Seulement je crois que ce sera bien raide. Je veux tout dire, et il y a des choses bien grosses. Vous serez content, je crois, de la façon paternelle et bourgeoise dont je vais prendre les bonnes "filles de joie". – J'ai, en ce moment, ce petit frémissement de la plume, qui m'a toujours annoncé l'heureux accouchement d'un bon livre. »

Zola commence la rédaction le 20 août et suppose qu'elle lui demandera dix-huit mois, ce qui est le plus long délai qu'il ait jamais prévu pour un roman. Le 19 sep-

tembre, il annonce à Flaubert : « J'ai ter-
miné le premier chapitre de *Nana*, et j'en
suis enchanté. Après-demain, je me met-
trai au second » ; le 3 octobre, à Hen-
nique : « Je termine le second chapitre de
Nana (qui me plaît plus encore que le
premier) » ; et le 14, à Goncourt : « Jamais
je n'ai mieux travaillé. *Nana* avance lente-
ment, mais je suis très content d'elle. » Le
30 novembre, il fait une nouvelle fois part
de sa satisfaction à Flaubert : « Je n'ai que
trois chapitres et demi sur seize. La grande
difficulté, c'est que ce diable de livre pro-
cède continuellement par vastes scènes,
par tableaux où se meuvent vingt à trente
personnages – des premières représenta-
tions, des soirées, des soupers, des scènes
de coulisses ; et il me faut conduire tout ce
monde, les faire agir et parler en masse,
sans cesser d'être clair, ce qui est souvent
une sacrée besogne. Enfin je ne suis pas
mécontent. Je crois que c'est très raide et
bonhomme à la fois. Mon ambition est de
montrer la popote des putains, tranquille-
ment, paternellement. »

C'est dans sa maison de Médan que Zola
travaille pendant tout l'automne et une
partie de l'hiver, et il s'en félicite : « Vous
n'avez pas idée comme la campagne est
belle et silencieuse depuis qu'il gèle. C'est
adorable pour travailler », écrit-il à Henry
Céard le 14 décembre 1878. Le roman
avance bien : les quatre premiers chapitres
sont terminés à la fin de l'année. D'autant
que les violentes réactions suscitées à Paris
par son étude sur les romanciers contempo-
rains (recueillie dans *Les Romanciers natu-
ralistes*) constituent pour Zola un défi :
« *Nana* va très bien. C'est *Nana* qui nous
vengera », écrit-il à son éditeur Charpentier.
Mais l'adaptation scénique de *L'Assom-*

moir (répétitions, premières représentations) va retarder quelque temps les progrès de *Nana*. Le 22 janvier 1879, Zola écrit à Flaubert : « Je ne travaille guère au milieu de tout ce dérangement […] *L'Assommoir* m'a pris tout entier depuis mon retour. » En outre, le romancier continue d'écrire, chaque semaine, une revue dramatique et littéraire pour *Le Voltaire*.

Les potins vont bon train sur *Nana* qui suscite une curiosité grandissante. Le 30 mai, Céard en rend compte à Zola : « Il court ici des bruits ridicules sur le compte de *Nana*. Dans un salon franco-russe où j'avais remis les pieds l'autre soir, un monsieur, avec le plus grand sérieux, affirmait que Nana était Valtesse, et il citait également le nom de trois ou quatre femmes cher cotées sur le marché parisien, lesquelles devaient figurer dans votre prochain roman. Je n'ai même pas essayé de détromper les gens, à quoi bon ? Et puis c'est toujours la même sotte curiosité, on s'attend à des énormités d'expression. »

Délaissant les bains de mer, c'est à Médan que Zola passe l'été : « Je mène ici une vie de chartreux », écrit-il à Coste, le 18 juillet : « Je vais pouvoir donner un bon coup de collier à *Nana* car elle pousse vraiment bien lentement. » En octobre, alors que le roman n'est pas terminé et que le premier feuilleton va être publié au *Voltaire*, le journal lance une vaste campagne de publicité : « Il y a autour de *Nana* une curiosité énorme. Ce nom est à l'infini sur tous les murs de Paris. Cela tourne à l'obsession et au cauchemar. Le *Voltaire* multiplie les affiches. Vous n'avez pas idée des murs et de leur encombrement », écrit Céard à Zola le 15 octobre. Quant à Paul Alexis, il raconte : « *Le Voltaire* s'était

livré à une véritable débauche de publicité, multipliant partout les affiches : dans les journaux, sur les murs, sur la poitrine et au milieu du dos d'une légion de "sand-wichs", et jusqu'à l'extrémité du tuyau en caoutchouc où l'on prend du feu, dans chaque bureau de tabac. *Lisez Nana ! Nana ! Nana* [1] *!!!* » Jamais roman de Zola n'a connu pareil lancement. Le romancier doit même interrompre la rédaction pour rédiger un long article que *Le Voltaire* publie aussitôt, où il prend la défense et de son roman et de sa méthode [2].

Talonné par la tombée régulière des feuilletons, Zola s'isole un nouvel hiver à Médan : « Vous ne vous imaginez pas […] comme cela est bon d'être perdu dans toute cette neige. Jamais je n'ai travaillé dans une telle tranquillité [3]. » La tâche est d'autant plus rude qu'il lui faut au même moment corriger les feuilletons publiés pour l'impression définitive : « Vous ne vous imaginez pas le mal que m'a donné et me donne mon roman. Plus je vais et plus ça devient difficile. Je fais sur le feuilleton imprimé un travail de tous les diables pour redresser les phrases qui me déplaisent ; et elles me déplaisent toutes… Vous devez connaître ça, je suis dans la période où l'on est dégoûté de soi. Pourtant je crois avoir fait un livre sinon bon, du moins curieux », rapporte-t-il à Flaubert le 14 décembre. Comme toujours, le doute finit par le gagner et il écrit le 16 à Céard : « *Nana* me dégoûte dans *Le Voltaire*. Je donnerais beaucoup pour que ce soit fini. Les derniers chapitres viennent très bien. N'importe, je

1. Paul Alexis, *Émile Zola. Notes d'un ami* (1882).
2. Voir *infra*, p. 514-515.
3. Lettre à Paul Alexis, 8 décembre 1879.

suis dans une ignorance complète de ce que le livre peut valoir : jamais je n'ai été si tourmenté, jamais je n'ai désiré si vivement jugé l'effet d'ensemble d'un de mes livres. »

C'est le 7 janvier 1880 au matin que Zola peut enfin annoncer au même Céard : « J'ai terminé *Nana* ce matin. » « Quel soupir de soulagement ! Jamais une œuvre ne m'a tant bousculé », continue-t-il. De fait, il a fourni, au cours des dernières semaines, un tel effort qu'il est terrassé pendant trois jours par une crise « de douleurs nerveuses abominables » : « la réaction de *Nana* », écrit-il à Céard le 20 janvier. La publication de l'œuvre en feuilleton s'achève, dans *Le Voltaire*, le 5 février, et elle sort en volume chez Charpentier le 14.

LA RÉCEPTION DU ROMAN

L'accueil fait à *Nana* est à la mesure de la campagne publicitaire qui l'a précédé : « un beau vacarme », pour reprendre l'expression de Zola. D'autant que, au cours de l'année 1879, Zola a multiplié, dans *Le Voltaire*, les exposés de doctrine naturaliste, au grand dam de la critique parisienne. En outre il fait débuter en même temps que *Nana*, dans *Le Voltaire*, son étude sur le *Roman expérimental* : et le roman et l'étude provoquent un énorme scandale. Dans *Le Figaro*, L. Chapron s'insurge contre

cette pauvreté d'imagination. Jamais, sous prétexte de faire du naturalisme, on n'a poussé la convention plus loin. Le théâtre des Variétés que nous montre Zola n'existe que dans la fantaisie de quelques vieillards de Brive-la-Gaillarde, à qui un commis-voyageur en goguette l'a décrit en 1829,

et, dans *L'Événement* du 24 novembre, il reprendra avec délectation la « lettre » d'une actrice critiquant des détails du chapitre v : Nana, jouant en court, ne peut pas porter de pantalon ; d'ailleurs, les pantalons portés par les actrices sur la scène étant fermés, ils ne peuvent pas laisser passer un bout de chemise ; jamais on ne prononce au théâtre le mot corde, etc. « Ma correspondante continue en démolissant pièce à pièce le fameux naturalisme de Zola », conclut Chapron.

Aurélien Scholl renchérit :

Pour arriver à ce résultat merveilleux, il avait suffi à M. Zola de passer une heure dans les coulisses des Variétés et de dîner une fois chez Mlle Valtesse, la blonde fatiguée, dont le livre est tout un poème. C'est prodigieux, en effet, mais à la lecture de cette étude, on trouve que l'auteur n'a même pas tiré tout le parti désirable de son séjour d'une heure au foyer d'un théâtre et de son dîner chez l'ex-pensionnaire des Bouffes. À part quelques crudités, quelques gros mots que le public n'est pas habitué à trouver imprimés, le nouveau roman de l'auteur de *L'Assommoir* n'est jusqu'à présent ni original, ni vrai [1].

On lit dans un article paru dans *Le Charivari*, « Le roman quadrupède », le 25 octobre :

Pauvre M. Zola, qui se figure être le disciple de Claude Bernard ! jamais !… Sa physiologie ne relève que du vétérinaire,

tandis que A. de Pontmartin, dans *La Gazette de France* du 26 octobre, évoque « l'égout collecteur où [M. Zola] nous mène, le cloaque où il nous roule, le dépotoir où il nous convie, les flacons de sels

1. A. Scholl, *L'Événement*, 24 octobre 1879.

anglais et les bottes de vidangeur dont il nous force de faire usage ».

De son côté, Albert Wolff, dans *Le Figaro* du 21 novembre, loue *L'Assommoir* pour mieux attaquer *Nana* où Zola n'aurait produit que

de médiocres tableaux de la vie des théâtres, parce qu'il ne la connaît pas, ce bourgeois de Médan qui, tranquillement, passe ses soirées dans un bon fauteuil, les pieds sur les chenets, et qui prétend faire de la littérature naturaliste sans avoir étudié la nature. Et le voici forcé de se battre les flancs.

La violence de ces réactions surprend fort Zola. « Hein ! font-ils un boucan ! Qu'ont-ils donc, bon Dieu, à crier comme ça après moi ? », écrit-il à Guillemet le 25 octobre, et à Laffitte, le directeur du *Voltaire*, le 28 octobre : « Je vous avoue même qu'il me trouble un peu, car ils y mettent de l'acharnement [...] Je m'isole, je me cloître le plus possible pour garder mon équilibre, dans ce coup de tempête. » Le 28 octobre, le romancier choisit la tribune du *Voltaire* pour prendre la défense, non seulement de son roman, mais aussi du « roman expérimental » :

J'ai un journal et j'en use.
Un ami obligeant m'envoie tout un paquet de journaux, dans lesquels il est question de *Nana*. Le roman n'a pas été publié, personne ne l'a lu. N'importe, ils sont là une quarantaine qui le jugent haut la main. Le fait me paraît extraordinaire [...].
En somme, l'idée qui revient dans presque tous les journaux est celle-ci : je n'ai pas vécu dans le monde des filles, donc je dois en ignorer les mœurs, les histoires, la langue, donc je ne puis écrire qu'une œuvre fausse, contraire à mon principe de respect des documents. La question ici s'élargit et cesse de m'être personnelle : on

met en cause tous les romanciers, on semble
poser en principe qu'on ne peut écrire un
roman sur un certain monde sans avoir longue-
ment vécu de la vie de ce monde. Question lit-
téraire intéressante, qui m'a souvent préoccupé,
et sur laquelle je vais tâcher de dire mon
humble avis.
[…] Mais avant tout, ce qui me consterne, c'est
l'aplomb de ces messieurs, qui veulent démon-
trer en quatre lignes, que toutes mes observa-
tions sont fausses, lorsqu'eux-mêmes, pour me
juger, se basent sur les documents les plus fan-
tastiques. […] On leur a raconté la légende
d'une prétendue visite que j'aurais faite chez
une dame, pendant qu'elle était au Bois. Bon !
voilà toute mon information, je suis resté une
heure dans un boudoir, mystérieusement, et j'ai
écrit *Nana* […].
Pour *Nana*, les réquisitoires dépassent déjà tout
ce qu'on peut imaginer. Il faut dire que je
touche à un monde dont ces messieurs ont la
prétention de connaître les mystères. Plusieurs
d'entre eux s'en sont faits une spécialité. Ils cli-
gnent les yeux, en gens entendus ; ils font com-
prendre qu'il y a une franc-maçonnerie, un
argot, des habitudes chez les filles, qu'on ne
peut pénétrer sans leur avoir laissé de sa fortune
et de sa santé aux doigts. Eux les décavés, les
adorés, pourraient seuls dire la vérité […].
Maintenant il se peut que je commette des
fautes de détail. Mon rêve, irréalisable, serait
de faire humain et de donner à mon œuvre une
portée sociale, tout en gardant le respect des
faits et des milieux. Quant aux sources de mon
information, elles sont toutes naturelles : j'ai vu
et j'ai écouté […].
[….] Nous ne pouvons pourtant mener toutes
les existences, nous qui fatalement aujourd'hui
touchons à tous les mondes. Il faut nous per-
mettre d'être des observateurs, et non des
acteurs, le plus souvent. […] Je ne poserai pas
en principe que l'habitude blase, qu'un homme
étranger à un monde le voit mieux, s'il se met à
l'étudier, qu'un autre homme vivant dans ce
monde depuis longtemps ; mais les faits sont là,

les acteurs laissent rarement des œuvres fortes et définitives, il faut que Balzac vienne pour résumer toutes les existences dans son immortelle *Comédie humaine* […].

Le 15 février 1880, l'éditeur Charpentier met en vente, d'un coup, 55 000 exemplaires du roman, chiffre considérable à l'époque. On en vend 135 000 en six mois ! Le succès est donc immense : « C'est *Nana* qui m'a rapporté le plus, vingt mille francs dans le journal, et environ soixante-quinze mille chez l'éditeur, sans compter les vingt mille de l'édition illustrée », confie Zola à Lorédan Larchey le 8 novembre 1879. Quant à la critique, elle n'a de cesse d'éreinter Zola à qui est unanimement reprochée sa méconnaissance du milieu des courtisanes – il ne connaîtrait bien que les filles de la rue. Déjà Auriant, dans *Les Lionnes du Second Empire*, avait décrit, à propos du fameux dîner chez Valtesse de la Bigne, la déception de Zola venu pour une « fille » et qui avait découvert une courtisane :

Il fut déçu par ce dîner. Cela se passa comme dans le monde, où il n'était jamais allé. Mme Valtesse bouscula toutes ses idées sur les cocottes, tant elle s'éloignait du type qu'il s'était créé. Il ne comprit rien à son charme, sa subtile complexité lui échappa.

Reproche développé par Georges Ohnet à la parution du premier feuilleton de *Nana* :

Il ne connaît pas le demi-monde, dont il parle, pas plus qu'il ne connaît le grand monde dont il a parlé. Il a pris des renseignements dans les loges des concierges ou auprès des maîtres d'hôtel qui passent les plateaux pendant la soirée. Il n'a jamais vu ce qu'il a décrit, aussi il le décrit mal. Ce que Zola connaît bien, c'est la rue. Il l'a

Dossier

dépeinte en maître. Il en connaît tous les aspects.
Il connaît bien aussi le peuple qui vit dehors, il
l'a pris sur le vif quand il décrit *L'Assommoir*,
mais sa « Nana » est une caricature. Le roman-
cier a fait injure aux courtisanes contemporaines,
il les a calomniées. Elles sont scélérates, elles ne
sont point stupides. Ce que ses demoiselles
dépensent d'astuce, de savoir-vivre, de malice à
édifier leur fortune galante, suffirait à un Premier
ministre pour conduire le peuple le plus révolté
qu'il y ait dans les deux mondes,

et repris, lors de la parution du roman en
volume, par Paul de Saint-Victor :

Nana est la *fille* à l'état brut et bestial, une
grosse coureuse de trottoirs, bombardée par le
hasard sur un théâtre et dans un hôtel, et qui
retombe sur le pavé par la loi de gravitation.
Nana est bête et elle est triviale… Et Zola nous
donne cette gueuse subalterne pour le seul type
authentique et vrai d'un monde si complexe et
si mélangé, si riche en originalités rares et en
exceptions imprévues !

Quant à Louis Ulbach, il écrit dans le *Gil
Blas* du 24 février :

Le marquis de Sade, dans ses livres immondes
que personne n'a jamais lus, mais que tout le
monde connaît, croyait, à ce qu'on assure,
entreprendre une œuvre morale. Cette manie-là
le fit enfermer à Charenton.
La manie de Zola n'est pas encore aussi aiguë,
et de nos jours on laisse plus souvent la pudeur
se venger seule. Mais *Nana*, comme *Justine*,
relève de la pathologie. […] C'est l'éréthisme
commençant d'un cerveau ambitieux et impuis-
sant qui s'affole de ses visions sensuelles, qui
semble condamné à ignorer l'amour et qui,
avec un sentiment de rage et de rancune, ne voit
rien dans le monde, en dehors de ce que je
n'ose nommer, de ce que le chevalier de Bouf-
flers appelait le cœur, par une antiphrase polis-
sonne, mais polie.

[…] En somme un livre sans psychologie, sans idée, sans aucun sentiment, sans style et sans pudeur.

Propos repris par Léon Chapron qui, dans *L'Événement* du 26 février, promet à Zola le destin de Sade et ajoute :

Le livre est si radicalement nul que les obscénités qui l'émaillent ne sont évidemment qu'un appât pour les vieillards libidineux et les curieuses de tout âge […] Le style est obscur, sans vigueur, délayé […] C'est bête, c'est sale et ça tient de la place.

Louis Arène est l'un des rares à émettre un jugement d'ordre littéraire sur le roman :

Pour créer la courtisane de ses rêves, sorte de monstre blond, vraie bête de l'Apocalypse, mangeant l'or et suant la mort, M. Zola plus poète qu'on ne croit, plus romantique qu'il ne veut le dire, et qui, heureusement, ne s'inquiète pas toujours de mettre ses œuvres et sa théorie d'accord, a, fort inconsciemment peut-être, employé un procédé bien vieux. Et de même que les Grecs attribuaient à un seul Hercule tous les exploits de cinquante hercules, de même il met à la charge de Nana une série de travaux et de crimes auxquels ne suffirait pas toute l'armée galante de Paris, même en ajoutant Lesbos et Corinthe.

Peu nombreux sont donc les critiques qui défendent le roman. Émile Bergerat, dans *La Vie moderne* du 21 février 1880, s'y essaye, mais nul doute que Zola apprécie peu son point de vue moralisateur, même s'il le remercie chaleureusement le jour même (« Aujourd'hui j'en suis réduit à compter comme des amis audacieux les critiques qui veulent bien me croire un honnête homme. Merci donc, en dehors de la divergence de nos idées ») :

J'estime que peu de livres ont été d'une utilité plus pratique et qu'il vaut la peine d'écrire quand on sait dire de pareilles vérités à son siècle et à son pays. *Nana* n'est pas seulement une œuvre d'artiste, et de bel artiste, c'est encore un grand cri d'honnête homme, bouleversé de voir l'avilissement de l'espèce humaine et l'effondrement graduel de toutes les fiertés sur lesquelles nos sociétés sont bâties, depuis qu'on en bâtit. [...] Gardons-nous donc, ah ! gardons-nous, si vous voulez m'en croire, de crier trop haut au scandale et d'affecter des airs révoltés, parce qu'un portrait ressemblant nous a été mis devant les yeux. [...] La leçon est bonne et le sermon est bon.

Quant à Jules Lemaitre, il salue le poète que serait en réalité Zola :

Je voudrais montrer ingénument que, si les peintures de M. Zola sont outrées et systématiques, c'est par là qu'elles sont imposantes, et que, si elles sont souvent horribles, elles le sont peut-être avec quelque force, quelque grandeur et quelque poésie.
M. Zola n'est point un critique et n'est point un romancier « naturaliste » au sens où il l'entend. Mais M. Zola est un poète épique et un poète pessimiste [...].
J'entends par poète un écrivain qui, en vertu d'une idée ou en vue d'un idéal, transforme notablement la réalité et, ainsi modifiée, la fait vivre [...].
Nana offre un exemple éclatant de cette simplification. Qu'est-elle qu'une conception *a priori*, la plus générale et la moins ragoûtante de la courtisane ? Nana n'est point une Manon Lescaut ou une Marguerite Gautier [...]. Nana est une belle bête au corps magnifique et malfaisant, stupide, sans grâce et sans cœur, ni méchante ni bonne, irrésistible par la seule puissance de son sexe. C'est la « Vénus terrestre » avec de « gros membres faubouriens ». C'est la femme réduite à sa plus simple et plus grossière expression. Et voyez comment l'auteur échappe par là au reproche d'obscénité

volontaire. Ayant ainsi conçu son héroïne, il était condamné par la logique des choses à écrire le livre qu'il a écrit : n'étant ni spirituelle, ni méchante, ni passionnée, Nana ne pouvait être d'un bout à l'autre que… ce qu'elle est […]. Lorsque M. Zola parvient à revêtir cette idée d'une forme concrète, comme dans le grand tableau des courses, où Paris, hurlant autour de Nana, semble saluer en elle la reine de l'impudicité et ne sait plus trop s'il acclame la fille ou la jument, c'est bien vraiment de l'art idéaliste et de la pure poésie [1].

Seuls les amis littéraires de Zola applaudissent haut et fort *Nana*. Huysmans écrit au romancier, le 20 janvier 1880 :

Vous devez être content, j'espère, de *Nana* qui est belle fille. Je ne vous dissimulerai pas que la bourgeoisie s'insurge. J'ai dans ma famille d'honorables serins qui plaignent la France !! à propos de *Nana*. Cela m'a procuré quelques bonnes heures de gaieté – Cristi ! vos courses sont joliment belles, c'est d'un carré ! ça va faire un beau livre de plus,

et le 15 février 1880 :

Mon cher Zola,

Je sors de *Nana* ébouriffé – Cristi ! lu ainsi à la suite ça décuple furieusement l'odeur. Le beau livre, et le livre neuf, absolument neuf dans votre série et dans tout ce qu'on a à ce jour écrit. Je ne crois pas en effet que vous ayez jamais eu un pareil bon enfant et une puissance moins apprêtée et plus simple. Que vous ayez poussé le procédé jusqu'au bout, comme vous dites, je le veux bien, mais tout ça disparaît crevé par un sacré coup d'aile, je vous jure.
Je vous écris au débotté, sans bien me rendre compte encore de mon admiration, mais ça tourmille de chapitres épatants. Ce que la scène entre Zizi et Nana à la campagne est adorable ! – et les coulisses si férocement embaumées et

1. Jules Lemaitre, *La Revue bleue*, 14 mars 1885.

les Cabots. Vive Coquelin• ! et la table d'hôte, et les courses, et l'admirable scène du Muffat apprenant son cocuage et la divine Satin qui me trouble fort, je l'avoue, tout comme le bon Chouard, et tout pardieu ! est superbe.

Vous pouvez être content de vous, vous savez, il y a de quoi ! nous parlerons à tête reposée du livre, jeudi, j'espère, je voulais seulement vous dire, après une première lecture, combien *Nana* est ferme et vivante – et je vous l'affirme de tout cœur, allez !

Flaubert de son côté, le 15 février, écrit à Zola :

Mon cher Zola,

J'ai passé hier toute la journée jusqu'à 11 heures et demie du soir à lire *Nana*. Je n'en ai pas dormi cette nuit et « j'en demeure stupide ». N... de D..., quelles c... vous avez ! quelles b... !

S'il fallait noter tout ce qui s'y trouve de rare et de fort, je ferais un commentaire de toutes les pages ! Les caractères sont merveilleux de vérité. Les mots *nature* foisonnent ; à la fin, la mort de Nana est *Michelangelesque* !

Un livre énorme, mon bon !

[...] Nana tourne au mythe sans cesser d'être réelle. Cette création est babylonienne,

et le même jour dans une lettre à l'éditeur Charpentier, il réitère son éloge :

Quel bouquin ! C'est raide ! et le bon Zola est un homme de génie ; qu'*on* se le dise !!!

• *Ernest Coquelin, dit Coquelin cadet (1848-1909), comédien qui s'illustra dans le genre comique.*

BIBLIOGRAPHIE

MANUSCRIT

Il est conservé à la bibliothèque de la ville de New York, dans la
collection Pierpont Morgan, le banquier américain l'ayant
acquis auprès du directeur du *Voltaire*, Jules Laffitte, à qui
Zola l'avait offert.

DOSSIER PRÉPARATOIRE

BN, NAF, Ms 10313, 344 feuillets.

FEUILLETON

Le roman parut dans *Le Voltaire*, du 16 octobre 1879 au
5 février 1880.

PUBLICATION EN VOLUME

Émile Zola, *Les Rougon-Macquart*, *Nana*, Charpentier, 1880.

ÉDITIONS

Les Rougon-Macquart, t. II, Gallimard, Bibliothèque de la
Pléiade, notice et notes d'Henri Mitterand, 1961.
Les Rougon-Macquart, t. IV, Cercle du Livre précieux, préface
de Matthieu Galey, 1967.
Les Rougon-Macquart, t. III, Seuil, « L'Intégrale », présentation
et notes de Pierre Cogny, 1970.
Les Rougon-Macquart, t. III, Robert Laffont, « Bouquins », pré-
face, notes et dossier de Colette Becker, 1992.

ADAPTATION THÉÂTRALE

Nana, adaptation de William Busnach en cinq actes et sept
tableaux, représentée à l'Ambigu le 29 janvier 1881. La pièce
fut publiée dans *Trois Pièces* (*L'Assommoir*, *Nana*, *Pot-
Bouille*), Charpentier, 1885.

ADAPTATIONS CINÉMATOGRAPHIQUES

Nana, Danemark, Knut Lumbye, 1910, avec Ellen Lumbye.
Nana, Italie, C. de Riso, 1914, avec Lilla Pescatori.
Nana, France, Jean Renoir, 1926, décors de Claude Autant-Lara,
avec Catherine Hessling.
Nana, USA, Dorothy Azner, 1934, avec Anna Sten.
Nana, Mexique, Celestine Coroatiza, 1943, avec Lupe Velez.
Nana, France, Christian-Jaque, 1955, dialogues d'Henri Jeanson,
avec Martine Carol et Charles Boyer.

ADAPTATION TÉLÉVISUELLE

Nana, Maurice Cazeneuve, 1981, feuilleton en quatorze épisodes
avec Véronique Genest et Guy Tréjean.

ÉCRITS DE ZOLA

Correspondance, Montréal, Presses de l'université de Montréal,
Paris, Presses du CNRS, 1979, 10 vol.
Le Roman expérimental (1880), éd. d'Aimé Guedj, GF-Flamma-
rion, 1971.

ÉTUDES D'ENSEMBLE SUR ZOLA,
LES *ROUGON-MACQUART* ET LE NATURALISME

Baguley (David), *Le Naturalisme et ses genres*, Nathan, 1995.
Becker (Colette), *Zola et les critiques de notre temps*, Garnier,
1972.
Bertrand-Jennings (Chantal), *L'Éros et la femme chez Zola*,
Klincksieck, 1978.
Borie (Jean), *Zola et les mythes ou De la nausée au salut*, Seuil,
1971.
Brown (Frederick), *Zola. Une vie*, Belfond, 1996.
Collot (Sylvie), *Les Lieux du désir, topologie amoureuse de Zola*,
Hachette, 1992.

Dezalay (Auguste), *Lectures de Zola*, Armand Colin, « U prisme », 1973.

–, *L'Opéra de Zola. Essai de rythmologie romanesque*, Klincksieck, 1983.

Hamon (Philippe), *Le Personnel du roman. Le système des personnages dans les Rougon-Macquart*, Droz, 1983.

Kranowski (Nathan), *Paris dans les romans d'Émile Zola*, PUF, 1968.

Lattre (Alain de), *Le Réalisme selon Zola. Archéologie d'une intelligence*, PUF, « Sup », 1975.

Mitterand (Henri), *Zola et le naturalisme*, PUF, « Que sais-je ? », 1986.

–, *Le Regard et le Signe. Poétique du roman réaliste et naturaliste*, PUF, 1987.

–, *Zola, l'histoire et la fiction*, PUF, 1990.

–, *Le Roman naturaliste*, anthologie, Livre de Poche, 1999.

Noiray (Jacques), *Le Romancier et la Machine – 1 : L'Univers de Zola*, José Corti, 1981.

Pagès (Alain), *Le Naturalisme*, PUF, « Que sais-je ? », 1989.

Pierre-Gnassounou (Chantal), *Zola, les fortunes de la fiction*, Nathan, « Le Texte à l'œuvre », 1999.

Ripoll (Roger), *Réalité et mythe chez Zola*, 2 vol., Champion, 1981.

Robert (Guy), *Émile Zola. Principes et caractères généraux de son œuvre*, Les Belles Lettres, 1952.

Serres (Michel), *Feux et Signaux de brume*, Grasset, 1975.

Zola (Émile), *Carnets d'enquête, une ethnographie inédite de la France*, présentation d'Henri Mitterand, Plon, 1987.

ÉTUDES SUR NANA OU SUR LA FIGURE DE LA COURTISANE

Auriant, *Les Lionnes du Second Empire*, Gallimard, 1935.

–, *La Véritable Histoire de Nana*, Mercure de France, 1942.

Barthes (Roland), « La mangeuse d'hommes », *Guilde du livre, Bulletin mensuel*, Lausanne, n° 6, 1985, p. 128-142.

Bigne (Yolaine de la), *Valtesse de la Bigne ou le Pouvoir de la volupté*, Perrin, 1999.

Briais (B.), *Les Grandes Courtisanes du Second Empire*, Tallandier, 1981.

Brooks (Peter), « Le corps-récit, ou Nana enfin dévoilée », *Romantisme*, XVIII, n° 63, 1989, p. 1-32.

Buvik (Per), « Nana et les hommes », *Les Cahiers naturalistes*, n° 49, 1975, p. 105-124.

Camp (Maxime du), *Paris, ses organes, sa fonction, sa vie*, t. III, *La Prostitution* (1869), Hachette, 1905.

Chalon (Jean), *Liane de Pougy*, Flammarion, « Grandes Biographies », 1994.

Clark (Roger J.B.), « *Nana* ou l'univers du rideau », *Les Cahiers naturalistes*, n° 45, 1973, p. 50-64.

Corbin (Alain), *Les Filles de noce. Misère sexuelle et prostitution au XIXᵉ siècle* (1982), « Champs-Flammarion », 1986.

Davey (Linda), « La croqueuse d'hommes : images de la prostituée chez Flaubert, Zola et Maupassant », *Romantisme*, n° 58, 1987, p. 59-66.

Decaux (Alain), « Nana et ses sœurs », *La Revue de Paris*, n° 7, juillet 1956, p. 92-114.

Halévy (Ludovic), « Les carnets de Ludovic Halévy. I : 1878-1879 », *La Revue des Deux Mondes*, 15 décembre 1957, p. 810-843.

Jennings (Chantal), « Les trois visages de Nana », *The French Review*, n° 2, hiver 1971, p. 117-128.

–, « La symbolique de l'espace dans *Nana* », *Modern Language Notes*, n° 4, mai 1973, p. 764-774.

–, « Lecture idéologique de *Nana* », *Mosaic*, n° 4, 1977, p. 47-54.

Kracaver (S.), *Jacques Offenbach ou le secret du Second Empire*, (Grasset, 1937), Gallimard, 1994.

Morgan (V.R.), « Zola et Valtesse de la Bigne », *Les Cahiers naturalistes*, n° 39, 1970, p. 70-71.

Nœtinger (Élise), « Les chambres de Nana », *Les Cahiers naturalistes*, n° 71, 1997, p. 157-174.

Pagès (Alain), « Rouge, jaune, vert, bleu. Étude du système des couleurs dans *Nana* », *Les Cahiers naturalistes*, n° 49, 1975, p. 125-135.

Palacio (Jean de), « La féminité dévorante. Sur quelques images de la manducation dans la littérature décadente », *Revue des sciences humaines*, n° 168, octobre-décembre 1977, p. 601-618.

Petrey (Sandy), « Anna-Nana-Nana. Identité sexuelle, écriture naturaliste, lectures lesbiennes », *Les Cahiers naturalistes*, n° 69, 1995, p. 69-80.

Roussel (P.), *Érotisme et galanterie au XIXᵉ siècle*, Berger-Levrault, 1979.

Roy-Reverzy (Éléonore), « Nana ou l'inexistence », *Les Cahiers naturalistes*, n° 73, 1999, p. 167-180.

Ulbach (Louis), « Quelques erreurs de *Nana* », *La Vie parisienne*, 28 février 1880.

Vauzat (Guy), « Nana et Blanche d'Antigny », *La Grande Revue*, CLX, janvier 1933, p. 443-456.

DERNIÈRES PARUTIONS

MIGUEL TORGA
La Création du monde (1042)

WILDE
Le Portrait de Mr. W. H. (1007)

GF - CORPUS

L'Illusion (3035)
La Justice (3050)

La Société (3041)
La Violence (3042)

GF - DOSSIER

BEAUMARCHAIS
Le Mariage de Figaro (977)

CHATEAUBRIAND
Mémoires d'outre-tombe, livres I à V (906)

CORNEILLE
L'Illusion comique (951)
Trois Discours sur le poème
dramatique (1025)

DIDEROT
Jacques le fataliste (904)

FLAUBERT
Bouvard et Pécuchet (1063)

FONTENELLE
Entretiens sur la pluralité des mondes (1024)

GOGOL
Nouvelles de Pétersbourg (1018)

HUGO
Les Châtiments (1017)
Hernani (968)
Ruy Blas (908)

JAMES
Le Tour d'écrou (bilingue) (1034)

LESAGE
Turcaret (982)

MARIVAUX
La Double Inconstance (952)
Les Fausses Confidences (1065)
L'Île des esclaves (1064)
Le Jeu de l'amour et du hasard (976)

MAUPASSANT
Bel-Ami (1071)

MOLIÈRE
Dom Juan (903)
Le Misanthrope (981)
Tartuffe (995)

MONTAIGNE
Sans commencement et sans fin. Extraits
Essais (980)

MUSSET
Les Caprices de Marianne (971)
Lorenzaccio (1026)
On ne badine pas avec l'amour (907)

PLAUTE
Amphitryon (bilingue) (1015)

RACINE
Bérénice (902)
Iphigénie (1022)
Les Plaideurs (999)

ROTROU
Le Véritable Saint Genest (1052)

ROUSSEAU
Les Rêveries du promeneur solita
(905)

SÉNÈQUE
Médée (992)

SOPHOCLE
Antigone (1023)

ZOLA
Au Bonheur des Dames (1086)

GF Flammarion

00/04/77401-IV-2000 — Impr. MAURY Eurolivres, 45300 Manchecourt.
N° d'édition FG110601. — avril 2000. — Printed in France.

J. Flammarion